新潮日本古典集成

謡曲集

上

伊藤正義　校注

新潮社版

目次

凡例……五
葵上……一五
阿漕……二五
朝顔……三五
安宅……四五
安達原……六五
海士……七九

蟻通 …… 九三
井筒 …… 一〇一
鵜飼 …… 一一三
浮舟 …… 一二五
右近 …… 一三五
善知鳥 …… 一四五
采女 …… 一五七
鵜羽 …… 一六九
梅枝 …… 一八一
江口 …… 一九一

老松……二〇三
鸚鵡小町……二一三
小塩……二二三
姨捨……二三五
女郎花……二四五
杜若……二五七
景清……二六七
柏崎……二八一
春日龍神……二九五
葛城……三〇七

鉄輪……三一九
兼平……三二九
通小町……三四一
邯鄲……三五一
解説　謡曲の展望のために……三六一
各曲解題……三九一
付録
光悦本・古版本・間狂言版本・主要注釈一覧……四三八
謡曲本文・注釈・現代語訳一覧……四四二

凡例

本書は、おおよそ次の方針に基づいて通読と鑑賞の便宜を図った。

〈謡曲本文について〉

一、底本は光悦謡本の特製本（鴻山《こうざん》文庫本）に拠り、上製本（同上）を対校して補正した。欠脱等、底本の不備を他本で補った場合もある。光悦本の概略と、底本採用の理由については解説（三七五頁以下）に示した。

一、光悦本に独自な本文のうち、明らかな誤りについては諸本で補正した場合もある。底本を補正した場合や、独自のかたちを存した場合には、その旨を頭注に示した。

一、本文の表記は必ずしも底本のままとせず、以下に記す原則に従って改めた。

一、漢字は原則として新字体を用いたが、一部は旧字体をも併用した。また、底本の漢字表記を改めた結果が本文の意味に関わる場合には、その旨を頭注に示した。

一、仮名遣いは原則として歴史的仮名遣いに統一した。但し、「あう」「なう」等の間投詞は「おう」「のう」に統一したほか、「報う」「栄ふ」「しほる」等、慣用・特例による場合もある。

一、送り仮名は最大限に送ることを原則とした。

一、掛詞、もしくは音通の縁語・序詞等の同音異義の修辞語は、本文を仮名書きで示し、右傍括弧中に、文脈の順に漢字を宛てた。同音異義語の一方が仮名書きで通用する語の場合は、文脈上の順序を示す並列点を置くだけで示した場合もある。

（例）　しらくも《（知らず・白雲）》　柴の戸をさす《（鎖す・）》が思へば

一、仮名書きにした同音異義語で、その仮名遣いが異なる場合は、下文に続く語の仮名遣いを優先させた。但し、謡曲の発音を勘案して、この原則に拠らぬ場合もある。

（例）　波のあはぢがた《（泡・ワ 淡路潟）》　いふべ《（言・ウ 夕）》の山

一、掛詞を含む句が繰り返される場合、下句には下接の漢字を宛てることを原則とした。

（例）　あまの《（海士・天野）》の里に帰らん　天野の里に帰らん

一、本文には句読点を用いず、以下に記す原則に従って、字間のアキで示した。
一、本文の韻文部は音数律で句を分かち、句切れは一字分のアキで示した。なお、曲節上の分離句（分離のトリ・オクリなど）は四分の一の字アキで示した。
一、音数律のない散文部は、底本の句切りに基づき、一字分のアキで示した。底本に指示のない場合でも、現行観世流の句切りを参考にした場合もある。
一、一小段が二節以上に分かれる場合は、その部分を二字分のアキで示した。また、小段中の役の交替は二字分のアキを原則としたが、行の末尾では誤解のない範囲で適宜処理した場合もある。
一、曲名の表記は現行観世流に従い、それと異なる底本題簽《だいせん》の表記は各曲解題に示した。底本に不備のある場合は他本を参照した。

〈間狂言本文について〉

一、間狂言は、謡曲底本に示されたもののほか、左記の江戸期版本を以て補った。間狂言が独立して読まれた当時の享受資料として用いたが、上演台本ではない点を留意されたい（解説三七八頁参照）。

一、語リアイ・シャベリアイ本文は、古活字本「間の本」（鴻山文庫本）の他、寛永九年版本（鴻山文庫本・東京芸術大学本）、寛永無刊記本（鴻山文庫本等）の順に拠り、またアシライアイについては、貞享三年刊『間仕舞付』、元禄十年刊『能仕舞手引』（以上架蔵本）に拠った。右に未収の曲は本文の掲出を省略して概略を示すに止めた。それぞれの底本は各曲の扉裏備考欄に示した。

一、右の間狂言本文（ワキ等の詞を含む場合もある）は謡曲本文より小さい活字を用いて区別した。

一、間狂言本文の校訂は謡曲本文の場合に準じたが、掛詞等の傍記は省略した。また、読み方が確定できない場合は底本表記のままとし、振仮名を省略した。

〈振仮名について〉

一、振仮名は現行観世流の謡い方に基づいて発音式表記を片仮名で示し、ジ・ヂ・ズ・ヅはジ・ズに、ヰ・ヲ・クヮ・クヮンはイ・オ・カ・カンに統一した。なお、歴史的見地から、他流をも参考にして発音を改めた個所もある。頭注にその旨を示した。

一、本文が平仮名書きの場合でも、発音上の特徴を示すために適宜振仮名を施した。但し、他記事との関係で省略した場合も多い。他例を以て類推されたい。なお、促音・拗音は、印刷上の制約から表記を区別しなかった。

（例）　生身《ショオジン》を《ノ》　　今日《コンニッタ》は

一、音読語の内破音（「含」）は平仮名「つ」で示した。

（例）　即身成仏《ソクシンジョオブつ》

一、本文中に頻出する「仕《ツカマツ》る・承《ウケタマワ》る・奉《タテマツ》る・候《ソオロオ》」は振仮名を省略した。但し「候《ゾオロオ》」の場合は振仮名を施した。

〈小段名・役名・曲節型について〉

一、本文は解説（三八五頁以下）に示すところに従って小段に分かち、各小段の冒頭にその名称を〔名ノリ〕等の形で示した。また、舞事等の名称は【序ノ舞】等の形で示した（三八九頁参照）。

一、段構成は、頭注欄にセピア刷りアラビア数字で示した。

一、役名表示はおおむね底本に拠りつつ、「シテ」「ワキ」（「ワキツレ」は「ワキ連」と表示）等の形に統一した。但し、登場人物が多い場合は「立衆」「オモアイ（能力）」等の表示を用いた場合もある。

一、底本は「地」（地謡）と「同」（同音）を区別して示すが、本書では「地」に統一した（解説三七七頁参照）。底本に記された役名は各曲の扉裏備考欄に示した。

一、底本の役名表示が著しく不完全、もしくは明らかな誤りや通常に異なる場合、諸本を検討して補正した。底本に独自な場合を含めて、その旨を頭注に示した。

一、曲節型・吟型は現行観世流に基づき、左の記号で示した。

吟型＼曲節型	詞	拍不合	拍合	大ノリ
弱吟	┐	へ	〽	⌒へ
強吟	┐	・へ	・〽	・⌒へ

（なお強・弱交りの吟型については主たる吟型に括弧を付して示した）

〈演出注について〉

一、謡曲本文の理解を助けることを目的として、能として演じられる場合の舞台上の動きをセピア刷りで傍記した。

一、演出注はいわゆる型付の併記ではなく、また舞台上の動きのすべてを記さない。例えば、登場後の〔次第〕は後向きに鏡板に向って謡うのが定型であるが、そのことをふまえて「常座に立ち」と記し、地謡による「地取り」を記さない。舞事の前の定型の所作なども特記しない。

一、演出注の中には、謡曲底本が省略した小段の補足をも含めた。また、囃子事を【名ノリ笛】等の形で示した（三八九頁参照）。

一、所作は現行観世流に基づき、そのうちの基本的と判断されるところを示した。非上演曲については、類曲や古型付類を参考して推定を加えた。

一、所作は本文に対応させることを原則としたが、他記事との関係や印刷面の諸制約から、その原則にはずれたり、割愛を余儀なくするところも少なくない。

一、所作を示す主語は、本文と対応する個所では省略した。また、地謡部におけるシテの所作については、誤解のない限り主語を省略した。なお、参考までに舞台略図を添えた（三九〇頁参照）。

一、所作を示す用語は、型付の術語をできるだけ避け、おおむね左記の表現で統一した。
扇を高く上げる（上ゲ扇）、扇をはね掲げる（ユウケン）、扇をはねる（ハネ扇）、扇を高く掲げる（雲ノ扇）、扇で招く（招キ扇）、謡に合せて舞う・謡に合せて動く（左右・サシコミ・ヒラキ等の定型の所作や、謡の文意を表わす所作）、舞台を大きく回る（角トリ左回リ）、小さく回る（右回リ）、等。

〈頭注について〉

一、頭注は注番号（漢数字）で本文該当部分と連結したが、その前後に関連する場合も多い。

一、本文の口語訳は〈　〉中に示し、語釈も口語訳中に含めた場合が多い。韻文部の口語訳は、連続的文脈を配慮して適当なまとまりで示した。

一、口語訳を示した部分での諸事項は、口語訳の後に一括して記し、各個の注番号を施さない。

一、出典注記のうち、書名は略称に従った場合が多い。また和歌作者の「読人しらず」は記載を省略し、『和漢朗詠集』所収句の作者名は、「白楽天」以外を省略した。出典以外に、和歌・連歌表現の類型（『連珠合璧集』等）や、参考資料としての引用も多いが、所収叢書名等を省略し、また、未翻刻資料は所蔵を示すことを原則としたが、省略に従った場合もある。

一、謡曲の直接の典拠で長文にわたる場合は各曲解題に示した。

一、本文の異同についての注記は、底本に関する前掲諸項目以外は、特に重要と認める場合に限った。
室町期上掛り写本は「古写本」、室町期下掛り写本は「金春古写本」等と略称したが、必ずしも古写本間に共通することを条件としたわけではない。「五流」もしくは「宝生（流）」「喜多（流）」等と示した場合は現行の本文を指す。
一、謡曲の曲名は《葵上》等の形で示した。

〈各曲前付について〉

一、各曲の扉裏に、登場人物の役名とその扮装を示した。扮装は現行観世流における最も基本的な形を略記した。着用の面の名称は太字で示した。
一、同じく扉裏に、一曲の構成（日本古典文学大系『謡曲集』前付に準拠）と梗概を、本文の段構成と対応させて示した。
一、また備考として、曲柄（「観世流謡曲名寄」による）、太鼓の有無、現行五流所演の有無、作り物、謡曲底本の指定役名、および間狂言底本等を示した。

〈解説について〉

一、本巻の解説は、謡曲本文の変遷、及び版本間狂言を概観し、謡曲詞章の特質を小段構造との関連で略述して、凡例の補足とした。

〈各曲解題について〉

一、各曲の解題は巻末に一括し、その内容は次の通り番号で区分して示した。
㈠ 作者・成立・曲名・初見等に関すること。

㈡ 出典・主題等に関すること。
㈢ 補説・演出・間狂言等に関すること。
㈣ 作品研究に関する主要参考文献。

なお解題中に言及した「かんのう」所掲の拙稿は、和泉書院刊『謡曲雑記』（一九八九年四月）に収録した。

〈付録について〉

一、上巻の付録㈠として、本書収載曲に関連する、古版本・間狂言・主要注釈一覧を添えた。
一、上巻の付録㈡として、明治以降出版の謡曲本文・注釈・現代語訳に関する一覧を添えた。
一、中巻の付録として、㈠能楽諸流一覧　㈡能面一覧　㈢装束一覧　㈣小道具・作り物一覧を添え、前付、及び各曲解題の参考とした。

本書の底本関係については、鴻山文庫・故江島伊兵衛氏の御高配に預り、同文庫現蔵の法政大学能楽研究所よりも種々の御便宜を賜った。東京芸術大学図書館の御厚意とともに厚く感謝申し上げる。本書が先行の諸注釈書や諸論考より多大の学恩を蒙っていることは言うまでもないが、特に横道萬里雄・表章氏の『謡曲集』上下（岩波書店刊「日本古典文学大系」）からは、小段理論をはじめ、その成果に多面的な示教と準拠を得たほか、小山弘志・佐藤喜久雄・佐藤健一郎氏『謡曲集』(1)(2)（小学館刊「日本古典文学全集」）にも負うところが多い。田中允・味方健・西野春雄・堀口康生・関屋俊彦・黒田彰の諸氏からは直接種々の御教示を得た。校正でも多くの人々の援助を受けた。記して厚く御礼申し上げる。

謡曲集 上

葵上

あおいのうえ

登場人物

前シテ　六条の御息所の怨霊

泥眼・唐織壺折・鱗箔・縫箔腰巻

後ジテ　六条の御息所の怨霊

般若・鱗箔・縫箔腰巻

ワキ　横川の小聖　兜巾・篠懸・絓水衣・白大口

ワキ連　廷　臣　洞烏帽子・袷狩衣・白大口

ツレ　照日の巫女　小面・白水衣・唐織

アイ　廷臣の従者　長上下

備　考

＊四番目物。太鼓あり。

＊観世・宝生・金春・金剛・喜多の五流にある。

＊舞台に小袖を置き、病床の葵の上に見立てる。

＊底本役指定は、シテ・後シテ、ワキ山伏・ワキ、大臣、神子、同、地。

＊間狂言は『間仕舞付』による。

構成と梗概

1　ワキ連の登場　朱雀院の臣下（ワキ連）が、左大臣の息女葵の上（舞台上の小袖で示される）に憑《つ》いた物の怪《もののけ》の正体を突き止めるため、梓巫女を召喚する。

2　ツレの登場　左大臣の従者（アイ）が、命を受けて梓巫女（ツレ）を呼び出し、招魂が行われる。

3　シテの登場　六条の御息所の生霊（前シテ）が車に乗った体で現われ、妄執の境涯を嘆く。

4　シテの詠嘆　梓の弓に招き寄せられた怨霊は、巫女だけに見える。

5　シテの詠嘆　怨霊は六条の御息所であると名乗り、現在の失意の身の原因となった葵の上への恨みを述べる。

6　シテの立働き　御息所の押えきれない恨み心は、後妻《うわなり》打ちの報復となり、葵の上の魂を取って行こうとする。

7　ワキの登場　葵の上が重態に陥り、横川の小聖（ワキ）を招く。

8　ワキの待受け　横川の小聖の加持祈禱が始まる。

9　シテとワキの抗争　六条の御息所は執心の鬼（後ジテ）となって現われ、小聖と争うがついに調伏《ちょうぶく》される。

10　結末　読経による悪鬼の成仏。

一「そもそもこれは…」は大臣や神格など、威勢を示す名ノリの定型。現行上掛り詞章は「そもそも」を省く。ワキツレの名ノリであるための改訂。

二『源氏物語』で光源氏の兄にあたる天皇。

三「左大臣」は源氏の正妻である葵の上の父。

四「物の怪」は人にとりつき祟《たた》る生霊《いきりょう》や死霊《しりょう》。そのせいで葵の上は重い病の床にある。
1 五〈招聘《しょうへい》せられ〉。
六 密教の呪法《じゅほう》による加持祈禱《かじきとう》や、医薬による療治。「大法秘法」と熟して用いられることが多い。

七〈いっこうにその効果がない〉。

八 弓を鳴らして口寄せをする梓巫女《あずさみこ》の名。「照日」は女性名として《花筐》や室町期の物語類などにも見えるが、『源氏物語』には登場しない架空の人物。

九〈瑞験のあらたかなことで有名な〉。

一〇〈物の怪の正体が生きている人の霊魂か、または死霊かを梓にかけて確かめさせよとのご命令なので〉。

一一〈誰かいるか〉。現行は「やがて梓におん掛け候へ」。ツレは最初に登場して脇座に着座、アイはない。
2 一二 霊魂を招き寄せる定型的唱え言。梓巫女が弓を叩きながら「天清浄…」で始り、次いで神の名を数え上げて「寄り人は…」と唱える(『鴉鷺《あろ》記《き》』鴉追善雀懸梓事)。ここはその省略型。
一三 霊魂を招き寄せる呪歌。『諸神勧請段』(嘉禎三年)をはじめ『田植草子』朝歌や、山伏神楽・番楽《ばんがく》の巫女舞等にも類似の歌型が見える。

後見が舞台正面先に小袖を広げて置く　葵の上が病床にある体
ワキ連がアイを従えて登場　常座に立つ

〔名ノリ〕 正面へ向き ワキ連「そもそもこれは[一]朱雀院《シュジャクイン》に仕《ツカ》へ奉る臣下《シンカ》なり　さても[三]左大臣《サダイジン》のおん息女《ソクジョ》　葵《アオイ》の上《ウエ》のおん[四]物の怪《モノノケ》　もっての外《ホカ》にござ候《ソオロオ》ふほどに　貴僧高僧《キソオコオソオ》を請《ショオ》[五]じ申され　[六]大法秘法《ダイホオヒホオ》医療《イリョオ》さまざまのおん事にて候へども　[七]さらにその験《シルシ》なし　ここに[八]照日《テルヒ》の巫女《ミコ》と申して　[九]隠《カク》れなき梓《アズサ》の上手《ジョオズ》の候ふを召して　[一〇]生霊死霊《イキリョオシリョオ》の間《アイダ》を梓《アズサ》に掛けさせ申せとのおん事にて候ふほどに　このよしを申し付けばやと存じ候

〔問答〕 ワキ連「[一一]いかに誰《タレ》かある
アイの応答あり
照日の巫女《ミコ》を召《メ》して参り候へ

アイはツレを呼出す　ツレが登場し　脇座に着座
【アズサ】の囃子が始まる

〔□〕 坐ったまま ツレ〽[一二]天清浄地清浄《テンショオジョオジ》　内外《ナイゲ》清浄六根《ロッコン》清浄

〔上ノ詠〕 ツレ(〽)[一三]寄《ヨ》り人《ビト》は　今ぞ寄り来る長浜《ナガハマ》の　芦毛《アシゲ》の駒《コマ》に　手《タ》

綱揺《ズナユ》り掛け

3

【一声】でシテ登場 一ノ松に立つ

〔一セイ〕 正面へ向き シテへ[一]三《ミ》つの車《クルマ》にのりの道 (乗・法) 火宅《カタク》の門《カド》をや出《イ》でぬらん
(へ)夕顔《イウガオ》[二]の宿《ヤド》の破《ヤ》れ車《グルマ》 [三]遣《ヤ》るかたなきこそ悲しけれ 涙を押えつつ 【アシライ】で舞台に入る

〔次第〕 常座に立ち シテ(へ)憂き世はうしの小車《オグルマ》の (憂・牛) [四]憂《ウ》き世《ヨ》は牛の小車《オグルマ》の 廻《メグ》る
や報《ムク》ひなるらん

〔サシ〕 正面へ向き シテへおよそ[五]輪廻《リンネ》は車《クルマ》の輪《ワ》のごとく [六]六趣四生《ロクシユシシヨオ》を出《イ》でやら
ず [七]人間《ニンゲン》の不定芭蕉泡沫《フジヨオバシヨオホオマツ》の世の慣《ナ》らひ [八]昨日《キノオ》の花は今日《キヨオ》の夢と 驚
かぬこそ愚《オロ》かなれ [九]身の憂《ウ》きに[一〇]人《ヒト》の恨みのなほ添ひて 忘れもやら
ぬわが思ひ せめてやしばし慰《ナグサ》むと 梓《アズサ》の弓に怨霊《オンリヨオ》の これまで現《アラ》
はれ出でたるなり

〔下ゲ歌〕 面を伏せ シテへあら恥づかしや今とても[一一] 忍《シノ》び車《グルマ》のわがすがた (輪・我が姿)

〔上ゲ歌〕 正面へ向き シテへ月をば眺《ナガ》め明かすとも 月をば眺め明かすとも 月[一二]
には見えじかげろふの[一三] (影・蜻蛉) 梓《アズサ》の弓のうらはずに[一四] (占・末弭) 葵の上に迫る体 立ち寄り憂きを語ら

一 〈車に乗ってはいるが、果して悟りを得て火宅を離れ得たかどうか〉。羊、鹿、牛にひかせた三車(仏法の譬え)に乗って火宅(迷いの世)を脱出した話(『法華経』譬喩品《ひゆぼん》)に基づく。「法トアラバ…三の車」(『連珠合璧集』)。車に乗って登場の体。

二 「夕顔」は『源氏物語』(以下『源語』と略称)五十四帖中の巻名をふまえ、「夕顔の宿」(荒れ宿)は「破れ」の序で「破れ車」(注三参照)に続ける。「夕顔の宿」は御息所《みやすどころ》の生霊が夕顔をとり殺した(『源語』夕顔)ことをも暗示。「破れ車」は車争い(解題参照)をふまえて、その車に乗って登場したことを言う。

三 車争いで受けた屈辱に対する御息所の遣《や》る方なき(晴らす術《すべ》のない)無念さと、遣る方なき(走らせる術がない)破れ車のような身の上とを言いかける。

四 因果応報の憂き世の身の詠嘆。「憂き世」「小車」「廻る」など、輪廻《りんね》(衆生が迷界で生死を繰返すこと)の類型表現。

五 「世間ハ如ク二車輪ノ一、時変スルハ如シ二転《メグル》輪ノ一、人亦タ如シ二車輪ノ一、或ハ上《ノボリ》、或ハ下《ル》」(『六道講式』)。

六 「六趣」(地獄・餓鬼・畜生・修羅・人・天の六道)に生れ変り、「四生」(胎生・卵生・湿生・化生。生物の生れ方の四種)に輪廻して離脱成仏できぬこと。

七 無常の譬えの常套表現。「芭蕉泡沫電光朝露」(『真曲抄』「無常」)。

八 「昨日栄華今日衰」(『白氏文集』)に基づくはかなさの譬《たと》えの常套《じようとう》表現。「驚く」(気がつく)は夢の縁語。

ん　立ち寄り憂きを語らん

〔□〕　右を向き音を聞く体　シテへ梓の弓の音《オト》[一五]はいづくぞ　正面を向いてなお音を聞く　梓の弓の音はいづくぞ

〔下ノ詠〕　ツレ[一六](へ)東屋《アズマヤ》[一七]の　母屋《モヤ》の妻戸《ツマド》に居たれども　シテ(へ・)姿なければ　涙を押える　問ふ人もなし

〔(掛ケ合)〕　シテへ向き　ツレ(へ)不思議やな誰《タレ》[一八]とも見えぬ上臈《ジョオロオ》の　破《ヤブ》れ車《グルマ》に召されたるに　青女房《アオニョオボオ》[一九]と思《オボ》しき人の　牛もなき車の轅《ナガエ》に取りつき　シテは何度も涙を押える　さめざめと泣き給ふ痛はしさよ

〔問答〕　ワキ連に向って　ツレ「もしかやうの人にてもや[二〇]候ふらん　ワキ連には見えず　ツレを向き　ワキ連「大方《オオカタ》[二一]は推《スイ》量《リョオ》申して候　ただ包《ツツ》まず名《ナ》をおん名乗り候へ　シテは涙を押えていた手を下ろし真中へ出る

〔クドキグリ〕　真中で小袖を見廻しつつ坐る　シテへそれ娑婆《シャバ》[二二]電光《デンコオ》の境《サカイ》には　恨むべき人もなく　悲しむべき身もあらざるに　[二三]涙を押える　いつさて浮かれ初《ソ》めつらん　ツレはシテへ向く

〔クドキ〕　着座のまま　シテへただいま梓《アズサ》の弓の音《オト》に　引かれて現はれ出でたるをば　いかなる者とか思《オボ》し召《メ》す　シテはツレを向き　これは六条の御息所《ミヤスドコロ》の怨霊なり　ツレはワキ連を向く　われ世にありしいにしへは[二四]　ワキ連はツレへ向く　雲上《ウンショオ》[二五]の花の宴《エン》　春の朝《アシタ》の御遊《ギョイウ》に慣《ナ》れ　仙《セン》

九　源氏の愛を失ったつらさ。前の東宮（皇太子）妃の六条の御息所は光源氏の愛人であった。
一〇　人（葵の上）に対する恨み。
一一〈車争いの日と同様に、今日も人目を忍び、車で現われたあさましい自分の姿〉。　4
一二〈こんな姿は月には見られたくない〉。「月は見ん月には見えじとぞ思ふ憂き世にめぐる影も恥かし」（『落書露顕』）による。
一三　見え隠れする姿。「蜻蛉」は『源語』の巻名。
一四「末弭《うらはず》」は弓の上部の弦をかける所。「本弭《もとはず》」と対。
一五　梓弓の音にひかれて現われたシテが、弓がどこかを尋ねる独白。
一六　このツレ役は、もとは青女房であろう。解題参照。
一七『源語』の巻名で「母屋」の序。「東屋の真屋《まや》」は催馬楽（『源語』紅葉賀にも）に基づく歌語。

一八〈誰だかわからぬ貴婦人が〉。

一九〈侍女と思われる人が〉。解題参照。

二〇〈あるいはこんな人が葵の上に憑《つ》いているのかも知れません〉。　5
二一〈およそは誰だか見当がつきました〉。

二二〈稲妻のように瞬時に過ぎ去る人界にあっては〉。

二三〈いつからこんなに魂がさまよい始めたのか〉。

二四〈東宮妃として時めいていた昔は〉。
二五　宮中での花見の宴。「仙洞（院の御所）の紅葉の秋の夜」と対。「御遊」は管絃の宴。以下、「花宴」「紅葉賀」「朝顔」「早蕨」など、『源語』の巻名を綴る。

一 花の色香に染まる風雅の遊宴。「月に戯れ」と対。
二 全盛時代が過去のものとなって、の意。
三 衰えが速やかで、はかないことの常套《じょうとう》表現。
四 〈もうずっと私の心は物憂く、早蕨の芽生えのように兆《きざ》し始めた恨み心を晴らそうと〉。
五 「紫塵ノ嬾《ものう》キ蕨ハ…」（『和漢朗詠集』早春）、「石そそぐたるひの上の早蕨の萌えいづる春になりにけるかな」（『和漢朗詠集』『新古今集』等）をふまえ、「萌え出で」の序。「思ひの露」は歌語、原義の恋を転用。
六 葵の上に対する脅迫。
七 人に情けをかけるのは、その人のためではない、自分に返ってくることだ、の意の諺《ことわざ》。原義は恋。
八 〈あなたが私につらくあたったのだから、その報いを受けるのは必然だ〉。われ（御息所）が人（葵の上）のためにつらい思いをしたこと。「人に辛かりし」（『新古今集』）など原義の恋を、車争いのことに言う。「なにを歎くぞ」は葵の上に言いかける。

6

九 〈今はあなたを打たないではすまされません〉。
一〇 前妻《こなみ》が後妻《うわなり》を打擲《ちょうちゃく》する風習。
一一 〈どうしてそんなことをなさってよいものでしょうか、ぜひとも思いとどまりなさいませ〉。
一二 物の打ち当る音の形容。現行観世は「ちやうと」。
一三 〈私は足許で痛めつけてやりましょう〉。古写本には「わらはも」とある。前頁注一九参照。
一四 〈今このような恨みを受けるのは、私に以前つらくあたった報いだ〉。

洞《トオ》の紅葉《モミジ》の秋の夜《ヨ》は　月に戯《タワム》れ[一]色香《イロカ》に染《ソ》み　花やかなりし身なれども　[二]衰《オトロ》へぬれば朝顔《アサガオ》の　[三]日影《ヒカゲ》待つ間《マ》のありさまなり

面を伏せる

[四]ただいつとなきわが心

じっくり面を上げ

[五]ものうき野辺《ノベ》の早蕨《サワラビ》の　萌《モ》え出《イ》で初《ソ》めし思ひの露　かか（懸・斯）る恨みを晴らさんとて　これまで現はれ出でたるなり

シテはツレを　ツレはワキ連を向く

〔下ゲ歌〕地〽[六]思ひ知らずや世《ヨ》の中《ナカ》の　[七]情《ナサ》けは人のためならず

正面を向く

〔上ゲ歌〕地〽[八]われ人のため辛《ツラ》ければ　われ人のため辛《ツラ》ければ　必

面を伏せるが

ず身にも報《ムク》ふなり

キッと腰を上げて小袖を見据え

なにを歎くぞ葛《クズ》の葉の　うらみ（裏・恨）はさらに尽《ツ》きすまじ

腰を下ろして涙を押える

恨みはさらに尽きすまじ

涙を押えた手を下ろし

〔掛ケ合〕シテ〽あら恨めしや

腰を上げて小袖を見こみ

[九]「今は打たでは叶ひ候ふまじ

坐ったままシテへ

ツレ〽あらあさましや六条《ロクジョオ》の御息所《ミヤスドコロ》ほどのおん身にて　[一〇]後妻《ウワナリ》打ちのおん振舞《フルマ》ひ　〽・[一一]いかでさることの候ふべき　ただ思《オボ》し召《メ》し止《ト》まり給へ

ツレに向い

シテ「いやいかに言ふとも　今は打たでは叶《カノ》ふまじとて

立ってツカツカと小袖に近づき膝をつき

枕に立ち寄り[一二]ちやう《チョオ》ど打てば

扇で打ち常座へ戻って立つ

ツレ〽この上《ウエ》はとて立ち寄りて　[一三]わらはは後《アト》にて苦《ク》を見する　シテ〽[一四]今の恨みはありし報《ムク》ひ　ツレ〽

一五
瞋恚《シンニ》の炎《ホムラ》は　シテへ身を焦《コ》がす　ツレへ思ひ知らずや　シテ（へ）扇で小袖を指し　足拍子
思ひ知れ
〔段歌〕シテは数拍子を踏み　地へ恨めしの心や　あら恨《ウラ》めしの心や　一六人《ヒト》の恨みの深くし目付へ出
て　憂《ウ》き音《ネ》に泣かせ給ふとも　回りながら扇を広げ生きてこの世にましまさば　水暗《クラ》
き　扇をかざし螢を追って見廻し沢辺《サワベ》の螢の影よりも　（光る・光君）正面かなたを眺めひかるきみとぞ契らん　扇をはね掲げて騒ぐ心シテへわらは
一七蓬生《ヨモギウ》の　地へ一八もとあらざりし身となりて　舞台を回り葉末《ハズエ》の露と消えもせ
ば　常座で恨み心をかみしめるそれさへことに恨めしや　一九夢にだに　数拍子返らぬものをわが契《チギ》り　大小前から小袖の前に進み
昔語《ムカシガタ》りになりぬれば　小袖を見廻しなほも思ひはますかがみ　（増・真澄鏡）舞台を回りその面影《オモカゲ》も恥づか
しや　面を隠す二〇枕に立てる破《ヤ》れ車《グルマ》　扇を捨てうち乗せ隠れ行かうよ　真中へ出て小袖を見こみ魂を取る体でうち乗せ隠れ行　着ていた唐織をかずいて小袖に覆いかぶさり
かうよ　そのまま身を伏せ後見座に行く　物着（次の段の間に後場の扮装を整える）
〔問答〕着座のままワキ連「いかに誰《タレ》かある　真中で膝まずきアイ「おん前に候　ワキ連「葵《アオイ》の
上《ウエ》のおん物《モノ》の怪《ケ》いよいよもつての外《ホカ》にござ候ふほどに　二一横川《ヨカワ》の小聖《コヒジリ》
を請《シヨオ》じて来たり候へ　アイ「畏《カシコ》まつて候
〔□〕常座に立ちアイ「やれさて　葵の上のおん物《モノ》の怪《ケ》　やうやうご本復《ホンプク》なさるるか

一五 瞋恚（怒り）の激しさを火に譬《たと》えること、定型。

一六〈人（葵の上）に対する私の恨みが深いため、つらい思いに声をあげてお泣きになるでしょうが、それでも生きてこの世においでになる以上は、光源氏との契りをお続けになるでしょう〉。「水暗き…」は「蒹葭《けんか》水暗《ウシテ》　螢知《ル》レ夜《ヲ》」（『和漢朗詠集』螢）に基づき、『源語』の巻名「螢」をもふまえて「光る君」の序とする。「沢辺の螢」は三二六頁注六参照。

一七「蓬生」は『源語』の巻名をふまえて衰微した状態を暗示し、その縁語「もとあら」（根元の疎《まば》らなこと）に音通の「もとあらざりし」の序とする。

一八〈もともとの、光る君とは無関係な境涯となって死ぬならば、そのことだけでも格別に口惜しいのに〉。「葉末の露と消ゆ」は死ぬ意。「葉末」は「蓬」「もとあら」と縁語。「消えもせで」（生き永らえて）とする本文もある。

一九〈夢の中でさえ二度と返らぬ源氏との契り、それはもはや昔語りになってしまったから、いっそう思慕の募る源氏の面影を思うにつけてもわが身が恥かしい〉。「その面影」を葵の上の枕頭にある鏡に写る御息所の姿とする解釈もある。

7
二〇「破れ車」はシテが乗った車（一八頁注一参照）。それに葵の上を乗せて連れ去ろう、の意。

二一「横川」は比叡山三塔の一。『源語』葵の巻に「山の座主」の祈禱の事は見えるが「横川の小聖」は架空の人物。解題参照。

一 〈ご病気は並みひととおりではないぞ〉。
二 「九識」(一切を識別する九種の心の作用)を「窓」に、「十乗」(涅槃《ねはん》に到る十種の観法)を「床」に譬《たと》え、また「瑜伽」(仏と一体になる境地)を「法水」(功徳)に、「三密」(身・口・意)の行を澄ますことを「月」に譬えた。「四明の山の上、九識の窓のうち、十乗の床のほとりに智水をたたへて、三密の壇の前に観月をすましおはしましけるに」(『北野天神縁起』)。
三 〈このほどは特別の行法《ぎょうぼう》を行う関係で〉。
四 〈ただちに参上いたしましょう〉。
五 はい、どういたしまして、というほどの応対語。
六 「大床」は寝殿造りの母屋に隣接した広廂《ひろびさし》を言う。ここは葵の上の病床をさすが、元来は聖の祈禱の場所であろう。このワキ連の詞は元来アイの役か。
七 修験道《しゅげんどう》の行者。以下、由緒・行儀の正統を継承した山伏で、功験はきわめて著しいことを言い立てる常套文句。《安宅》五四頁参照。
八 修験道の始祖。奈良時代の人。
九 胎蔵界《たいぞうかい》と金剛界《こんごうかい》は、大日如来の理と智の世界を表わす。「大峰トハ、真言両部ノ峰也。…熊野ハ胎蔵…金峰山ハ金剛権現也」(『渓嵐拾葉集』)という。
一〇 山中の露を七宝(金、銀、瑠璃など七種の宝物)に擬《なぞら》えて言う。
一一 山伏修行の露除けの法衣。四八頁注一参照。
一二 袈裟を「忍辱の衣」ともいう。忍辱(忍耐)心が一切の障碍《しょうげ》を除くことを袈裟衣に譬える。

と存じたれば　ご違例《イレイ》[一]もつての外《ホカ》な　まづ急いで横川《ヨカワ》へ参り　小聖《コヒジリ》を請《シヨオ》じて参らうと存ずる

〔問答〕　一ノ松に立ち　アイ「いかにこの屋《ヤ》の内へ案内《アンナイ》申し候

幕を出　ワキ〽九識《クシキ》[二]の窓の前　三ノ松に立ち　十乗《ジウジヨオ》の床《ユカ》のほとりに　瑜伽《ユガ》の法水《ホツスイ》を湛《タタ》へ　三密《サンミツ》の月を澄ますところに　「案内《アンナイ》申さんとはいかなる者ぞ

ワキへ　アイ「大臣《オトド》よりのおん使ひに参じて候　膝まずき　葵の上のおん物《モノ》の怪《ケ》　もつての外《ホカ》にござ候ふ間《アイダ》　おん出《ニ》でなされ加持《カジ》ありて給はり候へ

ワキ「この間《アイダ》は別行《ベツギヨオ》[三]の子細《シサイ》あつて　いづかたへもまかり出でず候へども　大臣《オトド》よりのおん使ひと候《ゾオロオ》ふほどに　やがて[四]参らうずるにて候

アイ「さやうに候はば　われらはおん先へ参らうずるにて候

〔問答〕　舞台に戻り　ワキ連に　アイ「小聖を請《シヨオ》じ申して候　ワキ連は承知の旨を答える

〔問答〕　その場に立ち　ワキへ　ワキ連「ただいまのおん出《ニ》でご大儀《タイギ》にて候　常座に立ち　ワキ「承り候[五]

さて病人《ビヨオニンナ》はいづくにござ候ふぞ　ワキ連「あれなる大床《オオユカ》[六]にござ候

小袖を見て　ワキ「さらばやがて加持《カジ》し申さうずるにて候　ワキ連「畏《カシコ》まつて

候
ワキ連は着座　ワキは大小前で膝まずいて数珠を取出し　祈禱の準備を整える
【ノット】の囃子が始まるとワキは真中へ出て小袖の前に着座
ワキの謡が始まるとシテは唐織をかずいて舞台に入り　ワキの後ろへ出て身を伏せる

〔□〕ワキ〽[七]行者《ギョオジャ》は加持《カジ》に参らんと　[八]役《エン》の行者《ギョオジャ》の跡《アト》を継《ツ》ぎ　[九]胎金両《タイコンリョオ》部《ブ》の峰《ミネ》を分《ワ》け　[一〇]七宝《シッポオ》の露を払《ハラ》ひし[一一]篠懸《スズカケ》に　「不浄《フジョオ》を隔《ヘダ》つる[一二]忍辱《ニンニク》の袈《ケ》裟《サ》　[一三]赤木《アカギ》の数珠《ジュズ》のいらたかを
数珠を揉んで祈る
さらりさらりと押し揉《モ》んで　〽ひと祈りこそ祈つたれ　[一四]曩謨三曼陀縛曰羅赧《ナマクサマンダバサラダ》
シテは身を起してワキを見こみ　ワキがシテに向って祈ると身を伏せる

【祈リ】シテは立上って悪鬼の姿を現わし　唐織を腰に巻き　打杖を振上げ　ワキの祈りに対抗する
一進一退の後　シテは小袖にとりつこうとし　ワキは数珠で打ち据え　シテは膝をつく

〔掛ケ合〕打杖を逆に構え
シテ〽いかに行者《ギョオジャ》はや帰り給へ　[一五]帰らで不覚《フカク》し給ふなよ
ワキ〽たとひいかなる悪霊《アクリョオ》なりとも　[一六]行者《ギョオジャ》の法力《ホオリキ》尽くべきかと　重《カサ》ねて数珠《ジュズ》を押し揉《モ》んで
シテは立上り　以下謡に合せて争いが続く

〔中ノリ地〕ワキ〽[一七]東方《トオボオ》に　降三世明王《ゴオザンゼミョオオオ》
シテ〽南方軍荼利夜叉《ナンボオグンダリヤシャ》
ワキ〽西方《サイホウ》　大威徳《ダイイトク》明王
数拍子
シテ〽北方金剛《ホッポオコンゴオ》
地〽夜叉明王
足拍子
シテ〽中央大聖《チウオオダイショオ》
地〽[一八]不動《フドオ》明王　[一九]曩謨三曼陀縛曰羅赧《ナマクサマンダバサラダ》　施陀摩訶嚕遮《センダマカロシャ》那《ナ》　娑婆多耶吽多羅吒干鈐《ソワタヤウンタラタカンマン》　[二〇]聴我説者得大智恵《チョオガセッシャトクダイチエ》　知我心者即身成《チガシンシャソクシンジョオ》

一三「赤木」は梅や紫檀《したん》など。山伏が用いる数珠で、揉むと高い音を出す。「いらたか」は「刺高」「最多角」などの字を宛て、梵語アリタカの転という。
一四 不動明王法《ふどうみようおうほう》の一字呪。ナマクサマンダバサラダンカン。注一九参照。

8

一五〈帰らずにいて面目を失うことになりなさるな〉。
一六〈行者の法力の通じぬことがあるものかと〉。
一七 以下は山伏の修法《ずほう》を様式化した文章。「大聖不動明王金縛秘法」（『修験聖典』所収）によれば、「先ツ護身法、如ㇾ常。次、五大尊印明、唱文、南無東方降三世夜叉明王、南無南方軍荼利明王、南無西方大威徳明王、南無北方金剛夜叉明王、南無中央大日大聖不動明王。次ニ金剛合掌。見我身者、発菩提心、聞我名者、断惑修善。次ニ忿怒拳印。聴我説者、得大智慧左。知我心者、即身成仏右」とする。謡曲中では省略型も多い。

9

一八 底本指定なし。現行観世流等に従う。
一九 不動明王の慈救呪《じくじゅ》。ナマク（帰命）サマンダ（普遍）バサラダン（諸金剛）センダ（暴悪）マカロシャナ（大忿怒《ふんぬ》）サハタヤ（破壊）ウン（恐怖）タラタ（堅固）カンマン（種子）。普《あま》ねく諸金剛に帰命《きみよう》す、暴悪忿怒の者よ、願わくはわれらが心中の悪魔を悉《ことごと》く摧《さい》破《は》し給え、の意。漢字の宛て方は底本に従う。
二〇『勝軍不動明王四十八使者秘密成就儀軌』に「明王四弘願云」として「見我身者…即身成仏」（注一七参照）と見える。その後半の偈文《げぶん》。

仏《ブッ》 シテはワキへ打ちかかるが敗退して常座で安座し 打杖を捨てる

〔□〕 両手で耳をふさぎ シテ∴あらあら恐ろしの 般若声《ハンニャゴエ》や[一] 地∴[二] [三]ワキへ向き これまでぞ怨霊《オンリヨオ》

この後《ノチ》またも来たるまじ

10

〔キリ〕 広げた扇をはね掲げつつ立ち 地∴読誦の声を聞くときは 読誦《ドクジユ》[四]の声を聞くときは 悪鬼《アッキ》

心《ココロ》を和《ヤワ》らげ 忍辱慈悲《ニンニクジヒ》の姿にて 菩薩《ボサツ》もここに来迎《ライコオ》す 足拍子 成仏得脱《ジヨオブツトクダツ》

常座で合掌し の 身となり行《ユ》くぞありがたき 脇正面を向いて留拍子 身《ミ》となり行くぞありがたき

一 「般若」は、妄念から離れて真実の相を悟る智恵の意。不動明王の修法を般若の声と聞いた。「ゲニゲニシキ心ニテ般若ヲ誦レバ、其ノ時我ガ心ノ妄念皆トクル也」（『比良山古人霊詑』）。

二 宝生流や下掛りが同型。観世流はシテの謡。

三 〈これまでだ、この先はもう二度と来るまい〉。

四 読経によって悪鬼も怨念をしずめ、忍辱慈悲の姿で菩薩も来たり迎え、迷いを脱して悟りを開き、成仏の身となる、の意。《通盛》の〔キリ〕とほぼ同文で、借用か原型のままか存疑。この〔キリ〕は成仏を表わすが、本曲のシテは生霊か死霊か曖《あい》昧《まい》なところがある。

阿漕

あこぎ

登場人物

前シテ　漁　翁　**笑尉**（**朝倉尉**）・絓水衣

後ジテ　阿漕の霊　**痩男**（**河津**）・黒頭・縷水衣・腰簑

ワ　キ　旅　人　素袍上下（着流僧にも）

ア　イ　浦の男　長上下

備　考

＊四番目物、略五番目物。太鼓あり。

＊観世・宝生・金春・金剛・喜多の五流にある。

＊底本役指定は、シテ・後シテ、ワキ、同、地。

＊間狂言は寛永無刊記本（青山学院大学本。田中允氏翻印）による。

構成と梗概

1　ワキの登場　九州日向の男（ワキ）が伊勢神宮参詣の途中、阿漕が浦に到る。

2　シテの登場　漁翁（前シテ）が現われ、殺生《せっしょう》に明け暮れる身の上を嘆きつつ釣に出かけようとする。

3　シテ・ワキの応対　漁翁に所の名を尋ねた日向の男は、阿漕が浦の古歌に興じ合う。

4　シテの物語り　漁翁は阿漕が浦の謂れ―殺生禁断の罪を犯してこの浦に沈められた阿漕という漁師の物語―を語り、冥途での呵責《かしゃく》の滅罪を乞い、わが身の罪の多さを嘆く。

5　シテの中入り　自分が阿漕の幽霊であると知らせた漁翁は、罪障懺悔のため、日向の男に逗留を頼み、俄《にわ》かに波風の立ち騒ぐ海上に消え失せる。

6　アイの物語り　所の者（アイ）が阿漕が浦の謂れを語り、供養を勧める。

7　ワキの待受け　読経して弔《とむら》う。

8　後ジテの登場・立働き　阿漕の亡霊（後ジテ）が現われ、執心の密猟を始める。

9　シテの立働き　魚漁のわざはやがて地獄の呵責となる。

10　シテの立働き　地獄の苦患《くげん》を見せ、罪の救済を請《こ》いつつ波間に消える。

1

【次第】でワキが登場

〔次第〕常座に立ち　ワキ　へ一心づくし（尽・筑紫）の秋風《アキカゼ》に　心づくしの秋風に　木《コ》の間《マ》の月ぞ少《スク》なき

〔名ノリ〕正面を向き　ワキ「これは九州《キウシウ》日向《ヒウガ》二の国《クニ》の者にて候　われいまだ太神宮《ダイジングウ》三に参らず候ふほどに　ただいま思ひ立ちて候

〔上ゲ歌〕正面を向いたまま　ワキ　へ日《ヒ》四に向《ム》かふ《コオ》　国《クニ》の浦舟《ウラブネコ》漕ぎ出《イ》でて　国の浦舟《ウラブネ》漕ぎ出でて　八重《ヤエ》五の潮路《シオジ》をはるばると　分《ワ》け来《コ》し波のあは《ワ》ぢがた六（泡・淡路潟）　通《カヨ》ふ千鳥《チドリ》の声聞きて　旅の寝覚《ネザ》めをすまの浦（す・須磨）　関七の戸とも以下歩行の体にあけ（開・明）暮れて　阿漕《アコギ》八が浦《ウラ》に着きにけり　阿漕が浦に着きにけり

〔着キゼリフ〕ワキ「急ぎ候ふほどに　これははや伊勢《イセ》の国阿漕《アコギ》九が浦《ウラ》に着きて候　しばらく一見《イッケン》せばやと思ひ候　脇座へ行き着座

一〈物思いをかき立てる秋風が筑紫（九州）にも吹き始め、月はまだ葉を落さぬ木の間から、少しばかりの光をさしている〉。「木の間より洩り来る月の影見れば心づくしの秋は来にけり」（『古今集』秋）による。

二「日向の国」は宮崎県。「伊勢や日向」の諺《ことわざ》（注四や一七一頁注一参照）をふまえて、ワキを日向から伊勢太神宮へ参詣する者と設定したらしいが、観世のみの形で、僧が原型のはず。古写本や下掛り系では「西国方より出でたる僧」とする。

三 伊勢太神宮。現伊勢市にある。

四「日向の国」を言い換えた。古写本や下掛り系の〔上ゲ歌〕は「舟出する　八重の塩路のはるばると　難波《なにわ》の浦に着きしかば　しばし都の月影も　雲居の跡にうつり来て　伊勢や日向もへだてなき　阿漕が浦に着きにけり　阿漕が浦に着きにけり」とする。

五 波の幾重にも立ち重なる海路、の意。瀬戸内海を舟航する設定。以下の二句は《箙》に酷似。

六「淡路島通ふ千鳥の鳴く声に幾夜ねざめぬ須磨の関守」（『金葉集』冬、源兼昌）をふまえる。

七〈関所の戸の開閉とともに毎日を旅に明かし暮して〉。「関戸トアラバ、あくる」（『連珠合璧集』）。

八 三重県津市東南の海岸。「安濃津をいでて、あこぎの浦をすぎ行くほどに」（坂十仏『大神宮参詣記』）。

九 現行観世流は「安濃《アノ》の郡《コオリ》とやらん申し候　暫く人を相待ち　所の名所をも尋ねばやと思ひ候」とする。

【一声】でシテが釣竿をかたげ登場　常座に立つ

〔一セイ〕 正面へ向き シテ へ一波《ナミ》ならで　乾《ホ》す隙《ヒマ》もなき海士衣《アマゴロモ》　二身《ミ》の秋《アキ》いつと限らまし

〔サシ〕 正面を向いたまま シテ へ三それ世を渡る慣《ナ》らひ　われ一人《イチニン》に限らねども　せめては職《ショク》を営《イトナ》む田夫《デンプ》ともならず　かくあさましき殺生《セッショオ》の家《イエ》に生《ン》まれ　明《ア》け暮れ物の命《イノチ》を殺すことの悲しさよ 面を伏せる

〔□〕 シテ 面を上げ 「四つたなかりける殺生《セッショオ》かなとは思へども　憂き世の業《ワザ》にて 釣竿を下ろし右手に持つ 候ふほどに　今日《キョオ》もまた釣《ツリ》に出《イ》でて候

〔問答〕 脇座に立ち シテへ向き ワキ 「いかにこれなる尉殿《ジョオドノ》に尋ね申すべきことの候 ワキへ向き シテ 「五こなたのことにて候ふか何事《ナニゴト》にて候ふぞ　ワキ 「六伊勢《イセ》の国《クニ》にとりても　この浦《ウラ》をばいかなる所と申し候ふぞ　シテ 「七さん候《ゾオロオ》この所《トコロ》をば阿漕《アコギ》が浦《ウラ》と申し候　ワキ 「さては承り及びたる阿漕が浦にて候ひけるぞや古き歌に　シテは面を伏せて聞く へ八伊勢の海阿漕が浦に引く網《アミ》も　「度重《タビカサ》なれば顕《アラ》はれにけり　かやうに詠《ヨ》まれし浦なるぞや　へあら面白《オモシロ》や

一〈波ならぬ涙のために、乾かすひまもないわが海士衣〉。「須磨の浦に玉藻刈りほす海士衣袖ひづ汐のひる時やなき」(『続古今集』恋二) に同趣。

二〈わが身にとっての秋は、いつと時期が決っているわけではない、悲しいからいつも秋なのだ〉。

三〈生活のためのつらい仕事は、自分一人に限ったことではないけれど、せめて正業にいそしむ農夫にでも生れていればともかく、それにもならず〉。以下の〔サシ〕は《善知鳥》の〔サシ〕(一五三頁) に近似。

四 前世の戒行《かいぎょう》により、あさましい殺生を業とする身の上だ、の意。

五〈私のことでしょうか〉。

六〈伊勢の国の中でもこの浦は何という所ですか〉。

七 はい、そうです、の意の応答語。

八「伊勢の海阿漕が浦に引く網もたび重なれば人もこそ知れ」(『源平盛衰記』八) の末句を変えた形。「逢ふ事をあこきの島に曳くたひのたひかさならば人も知りなん」(『古今和歌六帖』三、「鯛」) が原歌。解題参照。

九 風雅な旅人だ、の意。

一〇〈この土地の和歌ですから、どうして知らないわけがありましょう〉。

一一『古今和歌六帖』のこと。注八参照。この歌を『古今六帖』の歌として権威づけた。

一二 海士や山賤(木こり)などを「心なし」(情趣を解せぬ)とするのは定型。「伊勢をの海士…只あまなり。『を』に心なし」(『匠材集』)。「海士トアラバ…みるめなき（みるめかる）」(『連珠合璧集』)。

一三「海士」「焚く藻」「煙」など縁語（『連珠合璧集』）。

一四〈塩焼くべき海士が、歌の道に身を焼くばかりの心尽しをしてよいわけではないのだが〉。「身を焚く」は、原義の恋を風雅の心にとりなした。古写本や下掛りは「身をたつ」（暮しを立てる）とする。

一五〈名所に住むと自然に風雅が身について、人だけではなく、ここに打ち寄せる波の音までも、よそと違うようです、お聞きなさい〉。「住めば所による」は諺か。「寄る波」は「伊勢」の縁語。

一六「草の名も所によりて変るなり難波の蘆は伊勢の浜荻」(『菟玖波集』雑三、救済）に基づく。「物の名も…」の形で《芦刈》に引く。

一七〈塩焼く煙も絶えてしまった、月を見たいという海士が、煙で月の隠れることを恐れ、塩焼きをしなくなったために〉。「塩竈の浦の煙は絶えにけり月見んとての海士のしわざか」(『続後撰集』秋中、後嵯峨天皇）の変型。

一八〈歌に詠まれて容認されている海士の風雅は、和歌に心を寄せる人々と全く同様です、決して海士だからといって除外されるべきではありません〉。敷島（日本国）に寄りくる波と、敷島（和歌）に心を寄せる人並に、とを言いかけた。

4

候《ゾオロオ》　シテ「あらやさしの旅人《タビビト》や　一〇所《トコロ》の和歌《ワカ》なればなどかは知らで
候ふべき　かの一一六帖《ロクジヨオ》の歌に　正面へ　逢《オオ》ふことも　へ向き　阿漕が浦に引く網も
「度重《タビカサ》ならば顕《アラ》はれやせん　かやうに詠《ヨ》まれし海士人《アマビト》なれば　さも
一二心なき伊勢《イセ》をの海士の　（海松布・見目）みるめも軽《カロ》き身なればとて　賤《イヤ》しみ給ひ候　ワキへ向く
ふなよ
〔掛ケ合〕　ワキへげにや名所旧跡《メイシヨキウセキ》に　馴《ナ》れて年経《トシヘ》ば心なき　シテへ
一三海士《アマ》の焚《タ》く藻《モ》の夕煙《イウケムリ》　ワキへ一四身を焚《タ》くべきにはあらねども　シテ
へ一五住めば所による波の　（依・寄）　ワキへ音《オト》も変はるか　シテへ聞き給へ
〔上ゲ歌〕　正面へ向き　地へ一六物の名も　所によりて変はりけり　所によりて変は
りけり　難波《ナニワ》の蘆《アシ》の浦風も　以下謡に合せて動く　ここには伊勢《イセ》の浜荻《ハマオギ》の　音《オト》を変へて聞　ワキ
へ向き　き給へ　一七藻塩焼《モシオヤ》く　向うを見やり　煙も今は絶《タ》えにけり　舞台を回り　月見んとての　海士《アマ》の
仕業《シワザ》にと　一八許《コル》され申す海士衣《アマゴロモ》　（敷・敷島）しきしまに寄り来る　（一波・人並）ひとなみにい
常座で　かで洩《モ》るべき　ワキへ向く
〔(問答)〕　シテへ向き　ワキ「この浦を阿漕《アコギ》が浦《ウラ》と申す謂《イ》はれおん物語《モノガタ》り候へ　ワキ　着座

〔語リ〕（真中に着座して）シテ「総じてこの浦を阿漕が浦と申すは　[一]伊勢《イセ》太神宮《ダイジングウ》ご降臨《コオリン》
よりこのかた　ご膳調進《ゼンチヨオシン》の網《アミ》を引く所なり　されば[二]神《カミ》のおん誓《チカ》ひに
よるにや　海辺《カイヘン》の鱗類《ウロクズ》この所《トコロ》に多く寄りて　憂《ウ》き世を渡るあたりの
海士人《アマビト》　この所に漁《スナド》りを望むといへども　神前《シンゼン》の恐れあるにより
堅《カタ》く戒《イマシ》めてこれを許さぬところに　[三]阿漕《アコギ》といふ海士人《アマビト》　[四]業《ワザ》にのぞむ
心の悲しさは　夜々《ヨルヨル》忍びて網を引く　暫《シバ》しは人も知らざりしに　度《タビ》
重《カサ》なれば顕《アラ》はれて　阿漕《アコギ》を縛《イマシ》め[五]所《トコロ》をも変《カ》へず　この浦の沖《オキ》に沈めけ
り　[六]〽さなきだに伊勢をの海士の罪深《ツミフカ》き　身を苦しみの海の面《オモ》　重《カサ》
ねて重《オモ》き罪科《ツミトガ》を　（ワキへ向く）受くるや冥途《メイド》の道までも
〔歌〕（坐ったまま）地〽[七]娑婆《シヤバ》（正面を向き）にての名にし負《オ》ふ　今も阿漕《アコギ》がうらめしや（浦・恨）　[八]呵責《カシヤク》の
責《セ》めも隙《ヒマ》なくて　（ワキへ向き）苦しみも度重《タビカサ》なる　罪弔《ツミトム》らはせ（合掌）給へや
〔（クセ）〕（坐ったまま）地〽耻づかしやいにしへを（面を伏せ）　語るも余《アマ》りげに　（面を上げ）阿漕が[九]憂《ウ》
き名洩《ナモ》らす身の　[一〇]亡《ナ》き世語《ヨガタ》りのいろいろに　[一一]錦木《ニシキギ》の数積《カズツ》もり　千束《チツカ》
の契《チギ》り忍ぶ身の　阿漕《アコギ》が喩《タト》へうきな立つ（憂・浮名）　[一二]憲清《ノリキヨ》と聞こえし　その歌《ウタ》

一　垂仁天皇二十五年、大和笠縫邑《かさぬいのむら》から伊勢度会《わたらい》郡五十鈴《いすず》川上（現在の伊勢内宮鎮座地）に遷《うつ》る。「ご膳調進…」は朝夕の神饌のための魚猟処をいう。『神鳳鈔』に「安濃津御厨。御贄六九十二月」とする。
二　〈神の衆生済度の御誓願が魚類にまで及ぶのか、魚類が多く寄ってきて〉。「鱗類」は魚類のこと。
三　二八頁注一一の歌に基づく海士の名前。その歌意から、「阿漕」には同じことのたび重なる意がこもる。
四　漁獲に多くを期待する欲心との解もあるが、漁業への執心の意であろう。古写本に「業に染《そ》む心」。
五　〈その場において〉。
六　〈それでなくてさえ、殺生《せっしょう》の業ゆえの海士の罪深き身を苦しく思うこの海に、禁断の罪を重ねてふし漬けの刑に処せられ、その苦しみはこの世だけではなく、地獄においてまでも同様で〉。「苦しみの海」は、「苦海」（生死輪廻《しょうじりんね》の苦しみの世を海に譬《たと》える語）を言い換えた。「面」は「重き」と重韻のための文飾。
七　〈娑婆（人間界）にあっては阿漕という名を持っていたが、今も地獄で、その名の通り阿漕である（たび重なる）ことが恨めしい〉。注三参照。
八　〈地獄の責め苦は間断なく、苦しみもたび重なるが、こんな何重もの罪を弔《とむら》って下さい〉。
九　〈阿漕にまつわるつらい恋の噂をちょっとお話しするこの身は〉。「憂き名洩らす」は歌語で、恋の心。
一〇　〈すでにこの世に亡い者で、過去のことになった噂話がいろいろあり〉。「いろいろ」は「錦木」の縁語。

人《ビト》の忍び妻《ズマ》　阿漕《アコギ》阿漕と言ひけんも　責《セ》め一人《イチニン》に　一三度重《タビカサ》なるぞ悲　ワキへ向き
涙を押える
しき
〔ロンギ〕　正面へ向き　地へ不思議やさては幽霊《イウレイ》の　幻《マボロシ》ながら現はれて　一四執心《シウシン》の
(根・浦波)うらなみの　(泡・)あはれなりける値遇《チグウ》かな　シテへ一五一樹《イチジュ》の宿《ヤド》りをも
他生《タシヨオ》の縁《エン》と聞くものを　ワキへ向き　おん身も前《サキ》の世の　値遇《チグウ》を少しまつかげ(待・松蔭)
に　一六(浦・)うらぶれ給へ墨衣《スミゴロモ》　地へひもゆふぐれの汐煙《シオケムリ》(紐結・イゥ日夕暮)　竿を持って立つ　立ち添ふかた
右方の海上を見
や漁火《イサリビ》の　シテへ影もほのかに見え初《ソ》めて　正面の海を見やって　地へ海べも晴るるむ一七
ら霧《ギリ》に　竿を繰り出し　シテへすはや一八手繰《テグ》りの　網を引きほどき　地へ網の綱　前へ出ながら綱を竿にからめ　繰り返し繰り返
横ざまに両手に持って舞台を回り
し　浮きぬ沈むと見しよりも　右方の海上をキキと見廻し　にはかにへ疾風《ハヤテ》吹き　正面の海を見　へ海面《ウミズラ》暗くか
き昏《ク》れて　一九頻波《シキナミ》も立ち添ひ　波を見つめ　漁《イサ》りの灯《トモシ》消え失せて　正面遠くを見やり　こはそもいかに　竿を取落してタラタ
ラと退って両手で耳を覆い
と叫ぶ声の　波に聞こえしばかりにて　跡《アト》はかもなく失せにけり　常座へ回り　正面を向いて　消え
失せた体で中入り
跡はかもなく失《ウ》せにけり
〔語リ〕　アイが登場　ワキの尋ねで阿漕が浦の謂れを物語る　アイ「まづはやこの所は　伊勢の国阿漕《アコギ》が浦と申し候　総じて阿
漕と申すは人の名《ナ》にて候　またこの浦と申すは　昔より太神宮降臨《ダイジングウコオリン》よりこ

一二〈錦木の数を重ねて千束になるまでの思いを遂げた忍び逢いの契りも、阿漕の、度重なれば顕れるとの譬えの通り噂が立った〉。「錦木の」は「数積もり」の序。「錦木は千束になりぬ今こそは人に知られぬ閨《ねや》の内見め」の歌をめぐる錦木説話(『俊頼髄脳』等)による。人目を忍ぶ恋に、阿漕と錦木の故事が、『太平記』二一、塩冶判官讒死事《えんやほうがんざんしのこと》に見える。「亡き世語り」の一つにその話をふまえるか。

5
一三〈憲清(西行)といわれた歌人の隠し妻が、たび重なれば顕れることを恐れて阿漕阿漕と言ったとか。結局は阿漕という名の私の責任に帰すべき罪があれこれ積み重なって本当につらいことだ〉。解題参照。

一三 底本「度重なるも」。上製本等で訂正。

一四〈執心の恨みを聞くとは、哀れな人に出会ったことよ〉。「値遇」は「値遇の縁」に同義。

一五 にわか雨にあって同じ木の下に雨宿りをするのも前世からの因縁によるということだ、の意。「宿二一樹下一、汲二一河流一…皆是先世結縁」(『説法明眼論』)など諸書に見える常套句で、種々の変型がある。

一六〈故人を哀れと思って下さい〉。「浦」に言いかけた「裏」に音通で「墨衣」(墨染の衣。ここは僧の意)の縁語。

一七 霧があちこち消え薄れること。「むら」はまだらな状態をいう。

6
一八 手繰り網。手で繰り引く網漁法。

一九 後から後からと立ち寄せる波。

のかた　御膳調進《ゴゼンチョオシン》の網を引き申す所にてござ候　然るによつて辺《アタ》りの人網を下《オ》ろしたき由《ヨシ》申し候へども　神前《シンゼン》の恐れにより戒《イマシ》め給ひ　堅く殺生禁断のおん事にて候ふを　阿漕と申す海士人　夜々《ヨルヨル》忍びて網を引き申すをしばし人も存じ申さず候ふが　あまりに事繁《コトシゲ》く網を下ろし申すによつてある時この所の者見付け　網を引く[一]を捕らへ　さんざんに戒《イマシ》め　即《スナワ》ち所をも変へず　この浦の沖へ舟に乗せて　一間《イッケン》ばかりに簀《ス》を編《ア》みて　くるくると巻き　四所五所《ヨトコロイツトコロ》結ひ沈め給ひて候　ことのほか神罰[二]を蒙《コオム》り申して候さやうの子細によつて　ある古き歌[三]にも　伊勢の海阿漕が浦に引く網も度重《タビカサ》ならば顕《アラワ》れぞするとやらんござ候　また六帖[四]のおん歌にも　逢ふこと　も阿漕が浦に引く網も　度重《タビカサ》なれば顕れやせんと　かやうに詠み給ひたるよし申し候

〔問答〕　ワキは先刻の出来事を話し　アイは供養を勧めて退く

〔上ゲ歌〕　脇座に着座のまま　ワキへ　いざ弔《トム》らはん数《カズ》かずの　いざ弔《トム》らはん数かずの　法《ノリ》の中《ナカ》にも一乗《イチジョオ》[五]の　妙《タエ》なる花のひもときて（紐解・繙）　苔《コケ》[六]の衣《コロモ》の玉《タマ》ならば　つ

一　以下は《鵜飼》と同趣向。

二　ふし漬けとなったことが即ち神罰である、の意。

三　二八頁注八参照。

四　二八頁注一一参照。

五　法華の教えであるからには、終《つい》に悟りを得て成仏するに違いない、の意。「一乗の…花」は一乗妙典としての法華経。「花の紐解く」（花が咲く）を、経を繙《ひもと》く意に用いた。

六　「苔の衣」（僧衣）は「花の紐」と対。「衣の玉」は法華経七喩の一。衣の裏に宝珠のあるを知らず、後にそれを知って貧乏から逃れ得た。仏性 7 を備えながら気付かず、それを聞いてはじめて悟りを得ることの譬え。「玉」と「光」は縁語。

ひに光《ヒカリ》は暗《クラ》からじ　つひに光は暗からじ

【出端】で後ジテが登場　四手網を持ち一ノ松に立つ

正面へ向き

〔下ノ詠〕シテ（〽）海士《アマ》の刈《カ》る七　藻《モ》に住む虫のわれからと（・我から）　音《ネ》をこそ泣かめ　世をば厭《イト》はじ

彼方を見やり

〔（サシ）〕シテ〽今宵《コヨイ》は少し波荒れて　ご膳《ゼン》八の贄《ニエ》の網《アミ》はまだ引かれぬよのう　「よき隙《ヒマ》なりといふ《ウ》（言・夕月）づきなれば　宵《ヨイ》よりやがて入《イ》り汐《シオ》の

少し方向を変えて進み　　遠くを見やり　後の方を振返り

〽道を変へ人目を　忍び忍び九に引く網の　沖にも磯にも舟は見えず　ただわれのみぞあごの海一〇（網子・英虞）

正面へ居直った体

舞台へ入りつつ　　角へ行き　坐って四手網を前へ置く

〔一セイ〕シテ〽阿漕が塩木《シオキ》一一（樵・懲）こりもせで　地〽なほ執心の網置かん

【立回リ】一二　魚を網へ追込む様子を表現

四手網の綱を両手に持ち網を見つめ

〔（一セイ）〕シテ〽伊勢の海　清き一三渚《ナギサ》の（玉・偶々）たまたまも　地〽弔《ト》一四ふこそたより法《ノリ》の声　シテ〽耳には聞けども　なほ心には

綱をたぐり寄せ

〔ノリ地〕地〽ただ罪をのみ　一五もちあみの（持・持網）　網を引上げ　波はかへつて（返・却）　猛火《ミョオカ》一六と　網を後方へ投捨て立上り　なるぞや　あら熱《ア》つや　常座へ回り　扇をはね掲げて苦悩の心　堪へがたや

七〈海士の刈る海藻に住む割殻虫《われから》ではないが、すべては我から（自分のせいだ）と声を立てて泣くけれど、だからといって出家しようとは思わない〉。『古今集』恋、典侍藤原直子の歌（末句「世をばうらみじ」）の変型で、宝生・喜多も「厭はじ」とするが、観世・金春・金剛は「恨みじ」。　8

八〈神前へ魚をお供えするための漁はまだだな〉。

九「人目を忍ぶ」と「忍び忍びに引く網」とを掛ける。

一〇「英虞《あご》」は『和名抄』に志摩の国（三重県）の地名として見える。『萬葉仙覚抄』に伊勢の名所とするが、歌枕ではない。「網子」と言いかけ、次行の「阿漕」と重韻。

一一「塩木」は塩を焼くための薪。「塩木樵る」は歌語。「塩木つむ阿漕が浦に寄る波のたび重ならば人もこそ知れ」（『歌枕名寄』）という、二八頁注八掲出歌の変型もある。

一二　観世流以外は【カケリ】とする。

一三「伊勢の海　清き渚にしほかひに　なのりそや摘まん　貝や拾はんや　玉や拾はんや」（催馬楽「伊勢海」）に基づく「たまたま」の序。　9

一四〈たまたまにでも弔問読経の声を聞くのは、滅罪成仏のたよりともなるはずだが〉。「法の声」は読経のこと。

一五「持ち網」は四手網《よつであみ》の一種。

一六　地獄の猛火（『観無量寿経』など）のこと。

〔中ノリ地〕

地へ（以下謡に合せて働く）丑三つ過ぐる夜の夢（足拍子）丑三《ウシミ》[一]つ過《ス》ぐる夜《ヨル》の夢　見よ[二]や因果《インガ》の廻《メグ》り来《ク》る　火車《カシャ》に業積《ゴオツ》む数《カズ》（扇で業積むかたちを示し）苦しめて目の前の（舞台を回る）地獄も真《マコト》なりげに（扇を打合せ）恐ろしの気色《ケシキ》や

シテへ（数拍子）思ふも恨めしいにしへの

地へ思ふも恨めしいにしへの　娑婆《シャバ》[三]の名を得し　阿漕《アコギ》がこの浦に　なほ執心《シウシン》の（網引く体に扇をあげ）心引く網の　手馴《テナ》れし鱗類《ウロクズ》今はかへつて　悪魚毒蛇《アクギヨドクジャ》となつて　紅蓮大紅蓮《グレンダイグレン》[四]の氷に（数拍子）身を（扇を）傷《イタ》め（巻込んで胸を打ち）骨を砕けば　叫ぶ（顔を上に向け）息は　焦熱《ショオネツ》[五]大焦熱の（辺りを見廻し）焔煙雲霧《ホノオケムリクモキリ》（立・起居）たちゐに（膝をつきつつ退り）隙もなき　冥途《メイド》の責《セ》めも度重《タビカサ》なる阿漕が浦の　罪科《ツミトガ》を　助け給へや（足拍子を踏返し）旅人《タビビト》よ　助け給へや旅人《タビビト》とて　ま（扇を）（左手に顔を隠し波に沈む体で膝をつき）た波に入りにけり　また波の底に入りにけり（立上って脇正面を向き　留拍子）

一　午前二時頃。真夜中。

二〈見よ、生前の報いがめぐり来て、迎えの火車にたび重なる罪業の数々とともに乗せられ、数々の責め苦をまのあたりに見ると、地獄は本当にあるのだと、全く恐ろしく思われる有様だ〉。「廻る」「積む」は「火車」（罪人をのせて地獄に運ぶ火の車）の縁語。

三〈娑婆での阿漕（たび重なる）という名の通り、この阿漕が浦になお執心は後を引いて、網を引く手に、今まで扱い馴れていた魚類は、今度は逆に恐ろしい悪魚毒蛇となって〉。

四　八寒地獄のうちの紅蓮地獄・大紅蓮地獄。寒さのために皮肉が裂けて紅蓮のようになる。

五　八熱地獄のうちの焦熱地獄・大焦熱地獄。熱さのために皮肉が焦げ爛《ただ》れる。「紅蓮大紅蓮」と対。「或ハ咽《ビ》ニ焦熱大焦熱之炎一、或ハ閉ニ紅蓮大紅蓮之氷一」（『往生講式』）。

朝顔

あさがお

登場人物

前シテ　里の女　**若女**（小面）・紅入唐織

後ジテ　朝顔の精　**若女**（小面）・朝顔を立てた天冠・長絹・腰巻

ワ　キ　旅　僧　角帽子・絓水衣・無地熨斗目

ア　イ　所の者　長上下

備　考

＊三番目物。太鼓あり。

＊五流とも現行曲になし。

＊底本役指定は、シテ・後シテ、ワキ、同、地。

＊間狂言は寛永九年本による。

構成と梗概

1　ワキの登場　僧（ワキ）が都の一条大宮仏心寺に到り、朝顔の花を賞《め》で、秋萩の古歌を口ずさむ。

2　シテ・ワキの応対　所の女（シテ）が呼びかけつつ現われ、所にゆかりの朝顔の古歌でないことを恨む。

3　ワキ・シテの応対　女は朝顔の精であると素姓を明かし、仏果を願い、再現を約して消え失せる。

4　アイの物語り　所の男（アイ）が光源氏と朝顔のことを語る。

5　ワキの待受け　僧は朝顔のゆかりを偲ぶ。

6　シテ・ワキの応対　朝顔の精（後ジテ）が現われて仏果を願い、僧は寺の謂れや朝顔の妄執について尋ねる。

7　シテの語り舞　朝顔の故事。

8　シテの舞事

9　結末　無常の悟り、草木成仏。

1

【名ノリ笛】でワキが登場　常座に立つ

〔名ノリ〕　ワキ　正面へ向き　「かやうに候ふ者は　もとは都の者にて候ひしが　親[一]に後《オク》れし愁歎《シウタン》により　元結《モトユイ》切り諸国を廻《メグ》り候　またなにとやらん故郷懐《フルサトナツ》かしく候ふ間《アイダ》　この秋思ひ立ち都に上《ノボ》り候

〔上ゲ歌〕　ワキ　正面を向いたまま　〽[二]身を変へて　後《ノチ》も待ちみよこの世にて　（此・子）　後も待ちみよこの世にて　親《オヤ》を忘れぬ慣《ナ》らひぞと　思ひ[三]切りたる黒髪《クロカミ》の　乱《ミダ》れ心《ゴコロ》を振り捨てて　迷《マヨ》[四]はぬ法《ノリ》の道問へば　以下歩行の体　本《モト》[五]のさとりの　（覚・里）　名にし負《オ》ふ　都と聞くぞ頼もしき　都と聞くぞ頼もしき

〔着キゼリフ〕　ワキ「これはや都に上《ノボ》りて候　真中へ進み　このあたりは[六]一条大《イチジョオオオ》宮仏心寺《ミヤブッシンジ》と申す御寺《ミテラ》にてありげに候

〔□〕　ワキ「あら笑止《ショオシ》[七]や　俄《ニワ》かに村雨《ムラサメ》の降り来たりて候　これなる

一〈親に先立たれた悲しみから剃髪《ていはつ》出家して〉。「元結切る」は「髻《もとどり》切る」に同じ。

二〈(親子は一世というが) 生れ変った来世までも、出家に身を変えて後世《ごせ》を期待するのは、子がこの世で亡き親を忘れぬ習わしだ〉。「身を変へて…この世にて」は『源氏物語』(以下『源語』と略称) 朝顔の巻の光源氏の歌。下句「親を忘るる例《ためし》ありやと」。「身を変へて」に、「後生《ごしよう》」の意と「出家」の意とを掛ける。

三〈髪を切り出家して、煩悩《ぼんのう》の心を捨てて〉。「思ひ切る」に「(黒髪を) 切る」を掛け、「乱れ心」の序とする。「振り (捨て)」は「黒髪」と縁語。「髪トアラバ…みだるる」(『連珠合璧集』)。

四「迷ふ」に「心の迷い」と「道に迷う」とを掛け、「仏道を修行したので本覚 (根本の悟り) を得た」と、「道順を尋ねて故郷に到った」の両意を含む。

五〈本の覚りに通ずるひびきを持った本の里 (故郷) である、あの名にし負う都だと聞くと心強いことだ〉。「本のさとり」は「本覚」(本来的に備わる悟りの性質) を隠して言う。「頼もしき」に、「仏道の頼もしさ」と「故郷の頼もしさ」とを掛けて言う。

六「一条大宮ニ円弘寺・仏心寺。此ノ寺ト中スハ賀茂ノイツキニ備ハリ給フ朝顔ノ更衣ノ墳アリ」(『応仁記』)。

七 ここは、困ったことだ、の意。

寺に立ち寄り雨を晴らさばやと思ひ候　正面先へ出て花を見付け　あら美《ウツク》しの草花《クサバナ》や候《ソオロオ》
一籬《マガキ》を見れば秋の草　所《トコロ》争ふその中に　ことに萩朝顔《ハギアサガオ》の今を盛りと咲き乱れて候　この花を一本手折《ヒトモトタオ》らばやと思ひ候　〽二秋萩《アキハギ》を折らでは過ぎじ月草《ツキクサ》の　「花摺《ハナズ》り衣《ゴロモ》露に濡るるともと　三古言《フルコト》ながら思ひ出でられて候　脇座へ行きかかる

〔問答〕　幕の中から呼掛けながら登場　シテ「のうのうあれなるおん僧　四その萩《ハギ》の歌にて候《サムラ》はずとも　所につきたる古歌《コカ》はあるべきぞかし　〽五紫のゆかりのありて秋萩を　「折らでは過ぎじと宣《ノタモオ》ふやらん　脇座でシテへ向き　ワキ「六いやゆかりなんどと申すことは候はねども　ただなにとなく思ひ寄りたる古言《フルコト》なり
シテ〽七咲く花にうつるてふ名は包《チヨオ》めども　折らで過ぎ憂き今《ケ》朝《サ》の朝顔《アサガオ》と　八「もてはやさるるもあるものを　シテは常座に立ちワキへ向く　〽ただ萩のみをご賞《シヨオ》翫《カン》の

〔歌〕　正面へ向き　地〽九恨みは　数かず多けれど　よしよし申すまじ　この花を
一〇御法《ミノリ》の花になし給へ　ワキへ向く

一〈垣根を見ると秋の草がびっしり生い茂っている、その中で〉。

二〈秋萩を手折らずしては行き過ぎられない。たとえ露草の花で摺りつけた移ろいやすい文様《もんよう》のこの衣が露に濡れようとも〉。『新古今集』秋上、権僧正永縁《ごんのそうじょうえいえん》の歌。底本「濡れ共」を上製本等により訂正。

三「古歌」に同じ。

四〈その萩の歌ではなくとも、もっとこの場所にぴったりした古歌はあるはずでしょうに〉。注七参照。

五〈それとも、紫のゆかりでもあって「秋萩を折らでは過ぎじ」とおっしゃるのですか〉。「紫のゆかり」は恋人などの縁のあることをいう。

2
六〈いいえ、縁故などということはありませんが、ただ何となく思いついた古歌なのです〉。

七〈美しく咲く花に、移ろうという言葉は慎しむべきだが、美しさに心が移り魅《ひ》かれて、手折らずして過ぎるのがつらく思われる今朝の朝顔よ〉。『源語』夕顔の巻の源氏の歌。

八〈ほめたてられた歌もありますのに〉。萩が「折らでは過ぎじ」ならば、朝顔も「折らで過ぎ憂き」美しさであるのに、と言う。

九〈恨み言はいろいろありますが、まあそんなことはもう申しますまい〉。この一句、成句としての例がある（『宗安小歌集』『閑吟集』等）。

一〇この花に仏果を得させ給え、の意。「法の花」（法華経）に言いかけた文飾。

〔問答〕　ワキ（シテへ向き）「さてはこの寺は故《ユエ》[一一]あるところにて候ひけるぞや　またおん身もいかなる人にてましますぞ　おん名を名《ナ》乗《ノ》り給ひ候へ
シテ（ワキへ向き）「今はなにをか包むべき[一二]　われは朝顔《アサガオ》の花の精《セイ》なるが　かりそめ[一三]もこの花を仏の前の手向《タム》け草《グサ》となす人はなくて　名に擬《ナゾラ》[一四]ふること
とし　言《コト》[一五]は恋慕《レンボ》愛執《アイシウ》の種《タネ》となること　歎《ナゲ》[一六]きの中《ナカ》の歎きなり　へたまたまおん僧に逢ひ奉る嬉しさに　一句《イック》[一七]をも聴聞《チヨオモン》申し　仏果《ブッカ》を得んと思ふゆゑ　かやうに現はれ出でたるなり
ワキ「さては朝顔の花の精にてましますかや　仏果[一八]の縁《エン》となることも　懺悔《サンゲ》に過ぎたることあらじ
唐朝《トオチヨオ》のいにしへも帽上《ボオジヨオ》[一九]の紅槿《コオキン》とて　紅《クレナイ》の朝顔を簪《カンザシ》の上に飾りつつ　曲《キヨク》[二〇]をなしつる例《タメシ》あれば　へ急ぎ衣冠《イカン》を着《チヤク》しつつ　狂言綺《キヨオゲンキ》語《ギヨ》をなし給へ
〔クドキグリ〕　（正面へ向き）シテへ恥づかしやかかり[二一]と聞きし言《コト》の葉《ハ》を　今あらためて申すならば　諫《イサ》むる神《カミ》のありやせん
〔クドキ〕　シテへよしよしそれはともかくも　現はれ出でて言の葉

3

一一〈由緒ある所だったのですか〉。

一二〈もはや何を隠しましょう〉。

一三〈ほんのちょっとでもこの花（朝顔）を仏前の供花とする人はなくて〉。

一四 朝顔を人名に擬することをいう。『源語』の歌（注七参照）をふまえる。

一五 底本は「ことは」。前行の「名に」と対で、朝顔という言葉が恋慕愛執の種となる、の意。「我ならで下紐解くな朝顔の夕かげ待たぬ花にはありとも」（『伊勢物語』三七段）など例が多い。ここは『源語』朝顔の巻をふまえるか。

一六〈（仏道に背《そむ》く形であるのが）最大の嘆きだ〉。

一七 経文の一句。「一句妙法億劫難レ遇」（『秘蔵宝鑰』）。

一八〈仏果に到る機縁も、懺悔以上のものはない〉。

一九 汝陽王李璡（唐の玄宗皇帝の兄寧王の子）が滑りやすい絹の帽子の上に紅槿花を置いて一曲を奏したが、花は落ちなかったという故事（『羯鼓録』）による。李璡の小名を「花奴」（木槿の異名）という。

二〇 歌舞のこと。それを狂言綺《き》語《ご》に言い倣《な》す。《采女》一六八頁注七参照。

二一〈「狂言綺語だ」と聞けば、そんな話をあらためてすると、お叱りになる神もあるだろうが、ままよそれはどうであれ〉。「かかり」（「かくあり」）は、朝顔の物語が狂言綺語だ、の意。「諫《いさ》むる神」は「なべて世のあはればかりをとふからに誓ひしことと神やいさめん」（『源語』朝顔）をふまえる。

を　互ひに交《カ》はすこの上は　なにをかさのみ包むべき
〔歌〕　地へ［一］花衣《ハナゴロモ》　重《カサ》ねてきつつ（着・来）語らん　以下舞台を回り　そのほどは　しばらく待たせ給へとて　［二］霧の籬《マガキ》に　常座で正面を向き　立ち隠れ失せにけり　消え失せた体で中入り　あと立ち隠《カク》れ失《ウ》せにけり

〔問答〕　アイが登場　ワキは所の謂れを尋ねる

〔語リ〕　アイ「［三］朝顔の斎院《サイイン》と申すは　賀茂の斎《イツ》きに備《ソナ》はり給ふが　その後下《オ》り居《イ》の身となり給ひ候　またこの寺は［四］桃園の宮と申せしを　造りも変へ給はず仏心寺《ブッシンジ》となし給ふ　また光源氏朝顔へおん歌参らせられ候　その時のおん歌に　［五］見し折の露も忘れぬ朝顔の花の盛りは過ぎやしぬらんと　かやうに詠み給ひ参らせられ候へば　御《ゴ》返歌に　［六］秋はてて霧の籬《マガキ》に結ぼほれあるかなきかにうつる朝顔と御《ゴ》返歌なされたると承り候　また朝顔を賞翫《シヨオカン》なされ候ふこと　［七］悟りを開き給ふゆゑにて候　［八］千年《チトセ》の松も遂には枝朽《ク》ち一日《イチジツ》の槿花《キンカ》も栄華《エイガ》は同じ心と思《オボ》し召《メ》し　朝顔を御寵愛《ゴチヨオアイ》にてござありたると申し慣らはし候　最前《サイゼン》申し候ふごとく　［九］われら体《テイ》のことにて候へば　詳

一　朝顔の縁で「花衣」（美しい衣）と言い、「重ねて」は、衣を重ねて着る意に、再び来る意を掛ける。

二　「秋はてて霧の籬にむすぼほれあるかなきかにうつる朝顔」（『源語』朝顔）をふまえる。

三　朝顔は桐壺帝の弟の桃園式部卿の宮の娘。斎院（内親王または女王が天皇の即位ごとに選ばれて賀茂神社に奉仕する。「賀茂の斎き」とも）であったが、父の式部卿の宮の死により服喪のため「下り居」（退位）の身となり、自邸の桃園の宮に住んだ（『源語』朝顔）。

4

四　「桃園の宮は今の仏心寺其の跡也。弄花、同」（『岷《みん》江入楚《ごうにっそ》』）。

五　〈あなたを以前見た折に朝顔の花を差上げましたが、少しも忘れられぬその折の朝顔の花（あなた）の美しさの盛りは、もう過去のものなのでしょうか〉。（『源語』朝顔。但し第二句「露忘られぬ」）。底本（寛永九年本）の初句「みしおかの」を訂正。

六　〈秋も終って立ちわたる霧の籬（垣根）に蔓がこんがらがって、有るとも無いともわからぬほどにうつろい変った朝顔の花ですよ、私は〉。（『源語』朝顔）。

七　「悟り」は朝顔のはかなさを無常の理《ことわ》りを示すものと見ること。注六の歌を「あるかなきかとは世間無常を槿上にて色即是空を観じ給ふ」（『孟津抄』）と解釈する立場に基づく。

八　「松樹千年終是朽、槿花一日自為レ栄」（『和漢朗詠集』槿、白楽天）。底本「ちとせ」と振仮名。

しきことは存ぜず候　古き人の申したる通り　[一〇]あとさきあらあら申し上げ
候　さてなにと思し召しおん尋ね候ふぞ

〔問答〕　ワキは先刻の出来事を話し　アイは逗留を勧めて退く

〔上ゲ歌〕着座のまま　ワキ〽[一一]いにしへに　これやなるてふ桃園《チヨオモモゾノ》の　これやなるて
ふ桃園の　あとはるばるの遠き世を　今聞くことの不思議さよ
しばらくここに休《ヤス》らひて　その[一二]朝顔《アサガオ》の色深《フカ》き　花のゆかりを尋《タズ》ね
ん　花のゆかりを尋ねん

【一声】で後ジテが登場　常座に立つ

〔掛ケ合〕正面へ向き　シテ〽あら嬉《ウレ》しや[一三]衣冠《イカン》を着《チャク》し　[一四]歌舞《カブ》の菩薩《ボサつ》のごとくになり
て　歌ふ心や法《ノリ》の花の[一五]　台《ウテナ》に至らんありがたさよ　ワキへ向き　いよいよ仏果《ブッカ》を
授け給へ　シテへ向き　ワキ〽げにや頼め[一六]置きつる言《コト》の葉《ハ》変へず　重ねて現は
れ給ふこと　[一七]妄語《モオゴ》のなきこそありがたう候へ　「同じくはこの寺の
おん謂《ニ》はれ　またおん身の妄執《モオシウ》なんどをも　〽くはしく語り給ふ
べし

九〈私らみたいな（無知な）者のことですので〉。

一〇〈前後不同に大体のことを申し上げました〉。

一一〈遠い昔のことになったここが、あの三千年に一度桃のなるという桃園の名を持った桃園の宮の旧跡で、その花の咲く春にも比すべき稀な機会を得て、はるか昔の時代の物語を今聞くことの不思議さよ〉。「三千年《みちとせ》になるてふ桃の今年より花咲く春に逢ひにけるかな」(『拾遺集』賀、躬恒《みつね》。『和漢朗詠集』桃)の表現を借用。「なる」は「古になる」に「桃がなる」を掛け、「はるばる」は「遙々」に「春」を掛ける。

5

一二〈朝顔の深い由縁《ゆかり》を尋ねよう〉。「花」の縁で「色深き」と言う。

6

一三「衣冠を着し、歌舞の菩薩のごとくに」現われるのは、《杜若》をふまえるのであろう。

一四 極楽で歌舞を奏し、如来を讃嘆し、往生の人々を歓楽せしめる菩薩。

一五「花の台」は極楽浄土の蓮台。「法の花」(法華)から言いかけた。

一六〈心待ちにさせておいた言葉の通りに〉。

一七「虚言」(うそ)の仏語。

〔クリ〕大小前に立ち シテ へそもそもこの寺[一]と申すは　桐壺《キリツボ》の帝《ミカド》のおん弟《ノトオト》に

地へ式部卿《シキブキヨオ》[二]と申せし人の住み給ひし　桃園の宮のご旧蹟《キウセキ》

〔サシ〕立ったまま シテ へそのご息女《ソクジヨ》のましますは　賀茂《カモ》の斎《イツキ》に備《ソナ》はりて

地へ朝顔《アサガオ》の斎院《サイイン》と申ししなり　光源氏《ヒカルゲンジ》は折々《オリオリ》に　露の情《ナサ》けをかけま[三]（懸・）

くも　かたじけなしと神職《シンシヨク》[四]に託言《カゴト》をなして靡《ナビ》かず　シテへしかり

とは申せども　地へ戯《タワム》[五]れにくく紫《ムラサキ》の　色《イロ》に摧《クダ》きしおん心も　朝顔

の浅からぬ恨みとかや　または牽牛花《ケンギウカ》[六]とも申せば　星[七]ワキへ向く の契りもよそ

ならず

〔クセ〕地へ遊子《イウシ》[八]伯陽《ハクヨオ》と言ひし人　偕老《カイロオ》[九]を契ること 以下謡に合せ舞う　二八三四《ジハチサンシ》の旬《シユン》

なり　ともに　玉兎《ギヨクト》[一〇]を愛して夜もすがら　道路《ドオロ》[一一]のほとりにましま

す　夕《イウ》べには 東を見やり　出づべき月を待ちて　遠境《エンキヨオ》[一二]にさぞらひ　暁《アカツキ》は入《イ》り方《ガタ》

の 西を見やり　月を惜しみて山峰《センポオ》の　高きに攀《ヨ》ぢ上《ノボ》る　広げた扇を高く上げつつ シテへ伯陽　この世

を去りしかば　地へ遊子《イウシ》は深く歎《ナゲ》きて　月の前に佇《タタズ》むに　互ひ

に姿を見《ミ》みえし　その執心《シウシン》にひかれて　牽牛《ケンギウ》織女《シヨクジヨ》の二星《ジセイ》となり

7

一　以下の物語は四〇頁注三参照。

二　『源語』賢木《さかき》の巻による。解題参照。

三　「かけまくもかしこき」は祝詞など神へ言上《ごんじよう》の慣用語。「情けをかけん」（愛情を交わしたい）と掛詞で「かたじけなし」（畏れ多い）に言いかけた。

四　〈斎院であることを口実にして意に従わない〉。

五　〈朝顔は冗談事として済まし得ず、愛情に悩んだ御心の中にも、浅からぬ愛怨として残ったとか〉。「蘭蕙ノ苑ノ嵐摧テレ紫ヲ後、蓬莱洞月照スレ霜ヲ中」（『和漢朗詠集』菊）の表現を借る。「紫の」を序にして「色に摧く」が、心を砕く朝顔の愛恋の意。「朝顔」「浅からぬ」と重韻。

六　「牽牛花　ケンギウクヮ　和訓朝顔也」（文明本『節用集』）。

七　七夕《たなばた》の牽牛《けんぎゆう》・織女《しよくじよ》の二星の契り。『続斉諧記』（『芸文類聚』七月七日）等により上代より熟知。

八　以下、『三流抄』に見える説話。解題参照。

九　〈夫婦共白髪を契ったのは十六歳と十二歳の時〉。

一〇　月の異名。

一一　底本の「東楼」（『謡抄』による）を訂正。

一二　〈遠方までさすらい歩き〉。「さそらひ」とも。

一三　〈こんな驚くべき執心が原因であったのだ〉。

一四　〈槿花の朝に開き暮に落ちることはすべていたずら事、ただ人にとって必要なのは色即是空なることを知ることだ〉。「朱槿移栽釈夢中、老僧非是愛花紅、朝開暮落関何事、秖要人知ニ色是空一」(『宋詩紀事』九三、槿花)。『事文類聚後集』に「朝開暮落渾閑事…」を僧紹隆の詩とする。
一五「色即是空、空即是色」は『般若心経』の句。
一六〈アサガオは日に朝暮のあるを知って月に晦朔のあるを知らず。セミは夏だけを待ちもうけて春秋を期待しない〉。「朝菌不レ知ニ晦朔一、蟪蛄不レ知ニ春秋一」(『荘子』逍遥遊篇)。「期せず」とする本文未詳。「朝菌」については「支遁云、一名舜英、朝生暮落。潘尼云、木槿也」とし、また「蟪蛄」は「寒蟬也。…春生夏死、夏生秋死、故不知歳有春秋也」と注する。「ア 8
サカホニアマタノ名アリ…又ハ朝菌ト云フ」(『塵袋』三)。
一七〈朝顔は、こんなにはかないことの譬えではあるが、まあまあそれもいいではないか〉。
一八 四〇頁注八参照。「槿トアラバ…千とせふる松つゐに朽ぬる」(『連珠合璧集』)。
一九 四一頁注一一の歌をふまえ「桃園の宮」の 9
序。
二〇 四〇頁注八参照。「蕣《ハ》朝《ニ》栄、夕《ニ》衰《ル》花也」(『下学集』)など類型的理解に基づく。
二一「夢のうちにも夢を見」は『後撰集』以来の和歌表現。
二二 仏法に逢うことの意の成句。
二三「草木国土悉皆成仏」(二六六頁注四参照)をふまえて、「仏心寺」に言いかけた。
烏鵲紅葉《ウジヤクコオヨオ》の　橋を頼むことも　[一三]（ワキへ向く）かかるあさましき　執心の基《モトイ》なり
けり
〔裾クセ〕　地へさりながら　[一四]朝開暮落《チョオカイボラク》すべて閑事《カンジ》　ただ要《ヨオ》す人色《ヒトシキ》[一五]
是空《コレクウ》なることを知ると　作れる詩の心は　色即是空《シキソクゼクウ》なり　あら面白《オモシロ》
の心や
〔（ワカ）〕　シテへ面白や

【序ノ舞】

〔ワカ〕（扇を上げつつ）シテへ[一六]朝菌《チョオキン》は晦朔《カイサク》を知らず　蟪蛄《ケイコ》は春秋《シュンジュウ》を期《ゴ》せず　[一七]かやうに
あだなる譬《タト》へなれども　よしよしそれも厭《イト》はじや　厭はじや
〔ノリ地〕　地へ[一八]千年《センネン》の松も　終《ツイ》には枝朽《ク》ちぬ　シテへ[一九]三千年《ミチトセ》になる
てふ《チョオ》　桃園《モモゾノ》の宮もなし　地へ[二〇]一日《イチジツ》の槿花《キンカ》も　シテへ一度《ヒトタビ》の栄え
は　あるものを　あるものを　（舞台を回り）地へかれもこれも　よくよく思へ
ば　[二一]夢の中《ウチ》なる　夢の世ぞや　（ワキへ向き）シテへただ嬉しきは　おん僧に
逢ひ奉りて　（扇を左にとり）地へ[二二]御法《ミノリ》に値遇《チグ》の　（キリリと回り）縁となれば　[二三]草木国土《ソオモクコクド》　悉皆仏《シッカイブッ》

心《シン》の　正面を見　このおん寺は　逢ひに逢ひたる　法《ノリ》の場《ニワ》かな　正面へ出て　法の場かな
と　歌ひ捨てて　一野分《ノワキ》の風に　左袖を返し　袖を翻《ヒルガエ》し　二橋掛りの松を見やり　松の梢に　かかると見え
しが　そのまま姿は　木《コ》の間《マ》の日影《ヒカゲ》　舞台を回り　そのまま姿は　木の間の日影　常座で
に　正面へ向き　色消《ギ》え消えとぞ　脇正面を向いて袖を返して留拍子　なりにける

一「野分」は秋に吹く激しい風。『源語』の巻名をふまえる。

二「朝顔」から連想される歌語としての「(千年経る)松」「かかる」「日影(待つ間)」(『連珠合璧集』等にも)を点綴した。

安宅

あたか

登場人物

シテ　武蔵坊弁慶　兜巾・篠懸・絓水衣・白大口

ツレ（立衆）　義経の郎等（九人）　兜巾・篠懸・縷水衣・白大口

子方　義経　兜巾・篠懸・絓水衣・白大口

ワキ　富樫某　梨打烏帽子・直垂上下

オモアイ　強力　兜巾・厚板・括袴

アドアイ　富樫の従者　狂言上下

備考

＊四・五番目物、略二番目物。太鼓なし。
＊観世・宝生・金春・金剛・喜多の五流にある。
＊底本役指定は、シテ、ツレ、ヨシツネ、ワキ、トモ、ヲカシ、同。
＊間狂言は『間仕舞付』による。

構成と梗概

1　ワキの登場　安宅の関守・富樫の何某《なにがし》（ワキ）が、奥州へ潜行《せんこう》する義経逮捕のために新関を設けた事情を述べ、従者（アドアイ）に山伏への警戒を命じる。

2　子方・シテ・立衆の登場　山伏に変装した義経（子方）弁慶（シテ）とその一行（立衆）が、京都を落ちて北陸路を旅し、安宅に到着する。

3　子方・シテ・立衆の応対　一行は安宅の関を越える方策を協議し、弁慶は義経に強力姿に変装することを提案、一方、強力（オモアイ）に関を偵察《ていさつ》させる。

4　オモアイの立働き　関所の偵察。

5　オモアイ・シテの応対　偵察の報告。

6　シテ・立衆の詠嘆　義経は変装し、一行は通関への期待と不安の中に関にかかる。

7　ワキ・シテ・アドアイの応対　関守は東大寺勧進山伏と称する一行と押問答の末、通関を阻止。

8　シテ・立衆の立働き　一行は最期の祈禱を行い、決死の示威《じい》を見せる。

9　シテの読物　関守は真偽確認のために勧進帳を求め、それを読み上げる弁慶の気勢に押されて通関を許可する。

10　ワキ・シテ・立衆の応対　変装して通る義経を見咎められた弁慶は、主君を杖で打擲《ちょうちゃく》し、なおも疑う関守を威嚇《いかく》して危機を脱する。

11　シテ・子方の応対　弁慶は先刻の不敬を義経に謝罪する。

12　シテ・子方の詠嘆　頼朝への忠勤が報われぬ現在の不運を嘆く。

13　ワキ・アイ・シテの応対　関守が酒を持参して先刻の無礼をわびる。

14　シテの立働き　弁慶は一同に油断を戒めつつ酒宴を開く。

15　シテの舞事　弁慶は延年の舞を舞い、主君の延年を祈念する。

16　結末　一行は、関守に別れをつげて旅立つ。

【名ノリ笛】でワキが 太刀を持ったアドアイ(従者)を従えて登場 常座に立つ

〔名ノリ〕 正面へ向き ワキ「[一]かやうに候ふ者は 加賀《カガ》の国[二]富樫《トガシ》の何某《ナニガシ》にて候 さても[三]頼朝義経《ヨリトモヨシツネ》おん仲不和《ナカフワ》にならせ給ふにより [四]判官殿《ホオガンドノ》[五]十二人《ジウニニン》の作《ツク》り山伏《ヤマブシ》となつて [六]奥《オク》へおん下向《ゲコオ》のよし頼朝聞こしめし及ばれ 国々《クニグニ》に[七]新関《シンセキ》を立てて 山伏を[八]堅《カタ》く撰《エラ》み申せとのおん事《コト》にて候 [九]さる間《アイダ》この所をばそれがし承つて山伏を留《ト》め申し候 今日《コンニチ》も[一〇]堅《カタ》く申し付けばやと存じ候

〔問答〕 真中に進みながら ワキ「[一一]いかに誰《タレ》かある

アドアイ(従者) 膝まずき「おん前《マエ》に候

従者へ向き ワキ「今日《キョオ》も山伏のおん通りあらば[一二]こなたへ申し候へ

アドアイ(従者)「畏《カシコ》まつて候

ワキは脇座に着座 従者は常座で山伏を見たら報告すべき旨〔触レ〕の後 地謡前に着座

【次第】で子方を先立て シテとツレ(立衆)登場 オモアイ(強力)は金剛杖に笈と男笠を括りつけ従う 舞台正面に二列に並び向き合う

一 名ノリの一類型。私は、の意の謙譲表現。「そもそもこれは」とする古写本もある。一七頁注一参照。

二 「富樫」は加賀（石川県）の地名、富樫荘。源頼朝から加賀の守護に任じられた富樫介という名の大名が『義経記』に見える。「何某」は名前が明らかでなかったり、わざと伏せて言う時の用法。ここでは架空の人物の称。古写本に「安宅の湊の関守にて候」とあり、富樫某の名は後補らしい。

1

三 源頼朝・同義経の兄弟に確執《かくしつ》を生じ、文治元年冬両者とも追討の院宣《いんぜん》を奏請するが、義経は追われる立場となる。

四 「判官」は義経の通称。本来は検非違使尉《けびいしのじょう》のことで、義経は元暦元年八月六日に任官した。

五 十二人（『源平盛衰記』）、十六人（『義経記』）など諸説がある。「作り山伏」は、にせ山伏のこと。

六 〈奥州へ下られる由を〉。義経は奥州・平泉の藤原秀衡《ひでひら》を頼って下向。五三頁注二〇参照。

七 新たに設けられた関所。中世には種々の名目で関所が乱設されている。ただし、安宅（現石川県小松市）の新関のことは《安宅》における仮構。

八 〈厳重に選別せよとのご命令である〉。

九 〈そういう次第で、当地を私が拝命して〉。

一〇 〈厳重に警備を命じようと思う〉。

一一 「いかに」は呼び掛けの言葉。

一二 〈私の方まで報告せよ〉。

2

〔次第〕シテ 立衆＼旅[一]《タビ》の衣《コロモ》は篠懸《スズカケ》の　旅の衣は篠懸の　露《ツユ》けき袖《ソデ》や萎《シオ》るらん

オモアイ（強力）＼おれ[二]が衣は篠懸《スズカケ》の　おれが衣は篠懸の　破れて事《コト》や欠《カ》きぬらん

〔サシ〕シテ 立衆＼鴻門楯破《コオモンタテヤブ》[三]れ　都《ミヤコ》[四]の外《ホカ》の旅衣《タビゴロモ》　（紐張・日も遥々）ひもはるばるの越路《コシジ》の末《スエ》　思ひ遣《ヤ》ることそ遥《ハル》かなれ

（立衆を見廻し）シテ＼さておん供《トモ》の人びとには

立衆[五]＼伊勢《イセ》の三郎駿河《サブロオスルガ》の次郎《ジロオ》　片岡増尾《カタオカマシオ》常陸坊《ヒタチボオ》

（正面へ向き）シテ＼弁慶《ベンケイ》は先達《センダツ》[六]の姿となり

（向き合って）シテ 立衆＼主従《シウジウ》以上十二人　未《イマ》[七]だ慣《ナ》らはぬ旅姿　袖《ソデ》の篠《スズ》懸露霜《カケツユシモ》を　今日《キョオ》分《ワ》け初《ソ》めていつまでの　（知らぬ・白雪）限りもいさやしらゆきの越路《コシジ》の春に急ぐなり

〔上ゲ歌〕シテ 立衆（向き合ったまま）＼時しも頃は二月《キサラギ》[八]の　時しも頃は二月の　二月《キサラギ》の十日《トオカ》の夜《ヨ》　月の都を立ち出《イ》でて

〔上ゲ歌〕シテ 立衆＼これやこの[九]　行《ユ》くも帰るも別れては　行くも帰るも別れては　知るも知らぬも　（逢・逢坂）あふさかの山隠《カク》[一〇]す　霞《カスミ》ぞ春は恨《ウラ》めしき　霞ぞ春は恨めしき

一〈旅のための篠懸衣は、草葉の露と涙とで、いっそう濡れしおたれる有様だ〉。「篠懸」は「篠懸衣」とも。「山路に分け入るとき、衣の裾の篠の葉などに覆ひかかるを以て名付くると聞ゆ」（『木葉衣』）。麻製で柿色に染めるので、「柿の衣」ともいう。「露けき」は、袖の「露紐」に言いかけた「衣」の縁語。

二〈おれの衣は同じ篠懸でも、破れていて役に立ちそうもないよ〉。ここは地取り（〔次第〕の文句を地謡が繰り返して謡う）を、オモアイが代行する。

三〈鴻門における楯は高祖を守ったが、弁慶の楯は主君を守り得ずに破れ〉。漢の高祖が楚の項羽と鴻門の地に会した時、高祖を狙う項荘の剣舞を、樊噲《はんかい》が楯で防ぎ守った故事（『史記』等）に基づく。

四〈都を離れて旅の身となり、日数を重ねてもなお遥かな北陸路の行末は、思いやるさえ遠いことだ〉。「衣」「紐」「張」の縁語を重ねる。

五 底本はシテ・立衆同吟。以下、義経の北国落ちに随従の家臣達。伊勢三郎義盛、駿河次郎清重、片岡八郎弘常、増尾十郎権守兼房、常陸坊海尊、武蔵坊弁慶。

六 経験を積んだ山伏。同行者の指導・案内役。

七〈未経験の旅姿で、今日からは山伏の着る篠懸衣の袖で露や霜を分けつつ、いつになれば終りだともわからぬままに、白雪積る北陸路の春に旅を急ぐのだ〉。

八 京都出立は、『義経記』によれば文治二年二月二日。『東鑑』では文治三年二月十日の条に記される。

九 蝉丸《せみまる》の歌（『後撰集』等。末句は「逢坂の関」）に基づき、ここでは、いつ帰るか分らぬ都との別れの意。

一〇〈都の名残りの逢坂山を、春霞が隠しているよ、春の恨めしいこと〉。「あふさか」はオオサカと発音。「山隠す春の霞ぞ恨めしきいづれ都の境なるらん」（『古今集』羇旅、乙）による。

一一 琵琶湖を舟で、北岸の海津の浦に到る航程。「海津の浦」は北陸への湖上運輸の要港。

一二〈一面に生えたチガヤも芽ぶいている愛発山《あらち》〉。「矢田の野に浅茅色づく愛発山峰の淡雪寒くぞあるらし」（『新古今集』冬、人麿）をふまえる。「愛発山」（越前《えちぜん》）は近江《おうみ》との境の山。古代より関所が設けられ、『義経記』ではこの関で一行が難儀に遭う。

一三 気比神社（現敦賀市）があるので、「宮居」 3 から「神垣の松」「松の木」「木芽山」と言いかける。

一四「杣山」「板取」はともに越前の地名。杣山人（木こり）が板を取ることに言いかける。

一五「麻生津」（アソオズ）は越前の地名。「川瀬の水の浅し」に言いかけ、「水の流れる末」に続ける。

一六「三国」は越前の港町として著名。

一七〈篠原に波が打ち寄せ、蘆や篠が靡いているのは嵐が烈しいからで、それは花にとっては仇なのだが、やっとその安宅に到着した〉。「花の仇《アタ》」を「安宅」に言いかけ、義経の苦難を予言。「篠原」は加賀の地名。「蘆」を「篠原」の序とし、「波」は「靡く」と頭韻。

一八 もってのほか、不都合千万、などの意。

一九 君にとってはこの上もない危機だ、の意。

〔下ゲ歌〕シテ立衆へ 波路《ナミジ》[一一]遥《ハル》かに行く舟の　波路遥かに行く舟の　かいづ（櫂・海津）
の浦《ウラ》に着きにけり　東雲《シノノメ》早く明《ア》けゆけば　[一二]あさぢ（朝・浅茅）色づく愛発山《アラチヤマ》
〔上ゲ歌〕シテ立衆へ 気《ケ》[一三]比《イ》の海《ウミ》　宮居《ミヤイ》久しき神垣《カミガキ》や　松の木芽山《キノメヤマ》　なほ行（シテは行先を眺めわたす　以下歩行の体）
く先に見えたるは　杣山人《ソマヤマビト》[一四]の板取《イタドリ》　川瀬《カワセ》の水の[一五]あさふづ（浅・麻生津）や　末《スエ》[一六]はみ（見・三国）
くにの港《ミナト》なる　蘆《アシ》の篠原《シノワラ》[一七]波寄せて　靡《ナビ》く嵐の烈《ハゲ》しきは　花のあた（仇・安宅）
かに着きにけり　花の安宅《アタカ》に着きにけり　（ワキと従者は座をずらしてくつろぐ）
〔問答〕（子方に向い）シテ「いかに申し候　しばらくこの所《トコロ》におん休みあらうずる
にて候　（子方は脇座で床几にかかり　立衆はそれにつづいて列座　強力は持ち物を後見座に置いて狂言座に着座　シテが真中に出て坐る）
〔問答〕子方「いかに弁慶《ベンケイ》　（手をついて）シテ「おん前に候　子方「ただいま旅《タビ》
人《ビト》の申して通りつることを聞きてあるか　シテ「いやなにとも承
らず候　子方「安宅《アタカ》の港《ミナト》に新関《シンセキ》を立てて　山伏《ヤマブシ》を堅《カタ》く撰《エラ》むとこそ
申しつれ　シテ「[一八]言語道断《ゴンゴドオダン》のおん事《コト》にて候ふものかな　（体を起し）さてはお
ん下向《ゲコオ》を存じて立てたる関《セキ》と存じ候ふ間《アイダ》　これは[一九]ゆゆしきおん大事《ダイジ》
にて候　まづこの所にてしばらく皆々《ミナミナ》ご談合《ダンコオ》あらうずるにて候

立衆を見廻し これは一大事のことにて候ふ間《アイダ》　皆々心中《ミナミナシンジュウ》[一]の通りをご意見《イケン》あらうずるにて候　立衆ノ一人「われらが心中《シンジュウ》には何程《ナニホド》[二]の事《コト》の候ふべき　ただ打ち破《ヤブ》つておん通りあれかしと存じ候　強く遮って シテ「[三]しばらく候《ソオロオ》　仰《オオ》せのごとくこの関一所《セキイッショ》打ち破《ヤブ》つておん通りあらうずるは易《ヤス》きことにて候へども　[四]おん出《ニ》で候はん行《ユ》く末《スエ》がおん大事《ダイジ》にて候　[五]子方に向って ただなにともして無為《ブイ》の儀《ギ》がしかるべからうずると存じ候　手をつく 子方「ともかくも弁慶計《ハカ》らひ候へ　シテ「畏《カシコ》まつて候　[六]正面へ向き直り それがしきつと案《アン》じ出《イ》だしたることの候　立衆を見廻し われらを始めて皆々憎《ミナミナニック》[七]い山伏《ヤマブシ》にて候ふが　子方へ手をつき なにと申してもおん[八]姿隠《カク》れござ無く候ふ間《アイダ》　このままにてはいかがと存じ候　[九]恐れ多き申し事《ゴト》にて候へども　おん篠懸《スズカケ》を除《ノ》けられ　あの強力《ゴオリキ》[一〇]が笈《オイ》[一一]をそとおん肩に置かれ候ひて　おん笠を深々《フカブカ》と召され　いかにも草臥《クタビ》れたる体《テイ》にて　体を起し われらより後《アト》に引きさがつておん通り候はば　[一二]手をつき なかなか人は思ひも寄り申すまじきかと存じ候　子方「げにこれはもつともにて候　さらば篠懸《スズカケ》を取り候へ　シテ「承[一三]り候

一〈考えている通りに自分の意見を申し述べよ〉。

二〈どんなむつかしいことがありましょう、簡単なことです〉。

三 しばらく、ちょっと待て、の強調表現。

四〈これからもずっとおいでになる先々のことが重要です〉。

五〈ただもう何とかして、事を荒立てぬやり方がよろしかろうと存じます〉。

六〈私にいま、ぱっとひらめいた考えがあります〉。

七「憎し」の音便で、強意。憎々しげな。

八〈（義経の）お姿は世間に知れわたっていますので〉。

九 観世流以外はオオソレと発音する。

一〇「強力」は山伏の荷物を持つ従僕。「笈」は、修行者が仏具等を背負って携行するための箱型の道具。

一一〈そっと〉。

一二 打消の語を伴って、到底…しない、の意。

一三〈承知しました〉。

〔問答〕 強力へ向き

シテ「いかに強力《ゴオリキ》 強力はシテに命ぜられて笈を渡す シテは笈を子方に進める

シテ「汝《ナンジ》が笈をおん肩に置《オイ》かるることはなんぼう[一四]冥加《ミョオガ》もなきことにてはなきか

強力は「げにげに冥加もなきことにて候」などと答える

シテ「まづ汝《ナンジ》は先へ行き候ひて 関《セキ》の様体《ヨオダイ》[一五]を見て まことに[一六]山伏を撰《エラ》むか またさやうにもなきか懇《ネンゴ》ろに見て来たり候へ

(強力《オモアイ》)「畏《カシコ》まつて候

以下狂言の間に子方は笠をかぶり杖を持ち 強力姿に身を変える

〔□〕 (強力《オモアイ》) 常座で正面を向き 「さてもさても難儀《ナンギ》なことを仰《オオ》せつけられたことかな 是《ゼ》[一七]非《ヒ》に及ばぬ 見て参らずはなるまい さりながら咎《トガ》められてはいかがぢや

著けていた兜巾を脱いで懐中する

まづこれは取つて参らう なにとも気遣《キズカ》ひなことぢや

一ノ松に立ち

あれに見ゆるが関ぢや さてもさてもおびたたしい[一八]体《テイ》かな 櫓搔楯《ヤグラカイダテ》[一九]をあげ なかなか用心厳《キビ》しい体ぢや やあ またあの木の空に なにやら真黒《マックロ》なものが四つ五つ懸けてあるは なにぢや ややあ なにぢや 山伏《ヤマブシ》のここぢや

自分の首を指す

さてもさても痛はしいことかな あまり痛はしいことぢやほどに 一首《イッシュ》[二〇]連らねて帰らう [二一]山伏は貝吹いてこそ逃げにけり 誰おひかけてあびらうんけ

一四〈なんとまあもったいないことではないか〉。「なんぼう」は「なにほど」の転。

一五 様子。

一六〈本当に山伏を吟味選別しているか、または噂《うわさ》だけでそんなことはないのか、念入りに調べて来なさい〉。弁慶の細心さを示す。

一七〈仕方がない〉。

一八〈大規模な設備だわい〉。

一九「櫓」は高く設けた物見や指揮のための建物。「搔楯」(「垣楯」とも)は楯を並べた防壁。「カイダテヲアグル」(『日葡辞書』)。

4

二〇〈歌を一首詠んで帰ろう〉。

二一〈山伏は貝を吹くものだが、私は搔き伏し這《は》いずってほうほうの体で逃げてしまった。一体あの笈掛け(山伏)は誰だろう。そして誰が追いかけてこんな恐ろしい地獄の様相にしたのか。恐ろしや、アビラウンケイ〉。「貝」は法螺《ほら》貝。「山峰経行、法会の場には、法螺、最も要具たり。…ひとへにこの法螺に依つて徒衆を進退する」(『木葉衣』)。「貝吹」に「搔い伏」、「おひかけ」に「追ひ駆け」「笈掛け」を掛ける。「あびらうんけい」は、底本のまま。胎蔵界大日如来の真言「阿毘羅吽欠《アビラウンケン》」をもじって、「阿鼻」(地獄の名)に言いかけた。「なんまいだ(南無阿弥陀仏)」とでも言うのと同様の茶化した言い方。

い　誰おひかけてあびらうんけい　まづ帰りてこのよし申さう　舞台に戻る

〔問答〕(強力《オモアイ》)「いかに申し候　シテの前に膝まずき　関の様体《ヨオダイ》見て参り候へば　なかなか櫓掻《ヤグラカイ》楯《ダテ》を上げ　用心厳《キビ》しい体《テイ》にて候　またその側《ソバ》に　なにやら木の空に真黒なものが　四つ五つ懸かつてござ有るほどに　なにぢやと申し候へば　山伏のここぢやと申し候ふ間《アイダ》　痛はしう存じ　一首連らねて帰り申し候

シテ「なにと連らねてあるぞ

(強力《オモアイ》)「山伏は貝吹いてこそ逃げにけり　誰おひかけてあびらうんけい　誰おひかけてあびらうんけいと仕りて候

シテ「汝《ナンジ》[一]は小賢《コザカ》しき者かな　おん跡[二]よりおし退《サ》がつて来たり候へ

(強力《オモアイ》)「畏《カシコ》まつて候　狂言座に退く

〔掛ケ合〕　一同立ち子方へ向く

シテ〽げにや紅《クレナイ》[三]は薗生《ソノオ》に植ゑても隠れなし　立衆[四]〽強力《ゴオリキ》[五]にはよも目を掛けじと　おん篠懸《スズカケ》を脱《ヌ》ぎ替《カ》へて　麻《アサ》[六]の衣《コロモ》をおん身に纏《マト》ひ　シテ〽あの強力《ゴオリキ》の負《オ》ひたる笈《オイ》を　子方〽義経《ヨシツネ》取つて肩に掛け　立衆〽笈《オイ》の上には雨皮《アマガワ》[七]肩箱《カタバコ》[八]取り付けて　子方〽綾菅笠《アヤスゲガサ》[九]にて顔を隠し　立衆〽金剛杖《コンゴオズエ》[一〇]に縋《スガ》り　子方〽足《アシ》痛げなる強力《ゴオリキ》にて

一〈お前はよく気の回る奴だ〉。任務の報告に、一言多い狂歌を添えたことに対する批評。

二〈ご主人様の後を、少しばかり遅れてついて来い〉。

5

三　紅花は園に植えても目立つように、すぐれた者はどんな所にいても目立つものだ、の意。《頼政》などにも見える諺。『義経記』二には「壁に耳、岩に口といふ事あり。紅は園生に植ゑても隠れなし」とある。ここは、義経がどんなに変装しても、おのずから顕れることへの弁慶の詠嘆と主君への誇らしさ。

四　底本はシテ・立衆同吟。以下の場合も同様であるが、現行観世流に従って改めた。

五　それでも強力にまではまさか注目するまい、との希望的観測。家臣一同の窮地における一縷《いちる》の望み。

六　粗末な衣の称。

七　山伏の携帯した油紙で、雨覆い等に用いた。「油紙也。縦横共ニ厚紙四枚継ギ合セタル物也。…同行ノ雨皮ハ、丈幅コレヨリ狭シ。…一夜ナレドモ逗《とう》留《りゅう》アル所ニハ、上ニハ篠ノ葉ニテモ葺キテ、マ
6
ハリニ渋紙油紙ヲ引キマハス。ソノ正面ノ入口ニカノ四枚継ギノ油紙ヲカケテ、我々ガ房号ヲ大キニ書キテヲク故ニ、ソノ先達コレニアリト云フ事ヲ互ヒニ知ルナリ」(『謡抄』)。

八　笈の上に載せる小箱。「長サ一尺八寸…広サ六寸…高サ六寸…此ノ肩箱ニ仏法修行ノ道具ヲ収メ…」(『謡抄』)。

7

〔歌〕地へ 子方は二三歩前へ出る よろよろとして歩《アユ》み給ふ　おん有様《ナリサマ》ぞ痛はしき 一同面を伏せる

〔問答〕シテ 子方へ向き 「われらより後《アト》に引き退《サ》がっておん出《ニ》であらうずるにて候 立衆へ向き さらば皆々《ミナミナ》おん通り候へ 立衆ノ一人 「承り候

シテ以下一同 幕際まで進み折返して橋掛りに並ぶ 子方は最後に付き後見座にくつろぐ ワキと従者は脇座に戻って着座

〔問答〕アドアイ（従者） 従者は橋掛りを見こんでワキの前に 「いかに申し候　山伏の大勢《オオゼイ》 膝まずき おん通り候 ワキ 「一一なにと山伏のおん通りあると申すか　一二心得てある ワキと従者は脇座に立つ

〔問答〕シテは舞台に入りかかる ワキ 「のうのう一三客僧達《キャクソオタチ》これは関《セキ》にて候 常座に立ち シテ 「一四承り候 ワキへ向き　これは一五南都《ナント》東大寺《トオダイジ》の建立《コンリウ》のため　国々《クニグニ》へ客僧《キャクソオ》を遣《ツカ》はされ候　北陸道《ホクロクドオ》をばこの客僧《キャクソオ》承つて罷《マカ》り通り候　まづ一六勧《スス》めにおん入《ニ》り候へ ワキ 「一七近頃殊勝《チカゴロシユシヨオ》に候　勧《スス》めには参らうずるにて候《ソオロオ》さりながら　これは山伏達に限つて留《ト》め申す関《セキ》にて候 シテ 「一八さてその謂《イ》はれは候《ゾオロオ》 ワキ 「一九さん候《ゾオロオ》　頼朝義経《ヨリトモヨシツネ》おん仲不和《フワ》にならせ給ふにより　判官殿《ホオガンドノ》は二〇奥秀衡《オクヒデヒラ》を頼《タノ》み給ひ　十二人の作《ツク》り山伏となつて　おん下向《ゲコオ》のよしその二一聞こえ候ふ間《アイダ》　国々《クニグニ》に新関《シンセキ》を立てて　山伏を堅く撰《エラ》み申せとのお

九 菅草《すげぐさ》を綾に編んだ笠。

一〇 山伏が持つ白木の杖。「四方一寸五分…独鈷《どっこ》ヲカタドル金剛杖也」（『謡抄』）。

一一〈なにっ〉。感動詞的用法。

一二〈よし、承知した〉。

一三 山伏の別称。

一四 はい、わかりました、の意の応答語。

一五「南都」は奈良。治承四年十二月、平重衡《しげひら》が奈良を攻め、東大寺、興福寺を焼いた。翌養和元年八月、俊乗坊重源《しゅんじょうぼうちょうげん》は宣旨《せんじ》を賜り、勧進帳を作って再建事業に着手。この経緯を利用し、勧進山伏の一行になりすまそうとしたもの。

一六〈寄付に加わって下さい〉。「勧め」は勧進のこと。

一七〈まことに奇特なことです〉。「近頃」は、はなはだ、の意。

一八〈それでその理由はどういうことです〉。「候」は強調表現。

一九 そうです、の意の応答語。ここはもっと軽く、発語を整えるための間投詞的用法。

二〇 奥州の藤原秀衡。平泉を本拠とする大勢力。

二一〈噂がありますので〉。「聞こえ」は噂の意。

ん事にて候　さる間《アイダ》この所をばそれがし承つて　山伏を留《ト》め申し候　ことにこれは大勢《オオゼイ》ござ候ふ間《アイダ》　一人《イチニン》も通し申すまじく候

シテ「委細《イーサイ》承り候　それは作り山伏をこそ留《ト》めよと仰《オオ》せ出《イ》だされ候ひつらめ　よも真《マコト》の山伏を留《ト》めよとは仰せられ候ふまじ

アドアイ（従者）「いや昨日《キノオ》も山伏を三人まで斬《キ》つつる上《ウエ》は

従者へ詰問　シテ「さてその斬つたる山伏は判官殿《ホオガンドノ》か

ワキ「あらむつかしや問答《モンドオ》は無益《ムヤク》　一人《イチニン》も通し申すまじい上《ウエ》は候《ゾオロオ》

ワキへ詰問　シテ「さてわれらをもこれにて誅《チウ》せられ候はんずるな

ワキ「なかなかのこと

正面を向き　シテ「言語道断《ゴンゴドオダン》　かかる不《フ》祥《ショオ》なるところへ来かかつて候ふものかな　この上は力《チカラ》及ばぬこと　さらば最後の勤《ツト》めを始めて尋常《ジンジョオ》に誅《チウ》せられうずる《リョオ》にて候

立衆ノ一人「承り候

立衆に向い　シテ「皆々近《チコ》うわたり候へ

【ノット】の囃子がはじまると一同その場に膝をつき　シテは水衣の肩を上げ　数珠を持ち一同は勤行の準備を整え　順次舞台に入り　シテを頂点に三角形の形に安座

8

〔□〕

一同安座のまま　シテへいでいで最後の勤《ツト》めを始めん　それ山伏と云《イ》つぱ　役《エン》の優婆塞《ウバソク》の行儀《ギョオギ》を受け

立衆へその身は不動明王《フドオミヨオオオ》の尊容《ソンニョオ》を象《カタド》り

一〈大変よくわかりました〉。

二〈斬った以上は、怪しい者は同断だぞ〉。「斬りつる上は」の音便。

三〈ああ面倒な、問答無用。一人も通さないと決めた以上は、絶対に通さないのだ〉。

四〈この場で成敗なさろうとするのだな〉。

五〈いうまでもないことだ〉。

六〈とんだ不運なところへやって来てしまったものだ。こうなったからにはどうにもしようがない〉。

七 勤行《ごんぎょう》の意。底本は「勧」、上製本で訂正。

八〈立派に成敗されようではないか〉。

九 以下は、真正かつ正統な山伏であることを言い立てる作法（「山伏問答」など）に則った形。山伏の装束を密教教理に宛てて説くことは、『渓嵐拾葉集』にも「山臥ハ不動ノ戒体ト習也。…秘伝ニ云…不動袈裟ハクリカラノ囲繞《いにょう》ヲ表ル也。…頂上頭巾ハ胎蔵ノ蓮花ヲ表也」と見える。「云つぱ」は「云ふは」の転。

一〇〈役の行者の修行の方法を継承し〉。「役の優婆塞」は「役の行者」に同じ。山伏修験道の祖。

一一 底本の指定を改めた。以下同じ。五二頁注四参照。

一二「夫レ山伏者ハ不動明王ノ直体」（『修験三十三通記』第四結袈裟秘決）。

一三「兜巾」は山伏が着ける黒布製の頭巾。「五智宝冠」は大日如来が頂く冠で、五種の智徳の象徴。「十二因縁」は一九九頁注一五参照。「頭襟者《は》即《チ》五智宝冠也。…十二裡《ひだ》表《ハス》ニ十二因縁《ヲ》」（同右、第

シテ〽兜巾《トキン》[一三]と云《イ》つぱ五智《ゴチ》の宝冠《ホオカン》なり　立衆〽十二因縁《ジウニインネン》の襞《ヒダ》を据《ス》ゑて戴《イタダ》き　シテ〽九会《クエ》[一四]曼荼羅《マンダラ》の柿《カキ》の篠懸《スズカケ》　立衆〽胎蔵黒色《タイゾオコクシキ》[一五]の脛巾《ハバキ》を履《ハ》き　シテ〽さてまた八《ヤ》[一六]つ目の藁鞋《ワランズ》は　立衆〽八葉《ハチヨオ》の蓮花《レンゲ》を踏まへたり　シテ〽出《イ》で入《イ》る息《イキ》に阿吽《アウン》[一七]の二字を唱《トナ》へ　立衆〽即身即仏《ソクシンソクブツ》[一八]の山伏を　シテ〽ここにて討《ウ》ち留《ト》め給はんこと　（ワキを睨みつけ）立衆〽冥《ミヨオ》[一九]の照覧《シヨオラン》計《ハカ》りがたう　シテ〽熊野権現《ユヤゴンゲン》[二〇]のおん罰《バツ》を当たらんこと　立衆〽たちどころにおいて　シテ〽疑ひあるべからず

（一同中腰になり）

〔歌〕　地〽唵阿毘羅吽欠《オンナビラウンケン》[二一]と　数珠さらさらと押し揉めば（シテは印を結び　立衆は数珠を押しもむ）

〔問答〕　（シテへ向き）ワキ「近頃殊勝《シユシヨオ》に候　前《サキ》に承り候ひつるは　南都東大寺《ナントトオダイジ》の勧《カン》進《ジン》と仰《オオ》せ候ひつる間《アイダ》　定めて勧進帳《カンジンチヨオ》のござ無きことは候ふまじ　勧[二二]進帳をあそばされ候へ　これにて聴聞《チヨオモン》申さうずるにて候

（ワキを見て）シテ「なにと勧進帳を読めと候《ゾオロオ》や　心得《ココロエ》申して候（立って常座にくつろぎ　後見より巻物を受取る）

〔□〕　（左手に巻物を捧げ持ち）シテ「もとより勧進帳《カンジンチヨオ》はあらばこそ[二三]　笈《オイ》の中《ナカ》より往来《オオライ》[二四]の巻物《マキモノ》一巻《イチカン》取り出だし（正面先に立って巻物をひろげる）　勧進帳と名づけつつ　〽高らかにこそ読み上げ

二頭襟秘決)。

一四 金剛界(二二頁注九)の曼荼羅《まんだら》(密教世界の絵図)は九会《くえ》より成る。それを「柿の篠懸」(四八頁注一)に宛てた。「上九布金界九会、下八布胎蔵八葉也」(同右、第三鈴繫事)。

一五 「脛巾」は「脚半」に同じ。それを胎蔵界に宛てる。「分二金胎両部脚半一、先胎蔵黒色脚半者、筒脚半是也」(同右、第十二脚半事)。

一六 紐穴が八つの藁鞋を蓮花に譬える。注一四参照。

一七 「阿」は口を開ける声、出る息。「吽」は閉じる声、入る息。すべての音声の始まりと終りを表わし、万物の発生と終結の理を意味する。

一八 肉身がそのまま仏となる意。底本「即心即仏」を訂正。「秘記云…色心不二処、衆生本有仏体也。此不二位曰二即身即仏山伏一也」(『謡曲拾葉抄』)。

一九 底本は「明王」。「冥の照覧はかりがたし」(『平家物語』二、座主流)など、神仏がいかにみそなわすか、怒り給うに違いない、の意で、「明王」は「冥」の訛伝。現行観世流は「冥」と改訂。

9

二〇 本宮・新宮・那智の三所権現。熊野信仰の根本の神。

二一 大日如来の真言。

二二 勧進のための趣意書。それを読み上げよ、の意。

二三 〈もちろん勧進帳のあろうはずはない〉。

二四 『庭訓往来《ていきんおうらい》』のような往来物(手紙の模範文例集)。それが巻物仕立てになったもの。

けれ

〔読ミ物〕　シテへ一それつらつら　　シテ立衆へ惟《オモン》みれば　大恩教主《ダイオンキヨオシユ》の秋の月は　涅槃《ネハン》の雲に隠れ　二生死長夜《シヨオジジヨオヤ》の長き夢　驚かすべき人もなし　ワキが近づき シテは巻物を隠す体

ここに中頃《ナカゴロ》　帝《ミカド》おはします　おん名《ナ》をば　三聖武《シヨオム》皇帝《コオテイ》と　名づけ奉り　四最愛《サイアイ》の夫人《フジン》に別れ　恋慕《レンボ》止《ヤ》みがたく　五涕泣眼《テイキウマナコ》にあらく　六涙《ナンダ》玉を貫《ツラヌ》く　七思ひを　善途《ゼント》に翻《ヒルガエ》して　八盧遮那仏《ルシヤナブツ》を建立《コンリウ》す　かほどの九霊場《レイジヨオ》の　絶《タ》えなんことを悲しみて　一〇俊乗坊重源《シユンジヨオボオチヨオゲン》　諸国《シヨコク》を勧進《カンジン》す　一一一紙《イツシ》半銭《ハンセン》の　一二宝財《ホオサイ》の輩《トモガラ》は　この世にては　無比《ムヒ》の楽《ラク》に誇《ホコ》り　一三当来《トオライ》にては　数千蓮花《スセンレンゲ》の上《ウエ》に座《ザ》せん　一四帰命稽首《キミヨオケツシユ》　敬《ウヤマ》つて白《モオ》すと　天も響けと　巻物を高々と捧げる　読み上げたり

〔歌〕　ワキは正面へ向き直りながら　ワキへ関の人びと肝《キモ》を消し　　地へ恐れをなして通しけり　シテは巻物を巻き納め　ワキと向き合う　恐れをなして通しけり

〔問答〕　ワキ「急いでおん通り候へ　　シテ「承り候　シテ以下一同は関を通る体で橋掛りに行く　従者が真中へ出　義経を見咎めた体

一〈よくよく考えるに、釈迦如来が秋の月の雲に隠れるかのように入滅されてより、人は長い闇夜のごとく、生死の間に長い迷夢を見続けて、その迷いを覚ましてくれる人もいない〉。大恩教主（釈迦）の涅槃（死）を秋の月が雲に隠れることに譬《たと》えた。

二 生死の苦しみに輪廻し続けることを長い夜に、迷夢を見続けて悟りを得ぬことを長い夢に譬えた。

三 第四五代の天皇。仏教の信仰厚く、国分寺を設置し、東大寺を建立。天平勝宝八年五月崩御《ほうぎよ》。

四 光明皇后のこと。注七・九参照。底本は「婦人」。元来「夫人《ブニン》」であるが、観世流のみフジンと発音。

五 涙を流して泣き、眼を泣きはらす意か。

六 涙が連なりこぼれる意。

七 上句を承《う》けて、そのような恋慕愛執の思いを善根を積む途《みち》（仏法興隆、大仏建立）に転換して、の意。東大寺建立縁起説話は、聖武天皇の東大寺建立の契機を光明皇后との死別に関連させて説く。『朝熊山儀軌』（龍谷大学本、「金剛証寺儀軌」下）、『大仏の御縁起』（古典文庫『室町時代物語』六）等。

八 東大寺の大仏。毘盧遮那仏《びるしやなぶつ》（大日如来）。

九 聖武天皇勅願の寺というのみでなく、落慶供養《らつけいくよう》の日に光明皇后が冥途から玉の輿《こし》で送り返されたという説話を伴う（注七・《松山鏡》等）。

一〇 法然の弟子。東大寺再興の大勧進（責任者）となり、建永元年（一二〇六）六月寂。五三頁注一五参照。

一一 わずかな寄進のたとえの常套表現。「以㆓一紙半銭志㆒、可㆑願㆓徳果㆒」（『涅槃経』）。

一二〈浄財寄進の人々は〉。「宝財」は底本のまま。「況んや一紙半銭の宝財においてをや」（『平家物語』五、勧進帳）。

一三〈来世では極楽浄土に生れて蓮華台の上に坐ることができるでしょう〉。

一四 仏に帰依《きえ》し礼拝する意の文末表敬語。発音、ケッシュ（観世流）は南都、ケイシュ（宝生流）は北嶺の慣用という。下掛りは「施主《セシュ》」。

一五「とこそ」は命令の強調。

一六〈運命はここに極まった、絶体絶命だ〉。

一七〈あわててやりそこなうな、慎重に〉。

一八〈真偽が判明し、一件落着までの間〉。

一九〈その通りだ〉。

二〇〈判官殿に間違えられた強力めにとっては、その光栄は一生の思い出になるだろうよ、いまいましい〉。

二一〈まだ日中だから、能登の国まで目ざそうと思っていたのに〉。能登の国は北陸道の一。現石川県北部。

〔問答〕 アドアイ（従者） ワキの前に膝まずき「いかに申し候 判官殿《ホオガンドノ》のおん通り候 ワキ「心得《ココロエ》てある

ワキが右肩を脱ぎ太刀をかい込んで備えるところに 子方は笠を着 杖を突きつつ常座へ出かかる

〔問答〕 ワキ 太刀に手をかけ「これなる強力《ゴオリキ》留《ト》まれとこそ 一五 子方はタラタラと退り膝をつき面を伏せる

立衆 橋掛りから振り返り〽すはわが君を怪《アヤ》しむるは 一六 一期《イチゴ》の浮沈《フチン》極《キワ》まりぬと みな一同 刀に手をかける に立ち帰る

シテ 立衆の先頭に走り出て制し「おうしばらく 一七 あわてて事をし損《ソン》ずな やあ なにとてあの強力《ゴオリキ》は通らぬぞ

ワキ 舞台に入りシテへ向き「あれはこなたより留《ト》めて候

シテ ワキへ向き「それはなにゆゑおん留《ト》め候ふぞ

ワキ「あの強力《ゴオリキ》が人に似て候ふほどにさて留《ト》めて候ふよ

シテ「なにと人が人に似たるとは珍らしからぬ仰《オオ》せにて候 さて誰《タレ》に似て候ふぞ

ワキ「判《ホオ》官殿《ガンドノ》に似たると申す者の候ふほどに 一八 落居《ラッキョ》の間《アイダ》留《ト》めて候

シテ 子方を見「なにとこの強力《ゴオリキ》が判官殿《ホオガンドノ》に似たると候《ゾオロオ》や

ワキ「一九 なかなかのこと

シテ「や 言語道断《ゴンゴドオダン》 二〇 判官殿《ホオガンドノ》に 子方へ向き 似申したる強力《ゴオリキ》めは一期《イチゴ》の思ひ出《デ》な 腹立《ハラタ》ちや 天を見上げ 日高《タカ》くは 二一 能登《ノト》の国《クニ》まで指《サ》さう《ソオ》ずると思ひつるに 僅《ワズ》かの笈《オイオ》負ふて後《アト》に退《サ》がれ 子方を見 ばこそ人も怪《アヤ》しむれ 総《ソオ》じてこのほ

一〈やあ笈《おい》に目を付けて留めなさるは、さては盗人だな〉。「候《ソオ》」はソオロオの転、俗語的用法。

二〈強力相手とあなどっての弱い者いじめは臆病この上もないではないか、それならこちらもと〉。「目垂れ顔の振舞ひ」は相手の弱みにつけこみ威張る態度。

三 鍔《つば》付きの実戦用の刀。

四〈どんな恐ろしい天魔鬼神も逆に恐れるに違いないと見えた〉。「天魔鬼神」は恐ろしいものの譬え。

五〈とんだ大間違いをしました〉。

六〈ああ厄介千万、さっさとお通りなされ〉。

七〈非常に遠くまで隔たりましたので〉。

八〈われながらわけのわからぬ行為をいたしましたこと〉。

九〈これと申しますのも、わが君の武運がこれまでと極まって、そのため今家来の弁慶の杖にもお当りなさったのだと思うと、(わが非力に加えて、主君への無礼が) われながらいっそう情けなく嘆かわしいことです〉。弁慶の自責と弱気の慨嘆。

一〇〈そんなふうに考えるのは悪い了簡《りょうけん》だと思う〉。「心得ぬ」の「ぬ」は打消ではなく完了(強意)。

一一〈それにしても只今のとっさの処置は、決してただの人間の判断によってできる仕業ではない〉。

11
一二〈一生もこれで終りだったところに〉。

一三 相手と理屈を言い争うことをせず、と解されているが、こうしたらよい、こんなことはいけないなどと自問自答して迷わず、の意であろう。

子方に近づき　子方の杖を奪い取っ

ど憎《ニック》し憎《ニク》しと思ひつるに　いで物見せてくれんとて　金剛杖《ズエ》をおつ

て笠の上から三度打ち　杖で子方を後に追いやる　とめようとするワキへ杖を突き立て

取つてさんざんに打擲《チョオチャク》す　通れとこそ　一や　笈に目を掛け給ふは

盗人候《トオジンゾオ》な

以下立衆が詰め寄るのを　シテは杖を斜に構えて制止し　ワキとの間で揉み合う

〔上ゲ歌〕地∧かたがたはなにゆゑに　かたがたはなにゆゑに　か

ほど賤《イヤ》しき強力《ゴオリキ》に　太刀《タチ》刀《カタナ》を抜き給ふは　二目垂《メダ》れ顔《ガオ》の振舞《フルマ》ひは　臆《オク》

病《ビョオ》の至りかと　十一人《ジウイチニン》の山伏《ヤマブシ》は　三打《ウ》ち刀《ガタナ》抜きかけて　勇みかかれ

る有様《アリサマ》は　四いかなる天魔《テンマ》鬼神《キジン》も　恐れつべう《ビョオ》ぞ見えたる

〔問答〕ワキ「五近頃《チカゴロ》誤りて候　はやはやおん通り候へ　アドアイ(従者)「六あ

むつかしや　はやう通りやれ

ワキと従者はアト座にくつろぐ

シテ以下は装束を整え　子方は脇座に　立衆は地謡前から大小前にかけて立ち並ぶ

常座で正面を向き

〔問答〕シテ「先《サキ》の関《セキ》をば七抜群《バックン》に程隔《ホドヘダ》たりて候ふ間《アイダ》　この所《トコロ》にしばら

くおん休みあらうずるにて候　皆々《ミナミナ》近《チコ》うおん参り候へ

子方は床几にかかり　シテは真中に坐り　立衆は居並ぶ

子方へ手をつき

シテ「いかに申し上げ候　さてもただいまはあまりに難儀《ナンギ》に候ひし

ほどに　[八]不思議の働きを仕り候ふこと　〽[九]これと申すに君のご運《ウン》尽《ツ》きさせ給ふにより　いま弁慶《ベンケイ》が杖《ツエ》にも当たらせ給ふと思へば　いよいよあさましうこそ候へ　シテへ向き 子方「[一〇]さては悪《ア》しくも心得《ココロエ》ぬと存ず　いかに弁慶《ベンケイ》　[一一]さてもただいまの機転《キテン》さらに凡慮《ボンリヨ》よりなす業《ワザ》にあらず　ただ天のおん加護《カゴ》とこそ思へ　〽関《セキ》の者どもわれを怪《アヤ》しめ[一二]生涯《シヨオガイ》限《カギ》りありつるところに　[一三]とかくの是非《ゼヒ》をば問答《モンダ》は《ワ》ずして　ただ真《マコト》の[一四]家人《ケニン》のごとく　散々《サンザン》に打つてわれを助くる　これ弁慶《ベンケイ》が謀《ハカ》り事《コト》にあらず[一五]八幡《ハチマン》の

〔下ゲ歌〕　地〽ご託宣《タクセン》かと思へば　子方は 忝《カタジ》けなくぞ覚ゆる　涙を押え シテは手をつき 一同面を伏せる

〔クリ〕　一同着座のまま 地〽それ[一六]世は末世《マツセ》に及ぶといへども　日月《ニチガツ》は未《イマ》だ地に落ち給はず　[一七]たとひいかなる方便《ホオベン》なりとも　まさしき主君を打つ杖の天罰《テンバツ》に当たらぬことやあるべき

〔サシ〕　一同着座のまま 子方〽[一八]げにや現在《ゲンザイ》の果《カ》を見て過去未来《カコミライ》を知るといふこと

地〽いまに知られて身の上に　憂《ウ》き年月《トシツキ》のきさらぎや（来・二月）　下《シモ》の十日《トオカ》の

一四 底本のまま。「家人」は家来の意。観世流は「下《ゲ》人《ニン》」とする。

一五 八幡大菩薩。清和源氏の氏神となり、広く武家の尊崇する神。弁慶の行為が実は八幡の御託宣だ、の意。義経の慰撫《いぶ》。君臣の情愛。

一六〈この世はすでに末世になっているとはいえ、(自然の摂理は正常にはたらいていて) 日月が地に落ちてしまったわけではないのだから〉。「末代なれどもさすが日月は未だ地に落ち給はぬものを」(古活字本『平治物語』上) などに同じ慣用表現。釈迦入滅後、仏法の衰退が一万年続く時期が末世で、日本では永承七年(一〇五二) 以後がそれにあたると考えられた。

一七〈たとえどんな便宜的手段であるにせよ、正真正銘の主君を杖で打って、天罰に当らぬことのあるはずはない〉。

一八〈本当にまあ「現在の果を見て過去未来を知る」という諺は全くその通りだと思い知ったわが身だが、この身につらい年月を送り、しかも二月下旬の今日の難儀を助かったのは、まことに不思議な 12 ことだ〉。「現在の…」は、現在の状況によって、過去の因、未来の果を知る、の意。『平家物語』大原御幸には「因果経には、欲《セバ》レ知《ラント》ニ過去《ノ》因《ヲ》一、見《ヨ》ニ其現在《ノ》果《ヲ》一、欲《セバ》レ知《ラント》ニ未来《ノ》果《ヲ》一、見《ヨ》ニ其現在《ノ》因《ヲ》一と説かれたり」とあり、諺化していて『曾我物語』十などにも引かれる。この〔サシ〕、底本は地。諸流諸本で補う。

今日《キョオ》の難《ナン》を　遁《ノガ》れつることそ不思議なれ　[一]たださながらに十余人《ジウヨニン》
夢の覚《サ》めたる心地《ココチ》して　シテと子方は向き合い　互ひに面《オモテ》を合はせつつ　泣くばかりなる有
様かな
シテは手をつき　一同も面を伏せる
一同着座のまま
［クセ］地へ[二]しかるに義経《ヨシツネ》　[三]弓馬《キウバ》の家《イエ》に生《ン》まれ来て　命《メイ》を頼朝《ヨリトモ》に奉
り　[四]屍《カバネ》を西海《サイカイ》の波に沈め　山野《サンニャ》海岸に　起《オ》き臥《フ》し明かす武士《モノノフ》の
[五]鎧《ヨロイ》の袖枕《ソデマクラ》　片敷《カタシ》く隙《ヒマ》もなみの上（無・波）　ある時は舟に浮かみ　風波《フウハ》に身
を任《マカ》せ　ある時は[六]山脊《サンセキ》の　馬蹄《バテイ》も見えぬ雪の中《ウチ》に　[七]海少しある夕《イウ》
波《ナミ》の　立ち来る音やすま（す・須磨）明石《アカシ》の　とかく（門・兎角）[八]三年《ミトセ》のほどもなく　敵《テキ》を
滅《ホロ》ぼし靡《ナビ》く世の　[九]その忠勤《チウキン》も徒《イタズ》らに　なり果《ハ》つるこの身の　そも
なにといへる因果《インガ》ぞや　[一〇]子方へげにや[一一]思ふこと　叶《カナ》はねばこそ憂《ウ》
き世《ヨ》なれと　地へ[一二]知れどもさすがなほ　思ひ返せば[一三]梓弓《アズサユミ》の　[一四]直《スグ》な
る人は苦しみて　[一五]讒臣《ザンシン》は《ナ》　いや増しに世にありて　[一六]遼遠《リヨオエン》東南《トオナン》の雲《クモ》を
起こし　西北《セイホク》の[一七]雪霜《ユキシモ》に　責《セ》められ埋《ン》もる憂き身を　[一八]理《コトワ》り給ふべきな
るに　ただ世には　神《カミ》も仏《ホトケ》もましまさぬかや　恨《ウラ》めしの憂《ウ》き世《ヨ》や

一〈十余人はただもうまるで悪夢から覚めた気持で、お互いに顔を見合せつつ〉。この一句、観世流は子方、他流はシテの役。底本には指定なし。

二 冒頭発語の慣用語。逆説の意味はない。以下の述懐は「腰越状」（『東鑑』『平家物語』『義経記』等に見える）を想起させる文章。

三〈武士の家に生れ来て、一命を頼朝に捧げ〉。

四〈平家との合戦に、多くの屍を西海に沈め〉。壇の浦合戦をふまえるか。

五〈鎧の袖を片敷きまどろむひまもなく波の上に戦い〉。屋島合戦をふまえるか。

六〈山の尾根伝いに、馬の脚もめりこむ深い雪に踏み迷い〉。一の谷合戦をふまえるか。

七「海は少し遠けれど…波ただここもとに立ちくる心地して」（『源氏物語』須磨）に基づく。なお「海少し」は、「須磨」の寄合語（『光源氏一部連歌寄合』）。

八〈あれやこれやで三年ばかり、ほどなく敵を平定し〉。「平家の一門悉く滅亡せし事凡そ三ケ年、…光源氏の君、須磨明石に三とせ蟄居《ちっきょ》し給へる事をも取合せいひかけたり」（『謡曲拾葉抄』）。

九〈戦場を往来しての頼朝への忠勤も空しく、この世に容れられぬ身となってしまった私は、いったいどういう前世の因果によるのだろう〉。「いたづらになり果つる」は前後にかかる。

一〇 底本には役名の指定なし。諸流諸本で補う。

一一 ままならぬのが憂き世、の意。典拠あるか、未詳。

13

あら恨めしの憂き世や

〔問答〕　橋掛りに出て二ノ松に立ち　ワキ「いかに誰《タレ》かある　一ノ松に膝まずき　アドアイ（従者）「おん前に候　ワキ「さても山伏《ヤマブシ》たちに[一九]聊爾《リヨオジ》を申してあまりに面目《メンボク》もなく候ふほどに　追《オ》つつき申し酒《シユ》をひとつ参らせうずる《シヨオ》にてあるぞ　汝《ナンジ》は先《サキ》へ行きて留《ト》め申し候へ　アドアイ（従者）「畏《カシコ》まつて候

〔問答〕　一ノ松に立って　アドアイ（従者）「いかに案内申し候　橋掛り際に立ち　オモアイ（強力）「[二〇]案内とは誰《タレ》にてわたり候ふぞ　アドアイ（従者）「前《サキ》には関守聊爾《セキモリリヨオジ》を申し　あまり面目《メンボク》もなく候ふ間《アイダ》　所の名酒を持ちこれまで参られて候　そのよしおん申しありて給はり候へ　オモアイ（強力）「さあらばそのよし申さうずる間　それにしばらくおん待ち候へ

〔問答〕　シテの前に膝まずき　オモアイ（強力）「いかに申し候　前《サキ》には聊爾《リヨオジ》を申してあまりに面目《メンボク》もなく候ふとて　関守《セキモリ》のこれまで酒《シユ》を持たせて参られて候　シテ「言語道断《ゴンゴドオダン》　[二一]やがておん目にかからうずるにて候

子方はシテにうながされ後見座にくつろぐ　ワキに見現されぬ体

〔問答〕　再び橋掛り際へ行き　オモアイ（強力）「最前の人のわたり候ふか　アドアイ（従者）「[二二]なかなかこれに居《イ》

一二〈知ってはいるが、それにしてもやはりふり返ってみると〉。

一三 上の「返す」と縁語。「直なる」の序。

一四 正直・廉直《れんちよく》の人。義経をさす。

一五〈讒臣はますます今の世に権勢を振るい〉。「讒臣」は、事実を偽って人をそしる家来。義経を讒言した梶原景時をさす。

一六「西北—雲…東南—雨」（李嶠『百詠』雨。一四四頁注四参照）の型が「東南—雲…西北—風」に変型した類型（《呉服》《志賀》など）の応用。底本の「遼遠」（遠いこと）は『謡抄』の宛字で、諸流謡本に踏襲されているが存疑。「龍吟《リヨウ》ずれば雲起り」（《和布刈》《龍虎》など。『文選』等に基づく）などの表現を合わせた文飾で、「龍淵」（龍の棲《す》む淵、臥龍としての義経）とも考えられる。英雄（義経）一たび立って加勢の諸士に号令を発し、平家を討つ、の意。

一七〈現在は無実の罪を負って、雪に埋もれ霜に責められるごとき苦難のこの身を〉。「雪霜」は「雲」の縁語。「山鬼幽陰霜雪逼」（杜甫「虎牙行」）など、艱苦を嘗《な》める意。

一八〈頼朝こそは理非を正して下さるべきなのに、讒言を信じられたままで〉。

一九〈失礼なことを申し、あんまり申訳ないので〉。

二〇〈どなたでいらっしゃいますか〉。

二一〈早速お目にかかろう〉。

二二 はい、いかにも、の意の応答語。

一 〈はんなるほど、ここへ尋ねて来た意味も了解できた。人情の酒を飲ませて機嫌よくさせた上で、本心をうかがおうというのだろう〉。弁慶の警戒の心情。「浮けて」は「盃」の縁語。「盃トアラバ、うく」(『連珠合璧集』)。

二 底本(上製本も)は「つけて」。諸本で補う。「つけても」(宝生・金春・喜多)、「つきても」(観世・金剛)。 14

三 〈一段と関守には油断するな〉。「呉織」(呉《ご》の国の織り方で織った布)は「くれそ」と重韻。「綾織《アヤハトリ》」に言いかけて「あやし」(怪し)の序。

四 底本「人やどり」を訂正。

五 〈さらっと輪になって坐り〉。

六 「菊の酒」は、重陽の節句(九月九日)に菊花を酒にひたして飲むことに由来する。「菊トアラバ…山路」「酒トアラバ…菊」(『連珠合璧集』)。

七 山中の清流。そこでの酒宴を、流水に盃を浮べて詩を詠じる曲水の宴に見立てた。

八 〈曲水の宴では流れて来た盃をまず手で遮《さえぎ》るというが、盃ならぬ袖をとって、さあ舞を舞おう〉。「流《りう》ニ牽《ひカレテ》遄《とク》過《グレバ》　手先《ツ》遮《ル》」(『和漢朗詠集』三月三日)。

九 「三塔」は、比叡山の東塔・西塔・横川。 15

また延暦寺の総称。弁慶は西塔で修行したという(『義経記』)。「遊僧」(延年の演者。専門職としての道遊僧もいた)とするのは、「若かりし時は、叡山にて、由ある方には(風流な方面では)詩歌管絃の方

申し候 オモアイ《(強力)》「そのよし申して候へばこなたへおん通りあれとのおん事にて候 かうかうおん通り候へ アドアイ《(従者)》「心得《ココロエ》申して候 ワキの前へ膝まずき こなたへおん通りあれとのことにて候 ワキは脇座に着座

〔□〕 常座に立ち シテ「げにげにこれも心得《ココロエ》たり[一] 正面を向いて 人の情《ナサ》けの盃《サカズキ》に 浮《ウ》けて心を取らんとや これにつけてもなほ[二]なほ人に[三] 立衆を見廻し ヘ心なくれそ呉織《クレハトリ》

〔段歌〕 地ヘあやしめらるな(綾・怪)面々《メンメン》と 弁慶《ベンケイ》に諫《イサ》められて この山陰《ヤマカゲ》の一宿《ヒトヤド》り[四]に さらりと[五]円居《マトイ》して 所《トコロ》も山路《ヤマジ》[六]の 真中へ出て着座 菊の酒を飲まうよ

シテヘ面白《オモシロ》や山水《ヤマミズ》[七]に 地ヘ面白や山水《ヤマミズ》に 盃《サカズキ》を浮かめては 流《リウ》[八]に牽《ヒ》かるる曲水《キョクスイ》の 手《テ》まづ 遮《サエギ》る袖触《ソデフ》れて ワキへ向き いざや舞《マイ》を舞《マ》はう《オオ》よ も とより弁慶《ベンケイ》は 三塔《サントオ》[九]の遊僧《イウソオ》 舞延年《マイエンネン》[一〇]の時《トキ》の和歌《ワカ》 立ち上って これなる山水《ヤマミズ》の 向う を見やり 落ちて巌《イワオ》に響くこそ 足拍子

〔(ワカ)〕 シテヘ鳴《ナ》[一一]るは滝《タキ》の水《ミズ》 真中へ出て扇を広げて酒を掬み

〔問答〕 シテ「たべ[一二]酔《エ》ひて候ふほどに 先達《センダツ》[一三]お酌《シャク》に参らうずるにて候 ワキに扇で酌をする ワキ「さらばたべ候ふべし とても[一四]のことに先達《センダツ》ひとさしお

にも許され」(『義経記』八)をふまえるか。

一〇〈舞うは延年の芸、いまこの時に最もふさわしい歌とは、この山水が巌に落ちて響きわたっている、それこそほかでもない有名な「鳴るは滝の水」の歌ではないか〉。「延年」は法会《ほうえ》の後に演じられた寺院芸能。「遐齢《かれい》延年」(齢いを延ばす)が原義。ここでは危機にさらされている主君の遐齢延年の祈念を籠めている。「時の和歌」は「時の調子」「時の面目」などと同じ用法。「わか」は舞とともに歌われる歌謡の意で、16 広義の和歌のこと。

一一「日は照るとも絶えずとうたり」と続く(六三頁五行参照)。『梁塵秘抄』以下諸書に見える中世の流行歌謡。それに主君義経の遐齢延年の祈願を籠める。ここで舞になり、直に〔ノリ地〕に続く古写本がある。小書「滝流」の演出も同様。

一二「たぶ」は酒を飲むこと。

一三 四八頁注六参照。ここは弁慶自身のこと。観世流以外はセンダチ。『日葡辞書』にも両型が見える。

一四〈いっそのこと〉。

一五「疾く疾く」は「とうたり」と連韻。「手束弓」は「心許すな」の序。「あさもよひ紀の関守が手束弓ゆるす時なくあが思へる君」(『今鏡』一〇)。

一六〈関守の人々に油断するな〉。「関守の人びと」は下の「暇申して」(暇乞いをして)にもかかる。

一七 危険を冒すこと、またその恐怖心の譬え。

一八 危機を脱したことの譬え。以後、諺となる。

ん舞ひ候へ　シテ「承り候
〔(ワカ)〕シテは正面を向き　地へ鳴るは滝の水
【男舞】
〔(ワカ)〕シテへ鳴るは滝の水
〔ノリ地〕地へ日は照るとも　絶《タ》えずとう《オ》たり　一同はシテにうながされて　絶えずとうたり
一五 疾《ト》く疾く立てや　急ぎ足で幕へ入る　たつかゆみの　(立・手束弓)　一六 心許すな　シテは真中でワキに膝まずいて礼　関守の人びと　暇《イトマ》申し
て　さらばよとて　笈《オイ》をおつ取り　橋掛りを見やり　肩にうち掛け　扇を肩に立上り　一七 虎《トラ》の尾を踏み　数拍子を踏み
一八 毒蛇《ドクジャ》の口を　常座へ回り　逃《ノ》がれたるここちして　陸奥《ムツ》の国へぞ　脇正面を向いて　下《クダ》りける　留拍子

安達原

あだちがはら

登場人物

前シテ　安達原の女　深井・無紅唐織
後ジテ　鬼　　女　般若・無地熨斗目・縫箔腰巻
ワ　キ　祐慶阿闍梨　兜巾・篠懸・緌水衣・白大口
ワキ連　同行の山伏　兜巾・篠懸・緌水衣・白大口
ア　イ　能　　力　能力頭巾・緌水衣・括袴

備　考

*五番目物。太鼓あり。
*観世・宝生・金春・金剛・喜多の五流にある。
*萩柴屋と枠桛輪の作り物を出す。
*底本役指定は、シテ・後シテ、ワキ、ワキツレ、同、地。
*間狂言は『間仕舞付』による。

構成と梗概

1　ワキの登場　那智の東光坊の阿闍梨祐慶《ゆうけい》（ワキ）と同行の山伏（ワキ連）が、回国行脚《あんぎゃ》して陸奥の安達原に到る。
2　シテの詠嘆　茅屋に一人の女（前シテ）が世を侘びつつ住んでいる。
3　ワキ・シテの応対　僧は一夜の宿を乞い、いったんは謝絶されるが強いて借りる。
4　ワキ・シテの応対　僧は見馴れぬ枠桛輪《わくかせわ》について尋ね、女はそれで糸を紡《つむ》ぐわざを見せてもてなす。
5　シテの詠嘆　女は、憂き世の辛さ、仏道に無縁の身を嘆き、再び糸繰りのわざを見せて、長き命のつれなさを嘆く。
6　シテの中入り　女は一行に閨《ねや》の内を覗くなと言い残して、薪を取りに行く。
7　アイの立働き　女の言葉を疑う一行の従者（アイ）は、制止を聞かず、ひそかに閨の内を覗いて夥《おびただ》しい死骸に驚き、祐慶に報告する。
8　ワキの立働き　恐ろしい閨の内を見た一行は、女が黒塚の鬼女であることを知って逃げ出す。
9　後ジテの登場　鬼女（後ジテ）が追いかけて現われ、違約を責めて襲いかかる。
10　シテ・ワキの抗争　一行は祈禱で対抗し、弱り果てた鬼女は姿を消す。

一 この〔次第〕は《安宅》などに同じ。四八頁注一参照。ワキが山伏であるところからの類型化らしく、古写本に「山におき臥す苔衣　山におき臥す苔衣　木の根や枕なるらん」とする。

二「那智」は熊野三山の一。「東光坊の阿闍梨祐慶」は未詳。七二頁注八参照。

三 捨身行《しゃしんぎょう》(断崖から身を投ずる行法《ぎょうぼう》。はやく、『大宝律令』に禁令がある)と抖擻行《とそう》(修験道では入峰《にゅうぶ》修行)の修行の形態。

四〈それらの苦行が山伏修行の方法である〉。

五〈熊野は山伏の本山であるが、熊野巡礼や廻国修行は、山伏のみならず仏徒は等しく習わしとする〉。

六「紀の路」は紀伊の国(和歌山県)にある、またそれへ通ずる道。伊勢路に対し、中辺路、大辺路をさすこともある。「方」に「潟」を掛けて「浦」と縁語。

七〈潮崎の浦を通り過ぎ〉。「潮崎」は底本「塩崎」。潮岬《しおのみさき》の古名。『山家集』に「塩崎の浦」が詠まれている。「さし(過ぎて)」は「潮」の縁語。

八〈錦の浜を行くその折々には〉。「錦の浜」は「錦の浦」に同じか。『和歌初学抄』に志摩、『五代集歌枕』に伊勢。『或所紅葉歌合』五に「錦の浜」を詠む。

九〈打寄せる潮に、旅衣は一段と濡れ萎れてゆく〉。現行上掛りは「しをりゆく」。その場合は「枝折り」(木の枝を折って作る目印)を掛けた文飾。「紐」「重なる」など「(旅)衣」の縁語。

一〇 今の福島県安達太良《あだたら》山東麓。陸奥の歌枕。

1

後見が引回しを掛けた萩柴屋の作り物を大小前に置く
【次第】でワキとワキ連が登場　真中に立つ

〔次第〕ワキ・ワキ連 向き合い 〽旅の衣《コロモ》は篠懸《スズカケ》の　一旅《タビ》の衣は篠懸の　露《ツユ》けき袖《ソデ》やしをるらん

〔(サシ)〕ワキは正面を向き ワキ〽これは二那智《ナチ》の東光坊《トオコオボオ》の阿闍梨《アジャリ》祐慶《イウケイ》とはわが事なり
ワキ連〽それ三捨身抖擻《シャシントソオ》の四行体《ギョオタイ》は　山伏修行《ヤマブシシュギョオ》の便《タヨ》りなり
ワキ〽五熊野《ユヤ》の順礼廻国《ジュンレイカイコク》は　みな釈門《シャクモン》の慣《ナ》らひなり
ワキ・ワキ連 向き合って 〽しかるに祐慶《イウケイ》この間《アイダ》　心に立つる願《ガン》あつて　廻国行脚《カイコクアンギャ》に赴《オモム》かんと

〔上ゲ歌〕ワキ・ワキ連〽わが本山《ホンザン》を立ち出《イ》でて　わが本山を立ち出でて　分《ワ》け行《ユ》く末《スエ》は六紀《キ》の路《ジ》がた　七潮崎《シオザキ》の浦をさし過ぎて　八錦《ニシキ》の浜のをりを(織・折々)りは　九なほしをれ行く旅衣《タビゴロモ》(紐・日)　ひも重《カサ》なれば程もなく　以下歩行の体 名にのみ聞きし陸奥《ミチノク》の　一〇安達《アダチ》が原《ハラ》に着きにけり　安達が原に着きにけり

後見が萩柴屋の引回しを取る　中にシテが坐っている

〔着キゼリフ〕　正面を向き　ワキ「急ぎ候ふほどに　これははや陸奥《ミチノク》の安達《アダチ》が原《ハラ》に着きて候　あら[一]笑止《ショオシ》や日の暮れて候　空を見上げて　この辺《アタ》りには人里《ヒトザト》もなく候　右方遠くを見やり　あれに火の光の見え候　ワキ連へ向き　立ち寄り宿《ヤド》を借《カ》らばやと存じ候　ワキとワキ連は脇座に着座

〔サシ〕　萩柴屋の中に着座のまま　シテへげに[二]侘《ワ》び人《ビト》の慣《ナ》らひほど　悲しきものはよもあらじ　かかる憂《ウ》き世《ヨ》にあきの来て（飽・秋）　[三]朝《アサ》けの風は身に沁《シ》めども　[四]胸を休むることもなく　[五]昨日《キノオ》もむなしく暮れぬれば　[六]まどろむ夜半《ヨワ》ぞ命《イノチ》なる　あら[七]定《サダ》めなの生涯《ショオガイ》やな

〔問答〕　ワキとワキ連は脇座に立ち　ワキ「いかにこの屋《ヤ》の内《ウチ》へ案内《アンナイ》申し候　シテ「そもいかなる人ぞ

〔掛ケ合〕　シテへ向き　ワキへ[八]いかにや主《アルジ》聞き給へ　われら初めてみちのくの（見・陸奥）　安《ア》達《ダチ》が原《ハラ》に行《ユ》き暮れて　[九]宿《ヤド》を借《カ》るべき便《タヨ》りもなし　願はくはわれらを憐《アワ》れみて　一夜《ヒトヨ》の宿を貸《カ》し給へ　ワキへ向き　シテへ人里《ヒトザト》遠きこの野辺《ノベ》の　松《マツ》風烈《カゼハゲ》しく吹き荒れて　[一〇]月影《ツキカゲ》たまらぬ閨《ネヤ》の内には　いかでか留《トド》め申す

一　ここでは、困ったことだ、の意。

二　〈まことに世を侘びて住む身ほど悲しいものは他にあるまい〉。「侘び人は憂き世の中に生けらじと思ふことさへ叶《かな》はざりけり」（『拾遺集』雑上、源景明）をふまえるか。「慣らひ」は毎日を暮らすこと。または侘び住いのわが身の（恐ろしい）習慣ほど…、の意をぼかして言ったか。この〔サシ〕は、表面的にははかない人生を嘆き、裏に自らの鬼性を告白するとも読める。

三　「秋来れば朝けの風の手を寒み山田の引板《ひた》をまかせてぞ聞く」（『新古今集』秋下、匡房）に基づく。

2

四　〈心を休めることもなく〉。安心感・満足感のない状態。

五　「昨日と過ぎ今日と暮れ」（《芦刈》）、「昨日も過ぎ今日も空しく」（《大原御幸》）などに同意の省略形。

3

六　寝ている夜だけがやすらぎの時だ、の意。あるいは、昨日も得るところなく過ぎてしまったので、今日、人のまどろむ夜中こそわが生き甲斐となるだろう、の意とも。下掛りは「…涙なる」。

七　はかない生涯、の意。その裏に、相手（獲物）次第の生涯、の意を含むとも。

八　「いかに（や）」は、もしもし、など呼び掛けの語。

九　〈宿を借りる手だてもありません〉。

一〇　〈月の光をさえぎる屋根もない部屋の中になど、

べき　ワキへ[一一]よしや旅寝《タビネ》の草枕《クサマクラ》　今宵《コヨイ》ばかりの仮《カ》り寝せん　ただただ宿を貸し給へ　シテへ[一二]われだにも憂《ウ》きこの庵《イオ》に　ワキへただ泊《ト》まらんとし(し・柴)ばの戸を　シテへさ(鎖・)すが思へばいたはしさに

〔歌〕　地へさらば留《トド》まり給へとて　扉《トボソ》を開き立ち出《イ》づる

シテは萩柴屋の戸を開いて出　真中に着座　ワキとワキ連も着座

〔上ゲ歌〕　正面を向き　地へ[一三]異草《コトクサ》も交《マ》じる茅筵《カヤムシロ》、[一四]うたてや今宵《コヨイ》敷きなまし　し(敷・強)ひても宿《ヤド》をか[一五](借・狩衣)りごろも　[一六]片敷《カタシ》く袖《ソデ》の露深《ツユフカ》き　草の庵《イオリ》の[一七](狭・忙)せはしなき　旅《タビ》寝《ネ》の床《トコ》ぞもの憂《ウ》き　旅寝の床《トコ》ぞもの憂き

〔上ゲ歌〕になると後見が枠桛輪を目付の手前に置く

〔問答〕　シテへ向き　ワキ「今宵《コヨイ》のお宿返《カエ》す返《ガエ》すもありがたうこそ候へ　枠桛輪を見　またあつけてれなる物は見慣《ミナ》れ申さぬ物にて候　これはなにと申し候ふぞ

ワキへ向き　シテ「さん候《ゾオロオ》これは[一八]枠桛輪《ワクカセワ》とて　卑《イヤ》しき賤《シズ》の女《メ》の営《イトナ》む業《ワザ》にて候

ワキ「あら面白《オモシロ》やさらば夜《ヨ》もすがら営《イトノオ》うでおん見せ候へ

〔掛ケ合〕　枠桛輪の前に行き　坐る　シテへげに恥づかしや旅人《タビビト》の　見る目も恥ぢずいつとなき　賤《シズ》が業《ワザ》こそもの憂けれ　ワキへ今宵留《コヨイトド》まるこの宿《ヤド》の　主《アルジ》の情《ナサ》[一九]

どうしてお泊めすることができましょう〉。

一一 ままよ、そんなことはどうでもよい、の意。

一二〈私でさえいやなこの庵に、どうでも泊ろうとなさるのを、それでも柴の戸を閉めて入れないというのも、さすがに痛わしく思うので〉。観世流以外は「住み馴るるわれだにも憂き…」。

一三〈茅だけでなく異草も交じって編んだ粗末な筵〉。観世流以外はこの一句を繰返す。この小段はシテ・ワキ両方の感慨を表裏の関係で述べている。

一四〈情けないことだが今宵はそれを敷いて寝ることになろう〉。「うたて」はワキの不快な気持を表わすが、シテの気持としては、気の毒だがいやでもそれを敷いて…、の意にもとれる。「打たで」(草を打たずに、の意。古写本や宝生・喜多両流など)とする解釈は不可。「席トアラバ、しく」(『連珠合璧集』)。

一五〈無理矢理《むりやり》宿を借りた露深い草庵は〉。「かりごろも」は、下掛りでは「仮り枕」。

4

一六〈片敷く袖も露に濡れ、せせこましく落着かぬ旅寝の床はつらいことだ〉。「衣片敷く」は独り寝を意味する歌語。「袖」と「露」、「露」と「草」が縁語。

一七「忙しなき」(気ぜわしく落着かぬこと)は安眠出来ぬ様子。後に展開する事件を暗示するとも。

一八 ワク(収糸具)とカセワ(糸を掛けて繰る道具)。製糸具。

一九「情け深し」に「深き夜」を掛ける。

け深《フカ》き夜《ヨ》の　月を見上げて シテ〽月もさし入る　ワキ〽閨《ネヤ》の内に
〔次第〕シテは左手に 地〽真麻苧《マソオ》[一] 糸を持ち右手で糸を繰る の糸を繰り返し　真麻苧《マソオ》の糸を繰[二]り返し　昔を
今になさばや　じっと糸を見つめる
〔一セイ〕糸繰りの手を休め シテ〽賤《シズ》[三]が績《ウ》み麻《ソ》のよる（縒・夜）までも　地〽世《ヨ》渡《ワタ》る業《ワザ》こそもの
憂《ウ》けれ
〔クドキグリ〕涙を押えつつ シテ〽あさましや人界《ニンガイ》[四]に生《ショオ》を受けながら　かかる憂《ウ》き
世《ヨ》に明け暮らし　身を苦しむる悲しさよ
〔サシ〕着座のまま ワキ〽[五]はかなの人の言《コト》の葉《ハ》や　まづ生身《ショオジン》を《ノ》助けてこそ　仏身《ブッシン》
を《ノ》願《ネゴ》ふ《オ》便《タヨ》りもあれ　地〽[六]かかる憂き世にながらへて　明け暮れ隙《ヒマ》
なき身なりとも　[七]心だにまことの道に叶《カナ》ひなば　祈らずとても終《ツイ》に
など　仏果《ブッカ》の縁《エン》とならざらん
〔（クセ）〕着座のまま 地〽ただこれ地水火風《ジスイカフウ》[八]の　仮《カ》りにしばらくも纏《マト》はれて
生死《ショオジ》に輪廻《リンネ》し　五道六道《ゴドオロクドオ》[九]に廻《メグ》ること　ただ一心《イッシン》の迷《マヨ》ひなり　およそ
人間《ニンゲン》[一〇]の　徒《アダ》なることを案《アン》ずるに　人《ヒト》[一一]さらに若きことなし　終《ツイ》には老《オ》

一「真麻穂」とも。いずれも宛字。まそほ（真朱）は赤土を原義とするが、誤解・類推を重ね、麻草、薄《すすき》の穂や蘇芳《すおう》染の糸など、種々に理解された歌語。ここは糸の意で「花薄まそほの糸を繰りかけて…」（『散木奇歌集』）など、類型表現。以下、糸繰りに六道輪廻の業苦を表現。

二「しづやしづしづのをだまきくりかへし昔を今になすよしもがな」（『義経記』等。静御前の舞の歌）による。初句「古の」（『伊勢物語』三二段）の変形。

三〈賤の女が糸をつむぎ、夜なべまでして、この世を過すための仕事というものは本当につらいことだ〉。「賤」は注二の歌をふまえる。

四〈ああいやだ、せっかく人間に生れながら、こんなつらい世の中に明けても暮れても、つらい仕事で苦しんでいる悲しさと言ったら…〉。餓鬼道や畜生道などでなく、人間界に生れることは幸せな因縁による。以下〔クセ〕まで、本心の告白か、偽りの感慨か曖昧《あいまい》。

五〈心細げな言いようだ。まず現在の身を大事に生きてこそ、後世《ごせ》の成仏を願う手だてもあるのだ〉。

六 底本、役の指定なし。諸本・諸流により補正。

七 末句を「神や守らん」とする古歌。『鹿島問答』や神道関係書等に見え、作者も天神等、異説がある。

八〈地水火風が仮りに一時的にくっついて人間の身となり、生死の間を輪廻し〉。「地水火風」は万物を構成する四大（四元素）。次行の「五道」「六道」と数韻。「纏はれて」は、「纏はりて」（上掛り）、「まつはれて」

いとなるものを　一二かほどはかなき夢の世を　などや厭《イト》はざるわれ
ながら　徒《アダ》なる心こそ　恨《ウラ》みてもかひなかりけれ
〔ロンギ〕（着座のまま）地へ一三さてそも五条《ゴジヨオ》あたりにて　夕顔《イウガオ》の宿《ヤド》を尋ねしは
シテへ一四日影《ヒカゲ》の糸の冠着《カムリキ》し　それは一五名高《ナタカ》き人やらん　地へ一六賀茂《カモ》の御《ミ》
生《アレ》に飾《カザ》りしは　シテへ一七糸毛《イトゲ》の車《クルマ》とこそ聞け　地へ一八糸桜《イトザクラ》　色も盛《サカ》
りに咲く頃は　シテへ一九くる人多き春の暮《クレ》（来・繰）　地へ穂《ホ》に出づる秋の
二〇糸薄《イトズスキ》　シテへ月によるをや待ちぬらん（縒・夜）（再び糸を繰り始める）地へ今は二一た賤《シズ》が繰《ク》る糸
の　シテへ長き命《イノチ》のつれなさを　地へ長き命のつれなさを　思
ひあかしの浦千鳥　音をのみひとり泣き明かす（明・明石）（だんだん早くなった糸繰りの手をはたと止め）　音《ネ》をのみひとり泣（涙を押える）
き明かす

6

〔問答〕シテ（ワキへ向き）「いかに二二客僧《キヤクソオ》達に申し候　ワキ（シテへ向き）「承り候　シテ「あま
りに夜寒《ヨサム》に候ふほどに　上《ウエ》の山に上《ア》がり　木を採《ト》りて焚火《タキビ》をしてあ
て申さうずるにて候　しばらくおん待ち候へ　ワキ「おん心ざし
ありがたう候　さらば待ち申さうずるにて候　やがておん帰り候

（下掛り）の混体。
九〈五道・六道の迷界を輪廻することは、ただ心の迷いによるのだ〉。「五道」は地獄・餓鬼・畜生・人間・天上。「六道」はこれに修羅を加える。
一〇〈人間がはかないということを考えてみると〉。
一一「人更《ニ》少《わかキコト》無《シ》、時須《すべからク》惜《ムベシ》」（『和漢朗詠集』暮春）。
一二〈こんなにはかない世の中を、なぜ厭って出家しないのか、我ながら、そんなおろそかな心を恨んでも甲斐のないことだ〉。底本「かひなかりけり」を訂正。
一三 以下の〔ロンギ〕は糸尽しの糸繰り歌。「五条あたり…」は『源氏物語』夕顔の巻をふまえる。
一四 神事で冠の笄《こうがい》の左右にかける青糸や白糸の組緒《くみお》。
一五 光源氏をさすらしいが、「日影の糸の冠」は文飾。
一六 賀茂神社の四月の例祭。『源氏物語』に葵の上や六条の御息所が車を立てて見物したことをふまえる。
一七 色染めの糸で飾った牛車《ぎつしや》。色にきまりがある。
一八 枝垂《しだ》れ桜の異称。
一九「糸」の縁語「繰る」に音通。「暮」と重韻。
二〇 穂を糸に見立てた薄の称。
二一〈今また賤の女が繰る糸のように、長く生き続けた命の情けなさを一晩中思って夜を明かし、明石の浦の千鳥の鳴く声音のように、声を上げてひとり泣き明かすのだ〉。「はた」は「機《はた》」に音通。「つくづくと思ひあかしの浦千鳥浪の枕になくなくぞ聞く」（『新古今集』恋四、公経）。
二二 山伏のこと。

へ　シテ（立って行きかけ）「さらばやがて帰り候ふべし　（立止ってワキへ）や　いかに申し候　わら[一]はが帰らんまで　この閨《ネヤ》の内ばしご覧《ラン》じ候ふな　ワキ「心得《ココロエ》申し候　見申すことはあるまじく候　おん心安く思《オボ》し召《メ》され候へ　シテ「あら嬉《ウレ》しや候《ソオロオ》　構《カマ》[二]へてご覧じ候ふな　（ワキ連へ向き）こなたの客僧《キャクソオ》もご覧じ候ふな　ワキ連「心得《ココロエ》申し候[三]　（シテは一ノ松まで行き　ちょっと立止るが足早に中入り）

〔□〕　アイ（常座に立って）「さてもさても奇特《キドク》[四]なることかな　この[五]陸奥《ミチノク》の　人倫絶《ジンリンタ》えたる所に住む人の　慈悲心《ジヒシン》の深いは　いかに夜寒《ヨサム》にあればとて　女の身として夜中に山へ分け入り　薪木《タキギ》を取ってまゐり　火にあて申さんとの心ざしは　さりとては奇特《キドク》なる事にて候　旅《タビ》[六]は情《ナサ》け人は心と申し伝へたるが　情[七]けなうては　阿闍梨《アジャリ》[八]もわれらも　修行《シュギョオ》は成りがたい　さりながらここに不思議なる事の候　今夜《コンニャ》の主《アルジ》はなにとやらん　余《ヨ》[九]の女人《ニョニン》に変り　物凄《モノスゴ》い体《テイ》に覚えて候ふところに　山へ参りざまに　わらはが閨《ネヤ》の内ご覧候ふなと申した　[一〇]人にこそよれ　阿闍梨に向つて閨の内ご覧候ふなと申したは　不審《フシン》に存じ候ふ間《アイダ》　阿闍梨へこのよし申さばやと存ずる

一〈私が帰ってくるまで、この閨の内をば決してご覧なさいますな〉。

二〈くれぐれもご覧なさいますな〉。

三 シテは橋掛りで立ち止る。その思い入れは、見るなと言われるといっそう見たくなる人間の心理を利用して罠《わな》をしかけた鬼女の不気味な期待とも、または堅い約束をとりつけた安堵《あんど》感とも、あるいはなお隠しきれぬ不安感を表わすとも見なし得よう。

四 めったに類のない殊勝な心ざし。

五〈この辺鄙な陸奥の、しかも人跡の絶えた所に住む人の慈悲心の深さというものは〉。

7

六〈旅は人の情けに支えられる、人の世はそんな思いやりの心で成り立つのだ〉。虎寛本狂言「薩摩守」にも同型が見える。近世の諺か。「旅は人の情け」（『好色一代男』）なども同様。

七〈人の情けというものがなくては〉。

八 東光坊の阿闍梨。阿闍梨は僧侶の職官で元来は官符により補任されたが、中世では補任によらずとも阿闍梨を称した。「祐慶と申す聖なり」（下掛り）とあるように、ここも単なる称号。

九〈ほかの一般女性とは変って〉。

一〇〈人を見て物を言うべきだ、言うにも事をかいて〉。

〔問答〕 真中に着座してワキへ向き アイ「いかに申し候　今夜《コンニャ》の主《アルジ》は　奇特《キドク》にお宿まゐらせられては候はぬか　アイへ向き ワキ「[一]げにげにおことが申すごとく　今宵の主《アルジ》は奇特《キドク》なる心ざしにて候ふよ　アイ「まことに今夜の主のやうな心ざしは　稀《マレ》にござあらうと存ずる　さりながらここに奇特なる事の候　余《ヨ》の女人《ニョニン》に変り　なにとやらん物凄いやうに覚えてござあるが　ことに山へ参りざまに　われらが閨《ネヤ》の内ご覧候ふなと申したるは　不審に存ずるが　何と思し召し候ふぞ　ワキ「まことに汝《ナンジ》が申すごとく　この阿闍梨《アジャリ》に向ひて閨の内を見申すなとは　何とも不思議なる事にて候ふよ　アイ「さてはさやうに思し召すは　われらの存ずるも同じ事にて候ふほどに　主《アルジ》の閨を見て参らうと存ずるが　何とござあらうずるぞ　ワキ「いやいや[二]主《アルジ》のかたがた見申すなと申され候へば無用にて候　アイ「いやわれらの見申したる分は　苦しからぬ事でござあるほどに見て参らう　ワキ「しかと無用にて候　その上《ウエ》汝もまどろみ候へ　アイ「さやうに思《オボ》し召さば　[三]とかく御意《ギョイ》次第にてござる　さらば臥《フ》せりませう

一〈いや全くそなたが言う通り〉。「おこと」は相手に親しみを籠めていう代名詞。

二〈主が堅く堅く見てはならぬと言われたから〉。

三〈ともかくもおっしゃる通りにいたしましょう〉。

アイは扇を右手に持ち　額について寝る体　ワキも寝る
アイはやがて目を開き　静かに立とうとするのを　ワキが見つける

ワキ「汝《ナンジ》は何事《ナニゴト》をいたすぞ　アイ「いや寝返りをいたしました

またアイもワキも寝る　アイは再びぬけて出ようとするのを　ワキが見つける

ワキ「何事にてあるぞ　アイ「いや草臥《クタビ》れまして[一]咳《スワブキ》をいたしました

またワキは寝る　アイは寝入りを確かめるしぐさがあって　さし足で橋掛りへ行く

〔□〕 一ノ松あたりで アイ「のうのう嬉しや嬉しや　まづそばを忍び出た　[二]夜聡《ヨザト》いお方ぢやによつて出《ダ》し抜きかねた　惣《ソオ》じてそれがしの悴《セガレ》の時より癖《クセ》で　人の見よといふものは見たうもなく　見なといふは見たうて[三]堪《コラ》へぬ　これも主《アルジ》がご覧《ロオ》ずなと申したによつて　見たうてどうも堪忍《カンニン》がならぬ　見たというて　後に[四]叱られう《リョオ》とままよ　さらば少し覗《ノゾ》かう

萩柴屋の内を覗き見て　橋掛りへ逃げる

アイ「ああ悲しやのう　さてもさても恐ろしや　[五]かく言ひたこそ道理なれ　閨《ネヤ》の内には　死《シ》骨白骨《コッハッコツ》は[六]積もりもなし　人の死骸は軒《ノキ》と等《ヒト》しく積み重ねて置いた　人間ではあるまい　まづこのよし申さう

〔問答〕 ワキの前へ膝まずいて アイ「見てござる　ワキ「見たるとは何事にてあるぞ　アイ

一　せき。「咳嗽、スワブキ」（文明本『節用集』）。
二　物音などですぐに目を覚ますこと。
三　〈我慢がならぬ〉。
四　〈叱られようと、それはその時のことだ〉。
五　〈閨の内を見るなと言ったのも道理だ〉。
六　積っている状態を強調した言い方。「もなし」は「滅相な」を強調して「滅相もない」と言う場合などと同じ用法。

「無用と仰《オオ》せられ候へども　あまり見たさに主《アルジ》の閨《ネヤ》を見てござれば　死骨白骨は積もりもなし　人の死骸は軒と等しく積み重ねて置いてござある人間にてはなく候　七これにござあらば命《イノチ》を取り申さう間《アイダ》　急いで何方《イズカタ》へもおん退《ノ》き候へ　ワキ「八近ごろなる事かな　さあらば立ち越え様子を見ようずるにてあるぞ　アイ「急いでご覧候へ

アイは先に宿をとろうと言い「助かりや助かりや」と言いつつ幕へ走り込む
ワキとワキ連は立って萩柴屋の前に行く

〔□〕ワキ〽不思議や主《アルジ》の閨《ネヤ》の内を　ものの隙《ヒマ》よりよく見れば　九膿《ノオ》一〇血《ケツ》たちまち融滌《イウテキ》し　臭穢《シウエ》は満《ミ》ちて肪脹《ホオチヤク》し　膚膩《フニ》ことごとく爛壊《ランネ》せり　人《ヒト》の死骸《シガイ》は数《カズ》知らず　軒《ノキ》と等《ヒト》しく積《ツ》み置きたり　一一いかさまこれは音《オト》に聞く　一二安達《アダチ》が原《ハラ》の黒塚《クロズカ》に　籠《コモ》れる鬼《オニ》の住みかなり　ワキ連〽恐ろしやかかる憂き目をみちのくの（見・陸奥）　安達が原の黒塚に　鬼籠《オニコモ》れりと詠《エイ》じけん　一三歌の心もかくやらんと

〔上ゲ歌〕ワキ　ワキ連〽向き合って心も惑ひ肝《キモ》を消し　心も惑《マド》ひ肝《キモ》を消し　一四行くべき方《カタ》は知らねども　二人とも足早に脇座へ行く足にまかせて逃げて行く　足にまかせて逃げて

七〈ここにおいでになっていては鬼女が来て命を取るでしょうから〉。

八　近来例のないことだ、それは大変だ、などの意。「近ごろ」は、はなはだ、まことに、などの意の副詞として用いられることが多い。

九　観世流以外は、この次に二行あとの「人の死骸は数知らず　軒と等しく積み置きたり」が入り、順序を異にする。

一〇〈死骸からは膿血が現に流れ出して、いやな臭いが充満しており、死体はふくれ上がり表面はすっかり爛《ただ》れ腐っている〉。『九想詩』に「膿血忽流爛壊腸」（第三、血塗想）、「朝見肪脹爛壊貌」（第五、噉食想）と見える。それをふまえた別の典拠があるかも知れない。「肪脹」は、底本「胞脹」。『九想詩』の表記に従って訂正した。ホオチャクはその誤解ないし謡い訛《なま》りか。　8

一一〈さてはこれがあの有名な〉。「音に聞く」は下掛りに「陸奥の」とする。

一二「みちのくの安達の原の黒塚に鬼籠れりといふはまことか」（『拾遺集』雑下、平兼盛）による。

一三〈古歌の本意もこんな恐ろしい様子を詠んだものかと〉。

一四〈どこへ行ったらよいかわからないが、ともかく〉。

一　「とこそ」は命令の強調表現。
二　〈あれほど隠していた閨の内を、暴露なさった恨みを〉。「参らせし」は、観世流以外は「申しつる」。
三　〈胸を焦がす怒りの炎は、咸陽宮《かんようきゅう》の煙のように激しく燃え〉。「咸陽宮」は秦の始皇帝の宮殿。項羽によって焼かれたが三カ月間燃え続けた。その激しい火焔の形容を心中の怒りに譬《たと》えた。「炎」は観世流以外は「炎は」。また「紛々」は底本「氛々」。「紛々」は入り乱れるさま。あるいは「片々」の訛りか。「咸陽宮之煙片々《タリ》」（『和漢朗詠集』古宮）に基づく表現。 9
四　〈野を吹く風、山を吹く風が一時にどっと吹きつけて〉。
五　「鳴神」は雷。以下、『伊勢物語』六段「神さへいといみじう鳴り、雨もいたう降りければ…鬼はや一口に食ひてけり」をふまえた文飾。「雨夜トアラバ…鬼一口」（『連珠合璧集』）。 10
六　鉄杖は地獄の鬼（《歌占》《野守》）や鬼神（《羅生門》）等の持ち物。
七　上掛りは以下、地。下掛りは「振り上ぐる…」も地。
八　以下「不動明王」まで、五大尊印明の唱文。山伏の祈禱の定型。《葵上》一三頁注一七参照。
九　諸流・諸本は「南方に」。底本「に」脱か。
一〇　薬師如来の真言（「陀羅尼」とも。祈禱の際に唱える呪文）。漢字の宛て方は底本のまま。以下同じ。

行く

【早笛】または【出端】で後ジテが足早に登場　柴を背負い　打杖を持つ

〔□〕　一ノ松でワキへ向き　シテへいかにあれなる客僧《キャクソオ》　「止《ト》まれ一とこそ　二さしも隠し閨《ネヤ》の内　あさまになされ参らせし　恨《ウラ》み申しに来たりたり

〔(クリ)〕　背負った柴を捨て　シテへ三胸《ムネ》を焦《コ》がす炎《ホノオ》　咸陽宮《カンニヨオキウ》の煙《ケムリ》　紛々《フンプン》たり　地へ四野風《ノカゼ》山風《ヤマカゼ》吹き落ちて　風に面をそむけ　シテへ五鳴神稲妻天地《ナルカミイナズマテンチ》に満ちて　天地を見廻し　地へ空かき曇る雨の夜《ヨ》の　ワキを見こみ　シテへ鬼一口《ヒトクチ》に食《ク》はんとて　地へ歩《アユ》み寄る足音　足拍子　打杖を振上げ　シテへ振り上ぐる六鉄杖《テッチョオ》の勢《イキオ》ひ　七あたりを払つて恐ろしや　ワキ達の祈りに対し　打杖をキッと取直して対抗

【祈リ】　シテの威嚇と示威　ワキとワキ連の二人は数珠を擦って祈る

〔□〕　祈り続ける　ワキへ八東方《トオボオ》に降三世明王《ゴオザンゼミヨオオオ》　ワキ連へ九南方軍荼《ナンボオグンダ》利《リ》夜《ヤ》叉《シャ》明王　ワキへ西方《サイホオ》に大威《ダイイ》徳《トク》明王　ワキ連へ北方《ホッポオ》に金剛《コンゴオ》夜叉明王　ワキへ中《チウ》央《オオ》に大日大聖不動《ダイニチダイショオフドオ》明王　ワキ　ワキ連へ一〇唵呼《オンコ》嚕《ロ》呼《コ》嚕《ロ》旋荼《センダ》利《リ》摩《マ》登枳《トオギ》　一一唵阿《オンナ》毘《ビ》羅《ラ》吽欠娑《ウンケンソ》婆《ワ》呵《カ》　一二吽多《ウンタ》羅《ラ》吒《タ》干《カン》䑶《マン》　シテは打杖に左手をかけて足拍子を踏む

〔中ノリ地〕　二人は祈り続ける　地へ一三見我《ケンガ》身者《シンシャ》発菩《ホッボ》提心《ダイシン》　見我身者発菩提心　祈りに対しシテは強く抗争する　聞我名者《モンガミヨオシャ》

断悪修善《ダンナクシユゼン》　聴我説者得大智恵《チヨオガセツシヤトクダイチエ》　知我身者即身成仏《チガシンシヤソクシンジヨオブつ》　即身成仏《ソクシンジヨオブツ》と明王《ミヨオオオ》一四

の繋縛《ケバク》にかけて責めかけ責めかけ　祈り伏せにけり　さて懲りよ

シテが後へ退り　ワキは走り寄って数珠で打伏せる　シテはどっかと安座　打杖を捨てて扇を開き持つ　ワキ達は脇座に着座

シテ〽今まではさしもげに　地〽一五今まではさしもげに　怒《イカ》りをなしつる鬼女《キジヨ》なるが　たちまちに弱り果てて　一六天地に　身を約《ツヅ》め眼《マナコ》くらみて　足もとはよろよろと　一七漂《タダヨ》ひ廻《メグ》る安達が原の　黒塚に隠れ住みしも　一八あさまになりぬあさましや　恥づかしのわが姿やと　言ふ声はなほ物すさましく　言ふ声はなほ　一九すさましき夜嵐の　音に立ち紛《マギ》れ失《ウ》せにけり　二〇夜嵐《ヨアラシ》の音《オト》に失せにけり

シテは立上って　扇で天地を指し　扇を顔に当て　後へよろよろと退り　跳び返って膝をつき　萩柴屋を見上げ　ワキに近づき　扇で顔を隠しそむけ　舞台を回り　常座で跳び返って膝をつき　すぐに立って　脇正面を向き留拍子

一二 大日如来の真言。
一三 不動明王の真言。
一三 不動明王本誓《ほんぜい》の偈《げ》。五大尊印明の唱文とともに山伏の祈禱の定型。注八参照。
一四〈不動明王の持つ索縄《さくじよう》による呪縛《じゆばく》を念じて、責めつけ責めつけ、ついに祈り伏せてしまった。さあどうだ、参ったか〉。
一五〈今まではあんなにも物すごく怒り狂っていた鬼女だったのに〉。
一六〈天地の間に身の置き所もなくなって小さくなり〉。
一七〈ふらつき、ぐるぐる廻る〉。
一八〈明るみに出てしまった〉。「あさま」は「あさまし」と重韻。
一九 声が物すごい意と夜嵐が激しい意とを掛ける。
二〇 観世流以外は「音に立ち紛れ失せにけり」と前の句を繰返す。観世の場合は江戸初期に改訂。

海士《あま》

登場人物

前シテ　海　人　深井・絓水衣・無紅縫箔腰巻
後ジテ　龍　女　泥眼・龍戴・舞衣・色大口
子　方　房　前　金風折烏帽子・単狩衣・白大口
ワ　キ　房前の従者　素袍上下
ワキ連　従　者（二、三人）素袍上下
ア　イ　浦の男　長上下

備　考

＊五番目物、略初番目物。太鼓あり。
＊観世・宝生・金春・金剛・喜多の五流にある。
＊底本役指定は、シテ・後シテ、ワキ、子、同、地。
＊間狂言は古活字本による。

構成と梗概

1　子方・ワキの登場　藤原房前（子方）とその従者（ワキ・ワキ連）が、母の追善のため、奈良から讃州志度寺《しどでら》に到る。

2　シテの登場　海士（前シテ）が現われ、海松布《みるめ》刈りの身の上を述懐する。

3　ワキ・シテの応対　一行は海士に海松布刈りを所望する。

4　シテの物語り　海士は志度寺の縁起—房前の出生や、龍宮から潜《かず》き上げた明珠の話など—を語る。

5　子方・シテの詠嘆　子方はわれこそ房前であると名乗って母を懐かしむ。

6　シテの物語り　海士は所望されて玉取りの模様を再現する。

7　シテの中入り　海士は房前の母であると名乗り、筆跡を残し、供養を頼んで波間に消える。

8　アイの物語り・触レ　この浦の男（アイ）が呼ばれて海士にまつわる話を語り、房前が母の追善のための管絃講を催す旨を触れる。

9　子方の待受け　子方は亡母の手跡を披見《ひけん》し、追善を行う。

10　後ジテの登場・舞事　房前の母、実は龍女（後ジテ）が登場、法華経を読誦《どくじゅ》し、讃仏の舞を舞う。

11　結末　供養による龍女成仏、志度寺繁昌の功徳。

一「出づるぞ名残り」は、名残りの三日月の出ていることと、名残り惜しくも都を離れる、の意を掛けて言う。また「三日月の」は、「月の都」を導く序となるとともに、「都」と頭韻を踏み、月の沈む西の方角を示す。「都」は奈良。

二「天の児屋根」は天下補佐の神で、藤原氏の祖神。その正統を継承していることを「おん譲り」と言った。「海士の子」を隠す。「自天児屋根命至于房前大臣二十三代也」（『讃州志度道場縁起』）。

三 藤原鎌足《かまたり》の孫。不比等《ふひと》の子。藤原北家の祖。底本「房崎」を訂正、以下同じ。

四『縁起』に「南海道讃岐国寒河郡房前浦」とある。房前（浦）を、志度浦の別名のように言うのは房前大臣との由縁《ゆかり》を強調するためか。八二頁注四参照。

五「空しくなる」は死ぬ意。

六「返り都」（古写本、下掛りなど）が古型らしい。

七「山かくす春の霞ぞ恨めしきいづれ都のさかひなるらん」（『古今集』羇旅、乙）。

八「補陀落《ふだらく》の南の岸に堂建てて今ぞ栄えん北の藤浪」（『新古今集』神祇、榎本明神）。

九「岸の南」（注八）と「南海道」（注四）を掛ける。

一〇「津の国」は摂津の国。「昆陽《こや》」は西国街道にある摂津の地名。現伊丹市。

一一「（伊弉諾《いざなぎ》・伊弉冉《いざなみ》二神の）鉾ノ滴リ凝堅《こりかたま》リテ一ツノ島トナル。是ヲ淡路島ト云フナリ」（『三流抄』）などの周知の知識をふまえる。

1
【次第】で子方を先立てワキとワキ連が登場　真中に立つ

〔次第〕ワキ・ワキ連へ 向き合って 出づるぞ名残《ナゴ》り三日月《ミカズキ》の　[一]出づるぞ名残《ナゴ》り三日月《ミカズキ》の
都《ミヤコ》の西に急がん

「サシ」ワキへ 正面を向き 天地《アメツチ》の開《ヒラ》けし恵《メグ》みひさかたの（久し・久方）　[二]天《アマ》の児屋根《コヤネ》のおん譲《ニユズ》り
子方へ 正面を向き [三]房前《フサザキ》の大臣《ダイジン》とはわが事なり ワキとワキ連は坐って控える　さてもみづからがおん母《ハワ》は　[四]讃州志度《サンシウシド》の浦《ウラ》　房前《フサザキ》と申す所《トコロ》にして　[五]空《ムナ》しくなり給ひぬと承りて候へば　急ぎかの所に下《クダ》り　追善《ツイゼン》をもなさばやと思ひ候

〔下ゲ歌〕ワキ・ワキ連へ 立って 向き合い 慣《ナ》らはぬ旅にならざかや（慣・奈良坂）　[六]返りみかさの（見・三笠）[七]山隠《ヤマカク》す
春の霞《カスミ》ぞ恨《ウラ》めしき

〔上ゲ歌〕ワキ・ワキ連へ 向き合ったまま 三笠山　[八]今ぞ栄《サカ》えんこの岸の　今ぞ栄えんこの岸の
[九]の南《ミナミ》の海《ウミ》に急がんと　行けば程なく[一〇]津の国の　こや（昆陽・此や）日の本の[一一]初《ハジ》

めなる　淡路《アワジ》の一わたり末近く　以下歩行の体　二なるとの(成・鳴門)沖に音《オト》するは　泊《ト》まり定《サダ》め
ぬ海士小舟《アマオブネ》　泊まり定めぬ海士小舟《アマオブネ》三
〔着キゼリフ〕　正面を向き　ワキ「おん急《ニソ》ぎ候ふほどに　これははや四志度《シド》の浦《ウラ》にお
ん着《ツ》きにてござ候　遠くを見やって　またあれを見れば　男女《ナンニョ》の差別《シャベッタ》は知らず　人一《ヒトイチ》
人《ニン》来たり候　かの者を相待《アイマ》ち　ワキ連へ向き　この所の謂《イ》はれをくはしくおん尋ね
あら《ロ》う《オ》ずるにて候
一同脇座に行き　子方は床几にかかる　ワキとワキ連は順に着座

【一声】でシテが登場　右手に鎌　左手に海松布を持って常座に立つ
〔一セイ〕　正面へ向き　シテ〽五海士《アマ》の刈《カ》る　藻《モ》に住む虫にあらねども　われから(・我から)濡《ヌ》
らす袂《タモト》かな
〔名ノリザシ〕　正面を向いたまま　シテ〽これは讃州志度《サンシウシド》の浦《ウラ》　寺《テラ》近けれども六心なき　七あ
(海士・天野)まの里の海人《カイジン》にて候
〔サシ〕　シテ(〽)八げにや名に負《オ》ふ九伊勢《イセ》をの海士《アマ》は一〇夕波《イウナミ》の　(打・内外)うちとの山《ヤマ》
の月を待ち　一一浜荻《ハマオギ》の風《カゼ》に秋を知る　また須磨《スマ》の海士人《アマビト》は一二塩木《シオキ》にも
一三若木《ワカキ》の桜《サクラ》を折り持ちて　春を忘れぬ便《タヨ》りもあるに　この浦にては一四慰《ナグサ》

一「わたり」は航路を意味する語。

二「誰ぞこの鳴門の浦に音するは　泊り求むる蜑《あま》の釣舟」(『俊頼髄脳』等に見える連歌)。

三 下掛りは〔上ゲ歌〕に続いてワキ・ワキ連の〔下ゲ歌〕〔歌〕がある。解題参照。

四 下掛りは「讃州房前の浦」。

五「海士の刈る藻に住む虫のわれからと音をこそ泣かめ世をば恨みじ」(『古今集』恋五、藤原直子)。「われから」は藻に棲む虫で、「我から」に言いかけた定型。

六 山賤(木こり)、海士(漁師)などを「心なし」(情趣を解せぬ)とするのは定型。ここは寺付近に住むのに仏心を持たぬ、の意をも含める。

七「讃岐国志度荘内寺領天野村」(長禄元年「志度寺文書」、『荘園志料』下による)。

2

八 以下、海士で名高い伊勢や須磨には歌枕として風雅な古典的素材があるのに、志度浦には何もないことを言う。
九 二八頁注一二参照。
一〇「夕波の」は「打」に音が通じる「内外《うちと》」の序。
一一 伊勢の名物。「難波の蘆は伊勢の浜荻」と諺化して知られる。二九頁注一六参照。
一二 塩を焼くための薪。「須磨の海士の樵れる塩木は燃ゆれども…」(『忠岑集』)など歌語。
一三 須磨の名物。「須磨には…植ゑし若木の桜ほのかに咲きそめて」(『源氏物語』須磨)による。

一四〈慰みもなく、名だけは伊勢や須磨と変らぬ海士だが、この天野村の原には、それらに比すべき花咲く草もない〉。

一五〈何も見るものもない、ただ海松布《みるめ》を刈ろうよ〉。

一六〈海松布は刈らねば取れないが、流れ芦は刈らずとも、海へ流れ込む川が運んでくれる。その流れ芦のように、自然に任せて生きてゆくのだから、全く自然の情を解せぬとも断言できないのが海士だ〉。

一七 相手に対して丁寧に言いかける。あなた。

一八「さに候」の転。はい、そうです、の意。

一九「潜き」は水にもぐること。下掛りは「海士」とのみ。

二〇 ワキは、主人のために刈り取ってほしい、と言う。それをシテは、刈って献上せよ、の意にとり違える。

二一〈今、ひもじくていらっしゃるのか〉。

二二「申せども」（下掛り）に同意。

二三「刈るまでもなし」は「これに刈りたる海松布の候」（下掛り）と同意。「召す」は、食べる意。

二四〈仰せである〉。

二五〈昔も仰せによって海にもぐった例がある〉。ここは「たとひ千尋《ちひろ》の底の海松布なりとも　仰せならばさこそあるべけれ　天智天皇の御時　もろこしより一つの明珠を渡されしを…」（下掛り）とあるのが古型であろう。「天智天皇」以下の説話は『縁起』（解題参照）に基づく。

3

みも　（無・名）（海士・天野）なのみあまの原にして　花の咲く草もなし　〽一五何をみるめ（見・海松布）
刈らうよ
〔下ゲ歌〕　正面を向いたまま　シテ〽刈らでも運《ハコ》ぶ浜川《ハマガワ》の　一六刈らでも運《ハコ》ぶ浜川《ハマガワ》の　塩海《シオウミ》か
けて流《ナガ》れ蘆《アシ》の　（節・世）よを渡る業《ワザ》なれば　心なしとも言ひがたき　（海士・天
野）あまの　歩行の体　の里に帰らん　天野《アマノ》の里《サト》に帰らん
〔問答〕　立ってシテへ向き　ワキ「いかにこれなる女《オンナ》　一七おことはこの浦の海士《アマ》にてある
か　ワキへ向き　シテ「一八さん候《ゾオロオ》この浦の一九潜《カズ》きの海士《アマ》にて候　ワキ「潜《カズ》きの海士《アマ》
ならば　あの水底《ミナソコ》の海松布《ミルメ》を刈《カ》つて二〇参らせ候へ　シテ「いたはし
や旅疲《タビズカ》れ　二一飢《ウエ》に臨《ノゾ》ませ給ふかや　わが住む里と二二申すに　かほど賤《イヤ》し
き田舎《デンジャ》の果《ハテ》に　〽不思議や雲の上人《ウエビト》を　（見・海松布）みるめ召され候へ　「二三刈る
までもなしこの海松布《ミルメ》を召され候へ　手にした海松布をワキへさし示す　ワキ「いやいやさやうのた
めにてはなし　あの水底《ミナソコ》の月をご覧《ラン》ずるに　海松布《ミルメ》茂《シゲ》りて障《サワ》りとな
れば　刈り除《ノ》けよとのご二四諚《ジョオ》なり　シテ「さては月のため刈り除《ノ》け
よとのご諚かや　二五昔もさる例《タメシ》あり　明珠《メイシュ》をこの沖《オキ》にて龍宮《リウグウ》へ取られ

しを　ヘ潜《カズ》き上げしもこの浦の
〔次第〕正面へ向き 地ヘ 一（海士・天満）あまみつ月も満ち潮《ジオ》の　天満《アマミ》つ月も満ち潮《ジオ》の　海松布《ミルメ》
海松布を後見に渡し脇正面へ出かかる
をいざや刈らうよ
〔問答〕シテをとどめて ワキ「しばらく　二 なにと明珠《メイシュ》を潜《カズ》き上げしも　この浦の海士《アマ》にてあると申すか　ワキへ向き シテ「さん候《ゾオロオ》この浦の海士《アマ》にて候　右の方遠くを見やり またあれなる里をば天野《アマノ》の里と申して　かの海士人《アマビト》の住み給ひし在所《ザイショ》にて候　正面に島を見やり またこれなる島は　かの玉《タマ》を取り上げ初《ハジ》めて見初《ミソ》めしによつて　ワキへ向き 新しき珠島《タマシマ》と書いて三 新珠島《シンジュジマ》と申し候　ワキ「さてその玉《タマ》の名《ナ》をば何《ナニ》と申しけるぞ　シテ「玉中《ギョクチウ》に釈迦《シャカ》の像《ゾオ》まします　いづ方《カタ》より拝《オガ》み奉れども同じ面《オモテ》なるによつて　面《オモテ》を向《ムコ》ふに背《ソム》かずと書いて四 面向不背《メンコオフハイ》の玉《タマ》と申し候　ワキヘ 五 かほどの宝《タカラ》をなにとてか　漢朝《カンチヨオ》よりも渡しけるぞ
〔語リ〕ワキへ向き シテ「今の大臣《ダイジン》六 淡海公《タンカイコオ》のおん妹《ニモオト》は　唐高宗皇帝《モロコシコオソオコオテイ》の后《キサキ》に立たせ給ふ　さればその七 氏寺《ウジデラ》なればとて　興福寺《コオブクジ》へ三《ミ》つの宝《タカラ》を渡さる

一「この浦の海士」から「天満つ月」（満月）と言いかける。満月時の「満ち潮」は大潮となる。「みつ」「満ち」「海松布」と連韻。

二「なにと…か」の文型で相手に強く問い迫る用法。底本は「と」を欠く。諸本で補った。「明珠」は面向不背の玉のこと。注四参照。

4
三『縁起』では「真珠島」とする。解題の『縁起』（一二）参照。

四「真向珠」また「不向背珠」とも。『縁起』（三）参照。

五〈これほどの珍宝がどういうわけで漢朝からわが国へ渡来したのですか〉。「漢朝」は漢土の朝廷、またその国のこと。「本朝」に対して言う。

六 藤原不比等の諡号《しごう》。以下の説話は『縁起』（二）～（九）参照。

七「興福寺は是れ淡海公の御願、藤氏累代の氏寺也」（『源平盛衰記』二四、南都合戦）など。『縁起』（一）参照。

八 華原産の石で製した磬（楽器の一種）と、泗浜産の石の磬。『白氏文集』三に「華原磬、華原磬、古人不レ聴カ今人聴ク、泗浜石、泗浜石、今人不レ撃タ古人撃ツ」と見える。『縁起』（三）参照。

九 京都への到着を意味する成語。ここは都の意で用いた。

一〇〈目立たぬようにお姿を変え〉。

一一 下掛りは「かの玉をかづかせんがために海士乙女と…」とする。『縁起』(八)参照。

一二「やあいかに」は呼び掛け。「これ」は自称。われこそは、の意。

一三〈何ともいやはや〉。思いがけぬこと、予期に反した場合など、その場をつくろうために発する感動詞的慣用句。

一四〈不都合なことを申しました〉。

一五〈繁栄が約束されている藤原氏一門〉。「開く」と「門」は縁語。

一六〈気がかりなことは〉。「かかる」は「藤」と縁語。

一七 上掛りはボオシン。「傍臣」で、側近の家来の意か。底本は「亡□」(一字分欠字で、ゴマ節のみ二つ施す)、上製本は「亡心」とする。下掛りはコオシン(「功臣」「侫臣」か)。

一八「海士」と言いかけて「あまり」とごまかした表現。

一九〈はっきりと言わずに言葉を曖昧にする〉。

二〇〈たとい賤の女であっても〉。

二一〈母としてしばらくその胎内に宿ったのだから〉。「ははきぎ」は「帚木」に「母」を隠した言い方。底本は「ははきぎの」。諸本により訂正。「宿る」と「月(の光)」は縁語。「月」「光」「雨露」と縁語を続ける。

る　八華《カ》原《ゲン》磬《ケイ》泗《シ》浜《ヒン》石《セキ》　面《メン》向《コオ》不《フ》背《ハイ》の玉《タマ》　二つの宝《タカラ》は九京着《キョオチャク》し　明珠《メイシュ》はこの 正面を
見やり 沖にて龍宮《リウグウ》へ取られしを　大臣《ダイジン》一〇おん身をやつし　この浦に下《クダ》り給
ひ　一一賤《イヤ》しき海士《アマ》乙女《オトメ》と契《チギ》りをこめ　一人《ヒトリ》のおん子《コ》を儲《モオ》く　今の房前《フサザキ》
の大臣《ダイジン》これなり
〔問答〕　シテと向き合い 子方「一二やあいかにこれこそ房前《フサザキ》の大臣《ダイジン》よ　ワキは膝まずく あら懐《ナツ》かしの海士《アマ》
人《ビト》やなほなほ語り候へ　子方へ シテ「一三あらなにともなや　今までは余所《ヨソ》
のこととこそ思ひつるに　さてはおん身の上にて候ふぞや　真中に出て坐り鎌を置く あら便《ビン》一四
なや候《ゾオロオ》
〔クドキグリ〕　一同着座のまま 子方〽みづから大臣《ダイジン》のおん子と生《ン》まれ　一五恵《メグ》み開《ヒラ》けし藤《フジ》
の門《カド》　されども一六心にかかることは　この身《ミ》残りて母《ハワ》知らず
〔クドキ〕　子方〽ある時一七傍臣《ボオシン》語りていはく　忝《カタジ》けなくもおん母《ハワ》は　讃《サン》
州《シウ》志《シ》度《ド》の浦房前《フサザキ》の　一八あまり(海士・余)申せば恐れありとて一九言葉を残す　シテは さては
賤《イヤ》しき海士の子　子方と向き合う 賤《シズ》の女《メ》の腹《ハラ》に宿《ヤド》りけるぞや
〔上ゲ歌〕　着座のまま 地〽二〇よしそれとてもは《ワ》はきぎ二一(母・帚木)に　よしそれとても帚木《ハワキギ》

に　しばし宿《ヤド》るも月の光　[一]雨露《ウロ》の恩《オン》にあらずやと　子方はシテと向き　思へば尋ね
合う　来たりたり　あら懐《ナツ》かしの海士人《アマビト》やと　子方は涙を押える　おん涙を流し給へば
シテ〵げに心なき海士衣《アマゴロモ》　地〵[二]さらでも濡《ヌ》らすわが袖《ソデ》を　子方はシテを指し　重ねてし
をれとや　忝《カタジ》けなのおん事や　シテは涙を押える
〔(クセ)〕　一同着座のまま　地〵かかる貴人《キニン》の　賤《イヤ》しき海士《アマ》の胎内《タイナイ》に　宿《ヤド》り給ふも[三]一《イッ》
世《セ》ならず　たとへば[四]日月《ジツゲツ》の　庭潦《ニワタズミ》に映《ウツ》りて　光陰《コオインノ》を増すごとくな
り　シテはワキへ向き　われらもその海士《アマ》の　子孫《シソン》と答へ申さんは《ナ》　[五]こともおろかや　子方を見つめ　[六]わ
が君の　ゆかりに似たり紫《ムラサキ》の　藤《フジ》咲く門《カド》の口《クチ》を閉《ト》ぢて　言はじやみ
(見ず・水鳥)　づとりの　(鴛・唖・お主)　おしうの名をば朽《ク》たすまじ　面を伏せる
〔問答〕　着座のまま　ワキ「[七]とてものことに　かの玉《タマ》を潜《カズ》き上げたるところを　お
ん前《マエ》にて[八]まなう《ノオ》でおん目にかけ候へ　シテ「いやいや[九]ただいま申
す事さへいかがにて候ふに　それまではあまりに[一〇]便《ビン》なう《ノオ》候　ワキ
「苦しからぬ事　ただそとまなうでおん目にかけ候へ　シテ「さら
ばそとまなうでおん目にかけ候ふべし

一 〈育ての恩というものではないかと〉。「雨露の恩」は草木を養い育てる雨露の恩恵。「迎《ヘテ》レ春《ヲ》乍《たちまち》変《ズ》、将《まさニ》レ希《ハント》ニ雨露之恩《ヲ》ニ」(『和漢朗詠集』立春)による成句。

二 〈そうでなくても潮に濡れている衣の袖を、このような有難い言葉でさらに涙で濡らせというのか〉。

三 ただに親子一世の縁だけではなく、それにつながる海士全体の縁である、の意。「過去往因《ハ》於《テ》レ是《ニ》而被レ知《ラ》」(『縁起』(八))をふまえるか。

四 〈日月の光が、庭にたまった雨水に映えて、いっそう光り輝やくようなものだ〉。典拠あるか未詳。「にはたづみ、雨水庭にたまるを云ふ也」(『匠材集』)。「映」は底本「移」を訂正。

五 〈口にするのも恐れ多いことながら〉。

六 〈わが君の縁者同様に、藤原氏一門につながる者であるかのようなことは、口をつぐんで言わず見ず、唖《おし》のようにして、主君の名誉を傷つけることはするまい〉。「紫」をゆかりの色という。「紫の」は「藤」の序。「藤咲く門の」は、繁栄する藤原氏、の意で「口」の序。「みづとりの」は「見ず」との掛詞で、水鳥である「鴛鴦《おし》」の序となり、それに「唖」と「御主」とを掛ける。

6

七 どうせ同じことなら。いっそのこと。

八 「まなんで」の音便。真似て再現すること。

九 「さきに申して候ふだに憚《はばか》りにて候ふほどに何として申し候ふべき」(下掛り)と同意。このシテの詞と次のワキの詞は、上掛りでは光悦本のみにある。

〔（語リ）〕シテ（着座のまま）「[一一]その時海士人《アマビト》申すやう　もしこの玉《タマ》を取り得たらば　このおん子を世継《ヨツ》ぎのおん位《クライ》になし給へと申ししかば　[一二]子細《シサイ》あらじと領掌《リヨオジヨオ》し給ふ　[一三]さてはわが子ゆゑに捨てん命《ニノチ》　露ほども惜しからじと　[一四]千尋《チイロ》の縄《ナワ》を腰につけ　もしこの玉《タマ》を取り得たらば　この縄《ナワ》を動《ウゴ》かすべし　（腰を上げつつ人々を見渡し）その時人びと力を添へ　引き上げ給へと約束し（扇を剣に見立て）へひとつの利剣《リケン》を抜き持つて（抜き放ち）

〔段歌〕（シテは立って）地へかの海底《カイテイ》に飛び入れば（足拍子）　[一五]空《ソラ》は一《ヒト》つに雲の波（空を見上げ）　煙の波を（舞台を回って）凌《シノ》ぎつつ　海漫々《カイマンマン》と分け入りて　直下《チヨツカ》と見れども底もなく（正面先で下を見こみ）　ほと（面を上げ）（舞台を回り）りも知らぬ海底《カイテイ》に　[一六]そも神変《ジンベンナ》はいさ知らず　取り得んことは不定《フジヨオ》な（常）（座で足拍子）り　かくて龍宮《リウグウ》に到りて　宮中《キウチウ》を見ればその高さ（正中で角に宮殿を見上げ）　三十丈《サンジウジヨオ》の玉《ギヨク》（見渡しながら大）（きく回り）塔《トオ》に　かの玉《タマ》を籠《コ》め置き　香花《コオゲ》を供《ソナ》へ守護神《シユゴジンナ》は　[一七]八龍《ハチリウナ》並み居たり　そのほか[一八]悪魚鰐《アクギヨワニ》の口　遁《ノガ》れがたしやわが命《イノチ》　[一九]さすがおんないの（女・恩愛）故《フル》郷《サト》の方《カタ》ぞ恋しき（常座で面を伏せる）　あの波のあなたにぞ　わが子はあるらん（右の方遠くを見つめ）　父大《チチダイ》臣《ジン》もおはすらん　さるにてもこのままに（面を伏せ）（小さく回って）　別れ果《ハ》てなん悲しさよ

一〇〈憚り多いことです〉。

一一 以下、往時の再現。『縁起』（一〇・一一）参照。

一二〈異存はないと承知なさる〉。

一三〈この上はわが子のために捨てる命だから、ちっとも惜しくはないと〉。「露」は「玉」や「命」と縁語。

一四「尋《ひろ》」は両手を左右に広げた長さの単位。ここは非常に長い、の意。

一五〈海中では空も海も一つになり、雲や煙に紛う波を分け越え、果てしなく広がる海に分け入って、真下を見おろしても底も見えず、際限もわからぬ海底に〉。「海漫々、直下無㆑底傍無㆑辺、雲濤烟浪最深所、人伝中有㆓三神仙㆒」（『白氏文集』三）に基づく慣用句。「蒼波路遠し、雲の浪煙の濤を凌ぎて…海漫々たり」（『宴曲集』四「海辺」）、「カイマンマントシテホトリモナシ」（『日葡辞書』）など。

一六〈およそ神通力があるならばともかく、普通の人間では玉を取ることができるかどうか疑わしい〉。

一七〈玉を守護する神として八龍が列座している〉。「八龍」は八大龍王（三〇三頁注一二）というより、多くの龍の意であろう。『縁起』（一一）では龍女が龍王の前後左右に囲繞《いによう》すると記す。

一八「悪鬼」「悪獣」「悪虫」などと同じ言い方で恐ろしい魚の意。「鰐」は記紀にも見えるワニザメ。「鰐の口」は「虎口」と同様、危険な状況を譬えて言う。

一九〈やっぱり女なので、夫や子への情に引かれて故郷の方が恋しく思われる〉。

一「本尊者十一面観世音」(『縁起』)。「薩埵」は「菩提薩埵」の略で「菩薩」に同じ。

二「大悲」は仏・菩薩とりわけ観音の慈悲を言う。「大悲の利剣」は仏・菩薩の破邪の剣を言うが、ここは海士が観音の助力を祈念したので、携行の利剣を「大悲の利剣」と言った。

三〈あらかじめ考えていたことなので〉。

四〈龍宮の慣わしで死人を忌み嫌うので〉。以下の二句は『縁起』には見えない。謡曲化にあたっての脚色らしい。「譬如㆔大海有㆓八不思議㆒…七者、不㆑寄㆓死屍㆒」(『涅槃経』二三)などと考えられていた。

五〈玉はどうなったかわからぬが〉。「玉」と「海士」と連韻。

六 以下、『縁起』(一二)参照。

七〈手足が切り取られて血に染まっている〉。

八〈玉も手に入れることができず、本人も死んでしまったことよ〉。

九 このあたり『縁起』(一二)と小異。謡曲化にあたっての脚色らしい。

一〇 底本「と」を欠く。上製本「よ」。諸本で訂正。

一一「さてこそ…とは申せ」は、そんなわけで…というのだ、の意。この一句、下掛りは「さてこそ約束のごとく御身も世継の位をうけ」とする。

一二〈今は何も隠し立てをすることもありません、この私こそ〉。底本「これこそ…」に「下哥」と指定。

一三 筆跡を残して供養を乞う設定は、謡曲での脚色。

7

と　涙ぐみて立ちしが　きっと面を上げ　また思ひ切りて手を合はせ　合掌し　数拍子　〽・南無や志度《シド》寺《ジ》の[一]観音薩埵《カンノンサッタ》の　力《チカラ》を合はせて賜《タ》び給へとて　[二]大悲《ダイヒ》の利剣《リケン》を《ノ》額《ヒタイ》に当て　扇を額に当て　龍宮の中《ナカ》に飛び入れば　角で飛び上って坐る　左右《ソオ》へばつとぞ退《ノ》いたりける　立って見廻し　退って　扇を広げ　その隙《ヒマ》に宝珠《ホオジュ》を盗み取つて　正面先で膝をつき掬い取り　逃げんとすれば　逃げる　守護《シュゴ》神《ジンノ》追つかく　振返り　[三]かねて企《タク》みしことなれば　舞台を回って真中へ出　持ちたる剣《ツルギ》を取り直《ナオ》し　扇を　乳《チ》の下をかき切り　逆手に胸元を切り　玉を押しこめ　左手で玉を押しこめる体　剣《ツルギ》を捨ててぞ伏したりける　扇を捨ててキリリと回って坐る　[四]龍宮《リウグウ》の慣《ナ》らひに死人《シニン》を《ノ》忌《イ》めば　左右を見廻し　あたりに近づく悪龍《アクリヨオ》なし　扇をとり　約束の縄を動かせば　縄に見立てて引く　人びと喜び〽　浮び上る体で立つ　引き上げたりけり　[五]玉《タマ》は知らず海士人《アマビト》は　海上《カイショオ》に浮かみ出でたり
〔クドキ〕 シテ〽かくて浮かみは出でたれども　真中に立って　[六]悪龍《アクリヨオ》の業《ワザ》とみえて　[七]五体《ゴタイ》も続《ツズ》かず朱《アケ》になりたり　[八]玉《タマ》も徒《イタズ》らになり　主《ヌシ》も空《ムナ》しくなりけるよと　大臣歎き給ふ　子方を見つめ　[九]その時息《イキ》の下《シタ》より申すやう　わが乳《チ》のあたりをご覧《ラン》ぜとあり[一〇]　げにも剣《ツルギ》の当《ア》たりたる痕《アト》あり　その中《ナカ》より光明赫奕《コオミヨオカクヤク》たる玉《タマ》を取り出《イ》だす　[一一]子方へ向き　さてこそおん身も約束のごとく　この浦の名《ナ》に寄せて　房前《フサザキ》の大臣《ダイジン》とは申せ　[一二]今は何《ナニ》をか包《ツツ》むべき　これこそ

『縁起』(一三)参照。「不審をなさで」は九一頁二行目の「さては疑ふところなし」と呼応。
[一四] 「あだ波」はいたずらに立ち騒ぐ波。その波の下に帰ろう、の意で、「よる」の序。
[一五] 〈夜に契りを結ぶ夢人のように、夜しか現われることができぬ幽霊なので夜明けが残念だ〉。「夢人」は夢に逢う人。ここでは幽霊としての海士を譬える。
[一六] 箱を開けて老人となったことを悔む浦島伝説の主人公が「浦島の子」。それを「親子」の序とした。
[一七] 幸若舞曲「大職冠」(大頭本)に「嫡女をば光明皇后と申し奉り…二女にあたり給ふをこうはく女と申して、三国一の美人たり」という。「紅白女」(幸若小八郎正本)、「光伯女」(『謡曲大観』所引の間狂言)などと宛てるが未詳。ちなみに『春日秘記』(叡山文庫本)に「大職冠ニ二男二女アリ。二男ト云フハ、淡海公・定恵和尚ナリ。二女ト云フハ、嫡室、マタ大唐ノ后ナリ。大唐ノ帝、日本国、鎌足ノ臣ガ女アリト聞クトテ、ムカヘタテマツラル」と見える。
[一八] 公卿僉議(公卿達による会議)のこと。
[一九] 底本(古活字版)は「候」欠損。寛永九年本で補う。無刊記本は「候へば」。
[二〇] 底本「しゆひんせき」。後代の間狂言では、幸若舞曲と同様に「泗浜石」を硯の名とするが、ここもそのような理解を前提とするかも知れない。この間狂言は幸若舞曲の影響下にあるらしい。

おん身の母《ハワ》 へ海士人《アマビト》の幽霊《イウレイ》よ
〔歌〕 扇を[一三]文に見立てて子方に近づき渡して じっと見つめる
地へこの筆の跡をご覧じて 不審をなさで弔《トム》らへや 今はか[一四]
涙を押えて
へらんあだ波の(帰・返) よるこそ[一五](寄・夜) 契《チギ》れ夢人《ユメビト》の あけて(明・開)悔《クヤ》しき浦島が[一六] 親子
立戻って子方を見
の契りあさじほの(浅・朝潮) 波の底に沈みけり 立つ波の下《シタ》に入りにけり
常座で正面を向き 消え失せた体で中入り

8

〔問答〕 ワキはアイを呼出し 玉取りの海士の話を尋ねる

〔語リ〕 アイ「さても淡海公《タンカイコオ》のおん妹《ニモオト》に[一七] かうはく女《ニヨ》と申して 三国一《サンゴクイチ》の美人にてござ候ふが 大唐《ダイトオ》の高宗皇帝《コオソオコオテイ》聞こしめし及ばせられ おん心を悩まし給ひ 勅使《チヨクシ》をもつておん迎へありたきよし仰せ候へば [一八]公卿《クギヨオ》大臣僉《セン》議《ギ》あつて ただただかうはく女を参らせられよとのおん事にて 唐土《モロコシ》へ嫁《ヨメ》入《イ》りなされ候[一九] すなはち皇帝のおん心地《ココチ》も直《ナオ》らせ給ひ候 しかれば奈良の興福寺《コオブクジ》は かうはく女のおん氏寺《ウジデラ》なればとて 大唐より三つの宝物《タカラモノ》を興福寺へ渡され候 第一の宝《タカラ》には華原磬《カゲンケイ》と申すものにて候 第二は[二〇]泗浜石《シヒンセキ》 第三には面向不背《メンコオフハイ》の玉《タマ》と申すものにて候 しかれば龍神《リウジン》かの玉に望みをなし いろいろ計《ハカ》り事《コト》を廻《メグ》らし候へども 警固《ケイゴ》の者結構《ケツコオ》に守護《シユゴ》し申すによつ

て　その[一]儀《ギ》なく候　その後《ノチ》この浦にて龍神日本一《ニホンイチ》[二]の美人《ビジン》となつて警固《ケイゴ》の者を謀《タバカ》り　かの玉を取り　龍宮《リウグウ》に入《イ》り申して候　警固の者手《テ》[三]を失ひ　奈良の都へ馳《ハ》せ参じ　このよし大職冠《タイショツカン》[四]へ申し候へば　大職冠この浦へ御越《オ》しなされ　かの玉《タマ》龍宮にいたづらにあるらんと案じ給ひ　かの玉をおん取り返しあるべきご方便《ホオベン》に　当浦《トオウラ》の海士人《アマビト》と契りをこめ給ひて　ほどなくおん子を儲《モオ》け給ひ　その後《ノチ》かの海士人《アマビト》をおん頼みなされ　ふたたび玉をおん取り返し候ひて　都へ御上洛《ゴジョオラク》候ひしと承り候

〔問答〕　アイ「さてなにとて詳しくおん尋ね候ふぞ

ワキは一行の素姓を明かし 管絃講をもって供養することを述べ アイはその旨の〔触レ〕を行う

〔問答〕　子方に手をつき ワキ「いかに申し上げ候　あまりに不思議なるおん事にて候ふほどに　ご手跡《シュセキ》を開《ヒラ》きてご覧ぜられう《リョオ》ずるにて候

〔□〕　さきの扇を両手に開き 子方へ　さては亡母《ボオボ》の手跡《シュセキ》かと　開《ヒラ》きて見れば魂黄壌《タマシイコオジョオ》[五]に去つて一十三年《イチジウサンネン》　骸《カバネ》[六]を白沙《ハクサ》に埋《ウズ》んで日月《ジツゲツ》[七]の算《サン》を《ノ》経《フ》　冥路昏々《メイロコンコン》[八]たり　われを弔《トム》ら《ロ》ふ《オ》人なし　君《キミ》孝行たらばわが冥闇《メイアン》[九]を《ノ》助けよ　げにそれよりは十《ジウ》

一〈手出しをすることがなかった〉。

二 幸若舞曲には「それ人間の心をたばからんには、みめよき女にしくはなし。龍女をもつて此の玉をたばかつて取るべきなり」と見え、龍宮の乙姫「こひさい女」が玉を略取することが語られる。

三〈どうしようもなくて〉。

四 平安時代初期、臣下に与えられた最高位の冠で、天智天皇八年（六六九）藤原鎌足《かまたり》に授けられたのが初めであるところから、鎌足の称として通用。

五『縁起』（一三）に、地底よりの詠吟の声として「魂去《テ》二黄壌《ニ》一十三年、冥路惛々《トシテ》無《シ》レ人《ノ》訪《フニ》レ我《ヲ》、君有《ラバ》二孝行一助《ケヨ》二我《ガ》永冥《ヲ》一」とある。謡曲ではそれを亡母の手跡に脚色した。「黄壌」は「冥途」に同じ。底本は「江上」。現行観世流は「黄壌」をコオショオと発音。

六「骸を…経」は前行の「魂…」と対句。『縁起』にこの句を欠く（注五参照）のは誤脱であろう。「白沙に埋んで」は、死骸を「海浜の沙」に埋めたこと（『縁起』（一二）参照）をふまえる。

9

七〈多くの日月を経た〉。

八「昏々」は「惛々」（注五）に同じく、暗いさま。

九 暗闇の状態。『縁起』は「永冥」、下掛りは「永闇」。

一〇 志度寺の名にあてて言う。

一一 手向けの料。「草」は「花」と縁語。

三年《サンネン》

〔歌〕 地〽（扇をたたんで持つ）さては疑ふところなし　いざ弔《トム》らはんこの寺の　志《ココロザシ》一〇あ
る手向草《タムケグサ》一一　花の蓮《ハチス》一二の妙経《ミヨオキヨオ》　一三いろいろの善を《ゼンノ》なし給ふ　いろいろの善《ゼン》
をなし給ふ

【出端】で後ジテが左手に経巻を捧げて登場　一ノ松に立つ

〔誦〕 （舞台へ入り）地〽一四寂莫無人声《ジヤクマクムニンジヨオ》

〔サシ〕 （常座に立ち正面を向き）シテ〽あらありがたのおん弔《トム》らひやな　このおん経《キヨオ》に引かれ
て　一五五逆《ゴギヤク》の達多《ダツタ》は天王記別《テンノオキベツ》を蒙《コオム》り　一六八歳《ハツサイ》の龍女《リウニヨ》は南方無垢《ナンボオムク》世界に生《シヨオ》
を受くる　（子方へ向き）なほなほ一七転読《テンドク》し給ふべし　（この後　正面先へ出て両手で経巻を開く）

〔誦〕 （経巻を捧げ持ち）地〽一八深達罪福相《ジンタツザイフクソオ》　遍照於十方《ヘンジヨオオジツポオ》　シテ〽微妙浄法身《ミミヨオジヨオホツシン》　具相三《グソオサン》
十二《ジウニ》

〔ノリ地〕 地〽以《イ》八十種好《ハチジツシユゴオ》　シテ〽用荘厳法身《イウシヨオゴンホツシン》　地〽天人所戴《テンニンシヨダイ》
仰《ゴオ》　龍神咸恭敬《リウジンゲンクギヨオ》　（経巻をおし戴く）あらありがたの　おん経《キヨオ》や

【早舞】 シテは経を巻いて子方に渡し　常座に戻って子方を見つめ　舞にかかる

一二『妙法蓮華経』をさして言う。

一三「いろ」は「草」「花」と縁語。「善をなす」は作善《さぜん》のことで、具体的には道場の修造、法華八講の始行、開題法華十軸の書写・奉納、一千基の石塔建立《こんりゆう》をさす。『縁起』（一一四）参照。

一四 弔いの読経。『法華経』法師功徳品中の偈文。「寂莫トシテ人声無シ」。以下法華経の功徳を説いて読経を勧める。

一五「五逆」は無間《むけん》地獄に堕ちる五つの重罪。『法華経』提婆達多品《だいばだつたほん》に、釈迦の従弟の提婆達多が五逆により地獄に堕ちるが、後に仏となり、天王如来と号し、衆生のために妙法を説くことが予告されている。「記別」は、仏が弟子に未来の成仏や仏名・寿命等を予言・記録すること。

一六 沙竭羅龍王《しやからりゆうおう》の娘が八歳にして、南方の無垢世界に成仏したこと（次頁注二参照）。法華経の功徳で女人も成仏できることを説く。海士が実は龍女の再誕である（『縁起』（一一二）参照）ことをふまえている。

一七 大部の経典を読誦《どくじゆ》する場合、全部（真読）ではなく、初、中、後の数行を読誦して、その他は経典を展転するだけの読み方。

一八 以下「龍神咸恭敬」まで、提婆達多品にある龍女の釈迦礼讃の偈《げ》の一部。「深ク罪福ノ相ヲ達シテ、遍《あまね》ク十方《じつぽう》ヲ照ラシタマフ、微妙ノ浄《きよ》キ法身ハ、相ヲ具フコト三十二、八十種好ヲ以テ、用イテ法身ヲ荘厳セリ、天・人ノ戴《アガ》メ仰グ所ニシテ、龍神モ咸《コトゴト》ク恭敬ス」。

11

〔ノリ地〕 子方へ向き シテ〽今この経《キヨオ》の　[一]徳用《トクイウ》にて　以下 謡に合せて舞う 地〽今この経の　徳用《トクイウ》にて　[二]天龍八部《テンリウハチブ》　人与非人《ニンヨヒニン》　皆遥見彼《カイヨオケンピ》　龍女成仏《リウニヨジヨオブツ》　子方を見こみ さてこそ讃州《サンシウ》　志《シ》度寺《ドジ》と[三]号《コオ》し　毎年八講《マイネンハッコオ》[四]　[五]朝暮《チヨオボ》の勤行《ゴンギヨオ》　仏法繁昌《ブッポオハンジヨオ》の　霊地《レイチ》となるも　常座で正面へ向き [六]この孝養《キヨオヨオ》と　脇正面を向いて袖を返し　留拍子 承る

一 徳のはたらき。功徳。

二 「天・龍ノ八部ト人ト非人トハ、皆遥カニ彼ノ龍女ノ成仏スルヲ見タリ」（提婆達多品）。龍女が忽然の間に変成男子として南方無垢世界に往き妙法を説くを見て、天衆・龍衆以下の八部衆（天・龍・夜《や》叉《しゃ》・乾闥婆《けんだつば》・阿修羅《あしゅら》・迦楼羅《かるら》・緊那羅《きんなら》・摩睺羅迦《まごらか》）など、人と人に非ざる者すべてが龍女の成仏を見たと説く。この経文を引いて後ジテの龍女の成仏を示す。

三 現行観世流はゴオと発音。コオ（宝生流等）が古型。

四 法華八講のこと。朝暮二座、八座四日をもって『法華経』八巻を講讃する法会。「八座ノ論義ヲ取リ行ヒ、法華ノ法門ヲ論ジ」（『謡抄』）と言う。

五 「日々夜々、時ヲ定メ、経ヲヨミ、灯明ヲ供ジ、香華ヲ備フル事ナルベシ」（『謡抄』）。

六 房前の亡母への供養が、志度寺繁昌の由来である、の意。『縁起』（一四）参照。

蟻通

ありどおし

登場人物

シテ　宮　守（蟻通明神の化身）
　　　　小牛尉・翁烏帽子・縷狩衣・白大口

ワキ　紀貫之　風折烏帽子・単狩衣・白大口

ワキ連　従　者（一、二人）
　　　　素袍上下

備　考

＊四番目物、略初番目物。太鼓あり。
＊観世・宝生・金春・金剛・喜多の五流にある。
＊底本役指定は、シテ、ワキ、同、地。

構成と梗概

1　ワキの登場　紀貫之（ワキ）と従者（ワキ連）が都から玉津島参詣に赴く。

2　ワキの詠嘆　道中で俄《にわ》かに馬が倒れ、困惑する。

3　シテの登場　宮守の老人（シテ）が現われ、雨夜に灯火《ともしび》もない社前の様子を嘆く。

4　ワキ・シテの応対　貫之は宮守からここが蟻通明神の社前で、下馬しなくては神罰を受けると聞く。

5　シテ・ワキの応対、シテの物語り　宮守は相手が貫之であると知って、和歌で神慮を鎮めるように勧め、貫之の詠んだ歌の面白さに感銘して和歌の道・和歌の心を説くと、貫之の歌が神慮に叶《かな》ったしるしに馬が立ち上がる。

6　シテの立働き　神慮の有難さに、貫之は宮守に頼んで祝詞《のりと》を捧げ、神楽を奏する。

7　結末　宮守は貫之の心を嘉納《かのう》し、実は蟻通明神であると告げて消え、貫之は再び旅を続ける。

一 〈和歌の心に則《のつと》って〉。「目に見えぬ鬼神をもあはれと思はせ」(『古今集』仮名序)るのが和歌の心。「道」は和歌の道の意に、「道筋」を掛ける。

二 紀州(和歌山県)和歌の浦にある玉津島神社。衣《そ》通姫《とおりひめ》を祀《まつ》る。和歌三神(人丸・赤人・衣通姫。異説もある)の一として尊崇参詣が多かった。

三 平安時代の代表的歌人。『古今集』の撰者。 **1**

四 〈寝ては旅枕の夢、起きては現《うつつ》に旅を重ねて〉。「夢現《ユメウツツ》」を対句にした文飾。

五 夜を関所に譬《たと》える。〈夜の明け暮れに見る都の空、その月影はさこそ美しかろうと思いやる方角も、雲居の空はずっとかなたに隔たって〉。「関戸トアラバ、あくる」「都トアラバ…月」(『連珠合璧集』)。

六 現行諸流ともこの次に「あら笑止やにはかに日暮れ大雨降りてしかも乗りたる駒さへ伏して前後をわきまへず候はいかに」の詞がある。底本の脱文ではなく、古写本にも有無両型がある。

七 以下は、雨中に灯なく、歩行できず、馬も進まぬことを、「燈《トモシビ》暗《ウシテハ》 数行虞氏涙《ガ》」(『和漢朗詠集』詠史)、「力抜《キ》レ山《ヲ》兮気蓋《フ》レ世《ヲ》、時不レ利《アラ》兮騅不レ逝《カ》、騅不レ逝《ル》兮可《キ》ニ奈何《ス》一、虞兮虞兮奈ニ若何《ヲ》一」(『史記』等)により綴る。「虞氏」は項羽の愛妾、「騅」は愛馬の名(《項羽》参照)。

八 「涙の雨」「雨足」「足」「引」と続けた文飾。 **2**

【次第】でワキとワキ連が登場 真中に立つ

〔次第〕ワキ ワキ連へ(向き合って)和歌の心を道《ミチ》として 和歌《ワカ》[一]の心を道《ミチ》として 玉津島《タマツシマ》[二]に参らん

〔名ノリ〕ワキ(正面へ向き)「これは紀《キ》[三]の貫之《ツラユキ》にて候 われ和歌の道に交《マジ》はるといへども 住吉玉津島《スミヨシタマツシマ》に参らず候ふほどに ただいま思ひ立ち紀《キ》の路《ジ》の旅《タビ》に赴《オモム》き候

〔上ゲ歌〕ワキ ワキ連へ(向き合って)夢に寝て 現《ウツツ》[四]に出《イ》づる旅枕《タビマクラ》 現《ウツツ》に出づる旅枕 夜《ヨル》[五]の関戸《セキド》のあけ(開・明)暮れに みやこ(見・都)の空の月影《ツキカゲ》を(以下歩行の体)さこそと思ひやるかたも 雲居《クモイ》は後《アト》に隔《ヘダ》たり(足を留めて空を見上げ)暮れわたる空に聞こゆるは 里近《サトチカ》げなる鐘《カネ》の声《コエ》 里近げなる鐘の声[六]

〔サシ〕(真中に立ち)ワキへ燈暗《トモシビクロオ》[七]うしては数行虞氏《スコオグシ》が涙《ナンダ》[八]の雨の 足《アシ》をも引かず騅行《スイユ》

かず　虞《グ》いかがすべき便《タヨ》りもなし　あら笑止《ショオシ》[一]や候《ゾオロオ》　脇座に着座

【アシライ】でシテが右手に松明を振りかざし　左手に傘をさして登場　一ノ松に立つ

〔サシ〕　正面へ向き　シテ　へ瀟湘《ショオショオ》[二]の夜《ヨル》の雨しきりに降つて　遠寺《エンジ》の鐘の声《コエ》も聞こえず　なにとなく[三]宮寺《ミヤテラ》は　深夜《シンニャ》の鐘の声　御燈《ゴトオ》の光なんどにこそ　神《カミ》さび心も澄みわたるに　松明を振上げて社頭を見こみ　「社頭を見れば燈火《トモシビ》もなく　へすずしめ[四]の声も聞こえず　神《カミ》[五]は宜禰《キネ》が慣《ナ》らはしとこそ申すに　宮守《ミヤモリ》[六]ひとりもなきことよ　松明を振りながら　舞台に入り　よしよしご燈《トオ》は暗くとも　和光《ワコオ》[七]の影《カゲ》はよも暗《クラ》からじ　あら無沙汰《ブサタ》の宮守《ミヤモリ》どもや　常座で松明を振上げて立ち止る

〔問答〕　立ってシテへ向き　ワキ「のうのうあの燈火《トモシビ》[八]の光について申すべきことの候　一《イチ》夜《ヤ》の宿《ヤド》をおん貸《カ》し候へ

常座でワキへ向き　シテ「このあたりにはお宿もなし　いますこし先《サキ》へお通りあれ

ワキ「今《イマ》の暗さに行く先も知らず　しかも乗りたる駒《コマ》さへ伏して　前後《ゼンゴ》[九]を忘《ボオ》じて候ふなり

シテ「さて下《ゲ》[一〇]馬《バ》はわたりもなかりけるか

ワキ「そもや下馬《ゲバ》[一一]とは心得《ココロエ》ず　ここは馬上《バショオ》のなきところか

シテ「あら勿体《モッタイ》なのおん事や　蟻通《アリドオシ》[一二]の明《ミヨオ》

一　困ったことだ、の意。

二　夜の雨が降り、鐘の声も聞えぬ情景を、瀟湘八景の「瀟湘夜雨」「煙寺晩鐘」に託して綴る。「遠寺」は底本のまま。誤解ではなく、「煙寺」をふまえた「遠寺」の用例（五山詩等）も多い。

3

三　「なにとなく」は「神さび心も澄みわたる」にかかる。「宮寺」は宮や寺。「神さび」は神々《こうごう》しいこと。

四　〈神慮を慰めるための奏楽などの音も聞えず〉。「久しき夜々の神かぐら　夜の鼓の拍子を揃へて　すずしめ給へ宮づこ達」（《高砂》）など。

五　神慮は巫《かんなぎ》のしきたりや作法によって示される、の意の成句。「されども神慮は人知らず。宜禰がならはしに従ひて伏し拝みて通りぬ」（『海道記』）など。「きねといふは、かんなぎの名なり」（『俊頼髄脳』）。巫《かんなぎ》は神楽を奏して神慮を慰めたり、神おろしで神意を伺う。

六　〈宜禰どころか宮の番人一人さえいない〉。

4

七　〈神の威光はよもや暗くはあるまい、ほんとに怠惰な宮守たちだ〉。「和光」は和光同塵のこと。〇〇頁注五参照。

八　底本「燈」。諸流は「火」。古写本に「ともし火」とも。「一夜の…候へ」は、諸本・諸流になし。

九　〈どうしてよいか途方に暮れてしまいました〉。

一〇　〈それでは下馬のうえでおいでになったのではないのですか〉。「下馬」は表敬のため馬を降りること。

一一　〈いったい下馬とはどういうわけですか〉。

一二　泉州の古社。現泉佐野《いずみさの》市。「蟻通の明神と申して

神《ジン》とて　物咎《モノトガ》めし給ふおん神《ガミ》の　一三かくぞと知りて馬上《バシヨオ》あらば　よもおん命《ニノチ》は候はじ　ワキへこれは不思議のおん事かな　さておん社《ニヤシロ》は　正面を見やり　シテへこの森のうち　ワキへげにも一四姿はみやびとの(見・宮人)　松明を　シテへ燈火《トモシビ》の　振上げて　光の影《カゲ》より　照し見る　見れば　ワキへげにも宮居《ミヤイ》は　シテへあり(有・蟻通)どほしの

〔歌〕　真中へ出　地へ一五神《カミ》の鳥居《トリイ》の二柱《フタバシラ》　立つ雲透《クモス》きに　松明を振上げて見やる　見ればげにや　げにも社壇《シヤダン》のありけるぞ　常座で　一六馬上《バシヨオ》に折り残す　松明と傘を置き　江北《コオホク》の柳陰《ヤナギカゲ》の　一七糸《イト》もて繋《ツナ》ぐ駒《コマ》　一八(駈・斯)かくとも知らで神前《シンゼン》を　真中へ出て坐る　恐れざるこそはかなけれ　恐れざるこそはかなけれ

〔問答〕　着座のままワキへ向き　シテ「さてこれはいかなる人にてわたり候ふぞ　シテへ向き　ワキ「これは紀《キ》の貫之《ツラユキ》にて候　シテ「貫之《ツラユキ》にておん入《ニ》り候はば　歌を読《ヨ》うで神慮《シンリヨ》におん手向《タム》け候へ　ワキ「これは一九仰《オオ》せにて候へども　二〇それは得《エ》たらん人にこそあれ　われらが今の二一言葉の末《スエ》　いかで神慮に叶《カノ》ふべきと　二二思ふ内《ウチ》より言《コト》の葉《ハ》の　末《スエ》を心に念願《ネンガン》し　(へ)二三雨雲《アマグモ》の立ち　シテは面

物咎めいみじくせさせ給ふ神なり」(『俊頼髄脳』)。「物咎め」は、ここでは神の祟《たたり》のこと。

一三〈物咎めをされる神と承知の上で〉。

一四〈いかにも姿を見れば神官で、その宮人の掲げる燈火の光で見ると、いかにも蟻通しの宮があり〉。「燈火」は底本のまま(節付け四字分)。諸流「ともし」。

一五〈蟻通明神の鳥居の二本の柱が立っていて、その間から立ちわたる雨雲を通して見ると、畏れ多くも、まさしく社殿があった〉。

一六「馬上折残江北柳、舟中開尽嶺南花」(許渾『丁卯集』上)。「馬上」の縁で引用し、「柳」の縁で「糸」。

一七 古歌「くものい(糸)に荒れたる駒は繋ぐとも…」、「荒駒をささがにの糸もてつなぐとも」(『閑吟集』)など、慣用表現。

一八〈下馬でなくては物咎めする神とも知らないで、神前を慎まなかったのはまことに愚かなことだった〉。

一九〈お言葉ですが〉。婉曲《えんきょく》な謝絶。

二〇〈神に手向けるなど、歌を極めた人ならいざ知らず〉。「得たらん人」は、奥義《おうぎ》に達した人、の意。世阿弥『風姿花伝』にも用いられる語。

二一 自分の歌に対する謙譲表現。

二二〈そう考えているうちにもよい歌ができるようにと願いをこめて〉。諸流「思ひながらも」。

二三〈雨雲が幾重にも重なっている真夜中の暗がりだから、アリトホシなんて思いましょうか〉。「蟻通」に、「星有り」を掛ける。解題参照。

を伏せて聞く 重なれる夜半《ヨワ》なれば　（有星・蟻通）ありとほしとも思ふべきかは

〔掛ケ合〕　シテ（ヘ）正面を向いたまま 雨雲の立ち重《カサ》なれる夜半《ヨワ》なれば　ありとほしとも思ふべきかは　面を上げ「面白し面白《オモシロ》し　われら[一]叶《カナ》はぬ耳にだに　面白しと思ふこの歌を　いかで神慮《シンリヨ》に背《ソム》くべき　ワキへ心に[二]知らぬ咎《トガ》なれば　などか納受《ノオジユ》なかるべきと　シテへ万《ヨロズ》[三]の言葉は雨雲《アマグモ》の　ワキへ立ち重《カサ》なりて暗き夜《ヨ》なれば　シテ（ヘ）ありとほしとも思ふべきかはとは　ワキへ向き あら面白のおん歌《ヌタ》や

〔下ゲ歌〕　地へ 一同着座のまま およそ歌《ウタ》には六義《リクギ》[四]あり　これ六道《ロクドオ》の　巷《チマタ》に定め置いて　六《ムッ》の色《イロ》を分《ワ》かつなり

〔上ゲ歌〕　地へ 着座のまま されば和歌[五]のことわざは　神代《カミヨ》[六]よりも始まり　今人《イマジン》[七]倫《リン》にあまねし　誰《タレ》かこれを褒《ホ》めざらん　中《ナカ》にも貫之《ツラユキ》は　御書所《ゴシヨドコロ》[八]を承りて　古今《イニシエイマ》までの　歌の品《シナ》を撰《エラ》みて　喜[九]びをのべし（抒・延）君《キミ》が代《ヨ》の　直《ス》ぐなる道をあらはせり

〔クセ〕　地へ 着座のまま およそ惟《オモ》[一〇]ってみるに　歌[一一]の心素直《スナオ》なるは　これ以《モ》って

一〈私ごとき和歌の道に暗い者が聞いてさえ〉。

二〈知らぬままに犯したあやまちだから〉。

三〈心をこめて神に奉納する和歌は、雨雲の立ち重なるように多いが〉。「やまと歌は…よろづの言の葉とぞなれりける」（『古今集』仮名序）をふまえる。

四『詩経』の六義を応用して、『古今集』仮名序にも和歌の六義を立てる。それを六道（七一頁注九）に宛てることは、中世和歌秘伝に基づくらしい。解題参照。

五「和歌のことわざ」は和歌を詠むこと。「世の中にある人ことわざ繁きものなれば」（仮名序）。

六「この歌、天地《あめつち》の開け始まりける時より出《い》できにけり」（仮名序）。

七〈今人々の間に広まり、誰もが歌を賞する〉。

八 貫之は御書所の預《あずかり》（宮中の書物関係の役所の長官）。「御書所預ノ紀貫之…部ニ類シテ所レ奉ル之歌ヲ、勅シテ而為シ二二十巻ト一、名ケテ曰フ二古今和歌集ト一」（真名序）。

九「貫之等がこの世に同じく生れてこの事の時にあへるをなむ喜びぬる」（仮名序）。貫之の『古今集』の撰進が「延喜」の聖代であることを言いかけた。

一〇「惟ってみるに」は底本のみの形。諸本「おもってみれば」。「おもんみれば」に同義。

一一〈神代の歌が素直なのは、ひとえに私心がないからだ〉。「ちはやぶる神代には歌の文字も定まらず素直にして」（仮名序）をふまえる。

一二「人代」は神代と対。「風俗」は和歌の意。「爰ニ及ビテ二人代ニ一、此風大ニ興レリ。長歌短歌旋頭混本之類、雑体非ズレ一、

私《ワタクシ》なし　人代《ニンダイ》[一二]に及《オヨ》んで　はなはだ興《オコ》る風俗《フウゾク》　長歌短歌《チヨオカタンカ》旋頭《センドオ》　混本《コンボン》の花[一三]たぐひこれなり　雑体《ザツテイ》一《ヒト》つにあらざれば　源流《ゲンリウ》漸《ヨオヤ》く繁《シゲ》る木の花のうちの鶯《ウグイス》　また秋の蟬《セミ》の吟《ギン》の声《コエ》　いづれか和歌の数《カズ》ならぬ　されば今の歌　わが邪《ヨコシマ》[一四]をなさざれば　などかは神《カミ》も納受《ノオジユ》の　心に叶《カノ》ふ宮人《ミヤビト》も　シテ〽かかる奇特《キドク》にあふさか《オオ》[一五]の（逢・逢坂）　地〽関《セキ》の清水《シミズ》に影《カゲ》見ゆる　月毛《ツキゲ》のこの駒を　ワキは立って真中へ出て馬の手綱をとり 引立てる体　曳き立てみれば不思議やな　もとのごとくに歩《アユ》み行く　越鳥《エツテウ》[一六]南枝《ナンシ》に巣《ス》を懸《カ》け　胡馬北風《コバホクフウ》に嘶《イバ》えたり　ワキは脇座へ戻り　歌に和《ヤワ》[一七]らぐ神ごころ　手をついて拝礼　誰《タレ》か神慮《シンリヨ》の　まことを仰《アオ》がざるべき

6

〔(問答)〕　着座のまま　ワキ「宮人《ミヤビト》にてましまさば　シテへ向き　祝詞《ノツト》を読《ヨ》うで神慮《シンリヨ》をすずしめ給へ　シテは後見座にくつろいで幣を受取り 両手に捧げて前へ出て坐る

〔掛ケ合〕　シテ〽いでいで祝詞《ノツト》を申さんと　坐ったまま幣を右膝に立て　神《カミ》の白木綿《シライウ》[一八]かけまくも（懸け・言・木綿花）　ワキ〽同じ手向《タム》けといふばなの　シテ〽雪を散らして　ワキ〽再《サイ》拝《ハイ》す

〔ノット〕　シテ〽謹上再拝《キンジヨオサイハイ》[一九]　幣を左右に振って戴き　幣を膝に立て　敬つて白《モオ》す神主《カミズカサ》　八人《ハチニン》[二〇]の八乙女《ヤオトメ》　五人

源流漸繁《クシ》」（真名序）。中世歌学では五句三十一字の歌を長歌とするのが普通で、五・七（十二字）の短形を連ねる歌を短歌とする。旋頭歌、混本歌等、二一九頁注一二参照。雑体は右以外の総称。

一三「若《シ》夫《レ》春鶯之《ノ》囀《リ》花中《ニ》、秋蟬之《ノ》吟《ズル》樹上《ニ》、雖《モ》無《シト》曲折、各発《ス》歌謡《ヲ》」（真名序）。「花に鳴く鶯…いづれか歌をよまざりける」（仮名序）。

一四〈正直な心で素直に詠んだのだから、どうして神も納受し給わぬことがあろうか。それゆえに神の心に叶った宮人もこのような奇特に逢うことよと〉。「あなかしこ我がよこしまをなさざればなどかは神の守らざるべき」（『謡曲拾葉抄』所引「神道三百首」）。

一五「逢坂の関の清水に影見えて今や引くらん望月の駒」（『拾遺集』秋、貫之）による。

一六『文選』二九・古詩に「胡馬依《リ》北風《ニ》、越鳥巣《フ》南枝《ニ》」とあるが、『玉台新詠』一には「胡馬嘶《いばエ》北風《ニ》」と見え、この形で流布している。ここは起き上がった馬が元気よくいななくことをいう。

一七〈歌に感銘される神の心に対し、その神徳を奉仰せぬ者はあるまい〉。歌が「鬼神をもあはれと思はせ」（仮名序）たことをいう。

一八 神事に懸け用いるのが、「木綿」、それで作った造花が「木綿花」。「かけまくも」は神を斎《いわ》う慣用句。

一九 祝詞冒頭の常套文句。

二〇「八人の八乙女　五人の神楽男」は神楽の奏楽をいう成語。

の神楽男《カグラオノコ》　雪の袖《ソデ》を返し　白木綿花《シライウバナ》を捧げつつ　神慮《シンリョ》をすずしめ奉る　ご神託《シンタク》に任《マカ》せて　なほも神忠《シンチウ》一を致さん　両手で幣を戴き　ありがたや　幣を膝に立て　そもそも神慮《シンリョ》をすずしむること　和歌二よりもよろしきはなし　その中《ナカ》にも神楽《カグラ》を奏《ソオ》し乙女《オトメ》の袖《ソデ》　三（返す・）かへすがへすも面白《オモテシロ》四やな　幣を持って立上り　常座へ　神の岩戸のいにし　行く　への袖　思ひ出でられて

【立回リ】　神楽の演奏を表現

〔□〕　常座に立ち　シテ⌒和光同塵《ワコオドオジン》五は結縁《ケチエン》の始め　ワキ⌒八相成道《ハッソオジョオドオ》は利物《リモツ》の終り　シテ⌒神《カミ》六の代七代《ヨシチダイ》　ワキ⌒質《スナオ》に人淳《ヒトアツ》うして　前へ出　シテ⌒情欲《セイヨク》分《ワ》かつことなし　地⌒天地《アメツチ》開け始まつしより　幣を指して舞台を回り　舞歌《ブガ》の道こそ素直なれ　真中に立つ

〔ノリ地〕　ワキへ向き　シテ⌒いま貫之《ツラユキ》が　言葉の末《スエ》の　地⌒いま貫之が　言葉の末の　妙《タエ》なる心を　感ずるゆゑに　仮《カ》七りに姿を　ワキを見つめ　見ゆるぞとて

〔歌〕　橋掛りへ行き　地⌒鳥居の　八笠木《カサギ》に立ち隠れ　幣を高く後ろへ捨て　九あれはそれかと見しままにて　そのまま幕へ入る　かき消すやうに失《ウ》せにけり　ワキは立って常座へ進み　貫之もこれをよろこびの　名残《ナゴ》りの神楽夜《カグラヨ》は明けて　扇を高く掲げ　旅立《タビダ》つ空に立ち帰る　旅立《タビダ》つ空に立ち帰る　留拍子

一　神の仰せのままにいっそう崇敬の誠を尽そう、の意。底本の「神忠」は『謡抄』の宛字で、神への忠誠を祈念する慣用語。現行観世流は「心衷」と宛てる。

二　「動《カシ》二天地《ヲ》一感《ゼシメ》二鬼神《ヲ》一化《シ》二人倫《ヲ》一和《グルハ》二夫婦《ヲ》一莫《シ》レ宜《キハ》二於和歌《ヨリ》一」（真名序）。

三　「袖を返す」（舞うこと）に「返す返す」を掛ける。

四　「神楽」は天の岩戸の舞が起源であり、それによって岩戸が開かれ、天照大神の面が白く見えたのが「面白」の語源であるとするのが中世の理解で『古語拾遺』以来諸書に見える。世阿弥はこの説に強い関心を持ったらしく、『古本別紙口伝』や『拾玉得花』にも引用する。

五　〈仏が光を和らげて神と現われ、俗世に交わるのは衆生と結縁する最初であり、成道の八種の相を示すのは衆生利益の最終である〉。「和光同塵結縁之始《ハ》、八相成道以《テ》論《ズ》二其終《ヲ》一」（『摩訶止観』）に基づくが、『声明要略集』所載「訓伽陀」（『日本歌謡集成』四）をはじめとして、「利物の終り」の形で流布している。

六　〈天神七代の世は素朴にして人情淳《あつ》く欲心はなかった〉。「神世七代、時質《すなほニシテ》人淳《クシテ》、情欲無《ク》レ分《ルル》」（真名序）。

7

七　シテが蟻通明神の化身であったことを言う。

八　鳥居の上にわたしてある横木のこと。

九　〈あの姿が明神の化身かと見ただけで〉。

井筒
いづつ

登場人物

前シテ　里の女　若女・唐織
後ジテ　紀有常の娘の霊　若女・初冠・長絹・縫箔腰巻
ワキ　旅僧　角帽子・絓水衣・無地熨斗目
アイ　所の男　長上下

備考

＊三番目物。太鼓なし。
＊観世・宝生・金春・金剛・喜多の五流にある。
＊井筒の作り物を出す。
＊底本役指定は、シテ・後シテ、ワキ、同、地。
＊間狂言は寛永九年本による。

構成と梗概

1　ワキの登場　諸国一見の僧（ワキ）が在原寺《ありわらでら》に立ち寄り、業平夫婦を偲んで弔《とむら》う。
2　シテの登場　里の女（前シテ）が現われ、秋の夜の古寺に仏法帰依《きえ》の心を述べる。
3　ワキ・シテの応対　僧は古塚に回向《えこう》する女の素姓を問う。女は業平の昔を懐かしむ風情を見せる。
4　シテの物語り　女は『伊勢物語』の歌をめぐる業平と紀有常の娘の純愛について語る。
5　シテの中入り　女は、自分が井筒の女とも言われた紀有常の娘であると名乗って、井筒の蔭に消える。
6　アイの物語り　里の男（アイ）が僧の尋ねで業平と紀有常の娘のことを物語り、弔いを勧める。
7　ワキの待受け　僧は夢に見ることを期待して寝る。
8　後ジテの登場　業平の形見の衣を着た紀有常の娘（後ジテ）が現われ、人待つ女とも言われた、業平への一途の純愛を示す。
9　シテの舞事　業平思慕の移り舞。
10　シテの立働き・結末　われとわが身を井筒に映して業平を偲ぶ昂まりの中で、夜明けとともに僧の夢は覚める。

1

後見が薄をつけた井筒の作り物を舞台正面先に据える
【名ノリ笛】でワキが登場　常座に立つ

〔名ノリ〕　正面へ向き　ワキ「これは諸国一見《ショコクイッケン》[一]の僧にて候　われこのほどは南都七《ナントシチ》[二]堂《ドオ》に参りて候　またこれより初瀬《ハッセ》[三]に参らばやと思ひ候　井筒の前に立ち　これなる寺を人に尋ねて候へば　在原寺《アリワラデラ》[四]とかや申し候ふほどに　立ち寄り一《イッ》見《ケン》せばやと思ひ候

〔サシ〕　正面を向き　ワキ〽さてはこの在原寺《アリワラデラ》は　いにしへ業平《ナリヒラ》[五]紀《キ》[六]の有常《アリツネ》の息女《ソクジョ》夫婦《フウフ》住み給ひし石《イソ》[七]の上《カミ》なるべし　風[八]吹けば沖《オキ》つ白波龍田《シラナミタッタ》山《ヤマ》と詠《エイ》じけんも　この所にてのことなるべし

〔歌〕　膝まずき　ワキ〽昔語《ムカシガタ》[九]りの跡訪《アトト》へば　その業平《ナリヒラ》の友《トモ》とせし　紀《キ》[一〇]の有常《アリツネ》の常《ツネ》なき世《ヨ》　数珠を手に合掌　妹背[一一]をかけて弔らはん　妹背《イモセ》をかけて弔《トム》らはん　脇座に着座

2

【次第】でシテが数珠と木の葉を持ち登場

一　下掛りは「一所不住の僧」とする。
二　「南都」は奈良。「南都七堂」は、東大寺・元興寺・西大寺・薬師寺・大安寺・興福寺・法隆寺の七大寺（『拾芥抄《しゅうがいしょう》』下）をさす。なお下掛りは「南都に候ひて　霊仏霊社拝みめぐりて候」、観世流古写本は「南都に参りて候」、金春流古写本は「南都に参り名所旧跡残りなく拝みめぐりて候」など、異同が多い。
三　大和（奈良県）の長谷寺《はせでら》。初瀬観音の霊場。
四　天理市石上《いそのかみ》の在原《ありわら》山本光明寺、同布留の良峰山石上寺、同櫟本《いちのもと》の在原神社などをその旧跡とするが未詳。「初瀬へ詣でけるついでに在原寺を見て詠み侍りける　かたばかりその名残りとて在原の昔の跡を見るもなつかし」（『玉葉集』雑五、為子）と見え、中世には荒廃していた。
五　在原業平。一〇八頁注一参照。
六　紀有常の娘。有常は一〇八頁注四参照。
七　現在天理市の地名。在原寺の所在地。
八　『伊勢物語』二三段に見える歌。一〇九頁注一二参照。その物語を、業平と有常の娘のこととするのが中世の理解。
九　『伊勢物語』（二三段）を言う。
一〇　〈紀有常の名とは反対の、はかない無常のこの世〉。「有常の」が「常なき」（無常）の序。
一一　「妹背をかけて」は夫婦の約束をすること。無常のこの世で約束を交わした夫婦を一緒に弔《とむら》おう、の意。

〔次第〕 常座に立ち シテ〽暁《アカツキ》ごとの[一]閼伽《アカ》の水《ミズ》 暁ごとの閼伽《アカ》の水 [二]月も心や澄《ス》ますらん

〔サシ〕 正面へ向き シテ〽[三]さなきだに物《モノ》の淋《サミ》しき秋の夜《ヨ》の 人目稀《ヒトメマレ》なる古寺《フルテラ》の庭《ニワ》の松風《マツカゼ》(吹・更)ふけ過ぎて [四]月も傾《カタム》く軒端《ノキバ》の草《クサ》 忘れて過ぎしいにしへを (偲・忍)しのぶ顔《ガオ》にていつまでか 待つことなくてながらへん [五]げになにごとも思《オモ》ひ出《デ》の 人には残る世の中かな

〔下ゲ歌〕 正面を向いたまま シテ〽[六]ただいつとなく一筋《ヒトスジ》に 頼《タノ》む[七]仏《ホトケ》の御手《ミテ》の糸《イト》 導《ミチビ》き給へ法《ノリ》の声《コエ》

〔上ゲ歌〕 シテ〽[八]迷《マヨ》ひをも 照《テ》らさせ給ふおん誓《チカ》ひ 照らさせ給ふおん誓ひ げにもと見えて有明《アリアケ》の 行方《ユクエ》は西《ニシ》の山《ヤマ》なれど 遠く西の方を眺め渡し 眺めは四方《ヨモ》の秋の空 [九]じっと聞入る 松の声のみ聞こゆれども 正面へ向き 嵐はいづくとも 膝まずき 木の葉を前に置き 数珠を手に合掌 定めなき世の夢心 なにの音《オト》にか覚《サ》めてまし なにの音にか覚めてまし 立って常座へ

〔問答〕 脇座に着座のままシテへ向き ワキ「われこの寺《テラ》に休《ヤス》らひ[一〇]心を澄《ス》ます折節《オリフシ》 [一一]いとなまめける女性《ニョショォ》 庭の[一二]板井《イタイ》を掬《ムス》び上げ[一三]花水《ハナミズ》とし これなる塚《ツカ》に[一四]回向《エコオ》の気色《ケシキ》見え

一 仏に供える水。上の「暁」と重韻。

二〈月も（その影を映す澄んだ水のように）私の心を清らかに澄ませてくれるようだ〉。月自身の心とも解し得る。

三〈ただでさえ物淋しい秋の夜の、ましてここは〉。

四〈西に傾いた月が照らす傾いた寺の軒端に生える草、その忍ぶ草につけても、忘れて過ぎてきた昔が偲ばれるが、人目を忍びつつ、いつまで待つ甲斐もないままに生き永らえようとするのか〉。以下、「忘れ」「忍ぶ」「いつまで」は「軒端の草」（忍ぶ草の別名）の縁語。忘れ草（萱草）、忍ぶ草（軒しのぶ）は「同じ草を、忍ぶ草、忘れ草といへば」（『大和物語』一六二段）と混同されている。「いつまで草」は「壁生草」とも書かれる蔦《つた》の類。

五〈本当に、何事につけても、人にとっては思い出の残るこの世だことよ〉。

六 いつということなしにずっと。絶えず。「一筋に」は、いちずに、の意に、糸の一筋を掛ける。

七 阿弥陀如来の手にする五色の糸によって、衆生が浄土に導かれるという信仰。『往生要集』臨終行儀に説かれ、『栄華物語』玉の台などにも見える。

八〈衆生の迷いを照らして、極楽へ導いて下さるという阿弥陀仏の御誓願はいかにも本当だと見えて、有明の月の行方は極楽の方角の西の山だけれど、月の光は西のみならず四方を照らし、眺め渡される四方の秋空〉。

3

給ふは　いかなる人にてましますぞ　常座に立ったままワキへ シテ「これはこのあたりに
住む者なり　この寺の[一五]本願在原《ホンガンナリワラ》の業平《ナリヒラ》は　[一六]世《ヨ》に名《ナ》を留《ト》めし人《ヒト》なり
正面下に塚を見やり さればその跡《アト》のしるしもこれなる塚の蔭《カゲ》やらん　わらはもくはしく
は知らず候へども　花水《ハナミズ》を手向《タム》けおん跡《ナト》を弔《トム》らひ申し候　ワキ
「げにげに業平《ナリヒラ》のおん事は　世に名《ナ》を留《ト》めし人なりさりながら　今
は遥《ハル》かに遠き世の　昔語《ムカシガタ》りの跡《アト》なるを　しかも女性《ニョショオ》のおん身《ミ》とし
て　かやうに弔《トム》らひ給ふこと　その在原《アリワラ》の業平《ナリヒラ》に　[一七]〽いかさま故《ユエ》あ
るおん身《ミ》やらん　シテ「故《ユエ》ある身かと問はせ給ふ　その業平はそ
の時だにも　[一八]昔男《ムカシオトコ》と言はれし身の　ましてや今は遠き世に　故《ユエ》も
所縁《ユカリ》もあるべからず　ワキ〽もつとも仰《オオ》せはさる事なれども　こ
こは昔の旧跡《キウセキ》にて　主《ヌシ》こそ遠くなりひら（成・業平）の　シテ〽[一九]跡《アト》は残りてさ
すがにいまだ　ワキ〽聞こえは朽《ク》ちぬ世語《ヨガタ》りを　シテ〽語《カタ》れば今
も　ワキ〽昔男《ムカシオトコ》の
〔上ゲ歌〕正面へ向き 地〽[二〇]名ばかりは　ありはら（有・ワ 在原寺）でらの跡古《アトフ》りて　在原寺《アリワラデラ》の跡

九〈その空に松風の音ばかりは聞えるが、音を運んでくる嵐は、どこからどう吹くとも定めもなく、定めなき迷い心のこの世の夢は、いったい何の音によって覚めようか〉。
一〇 読経三昧《ざんまい》の境にあることを言う。
一一 優美・上品な女性。
一二 まわりを板で囲った井戸。「板井の清水とは板筒にしたる井なり」(『顕注密勘』)。
一三 仏前の供花を活ける水。
一四〈お弔いの様子を見せていらっしゃるのは〉。
一五 寺の創建者。
一六〈この世に名を留めた有名な人です〉。
一七 推量の助動詞を伴って、恐らく、の意。
一八〈生きていた当時でさえ「昔男」と言われた方で〉。『伊勢物語』各段冒頭の「昔、男…」に基づいて、「昔男とは在原の中将業平」(『和歌知顕集』)とするのが中世の理解。
一九〈業平の旧跡はさすがにまだこうして残っていて、まだまだ評判はすたれることのない業平の物語を、お話しするとやはり今も、昔男の名前だけは…〉。「世語り」は世上の語り草。具体的には『伊勢物語』の業平の行状。
二〇 その身はすでに亡くなって、昔男の名だけは有り(今も伝わっている)と、在りとは名ばかりで、昔に変る荒れた在原寺、の意を掛ける。一〇三頁注四の歌参照。「名は有原の跡ふりにけり」(『菟玖波集』一二)。

古りて　塚に目をやり（老・生）松もおいたる塚の草　少し前へ出　これこそそれよ亡《ナ》き跡《アト》の　一ひとむ
ら薄《ズスキ》　井筒の薄を見つめ　の穂に出づるは　物思う体　いつの名残《ナゴ》りなるらん　草茫々《クサボオボオ》として　叢を見廻し
露深々《ツユシンシン》と（降・古塚）塚を見つめ　ふるつかの　舞台を回って　まことなるかないにしへの　二跡《アト》なつかしき気《ケ》
色《シキ》かな　常座に立つ　跡なつかしき気色かな
〔クリ〕　真中へ出て坐る　地へ昔在原《アリワラ》の中将《チウジヨオ》　年経《トシヘ》てここに三いそのかみ（居・石上）　古《フ》りにし里《サト》
も花の春　月の秋とて住み給ひしに
〔サシ〕　着座のまま　地へその頃は紀《キ》の有常《アリツネ》が娘《ムスメ》と契《チギ》り　四妹背《イモセ》の心浅《ココロアサ》からざりし
に　また河内《カワチ》の国高安《五クニタカヤス》の里《サト》に　六知る人ありて七二道《フタミチ》に　忍《シノ》びて通《カヨ》ひ給
ひしに　シテへ八風吹《カゼフ》けば沖《オキ》つ白波龍田山《シラナミタツタヤマ》　地へ夜半《ヨワ》にや君《キミ》がひと
り行くらんと　九おぼつかなみ（無・波）（寄・夜）のよるの道　行方《ユクエ》を思ふ心とげて　よ
その契《チギ》りは離々《カレガレ》なり　シテへ一〇げに情《ナサ》け知るうた（歌・泡沫）かたの　地へあは（泡・哀）
ワキへ向く　れを述べしも理《コトワ》りなり
〔クセ〕　正面へ向き　地へ一一昔この国に　着座のまま　住む人のありけるが　一二宿《ヤド》を並《ナラ》べて門《カド》の
前《マエ》　一三井筒《イズツ》によりてうなゐ子《一四コ》の　友達語《トモダチカタ》らひて　互《タガ》ひに影《カゲ》をみ（見・水鏡）づかが

一〈一叢《ひとむら》の薄が穂を出して何事かをほのめかしている、それはいつの世の薄が、ここにこうして姿を留めているのだろう〉。「一むら薄」は荒廃した庭のイメージの歌語。「穂に出づ」は薄の穂の出る意と、よそ目にあらわれる、ほのめかす、の意。「薄トアラバ…一むらすすき…穂に出る」（『連珠合璧集』）。

二 一〇三頁注四の歌をふまえるか。

三「日の光藪しわかねば石の上古りにし里に花も咲きけり」（『古今集』雑上、布留今道）。

4

四 夫婦の愛情。

五 今の大阪府八尾市の東、高安山麓の地名。

六〈忍び妻があって〉。

七〈妻としての有常の娘と二道かけて〉。

八『伊勢物語』二三段の歌。一〇九頁注一二参照。

九〈不安な夜の道を行く夫の行方を案じる妻の真心が通じて、河内の女へはほとんど通わなくなった〉。「とげて」は、観世流以外は「とけて」（「解けて」。妻の不安が解消して）とする。

一〇〈まことに人の情けを知るのは歌、その歌で愛の心を述べたのももっともである〉。「男・女の仲をも和らげ…るは歌なり」（『古今集』仮名序）。

一一 以下〔ロンギ〕まで『伊勢物語』二三段による。

一二〈隣同士に住んでいる、その門の前の〉。

一三 井戸の上に設けた円形の井桁《いげた》。

一四 垂髪姿《たれがみすがた》の童児。

み　面《オモテ》を並べ袖《ソデ》を掛《カ》け　[一五]心《ココロ》の水《ミズ》も底ひ《ソコイ》なく　(映・移)うつる月日《ツキヒ》も重《カサ》なり
て　[一六]大人《オトナ》しく恥《ハ》ぢがはしく　互《タガ》ひに今はなりにけり　その後《ノチ》かの
[一七]まめ男《オトコ》　言葉《コトバ》の露《ツユ》の玉章《タマズサ》の　[一八]心の花も色添《イロソ》ひて　シテ〽[一九]筒井筒《ツツイヅツ》
井筒にかけしまろが丈《タケ》　地〽[二〇]生《オ》ひにけらしな　妹《イモ》見ざる間《マ》にと
詠《ヨ》みて贈《オク》りけるほどに　その時《トキ》女《オンナ》も[二一]比《クラ》べ来《コ》し　振《フ》り分《ワ》け髪《ガミ》も肩過《カタス》ぎ
ぬ　君《キミ》ならずして　誰《タレ》か上《ア》ぐべきと　互《タガ》ひに詠《ヨ》みしゆゑなれや　筒[二二]
井筒の女《オンナ》とも　聞こえしは有常《アリツネ》が　(ワキへ向く)娘の古き名《ナ》なるべし
［ロンギ］(正面へ向き着座のまま)地〽げにや古《フ》りにし物語　聞けば妙《タエ》なる有様《アリサマ》の　あやし
や名のりおはしませ　シテ〽[二三]まことはわれは恋《コ》ひ衣《ゴロモ》　(着・紀)きの有常が
娘とも　いさ　(知らず・白波)しらなみの(立・龍田山)たつたやま　夜半《ヨワ》に(ワキへ向き)まぎれて来たりたり
地〽不思議やさては龍田山[二四]　色にぞ出づるもみぢ葉《バ》の　シテ〽(黄・紀)きの
(ワキへ向き)有常が娘とも　地〽または井筒の女《オンナ》とも　(面を伏せつつ正面へはずし)シテ〽恥づかしながら
われなりと　地〽いふや[二五](言・結)注連縄《シメナワ》の長き世を　(立って常座へ行き)契《チギ》り(正面へ少し出)し年はつつゐづ(五つ・筒井筒)
つ　井筒の蔭に隠れけり　井筒の蔭《カゲ》に隠《カク》れけり　(常座へ退り面を伏せ消え失せた体で中入り)

一五〈水のかぎりなく深いように、心の底まで隔てなく睦まじくして〉。「心の水」は歌語。

一六〈おとなになって恥かしく思う〉。「しく」の重韻。

一七『伊勢』二段の「かのまめ男」による業平の異名。

一八〈美しい言葉を連ねた恋文に籠められた真心もひとしおで〉。「言葉」「葉の露」「露の玉」「玉章」と、縁語、掛詞で連ねた。「心の花」「色」なども縁語。美しい真心を花に譬え、「花」の縁で「色添ふ」という。

一九『伊勢物語』二三段の歌。一〇八頁注六参照。

二〇 底本「老」。一一一頁注八参照。

二一 女の返歌。一〇八頁注八参照。

二二 有常の娘の異名。『伊勢物語次第条々事』など。

二三〈本当は私は業平を恋う紀の有常の娘、かどうか、しらなみの龍田山夜半にやと詠んだ、その夜にまぎれて来たのです〉。

二四 紅葉の名所の縁で「色にぞ出づる」（それと顕れる）と言う。「龍田山…もみぢ葉の」が「黄」に音通の「紀」の序。

二五〈言うかと思ううちに、注連縄のように末長い結婚の約束をした年が、お互いに五歳であったことを示す筒井筒の陰に、その姿は隠れてしまった〉。「二人の子、互ひに五歳にして井筒の指出でたるに長をくらべて、これより高く成らん時は、夫婦にならむと契りけり…さればつつ井つのとは、共に五歳の義なり」（『冷泉流伊勢物語抄』）。

6

〔問答〕　在原寺参詣のアイが登場　ワキは業平の謂れを尋ねる

〔語リ〕　アイ「総《ソオ》じて　この在原寺《アリワラデラ》において　[一]業平《ナリヒラ》の子細《シサイ》と申すは　業平の父[二]ここもともつて　もつぱら御在所《ゴザイショ》にて候　業平御《ゴ》幼少のおん時　[三]友達語らひし給ふ　その友達と申すは　[四]紀《キ》の有常《アリツネ》の息女《ソクジョ》にてござ候　これなる[五]井に立ち寄り給ひ　互ひに姿を御《ゴ》覧ぜられ　おん歌をよみ給ひたると申し候　[六]筒井筒《ツツイヅツ》井筒にかけしまろがたけ　[七]生《オ》ひにけらしな妹《イモ》見ざるまにと　かやうによみ給ひ候　その時息女《ソクジョ》の御《ゴ》返歌に　[八]くらべこし振り分け髪《ガミ》も肩過《ス》ぎぬ　君ならずしてたれかあぐべき　かやうによみ給ひ　[九]おん心をうつし給ひて　浅からぬおん契《チギ》りにてござ候　またその後　業平河内《カワチ》の国高安《タカヤス》の里に知る人のありて　夜《ヨ》な夜な通《カヨ》ひ給ふ　かの息女つひに妬《ネタ》み給ふことなし　業平思《オボ》し召すやうは　[一〇]いかさま心の通《カヨ》ふ方《カタ》ありと思し召し　いつものごとく[一一]河内への体《テイ》にて　薄《ススキ》の蔭に忍び給ひて　内《ウチ》の体《テイ》を御覧《ゴラン》ずれば　花を摘《ツ》み香《コオ》を薫《タ》き　業平のおん事を悲しみ給ひ　おん歌を遊ばし候　[一二]風吹けば沖つ白波龍田《タツタ》山《ヤマ》　夜半《ヨワ》にや君がひとりゆくらんと　かやうによみ給ふを

一　在原業平。天長二年（八二五）～元慶四年（八八〇）。平城《へいぜい》天皇の皇子、阿保《あぼ》親王の五男。天長年間、行平ら兄弟に在原の姓を賜わる。五十六歳で没。六歌仙の一人。在五中将ともいう。

二　〈この所（在原寺）をもって専らご住所としていました〉。

三　〈友達として交じわっていらっしゃった〉。

四　紀有常は名虎の子。弘仁六年（八一五）～元慶元年（八七七）。六十三歳で没。『伊勢物語』の中に業平との交友が描かれている。その娘は、『尊卑分脈』等に「業平朝臣室」とする。有常は業平と十歳違い。その娘が業平と筒井筒の間柄ではあり得ないが、『伊勢物語』二三段をこの二人の物語とするのが中世の解釈であった。

五　底本（寛永九年本）は「井」、無刊記本は「井筒」。

六　〈筒井筒の丈と背比べをした私の背丈は、もう大きくなったよ、あなたと逢わないうちに〉。『伊勢物語』の伝存本文にあっては、「つつゐつの…過ぎにけらしな」「つつゐつつ…過ぎにけらしな」とある形がほとんどで、「つつゐつつ…生ひにけらしな」の本文はない。ここは、たとえば『伊勢物語難義注』（書陵部本）のような、末流の古注にみえる形に基づくらしい。

七　底本「おひに」、無刊記本「老に」。

八　〈あなたと背比べをして来た私は、振り分け髪ももう肩に余るほどになりました。その髪を結い上げて妻となるべき人は、あなた以外にありません〉。

業平聞こしめして　[一三]賢臣二《ケンジンジ》君《クン》に仕《ツカ》へず　貞女両夫《テイジヨリヨオフ》にまみえずとは　かやうなる賢女あるまじきと思し召し　それよりも河内通《カワチガヨ》ひをおん止《ト》まりありたると承り候

〔問答〕　アイ「総じてこの在原寺において　業平紀の有常の子細　われら存じたる分申し上げ候　さていかやうなる事にておん尋ね候

ワキの返事を聞き

アイ「これは[一四]奇特《キドク》なる事を仰《オオ》せ候ふものかな　紀の有常の息女の子細　または業平のおん事申[一五]さうずる人は　推量にも及ばず候　さてはおん僧様尊《タツ》とうござ候ふにより　息女の亡心《ボオシン》現はれ給ひて　物語りなされたると存じ候　小賢《コザカ》しき申し事《ゴト》にて候へども　しばらくこの所にご逗留《トオリウ》あつて　おん跡《アト》をもおん弔《トムラ》ひあれかしと存じ候

終って狂言座に退く

〔上ゲ歌〕脇座に着座のまま　ワキへ更《フ》け行くや　在原寺《アリワラデラ》の夜《ヨル》の月　在原寺の夜の月　昔[一六]を返《カエ》す衣手《コロモデ》に　夢《ユメ》待ち添へて仮《カ》り枕《マクラ》　[一七]苔《コケ》の筵《ムシロ》に臥《フ》しにけり　苔の筵に臥しにけり

【一声】で業平の形見の衣裳をつけた後ジテが登場　常座に立つ

九 心を寄せる、好きになる、の意。

一〇〈妻にはきっと思いを寄せる別の男があるのだと思われて〉。

一一〈河内へ通うふりをして〉。

一二〈風が吹くと沖の白波が立ちさわぐというが、そんな風立ちさわぐ龍田山を、あなたはこんな真夜中にひとりで越えて行かれるのでしょうか〉。『伊勢物語』本文では、下句が「ひとり行くらん」（古本系等）と「ひとり越ゆらん」（天福本、武田本等）の二系統があり、中世古注釈の本文はおおむね前者による。

一三 賢臣はいったん主君に仕えたら再び仕官せず、貞女はいったん嫁せば二度と夫をもたない、の意の諺。「忠臣不ㇾ事《ヘ》二二君《ニ》一、貞女不ㇾ更《ヘ》二二夫《ヲ》一」（『史記』田単列伝）に基づくが、『曾我物語』五や『義経記』二などにはここと同じ形で見える。

一四 不思議なこと。

一五〈（紀の有常の息女や業平のことを）お話し申すような人があろうとは想像もできません〉。

一六〈業平の昔を今に返して見たいものだと、裏返してかける衣にその夢を期待して〉。衣を返して着ると心に思う人の夢を見るという。「いとせめて恋しき時はむばたまの夜の衣を返してぞ着る」（『古今集』恋二、小野小町）。

7

一七 苔を筵に見立てた、旅寝の床をいう慣用語。

8

〔サシ〕 正面へ向き シテ〽一あだなりと名《ナ》にこそ立てれ桜花《サクラバナ》 年《トシ》に稀《マレ》なる人も待ち
けり かやうに詠《ヨ》みしもわれなれば ワキへ向き 人待つ女とも言はれしなり
われ筒井筒《ツツイズツ》の昔より 二真弓槻弓年《マユミツキユミトシ》を経《ヘ》て 今は亡《ナ》き世《ヨ》になりひら（成・業平）
の 左袖を前に出して見つめ 形見《カタミ》の三直衣《ノオシ》身に触れて
〔一セイ〕 正面に向い シテ〽恥づかしや 昔男《ムカシオトコ》に四移《ウツ》り舞《マイ》 地〽五雪を廻《メグ》らす花
の袖《ソデ》

【序ノ舞】

〔ワカ〕 常座で扇を高く上げつつ シテ〽ここに来て 六昔ぞ返《カエ》す在原《アリワラ》の 地〽寺井《テライ》に澄める 謡に合せて舞う
月ぞさやけき 月ぞさやけき
〔ワカ受ケ〕 シテ〽七月やあらぬ 舞台を逍遥し 春や昔と詠《ナガ》めしも いつの頃《コロ》ぞや
〔ノリ地〕 正面を向いて シテ〽筒井筒 地〽筒井筒《ツツイズツ》 真中へ出 井筒にかけし 広げた扇をつまみ シテ〽まろ
立てて上にあげ がたけ 地〽八生《オ》ひにけらしな シテ〽生ひにけるぞや 地〽九さ
扇で冠をさしながら舞台を大きく回り ながら見みえし 昔男の 冠直衣《カムリノオシ》は 女とも見えず 男なりけり 左袖を返し井筒に近
寄って薄をかき分けのぞきこむ 業平の面影

一 〈すぐに散ってしまう移り気な花だと評判の桜でも、めったに来ないあなたを待っていますよ〉。『伊勢物語』一七段に「年ごろおとづれざりける人の、桜の盛りに見に来たりければ、あるじ」としてこの歌がある。それを「桜に人待ちえたる女、有常女」（『和歌知顕集』）などとするのが中世の理解。

二 『伊勢物語』二四段の歌「梓弓《あずさゆみ》真弓槻弓年を経てわがせしがごとうるはしみせよ」に基づく。女が業平を三年間待ち続け、遂に別の男と新枕を交わそうとする夜、訪れた業平が詠んだ歌。女はその後を追うが追いつかず、清水のほとりで息絶える。その女を有常の娘とし、一七段と関連づけるのが中世の理解。幼な馴染みの素志を遂げて結婚した純愛の女が、夫を待ち続け、思慕の昂まりの中で死んだ紀有常の娘の物語として一貫する。「真弓槻弓」は以上の内容をこめて「年を経て」の序とした。

9

三 貴族の平服。

四 形見を身につけると、心が昂ぶった状態となって舞がかりになるのが能の約束事。（《松風》《柏崎》等）。「移り舞」は、人の舞を真似て舞う意（《賀茂物狂》《阿古屋松》《山姥》等）と解されるが、ここは、乗り移って舞う、というような感も強い。

10

五 漢語「廻雪」を言い換えた語。舞姿の美しく巧みなことの形容。

六 〈今この時に到り、業平の昔は在原寺に再び返って、在原寺の井戸に澄んで映っている月の美しいこと〉。

七「月やあらぬ春や昔の春ならぬ我が身ひとつはもとの身にして」(『伊勢物語』四段)による。月も春も昔のそれではない、の意。

八 底本は「老にけらしな　老にけるぞや」。現行観世流は「生ひに…老いに…」、他流は「生ひに…生ひに…」と解する。もう大きくなったようだよ、お互いに一人前の大人になったんだね、という、最も幸せだった時の回想であるべきで、ここに老いへの詠嘆の意はあるまい。

九〈ちょうどこの姿通りに相逢うた昔男の冠直衣姿は〉。「さながら」は「男なりけり」にもかかって、まるっきり男の姿であるよ、の意をも言いかける。

一〇〈わが姿ながら業平と思われて懐かしい〉。

一一〈亡夫、業平の姿をした女の幽霊の姿は〉。「亡夫」は、底本は「亡婦」で『謡抄』に基づく。ボオフウと四字分の節付け。

一二「在原業平は、その心あまりて言葉足らず。しぼめる花の色なくて匂ひ残れるがごとし」(『古今集』仮名序)。歌の批評を姿の様態に借り用いた。

一三「風」「芭蕉」「夢」は縁語。『列子』周穆王《ぼくおう》の蕉鹿《しょうろく》の夢の故事をふまえ、風にも破れやすい芭蕉葉を「夢も破れ」の序とする。

〔歌〕　井筒に映る姿を見こみ　シテ〽見ればなつかしや　地〽一〇われながらなつかしや　後へ退りながら涙を押える　亡夫《ボオフウ》一一　魄霊《ハクレイ》の姿は　身を縮めて坐り　しぼめる花の　色無《イロノオ》うて一二匂《ニオ》ひ　立ち上って　残りてありはらの　(有・在原)　鐘に　寺の鐘もほのぼのと　聞き入り　足拍子　明くれば　袖を返し　古寺《フルテラ》の　松風《マツカゼ》一三や芭蕉葉《バショオバ》の　常座へノリ込拍子　夢も破れて覚《サ》めにけり　正面へ向き　夢《ユメ》は破《ヤブ》れ明けにけり　脇正面を向いて袖を返し留拍子

鵜飼

うかい

登場人物

前シテ　鵜使いの霊　笑尉（朝倉尉）・紸水衣・無地熨斗目・腰蓑

後ジテ　地獄の鬼　小癋見・唐冠・赤頭・法被・半切

ワ　キ　旅　僧　角帽子・紸水衣・無地熨斗目

ワキ連　従　僧　角帽子・縷水衣・無地熨斗目

ア　イ　所の男　狂言上下

備　考

＊五番目物。太鼓あり。

＊観世・宝生・金春・金剛・喜多の五流にある。

＊底本役指定は、シテ・後シテ、ワキ、ワキツレ、同、地。

＊間狂言は、第2段は『間仕舞付』、第7段は寛永九年本による。

構成と梗概

1　ワキの登場　安房・清澄の僧（ワキ）と同行（ワキ連）が甲斐の国石和《いさわ》に到る。

2　ワキ・アイの応対　僧は所の者（アイ）に一夜の宿を頼むが、禁令のため拒まれ、光り物の出るという御堂に泊る。

3　シテの登場　鵜使いの老人（前シテ）が現われ、殺生《せっしょう》を業とする身のつらさを嘆く。

4　ワキ・シテの応対　僧の一行は老人に出逢い、同行の僧は、数年前に鵜使いから供養を受けたことを回想する。老人はその鵜使いが殺生禁断を犯して処刑されたことを語る。

5　シテの立働き　老人はその鵜使いの亡霊であると明かし、懺悔の鵜飼を見せる。

6　シテの中入り　鵜飼を終えた老人は、暗闇の中に消える。

7　アイの物語り　アイが再び僧に出逢い、密漁で処刑された鵜使いの一件を語って、供養を勧める。

8　ワキの待受け　一石一字の供養を行う。

9　後ジテの登場　地獄の鬼（後ジテ）が現われ、一僧一宿の功力《くりき》、法華経の功徳《くどく》で鵜使いが極楽に救われたことを告げる。

10　シテの物語り　法華経の讃嘆。

11　結末　仏法僧の供養と利益《りやく》。

一 安房（千葉県）の清澄寺。日蓮が少年期を過して出家した寺。
二 甲斐（山梨県）の身延《みのぶ》山久遠《くおん》寺は、日蓮が晩年を過した所。日蓮宗の大本山。清澄から甲斐を目指すワキ僧を日蓮に擬している。
三 横浜市金沢区辺りの古称。安房・上総への舟路の拠点。「サテ鎌倉過ギテ六浦ト云フ所ニテ便船ヲ待チテ上総ヘ越エントテ」（『沙石集』）。 **1**
四 鎌倉市にある鶴岡八幡宮背後の山。相模の歌枕。
五 〈世を捨てた僧の身だから、そんな姿を恥じることもなく〉。
六 「一夜」（節）、「仮り寝」（刈）は「草」の縁語。
七 鐘の音を聞くことと、鶴の声を聞くこととを掛ける。「声来ル二枕上ニ一千年鶴ヘ」（『和漢朗詠集』鶴、白楽天）。
八 「旅トアラバ…朝たつ…かりね」（『連珠合璧集』）。「むら鳥の朝立ち行けば…」などの萬葉歌の表現を借りるか。
九 「朝立つ」に対し、「日闌く」（真昼になって日が高くなる）と続ける。石和《いさわ》到着が夜であることが次の〔問答〕に見える。
一〇 甲斐の地名。現山梨県東八代郡石和町。底本は「生沢」。 **2**
一一 以下の問答は《鵜》の場合も同型。

【名ノリ笛】でワキとワキ連が登場　ワキは常座に立ち　ワキ連は一ノ松に控える

〔名ノリ〕　正面へ向き　ワキ「これは安房《アワ》の清澄《キヨスミ》[一]より出《イ》でたる僧にて候　われいまだ甲斐《カイ》[二]の国《クニ》を見ず候ふほどに　このたび甲斐《カイ》の国行脚《クニアンギャ》と心ざして候

〔サシ〕　真中へ出ながら　ワキ〽行く末いつとしらなみの（知らぬ・白波）　あはの（泡・安房）清澄《キヨスミ》立ち出でて　六《ムツ》[三]浦《ラ》の渡《ワタ》り鎌倉山《カマクラヤマ》[四]　ワキ連も真中へ出る

〔上ゲ歌〕　向き合って　ワキ・ワキ連〽やつれ果てぬる（谷・窶）旅姿《タビスガタ》　やつれ果てぬる旅姿　捨《ス》[五]つる身なれば恥ぢられず　一夜《ヒトヨ》[六]仮り寝の草筵《クサムシロ》　鐘《カネ》を枕《マクラ》の上《ウエ》に聞く[七]　つるの郡《コオリ》の（鶴・都留）朝立《アサダ》[八]つも　日闌《ヒタ》[九]けて越ゆる山道《ヤマミチ》を　以下歩行の体　過《ス》ぎて石和《イサワ》[一〇]に着きにけり　過ぎて石和に着きにけり

「着キゼリフ」のあと　ワキ連は脇座に着座

〔問答〕[一一]　常座に立ち　ワキ「石和川《イサワガワ》の人のわたり候ふか　狂言座に立ち　アイ「所の者とお尋ねは

なにのご用にて候ふぞ　ワキ「これは安房《アワ》の清澄《キヨスミ》より出《イ》でたる僧にて候　行き暮れて候ふ間《アイダ》　一夜《イチヤ》をおん貸し候へ　アイ「もつとも易《ヤス》きことにて候へども　[一]このところの大法《タイホオ》にて　[二]往来《オオライ》の人に宿《ヤド》貸し申すこと　禁制《キンゼイ》に候ふ間　なるまじく候　ワキ「出家《シュッケ》のことにて候へばひらに一夜《イチヤ》をおん貸し候へ　アイ「いやいやなるまじく候　ワキ「[三]料簡《リョオケン》もござなく候　（立去ろうとする）　アイ「あら[四]笑止《ショオシ》や　お宿まゐらせう《ショオ》　（戻って）　ワキ「[五]祝着《シュウチャク》申し候　アイ「あれに見えたる　[六]川崎の御堂《ミドオ》にお泊まりやれや　ワキ「あれはおん身《ミ》の立てられたる堂にて候ふか　アイ「いやそれがしの立てたる堂にてはなく候へども　[七]子細《シサイ》あつて苦しからず候ふ間　あの堂にお泊まりやれ　ワキ「それはおん身に借るまでもなく候　（背を向けて歩み出す）　アイ「あの堂へは夜《ヨ》な夜《ヨ》な[八]光り物が上がると申すほどに　心得《ココロエ》てお泊まりやれや　ワキ「法力《ホオリキ》をもつて泊まらう《オ》ずる間《アイダ》苦しからず候　（脇座へ進みつつ）　アイ「やあ　[九]すによい人ぢやよ　（ワキは脇座に着座）

（【一声】でシテが松明を振りながら登場　橋掛りを歩み　常座に立つ）

[一セイ]　（正面へ向き）　シテ〽[一〇]鵜舟《ウブネ》にともす篝《カガ》り火《ビ》の　後《ノチ》の闇路《ヤミジ》をいかにせん　（面を伏せる）

一〈当所での厳重な掟で〉。

二「往来の人」は旅人のこと。

三〈どうしたらよいか、よい思案もありません〉。

四〈ああお気の毒に。お宿をお貸ししましょう〉。

五 喜ばしいことだ、有難う、などの意。

六 川の流れに突き出たところ。

七〈わけがあって差支えありませんからあの御堂にお泊りなさい〉。

八 光を放って動くもの。鬼火などの類。

九〈ひねくれた人じゃ〉。「すによい」は「拗《す》ねる」と同義。

一〇〈鵜飼舟にともす篝り火があたりを照らしているが、火が消えた後の暗闇のような死後の暗黒の世界ではいったいどうしたらよいのだろうか〉。「篝火ニハ、鵜舟」（『連歌付合の事』）。

一一〈この世は無常だと思うならば出家すべきだのに、そんな心は一向になくて〉。「げにや」は、本当にまあ、の意の発語的用法。

一二「夏川」は歌語。ただし「無し」との掛詞の例はない。この掛詞について『申楽談儀《さるがくだんぎ》』に、同類の反覆のうるささの指摘がある。「甲斐も波間、其の心さらに夏川、助くる人も波の底、三所まで同じ言葉 3
有り。せめて、甲斐も亡き身の鵜舟漕ぐ、など云ふべし」。

〔サシ〕 正面へ向き シテ〽げにや一一世の中《なか》を憂《う》しと思はば捨《す》つべきに　その心さら一二（無・夏川）になつがはに　鵜使《うつこお》ふことの面白《おもしろ》さに　殺生《せつしよお》をするはかなさよ 一三面を伏せ
「伝《つた》へ聞く一四遊子《いうし》伯陽《はくよお》は　月に誓《ちか》つて契《ちぎ》りをなし　夫婦《ふうふ》二《ふた》つの星《ほし》となる〽今の一五雲《くも》の上人《うへびと》も　月なき夜半《よわ》をこそ悲しみ給ふに　われはそれには引き替へ　一六月の夜頃《よごろ》を厭《いと》ひ　闇《やみ》になる夜《よ》を喜べば

〔下ゲ歌〕 正面を向いたまま シテ〽一七鵜舟《うぶね》にともす篝《かが》り火《び》の　消えて闇《やみ》こそ悲しけれ 面を伏せる

〔上ゲ歌〕 シテ〽一八つたなかりける身の業《わざ》と　つたなかりける身の業《わざ》と　今は先非《せんぴ》を悔《く》ゆれども　（効・櫂）（無・波間）（憂・鵜舟）かひもなみまにうぶね漕《こ》ぐ　一九これほ（押・惜）どをしめども　叶《かな》はぬ命《いのち》継がんとて　営《いとな》む業《わざ》の物憂《ものう》さよ　営《いとな》む業《わざ》の物憂さよ

〔問答〕 松明を振上げ　ワキを見つけて シテ「や　これは二〇往来《おおらい》の人のおん入《に》り候ふよ　脇座に着座のまま ワキ「さん候《ぞおろお》往来の僧にて候ふが　里《さと》にて宿《やど》を借り候へば　われらがやうなる者には宿を貸さぬよしを申し候ふほどに　さてこの堂《どお》に泊《と》まりて候 ワキへ向き シテ「げにげに里にて二一お宿参らせう《しよお》ずる者は覚《おぼ》えず候

一三 みじめで情けないこと。
一四 遊子・伯陽の夫婦がともに月を愛し、死後天上して牽牛《けんぎゆう》・織女《しよくじよ》の二星となった説話。《朝顔》解題参照。
一五 「殿上人《てんじようびと》」に同じ。ここは、月を愛する風雅な都人、とでも言うべき意を、「月」「星」の縁で「雲の上人」と言った。「月」は「篝火」「鵜舟」と縁語。「かゞり火トアラバ、鵜飼舟…夏の月なき」（『連珠合璧集』）。
一六 鵜飼漁は月夜は不適で、闇夜に篝り火で魚を誘って鵜を使う。
一七 〈鵜舟にともす篝り火が消えてしまうと全くの闇で漁が出来ないのが悲しい〉。前の［一セイ］の表現を重複させて、その意味（注一〇）をふまえつつ対応させた。
一八 〈殺生という情けない仕事をしているのも、前世の行いがよくなかった因果だが、今となって後悔しても何の効《かい》もなく、櫂《かい》も無しに波間に漂うがごときはかなくつらい気持で、こうして波間に鵜舟を漕いでいる〉。「かひもなみまに」は注一二参照。
一九 〈これほどのつらい気持をこらえて命を惜しんでみたところで、所詮いつかはなくなる命なのに、それを少しでも生き永らえようとして、殺生を行うわが仕事の本当につらいことよ〉。
4
二〇 〈旅の人がおいでだったのですね〉。
二一 〈お宿をお貸ししようとする者があるとは思われません〉。

ワキ　シテへ向き「これはいかなる人にておん入《ニ》り候ふぞ　シテ「さん候《ソオロオ》これは[一]鵜《ウ》使《ツカ》ひにて候ふが　いつも月のほどはこの御堂《ミドオ》に休《ヤス》らひ　月入りて鵜を使ひ候　ワキ「さては[二]苦しからぬ人にて候ふぞや　見申せばはや[三]抜群《バックン》に年長《トシタ》け給ひて候ふが　かかる殺生《セッショオ》の業勿体《ワザモッタイ》なく候　[四]あはれこの業《ワザ》をおん止《ト》まりあつて　余《ヨ》の業《ワザ》にて[五]身命《シンミョオ》をおん継《ツ》ぎ候へかし　シテ「仰《オオ》せもつともにて候さりながら　若年《ジャクネン》よりこの業《ワザ》にて身命《シンミョオ》を助かり候ふほどに　いまさら[六]止《ト》まつつべう《ビョオ》もなく候

ワキへ向き　ワキ連「[七]いかに申し候　この人を見て思ひ出《イ》だしたることの候　この二《ニ》三ケ《サンガ》年前《ネンサキ》に　この[八]川下岩落《カワシモイワオチ》と申す所《トコロ》を通り候ひしに　かやうの鵜《ウ》使《ツカ》ひに行き逢《ア》ひ候ふほどに　[九]科《トガ》の中《ナカ》の殺生《セッショオ》のよし申して候へば　[一〇]げにもとや思ひけん　わが家《ヤ》に連れて帰り　一夜《イチヤ》[一一]けしからず摂《セッ》して候ひしよ　ワキ連へ向き　シテ「さてはその時のおん僧にてわたり候ふか　ワキ連「さん候《ソオロオ》その時の僧にて候　やや昂ぶった状態で　シテ「のうその鵜《ウ》使《ツカ》ひこそ[一二]空《ムナ》しくなりて候へ　ワキ「それはなにゆゑ空《ムナ》しくなりて候ふぞ

一　鵜を使っての漁師。鵜匠《うじょう》。
二　差障りのない人。宿泊を咎め立てするような人ではないことを言う。
三　〈非常に齢をとっていらっしゃるが、このような殺生の仕事はもってのほかです〉。
四　「あはれ」は、深い嘆息をこめた語。
五　〈命をつないでお暮しなさい〉。「身命」は身体・生命。
六　〈やめてしまうことはできません〉。「止まりつべくも」の音便。
七　「いかに申し候」は、相手へ話しかける時の言葉。
八　小石和筋四日市場村の地名（『甲斐国誌』による）。その地に鵜使いの多かったことが後の〔語リ〕（次頁五行）に見える。
九　〈五戒・十戒等の戒律の中の殺生戒にあたるのだということを諭したところ〉。
一〇　〈なるほどもっともだと思ったのでしょう〉。
一一　〈非常な接待をしてくれましたよ〉。
一二　「空しくなる」は死んだこと。
一三　下掛りは「恥づかしながら」無し。

シテ「恥[13]（面を伏せ）づかしながらこの業《わざ》ゆゑ空《むな》しくなりて候　その時のありさま語つて聞かせ申し候ふべし　跡《あと》を弔《とお》うておんやり候へ（真中へ出て着座　松明を置く）

ワキ「心得《こころえ》申し候

〔語リ〕（着座のまま）シテ「そもそもこの石和川《いさわがわ》[14]と申すは　上下三里《かみしもさんり》が間《あいだ》は堅《かた》く殺《せっ》[15]生禁断《しょおきんだん》の所なり　（ワキ連へ向き）今仰せ候ふ岩落《いわおち》に鵜使《うつか》ひは多し　夜《よ》な夜《よ》なこの所に忍《しの》[16]び上《のぼ》つて鵜を使《つこお》ふ　憎《にく》き者の仕業《しわざ》かな　彼《かれ》を見顕《みあら》はさんと企《たく》みしに　それをば夢にも知らずして　（ワキへ向き）またある夜《よ》忍《しの》び上《のぼ》つて鵜を使《つこ》ふ　狙《ねろ》ふ人びとばつと寄り　一殺多生《いっせつたしょお》[17]の理《り》に任《まか》せ　彼《かれ》を殺せと言ひ合へり　（正面を向き）〽その時左右《そお》の手を合はせ（合掌して）　かかる殺生禁断《せっしょおきんだん》の所とも知らず候　向後《きょおこお》[18]のことをこそ心得《こころえ》候ふべけれとて　手を合はせ歎《なげ》き悲しめども　（手を下ろし）助くる人もなみの底《そこ》に　（無・波）

〔下ゲ歌〕シテ〽罧《ふしずけ》[19]にし給へば　叫べど声の出でばこそ[20]（次第に面を伏せ身を縮めて）

〔問答〕（ワキへ向き）シテ「その鵜使《うつか》ひの亡者《もおじゃ》にて候　（シテへ向き）ワキ「言語道断《ごんごどおだん》[21]のことにて候　さらば罪障懺悔《ざいしょおさんげ》[22]に業力《ごおりき》[23]の鵜を使《つこお》うておん見せ候へ　跡《あと》をば懇《ねんご》

一四 黒駒村御坂峠より石和を経て笛吹川に合流する川。「昔は石和村に於て直に笛吹川に入りしと云ふ」（『大日本地名辞書』）。

一五 生類の殺生、ここでは漁猟を禁ずること。『神鳳鈔』に「外宮、石禾御厨《いさわみくりや》」と見え、それが理由か。

一六 密漁することを言う。

一七 たとえば菩薩が大盗を殺す（『瑜伽師地論』四一）ように、多数の人を生かすためには一人の悪人を殺すのもやむを得ないとする考え方。

一八 〈今後はよく気をつけて、もういたしません〉。

一九 人を簀《す》巻きにして水中に沈めて殺すこと。私刑の場合に多い。「罧」は底本のまま。「涔」に同じくフシズケ。柴を水中に積んで魚を捕る仕掛けが原義。

二〇 下掛りでは、次に〔上ゲ歌〕「娑婆の業因深きゆゑ　娑婆の業因深きゆゑ　魂《こん》は冥途におもむけば　魄《はく》はこの世に苦を受くる　人の上にはなきものを　わが跡弔ひてたび給へ　わが跡弔ひてたび給へ」が入る（「人の上にはなきものを」は、他人の身の上のことではない、自分のことだ、の意）。

二一 物も言えぬ意の、驚きの表現。

二二 成仏の妨げとなっている罪の懺悔（告白して悔い改めること）として、の意。鵜飼を見せることが懺悔。

二三 善業には善果を生ずる力があり、悪業には悪果を生ずる力がある。鵜使いのわざが執念となって亡者の身に残っているのは、前生の悪業のための業力による。

ろに弔《トム》らひ申し候ふべし　シテ「あらありがたや候《ソオロオ》　さらば業力《ゴオリキ》の鵜を使《ツコオ》うておん目にかけ候ふべし　跡《アト》を弔《ト》うて給はり候へ

ワキ「心得《ココロエ》申し候

〔掛ケ合〕　正面へ向き　シテ「すでにこの夜《ヨ》も更《フ》け過ぎて　鵜使《ウツコオ》ふ頃にもなりしかば　いざ業力《ゴオリキ》の鵜を使はん　ワキ〽これはたこくの物語一　死したる人の業《ゴオ》により　かく苦しみの憂《ウ》きわざを　今見ることの不思議さよ二　松明を振りつつ　シテ「湿《シメ》る松明《タイマツ》振り立てて　立ち上り　ワキ〽三藤《フジ》の衣《コロモ》の玉襷《タマダスキ》　シテ「鵜《ウ》籠《カゴ》を開き取り出だし　扇を左手に持ち　ワキ〽四しまつ巣下《スオ》ろし新鵜《アラウ》ども　川の流れを見廻し　シテ〽この川波に五さつと放せば　扇をさっと前へさし出して広げ　右手の松明を掲げて鵜を使う体

〔段歌〕　松明で下を照らし見　地〽面白のありさまや　松明を振りながら　底にも見ゆる六篝《カガ》り火《ビ》に　舞台を回り　驚く魚《ウオ》を　魚を追い　追ひ廻し　扇で搦い　潜き上げ掬《スク》ひ上げ　隙《ヒマ》なく魚《ウオ》を食ふときは　舞台を回って常座へ　七罪《ツミ》も報《ムク》ひも後《ノチ》の世も　扇で左膝を打ちワキを見る　忘れ果てて面白や　漲《ミナギ》る水の八淀《ヨド》ならば　生贄《イケス》の鯉《コイ》や上《ノボ》らん　松明を振りつつ出て　九玉島川《タマシマガワ》にあらねども　一〇小鮎《コアユ》さ走《バシ》るせぜらぎに　魚を見廻し　一一かだみて一二魚《ウオ》はよも溜《タ》めじ　一たん下ろした松明を上げて炎を見つめ　不思議やな篝り火の　一三燃えても　水面を見こみ　影の暗くなる

一　底本は「他国」と宛て、古写本や『謡抄』も同様で、地獄の意に解されたり、「堕獄《ごく》」「多劫苦」とする説もあるが存疑。「これはた業苦の物語」（これはまあやっぱり業苦の物語だ）と解したい。

二　〈死んでしまった人が前世の悪業によって、死後もこのように苦しくつらい目にあっている。その鵜飼のわざを今眼前に見ることの不思議さよ〉。

三　「藤の衣」は藤蔓の繊維で織った衣。粗衣の意の歌語。「藤の衣」から「衣の玉」（三二一頁注六参照）に言いかけ、「玉襷」（「玉」は美称）の序とする。

四　〈巣立ったばかりの若い鵜ども〉。「しまつ」は、「島つ鳥」（鵜）に同じ。「飛びかよふ与謝のしまつを余所人はとりも止めばかひはあらまし」（『夫木抄』鵜、和泉式部）。「巣下し」は「鷹が巣から出ること」（『日葡辞書』）を言い、梟《ふくろう》の場合に用いた例（狂言「梟山伏」）もある。底本の「あら鵜」は、諸流に「荒鵜」と宛てられているが、「新鵜」で、若く元気な鵜。

五　諸流「ばつと」。「さつと」とする古写本もある。

六　舟の上だけでなく、水に映って水底にもあるように見える篝り火。

七　〈殺生の罪も、その罪の報いも、報いとしての後の世のこともすっかり忘れ果てて面白いことよ〉。因みに「後の世の酬《むくい》」は「夏川の魚」「いけすの魚」とともに恋死《こいじに》の寄合語（『連珠合璧集』）を転用。

八　「淀み」を「淀川」に言いかけて鯉を出す。「鯉ト　アラバ…淀川、はしる」（『連珠合璧集』）。「世の中は淀の生簀のつなぎ鯉…」（『新撰六帖』）など。

九 肥前（佐賀県）松浦の歌枕。神功皇后の鮎占で著名。「鮎トアラバ…玉島河」（『連珠合璧集』）。

一〇「川瀬には鮎子さばしり」（『萬葉集』五）などの表現をふまえるか。

一一「せせらぎ」（水の早く流れる浅瀬）に同義。諸流、セゼラギと発音。

一二〈鮎を取ることを怠けて、万が一にも取り残したりすることはあるまい〉。「カダム 怠けて物事をし残す」（『日葡辞書』）。

一三〈篝り火がちゃんと燃えているのに、火の光が暗くなったようなのは、ああそうか、月が出てきたせいで、これでは鵜飼ができないのが悲しいことよ〉。

一四〈鵜舟の篝り火が消えて闇夜となり、闇黒の冥途へ帰るこの身の、娑婆と鵜飼への名残り惜しさはどうしようもない〉。

一五〈知れ渡っていましたので〉。

一六〈この場所では禁制となっている鵜を使っているので〉。

一七〈犯人を捕えるための道具を用意して〉。

一八 底本（寛永九年本）「鵜使ひ」は、無刊記本「忍び上《ノボ》つて鵜を使ひ」。

一九「ばつと寄り」、無刊記本「待ち受けたる事にて候へばばつと寄りて」。

二〇 無刊記本「まして所の者…」。

二一「候ふ者を」、無刊記本は「申し候ふ上は」。

6

は 思ひ出でたり 月になりぬる悲しさよ

イ 東の空をながめ 扇と松明を捨てて 両手で顔を掩う

〔歌〕 地へ鵜舟《ウブネ》[一四]の篝り影消えて 闇路《ヤミジ》に帰るこの身の 名残《ナゴ》り惜しさをいかにせん 名残り惜しさをいかにせん

小さく回り 常座でワキを見こみ 心を残す体で中入り

7

〔問答〕 アイが常座に出てワキを見つけ ワキは鵜使いのことを尋ねる

〔語リ〕 アイ「総《ソオ》じてこの石和川《イサワガワ》と申すは 上下《カミシモ》三里が間《アイダ》 堅《カタ》く殺生禁断《セッショオキンダン》のところにて候ふを ある人忍び忍び夜《ヨ》な夜《ヨ》な鵜《ウ》を使ひ候 しかればこの事このあたりに隠れ[一五]もなく候ふところに 老若《ロオニヤク》寄り合ひ談合《ダンコオ》申され候 こ[一六]のところ法度《ハット》の鵜を使ひ候ふほどに なにとぞしてこれを狙《ネラ》ひ見顕《ミアラ》はしたきとのおん事にて 物《モノ》[一七]の具《グ》を調《トトノ》へ夜ごとに狙《ネラ》ひ申し候ふところに ある時鵜使ひ[一八]上がり候ふを見つけばつと寄り[一九] かの猟師を捕へて見候へば すなはちこの所の者にて候 他所《ヨソ》の者なりとも憎きことにて候ふに 所[二〇]の者として法度《ハット》を背《ソム》き候ふ者を[二一] 急ぎ成敗《セイバイ》あれとのことにて候 その時若き者どもまづ頭を張り殺せよ いやいやただ鼻をはじき殺せよなどと申され候へども それはあまり不便《フビン》に候 ただ殺さずして荒簀《アラス》に巻き沈め候へと

て　この川に沈められ候　生きながら沈め申したるにより　罧《フシヅケ》の成敗《セイバイ》と申
すげに候　総じてこのところにて鵜使ひの果《ハ》て申したる様体《ヨオダイ》　くはしくは
存ぜず候　われら承り及びたるはかくのごとくにて候　さてなにとておん
尋ねなされ候ふぞ

〔問答〕　ワキから先刻の事情を聞いたアイは　供養を勧めて退く

〔上ゲ歌〕　脇座に着座のまま　ワキ ワキ連〽川瀬の石を拾《ヒロ》ひ上げ　川瀬《カワセ》の石《イシ》を拾《ヒロ》ひ上げ　一妙《タエ》な
る法《ノリ》のおん経《キョオ》を　一石《イッセキ》に一字《イチジ》書きつけて　波間《ナミマ》に沈め弔《トム》らはば
二などかは浮かまざるべき　などかは浮かまざるべき

【早笛】で後ジテが登場　一ノ松に立つ

〔(サシ)〕　正面へ向き　シテ〽それ三地獄《ジゴク》遠きにあらず　眼前《ガンゼン》の境界《キョオガイ》　悪鬼《アッキ》外《ホカ》にな
し　そもそもかの者　若年《ジャクネン》の昔より　四「江河《コオガ》に漁《スナド》つてその罪《ツミ》おびた
たし　されば五鉄札数《テッサツカズ》を尽《ツ》くし　金紙《キンシ》を汚《ヨゴ》すこともなく　扇を筆に見立てて握り　〽六無間《ムケン》の底《ソコ》
足拍子　に　七「堕罪《ダザイ》すべかつしを　八一僧一宿《イッソオイッシュク》の功力《クリキ》に引かれ　左袖を返し　ワキを見　急ぎ九仏所《ブッショ》に送
らんと　一〇悪鬼《アッキ》心《ココロ》を和《ヤワ》らげて　鵜舟《ウブネ》を一一弘誓《グゼイ》の舟《フネ》になし

一　妙法蓮華経（法華経）。その経文を、追福作善《ついぶくさぜん》のため、小石に一字ずつ書きつけること。
二　〈どうして成仏しないことがあろうか〉。
三　〈地獄は遠くにあるのではなく、人間の現在目前の境遇がそのまま地獄であり、地獄の悪鬼はどこか外にいるのではなく、人間の心の中に住んでいるのだ〉。
四　〈川で漁猟し、殺生の罪は数えきれない〉。
五　〈罪業を記した鉄札の数はおびただしく、善行を記すべき金紙には何も書かれていない〉。「梵王帝釈降臨シテ善ヲバ金札ニ記、忉利天仲陽院金殿内ニ之ヲ納メ、悪ヲバ鉄札ニ注シテ閻魔王宮ノ宝蔵ニ之ヲ置」（鶴林寺本『太子伝』）。 8
六　無間地獄。諸地獄のうち最も苦痛の大きい地獄。
七　〈罪に堕《おと》すはずであったが〉。「すべかつしを」は、「すべかりしを」の音便。
八　僧を泊めることが功徳（善根を積むこと）だという考え方。 9
九　極楽浄土の意。
一〇　地獄の恐ろしい鬼。
一一　「弘誓の舟」は衆生を救う仏の誓願を舟に譬《たと》える慣用語。仏法を舟に譬えることは定型。ここは悪業の鵜舟を弘誓の舟に変える意。
一二　〈闇に消えていた篝り火も光を取り戻して、あたりを照らしている〉。「篝り火」に法華の仏徳の威光を、「浮かむ」に成仏の意をこめて言う。
一三　迷いや煩悩を雲に、実相を雲を払う風に、真如を闇を晴らす月に譬えることは定型。実相・真如は真実を意味する語。暗黒の闇が、法華の功徳により晴れわたったことを景色に言いかけた。

一四〈地獄の底に沈む悪人を、極楽に送り給うという、その法華の奇瑞《きずい》のあらたかなことよ〉。

一五「衆生」に同じ。

一六 以下、妙法蓮華経の経名の意義を説いた言葉。法華経釈の定型をふまえる。「所レ言妙者、褒二美不可思議之法一也」(『法華経玄義』)。 10

一七〈どうして経と言うのか、それは仏の教えの総称のことだ〉。「経者…聖教之都名」(『法華経玄義』)。

一八 法華経を唯一の根本経典とする。「十方仏土中、唯有二一乗法一、無レ二亦無レ三」(『法華経』方便品《ほうべんぼん》)。

一九 法華経の功徳《くどく》。

二〇〈このようなありがたい話を見たり聞いたりするにつけても〉。以下は、鵜使いの成仏についての批評的総括。

二一「僧会」は『謡抄』の宛字。僧を集めて、仏会法事を行うことと解されているが、あるいは「僧衣」で僧の意か。前の「一僧一宿の功力」、後の「往来の利益」と対応する表現。

二二〈それが極楽往生の縁を結ぶことになり、仏果を得て成仏できるのだ〉。 11

二三〈往来の僧に対して功徳を施すことこそ、他力による成仏を果すことになるのだ〉。利他により他力(阿弥陀仏の衆生済度本願力)を頼むこと。

〔(一セイ)〕 舞台に入りつつ シテ 法華《ホッケ》のみのりの(御法・乗)助け舟《ブネ》 一二篝《カガ》り火《ビ》も浮かむ気色かな 正面より脇正面へ指し廻し

地 一三迷ひの多きうきくもも(憂・浮雲) 舞台を回り

シテ 実相《ジッソオ》の風《カゼ》荒く吹いて

地 千里《センリ》の外《ホカ》も雲晴れて 真如《シンニョ》の月や出でぬらん 正先で左袖をかずき上げ 空を見上げ 常座へ回って正面を向く

〔ロンギ〕 地 ありがたのおん事や 一四奈落《ナラク》に沈む悪人《アクニン》を 仏所《ブッショ》に送り給ふなる 常座で正面へ向き

シテ その瑞相《ズイソオ》のあらたさよ 法華《ホッケ》は利益《リヤク》深きゆゑ 魔道《マドオ》に沈む一五群類《グンルイ》を 数拍子 救《スク》はんために来たりたり

地 げにありがたき誓《チカ》ひかな 一六妙《ミョオ》の一字はさていかに

シテ それは褒美《ホオヒ》の言葉にて 舞台を大きく回り 妙《タエ》なる法《ノリ》と説かれたり

地 一七経《キョオ》とはなどや名づくらん 大小前で小回りして

シテ それ聖教《ショオギョオ》の都名《トメイ》にて 正面を向き数拍子

地 一八二つもなく 足拍子を踏み返し

シテ 三《ミ》つもなく

地 ただ一九一乗《イチジョオ》の徳によりて 正面先へ出て 奈落《ナラク》に沈み果てて どっかと安座し 浮かみがたき悪人《アクニン》の 仏果《ブッカ》を得んことは 扇で床を打ち この経《キョオ》の力《チカラ》ならずや 袖を返しワキを見こむ

〔キリ〕 地 二〇これを見かれを聞くときは 正面を向き腰を上げて これを見かれを聞くときは 扇をはね掲げて たとひ悪人なりとても 立ち上って舞台を回り 慈悲《ジヒ》の心《ココロ》を先《サキ》として 二一僧会《ソオエ》を供養《クヨオ》するならば 二二その結縁《ケチエン》に引かれつつ 真中でワキへ扇で指し 仏果《ブッカ》菩提《ボダイ》に到《イタ》るべし げに二三往来《オオライ》の

利益《リヤク》こそ　他《タ》を助くべき力なれ　他を助くべき力なれ

舞台を回って常座で正面へ向き　脇正面を向いて袖を返し留拍子

浮舟
うきふね

登場人物

前シテ	里の女	若女（増女）・絓水衣・縫箔無紅腰巻
後ジテ	浮舟の霊	十寸髪（増女）・長鬘（翼元結）・唐織
ワキ	旅僧	角帽子・絓水衣・無地熨斗目
アイ	所の男	長上下

備考

＊四番目物、略三番目物。太鼓なし。
＊観世・金春・金剛の三流にある。喜多流は参考曲。
＊底本役指定は、シテ・後シテ、ワキ、同、地。

構成と梗概

1 ワキの登場　諸国一見の僧（ワキ）が初瀬より宇治に到る。
2 シテの登場　小舟に棹《さお》さして里の女（前シテ）が現われ、定めなき世の憂き身を嘆き、愚かしい昔の心を悔い、末長い命を祈念する。
3 ワキ・シテの応対　僧は宇治に住んだ古人の物語を所望し、女はためらいつつも語りはじめる。
4 シテの物語り　二人の男に愛されて悩みの果てに投身した浮舟の物語。
5 シテの中入り　女は僧に住家を尋ねられ、小野の者で物《もの》の怪《け》に悩む身だと素姓を暗示して行方をくらます。
6 アイの物語り　里の男（アイ）が僧に浮舟の物語をして供養を勧める。
7 ワキの待受け　僧は小野におもむき、読経弔問する。
8 後ジテの登場・立働き　放心状態の浮舟の亡霊（後ジテ）が現われ、成仏を願い、物の怪に憑《つ》かれて投身した状況を再現する。
9 シテの物語り・結末　死後の苦悩、回向《えこう》による成仏の歓喜。

一　大和（奈良県）の長谷寺《はせでら》。観音信仰の霊場で、浮舟（一三〇頁注一参照）ゆかりの観音。下掛り系は、都方《みやこがた》の僧（ワキ）が初瀬の観世音に参詣して都へ上る、とする。

二〈初瀬山を夕方越えて来て、日暮れて泊った宿もはや檜原のかなたに見える三輪山にさしかかり〉。「初瀬山夕越え暮れて宿とへば三輪の檜原に秋風ぞ吹く」（『新古今集』羇旅、禅性法師）をふまえる。「檜原」は三輪山近くの地名。奈良・京へ通ずる道筋。 1

三〈三輪山に立つしるしの杉とも立ち別れ〉。「杉ト アラバ、しるし…三輪の山」（『連珠合璧集』）。

四〈嵐が杉を吹き、楢《なら》の葉がともに葉を鳴らす奈良にしばらく休息する暇もなく〉。「逢坂や木ずゑの花を吹くからに嵐ぞかすむ関の杉むら」（『新古今集』春下、宮内卿）により、「杉」の縁で「嵐」を出す。

五「（山城の）狛の渡り」は催馬楽《さいばら》や『拾遺集』以下に見える歌語。木津《きづ》川の渡りで、宇治へ到る。現京都府相楽郡山城町。「駒」に音通で「足早み」の序。

六　現行観世流は「急ぎ候ふほどにこれははや」。

七〈柴積み舟の寄る辺ない有様よりも、一層よりどころなく浮き漂うようなつらいこの身の上だこと〉。「寄る」「波」「立つ」「浮き」は縁語。解題に引用の『源氏物語』（五）参照。（以下、「源語（五）」参照の形で示す）。 2

【名ノリ笛】でワキが登場　常座に立つ

〔名ノリ〕　正面へ向き　ワキ「これは諸国一見《ショコクイッケン》の僧にて候　われこのほどは初瀬《ハッセ》[一]に候ひしが　これより都に上《ノボ》らばやと思ひ候

〔上ゲ歌〕　正面を向いたまま　ワキ〽[二]初瀬山《ハッセヤマ》　夕越《イウコ》えくれ（来・暮）し宿《ヤド》もはや　夕越え暮れし宿もはや　檜原《ヒバラ》のよそにみわ（見・三輪）の山　[三]しるしの杉もたちわかれ（立・立別）　嵐《アラシ》[四]とともにならの葉の（鳴・奈良・楢）　しばし（柴・暫）休《ヤス》ら《ロ》ふ《オ》ほどもなく　以下歩行の体　[五]こまの渡り（狛・駒）や足早《アシハヤ》み　宇治《ウジ》の里にも着きにけり　宇治の里にも着きにけり

〔着キゼリフ〕　ワキ「[六]あら嬉《ウレ》しや宇治の里に着きて候　しばらく休《ヤス》らひ名所《メイショ》をも眺《ナガ》めばやと思ひ候　脇座に行き着座

【一声】でシテが棹を持ち登場　常座に立つ　小舟に乗る体

〔一セイ〕　正面へ向き　シテ〽[七]柴積《シバツ》み舟《ブネ》の寄るなみ（無・波）も　なほたづき（立・方便）なきうき（浮・憂）身か

な　憂《うー》きは心の咎《とが》ぞとて　誰《た》が世《よ》をかこつ方《かた》もなし　面を伏せる

〔サシ〕 正面へ向き シテへ二住《す》み果《は》てぬ住みかはうぢ(憂・宇治)の橋柱《はしばしら》　たちゐ(立・起居)苦しき思ひ三(思・

草《ぐさ》　葉末《はずえ》の露をうき(受・憂)身にて　老《お》い行《ゆ》く末《すえ》もしらまゆみ(知らず・白真弓)　もと四(本・元)の心を歎《なげ》くなり

〔下ゲ歌〕 正面を向いたまま シテへとにかくに　五定めなき世の影頼《かげたの》む

〔上ゲ歌〕 シテへ六月日《つきひ》も受《う》けよ行く末《すえ》の　月日も受けよ行く末《すえ》の　神に祈りの叶《かな》ひなば　頼みを懸《か》けて御注連縄《みしめなわ》　長くや世をも祈らまし　長くや世をも祈らまし

〔問答〕 脇座に立ってシテへ向き ワキ「いかにこれなる女性《にょしょお》に尋ね申すべきことの候

ワキへ向き シテ「なにごとにて候ふぞ

ワキ「この宇治《うじ》の里において　いにしへいかなる人の住み給ひて候ふぞ　くはしくおん物語り候へ

シテ「所《ところ》には住み候へども　賤《いや》しき身にて候ふほどに　くはしきことをも知らず候《そおろお》さりながら　いにしへこの所には七浮舟《うきふね》とやらんの住み給ひしとなり　へ同じ女《おんな》の身なれども　八数《かず》にもあらぬ憂き身なれば

一 以下、下掛りなし。〈こんなにつらいのもわが身の過ち心からで誰が悪いというわけにもいきません〉。

二〈生き永らえているわが住み家は宇治で、つらい毎日を送り〉。「宇治の橋」を「橋柱」と言いかけ「立」つの序。「橋トアラバ…柱」(『連珠合璧集』)。

三〈はかなくつらい身の上で、老後がどうなるかは分らぬままに〉。「思ひ草葉末に結ぶ白露の…」(『金葉集』恋上、俊頼)。

四〈若い頃の愚かな心を嘆くばかりだ〉。「本」は弓の本弭《もとはず》に言いかけ、上の「末」と対。

五〈はかないこの世で、わが将来の長からんことを願う〉。「影頼む」は、神仏の加護を願う意の常套句。以下「頼むぞよ神も承《う》け引け御注連縄《みしめなわ》長くと祈る君がちとせを」(『玉葉集』賀、公誉)、「大空に契る思ひの年も経ぬ月日もうけよ行く末の空」(『新古今集』雑下、後鳥羽院)を合わせた表現。

3

六〈将来を長くとの〉月日にかけての祈りが叶うなら、それを頼りに長命をお祈りしよう〉。「しめトアラバ…ながき」(『連珠合璧集』)。

七〈浮舟とか言う人が住まわれたということです〉。

八〈とるに足りぬ者でつらい身の上だから〉。

九「候」と同義の女性語。

一〇〈今もなお語り伝えられていて、浮舟のこととともに聞きたいから、残さずみんな話して下さい〉。

一一〈里の名を聞くまいと言った人もあるというのに〉。浮舟を失った薫大将が「今はまた心憂くて、こ

いかでかさまでは知りさむらふべき九　ワキ「げにげに光源氏《ヒカルゲンジ》の物語　一〇なほ世に絶《タ》えぬ言の葉の　それさへ添へて聞かまほしきに
〽心に残し給ふなよ　シテ「むつかしのことを問ひ給ふや　里《サト》一一の名《ナ》を聞かじと言ひし人もこそあれ　〽さのみはなにと問ひ給ふぞ

シテは正面を向き
〔上ゲ歌〕地〽さなきだにいにしへの　一二ワキは脇座に着座　さなきだにいにしへの　恋しかるべき橘《タチバナ》の　小島《コジマ》が崎《サキ》を見渡せば　右の方を見やり　一三川より遠《オチ》の夕煙《イウケムリ》　一四立つ川風《カワカゼ》に行く雲の　正面先の空を見上げ　後《アト》より雪の色添へて　幕の方を遠く見　山は鏡《カガミ》をかけまくも（懸・）　一五畏《カシコ》き世《ヨ》にありながら　景色を見渡しながら　一六なほ身をうぢと思はめや（憂・宇治）　ワキへ向く　なほ身を宇治と思はめや

着座のまま
〔(問答)〕ワキ「なほなほ浮舟《ウキフネ》のおん事くはしくおん物語り候へ

シテは棹を捨て真中へ出て坐り
〔クリ〕地〽そもそもこの物語と申すに　その品々《シナジナ》一七も妙《タエ》にして　事の心広ければ　一八拾《ヒロ》ひて言はん言《コト》の葉《ハ》の

着座のまま
〔サシ〕シテ〽玉《タマ》一九の数《カズ》にもあらぬ身の　背《ソム》きし世をや現はすべき
地〽まづこの里にいにしへは　人びとあまた二〇住み給ひける類《タグ》ひなが

の里の名（宇治）をだに聞くまじき心地し給ふ」（『源語』蜻蛉）と言うのをふまえる。

一二〈それでなくてさえ昔が恋しく思われるはずの橘という名をもつ橘の小島が崎を見わたすと〉。「さつき待つ花橘の香をかげば昔の人の袖の香ぞする」（『古今集』夏、貫之）をふまえる。「源語（七）」参照。「橘の小島が崎」は宇治橋の下流にあった小島。

一三 川のむこう。「源語（六）」参照。

一四〈川風とともに流れ行く雲のあとには、雪の積った山が鏡をかけたように夕日に輝いており〉。「源語（八）」参照。

一五〈畏れ多くもありがたい世々にありながら〉。「かけまくも畏き御代」は歌語。「御代」を「世々」とするのは、シテが生を変えて現われていることを暗示。

一六〈なおもこの身は宇治に住んで、どうして憂しなどと思ってよいものか〉。「源語（一一）」参照。

一七〈その人々はみんな立派で、話の内容も広汎にわたるので〉。「品々」は貴賤の女性達。

4
一八〈そのうちから拾い上げてお話ししようと思いますが〉。「拾ふ」は「葉」「玉」と縁語。

一九〈そんな立派な物語とは比べものにならぬ者の、一度捨てた世のことなどを申してよいものかどうか〉。「世の中を返す返すも背《そむ》きぬるかな」（『源語』手習）。

二〇〈たくさん住んでいらっしゃったその中の一人ですが〉。宇治の八宮方に大君や浮舟のいたことを言う。「よき女のあまた住み給ひし所に」（『源語』手習）。

ら　とりわきこの浮舟《ウキフネ》は　[一]薫中将《カオルチウジヨオ》の[二]かりそめに　据《ス》ゑ給ひし名《ナ》なり

〔クセ〕　着座のまま 地へ 人がらも[三]懐《ナツ》かしく　心ざまよしありて　[四]おほとかに過ごし給ひしを　[五]物言《モノイ》ひ　さがなき世の人の　ほのめかし聞こえしを　色深《イロフカ》き心にて　[六]兵部卿《ヒヨオブキヨオ》の宮《ミヤ》なん　忍びて尋ねおはせしに　[七]織《オ》り縫《ヌ》ふ業《ワザ》の（糸・暇）いとまなき　宵《ヨイ》の人目《ヒトメ》も悲しくて　[八]垣間見《カイマミ》しつつおはせしも　いと不便《フビン》なりし業《ワザ》なれや　[九]その夜《ヨ》にさても山住《ヤマズ》みの　珍《メズ》らかなりしありさまの　心に沁《シ》みてありあけの（有・有明）　ワキへ向き 月澄み昇《ノボ》る程《ホド》なるに　正面へ向き シテへ [一〇]水の面《オモテ》も曇りなく　地へ 舟さし留《ト》めし行方《ユクエ》とて　汀《ミギワ》の氷踏《フ》み分《ワ》けて　道は迷はずとありしも　浅からぬおん契《チギ》りなり　[一一]一人《ヒト》方《カタ》は長閑《ノドカ》にて　訪《ト》はぬ程《ホド》（経・降）ふる思ひさへ　[一二]晴れぬながめ（長雨・眺）とありしにも　[一三]涙の雨や増《マ》さりけん　[一四]とにかくに思ひ侘《ワ》び　この世になくもならばやと　歎《ナゲ》きし末《スエ》ははかなくて　[一五]つひに跡《アト》なくなりにけり　ワキへ向く つひに跡なくなりにけり

〔問答〕　着座のまま ワキ「浮舟《ウキフネ》のおん事はくはしく承りぬ　さておん身《ミ》はいづく

一　光源氏の子。宇治十帖の主人公。
二　〈しばらくの間住まわせられた時の名です〉。「名」は底本のまま。『源語』浮舟の巻での呼称の意。「此の人のことぞかし、東屋とも浮舟とも手習の君とも……」（『光源氏一部連歌寄合之事』）。現行は「ななり」で「なるなり」の約と解する。「源語（三）」参照。
三　「懐かし」（いとしい）、「よしある」（気品のある）、「おほどか」（おっとり）等、『源語』中の浮舟の形容。
四　現行は、金春流以外オオトカと発音する。
五　〈口やかましいのが世の常で、誰かがそれとなく噂《うわさ》したのを〉。「物言ひさがなき」は源氏詞（浮舟）。
六　匂宮《におうみや》。今上の皇子。
七　〈人々の裁縫仕事が忙しそうで、宵の間は人目のひまもない有様であるのを悲しく思い〉。「源語（四）」。
八　〈のぞき見をしつつ機会を待っていらっしゃったのも、まことに気の毒なことでした〉。「源語（四）」。
九　〈その夜にやっと山里住まいの浮舟に逢い、その新鮮な愛らしさに心魅《ひ》かれ、心に沁《し》み入る有明の月の澄み昇る頃、浮舟を誘い出し〉。「源語（七）」参照。
一〇　〈水面の美しさに舟を岸に留め、さてそれからのなりゆきで、汀《みぎわ》の氷を踏み分けて道は迷わずとも「君にぞまどふ」と詠まれたのも、深い契りのゆえであった〉。「源語（七）（九）」参照。
一一　〈一方の薫君《かおるぎみ》はのんびりで、長らく訪問せぬ間の思いの程を言うのでさえ〉。「源語（一二）」参照。
一二　〈「晴れぬ長雨に物思う頃、あなたはいかがですか」との便りにつけても〉。「源語（一〇）」参照。

一三〈涙の雨が降り増さったのか〉。「涙の雨」は歌語。

一四〈薫と匂宮の両者への思いに悩み、死んでしまいたいと〉。「源語（一二）」参照。

一五 浮舟が宇治川に身を投げたことをぼかして言う。

一六〈ほんのちょっと通って来るのです〉。「ものする」は、…する、の意をおぼろげに言う。源氏詞。

一七 浮舟が助けられて住んだ地。比叡山麓の西坂本。

一八〈つじつまが合わないようだ〉。宇治のことと思えば小野だと言うことについての不審。

一九〈誰でも知っていますよ、あの有名な大比叡のように〉。「大比叡」は比叡山の美称、またはその大岳。

二〇 一二七頁注三の歌をふまえる。また「神垣はしるしの杉もなきものを…」（『源語』賢木）とも見える。

二一〈私の住む所は横川へ通う比叡坂あたりとお尋ね下さい〉。「比叡ニハ…よかは」（『連歌付合の事』）。「都より雲の八重立つ奥山の横川の水はすみよかるらん」（『新古今集』雑下、天暦御歌）。「横川に通ふ道のたよりに寄せて中将ここ（小野）におはしたり」（手習）。

二二 物の怪がまだ憑《つ》いていること。「源語（一三）」。

二三「雲トアラバ…たつ…うきたる」（『連珠合璧集』）。

二四 この小段は下掛りになく、次の〔上ゲ歌〕は「今もその　世をうぢ山の道出でて〈く　移るも迷ふあだ波の　小野の草むら露わけて　あはれをかけて弔らはん〈く」となる。

に住む人ぞ　着座のまま　シテ「これはこのところに[一六]仮《カ》りに通《カヨ》ひものするなり　わらはが住《ス》み家《カ》は[一七]小野《オノ》の者《モノ》　都のつてに訪《ト》ひ給へ　ワキ「あら不思議や　なにとやらん[一八]事違《コトタガ》ひたるやうに候　さて小野《オノ》にては誰《タレ》とか尋ね申すべき　シテ「[一九]隠れはあらじ大比叡《オオビエ》の　[二〇]杉のしるしはなけれども　〽[二一]横川《ヨカワ》の水のすむ（澄・住）方《カタ》を　比叡坂《ヒエザカ》と尋ね給ふべし　ワキへ向く
〔歌〕地〽[二二]なほ物《モノ》の怪《ケ》の身に添ひて　正面へ向き立って　悩《ナヤ》むことなんある身なり　ワキへ向き　法《ホオ》力《リキ》を頼み給ひつつ　あれにて待ち申さんと　[二三]浮き立つ雲の跡もなく　舞台を回り常座で正面を向いて消え失せた体で　行く方知らずなりにけり　行く方《カタ》知らずなりにけり　静かに中入り
6 〔問答・語リ〕　アイが登場してワキを見つけ　ワキの求めで浮舟の物語をし　ワキに浮舟の供養を勧めて退く
7 〔[二四]□〕脇座に着座のまま　ワキ「かくて小野《オノ》には来たれども　いづくを宿《ヤド》と定《サダ》むべき
〔上ゲ歌〕ワキ〽所《トコロ》の名《ナ》さへ小野なれば　所の名さへ小野なれば　草の枕《マクラ》は理《コトワ》りや　今宵《コヨイ》はここに経《キョオ》を読み　かのおん跡《ナト》を弔《ト》ふとかや
かのおん跡《ナト》を弔《ト》ふとかや
8 【一声】で後ジテが登場　常座に立つ　着衣の右袖を脱ぎ　放心の体

一〈この世に亡き身が今もそのまま、昔と同じく涙にくれて〉。「源語（一二）」および「絶えぬともなに思ひけん涙川…」（手習）を綴る。

二〈涙の川に漂い、行き着く先も分らぬ浮き舟のような私は、お僧による成仏を頼りとするのです〉。

三「寄るべ定めぬ」とともに、浮舟が薫と匂宮のどちらにも依ることができずにいる状態を言う。「心の寄る方」は源氏詞（手習）。

四〈いやな評判が洩れ聞えるだろうと憂鬱になり〉。「うき名洩らす」は恋の歌語。「源語（一二）」参照。

五〈もう死んでしまおうと〉。「源語（一二）」参照。

六 浮舟の入水《じゅすい》の時の回想。「皆人の寝たりしに、妻戸を放ちて出でたりしに、風烈しう川波荒う聞えしを…いと清げなる男の寄り来て、いざ給へといひて…心地まどひにけるなめり」（手習）。

七〈わけがわからなくなってしまって〉。「心も空になり給ひて」（浮舟）。

八「合ふさ離るさ」（一方がつくと一方が離れる）が原義。ああも思いこうも思う意。源氏詞（帚木）。

九 茫然自失で正体のない状態。源氏詞（夕顔）。

一〇 浮舟の歌。「源語（一二）」では末句を「行くゑ知られぬ」とするが、『源語』の注釈書『岷江入楚《みんごうにっそ》』や梗概書『源氏小鏡』系などには「寄るべ知られぬ」とあり、「船トアラバ…よるべ」（『連珠合璧集』）など。

9
一一〈観音の大慈悲の道理は広く世に行われている

〔（下ノ詠）〕 正面へ向き シテへ亡《ナ》一き影《カゲ》の　絶《タ》えぬも同じ涙川《ナミダガワ》　二寄るべ定めぬ浮舟《ウキフネ》の　（乗・法）のりの力《チカラ》を頼むなり ワキへ向く
〔（クリ）〕 正面へ向き シテへあさましやもとよりわれは浮舟《ウキフネ》の　三（寄・依）よるかた分《ワ》かで漂《タダヨ》ふ世に　（浮・憂）うき名洩《モ》四れんと思ひ侘《ワ》び　五この世になくもならばやと ワキへ向く
〔（サシ）〕 正面へ向き シテへ明《ア》け暮《ク》れ思ひ煩《ワズラ》ひて　六人みな寝たりしに　妻戸《ツマド》を放 少し前へ出て ち出でたれば　風烈《ハゲ》しう川波荒う聞こえしに 面を上げて風音を聞き 面を伏せて波音を聞く　知らぬ男の寄り来つ　誘《イザナ》ひ行くと思ひしより 正面へ少し出　七心も空《ソラ》になり果てて 右へノリ込み 常座へ退る

【カケリ】 浮舟の正気を失って不安定な心理を表現

〔（一セイ）〕 常座に立ち シテへあ八ふ《オ》さ《オ》きるさのこともなく　地へ九われかの気色《ケシキ》 少し前へ出
シテへあさましやあさましやな橘《タチバナ》一〇の 扇を広げ　地へ小島《コジマ》の 指　色は変はらじを しながら小さく常座へ回り　シテへこの浮舟《ウキフネ》ぞ　寄るべ知られぬ
〔中ノリ地〕 地へ大慈大悲《ダイジダイヒ》一一の理《コトワ》りは　大慈大悲の理りは　世に広げ 以下謡に合せて動く れどことにわが　一二心ひとつに怠《オコタ》らず　一三明けては出づる日の影《カゲ》を 扇を高く掲げ　絶《タ》えぬ光と仰《アオ》ぎつつ　暮れては闇《ヤミ》に迷ふべき 扇で顔を覆い 舞台を回り　一四後《ノチ》の世かけて頼みし

に　真中に立ち シテ〽頼みしままの観音《カンノン》の慈悲《ジヒ》　数拍子を踏む 地〽頼みしままの観音の
慈悲　一五初瀬《ハツセ》のたよりに 正面へ出 横川《ヨカワ》の僧都《ソオズ》に　一六見つけられつつ ワキへ向き 小野《オノ》に伴《トモ》な
ひ　祈《イノ》り加持《カジ》して物《モノ》の怪《ケ》除《ノ》けしも　夢の世になほ　扇で山を指し廻し 苦しみはおほ比《ビ》(多・大)
叡《エ》や　一七横川《ヨカワ》の杉の古きことども ワキを見やって　一八夢に現はれ見え給ひ 常座へ回り　今この聖《ヒジリ》も
一九同じたよりに ワキに向って　弔《トム》らひ受けんと思ひしに 真中へ出て膝まずき合掌　思ひのままに執心《シウシン》晴れ 立ち上って扇をはね掲げ 悟りの心
て　二〇兜率《トソツ》に生まるる嬉しきと 舞台を大きく回って　言ふかと思へば明け立つよかは(夜・横川)　言
ふかと思へば明け立つ横川《ヨカワ》の　杉の嵐や残るらん 常座で正面へ向き　杉の嵐もや残る 脇正面を向いて留拍子
らん

が〉。「大慈大悲」は観世音菩薩の慈悲を言う。浮舟を「初瀬の観音の賜へる人」（手習）と言い、物《もの》の怪《け》退散も初瀬観音の加護による。

一二〈ことに私は一心に信仰を怠らず〉。「心ひとつ」は源氏詞（浮舟）。

一三 次行の「暮れては…」と対。神仏の威光を日影に、迷いを闇に譬える常套表現。中世では、初瀬観音・三輪明神・日吉《ひえ》山王（横川）は日神と一体視する。「日の影」（日神）はそれをふまえた表現か。

一四〈後の世に成仏できるよう祈念したが、その通りに〉。成仏できぬことが、後の世の迷い。

一五〈初瀬観音の縁で〉。横川の僧都の母、大尼の初瀬参詣の縁で浮舟が僧都に助けられ、小野に伴われたことを言う。「源語（一二二）」参照。

一六「見つけ」「祈り加持」（手習）、「夢の世」（浮舟）など源氏詞。

一七「横川」と「杉」、「杉」と「古る」（「ふる川の杉の本立《もとだち》」、手習）など縁語。「大比叡や横川の杉の」（一二二頁注二一参照）は「古きことども」（浮舟についての昔話）の序。

一八〈お僧の夢に現われてご覧いただき〉。

一九〈同じ初瀬観音参詣のご縁で、弔いを受けたいと思ったところ〉。

二〇 兜率天は須弥山《しゅみせん》上の弥勒《みろく》の浄土で菩薩の住所。ここは初瀬観音の縁でいう。「此山者功徳成就之地…是兜率天宮、観世音院也」（『長谷寺縁起』）。

右

近
うこん

登場人物

前シテ　花見車の女　**増女**・唐織

後ジテ　桜葉の神　**増女**・天冠・黒垂・長絹・緋大口

前ツレ　侍女（二～四人）　**小面**・唐織

ワキ　鹿島の神職　大臣烏帽子・袷狩衣・白大口

ワキ連　従者（二人）　大臣烏帽子・袷狩衣・白大口

アイ　末社の神　**登髭**・末社頭巾・縷水衣・括袴（所の男の場合は長上下）

備考

＊初番目物。太鼓あり。

＊観世・宝生・金剛の三流にある。

＊桜立木と花見車の作り物を出す。

＊底本役指定は、シテ・後シテ、二人（シテ、シテ連）、大臣・ワキ、同、地。

＊間狂言は寛永九年本による。

構成と梗概

1　ワキの登場　鹿島の神職何某《なにがし》（ワキ）が従者（ワキ連）とともに都の花見に興じ、右近の馬場へ出かける。

2　シテの登場　車に乗った女（前シテ）が侍女（シテ連）を従えて花見車の連なる花盛りの情景を歌う。

3　ワキ・シテの応対　ワキは女車を見て業平の歌を口ずさみ、女と打ち興ずる。

4　シテの物語り　女は北野社の名所を教える。

5　シテの中入り　女は桜葉の神だと告げ、再現を約して花の蔭に隠れる。

6　アイのシャベリ・舞事　末社の神（アイ）が一行のもてなしのために現われ、桜葉の宮、業平の歌などを告げ、三段の舞を舞う。

7　ワキの待受け　神徳の讃嘆。

8　後ジテの登場・舞事　女体の桜葉の神（後ジテ）が現われ、神威をあらわして優美に舞う。

9　シテの舞事　桜花の下の遊舞。

10　結末　女神は桜の梢《こずえ》を舞い伝って、雲の彼方に消える。

一「四方の山風…」は「四海波静か」などに同趣の穏やかな治世への祝言。「風」と「雲」が縁語。諸流「のどか」とするが、「静か」とする古写本もある。「四方の山風静かにて〳〵梢の秋ぞ久しき」《松尾》に同趣。和歌や謡曲中に「風静か」の表現は多いが、「春の心…風のどかなり」(『連珠合璧集』)の類型もある。

二 常陸(茨城県)の鹿島神宮。「何某」(四七頁注二参照)は宝生流に「筑波の何某」とする。《放生川》の転用か。

三「洛陽」は都の異称。「洛陽の名所旧跡」という類型表現を花に言いかけた。

四 北野神社南の馬場。応永初年経王堂が建てられ、北野社の中心として貴賤群集の場であった。

五〈桜が雲のように見えるから、雲の流れて行く方向は、花見のための道しるべということでもあろうか〉。桜を雲とみることは和歌の常套表現。「桜トアラバ…雲」(『連珠合璧集』)。

六〈雨が降って来た、どうせ雨宿りするなら濡れても桜の木蔭にというが、花の木蔭が濡れるなら、いっそ北野の松の木蔭にと思う、その松(北野社)を目指す方に梢が見えてきて〉。「桜狩り雨は降り来ぬ同じくは濡るとも花の蔭に隠れん」(『拾遺集』春)。「松」は右近の馬場の影向《ようごう》の松を暗示するか。「花」の縁語。「行方《ユクエ》」と「梢《コズエ》」は重韻。

1

後見が桜の立木の作り物を正面先に置く
【次第】でワキとワキ連が登場 真中に立つ

〔次第〕　向き合って
ワキ《ワ》ワキ連《キ》〽四方の山風《ヤマカゼ》静かなる　一四方《ヨモ》の山風《ヤマカゼ》静かなる　雲居《クモイ》の春ぞ久《ヒサ》しき

〔名ノリ〕　正面を向き
ワキ「そもそもこれは二鹿島《カシマ》の神職何某《シンショクナニガシ》とはわが事なり　われこのたび都に上《ノボ》り　三洛陽《ラクヨオ》の名花《メイカ》残りなく一見《イッケン》仕りて候　また北野《キタノ》四右近《ウコン》の馬場《ババ》の花盛りなるよし承り候ふ間《アイダ》　今日《コンニッタ》は右近の馬場の花を眺《ナガ》めばやと存じ候

〔上ゲ歌〕　向き合って
ワキ《ワ》ワキ連《キ》〽五雲の行く　そなたやしるべ桜狩《サクラガ》り　そなたやしるべ桜狩り　六雨は降り来《キ》ぬ同じくは　濡《ヌ》るとも花の蔭《カゲ》ならば　いざや宿《ヤド》らんまつかげの(松蔭・松影)　行方《ユクエ》も見ゆる梢《コズエ》より　以下歩行の体　北野《キタノ》の森も近づくや　右近《ウコン》の馬場《ババ》に着きにけり　右近の馬場に着きにけり

〔着キゼリフ〕 正面を向き ワキ「急ぎ候ふほどに　これははや右近《ウコン》の馬場《ババ》に着きて候　あれを見れば花見《ハナミ》の人びとと見えて　車を並《ナラ》べ輿《コシ》を続け　まことに面白《オモシロオ》う候　暫《シバラ》くこの所《トコロ》に休らひ花を眺めばやと存じ候 脇座に行き着座

後見が車の作り物を常座に置く
【一声】でツレ・シテ・ツレの順に登場　シテは車の中　ツレは車の左右に立つ

〔サシ〕 正面へ向き シテへ[一]春風桃李花《シュンプウトオリハナ》の開くる時　人の心も花《ハナ》やかに　あくがれ[二]出づる都の空　げにのどかなる時とかや

〔一セイ〕 正面を向いたまま シテ・ツレへ見渡せば[三]　柳桜《ヤナギサクラ》をこきまぜて　錦《ニシキ》を飾《カザ》る花車《ハナグルマ》[四]
シテへ（繰・来）くる春ごとに誘《サソ》はるる
シテ・ツレへ[五]心も長き気色《ケシキ》かな

〔下ゲ歌〕 シテ・ツレへ[六]花見車《ハナミグルマ》の八重《ヤエ》一重《ヒトエ》　（三重・見）みえて桜の色々《イロイロ》に

〔上ゲ歌〕 シテ・ツレへ[七]ひをりせし　右近《ウコン》の馬場《ババ》の木《コ》の間《マ》より　右近の馬場の木《コ》の間《マ》より　[八]（蔭・影）かげも匂《ニオオ》ふや朝日寺《アサヒデラ》の　春の光も天満《アマミ》[九]てる　神《カミ》[一〇]の御幸《ミユキ》の跡古《アトフ》りて　松も木高《コダカ》き梅《ンメ》[一一]が枝《エ》の　立《タ》ち枝《エ》も見えて紅《クレナイ》の　初花車《ハッハナグルマ》[一二]廻《メグ》る日の　（長・轅）ながえや北に続くらん　轅《ナガエ》[一三]や北に続くらん

〔掛ケ合〕 立って正面へ向き ワキへのどかなる頃は弥生《ヤヨイ》の花見とて　右近の馬場の並《ナミ》

一「春風桃李花開《ノクル》日、秋雨梧桐葉落《ノツル》時」（白楽天『長恨歌《ちょうごんか》』の一節）。

二 ふらふらとさまよい出ること。宝生流に「誘はれ出づる」とするのも同じ意。「さそふトアラバ…花」（『連珠合璧集』）。

三「見渡せば柳桜をこきまぜて都ぞ春の錦なりける」（『古今集』春上、素性法師）。

四 花見車。また美しく飾った車。両方の意。

2
五「誘はるる心」を「心も長き」（のどか）に続ける。

六 車の八重（数多くひしめいていること）に桜の八重一重を言いかけた数韻。本曲の原型は、この前に〔サシ〕があるが（解題参照）、その中で「こや九重の花見月」とあるのに対応する。なお底本は〔下ゲ歌〕〔上ゲ歌〕を同音（地）とする。現行観世等に従う。

七「右近の馬場のひをりの日」（『伊勢物語』九九段）に基づく。一四二頁注四参照。

八〈日の光が美しく照りはえる朝日寺の〉。「朝日影にほへる山の桜花…」（『新古今集』春）などをふまえ、「木」の縁語の「蔭」に「影」を掛けた。朝日寺は、北野の地に天神鎮座以前からある寺で、社地内に建てられている。

九 春の光が空に満ちていることを、「天満てる神」（天満《てんま》天神）に言いかけた。

一〇〈朝日寺に天満天神が遷《うつ》り給うてより、神跡は年久しくて、松の木も高く聳《そび》え〉。「神の御幸《せんぎ》」とは、神託により、天暦元年九月北野に遷座した
3

木《キ》の桜の　[一四]かげ（蔭・影）踏む道にやすらへば　シテ〽（正面を向いたまま）げにや[一五]遥《ハル》かに人家《ジンカ》を見て　花あれば便《スナワ》ち入《イ》るなれば　木蔭《コカゲ》に車を立て寄せけり
ワキ「[一六]向かひを見れば女車《オンナグルマ》の　所からなる昔語《ムカシガタ》り　思ひぞ出《イ》づる右近の馬場の　ひをりの日にはあらねども　〽[一七]見ずもあらず　見もせぬ人の恋しくは「あやなく今日《キョオ》や眺め暮らさん　これ業平《ナリヒラ》のこの所にて　女車《オンナグルマ》を詠《ヨ》みし歌　今さら思ひ出でられたり
シテ〽（ワキへ向き）あら面白《オモシロ》の口《クチ》ずさみや　右近の馬場のひをりの日「向かひに立てる女《オンナ》車《グルマ》の　所からなる[一八]昔語《ムカシガタ》り　恥づかしながら今はまた　わが身の上になりひら（成・業平）の　なにかあやなく別《ワ》きて言はん　〽思ひのみこそしるべなりしを
シテ〽（ワキへ向き）さやう《ヨオ》に詠《ナガ》めし言《コト》の葉《ハ》の　その旧跡《キウセキ》もここなれば　[一九]今またかやう《ヨオ》に言問《コトト》ふ《オ》人も　いつ馴《ナ》れもせぬ人なれども
シテ〽ただ花ゆゑにきたの（来・北野）の森にて　ワキ〽言葉を交《カ》はせば
シテ〽[二〇]見ずもあらず
〔上ゲ歌〕地〽（正面へ向き）見もせぬ人や花の友《トモ》　見もせぬ人や花の友　知るも

こと（『北野天神縁起』など）を言う。「木高き」は、「松」と、下の「梅」の両方にかかる。

一一 梅も松とともに北野の神木。「わが宿の梅の立ち枝や見えつらん思ひのほかに君が来ませる」（『拾遺集』春、平兼盛）。

一二「初花」「花車」「車廻る」「廻る日」「日長」と続く。

一三〈牛車（花車）が北へと続いているのは、北野をさして行くのだろう〉。「轅」は牛車の長い柄。

一四「うちなびき春は来にけり青柳の影ふむ道に人の休らふ」（『新古今集』春上、大弐高遠）をふまえ、「青柳」を「桜」におきかえた。

一五「遥《ニ》見《テ》二人家《ヲ》一花《アレバ》　便《チ》入《ル》、不レ論《ゼ》三貴賤《ト》與二親疎《トヲ》一」（『和漢朗詠集』花、白楽天）。

一六〈向かいを見ると女車があり、所もちょうどこの所の昔語りが思い出される右近の馬場で、今日はそのひおりの日ではないけれども〉。以下『伊勢物語』の文による。解題参照。「昔語り」は『伊勢』の業平の話。

一七『伊勢』九九段の業平の歌。一四二頁注四参照。

一八〈その昔語りが今は自分の身の上のことになったかどうかははっきり言えないが、業平の物語に「何かあやなく…」と詠んだ歌の旧跡もここだから〉。前の歌の返歌（一四二頁注四参照）をふまえる。

一九〈今また昔と同様、このように物を言いかける人も、いつ馴染みになったというわけでもない人だが〉。

二〇 注一七の歌の表現を借りて、見たことも逢ったこともない人でも花見の友だ、の意。

知らぬも花の蔭《カゲ》に　相宿《アイヤド》りして諸人《モロビト》の　一いつしか馴《ナ》れて二花車《ハナグルマ》の
榻《シジ》立てて三木《コ》のもとに（車を降り　真中へ行く）　下《オ》り居ていざや眺めん（ツレは地謡前に立つ）　げにや四花の下《モト》に
帰らんことを忘るるは　美景《ビケイ》に因《ヨ》りて花心《ハナゴコロ》　馴《ナ》れ馴《ナ》れ初《ソ》めて眺め
ん（ワキへ向き）　いざいざ馴れて眺めん（ツレとワキは着座　シテが車を下りると　後見は車を舞台から引く）
〔歌〕地へ五百千鳥《モモチドリ》　花に馴れ行くあだし身は　はかなきほどに羨《ウラヤ》ま
れて　上《ウワ》の空《ソラ》の心なれや　上《ウワ》の空の心かな
〔ロンギ〕（シテは常座に立ち）地へ六（以下謡に合せて動く）げに名にし負ふ神垣《カミガキ》の　北野《キタノ》の春の七時めける　神の
名所《ナドコロ》数《カズ》かずに　シテへ眺《ナガ》むれば　都の空のはるばると　霞《カス》みわた
るやきた（北・北野）の宮居《ミヤイ》（ワキへ向き）　ご覧ぜよ時を得て　八花さくらば（咲・桜葉）の宮所《ミヤドコロ》　地へ花
の九濃染《コゾメ》の色わけて　一〇紅梅殿《コオバイドノ》や老松《オイマツ》の（脇正面へ向き）　シテへ一一緑《ミドリ》より明《ア》け初《ソ》めて
一二一夜松《ヒトヨマツ》も見えたり（梅松を見上げ）　地へ一三日影《ヒカゲ》の空も一四茜《アカネ》さす（舞台を大きく回り）　シテへ紫野《ムラサキノ》行き標《シメ》
野《ノ》行き　地へ野守《ノモリ》は見ずや君が袖《ソデ》　ふるき（振・古）一五御幸《ミユキ》の一六物見《モノミ》とて　車
も立つや御輿岡《ミコシオカ》（正面先へ出て）　これぞこの神のおん一七旅居《タビイ》の（桜の立木の前で膝まずき）　右近の馬場わたり（一八合掌）
神幸《シンコオ》ぞ尊《タット》かりける（立ち上って真中へ行き　正面を向いて着座）

一「いつ馴れもせぬ人」が「いつしか馴れて」。いつのまにか馴染《なじ》んで、の意。

二「花車」「車の榻」（轅《ながえ》をもたせかけ、また乗降に用いる台）と続ける。

三「木のかげに下り居て」（『伊勢』九段）によるか。

四〈花の下に遊んで家に帰ることを忘れるのは、美しい景色のための風流心からで、お互いに心うちとけて花を眺めよう〉。「花下《ノ ニ》忘《ルルハ》レ帰《ランコトヲ》　因《リテナリ》ニ　美景《ニ》ニ」（『和漢朗詠集』春興、白楽天）。

五「百千鳥」は鶯のこと（『八雲御抄』等）。〈鶯が花に馴れて飛び廻るその浮気な身は、はかない間ではあっても羨ましく、花に奪われた心はぼうっとなっているよ〉。「鳥ヲウラヤミト云フニ…鶯ノ花ニ馴ルルヲウラヤミテ読ミタル歌ノ事ヲ思ヒテ書ケル也。其ノ歌、六帖云ク、百千鳥花ニ馴レタルアダシメハハカナキ程モウラヤマレケリ」（『三流抄』）。

六北野社が有名である意。「神垣の」は現行「…や」。

七時が春であることと、「時めける神」（人々の信仰厚い神）であることを言う。以下、北野社の名所教え。

八「北野にては桜の宮を桜葉の宮と申す也。是れは天神と成り給ふも伊勢の御恩也。其の恩に北野に伊勢をいはひ給へり…ただ桜葉共すべし」（『謡道之大事本歌次第』）。

九〈濃く染めた色を桜と梅とに分けて〉。「紅の梅トアラバ…色こき花」（『連珠合璧集』）。

一〇「紅梅殿」「老松」は北野小神の一。《老松》参照。

4

一一「春の心…松の緑」（『連珠合璧集』）。

一二 北野小神の一。託宣により一夜のうちに数十本の松が生い出たこと（『北野天神縁起』等）をふまえて言う。「北野ニハ、梅、一夜松、老松…神がき」（『連歌付合の事』）。 5
一三「日トアラバ…影…あかねさす…天照す神」（『連珠合璧集』）。

一四『萬葉集』一、額田王《ぬかたのおおきみ》の歌。中世では「紫野」は京都の地名と混同し、山城の歌枕と考えられている。

一五「同じ（延喜）御時北野の行幸に御輿岡にて　御輿岡いくその世々に年を経て今日の御幸を待ちて見つらん」（『後撰集』雑、枇杷左大臣）をふまえる。

一六 見物の意を「物見車」に言いかける。

一七 神輿巡行の御旅所。

一八「右近の馬場」が「馬場渡り」の意で「わたり」の序となり、神輿神幸（「渡り」）に言いかけた。

一九 北野社に祭祀する小神末社の本地仏《ほんじぶつ》。中世では北野を十一面観音とするなど、諸神に本地仏をあてる。

二〇〈はっきりとは何とも申しかねますが〉。「岩代の松」は「磐代《いわしろ》の浜松が枝を引き結び」（『萬葉集』二、有間皇子《ありまのみこ》）に基づく歌枕。 6
二一〈しばらくお待ちなさい、そうすれば天照大神がここ北野の桜の宮に桜葉明神と現れるでしょう。夕方の空が晴れ、月夜となる折の夜神楽をお待ちなさい〉。

二二「桜宮、是は伊勢の内宮の御事也」（『梵灯庵袖下集』）。注八参照。なお、以下の間狂言は解題参照。

〔問答〕 着座のままシテへ向き ワキ「あらありがたのおん事や　かくしもくはしく語り給ふ　一九 社々《ヤシロヤシロ》のご本地《ホンジ》を　なほなほ教へおはしませ

着座のままワキへ向き シテ「まことはわれはこの神《カミ》の　末社《マッシャ》と現はれ君が代を　守《マモ》りの神《カミ》と思ふべし

ワキ〽よくよく聞けばありがたや　守《マモ》りの神《カミ》とはさてさていづれの霊神《レイシン》にて　かやう《ヨオ》に現はれ給ふらん

面を伏せながらワキへ向き シテ「あら恥づかしや神《カミ》ぞとは　二〇 腰を上げて 〽あさまには何といはしろの（言はじ・岩代）

〔上ゲ歌〕 地〽二一（松・待）まつことありや有明《アリアケ》の　立ち上って常座の先へ行き 待つことありや有明の　月も曇らぬ久方《ヒサカタ》の　天照《アマテ》る神《カミ》にては　二二 桜《サクラ》の宮《ミヤ》と現はれ　ワキの方へ少し進んで ここにきたの（来・北野）の桜葉《サクラバ》の　神《カミ》といふべ（言・ウ・夕）の空《ソラ》晴れて　月の夜神楽《ヨカグラ》を待ち給へと　常座へ回り 正面へ向いて消え失せた体で中入り 花に隠れ失せにけりや　花に隠《カク》れ失《ウ》せにけり　ツレも続いて退場

〔名ノリ〕 アイ登場 常座に立ち アイ「これは当社明神《トオシャミョオジン》に仕《ツカ》へ申す末社《マッシャ》の神《シン》にて候　さるほどに常陸《ヒタチ》の国鹿島《クニカシマ》の明神に仕へおん申しある神職《シンショク》　初めて御参詣《ゴサンケイ》にてござ候　然《シカ》れば当社《トオシャ》のおん神嬉《カミウレ》しく思《オボ》し召され　めでたき子細《シサイ》を末社の神《シン》にも罷《マカ》り出《イ》でおん物語り申せとのおん事にて候ふ間《アイダ》　よそながら申し上げう《ギョオ》ずるに

て候

〔シャベリ〕　アイ「さるほどに当社《トオシャ》のおん神《カミ》と申すは　筑紫《ツクシ》日向《ヒウガ》の国《クニ》にては桜木《サクラギ》のおん神と申し候　伊勢《イセ》の国にては桜の宮と現はれ給ひ候　当社にては桜葉《サクラバ》の神と現《ゲン》じ給ひ候　一ひをりの神《シン》と申すは　随身《ズイジン》二騎《キ》造《ツク》り花《バナ》を腰にさし　かなたこなた駆《カ》け違《チガ》へ　上《ウエ》にて造り花を三ひをつて取り申され候ふによりひをりの神《シン》と申すげに候　いつも花の時分は当社の花を見物申され候　なかなか車を並べ牛を続けてござ候　四業平《ナリヒラ》よりも女車《オンナグルマ》へおん歌を遊ばされ参らせられ候　五見ずもあらず見もせぬ人の恋しきはあやなく今日や眺《ナガ》め暮らさんと　かやうに遊ばされて候　やがて女車より御《ゴ》返歌に　六知る知らぬなにかあやなく別《ワ》きて言はん思ひのみこそ知るべなりけれと　かやうの御《ゴ》返歌をなされ候　やれやれよしなき事を申して候　や　まづ神職を夜《ヨ》もすがら慰《ナグサ》め申せとのおん事にて候ふ間《アイダ》　われらも一奏《ヒトカナ》で仕つて罷《マカ》り帰らう

【三段の舞】

〔上ゲ歌〕　ワキ《ワキ》連《ワキ》着座のまま　〽げに今とても神《カミ》の代《ヨ》の　七げに今《イマ》とても神の代の

一　未詳。
二「右近の馬場にて五月五日競馬あり。随身の褐《かち》の尻をひをりてとはいふなり」（彰考館本『伊勢物語抄』）という解釈もある。「駆け」は底本「懸け」。
三　引き折って、の意に理解しているらしい。
四「昔、右近の馬場のひをり（近衛府の舎人の騎射という）の日、向かひに立てたりける車に、女の顔の、下簾《したすだれ》よりほのかに見えければ、中将なりける男（業平）の詠みてやる、『見ずもあらず見もせぬ人の恋しくはあやなく今日やながめ暮らさん』。返し、『知る知らぬなにかあやなくわきて言はんおもひのみこそしるべなりけれ』。のちは、たれと知りにけり（後に逢って女が誰かがわかった）」（『伊勢物語』九九段）。

五〈見ぬというわけでもなく、見るというわけでもなかった人が恋しくて、わけもなく今日一日をぼんやり物思いに暮らすことだ〉。

六〈知るとか知らぬとか、どうしてわけもなく決めることができましょうか。「思ひ」という燈火だけが恋の道の道しるべなのです〉。

七〈まことに今の世にあっても、神代と同様、衆生の塵《ちり》に交わる神の御誓願に変りのない霊験《しるし》を得て、それというのもまさしく神と君との御恵みによることで、本当にありがたいことだ〉。

八「皇の…守るなる」は、次行の「神慮」にかかる。

九〈右近の馬場は折しも春で、都大路を花見に集る人々に交わるありがたい神慮〉。「花明《カナリ》ニ

7

誓《チカ》ひは尽《ツ》きぬしるしとて　神《カミ》と君《キミ》とのおん恵《メグ》み　まことなりけりありがたや　まことなりけりありがたや

【出端】で後ジテが登場　一ノ松に立つ

〔サシ〕 正面へ向き シテ 八皇《スメラギ》の畏《カシコ》き御代《ミヨ》を守るなる　九右近《ウコン》の馬場《ババ》の春《ハル》を得て　花上苑《ハナショオエン》に明《アキ》らかにして　軽軒九陌《ケイケンキウハク》の一〇塵《チリ》に交《マジ》はる神慮《カミゴコロ》　和光《ワコオ》の影《カゲ》も曇りなき　君の威光《イコオ》も影《カゲ》高く　一一花も揺《ユ》るがず治まる風も 桜の立木を見やり　のどかなる代《ヨ》のめでたさよ

〔一セイ〕 地 一二曇りなき　天照《アマテ》る神《カミ》の恵みを受けては　桜の宮居《ミヤイ》と　シテ ここにきたのの（来・北野）現はれ給ひ

〔ノリ地〕 シテ 神《カミ》の宮居《ミヤイ》に 両袖の露をとって　地 花さくらばの（咲・桜葉）　神《カミ》と現はれ 舞台に進み　一三曇らぬ威光《イコオ》を　あらはし衣《ギヌ》の 常座で正面を向いて達拝　袖もかざしの　花ざかり

【中ノ舞】 女神の神舞

〔ノリ地〕 地 以下謡に合せて舞う 月も照り添ふ　花の袖《ソデ》　一四月も照《テ》り添《ソ》ふ　花の袖　雪を廻《メグ》らす　一五神神楽《カミカグラ》の 左袖を　手の舞ひ 一六被き上げ 足踏《ブ》み 足拍子　一七拍子《ヒョオシ》を揃《ソロ》へ　声澄みわた

上苑ニ一軽軒馳セ二九陌之塵ニ一」（『和漢朗詠集』花。花は長安の上林苑に美しく咲き、軽やかに走る車に乗って、東西に通じた都の街路を塵をたてて花見に馳せ行く）。

一〇〈和光同塵の神の誓願は明らかに、大君の威光はいや高くして〉。「塵に交はる」「和光の影」は、「和光同塵」（二二一頁注一九参照）と同義。

8

一一 太平の世を寿《ことほ》ぐ慣用句。「雨不レ破レ塊、風不レ鳴レ条」（『塩鉄論』、『明文抄』所引）等に基づき、「風も静かに楢《なら》の葉の　鳴らさぬ枝ぞのどけき」《金札》などと類型化している。その「枝」を「花」に換えた形。

一二 以下の四行は一四一頁〔上ゲ歌〕の詞章を変型。

一三〈曇りなき神の威光を顕わして、花を插頭《かざし》に插し、袖をかざして舞うのである〉。「あらはし衣」は、喪服が原義。謡曲中では、顕わす意で、「衣」「袖」などの縁語としての文飾に用いる。「袖をかざし裳裾をひるがえす」のは舞の形容。「かざし」は舞の袖を高く掲げる意と、插頭（かんざし）の意を掛ける。

一四 以下、月・花・雪の景物で綴る。衣の形容「花の袖」を、舞の形容「回雪の袖」に言いかけた。

一五 神自身による神楽の舞。《老松》《高砂》等の用例も同様。二一二頁注五参照。

一六「不レ知ニ手之舞レ之、足之踏一レ之也」（『毛詩大序』）に基づく慣用表現。

9

一七 底本「拍白」。上製本で訂正。器楽の拍子を揃え、神楽歌の声が澄みわたること。「夜の鼓の拍子を揃へて」（《高砂》）など。

る　雲の梯《カケハシ》[一]　花に戯《タワム》れ　枝《エダ》に結《ムス》ぼほ《オ》れ[二]　插頭《カザシ》も花の　〽糸桜《イトザクラ》[三]

【破ノ舞】

〔ノリ地〕シテ〽治《オサ》まる都の　花盛《ハナザカ》り　地〽治まる都の　花盛《ハナザカ》り　（以下謡に合せて舞う）

[四]東南西北《トオナンセイホク》も　音せぬ波の　（袖を返し　さし分けて）[五]花も色添ふ　（大きく見渡し）北野の春の　[六]御池《ミイケ》の水に　（水面を見）

御影《ミカゲ》を映《ウツ》し　映しうつろふ[七]　（舞台を　大きく回り）桜衣《サクラゴロモ》の　裏《ウラ》吹き返す　梢《コズエ》に上《ノボ》り[八]　（ノリ込拍子）枝に

[九]木伝《コズトオ》ふ　[一〇]花鳥《ハナトリ》の　とぶさに（飛・鳥総）翔《カケ》り　雲に伝ひ　（空の彼方を指しつつ）はるかに上《ア》がるや　（常座へ進み）

[一一]雲の羽風《ハカゼ》　（扇をかざして舞台を回り）はるかに上がるや　雲の羽風に　（常座で正面へ向き）〽神は上がらせ　（脇正面を向いて）給ひ

けり　（袖を返して留拍子）

一　以下、「雲」「花」「枝」の縁語。「梯《かけはし》トアラバ…雲」、「橋トアラバ…わたる」（『連珠合璧集』）。

二　「花に戯れ」と同義。「糸」の縁で「結ぼほれ」。

三　冠の「ひかげの糸」をふまえて插頭《かざし》の花を糸桜と見立てた。

四　「西北雲膚起、東南雨足来」（李嶠『百詠』雨）に基づき、「東南雲をさまりて西北に風静かなり」（《呉服》）など、天下泰平の意を表わす。ここは「四海波静か」の類型表現を合せた。「東南—雲、西北—風」は『百詠』とは異なるが、「東南—雲、西北—雨」（東大本『和漢朗詠集見聞』）などの変型もある。

五　歌語「花の波」をふまえる。

六　〈御池の面に神の舞姿を映し〉。「御池」は北野社の名所。

七　「うつろふ」は上の「映し」と重韻で、花色が水に映り、衣に映る意の文飾。

八　古写本等もノボリ。現行諸流はアガリ。

九　上の「梢」と重韻。以下「木伝ふ鶯」「鶯の羽風」などの歌語を応用した表現。

一〇　「花鳥」（花と鳥、転じて、花に戯れる鳥）は神の舞姿の形容で、花鳥が飛ぶことを「鳥総《とぶさ》」（梢）に言いかけた。梢に上り、枝に木伝い、梢に翔り、雲に伝い、雲の彼方にと、舞いながら昇天。

一一　「雲の衣」「雲の袖」など、雲を衣に見立てる和歌表現をふまえ、「鳥」の縁語としての「羽風」（舞人のひるがえす袖のあおりの風）と合わせる。

善知鳥《うとう》

登場人物

前シテ　老　人　**笑尉**（**朝倉尉**）・絓水衣・無地熨斗目
後ジテ　猟師の霊　**痩男**（**河津**）・黒頭・縷水衣・無地熨斗目・羽蓑
子　方　千代童　縫箔・稚児袴
ツ　レ　猟師の妻　**深井**・無紅唐織
ワ　キ　旅　僧　角帽子・絓水衣・無地熨斗目
ア　イ　所の男　長上下

備　考

*四番目物、略二番目物。太鼓なし。
*観世・宝生・金春・金剛・喜多の五流にある。
*底本役指定は、シテ・後シテ、ツレ、ワキ、同。
*間狂言は『能仕舞手引』による。

構成と梗概

1　ワキの登場　諸国一見の僧（ワキ）が立山禅定《たてやまぜんじょう》する。
2　シテ・ワキの応対、シテの中入り　老人（前シテ）が僧に呼びかけつつ現われ、外の浜の猟師の幽霊と名乗り、形見の簑笠を故郷の妻子に届けて供養のことを頼み、しるしの片袖を渡して別れる。
3　ワキ・アイの応対、アイの物語り　外の浜に到着した僧は、里人（アイ）に猟師の家を問う。里人は善知鳥について語る。
4　ツレ・子方の詠嘆　猟師の妻（ツレ）は千代童（子方）と家に居て、夫の死を悲しんでいる。
5　ワキ・ツレの応対、ツレの詠嘆、ワキの待受け　僧は立山での出来事を語る。妻の悲嘆。しるしの片袖を合わせ、簑笠を手向けて回向《えこう》する。
6　後ジテの登場　猟師の亡霊（後ジテ）が現われ、殺生《せっしょう》により地獄で責め苦に遇う身の救済を乞い、懐かしのわが家への感慨を述べる。
7　シテの詠嘆　妻は夫に声もかけられず、父は子に近付くことができない。恩愛の情が阻害されている悲しさに泣く。
8　シテの詠嘆　親子の愛情のこまやかな善知鳥の習性を利用して殺生したことを悔いる。
9　シテの立働き　善知鳥を捕るわざの再現。
10　シテの立働き　笠をかざして、親鳥の流す血涙を避ける。
11　シテの立働き　善知鳥の報いで、冥途での化鳥に責められる苦しみ。シテはその身の救済を乞いつつ消える。

一 津軽半島陸奥湾側海岸の称。『曾我物語』などにも、南の鬼界島《きかいがしま》とともに日本の最外縁と意識されている。上掛りの〔名ノリ〕では、外の浜を尋ねることが主目的となっているが、古写本や下掛りに「われいまだ立山禅定申さず候ふほどに このたび思ひ立ち立山禅定申し それより陸奥の果てまで行脚せばやと思ひ候」とする。これが本来の形らしい。

二 越中（富山県）の立山。修験の霊地。白山・富士山を合わせて三禅定という（『謡抄』）。「禅定」は「禅頂」とも書き、霊山に登って行う修行。

三 立山を地獄とみる山岳信仰に基づき、「越中の立山の地獄に堕ちし女、地蔵の助けを蒙れる語」（『今昔物語集』巻一七、第二七）をはじめ、多くの説話がある。解題参照。

四 山路が数多く分かれて、多種の地獄のあること。

五 悪業によって死後に赴く苦悩の世界。地獄・餓鬼・畜生の三道を三悪趣という。

六 〈これまでの罪業を恥じる心に時間のたつのも忘れ、長時間経って〉。

七 「山下」は山麓の意に「懺悔」（罪を告白して悔い、仏に許しを乞う）を掛けた表現。「慙愧懺悔」と熟して用いられることが多い。

1

子方とツレが何事もなく登場し　脇座に着座
【名ノリ笛】でワキが登場　常座に立つ

〔名ノリ〕　正面へ向き　ワキ「これは諸国一見《ショコクイッケン》の僧にて候　われいまだ陸奥《ミチノク》外《ソト》[一]の浜《ハマ》を見ず候ふほどに　外《ソト》の浜一見《ハマイッケン》と心ざして候　またよきついでなれば　立山禅定《タテヤマゼンジョオ》[二]申さばやと存じ候

〔着キゼリフ〕　立山に着いた体で　ワキ「急ぎ候ふほどに　立山《タテヤマ》に着きて候　心静《ココロシズ》かに一見せばやと思ひ候

〔サシ〕　真中に立って　ワキへさてもわれこの立山《タテヤマ》に来てみれば　目《マ》のあたりなる地《ジ》[三]獄《ゴク》のありさま　見ても恐れぬ人の心は　鬼神《キジン》よりなほ恐ろしや　山《サン》[四]路《ロ》に分《ワ》かつ巷《チマタ》の数《カズ》　多くは悪趣《アクシュ》[五]の嶮路《ケンロ》ぞと　涙もさらに止《トド》め得《エ》ず

〔下ゲ歌〕　ワキへ慙愧《ザンギ》[六]の心時《トキ》過ぎて　さんげ[七]（懺悔・山下）にこそは下《クダ》りけれ　山下《サンゲ》にこそは下《クダ》りけれ
脇座へ行きかかる

一「のうのう」は遠くにいる人への呼び掛け。

二〈私のことですか〉。

三 金春古写本は「春の頃」とする。「身まかる」は死んだこと。自分が亡者であることを告白する。立山が死者に出逢う場所であるという信仰を前提とする。

2
四〈はっきりした証拠もないままに申したのでは、どうしてご納得されましょうか〉。不確実な状態が「上の空」。

五〈確実な証拠がなくては、役に立ちますまい〉。

六〈臨終の時までこの老人が着ていた麻衣〉。

七「木曾の麻衣」は「木曾」に「着る」を掛けた文飾としての歌語。「麻衣」は、連歌でも「山がつ」「賤《しず》」「木曾路」などを寄合《よりあい》とするイメージがある。

八「萌ゆ」は「煙」の縁語「燃ゆ」に音通。

九 山伏の別称。現行のワキ僧は、普通の旅僧の装束であるが、元来は山伏であったろう。冒頭に立山禅定のことを言うのも参考される。

一〇〈もうし、この外の浜の村里の人はいらっしゃいますか〉。「いかに」は相手への呼び掛け語。「在所」は都を離れた地をさしていう。そこに住む人、所の人、の意。

一一 はい、そうです、わかりました、などの意
3

〔問答〕 幕の中から一呼掛けて シテ「のうのうあれなるおん僧に申すべき事の候 振返って ワキ「二こなたの事にて候ふか何事《ナニゴト》にて候ふぞ 橋掛りを シテ「陸奥《ミチノク》へ歩みつつおん下《クダ》り候はば言伝《コトヅテ》申すべし 外《ソト》の浜《ハマ》にては猟師《リヨオシ》にて候ひし者の 去年《コゾ》の三秋身《アキミ》まかりて候 その妻《ツマ》や子の宿《ヤド》をおん尋ね候ひて ワキへ向き それに候ふ簑笠《ミノカサ》手向《ム》けてくれよと仰《オオ》せ候へ シテに向って歩きながら ワキ「これは思ひもよらぬ事を仰せ候ふものかな 届《トド》け申すべき事は易《ヤス》きほどのおん事なれどもさりながら 四上《ウワ》の空《ソラ》に申してはやはかご承引《シヨオイン》候ふべき 一ノ松に立ち止り シテ「げに確かな五るしるしなくてはかひあるまじ 顔を上げて 思ひ出でたりありし世の 六今はの時までこの尉《ジヨオ》が（着・木曾）左袖を出し右手で袖を引きちぎる へきその七麻衣《アサギヌ》の袖を解きて
〔上ゲ歌〕 ワキへ向き 地へこれをしるしにと 袖を顔にあてて泣く 涙を添へてたびごろも（賜・旅衣） き袖を渡し へて旅衣（裁・立別） シテは幕の方へ ワキは舞台へと別れる たちわかれゆくそのあとは 雲や煙のたてやまの（立・立山） 木《コ》の芽《メ》も八萌《モ》ゆるはるばると（春・遥々） 九客僧《キヤクソオ》は奥《オク》へ下《クダ》れば 二ノ松でワキを見送り 亡者《モオジヤ》は泣く泣く見送りて 行き方《ガタ》知らずなりにけり 正面を向き消え失せた体で中入り 行き方知らずなりにけり
ワキは袖を懐中し 陸奥到着の体で常座に立つ

〔問答〕（橋掛りへ向い）ワキ「いかに[一〇]この外《ソト》の浜《ハマ》の在所《ザイショ》の人のわたり候ふか　（一ノ松に立ち）アイ「在所の者のお尋ねは　いかやうなる事にて候ふぞ　ワキ「これは諸国一見の僧にて候ふが　この所初めて一見申して候　この所にて去年《コソ》の春の頃身まかられたる猟師の屋《ヤ》はいづくにて候ふぞ　教へて給はり候へ　またこの外《ソト》の浜においてうとうやすかたの鳥の子細《シサイ》おん物語り候へ

〔語リ〕アイ「[一一]さん候去年《ソオロオコソ》の春身まかりし猟師ならば　あの[一二]高《タカ》もがりの屋《ヤ》の内にて候　またこの外の浜の[一三]うとうやすかたの鳥と申すは　同じ鳥にて候へども　子と親とにて名《ナ》変はり候　そのゆゑは　[一四]うとう子を生まんとては　この浜の真砂《マサゴ》に巣をせし卵子《カイゴ》の上には沙《イサゴ》を着せて置けば　卵《カイ》を破《ワ》り候　親鳥餌《エ》を運びて　[一五]子のある所を知らで上をうとううとうと鳴きて通り候へば　子は親の声を聞きてやすかたやすかたと鳴く　親鳥もわが子の声と聞き　餌《エ》を飼《カ》ふと申し候　しかるによつてうとうとは親鳥をいひ　やすかたとは子を申し候　かの猟師はうとうの鳴くまねをよく似せ候ひて　この渚《ナギサ》を親鳥の鳴声をまなびて通れば　やすかたやすかたと鳴くを聞きつけ

の応答語。

一二 高く結った竹矢来の小屋。

一三『新撰歌枕名寄』（彰考館本）の「率都浜」の項に次の説話が見える。「陸奥のおくゆかしくぞおもほゆる壺の石文外の浜風　兼行《（ママ）》。右、此の外の浜といふ所に、うとふやすかたと云ふ鳥の侍るが、此の浜の砂《すなご》の中に隠して子を産み置けるを、母のうとうがまねをして（母のうとうの鳴き真似をして）、うとふうとふと呼べば、やすかたとて這ひ出づるを取るぞと申す。其の時母鳥来たりて、あなたこなたへ付き歩《あり》き鳴くなり。その涙の血の濃き紅なるが、雨のごとく降るなり。ある歌に云はく、『子を思ふ涙の雨の血に降ればはかなき物はうとうやすかた』とよめり。取る人、此の血をかかりつれば、損じ侍る故に、血をかからじとて、簑笠を着るなりと云へり。歌に、『子を思ふ涙の雨の簑の上にかかるも悲しやすかたの鳥』と読めり」。『謡曲拾葉抄』所引もほぼ同文で、『藻塩草』「やすかた」の項にも同様の説話を挙げる。また『連珠合璧集』は「うとふやすかたトアラバ、そとの浜、みのかさ・涙の雨」という寄合を示し、『鴉鷺《あろ》記』に、右の第三の歌をふまえた記事がある。和歌説話として知られていた。

一四 うとうが子を生む時は、この砂浜に巣作りをして生んだ卵の上に、砂をかけておくと、ひとりで卵を破って出てくる、の意。

一五〈子の居場所がわからず〉。

て取る　また親鳥をやすかたになりて取り　悉皆《シッカイ》[一]これのみにて世路《セイロ》をいとなみ申したると承り候

〔問答〕ワキ「懇《ネン》ろにおん教へ祝着《シウチヤク》[二]申して候　さらばあれへ立ち越え見う[三]ずるにて候　アイ「重ねてご用のこと候はば　承《ロオ》らうずるにて候

アイは狂言座に退き　ワキは後見座にくつろぐ

ワキ「頼み申し候ふべし

〔サシ〕着座のまま　ツレへ[四]げにやもとよりも定めなき世の慣《ナ》らひぞと　思ひながらも夢の世の　あだに契《チギ》りし恩愛《オンナイ》の　別れのあとの忘れ形見《ガタミ》[五]　それ[六]さへ深き悲しみの　母《ハワ》が思ひをいかにせん

涙を押える

謡のうちにワキは常座に出る

〔問答〕ツレへ向き　ワキ「いかに案内《アンナイ》申し候はん　ワキへ向き　ツレ「誰《タレ》にてわたり候ふぞ　ワキ「これは諸国一見の僧にて候ふが　立山禅定《タテヤマゼンジヨオ》申し候ふところに　[七]その様《サマ》すさましげなる老人《ロオジン》　陸奥《ミチノク》へ下《クダ》らば言伝《コトヅテ》すべし　外《ソト》の浜《ハマ》にて猟師の宿《ヤド》を尋ねて　それに候ふ蓑笠《ミノカサ》手向《ム》けて給はり候へと申すべきよし仰《オオ》せられしほどに　上《ウワ》の空《ソラ》にてはやはかご承引《シヨオイン》候ふべきと申して候へば　麻《アサ》の衣《コロモ》の袖《ソデ》を解《ト》きて給はりて候ふほどに　これ

一〈まるっきりこの猟だけで生計を立てている〉。

二「祝着」は喜ばしいこと。「祝着申し候」は、ありがとうございました、の意の定型的挨拶語。

三「見うずる」は「見ようずる」の音便。

四〈まことに、元来この世では命ある者は必ず死ぬのがならわしだとは思いながら、夢のように頼りなくはかないこの世での、はかない契りを交わした夫との死別〉。「恩愛の別れ」は肉親との別離。

4

五「夫が忘れ難い」と「忘れ形見」（残された子供）を掛けて言う。

六 子供さえその父を偲ばせて深い悲しみとなる。

5

七〈ぞっとするような様子の老人が〉。

八〈もしや思い当られることがありますか〉。

九〈あの世にある恋しい人の様子を、すっかり聞くこともできずに涙があふれ出ることよ〉。「死出」は、底本「四手」。「死出の田長」はホトトギスの異称で、

まで持ちて参りて候　八もし思《オボ》し召《メ》し合はすることの候ふか

〔クドキ〕ツレ＼これは夢かやあさましや　九死出《シデ》の田長《タオサ》の亡《ナ》き人の

涙を押える　上《ウエ》聞きあへぬ涙かな　後見が水衣をツレに渡す

〔掛ケ合〕ツレ「さりながらあまりに一〇心もとなきおん事なれば　＼い

ざや形見《カタミ》をみのしろごろも　一一（見・簑代衣）　一二間遠《マドオ》に織れる一三藤袴《フジバカマ》　ワキ＼ころも久一四（衣・頃）

しき形見ながら　衣を両手に捧げ持ち　ツレ＼いま取り出《イ》だし　ワキ＼よく見れば

〔上ゲ歌〕地＼一五疑ひも　（無・夏）（今日・狭布）なつ立つけふの薄衣《ウスゴロモ》　夏立つけふ《キョオ》の薄衣　ワキは

片袖をツレの持つ衣に重ね　一重《ヒトエ》なれども合はすれば　（袖・其）そでありけるぞ　一六あらなつかしの形見　ツレは涙を押える

や　やがてそのまま弔《トム》らひの　一七御法《ミノリ》を重《カサ》ね数《カズ》かずの　中《ナカ》に亡者《モオジャ》の

望むなる　ワキは正面先に膝まずき　笠を前に置く　簑笠をこそ手向けけれ　簑笠をこそ手向《タム》けけれ

〔誦〕合掌して　ワキ＼一八南無幽霊出離生死頓証菩提《ナムイウレイシュツリショオジトンショオボダイ》　ワキは読経を終えて笛座に控える　笠はそのまま舞台上に置かれている

6

【一声】で後ジテが右手に杖を突き登場　常座に立つ

〔下ノ詠〕正面へ向き　シテ＼一九陸奥《ミチノク》の　外《ソト》の浜《ハマ》なる呼子鳥《ヨブコドリ》　鳴くなる声は　うとう

やすかた

「亡き人」の序。

一〇〈あまりにも信じ難いことだから〉。

一一「簑代衣」は、簑代りに着る衣、身代りの衣などの意に用いられる歌語。ここは「簑」に形見の衣を「見る」の意を掛ける。

一二 織目の粗い意。「衣トアラバ…をる、ま遠」（『連珠合璧集』）。

一三 秋の七草の名。ここは「藤袴」を「衣」の縁語として「頃も」（「衣」と音通）の序。下掛りは「藤衣」とあり、「ころも」と重韻。

一四〈それは久しぶりで見る昔の形見ではあるが〉。

一五〈疑いもなく亡夫のもので、狭布《けふ》の薄い一重衣とはいえ、合わせてみるとそのとおり袖もぴったりと合う〉。「狭布の細布」は陸奥名物の歌語。夏になって衣《ころも》更《が》えするのに言いかけた「薄衣」の序。「衣」と「一重」「合はす」は縁語。なお「陸奥のけふの細布ほどせばみ胸合ひがたき恋もするかな。この狭布の細布といへるは、これも陸奥の国に、鳥の毛して織りける布なり」（『俊頼髄脳』）と見える。

一六「懐かし」は「夏」に音通。

一七〈読経を重ね、数々の手向けをするが、その中にもとりわけ〉。

一八 亡者を回向する時の文句。〈南無幽霊、生死の迷いを離れ、速やかに成仏し給え〉。

一九『謡曲拾葉抄』に『夫木抄』藤原定家の歌とするが、同書に見えず不詳。

［サシ］ 立ったまま シテ へ 一見卒都婆《イッケンソトバ》永離三悪道《ヨオリサンナクドオ》[一] この文《モン》のごとくんば たとひ拝《ハイ》し申したりとも 永《ナガ》く三悪道《サンナクドオ》[二]をば遁《ノガ》るべし いかに況《イワ》んやこの身のため 造立供養《ゾオリウクヨオ》に預《アズ》からんをや たとひ紅蓮《グレン》[三]大紅蓮《ダイグレン》なりとも 名号《ミョオゴオ》[四]智火《ジカ》には消えぬべし 焦熱大焦熱《ショオネつダイショオネつ》なりとも 法水《ホオスイ》[五]には勝たじ さりながらこの身は重き罪科《ツミトガ》の 心はいつかやすかた[六]（安・）の 鳥獣《トリケダモノ》を殺しし

［歌］ ワキへ向き合掌 シテ へ 衆罪如霜露慧日《シュザイニョソオロエニチ》[七]の 日《ヒ》に照らし給へおん僧

［上ゲ歌］ 地 へ 所《トコロ》は陸奥《ミチノク》の 所は陸奥の 奥《オク》[八]に 海を見渡し 海ある松原《マツバラ》の 下枝《シズエ》に交《マ》じる潮蘆《シオアシ》の 末《スエ》[九]引きしをる浦里《ウラザト》の 籬《マガキ》[一〇]が島《シマ》の苫屋形《トマヤカタ》 囲《カコ》[一一]ふと 見廻しつつ舞台を回りすれどまばらにて 月のためには外の浜 常座に立ち 脇正面を見こみ 心ありける住居《スマイ》かな あとずさりして 杖を突いて見つめる 心ありける住居かな

［（掛ケ合）］ ツレ へ あれはとも[一二] シテを見て子方とともに立ち 言はばかたちや消えなんと 子方を連れて 親子手に手を取り組みて シテの方へ進み 向き合って涙を押える 泣くばかりなるありさまかな 正面を向いたまま シテ へ あはれやげにいにしへは さしも[一三]契《チギ》りし妻《ツマ》や子も 今はうとうの（疎・善知鳥）音《ネ》に泣き

一 卒都婆造立《ぞうりゅう》供養の文。「一見卒都婆、永離三悪道、何況造立者、必生安楽国」が完形で、鎌倉期以降の諸資料に見え、《知章》にも引く。
二 「三悪趣」に同じ。一四七頁注五参照。
三 三四頁注四参照。
四 名号（南無阿弥陀仏）の功徳と仏の智恵（威力を火に譬《たと》える）により、酷寒を消滅せしめること。
五 仏法の力を水に譬えて言う。
六 「やすかた」は子鳥の称（一四九頁注一三参照）を心の安まることがないことに言いかけて「鳥」の序。
七 「衆罪如霜露、慧日能消除」（『観普賢経』）を引いて、諸罪が霜露の如く慧日（仏智の譬え）に照らされて消滅することを願う。
八 「陸奥」と重韻。〈陸奥の最果ての海辺の松原の松の下枝に、海辺の芦が伸びて重なり合い〉。
九 引き潮のために芦の末葉が引き萎れた状態で並び、それがこの浦里の垣根とも見える様子を言う。
一〇 陸奥塩釜の歌枕。「籬」と掛けて、「苫屋形」の序。
一一 〈小家を苫で葺いてはいるが、隙間だらけの粗末さで、月を見るためには戸外も同然、それがいかにも風流を心得顔の外の浜の住居の様子よ〉。
一二 〈「あれは」とでも声を出したら姿は消えてしまうだろうと〉。《朝長》にも同じ文句がある。 7
一三 〈あんなにも緊密な親子夫婦の仲だったのに、今は距離を置いて泣くだけで、心外なことだ〉。「うとう」は主題名をも織り込み、「音に泣きて」の序。「や

て　やすかたの鳥の安からずや　杖を突き回想の体　なにしに殺しけん　子方を見て　わが子のいと
ほしきごとくにこそ　鳥獣《トリケダモノ》も思ふらめと　一四千代童《チヨドオ》が髪をかき撫で　髪を撫でる格好で
子方の方へツカツカと出るが　子方はもとの座に坐り　シテは子を見失う体
て　あら懐かしやと言はんとすれば
〔上ゲ歌〕　地へ一五惑障《オオショオ》の　シテは真中へ退り　泣く　雲の隔てか悲しやな　雲の隔《ヘダ》てか悲しやな
子を探す心で舞台の笠を中心に杖を（葉・儚）持って舞台を回る
今まで見えし姫小松の　はかなやいづくに　一六（子隠・木隠笠）こがくれがさぞ津《ツ》の国
の　和田《ワダ》の　笠松《カサマツ》やみのおの　（簑・箕面）　（滝つ波・滾つ涙）真中で袖を見つめ　たきつなみもわが袖に　一七立つや卒　数拍子
都婆の外《ソト》は誰《タレ》　笠を見つめ杖を突く　簑笠ぞ隔てなりけるや　舞台を一八回り　松島や　雄島《オジマ》の苫屋内《トマヤウチ》ゆか
し　一九われは外《ソト》の浜千鳥《ハマチドリ》　杖を突き　音《ネ》に立てて　泣きながら太鼓前に坐る　泣くよりほかの事ぞなき
〔クリ〕　着座のまま　地へ二〇往事《オオジ》渺茫《ビヨオボオ》としてすべて夢に似たり　旧遊零落《キウイウレイラク》して半《ナカ》ば
泉《イズミ》に帰《キ》す
〔サシ〕　着座のまま　シテへ二一とても渡世《トセイ》を営《イトナ》まば　士農工商《シノオコオシヨオ》の家《イエ》にも生《ン》まれず
地へまたは琴棋書画《キンギショガ》を嗜《タシナ》む身ともならず　シテへただ明けても暮れ
ても殺生《セッシヨオ》を営《イトナ》み　地へ二二遅々《チチ》たる春の日も所作《ショサ》足《タ》らねば時《トキ》を失《ウシナ》ひ
秋の夜《ヨ》長し夜《ヨ》長けれども　漁火《イサリビ》白うして眠《ネム》る事なし　シテへ九夏《キウカ》

すかたの鳥」も同様で連韻の「安からず」の序。

一四「姫小松《ヒメコマツ》」の「千代」に言いかけた子供の名。

一五 底本は「横障」で『謡抄』以来の宛字。「惑障」（煩《ぼん》悩《のう》のさわり）と訂正。それを雲に譬えることは定型。

一六「姫小松」（子供を譬える）から「松」「葉」の縁で「木隠れ」と言い、「簑笠」の縁で「隠れ笠」（一五五頁注一三参照）と続けた。また摂津の歌枕の「和田の笠松」「箕面《みのも》の滝」も「簑笠」の縁。

一七〈家の外に立っているのが誰かわからぬか〉。「立つ」から「卒都婆」に続けて音通の「外は」の序。

一八「松島や雄島の苫屋」（藤原俊成の歌）をふまえて、「苫屋内ゆかし（見たい）」に続ける。

一九「外」が「内」と対。我は外にあり、の意を「外の浜」に言いかけ、「浜千鳥」が「音に立てて」の序。

二〇〈昔の事は茫々《ぼうぼう》としてすべて夢の如く、かつての旧友は死んで半ばあの世の人となった〉。『和漢朗詠集』（懐旧、白楽天）による。

8

二一〈どうせ世渡りの業を営むなら、かたぎの士農工商の家に生れればよかったのにそうではなく、または琴棋《きんき》書画を嗜《たしな》む風流な逸民というわけでもなく〉。
二二 遅い春の日も仕事がいっぱいで時間が足らず、秋の夜長も漁火をつけっぱなしで眠る時間がない、の意。「遅々兮春日」「秋夜長夜長無眠」（『白氏文集』新楽府。『和漢朗詠集』蟬、秋夜にも）に基づき、「秋夜長、夜長徒明、春日遅々空暮」（『愚迷発心集』）などと複合して用いられる常套句。

の天《テン》も暑《シヨ》を忘れ　地へ一玄冬《ゲントオ》の朝《アシタ》も寒からず

［クセ］ 着座のまま 地へ二鹿《シカ》を追ふ猟師《リヨオシ》は　山《ヤマ》を見ずといふ事あり　身の苦しさ
も悲しさも　（忘れ・こ）忘れ草《グサ》のおひとり　三（生・追鳥）たかなはを（鷹・高縄）さし四引く潮《シオ》の　末《スエ》の松《マツ》
ヤマ右彼方を見廻し 山風荒れて　五袖に波越す沖の石　または干潟《ヒカタ》とて　海越《ウミゴ》しなりし里 正面へ目を移し
てきて（近・六 千賀）までも　ちかの塩釜《シオガマ》七身を焦《コ》がす　腰を上げ両手を打合せ 報ひをも忘れける　事業《コトワザ》をなしし 安座して
両手で泣く 悔やしさよ　杖を持って立ち そもそもうとう　やすかたのとりどりに（鳥・こ）　八品変《シナカワ》りた
る殺生《セッシヨオ》の　シテへ中《ナカ》に無慚《ムザン》やこの鳥の　地へ愚《オロ》かなるかな筑《ツク》九 正面先へ出
波嶺《バネ》の　一〇木々《キギ》の梢にも 木々を見上げ 羽をしき（敷・頻波）水面を見廻しつつ目付へ出 なみの浮き巣をも掛けよかし
一一平沙《ヘイサ》に 杖を突いて下を見 子を生みて落雁《ラクガン》の　舞台を回り はかなや親は隠《カク》すと　常座へ行きかけた足を すれどうとうと
はたと止め 呼ばれて　子はやすかたと答へけり　一二 杖を一突きし さてぞ取られやすかた（易・こ）足拍子

［□］ シテへうとう

【カケリ】 舞台上の笠を鳥に見立てて 追廻し 最後に打殺す体の特殊なカケリ

［ノリ地］ 地へ親は空にて 胸杖を突いて見上げ 血の涙を 杖を捨て 親は空にて 笠をとり 両手で笠をかざして舞台を回る 血の涙を　降
らせば濡れじと　（す・菅簑）すがみのや　笠を両手でかざし 笠を傾け　血の涙の降りかかるのを避ける体 ここかしこの　便りを求

一 底本、地の指定なし。諸流・諸本で補う。「九夏三伏之暑月…玄冬素雪之寒朝」（『和漢朗詠集』松）。
二 一つの事に熱中して他を省みない意の諺。「逐フレ鹿ヲ者不レ見レ山ヲ」（『句双紙』等）。
三 「追鳥狩」（狩猟法の一）。「高縄をさす」（狩猟法の一）とともに鳥を捕る意に用いた。
四 〈さし引く潮の彼方の松山に風は激しいが袖に波のかかるのも厭わず、沖の石や干潟をたよりに、海の向うの里までも遠しとせずに出かけて〉。潮の「さし引く」から「引く潮の末」と続け、「末の松山」「波越」は「君をおきてあだし心をわが持たば末の松山波も越えなん」（『古今集』東歌）をふまえる。
五 「わが袖は潮干に見えぬ沖の石の人こそ知らねかわく間もなし」（『千載集』恋二、讃岐）をふまえ、「袖」「沖の石」「干潟」を連ねる。
六 陸奥の名所。「身を焦がす」の序。
七 「身を焦がす報ひ」は地獄の責め苦。
八 〈種々様々な殺生がある中でも〉。
九 「筑波嶺の木のもとごとに立ちぞよる…」（『古今集』雑下）をふまえ「木々」の序。
9
一〇 〈人に捕られぬように、木の上や水の上に巣を作ればよいのに〉。「羽を敷き」に「頻波《しきなみ》」（後から後から立つ波）を掛ける。「浮き巣」は、「子を思ふ鳰《にお》の浮き巣のゆられ来て捨てじとすれや見隠れもせぬ」（『頼政集』）に善知鳥を対比させた。
10
一一 「平沙」（平らかな砂地）を瀟湘《しようしよう》八景の「平沙落

11

めて　隠《カク》[一三]れ笠《ガサ》　隠《カク》れ簑《ミノ》にも　あらざれば　笠をさしかけて見上げ　なほ降りかかる　血の涙

に　目もくれなゐに　(昏・紅) 笛座辺より笠を目付辺へ投げ　染みわたるは　紅葉《モミジ》[一四]の橋の　鵲《カササギ》か　常座に回って立つ

〔中ノリ地〕　地へ　娑婆《シャバ》[一五]にては　以下謡の文句に合せて働く　うとうやすかたと見えしも　うとう

やすかたと見えしも　冥途《メイド》にしては化鳥《ケチヨオ》[一六]となり　罪人《ザイニン》を追つ立て

鉄《クロガネ》[一七]の　嘴《ハシ》を鳴らし羽《ハ》を叩《タタ》き　扇を打合せ　銅《アカガネ》の爪《ツメ》を研《ト》ぎ立てては　眼《マナコ》をつかんで

肉《シシ》むらを　(裂・叫) 舞台を回り　さけばんとすれども猛火《ミヨオカ》[一八]の煙《ケムリ》に　扇を巻込んで顔に当て　むせんで声を上げ得ぬ

は　(唖・鴛鴦)　をしどりを殺しし科《トガ》やらん　舞台を回り　真中で膝をつき　後へしさって安座し　逃げんとすれど立ち得ぬは　羽抜《ハヌ》[一九]

け鳥《ドリ》の報《ムク》ひか　面を伏せる　シテへ　正面を向き　うとうはかへつて鷹《タカ》となり　地へ　腰を上げて　われは雉《キジ》

正面を見こみ　とぞなりたりける　遁《ノガ》[二〇]れがたのの狩り場の吹雪《フブキ》に　(難・交野) 立って前へ出　空を見上げ　空も恐ろし地を　地を指して

走る　犬鷹《イヌタカ》[二一]に責められて　舞台を大きく回り　あら心うとうやすかた　(憂・善知鳥)　安《ヤス》き隙《ヒマ》なき身の　ワキを指し

つつ進み　苦しみを　ノリ込拍子　助けて賜《タ》べやおん僧　常座へ回って　助けて賜べやおん僧と　正面へ向き　言ふかと　脇正面を向いて

留拍子　思へば失《ウ》せにけり

雁」に言いかけ、「落雁」を「はかなや」の序とする。

一二〈だから捕られやすいのだ〉。

一三「鬼ニ有二五種財一。一、隠形嚢《ナウ》、世間ニカクレミノ・カクレカサト云也」（知恩院本『倭漢朗詠注』）。

一四「鵲ノ橋トハ…二星ノ別レノ泪《なみだ》、紅ニ流レテ鵲ノ羽ニソム。紅ノ羽ノ義ヲ以テ紅葉ノ橋ト云フ」（『三流抄』）という二星説話（《朝顔》参照）をふまえ、親鳥が流す血の涙の紅のイメージを表現。

一五「娑婆」は人間界。以下、冥界《めいかい》での受苦。『往生要集』による六道思想の流布、地獄絵やその絵解きなどでよく知られていた。「この地獄には熱鉄の犬、罪人の足を喰《くら》ふ。或いはまた焰の嘴ある鉄《くろがね》の鷲、罪人の頭《かうべ》をつき割りてその脳《なづき》を吸ひ取る。苦患《くげん》堪ふべからず、叫ぶ声尽きず」（安住院本『地獄草紙』）など。

一六「化鳥」は『謡抄』以来の宛字。「怪鳥」か。

一七「尓時便有二鉄柴大鳥一、上二彼頭上一、或上二其髆一、探二啄眼精一、而噉二食之一矣」（『往生要集』上）。

一八 地獄の猛火（『観無量寿経』など）のこと。

一九 逃げようとしても飛び立てない状態の羽抜け鳥を捕えた報い。「羽抜け鳥」は羽が抜けたり、抜けかわる頃の鳥の意の歌語。

二〇 交野《かたの》（河内。現枚方《ひらかた》市）は狩の名所。歌枕。「雉トアラバ…片野」（『連珠合璧集』）。「またや見ん交野のみ野の桜狩り花の雪散る春の曙」（『新古今集』春下、俊成）をふまえる。

二一〈空には鷹、地には犬に責められて〉。

采

女
うねめ

登場人物

前シテ　里の女　若女（深井・小面）・唐織
後ジテ　采女の霊　若女（深井・小面）・長絹・緋大口
ワキ　旅僧　角帽子・紺水衣・白大口（着流僧にも）
ワキ連　従僧　角帽子・縷水衣・白大口（着流僧にも）
アイ　所の男　長上下

備考

＊三番目物。太鼓なし。
＊観世・宝生・金春・金剛・喜多の五流にある。
＊底本役指定は、シテ・後シテ、ワキ、同、地。
＊間狂言は寛永九年本による。

構成と梗概

1　ワキの登場　諸国一見の僧（ワキ）と同行（ワキ連）が京より奈良に到る。
2　シテの登場　春日の里の女（前シテ）が春日明神に参詣する。
3　ワキ・シテの応対、シテの物語り　僧の尋ねで、女は春日の由来を語り、仏法の霊地であることを教える。
4　シテ・ワキの応対、シテの物語り、シテの中入り　女は猿沢の池での供養を頼み、この池に身を投げた采女のことを語り、実はその幽霊であると明かして池水に入って消える。
5　アイの物語り　所の男（アイ）が僧に采女のことなどを語り、供養を勧める。
6　ワキの待受け　僧の弔問。
7　後ジテの登場　采女の亡霊（後ジテ）が現われて供養を謝し、龍女同様に女人成仏を遂げたことを告げる。
8　シテの物語り　葛城の王に仕えた采女とその遊宴の物語。
9　シテの舞事　采女の遊楽。
10　結末　歌舞の徳による国土長久、天下安穏を祝い、その遊舞が讃仏乗《さんぶつじょう》の因縁であることを示して、池底に入って消える。

1

【名ノリ笛】でワキとワキ連が登場　真中に立ち　ワキ連は坐る

〔名ノリ〕 正面へ向き ワキ「これは諸国一見《ショコクイッケン》の僧にて候　われこのほどは都《ミヤコ》に候ひて　洛陽《ラクヨオ》一の寺社《ジシャ》残りなく拝《オガ》み廻《メグ》りて候　またこれより南都《ナント》に参らばやと思ひ候

〔サシ〕 両人立って正面へ向き ワキへ頃は弥生《ヤヨイ》二の十日《トオカ》あまり　花の都を旅立《タビダ》ちて　まだ三夜《ヨ》をこめて東雲《シノノメ》の

〔上ゲ歌〕 向き合って ワキ ワキ連へ影《カゲ》ともに　われも都をくだりづき （下り・降り月）　われも都を降《クダ》四り月　残る朝《アシタ》の朝霞《アサガスミ》五　ふかくさやま （深・深草山） の末《スエ》続く　木幡《コワタ》の関《セキ》を今朝《ケサ》越えて　宇治の中宿《ナカヤド》六いで （出・井手） の里　過ぐれば 以下歩行の体 これぞ奈良坂《ナラザカ》七や　春日《カスガ》の里に着きにけり　春日の里に着きにけり

〔着キゼリフ〕のあと　脇座に着座

【次第】でシテが登場　左手に木の葉を持つ

2

一　京都の異称。中国の洛陽の都に擬《ぎ》していう。

二　二月中旬。

三〈まだ夜の明けぬ暗いうちから、東の空が白み始める夜明けの光とともに〉。

四〈降《くだ》り月の残る朝は朝霞が深くこめ〉。「降り月」は陰暦十八日頃から二十一、二日までの月。

五〈深草山の先がずっと続いて木幡山となる、その木幡の関を今朝越え過ぎて〉。木幡は宇治への道筋にあたる。「宇治路ゆく木こそ見えね山城の木幡の関を霞こめつつ」（『頼政集』）をふまえるか。「深草山」「木幡山」「井手の里」「春日の里」は歌枕。「宇治」「奈良坂」などとともに京・奈良間の地名を連ねる。

六「中宿トアラバ…宇治」（『連珠合璧集』）。

七　奈良から京への出入り口にあたる坂。

〔次第〕常座に立ち　シテ〽[一]宮路《ミヤジ》正《タダ》しき春日野《カスガノ》の　宮路正しき春日野の　寺《テラ》にもいざや参らん

〔サシ〕正面へ向き　シテ〽[二]更闌《コオタ》け夜《ヨ》静かにして　[三]四所明神《シショミョオジン》の[四]宝前《ホオゼン》に　[五]耿々《コオコオ》たる燈《トモシ》火《ビ》も　(夜・世)よを背《ソム》けたる影《カゲ》かとて　ともに憐《アワ》れむ深夜《シンニャ》の月　[六]おぼろおぼろと杉の木《コ》の間《マ》を洩《モ》り来《ク》れば　神《カミ》のおん心にもしくものなくや思《オボ》すらん

〔下ゲ歌〕正面を向いたまま　シテ〽[七]月に散る　花の蔭《カゲ》行く宮廻《ミヤメグ》り

〔上ゲ歌〕シテ〽はこぶ歩《アユ》みの数《カズ》よりも　前に出て木の葉を植える体で下に置く　はこぶ歩みの数よりも　積もる[八]桜の雪の庭　また[九]色添《イロソ》へて紫《ムラサキ》の　元に戻り正面を向き　花を垂れたる藤《フジ》の門《カド》　あく(開・明)るを春の気色《ケシキ》かな　明くるを春の気色かな

〔問答〕シテへ向き　ワキ「いかにこれなる女性《ニョショオ》に尋ね申すべきことの候

ワキへ向き　シテ「こなたのことにて候ふか　何事《ナニゴト》にて候ふぞ

ワキ「見申せばこれほど茂《シゲ》りたる森林《モリハヤシ》に　重《カサ》ねて木を植ゑ給ふこと不審《フシン》にこそ候へ

シテ「さては当社《トオシャ》はじめてご参詣《サンケイ》の人にて候ふか

ワキ「さん候《ゾオロオ》は

一　「宮」(春日神社)と「寺」(興福寺)が対。「宮路正しき」は神社への参道が真直《まっすぐ》であることに、由緒《ゆいしょ》正しい宮寺であることを言いかける。

二　〈夜が更《ふ》けて〉。「更」は日暮れてから夜明けまでを五等分した時刻の称。「更闌《ケ》夜静、長門閑《とぢテ》而不レ開《ケ》」(『和漢朗詠集』恋)。

三　春日四所明神。鹿島・香取・平岡・伊勢の四神。

四　神仏の広前《ひろまえ》をいう。ここは「神前」に同じ。

五　〈明か明かとした灯火《ともしび》も、暗かるべき夜に逆らうかのようにあたりを照らし、出家らしい人の姿も見えて、その光とともに、感動的な深夜の月の光がおぼろおぼろと杉の木の間を洩《も》れ来るので、神の御心にもこれ以上のものはないとお思いになるだろう〉。白楽天の「耿々《タル》残燈《ノ》背《そむけタル》レ壁《ニ》影」(『和漢朗詠集』秋夜)、「背《そむけテハ》レ燭《ともしびヲ》共《ニ》憐《ム》深夜《ノ》月」(同、春夜)を合わせる。

六　「照りもせず曇りもはてぬ春の夜のおぼろ月夜にしくものぞなき」(『新古今集』春上、大江千里)、「木の間より洩り来る月の影見れば心尽しの秋は来にけり」(『古今集』秋上)などをふまえて綴る。

七　〈月光の下、散る花の木蔭を通って、宮々を廻って参詣することはたびたびだが、その数以上に、桜の花が雪のように積った境内〉。

3

八　「桜トアラバ…雪」(『連珠合璧集』)。

九　〈桜の色に紫色を添えて藤の花が垂れ下って咲く春日社の夜明けとともに、あたりはすっかり春のけしきである〉。「藤の門」は藤原氏、その氏神が春日社。

じめてこのところに参りて候　当社《トオシャ》の謂《イ》はれくはしくおん物語り候へ
シテ「さらばくはしく語つて聞かせ申し候ふべし
〔語リ〕（正面へ向き）シテ「そもそも当社と申すは　神護景雲《ジンゴケイウンニ》二年《ネン》に　河内《カワチ》の国平《クニヒラ》岡《オカ》より　この春日山本宮《カスガヤマホングウ》の峰《ミネ》に影向《ヨオゴオ》[一〇]ならせ給ふ　さればこの山も　とは端山《ハヤマ》[一一]の蔭《カゲ》浅く　木蔭《コカゲ》ひとつもなかりしを　蔭《カゲ》頼まんと藤原《フジワラ》や　氏人《ウジウド》寄りて植ゑし木《キ》の　（本・）もとより恵《メグ》み深きゆゑ　ほどなくかやう《ヨオ》に深山《ミヤマ》となる　しかれば当社のおん誓《チカ》ひにも　人の参詣《サンケイ》は嬉しけれども　[一二]木《コ》の葉《ハ》の一葉《イチヨオ》も裳裾《モスソ》に付きてや去りぬべきと　惜しみ給ふもなにゆゑぞ　[一三]人の煩《ワズラ》ひしげき（繁・茂）木の　蔭《カゲ》深かれと今もみな　諸願成就《ショガンジョオジュ》を（ワキへ向く）植ゑ置くなり
〔サシ〕（正面へ向き）シテ＼されば慈悲《ジヒ》[一四]万行《マンギョオ》の日《ヒ》の影《カゲ》は　三笠《ミカサ》の山に長閑《ノドカ》にて　五《ゴ》[一五]重唯識《ジュウユイシキ》の月の光は　春日《カスガ》の里に隈《クマ》もなし
〔下ゲ歌〕地＼[一六]かげ（影・蔭）頼みおはしませ（ワキを向く）　[一七]ただかりそめに植うるとも　草木国土成仏《ソオモクコクドジョオブつ》の　神木《シンボク》と思《オボ》し召《メ》し　あだにな思ひ給ひそ

「庭トアラバ、紫」「紫トアラバ…藤」（『連珠合璧集』）。

一〇 神護景雲二年（七六八）平岡（生駒山西麓）より移る。それを「影向」（神の来現）と言った。

一一「端山」（里近い山）は後の「深山」と対比させた文飾。「鹿島明神…春日山ニ御座ス。其比《そのころ》ハ春日山ニ木モ無リケレバ、榊《さかき》ヲ持テ行テ指置玉ヘリ」（良遍（ママ）『神代巻私見聞』）。「抑大明神御誓ニハ、神木之事者不中、落葉ノ一ヲサヘヲシミ思食、氏人立願ニハ、木ヲ植テ奉ル事ニ候」（「当番宮本訴状写」、『春日神社文書』二巻）。

一二〈裳裾に付いた一葉でも持ち去ってはならぬ〉。

一三〈人の煩いの多い世に、茂った木蔭のように神のお蔭（慈悲）の深からんことを、なおいっそう深くと、今も皆、諸願成就を祈念して植え置くのです〉。

一四「慈悲万行菩薩」が春日明神の菩薩名。慈悲があまねく行きわたることを日の光に譬える。

一五 法相《ほっそう》宗の根本教義としての唯識論における、唯識三性観を修する五重の観法。それを月の光に譬えて対句を構成。「神護景雲二年春、法相擁護のために御笠山に移り給ひて、三性五重の春の花を弄び、八門二悟の秋月を嘲り給ふ」（『春日権現験記』）。

一六「日の影」「月の光」に「草木の蔭」を掛ける。ともに慈悲の神徳の意。

一七〈ただ何気なく植えたとしても、草木国土成仏をあらわす神木と思し召して、あだおろそかに思ってはなりません〉。「草木国土成仏の」は一六六頁注一参照。この一句、下掛りは一条兼良の意見で削除。

一〈国土が始まった時は草木もなかったが、国がよく治まって久しく〉。「あらかね」は「土」にかかる枕詞が転じて、国土の意。「荒金ノ土トハ、国土ノ始ハ草木土無クシテ石金ノミ也」(『三流抄』)。

二〈天葉若木を緑の草木の最初として、花咲き、香りが伝わって、仏法流布の地となって久しく今に伝わっている〉。「花」「種」など「草木」と縁語。「あめははこぎ」は鹿島社の霊木。番外曲《鹿島》にも見える。「鹿島大神宮天葉若木事。右霊木者、明神降臨之時、令《メテ》二随逐一以来、ト《ス》二在所於社壇之傍一」(延文元年十月注進、『常陸国誌』所収)。

三〈昔、釈迦如来は霊鷲山で法華経を説法なさったが、今は衆生を救うため春日神に姿を変えて現われ、三笠山に鎮座していらっしゃる〉。「春日御事。一宮、鹿島、武雷尊…本地尺尊。先徳礼一宮詞云、本体盧舎那、久遠成正覚。為度衆生故、示現大明神」(内閣文庫本『春日本地御託宣記』等)、「昔在二霊山一名二法華一、今在二西方一名二弥陀《ダ》一、娑婆示二現観世音一、三世利益同一体」(慧思禅師の偈)等に基づく。

四 霊鷲山(釈迦の法華経説法の山)のこと。南都では三笠山をそれに譬える。《春日龍神》参照。

五〈菩提樹の木蔭とも思われる藤が松に纏《まつ》わりかかりながら、花は真盛りに咲いて、松に花を貸している かに見える春日山ののどかな木蔭山蔭は、霊鷲山の浄土の春に勝るとも劣らない〉。釈尊が菩提樹下で菩提(悟り)を得た仏伝をふまえる。

4

〔上ゲ歌〕 地へ 一あらかねのその初《ハジ》め 正面へ向き あらかねのその初め 治《オサ》まる国は久方《ヒサカタ》の 二あめははこぎの緑《ミドリ》より 花開《ヒラ》け香《カ》残りて 仏法流布《ブッポオルフ》の種《タネ》久し 三昔は霊鷲山《リヨオジユセン》にして 妙法華経《ミヨオホケキヨオ》を説《ト》き給ふ 今は衆生《シユジヨオ》を度《ド》せんとて 大明神《ダイミヨオジン》と現はれ 山を見上げ この山に住み給へば 四鷲《ワシ》の高嶺《タカネ》とも ワキへ向き 三《ミ》笠《カサ》の山をご覧《ラン》ぜよ さて五菩提樹《ボダイジユ》の木蔭《コカゲ》とも 右を見やり 盛りなる藤《フジ》咲きて 舞台を回って 松にも花をかすがやま(貸・春日山) 長閑《ノド》けき蔭《カゲ》は霊山《リヨオゼン》の 常座で正面へ向く 浄土の春に劣《オト》らめや 浄土《ジヨオド》の春に劣《オト》らめや

〔問答〕 ワキへ向き シテ「いかに申すべきことの候 猿沢《サルサワ》の池《イケ》とて隠《カク》れなき名池《メイチ》の候ご覧ぜられて候ふか ワキ「げにげに承り及びたる名池《メイチ》にて候 脇正面へ出ながら シテ「こなたへおん出《ニ》で候へ ワキへ向き これこそ猿沢《サルサワ》の池《イケ》にて候へ 思ふ子細《シサイ》の候へば この池《イケ》のほとりにておん経《キヨオ》を読み仏事《ブツジ》をなして給はり候へ ワキ「やすき間《アイダ》のこと仏事《ブツジ》をばなし申すべし さて六誰《タレ》と回向《エコオ》申すべき シテ「これは昔七采女《ウネメ》と申しし人 正面へ向き この池に身を投げ空《ムナ》しくなりしなり されば八天《アメ》の帝《ミカド》のおん歌 ワキへ

に〽吾妹子《ワギモコ》が寝《ネ》ぐたれ髪《ガミ》を猿沢《サルサワ》の　「池の玉藻《タマモ》と見るぞ悲しき
九　向き
と　詠《ヨ》める歌の心をば知ろしめされ候はずや　ワキ「げにげにこ
の歌は承り及びたるやうに候おん物語り候へ
〔語リ〕　正面へ向き　シテ「一〇昔天《アメ》の帝《ミカド》のおん時に　ひとりの采女《ウネメ》ありしが　采女と
は君《キミ》に仕《ツカ》へし一一上童《ウエワラワ》なり　初めは一二叡慮《エイリヨ》浅からざりしに　ほどなくおん
心変《カ》はりしを　及ばずながら君を恨《ウラ》み参らせて　この池に身を投げ
空《ムナ》しくなりしなり
〔掛ケ合〕　ワキ〽げにげにわれも聞き及びしは　帝《ミカド》あはれと思《オボ》し召《メ》
し　この猿沢《サルサワ》に御幸《ミユキ》なりて　シテ「采女《ウネメ》が死骸《シガイ》を叡覧《エイラン》あれば
ワキ〽一三さしもさばかり美しかりし　シテ〽一四翡翠《ヒスイ》の髪《カン》ざし一五嬋娟《センゲン》の鬢《ビン》
ワキ〽一六桂《カツラ》の眉墨《マユズミ》　シテ〽一七丹菓《タンカ》の唇《クチビル》　ワキ〽柔和《ニウワ》の姿ひきかへて
シテ　ワキ〽向き合い　池の藻屑《モクズ》に乱《ミダ》れ浮《ウ》くを　君もあはれと思《オボ》し召《メ》して
〔上ゲ歌〕　正面へ　地〽吾妹子《ワギモコ》が　少し前に出　寝ぐたれ髪《ガミ》を猿沢《サルサワ》の　寝《ネ》ぐたれ髪を猿沢
の　池の玉藻と　見るぞ悲しきと　叡慮《エイリヨ》にかけしおん情《ナサ》け　涙を押える　かたじ

六〈誰のために回向すればよいのですか〉。
七　宮中で炊事、食事などを掌った古代の女官の称。それを人名にとりなした。
八　天皇の尊称。諸説がある。解題参照。
九　次頁注九参照。
一〇　以下の説話は『大和物語』をはじめ諸書に見える。解題参照。
一一　貴人の側《そば》に仕える子供。平安時代は少年、中世では少女をさすことが多い。「采女とは…上童なり」は采女の注釈的説明。采女を上童とすることは『月刈藻集』中にも見える。
一二〈天皇の思し召しも浅くはなかったが〉。
一三〈あれほどまでに美しかった〉。
一四　翡翠（川蟬）の羽のように長くつやのある黒髪。「髪ざし」は底本「笄」。『謡抄』に髪かざりの意とするのを踏襲するが、「髪さし」の音便で、髪の様子、髪のこと。
一五　あでやかで美しい鬢の髪。「嬋娟タル両鬢ハ秋蟬ノ翼ノ」（『和漢朗詠集』妓女、白楽天）に基づく成句。
一六　三日月型に美しく引いた眉を言う成句。「翡翠の鬘…桂の眉」（《檜垣》）等。
一七「丹菓」は赤い果実の意。「青蓮の眼、丹菓の唇」（『往生要集』上）など、仏の八万四千の相好《そうごう》の一を、美人の赤く美しい唇の形容に用いる。下の「柔和」（やさしくおだやか）も、元来は仏の相好をいう。

けなや一下《シモ》として　君《キミ》を怨《ウラ》みしはかなさは　例へば及びなき　脇正面の水面を見廻し　みづ二(身・水)の月取るさるさはの(猿・猿沢)　三(池・生)いける身と思《オボ》すかや　ワキへ向き　われは采女《ウネメ》の幽霊《イウレイ》と
て　常座へ回って正面を向き　池水《イケミズ》に入りにけり　消え失せた体で中入り　池水の底に入りにけり

〔問答〕　アイが登場　ワキは当社の謂れなどを尋ねる

〔語リ〕　アイ「昔天《アメ》の帝《ミカド》の御宇《ギヨオ》に　采女《ウネメ》と申し候ふは　君《キミ》の上童《ウエワラワ》にて候ふが　四御寵愛《ゴチヨオアイ》是非《ゼヒ》に及ばず候　五なにやらん君を怨《ウラ》み給ひ　ある時王宮《オオクウ》を忍び出《イ》でさせ給ひ　この猿沢の池に身を投げ空《ムナ》しくなり給ひて候　これなる柳はおん衣《キヌ》を脱ぎ置き給ひたるによつて　六衣掛《キヌカケ》の柳と申し候　忝《カタジ》けなくも帝《ミカド》聞こしめし　この池のほとりへ御幸《ミユキ》なされ　采女のおん死骸を御叡覧《ゴエイラン》あつて　御愁傷《ゴシウシヨオ》是非に及ばず候　その時帝《ミカド》おん歌に　七吾妹子《ワギモコ》が寝ぐたれ髪《ガミ》をさるの皮剝《カワハ》いで采女が引《ヒ》つ敷《シ》きにせんとやらん　八げにはや思ひ出だしたることの候　九吾妹子《ワギモコ》が寝ぐたれ髪を猿沢の池の玉藻《タマモ》と見るぞ悲しきとやらん遊ばしたると承り候　やがて一〇御還御《ゴカンギヨ》候ひて　西大寺《サイダイジ》へ仰せつけられ　御法事《ゴホオジ》をなされ　おん弔《トム》らひ候ふよし承り候　しかれば当社明神《ミヨオジン》と申し候ふは

一「下として」は、臣下として、の意。帝が御心にかけられて、その死を悼《いた》んで下さったお気持はまことにありがたいことだが、恐れ多くも臣下として君を恨んだことの身に及ばぬ僭越《せんえつ》さは、の意。

二 身に及ばぬこと、不可能なことを望むことの譬《たと》え。「喩如三獼猴捉二水中月一」（『涅槃経』）など。「ただいたづらに水の月を、望む猿のごとくにて」（《花筐》）。

三〈生きている者とお思いですか、実はそうでなく、私は采女の幽霊なのです〉。

四「是非に及ばず」は、どうしようもない、仕方がない、の意だが、ここは、五行後の場合をも含め、この上もない、の意で用いたらしい。

五〈どういうわけか、君をお怨《うら》みなさり〉。無刊記本「何とやらん…」。

六「衣掛柳トテアリ」（『月刈藻集』中）。

七「吾妹子が寝ぐたれ髪を…」を、うろ覚えで、いいかげんなもじり歌にした。底本（寛永九年本）は「…さるのかとはいて采女ひつしきにせなりとやらん」。無刊記本により補正。

八〈ほんにたったいま思い出しました〉。無刊記本は「はやげに」。

九〈わが愛しい人との契りの後の寝乱れ髪が、今は猿沢の池に沈んで藻のように見えることの悲しさよ〉。

一〇 底本「御くはんきよ」、無刊記本「くはんかうなされ」。

神護景雲《ジンゴケイウン》[一一]十一年に　河内《カワチ》の国平岡よりこの春日山本宮《ホングウ》の峰に留《ト》[一二]まり給ひ候　もとは蔭《カゲ》浅く端山《ハヤマ》[一三]にて候へども　今は氏子《ウジコ》ども木を植ゑ申し　かやうに三笠山《ミカサヤマ》となり申し候

〔問答〕　ワキは先刻の出来事を話し　アイは采女の供養を勧めて退く

〔上ゲ歌〕　着座のまま　ワキ《ワキ》・ワキ連へ池の波　よるの汀《ミギワ》に座《ザ》[一四]をなして　（寄・夜）夜《ヨル》の汀《ミギワ》に座をなして　仮《カ》りに見えつる幻《マボロシ》の　采女《ウネメ》の衣《キヌ》のいろいろに　（色・）弔《トムロ》[一五]らふ法《オノリ》ぞまことなる　弔《トム》らふ法《ノリ》ぞまことなる

【一声】で後ジテが登場　常座に立つ

〔サシ〕　正面へ向き　シテへありが[一六]たや妙《タエ》[一七]なる法《ノリ》を得《ウ》るなるも　心《ココロ》[一八]の水《ミズ》と聞くものを　騒《サワ》[一九]がしくとも教へあらば　浮かむ心の猿沢《サルサワ》の　池の蓮《ハチス》の台《ウテナ》に坐《ザ》せん　ワキへ向き　よくよく弔《トム》らひ給へとよ

〔掛ケ合〕　着座のままシテへ向き　ワキへ不思議やな池の汀《ミギワ》に現はれ給ふは　采女《ウネメ》[二〇]と聞きつる人やらん　ワキへ向き　シテ「恥づかしながらいにしへの　采女が姿を現はすなり　へ仏果《ブッカ》[二一]を得《エ》しめおはしませ　ワキへもとよりも人々《ニンニン》[二二]同じ仏《ブッ》

一二　底本のまま。「二」を「一一」と誤ったらしい。

一三　底本「とまり」、無刊記本「やうかうし」。

一三　底本「は山」。一六一頁の〔語リ〕をふまえる。

一四〈法会の座をしつらえて〉。

一五〈弔いの経を心をこめて読誦する〉。

一六「ありがたや」は下掛り系は「あらありがたのおん経やな」とする。

6

一七〈妙なる御法《みのり》を得て成仏するのも〉。「妙なる法」は「妙法」に同じく、「妙法蓮華経」（法華経）をさす常套表現。

一八〈水のように澄んだ心によると聞いておりますものの〉。「心の水」は心の状態（清濁・浅深等）をいう歌語。

7

一九〈私の心は騒がしく、澄んではいませんが、それでも仏法の教え（読経）があれば、きっと成仏して、極楽の蓮の台に坐ることができるでしょう〉。「騒がし」「浮かむ」等は「水」の縁語。「心の猿沢」は「心猿」に言いかける。煩悩に心が押え切れぬことを、騒がしい猿に譬えた語。

二〇〈采女とか聞いていましたが、その人でしょうか〉。

二一〈仏道に導き、成仏を得させて下さいませ〉。

二二「人々同仏性」は、人間は皆同じく仏性を備えている、の意で、同趣の表現は多い。典拠未詳。

性《シヨオ》なり　なに疑ひもなみの上（無・波）　シテへ水の底《ソコ》なる鱗類《ウロクズ》[一]や　ワキへ
乃至草木国土《ナイシソオモクコクド》まで　シテへ悉皆成仏《シツカイジヨオブつ》　ワキへ疑ひなし
〔歌〕地へましてや　シテは少し前へ出て　人間《ニンゲン》においてをや　龍女《リウニヨ》[二]がごとくわれもは
や　変成男子《ヘンジヨオナンシ》なり　左袖を返してワキへ向き　采女とな思ひ給ひそ　舞台を回り　しかも所は補陀落《フダラク》[三]の　南
の岸に到りたり　これぞ南方無垢《ナンボオムク》世界　常座でワキへ向く　生まれんことも頼もしや
生まれんことも頼もしや
〔クリ〕地へげにやいにしへに　大小前で正面へ向く　ならの都（成・奈良）の代々《ヨヨ》を経《ヘ》て　神《カミ》[四]と君《キミ》と
の道直《ミチスグ》に　国家《コッカ》を守る誓ひとかや
〔サシ〕シテへしかれば君に仕《ツカ》へ人《ビト》　正面を向いたまま　その品々《シナジナ》[五]の多き中《ナカ》に　地へわ
きて采女《ウネメ》の花衣《ハナゴロモ》[六]の　うらむらさきの（裏・うら紫）心《ココロ》を砕《クダ》き　君辺《クンペン》に仕《ツカ》へ奉る
ワキへ向き　シテへされば世上《セジヨオ》にその名を広め　地へ情《ナサ》[七]け内《ウチ》に籠《コモ》り言葉外《ホカ》に現は
るる例《タメシ》　世以《ヨモ》つて　扇をはね掲げる　類《タグ》[八]ひ多かりけり
〔クセ〕地へ葛城《カズラキ》[九]の王《オオキミ》　勅《チヨク》に従ひ陸奥《ミチノク》[一〇]の　忍ぶもぢずり誰《タレ》も皆《ミナ》　事《コト》[一一]
も疎《オロソ》かなりとて　設《モオ》[一二]けなどしたりけれど　足拍子　以下謡に合せて舞う　なほしもなどやらん

一　水の縁で魚類成仏を言う。「乃至草木国土」は経典に頻出する「…乃至…」の形を借りた表現か。「草木国土悉皆成仏」は、一六六頁注四参照。
二〈龍女成仏のように私もはや変成男子です、采女とはお思いになりませんように〉。九二頁注二参照。
三　猿沢の池を補陀落山（観音の浄土）の南の岸とし、南方無垢世界とみる。そこに成仏するであろうことが期待されて心強く思われる、の意。「補陀落の南の岸に堂建てて…」（八一頁注八参照）。
四　神の道（祭事の神徳）と、君の道（政事の君恩）が正しく行われていること。
五〈仕える人の身分さまざま多い中で〉。《弓八幡》等にも。

六「花衣」（美しい衣）の「裏」に音通の「うら紫」が「砕く」の序（四二頁注五参照）。

8
七〈真情が心の内にこもり、それが和歌となって外に詠み出された例は〉。「情動キ二於中一、而形ル二於言一」（『毛詩大序』）に基づく。底本地指定なし。上製本等による。

八〈世間にその類例はたくさんある〉。下掛りは「類ひ多からず」とし、意味が逆になる。
九　以下『古今集』仮名序に基づく説話。解題参照。
一〇「陸奥のしのぶもぢずり誰ゆゑに…」（『古今集』恋四）をふまえて「誰」の序とする。
一一　万事不行届きだ、の意（『三流抄』等による）。
一二〈宴会など催したが、それでもなぜか〉。

一三〈盃を取り上げて、酒を勧めて詠んだ歌の真情に心がなごんで〉。「言の葉」「葉の露」「露の情」と縁語。

王《オオキミ》の心解《ト》けざりしに　采女《ウネメ》なりける女《オンナ》の　一三土器《カワラケ》取りし言の葉の 数拍子 露の情《ナサ》けに心解《ト》け　叡感《エイカン》以《モ》つて甚《ハナハダ》し 上を見上げて出 されば一四安積山《アサカヤマ》　影《カゲ》さへ見ゆる山の井の 下を見 浅くは人を思ふかの 舞台を回り 一五心の花開《ヒラ》け　一六風も治まり雲静か 真中へ出て扇で指し廻し に　一七安全《アンセン》をなすとかや 扇を高く上げつつ シテへしかれば采女の戯《タワム》れの一八　地へ色《イロ》音《ネ》に移《ウツ》る花鳥《ハナトリ》の　とぶさに(飛・鳥総)及ぶ雲の袖《ソデ》 足拍子 影《カゲ》も廻《メグ》るや盃《サカズキ》の　御遊《ギョイウ》の御酒《ミキ》の折々《オリオリ》も　采女《ウネメ》の衣《キヌ》の色添へて　一九大宮人《オオミヤビト》の二〇小忌衣《オミゴロモ》　桜をかざ 扇を上げ頭を指し す朝《アシタ》より かざしつつ回る 今日もくれはとり二一(暮・呉織)　声《コエ》の文《アヤ》をなす舞歌《ブガ》の曲《キョク》　二二拍子《ヒョオシ》を揃 数拍子 へ　袂《タモト》を翻《ヒルガ》へして 袖を見 二三遊楽快然《イウガクカイゼン》たる　采女の衣《キヌ》ぞ妙《タエ》なる 舞い納める

〔裾クセ〕　地へとりわき忘れめや　二四曲水《キョクスイ》の宴《エン》のありし時 扇に左手を添え おん土器《カワラケ》たびたびめぐり 盃に見立てて前へ出し 二五有明《アリアケ》の月更《フ》けて 月を見上げ 山郭公《ヤマホトトギス》　誘《サソ》ひ顔《ガオ》なるに 声を聞く体 叡慮《エイリョ》を受けて遊楽《イウガク》の

〔(ワカ)〕 常座に立ち 地へ二六月に啼《ナ》け

【序ノ舞】

〔ワカ〕 扇を高く上げつつ シテへ月に啼《ナ》け　同じ雲居《クモイ》の郭公《ホトトギス》　地へ天《アマ》つ空音《ソラネ》の　万代《ヨロズヨ》

一四 末句「思ふものかは」。解題参照。
一五 「言葉の露」と対。「風」「雲」と縁語。
一六 この一句、天下泰平をいう慣用句（一三七頁注一参照）であるが、ここは王の状態について言う。
一七 安く全きめでたさ。「君安全」（《弓八幡》等）。
一八 〈采女の戯れの歌から歌舞へと移り、鳥の鳥総《とぶさ》（梢）にかけるように舞袖を廻らし、廻る盃の御遊の折々にも〉。「花鳥の色音に移る思ひにて」（『新続古今集』雑、頓阿）をふまえ、ここは「色音」は美しい音楽の意。「雲の袖」「雲の衣」等一四四頁注一一参照。
一九 「ももしきの大宮人はいとまあれや桜かざして今日も暮らしつ」（『新古今集』春下、山辺赤人）。
二〇 節会《せちえ》などに着る上衣。舞を舞う場合の慣用表現。
二一 「呉織《くれはとり》」は「漢織《あやはとり》」に音通の「文《あや》」の序。「情発二於声一、声成レ文《ヲ》、謂二之音一《ト》」（『毛詩大序』）による。
二二 以下の二句は、歌舞の形容の慣用表現。
二三 〈舞歌遊楽の心地よげな、采女の舞衣の美しいこと〉。「遊楽」は世阿弥の造語で伝書にも見られる。
二四 曲水に盃を浮かべる遊宴。六二頁注七参照。
二五 〈有明の月が、山郭公の一声《ひとこえ》を誘い顔に照らしている折、御意を承っての遊楽に〉。「郭公トアラバ…山郭公…月…一こゑ」（『連珠合璧集』）。
二六 「月になけめぐりあふ夜の郭公」（『菟玖波集』一二〇）を踏むか。〈月に鳴け、雲居（大君のいます所）に同じ雲居（大空）の郭公よ、天つ空（大空）に鳴く音が、大君の世とともに万代までも続くように〉。

9

一〈万代までとは限ることはない、天《あま》の羽衣《はごろも》が撫でても尽きぬ巌のように、永劫《えいごう》に尽きないでほしいものだ〉。「君が代は天の羽衣まれに来て撫づとも尽きぬ巌ならなん」（『拾遺集』賀）の下句を借る。

二 以下「…鳥の跡久しくとどまれらば」（『古今集』仮名序）による。「鳥の跡」は文字、筆跡。和歌の道が長く続く意を、「君が世」にとりなすとともに、前場の春日の草木霊験譚と対応させた。

三 天下泰平の意の類型表現。《高砂》参照。

四「水滔々」（水のみなぎるさま）、「波悠々」（波のゆったりとしたさま）。以下「雲」「雨」と続ける。

五「移㆑石動㆓雲根㆒」（『三体詩』、賈島《かとう》）など、石を雲根とするのに基づき、歌語「岩根《いはね》」を転用した形。

六 底本は「疎牖」（節付け四字分）で『謡抄』の宛字。「窓牖」は窓。「窓トアラバ…雨、打」（『連珠合璧集』）など、和歌表現の類型を漢詩風に用いた。「雲」と「雨」をつなぐのは「雲となり雨となる」（歌語として定型化し《融》にも見える）を変型・修飾した形で、「日為㆓朝雲㆒、暮為㆓行雨㆒」（『文選』高唐賦）に基づき、夢とも現《うつつ》とも分かぬ遊楽の夜のありさまを形容。

七〈采女の戯れとお思いなさいますな、これは仏法讃嘆の因縁なのですから〉。「采女の戯れ」を遊楽としての狂言綺語《きぎょ》の戯れにとりなした。「願以㆓今生世俗文字之業狂言綺語之誤㆒、飜為㆓当来世々讃仏乗之因転法輪之縁㆒」（『和漢朗詠集』仏事、白楽天）に基づき、「狂言綺語の戯れ」（『十訓抄』序等）の形で通用。

までに

〔ワカ受ケ〕シテ（ヘ）一万代《ヨロズヨ》と（以下舞台を逍遥）限らじものを天衣《アマゴロモ》　撫《ナ》づとも尽《ツ》きぬ

巌《イワオ》ならなん

〔ノリ地〕シテへ松の葉の　地へ二松の葉の（以下謡に合せて舞う）　散り失せずして　まさ

きの葛《カズラ》　長く伝《ツタ》はり　鳥の跡《アト》絶えず（舞台を回り）　天地《アメツチ》穏《オダ》やかに　国土《コクド》安穏《アンノン》に

三四海波《シカイナミ》　静かなり

〔歌〕シテへ猿沢《サルサワ》の池《イケ》の面《オモ》　地へ猿沢の池の面に（数拍子）　四水《ミズ》滔々《トオトオ》として（扇を招き）

波また（あおいで）　悠々《イウイウ》たりとかや（水面を見廻し）　五石根《セキコン》に雲起《オ》こつて（扇をかざして）　雨は　六窓牖《ソオヨオ》を打つな（足拍子見上げ）

り（見下し）　遊楽《イウガク》の夜《ヨ》すがらこれ　采女の（扇でワキを指し）　七戯《タワム》れと思《オボ》すなよ　讃仏乗《サンブつジヨオ》の　因《イン》

縁《ネン》なるものを（ワキへ向き）　よく弔《トム》らはせ給へやとて（舞台を回り　常座で　扇で面を隠し水に沈む心で膝を）　また波に入りにけり　ま

た波の底に入りにけり（つき　立ち上って脇正面を向き留拍子）

鵜羽

うのは

登場人物

前シテ　海　女　深井（曲見）・唐織
後ジテ　龍　女（豊玉姫）　泥眼・黒垂・龍戴・舞衣・緋大口
前ツレ　海　女　小面・唐織
ワキ　廷　臣　大臣烏帽子・袷狩衣・白大口
ワキ連　従　臣　大臣烏帽子・袷狩衣・白大口
アイ　所の男　長上下

備　考

*初番目物。太鼓あり。
*五流とも現行曲になし。
*片方を鵜の羽で葺いた仮屋の作り物を出す。
*底本役指定は、シテ・後ジテ、ツレ、二人（シテ、ツレ）、大臣・ワキ、同、地。
*間狂言は古活字版による。

構成と梗概

1　ワキの登場　廷臣（ワキ）が神代の古跡を尋ねて日向《ひゅうが》の鵜戸《うど》の岩屋に到る。
2　シテ・ツレの登場　海女（シテ）と同行の海女（ツレ）が現われ、神代の昔を懐《おも》い、神徳を偲ぶ。
3　ワキ・シテの応対　廷臣は鵜の羽を葺《ふ》きさした仮屋の謂《いわ》れを尋ね、海女は鵜羽葺不合命の話を語る。
4　シテの語り舞　海女は鵜の羽を葺くことを、ふくもの尽《づく》しの歌とともに語り舞う。
5　ワキ・シテの応対　廷臣が干珠《かんじゅ》・満珠《まんじゅ》の玉の在り処を尋ねると、海女は自分が豊玉姫であることをほのめかして消え失せる。
6　アイの物語り　所の男（アイ）が神代の故事を語る。
7　ワキの待受け　廷臣は仮泊して神の告げを待つ。
8　後ジテの登場、舞事　龍女豊玉姫（後ジテ）が登場し、満干の珠を讃美して舞う。
9　結末　龍女はなおも満干の珠の威徳を現わし、妙法を渇仰《かつごう》して海中に入る。

一〈伊勢の神と日向の神と、所は違っても、神の御誓願に変りはない〉。天孫降臨の際、猨田彦《さるたひこ》が「天つ神の子はまさに筑紫の日向の高千穂の槵触《くしふるの》峯に到りますべし。吾は伊勢の狭長田《さなだ》の五十鈴《いすず》の川上に到るべし」(『神代紀』)というのを原拠とする成語。『伊勢物語』注釈系の「伊勢や日向(の物語)」は別種の説話に付会した混淆僻事《こんこうへきじ》を意味する。 **1**

二 今上天皇。

三 宮崎県日南海岸にあり、海に面して開く天然の岩窟。鵜戸神社として祀《まつ》る。「(鵜)戸岩屋、名所也。是は日向の国に有、天の岩戸、是、本也。伊勢に岩戸ありと申せども、日向のうどの岩屋、是、本也」(『梵灯庵袖下集』)。

四「君におん暇を申し」は、古写本等に「思ひ立ち」とある形が古態であろう。ワキを僧ワキから「当今に仕へ奉る臣下」に改めたことに関連しての改訂と思われる。解題参照。

五 以下、「衣」の縁語(「裁ち重」「裏」「張」「馴」)を続ける。

六「筑紫」は九州の総称。「筑紫方」に「潟」の意を掛けるか。

七〈鵜の羽を葺いて神の子の小屋を建てる今日の禊ぎには、波風も心して荒れないでくれよ〉。 **2**

【次第】でワキとワキ連が登場 後見が片方を鳥の羽で葺いた仮屋の作り物を大小前に置く 真中に立つ

〔次第〕 ワキ ワキ連 向き合って 〽伊勢や日向《ヒウガ》の神《カミ》なりと 一伊勢《イセ》や日向《ヒウガ》の神なりと 誓ひは同じかるべし

〔名ノリ〕 ワキ 正面へ向き 「そもそもこれは二当今《トオギン》に仕《ツカ》へ奉る臣下なり さても九《キウ》三州《シウ》鵜戸《ド》の岩屋《イワヤ》は神代《カミヨ》の古跡《コセキ》にてござ候ふほどに このたび四君におん暇《ニトマ》を申し 九州に下向《ゲコウ》仕り候

〔上ゲ歌〕 ワキ ワキ連 向き合って 〽五旅衣《タビゴロモ》 なほたち重ね行く道の(裁・立) なほたち重《カサ》ね行く道の うら山かけてはるばると(裏・浦)(張・遥々)以下歩行の体 馴れて心をつくしがた(尽・筑紫)六 鵜戸《ウド》の岩《イワ》屋《ヤ》に着きにけり 鵜戸の岩屋に着きにけり 〔着キゼリフ〕のあと 脇座に着座

【真ノ一声】でツレ・シテの順に登場 ツレは一ノ松 シテは三ノ松に立つ

〔一セイ〕 シテ ツレ 向き合って 〽七鵜《ウ》の羽葺《ハフ》く 今日《キョオ》の禊《ミソ》ぎぞ神のこや(子・小屋)たつ(建・立)波風も

心せよ　両人正面へ向き　ツレ〽[一]鵜戸《ウド》の岩屋《イワヤ》の神《カミ》の代《ヨ》を　向き合って　シテ ツレ〽思へば久し秋津《アキツ》国《クニ》

【アシライ】で舞台に入り　ツレは真中　シテは常座に立つ

〔サシ〕　正面へ向き　シテ ツレ〽ありがたや過ぎし神代《カミヨ》の跡尋《ト》めて　聞けば[二]昔に返る波の　しらゆふ（白・白木綿）かけて秋風《アキカゼ》の　松にたぐへていそ（居・磯）の宮　鵜《ウ》の羽《ハ》葺《フ》くなり浜庇《ハマビサシ》　久《ヒサ》しき国のためしかや

〔下ゲ歌〕シテ ツレ〽[三]げに名を聞くも久方《ヒサカタ》の　正面を向いたまま　その海士乙女《アマオトメ》数《カズ》かずの　手《タ》向《ム》け草《グサ》を捧《ササ》げん

〔上ゲ歌〕シテ ツレ〽[四]誰《タレ》もげに　神に頼みをかけ（掛・）まくも　神に頼みをかけまくも　忝《カタジ》けなしやこの御子《ミコ》の　おん母《ハワ》の名を聞くも　豊玉姫《トヨタマヒメ》のいにしへ　[五]げに心なきわれらまで　海士《アマ》の刈《カ》る藻《モ》の露ほども　恵みになどか遇《ア》はざらん　恵みになどか遇はざらん

シテは真中　ツレは目付へ入れ替って立つ

〔問答〕　脇座に立ってシテへ向き　ワキ「いかにこれなる方《カタ》がたに尋ね申すべき事の候

シテ　ワキへ向き「こなたの事にて候ふか何事《ナニゴト》にて候ふぞ

仮屋を見やり　ワキ「不思議やこれなる仮殿《カリドノ》を見れば　[六]鵜《ウ》の羽《ハ》にて葺《フ》き　いま一方《イッポオ》をば葺き残されて候

シテ　こ

一〈鵜戸の岩屋の神代の故事を思えばまことに悠久なこの日本の国よ〉。「秋津国」は日本の異称。

二〈寄せては返す波の音が、白波を立てている秋風の、松吹く響きに合わさっている、その磯の宮の浜庇を鵜の羽で葺くのは、悠久なこの国の恒例とか〉。「昔に返る」は昔が再現される意。「返る」は「波」と縁語。「白木綿花」は波立つ形容。「しらゆふトアラバ…かくる」、「かくるトアラバ…浪」（『連珠合璧集』）。「松にたぐへて」は波の音が松吹く秋風の音と響き合っていること。「松」と「秋風」は縁語、「松の響きに秋風楽をたぐへ」（『方丈記』）等。「浜庇」は歌語、「宮」「葺く」の縁語で「久し」の序。

三〈いかにも、磯の宮の名を聞くことは久しい昔からのことで、その磯に住む天乙女ならぬ海士乙女のわれらは数々の手向け物を捧げよう〉。「久方の」は、「久し」に言いかけて「天」に音通の「海士乙女」の序。

四〈誰もがいかにも神に願いをかけるが、かけまくも忝けなきこの御子は、御母の名を聞くにも、「豊《とよ》」の名をもつ豊玉姫で〉。「御子」は火々出見尊《ほほでみのみこと》。「豊」には豊作、豊富などめでたいひびきがある。

五〈無風流な海士のわれらまでも、少しばかりは神の恩恵に浴するはずだ〉。「海士の刈る藻」は歌語。「藻に住む虫」を介して「露」の序となる。「露トアラバ…虫」（『連珠合璧集』）。

3

六 鵜の羽をもって産屋を葺くことや、語りの内容は、『神代紀』に基づき、諸書に見える。間狂言参照。

（ワキへ向き）れは何と申したる謂《イ》はれにて候ふぞ　シテ「げにげにご不審《フシン》おん理《コトワ》りにて候　鵜《ウ》の羽《ハ》にて葺《フ》きたる事につきてめでたき謂はれの候くはしく語つて聞かせ参らせ候ふべし　ワキ「あら嬉《ウレ》しや懇《ネンゴ》ろにおん物語り候へ

〔語リ〕　シテ（正面を向き）「そもそも地《ジ》神《ジン》五《ゴ》代《ダイ》[七]のおん神をば　鵜羽葺不合尊《ウノハフキアワセズノミコト》と申し奉る　その父のおん神釣針《ガミツリバリ》を魚《ウオ》に取られ　龍宮《リウグウ》まで尋ね行き給ひ豊玉姫《トヨタマヒメ》と契りをこめ　釣針に満《ミ》ち干《ヒ》の珠《タマ》を添へ　取りて帰り給ふほどなく豊玉姫ご懐妊《カイニンナ》ありしかば　この磯辺《イソベ》に仮殿《カリドノ》を造り　鵜の羽にて葺き　いまだ葺き合はせざるに　尊《ミコト》生まれさせ給ふにより　鵜《ウノ》羽葺不合尊《ハフキアワセズノミコト》と申し奉る　さればそのご誕生日も[八]　この秋の今日《キヨオ》に当りたれば　へ嘉例《カレイ》[九]に任《マカ》せて仮殿を造り　（ワキへ向き）鵜の羽にて葺き候ふなり

〔掛ケ合〕　ワキ（一同立ったまま）へ謂はれを聞けばありがたや　遠きためしも[一〇]今ここに　（見・宮居）みやゐもさぞな千早《チワヤフ》振る　ツレへ神の禊《ミソ》ぎのまつりごと[一一]　直《スグ》なる御代《ミヨ》に跡垂《アトタ》れて　ワキへ今も日を知る神祭り[一二]　シテへ急げや[一三]

七「地神五代」は一七六頁注四参照。彦波瀲武《ひこなぎさたけ》鸕鷀《う》草葺不合尊《かやふきあわせずのみこと》（『神代紀』）を「鵜羽葺不合尊」（ウノハフキアワセズノミコト）と称することは中世の諸文献に見える。「鵜羽」の曲名もこれに由来する。

八 拠り所未詳。室町時代物語に「来たる九月の末つかた、必ず産におよび候はん」（『かみよ物語』）、「御産はその年の九月とぞきこえける」（『玉井の物語』）と見え、九月誕生説があるらしい。

九〈めでたい前例に従って〉。

一〇〈遠い神代の前例は、今ここに見えるように、きっとこんな宮居において禊《みそ》ぎの祭りが行われたのだろう〉。「まつりごと」には、「祭」「政」二様の意をこめ、「政」が下文へ続く。「千早振る」は「神」の枕詞。

一一〈正しく政治の行われているこの御代に神もましまして〉。「跡垂れて」は「垂跡」を和らげた言い方。

一二 祭りが今日であることを知る、今だに祭りの日が知られている、の両意に言いかけたか。　**4**

一三「急げや」「いその」、「波」「鳴く」はそれぞれ重韻。「磯」と「千鳥」は縁語。

一「鵜戸」の縁語。「千鳥が滝…名所也。是も鵜戸の岩屋の近所なり。磯山の滝也。千鳥此の滝に通ふとかや」(『梵灯庵袖下集』)。

二「ひかたとはひつじさる(西南)の風をなづく。たつみ(東南)の風といふ説もあり」(『連珠合璧集』)。

三「暴風、ハヤチ」(『和名抄』)。「吾必起ニ迅風《はやち》洪濤《なみ》一」(『神代記』)に「波颪」を言いかけたか。「波おろし」は未詳、「山おろし」に類《たぐ》えて言うか。

四「鵜の羽風」は「吹く」の序。「葺く」「吹く」「更く」のふくもの尽しとなる。

五〈反対に、吹くについて心配なのは咲く花に吹く山嵐、また、夜が更けてゆくちょっとの間を惜しむのは、たまさかの逢瀬《おうせ》の夜だろう〉。「この」は囃《はや》し言葉。

六〈面白いことよ。こんなこと(鳥の羽で織ったり葺いたり)も、本当に世の中はさまざま〉。

七 以下対句。狭布《けふ》の細布(一五一頁注一五)参照。

八〈なぜか日向の国では神の小屋を鵜の羽で葺くのだが、神の御子の恵み久しき芦の仮屋が悪かろうはずはなく、神代の時代の悠久不死を現わし示すのも、神の御誓願に違いない〉。「や・かや・こや・もや」と連ねる。「こや」(昆陽)は「芦」と縁語。「あしかりや」は、「芦の仮屋」に「悪しかりや」を言いかける。

九〈波もくだけ散って白露の玉のようで、その玉をつらねて軒を葺くとか〉。「世」(神世)「節」は縁語で「不死」を掛けるか。

一〇〈古い歌の言葉を添えて、まことの心を手向け〉。

(急・磯)いその波に鳴く　ワキ〽[一]千鳥も己《オノ》が翅《ツバサ》添へて　シテ〽鵜《ウ》の羽重ね
て　ツレは笛座前へ行って立つ　ワキは着座　ワキ〽葺《フ》くとかや
[上ゲ歌]　地〽浦風《ウラカゼ》も松風《マツカゼ》も　シテは以下謡に合せ動く　浦風も松風も　[二]日《ヒ》方《カタ》や[三]疾風波颪《ハヤチナミオロシ》　音《オト》を
添へ声を立て　扉《トボソ》も軒《ノキ》も[四]鵜《ウ》のはかぜ　(羽・羽風)　(吹・葺)ふけやふけや疾《ト》くふけ　[五]吹く
正面先へ出　や心にかかるは　梢を見上げ　花のあたりの山颪《ヤマオロシ》　(吹・更)ふくる間《マ》を惜しむや　稀《マレ》に逢《オ》
ふ《オ》夜なるらん　この稀に逢ふ夜なるらん
[(クセ)]　地〽[六]面白《オモシロ》やこれとても　謡に合せ動く　げに世の中の品々《シナジナ》　[七]いかなれば
陸奥《ミチノク》には　鳥の羽《ハ》を糸にして　衣《コロモ》を織るとかや　[八]いかなればこの国
は　鵜の羽葺くなり神のこやの　(子・小屋)(恵・芽ぐみ)(久・庇)めぐみひさしのあしかりや　(芦刈・仮屋)　よの　(世・節・不死)
ふしを現はすもや　神の誓ひなるらん
[ロンギ]　謡に合せ動く　地〽はや夕暮《イウグレ》の秋の空　[九]波も散るなり白露《シラツユ》の　玉《タマ》を連《ツラ》ね
て葺《フ》くとかや　シテ〽軒《ノキ》の雨　(降・古)ふるき[一〇]言《コト》の葉《ハ》取り添へて　手向《タム》け
ぞまこと[一一]真鳥棲《マトリス》む　雲梯森《ウナデノモリ》の落葉《オチバ》を　仮屋を見やり　拾ひ上げいざや葺《フ》か《コ》う《オ》よ
地〽[一二]拾《ヒロ》ふ《オ》潮干《シオヒ》のたまたまも　(珠・偶々)　[一三]折《オリ》を得たりといふ《ウ》ぐれの　(言・夕暮)　東を見やり　シテ〽月すで

に出で汐《シオ》の　影《カゲ》ながら葺かうよ　地へ[一四]影《カゲ》もしげきの(茂・繁木)八重榊《ヤエサカキ》　葉色《ハイロ》
を添へて葺くほどに　シテへ重なる軒《ノキ》の[一五]忍《シノ》ぶ草　地へ[一六]忘れたり葺き
さして　シテへ少しは残せ　地へ名を聞くも　葺き合はせずの神《カミ》
仮屋を見つめ
のお仮屋　葺き残せ葺き残せ　しかも月の夜すがら　影《カゲ》もろともに
[一七]われも出《イ》で　洩《モ》る影は天照《アマテ》らす　神代《カミヨ》の秋の月を　ワキへ向き着座　いざや眺め明か
さん　ツレも着座

〔問答〕　シテへ向き
ワキ「鵜の羽葺き合はせずの謂《イ》はれはくはしく承り候ひぬ
さてさて[一八]干珠満珠《カンジユマンジユ》の玉のありかはいづくの程《ホド》にて候ふぞ
ワキへ向き
シテ「さん候《ゾオロオ》干珠満珠の玉のありかもありげ[一九]に候　まことはわれ
は人間《ニンゲン》にあらず　暇《イトマ》申して帰るなり　ワキへそも人間にあらずと
は　いかなる神《カミ》の[二〇]化現《ケゲン》ぞと　袖をひかへて尋《タズ》ぬれば　シテ「終《ツイ》に
はそれとしらなみの(知らん・白波)　たつの(立・龍)都は[二一]豊《ユタ》かなる　へ玉《タマ》の女《オンナ》と思ふべし
ワキへ龍《タツ》の都は龍宮《リユウグウ》の名　また豊かなる玉の女と　聞くは豊玉姫《トヨタマヒメ》か
とよ　ワキへ向き
シテへあら恥づかしや[二二](知らず・白玉)しらたまか

「言の葉取り添へ」は「落葉を拾ひ上げ」と対句。

一一「まこと」「まとり」と重韻。「まとりとは鵜を云也」(『袖中抄』)。「真鳥棲む雲梯森」は歌枕。

一二「拾ふ」は前句と頭韻。「玉や拾はん」(『催馬楽』)の表現を借り、後出の満珠・干珠を暗喩。

一三〈ちょうど折に適ったと言うかのように夕月はすでに出、汐も満ち潮、その月影の下で葺こうよ〉。

一四〈明るい月光の下に見える、多くの繁木の榊の美しい葉を添えて葺いてゆくうちに〉。「月影」に「木蔭」を掛け、「繁木」は皇大神宮の縁で言う。「八重榊しげき恵みの数添へて…」(『新勅撰集』神祇、荒木田延成)。

一五「忍ぶ草」「忘れ(草)」は「軒」の縁語。

一六〈忘れていた、全部葺いてしまわずに少しは葺き残せ、その名も葺不合尊の神の御仮屋だから〉。

一七〈私も現われ出で、神代に同じ秋の月を眺め明かそう〉。「出で」は「洩る」と対。「天照らす」は、天を照らす意に、天照大神の神代を言いかけた。

一八 潮満瓊、潮涸瓊のこと(次頁間狂言参照)。その在処が古来問題にされ、『釈日本紀』は宇佐宮にありとする説を掲げる。海中の龍王が所持するともいう。

一九〈あるとかいうことです〉。自分の所有を朧化《ろうか》して言った。「ありか」「ありげ」と重韻。

二〇 古写本等「げんけ」。「現化《げんげ》」は「化現」に同意。

二一 豊玉姫の名を隠して言う。

二二『伊勢物語』第六段の歌、末句「消なましものを」。「白玉」は「豊玉」の語呂合せ。

〔歌〕 地へ 立ち上り 何《ナニ》ぞと人の問ひし時　露と答へて消《キ》えなまし　[一]なまじひ《イ》に現はれて　扇で正面を指し廻し 人の見る目恥づかしや　[二]舞台を回り 隔てはあらじ蘆垣《アシガキ》の　(葭・)よし名を問《ト》はずと神《カミ》までぞ　ワキへ向い ただ頼めとよ頼めとよ　(・豊)玉姫《タマヒメ》はわれなりと
海上《カイショオ》に立つて失《ウ》せにけり　常座で正面を向き 消え失せた体で中入り ツレも続く 海上に立つて失せにけり

〔問答〕 アイが登場　ワキは所の謂れを尋ねる

〔語リ〕 アイ「[三]日向《ヒウガ》の国鵜戸《ウド》の岩屋と申すは　神代《カミヨ》の古跡《コセキ》にてござ候　昔[四]天神七代《テンジンシチダイ》過ぎて地神五代《チジンゴダイ》目のおん神をば　鵜羽葺不合《ウノハフキアワセズ》の尊《ミコト》と申し候　そのおん父のおん神をば[五]彦火々出見《ヒコホホデミ》の尊と申し候　されば尊御秘蔵《ゴヒソオ》に思し召され候ふ[六]三尺の剣の先を折り給ひ　三寸の釣針《ツリバリ》に拵《コシラ》へ給ひて　この浦にて釣を垂れ給ひ候ふところに　釣針を魚《ウオ》に取られさせ給ひて　尊御秘蔵《ゴヒソオ》の釣針にてござ候ふほどに　取り返したく思し召され　ここかしこを尋ね給ひ候へども　さらにござなく候　尊安《ヤス》からず思し召し　波間《ナミマ》を分け入り　龍宮まで尋ね行き給ひ候　その時いづくとも知らず女性一人《ニョショオイチニン》参りて申すやうは　これはいづくより来たり給ふ人ぞと申せば　これは地神四代彦火々出

一〈なまじっかこのように現われて、どんなふうに思われるか恥しいことよ（誰かと聞かれた時、露と答えて消えてしまいたいのに）〉。「なまし」「なまじひ」と重韻。「恥づかし」、「隔て」、「垣」と縁語。

二〈神の恵みに差はないのだから、いいではないか名前を聞かずとも、神には違いないのだから、ただひたすら頼みをかけよ〉。

三 以下の内容は記紀神話を原拠とするが、神仏習合下の諸説を加えて流布した中世日本紀の理解に基づく。 6

四「天神七代・地神五代」は神代をいう定型表現。天神七代は「第一国常立《くにのとこたち》尊、第二国狭槌《くにのさつち》尊、第三豊斟渟《とよくむぬ》尊、第四泥《う》土煮《ひじに》尊・沙《す》土煮《ひじに》尊、第五大戸道《おおとのじ》尊・大苫辺《おおとまべ》尊、第六面足《おもだる》尊・惶根《かしこね》尊、第七伊弉諾《いざなぎ》尊・伊弉冉《いざなみ》尊」。地神五代は「第一天照大神、第二正哉吾勝《まさかあかつ》々速日《はやひ》天忍穂耳《あまのおしほみみ》尊、第三天津彦《あまつひこ》々火瓊《ほのに》々杵《ぎ》尊、第四彦火々出見尊、第五彦波瀲《ひこなぎさ》武鸕鷀《たけうが》草《や》（鸕鷀羽《うのは》）葺不合《ふきあわせず》尊」。

五 底本（古活字版）や寛永九年版本は「ひこほほでのみこと」。無刊記本は「ほほでみのみこと」とする。十四行目の場合も同様。

六「三尺の剣」は剣の常套表現（『和漢朗詠集』による）を用いて「三寸の釣針」と対比させた文飾。兄の火闌降《ほのすそりの》尊が海幸、弟の火々出見尊が山幸を獲るが、兄の釣針と弟の弓矢とを交換して、釣針を魚に取られ、兄の刀をもって新しい釣針を作って返したが兄に拒絶された、というのが『神代紀』の神話。ここは火々出見尊一人に絞った変型。
七 姉の姫に対する弟姫。また、龍宮の姫の意。「豊玉姫ハ海童《ワタツウミ》ノ第二ノ女也」(『神代巻取意文』)とするが、「沙竭羅《しやかつら》龍王ノ嫡女豊玉姫」(同書)などの異説もある。
八 底本「けんた」。「クエンタ、オホカメ」(『色葉字類抄』)、「ゲンダ、保二深淵之底一」(文明本『節用集』)。
九 満珠と干珠(一七九頁注一〇参照)。海神が火々出見尊に与えた潮の干満を支配する力を持った珠。それで兄(注六参照)を溺れさせ、また助けて服従させるよう教えた。
一〇「天子無二戯言一」(『史記』晋世家。『明文抄』『管蠡抄』や文明本『節用集』にも引く)に基づく諺。
一一〈龍宮界でのお産はよろしくない。地上界でご出産させ申そう〉。

見の尊にてあり　さておん身はいかなる人ぞと尋ね給へば　これは龍宮界にておん入《ニ》り候　われは龍王《リウオオ》の乙姫《オトヒメ》[七]豊玉姫と申す龍女《リウニヨ》にて候ふと申す　その時尊不思議に思し召され　われこの沖にて釣を垂れ候ふところに　釣針を魚《ウオ》に取られ取り返さんために　これまで来たり候　この釣針を尋ね出だし　われに得させよ　さあらば夫婦の語らひをなすべしと仰せられ候へば　玉姫《タマヒメ》さてはただなるおん方にてはござなく候ふよ　まづ釣針を尋ね出だして参らせんとて　すなはち尋ねらるるところに　黿鼉《ゲンダ》[八]と申す魚の腹《フク》中《チウ》より探し出だし　かの釣針に満干《ミチヒ》[九]の玉を添へて奉る　尊大きに喜び給ひ候　さるほどに天子[一〇]に戯《タワム》れの言葉なしとて　おん約束を違《タガ》へ給はず　やがて夫婦のおん語らひをなし給ふところに　程なく御懐妊《ゴカイニン》候　しかれば龍宮[一一]界にては然るべからず　この界にて御産《ゴサン》の紐《ヒモ》を解かせ申すべしとて　この浜辺《ハマベ》に御産屋《ゴサンヤ》を建てられ候　その時玉姫尊《ミコト》に向かひ仰せられ候ふやうは　われ産に臨《ノゾ》む砌《ミギリ》　産屋の内を見給ふなと堅くおん約束候　さて御《ゴ》産屋の上を鵜の羽にて葺き候ふに　いま一方《イツポオ》葺き終らざるに　御子《ミコ》誕生ならせ給ふ

によつて鵜羽葺不合《ウノハフキアワセズ》の尊と申し奉る　また鵜の羽にて御産屋《ゴサンヤ》を葺き申す事は　尊《ミコト》釣針を魚《ウオ》に取られ　おん心を尽くし給ひて候ふほどに　魚《ウオ》の威《オド》しのために　鵜の羽にて葺きたると承り候　さるほどに尊あまりに不審に思し召され[一]　御産《ゴサン》の時産屋の内をおん覗《ノゾ》き候へば　恐ろしき有様にてござ候　玉姫この由を知ろしめされ　さぞいぶせく思し召されんと面《オモ》はゆく思し召しけるか[二]　龍宮界へ立ち帰り給ひて候ふと承り候　それまでは龍宮界の通《カヨ》ひ路《ジ》　常に陸路《ロクジ》のごとくにござ候ひしが　玉姫立ち帰り給ひてよりこのかた　龍宮の通《カヨ》ひ路《ジ》止まりたると承り候　それよりして鵜戸の岩屋は神代の古跡と申し伝へ候

〔問答〕　ワキは先刻の出来事を話し　アイはなおも奇瑞を見ることを勧めて退く

〔上ゲ歌〕[三]　正面先で向き合って

ワキ　ワキ連へ嬉しきかなやいざさらば　嬉しきかなやいざさらば　この松蔭《マツカゲ》に旅居《タビイ》して　風も嘯《ウソム》くとら(虎・寅)[四]の刻《トキ》　神《カミ》の告《ツ》げをも待ちて見ん　神の告げをも待ちて見ん

脇座に着座

【出端】で後ジテが登場　常座に立つ

一〈いろいろ難儀をなさったので〉。

二〈さぞかし（尊は）恐ろしくていやにお思いになったことだろうと、（姫は）きまり悪くお思いになったからか〉。底本「おほしめされん」と「と」を欠く。寛永九年版本により補う。

三　この〔上ゲ歌〕は《老松》《呉服》などに同文。

四「夫雲集而龍興、虎嘯而風起…」（『古文孝経』序。『明文抄』には『文選』として引く）など、諸漢籍に同類の句が見え、謡曲にも用例が多い。「虎うそぶいて風を成すといへる」（日本国語大辞典所引『名語記』）と諺化している。「寅の時より必ず風出るものなり」（『譬喩尽』）ともいう。「風も嘯く」は「寅の刻」（午前四時頃）の序。豊玉姫の出産の時、「妾、必ず風濤《かざなみ》急峻《はや》からん日を以て、海浜《うみへた》に出で到らん」（『神代紀』）とも関連せしめた表現か。第4段のふくもの尽しとも照応。

7

五『法華経』提婆達多品に八歳の龍女が宝珠を仏に奉り、男子に変成して南方無垢世界に往き、悟りを得たことを説くのに基づく。九二頁注二参照。

六　車屋本など下掛り系は、「聖人の御法を得んとなり」とあり、「ありがたや」の一句が入

8

［サシ］ 正面へ向き シテ\ 五 八歳《ハッサイ》の龍女《リウニョ》は宝珠《ホオシュ》を捧《ササ》げて変成就《ヘンジョオジュ》し　ワキへ向く われは潮《ウシオ》の満干《ミチヒ》の玉《タマ》を捧げ　六 国の宝《タカラ》となすべきなり

［一セイ］ シテ\ 七 南無《ナム》や帰命本覚真如《キミョオホンガクシンニョ》の玉《タマ》　地\ あるいは八 不取正《フシュショオ》覚《ガク》の台《ウテナ》の玉《タマ》　シテ\ または九 無量寿法界《ムリヨオジュホッカイ》　円満神通《エンマンジンズウ》の玉《タマ》

［ノリ地］ 地\ おのおのさまざま　舞台を回り 多けれど　山海増減《サンカイゾオゲン》の　一〇 満干《ミチヒ》の玉　げに妙《タエ》なれや　\ あらありがたや

【中ノ舞】 一一 女神の神舞

9

［ノリ地］ 地\ 干珠《カンジュ》を海に　沈むれば　干珠を海に　沈むれば　さすや潮《ウシオ》も　干潟《ヒカタ》となつて　扇で波を指し廻し 寄せ来る波も　浦風《ウラカゼ》に　招きあおぎ 吹き返されて　遠干潟《トオヒカタ》　一二 千里《センリ》はさながら　一三 雪を敷いて　扇をかざして 浜の真砂《マサゴ》は　一四 遠くを見やる 平々《ヘイヘイ》たり

【破ノ舞】

［ノリ地］ 広げた扇を捧げ持ち シテ\ さてまた満珠《マンジュ》を　潮干《シオヒ》に置けば　正面先へ出て膝をつき 地\ さてまた満珠を　潮干に置けば　立ち上って 音吹きかへて　沖つ風　汐《シオ》をも波をも　招きあおぎ 吹き立てて　一五 平地《ヘイジ》に波瀾《ハラン》を　足拍子を踏み 立て寄せ立て寄せ　正面下の海を見こみ 山も入り海　右に彼方の山を見 海をも山

る。一八〇頁注二との対応からもこれが古型と認められる。解題参照。

七「南無」は梵語、訳して「帰命」という。仏への帰依信心を表わす語。「本覚真如」は本来備わっている清浄な悟りの性質が本覚で、その本体が真如。如来法身。ここは真如を玉に譬える。

八 不取正覚（『無量寿経』の四十八の弥陀の誓願。それぞれの願に、もし成就せずば「正覚を取らじ」〈成仏せず〉との誓言を以て結句とする。不取正覚の誓願とも）を玉に譬える。

九「無量寿（仏）」は阿弥陀如来。その徳（円満神通）を玉に譬える。

一〇 潮満瓊・潮涸瓊（『神代紀』。一七七頁注九参照）を、満珠・乾珠（兼倶『日本書紀抄』）などとも言う。「一は満珠、一は干珠なり。陸路を海と成すと思ふ時は満珠を振ひ、又、干さんと思ふ時は干珠を振ふなり。大海も陸路と成るなり」（『若狭彦若狭姫大明神秘密縁起』。日本絵巻物大成『彦火々出見尊絵巻』所引による）。

一一 解題参照。

一二「浜トアラバ、千さと…まさご」（『連珠合璧集』）。

一三「潮風に立ちくる波を見るほどに雪をしきつの浦の真砂路」（『玉葉集』冬、為子）。

一四 干潟の形容。

一五《春日龍神》等にも見える類型表現。三〇三頁注一二参照。

上げ に 成《ナ》すこと易《ヤス》き 満干《ミチヒ》の玉《タマ》 一 扇を左にかざして舞台を大きく回り かほどに妙《タエ》なる 宝なれども ただ
願はしきは 二 聖人《セイジン》の 直《スグ》なる心の 真如《シンニョ》の玉《タマ》を ワキへ向い 授け給へや 授《サズ》け
給へと 願ひも深き 海となつて 扇をはねつつ常座へ回り 正面へ向き 脇正面を向いて留拍子 そのまま波にぞ 入りにける

一 〈これほど霊妙な宝珠ではあるが、しかし私が希求するのは真如の玉、その妙宝（妙法）を授け給え〉。

二 「聖人の直なる心の」は「真如の玉」（真理の悟りを玉に譬える）を修飾。「聖人」はワキをさして言う。原型は僧ワキで「上人」とあった語が、脇能の類型化とともに大臣ワキとなって「聖人」に改められたらしい。一七八頁注六、及び解題参照。

梅

枝

うめがえ

登場人物

前シテ　里の女　深井（近江女）・無紅唐織
後ジテ　富士の妻の霊　深井（近江女）・鳥兜・舞衣・無紅縫箔腰巻
ワキ　旅僧　角帽子・絓水衣・無地熨斗目
ワキ連　従僧　角帽子・縷水衣・無地熨斗目
アイ　所の男　長上下

備考

＊四番目物、略三番目物。太鼓なし。
＊観世・宝生・金春・金剛・喜多の五流にある。
＊萩藁屋・羯鼓台の作り物を出す。
＊底本役指定は、シテ、ワキ、二人（ワキ、ワキ連）、同、地。

構成と梗概

1　ワキの登場　甲斐身延山の僧（ワキ）が、同行（ワキ連）とともに廻国行脚《かいこくあんぎゃ》の途中、摂津住吉に到る。

2　ワキ・シテの応対　草庵に住む女（前シテ）に宿を乞い、一たびは断られるが強いて借りる。

3　ワキ・シテの応対、シテの物語り　僧は太鼓や舞の衣裳が飾ってあるのを不審し、女は天王寺の伶人浅間と住吉の伶人富士が争い、富士が殺害されたこと、富士の妻が太鼓を打って心を慰めたことを語る。

4　ワキ・シテの応対、シテの中入り　僧は女を富士の妻と察するが、女はただ回向《えこう》を頼んで消える。

5　アイの物語り　里の男（アイ）が僧に浅間と富士のことを物語り、供養を勧める。

6　ワキの待受け、後ジテの登場　僧の一行が法華経を読誦《どくじゅ》して弔《とむら》うと、灯火の中に舞衣・鳥甲を着けた富士の妻の幽霊（後ジテ）が現われる。

7　シテの物語り　女は夫を恋う執心を懺悔し、成仏を願う。

8　シテの舞事　女は越《え》天楽今様《てんらくいまよう》を歌い、懺悔の舞を奏で、なおも夫を恋う。

9　結末　やがて女の執心も姿も夜明けとともに消える。

1

後見が引廻しを掛けた萩藁屋の作り物を大小前に置く
【次第】でワキとワキ連が登場　真中に立つ

〔次第〕　ワキ・ワキ連　向き合って　捨てても廻《メグ》る世《ヨ》の中《ナカ》は　一捨《ス》てても廻《メグ》る世《ヨ》の中《ナカ》は　心《ココロ》の隔《ヘダ》てなりけり

〔名ノリ〕　ワキ　正面へ向き　「これは甲斐《カイ》の二国身延山より《クニシンネンザンニヨ》出《イ》でたる僧にて候　われ三縁《エン》の衆生《シユジヨオ》を済度《サイド》せんと　多年《タネン》の望みにて候ふほどに　このたび思ひ立ち四廻国《カイコク》に赴《オモム》き候

〔上ゲ歌〕　ワキ・ワキ連　向き合って　いづくにも　五住みは果《ハ》つべき雲水《クモミズ》の　住みは果つべき雲水《クモミズ》の　身は果《ハ》て知らぬ旅の空　六月日《ツキヒ》ほどなく移《ウツ》り来て　所《トコロ》
以下歩行の体
を問へば世を厭《イトオ》ふ　わが七衣手《コロモデ》やすみのえの（墨・住江）　里にも早く着きにけり　里にも早く着きにけり

後見が萩藁屋の引廻しを下ろす　中にシテが坐っている

一　身を捨て出家して廻国行脚《かいこくあんぎゃ》をしているが、なお輪廻《りんね》の世を離れ得ないので、心にしこりの残ることだ、の意か。「心の隔て」は、ものになじまぬ心。

二　身延《みのぶ》山久遠《くおん》寺。甲斐（山梨県）にある日蓮宗の本山。一一五頁注二参照。

三　「衆生」は人間をはじめ一切の生物。「済度」は迷いのために苦しんでいる衆生を救い、極楽に導くこと。ここの「縁の衆生を…」は、仏道に縁なき衆生は済度されない、済度できるのは有縁《うえん》の衆生だけであるという説をふまえた語。下掛りでは「無縁の衆生…」とする。

四　廻国修行。

五　〈定めなき雲や水も、どこかには定住するところがあるはずだが、それに引きかえ諸国を廻るわが身は、行きつく先もわからぬ旅の空にある〉。「雲水《くもみず》」に「雲水《うんすい》」（行脚修行の僧）を掛けて言う。

六　〈月日はたちまちに経って〉。

七　「衣手」は袖の意から転じて、「衣」に同意。「すみのえ」は出家の衣が墨染《すみぞめ》であることに、地名の「住の江」（摂津の住吉。現大阪市）を言いかける。

〔着キゼリフ〕 ワキ(正面へ向き)「これははや津《ツ》の国住吉《クニスミヨシ》に着きて候 あら[一]笑止《ショオシ》や

村雨《ムラサメ》の降《フ》り候 これなる庵《イオリ》に宿《ヤド》を借らばやと思ひ候(正面へ向き)(ワキとワキ連は脇座に立ち並ぶ)

〔問答〕(萩藁屋に向い) ワキ「[二]いかにこの屋《ヤ》の内《ウチ》へ案内《アンナイ》申し候 シテ〽げにや[三]松風《ショオフウ》

草壁《ソオヘキ》の宿《ヤド》に通《カヨ》ふといへども [四]まさきの葛《カズラ》くる(繰・来)人もなく 心も澄め

る折節《オリフシ》に [五]言問《コト》ふ人は誰《タレ》やらん (シテへ向き)ワキ「これは[六]無縁《ムエン》の沙門《シャモン》にて

候 一夜《イチヤ》の宿《ヤド》をおん貸し候へ シテ「げにげに出家《シュッケ》のおん事 [七]一《イチ》

夜《ヤ》は利益《リヤク》なるべけれども (ワキへ向き)さながら傾《カタム》く軒《ノキ》の草 [八]埴生《ハニュウ》の小屋《コヤ》のい

ぶせくて なにとおん身を置かるべき ワキ〽[九]よしよし内はいぶ

せくとも 降り来《ク》る雨に立ち寄る方《カタ》なし(暮・呉竹) [一〇]たださりとては(一節・一夜)貸し給

へ シテ〽げにや雨降り日もくれたけの ひとよを明《ア》かさせ給へ

とて

〔歌〕 地〽はやこなたへといふつゆの(言・夕露) [一一]葎《ムグラ》の宿《ヤド》はうれたくとも 袖《ソデ》

を片敷《カタシ》きて お泊《ト》まりあれや旅人《タビビト》

地謡のうちにシテは立上り戸を押開いて出 ワキに対して着座
ワキとワキ連もその場に着座

一〈困ったことだ〉。

二「いかに」は相手への呼び掛け語。

三〈松風は粗末な草壁のわが家を通り抜けるけれども〉。「草壁」は、草の生えた壁で、「草屋」(粗末な家)の意か。「壁生草《いつまでぐさ》」、また「壁に生ふる草」(『藻塩草』壁)などから漢語風に作られた語。

2

四〈それ以外には訪れる人もなく〉。「まさき(真拆)の葛」は歌語で「くる」の序。「はつかに言問ふものとては…正木のかづら青つづら、くる人稀なる所なり」(『平家物語』大原御幸)など。

五〈案内を乞う人はどなたですか〉。

六「無縁」は縁故のないこと。「沙門」は出家の総称。

七 僧を泊めることは功徳だと考えられた。「一僧一宿の功力《くりき》」(《鵜飼》一二二頁注八参照)。

八〈賤しい小屋でむさくるしい所ですので、どうしてお休みになることができましょう〉。「旅の空埴生の小屋のいぶせきに…」(『平家物語』十)など。

九「よし」の強調。「とも」を伴って、たとい…でも(かまわない)、の意。

一〇「ただ」は強意。「さりとては」は、どうかぜひ、と懇願する気持。

一一〈葎の生い茂るあばら屋はわびしいけれども〉。「葎生ひて荒れたる宿のうれたきはかりにも鬼のすだくなりけり」(『伊勢物語』五八段)。「露」と「葎」は縁語。

一二「西北雲膚起、東南雨足来」(李嶠『百詠』雨)を

〔上ゲ歌〕（正面へ向き）地へ西北に雲起《クモオ》こりて　[一二]西北《セイホク》に雲起こりて　東南《トオナン》に来たる雨の足《アシ》　[一三]早くも降り晴れて　[一四]月にならん嬉しや　所はすみよし（住吉・住良）の　（空を見上げ）松吹く風も心して　[一五]旅人《リヨジン》の夢を覚《サ》ますなよ　旅人《リヨジン》の夢を覚ますなよ

（地謡のうちに後見が羯鼓台を正面先に置く　羯鼓台には舞衣に鳥甲を添えて掛けてある）

〔問答〕（シテへ向き）ワキ「いかに主《アルジ》に申すべきことの候　（ワキへ向き）シテ「なにごとにて候ふぞ　ワキ「これに飾《カザ》りたる太鼓《タイコ》　同じく舞《マイ》の衣裳《イシヨオ》の候　不審《フシン》にこそ候へ　シテ「[一六]げによくご不審《フシン》候　これは人《ヒト》の形見《カタミ》にて候　これにつきあはれなる物語《モノガタリ》の候　語つて聞かせ申し候ふべし

ワキ「さらばおん物語《モノガタ》り候へ

〔語リ〕（着座のまま）シテ「昔[一七]当国天王寺《トオゴクテンノオジ》に　[一八]浅間《アサマ》といひし伶人《レイジンナ》あり　同じくこの[一九]住吉《スミヨシ》に富士《フジ》と申す伶人《レイジンナ》ありしが　その頃[二〇]内裏《ダイリ》に管絃《カゲン》の役者《ヤクシヤ》を争《アラソ》ひ互ひに都に上《ノボ》りしに　[二一]富士この役を賜《タマ》はるによつて　浅間《アサマ》安からずに思ひ　富士を[二二]あやまつて討《ウ》たせぬ　その後《ノチ》富士が妻夫《ツマオット》の別れを悲しみ　（ワキへ向き）[二三]常《ツネ》は太鼓を打つて慰《ナグサ》み候ひしが　それも終《ツイ》に空《ムナ》しくなりて

ふまえる。一四四頁注四参照。
一三 雨足が早い、と、早くも降り晴れる、の両意を掛ける。「降り晴れて」は、雨が一時降ってすぐに晴れ上ること。「吹き晴れて」（現行上掛り）は改悪。
一四 月・松ともに和歌における住吉の景物。
一五 「松寒《ウシテハ》　風破《ル》二旅人《ノ》夢《ヲ》一」（『和漢朗詠集』雲）。
一六 〈ほんとによくお尋ね下さいました〉。
一七 摂津国（現大阪市）。「天王寺の舞楽のみ都に恥ぢず」（『徒然草』）というように、天王寺舞楽は古来著名。
3
一八 「浅間」および「富士」は伶人（雅楽演奏者）の名。《富士太鼓》をふまえること、解題参照。
一九 住吉神社所属の楽人。『住吉太神宮諸神事之次第記録』（『続群書類従』）に楽所、楽人の記事が見える。
二〇 内裏（宮中）に楽所が設けられたのは、天暦二年八月五日（『日本紀略』）以来という。大内楽所は南都（奈良）の楽人から登用することが多かったが、天王寺からはなかった模様（林屋辰三郎『中世芸能史の研究』）。
二一 《富士太鼓》では、浅間が太鼓の役についていたところ、富士もその役を望んだので浅間に討たれた、とする。ここは意図的改変か。
二二 「あやまつ」は人を殺害すること。浅間は心穏やかならず、富士を襲わせて殺害してしまった、の意。
二三 〈富士の妻は夫の形見の太鼓を打って心を慰めていましたが、とうとう亡くなってしまいました〉。

候　一逆縁《ギャクエン》ながら弔《トム》らひて給はり候へ　涙を押える
〔問答〕シテへ向き　ワキ「二かやうにくはしく承り候ふは　そのいにしへの富士が妻の　ゆかりの人にてましますか
ワキへ向き　シテ「三いやとよそれは遥《ハル》かのいにしへ　四思ふも遠き世語《ヨガタ》りの　ゆかりといふことあるべからず
ワキ〽さてはなにとてこの物語　五深き思ひの色に出《イ》でて　涙《ナミダ》を流し給ふぞや
シテ「のういづれも女は思ひ深し　ことに恋慕《レンボ》の涙に沈むを　などか哀《アワ》れとご覧《ラン》ぜざらん
〔掛ケ合〕シテへ向き　ワキ〽なほも不審は残《ナ》るなり　形見《カタミ》の太鼓《タイコ》形見の衣《キヌ》　ここには七残し給ふらん
シテ〽主《ヌシ》は昔になりゆけども　八太鼓は朽《ク》ちず苔《コケ》むして　ワキへ向き
ワキ〽鳥《トリ》驚かぬ
シテ〽この御代《ミヨ》に　立ち上って常座へ行き
〔上ゲ歌〕地〽すむもかひなき（住・澄）九池水《イケミズ》の　すむもかひなき池水の　一〇忘れて年《トシ》を経《ヘ》しものを　ワキへ向き　また立ちかへる（返・帰）執心《シウシンノ》を　助け給へと言ひ捨てて　右へ小さく回り常座で正面を向き　消え失せた体で中入り　後見は舞衣・鳥甲　ついで萩藁屋を舞台から引く
かき消すごとくに失せにけり
〔問答・語リ〕アイが登場して　浅間・富士両人のことを語る

一　死者と縁故はないが、かりそめの縁で弔うこと。
二　以下の〔問答〕は《井筒》（一〇四頁）に酷似。
三　「いや」を強めた言い方。
四　〈思うだに遠い昔に、世間の噂《うわさ》となったことで〉。　4
五　〈深い恋慕の気持が顔色にあらわれて〉。
六　典拠あるか、未詳。
七　「など（どうして）…残し給ふらん」の意。
八　「諫鼓《かんこ》苔深《ウシテ》　鳥不レ驚」（『和漢朗詠集』帝王）に基づく。上諫のための鼓を打つこともなく、そのために鼓は苔むし、鳥は鼓声に驚くこともなくなった太平の代（堯《ぎょう》の故事）をいう。ここは形見の太鼓が今も残ることと、上訴の心が残ることを取り合せる。《富士太鼓》に「鼓を苔に埋まんとて」とあるを逆用。
九　「池水の」は歌語「忘れ水」をふまえて「忘れ」の序。
一〇　「忘れて年を経しものを」の一句、《江口》《関寺小町》《融》などにも見える懐旧の表現。典拠未詳。
一一　〈仏の教え（経）は種々多いが、法華経が最もありがたい経文である〉。「薬王今告レ汝、我所レ説二諸経一、而於二此経中一、法華最第一」（『法華経』法師品）。日蓮は「法華最第一」を強調した。
一二　三世（過去・現在・未来）の諸仏は、法華経をもってこの世に出現の素志を遂げ、この経をもって衆生成仏の近道であるとする。「諸仏出世の本意、衆生成仏の直道の一乗《いちじょう》をこそ信ずべけれ」（日　5

〔サシ〕着座のまま ワキへ[一一]それ仏法《ブッポオ》さまざまなりと申せども　法華《ホッケ》はこれ最第《サイダイ》
一《イチ》　ワキ連へ[一二]三世《サンゼ》の諸仏《ショブつ》の出世《シュツセ》の本懐《ホンガイ》　衆生成仏《シュジョオジョオブつ》の直道《ジキドオ》なり
ワキへ[一三]なかんづく女人成仏《ニョニンジョオブつ》疑ひあるべからず
〔誦〕ワキ ワキ連へ[一四]一者不得作梵天王《イツシャフトクサボンデンノオ》　二者帝釈三者魔王《ニシャタイシャクサンジャマオオ》　四者転輪聖王《シシャテンリンジョオオオ》
五者仏身云何女身《ゴシャブッシンヌンガニョシン》
〔歌〕地へ即得成仏《ソクトクジョオブつ》[一五]なに疑ひかありそうみ（有・荒磯海）の　深き執心《シウシン》を《ノ》　晴ら
して[一六]浮かめ給へや
〔上ゲ歌〕地へ或《アル》いは[一七]若有聞法者《ニャクウモンボオシャ》　後ジテが登場　橋掛りを歩む　或いは若有聞法者　無一不成仏《ムイチフジョオブッ》
と説《ト》き　一度《ヒトタビ》この経《キョオ》を聞く人　成仏《ジョオブツ》せずといふことなし　[一八]ただ頼め
頼もしや　弔《トムロオ》らふ燈火《トモシビ》の影《カゲ》よりも　[一九]化《ケ》したる人の来たりたり　夢
か現《ウツツ》か　[二〇]見たりともなき姿かな　謡のうちに常座に立つ　舞衣・烏甲を着用している
〔(掛ケ合)〕シテへ向き ワキへ不思議やな見れば女性《ニョシヨオ》の姿なるが　舞《マイ》の衣裳《イシヨオ》を着《チャク》
し　[二一]さながら夫《オット》の姿なり　[二二]さてはありつる富士が妻の　その幽霊《イウレイ》に
てましますか

蓮遺文『持妙法華問答鈔』)。

一三 日蓮は『法華経』に基づき「然るに当世の女人は、即身成仏を祈らんには、法華を憑《たの》まば疑ひ無し」(『法花題目抄』)と言う。

6
一四 以下「即得成仏」まで『法華経』提婆達多品《だいばだったほん》。女人成仏を信じない舎利弗《しゃりほつ》が龍女《りゅうにょ》に対して言った言葉。「女人ノ身ニハ猶《なお》五ツノ障《さわ》リアリ。一ニハ梵天王ト作《な》ルコトヲ得ズ。二ニハ帝釈、三ニハ魔王、四ニハ転輪聖王、五ニハ仏身ナリ。云何《いか》ンゾ女身、速カニ成仏スルコトヲ得ン」。

一五 女人は五障のゆえに成仏が疑わしい、という原意を、「なに疑ひか有らん」(疑いない)と続けて、法華経による女人成仏を強調し、保証した。

一六 古写本等は「うかべ(め)」。現行諸流は「うかみ」。前者の場合は仏への祈念、後者は幽霊への回向《えこう》。

一七『法華経』方便品。「若《も》シ法ヲ聞クコト有ラン者ハ、一《ひとり》トシテ成仏セズトイフコト無カラン」。

一八「ただ頼め…」は『新古今集』の慈円や清水観音の神詠などに見られる表現。「頼む」「頼もし」と重ねた形は《熊野》や《俊寛》などにも例がある。

一九 神仏や幽霊等が、人の姿をとって現われたもの。化人《けにん》。「弔らふ燈火の影より」出現する形は《経正》の例が参照される。

7
二〇〈見たこともない姿だな〉。

二一〈そっくりそのまま〉。

二二〈さきほどの富士の妻の〉。

［クドキグリ］ワキへ向き　シテ〽げにや一碧玉《ヘキギョク》の寒き蘆《アシ》　錐嚢《キリフクロ》に脱《ダツ》すとは　真中へ行き　わが身　ワキへ向き着座
の上に知られさむらふぞや　何度も涙を押える
［クドキ］着座のまま　シテ〽さりながら二妙《タエ》なる法《ノリ》の受持《ジュジ》に遇《ア》はば　三変成男子《ヘンジョオナンシ》の姿
とは　などやご覧《ラン》じ給はぬぞ　しからばおん弔《トム》らひの力《チカラ》にて
［四下ゲ歌］地〽憂《ウ》かりし身の昔を　五懺悔《サンゲ》に語り申さん
［クセ］地〽さるにてもわれながら　六立ち上り　よしなき恋《コイ》ひ路《ジ》に侵《オカ》されて
永《ナガ》く七悪趣《アクシュ》に堕《ダ》しけるよ　足拍子　以下謡に合せ舞う　されば女心《オンナゴコロ》の乱《ミダ》れ髪《ガミ》　八ゆひかひな（結・言）
くも九恋衣《コイゴロモ》の（褄・夫）扇で頭上を指し　つまの形見を戴き　この狩衣《カリギヌ》を着《チャク》しつつ　左袖を出して見つめ　常には打
ちしこの太鼓《タイコ》の　一〇ね（音・寝）もせず起きもせず　涙しきた（頻・敷妙）への一一枕上《マクラガミ》に　舞台を　残
回り　る執心《シウシン》を《ノ》晴らしつつ　一二仏所《ブッショ》に至るべし　ワキへ向く　嬉しの今の教へや　シテ　扇を
高く上げつつ　〽思ひ出でたる一三一念《イチネン》の　地〽発《オコ》るは病《ヤモオ》となりつつ　続《ツ》がざるは
これ薬《クスリ》なりと　一四古人《コジン》の教へなれば　思はじ思はじ　一五恋忘《コイワス》れ草《グサ》も住《スミ》
吉《ヨシ》の　舞台を回り　岸に生ふ《オオ》てふ《チヨオ》花なれば　扇をかざして回り　手折《タオ》りやせましわが心　契りあさ（浅・
麻衣）ぎぬのかたおもひ（肩・片思）　大小前でワキへ向く　執心を助け給へや

一　碧玉のような若芦が芽を出したさまは錐が袋から突き出たようだ、の意を、わが身を知られたことに譬《たと》える。「碧玉寒蘆錐脱レ嚢」（『和漢朗詠集』早春）。
二　法華経の信奉とその持続の意で、具体的には題目を唱えること。「我等この五字（妙法蓮華経）を受持すれば、自然に彼（釈尊）の因果の功徳を譲り与へたまふ」（日蓮『観心本尊抄』）など。
三〈（南無妙法蓮華経をお唱え下さったのなら）富士の妻でなく、変成男子だとは、どうしてご覧下さらないのですか〉。「変成男子」は九一頁注一七参照。
四　底本は以下［クセ］と指定。
五　過去の罪を悔い改め、告白して許しを乞うこと。
六〈無意味でつまらぬ恋に心が侵害されて〉。
七　三悪趣（地獄・餓鬼・畜生の三道）は死後に赴く苦悩の世界。恋（愛着心）は三毒の中の貪欲《とんよく》に属する。
八　底本等「いひ」。「結ひ甲斐なし」（乱れ髪は結う甲斐もない）に、「言ひがひなくも」（ふがいなくも）と、恋に迷う気持の卑下《ひげ》を言いかけた。
九　恋を、身に添う衣に譬えた歌語。
一〇「起きもせず寝もせで夜をあかしては春のものとてながめくらしつ」（『伊勢物語』。『古今集』にも）。

一一「敷妙の」（「枕」の枕詞）…「執心」は、夫への閨怨《けいえん》。
一二　極楽のこと。
一三〈一念（煩悩）が起るのは病気、いまの状態がその病気だが、思い続けないのが何よりの薬だ〉。

「先聖云、瞥起是病、不レ続是薬、不レ怕二念起一、唯恐二

〔ロンギ〕地へ（以下謡に合せて舞う）げに面白や同じくは[一六]懺悔《サンゲ》の舞を奏《カナ》でて　愛着《アイジャク》の心《シン》[一七]を《ノ》捨て給へ　シテへいざいざさらば妄執《モオシウ》[一八]の　雲霧《クモキリ》を《オ》払《ハロ》ふ《オ》夜《ヨ》の　月（月を見上げ）も半ばなり　夜半楽《ヤハンラク》[一九]を奏《カナ》でん（ワキへ向き）　地へ（舞台を回り）心もともにすみよしの[二〇]（澄・住吉）　松の隙《ヒマ》より（彼方を見やり）眺むれば　シテへ波もて結《ユ》へる淡路潟《アワジガタ》　地へ（正面より右へ海を見渡す心）沖も静かに青海《アオウミ》の　シテへ青海波《セイガイハ》[二一]の波返《ガエ》し（扇で招き返し）　地へ返《カエ》[二二]すや（舞台を大きく回り）袖の折《オリ》[二三]を得て　シテへ軒端《ノキバ》の梅《ンメ》に鶯《ウグイス》の　地へ（真中で正面へ向い）来鳴《キ》くや花のえてんらく[二四]（枝・越天楽）　シテへ謡へや謡へ梅《ンメ》が枝《エ》

〔歌〕地へ梅《ンメ》[二五]が枝《エダ》にこそ（舞台を回って）　鶯は巣をくへ　へ風吹かばいかにせん（羯鼓台へ近づき撥を両手に持って羯鼓を打つ）　花に宿る鶯

【楽】（初めは撥を持って舞い　その後撥を落し扇で舞う）

〔歌〕シテへ面白や鶯の　地へ（謡に合せて舞う）面白や鶯の[二六]　声に誘引《イウイン》せられて　花の蔭に来たりたり

〔ノリ地〕地へ（謡に合せて動く）われも御法《ミノリ》に　引き誘《サソ》はれて　われも御法《ミノリ》に　引き誘《サソ》はれて　いま目前《モクゼン》に　立ち舞ふ舞の袖（左袖を頭上にかざし）　これこそ女の（舞台を回り）　夫を恋ふ（羯鼓台を見つめ）

覚遅二」（『大慧書』答汪内翰第一書）など。
一四『大慧書』（前注）に言う先聖。達磨《だるま》のこと。 8
一五 摘むと恋の苦しさを忘れるという草。「…住の江の岸に生ふてふ恋忘れ草」（『古今集』、貫之）。
一六 同じことなら。ついでのことに。
一七 恩愛の執着。「愛着慈悲心」は仏道の障《さわ》り。
一八 執着にとらわれた迷いの心。菩提を月に、妄執を月を隠す雲や霧に譬えることは定型。
一九 雅楽の名（舞なし）。「夜半」に言いかけた。
二〇『無名抄』などに見える源頼政の歌。下句「月落ちかかる淡路島山」。《富士太鼓》や《弱法師》にも。「わたつ海のかざしにさせる白妙の浪もてゆへる淡路島山」（『古今集』雑上）の下句を取り合せる。
二一 舞楽の曲名。「波返楽家録曰、青海波之太鼓ニ謂之。男波・女波・千鳥懸共ニ波返ノ中ノ撃方ノ名ナリ」（『歌儛品目』八）。宝生・喜多両流など「波返り」。「返す」は「波」「袖」の縁語。
二二 以下、地謡とシテ謡の分担は諸本・諸流で異る。
二三 袖を「折る」舞姿と、春の「時節」の意を掛ける。
二四「花の枝《え》」に言いかけた雅楽の名（舞なし）。ここでは、その旋律に合わせて歌う「越天楽《えてんらく》今様」の意。
二五〈梅の枝に鶯は巣を作るが、風が吹いたらどうするのだろう、花に宿る鶯は〉。「越天楽今様」の歌詞と旋律を摂り入れた。解題参照。
二六「鶯声誘引セラレテ来二花下一」（『和漢朗詠集』鶯、白）。

9

る　想夫恋[一]《ソオブレン》の　楽《ガク》の鼓《ツズミ》　（打・現）うつつなのわが　涙を押えつつ大小前で膝をつき　ヘありさまやな　繰返し涙を押える

〔歌〕シテヘ思へばいにしへを　立ち上って　地ヘ思へばいにしへを　数拍子を踏み　語るはな　ワキへ向き

ほも執心《シウシン》ぞと　申せば月も入り　扇を抱え遠くを見　イ　音楽[二]《オンガク》の音《オト》は　松風《シヨオフウ》に類《タグ》へて　あり　音に聞き入り

し姿は暁闇[三]《アケグレ》に　面影《オモカゲ》ばかりや残るらん　常座で正面へ向き　面影ばかりや残るらん　脇正面を向いて左袖を返して留拍子

一　雅楽の名（舞なし）。「夫を思ふて恋ふとよむ想夫恋といふ楽なり」（『平家物語』六）。

二　〈音楽と聞えていた音は、松風の音と一つになり〉。

三　夜明けのまだ暗い頃。

江口
えぐち

登場人物

前シテ　里の女　若女（増・小面）・唐織
後ジテ　江口の君の霊　若女（増・小面）・唐織壺折・緋大口
後ツレ　遊　女（二人）　小面・唐織
ワ　キ　旅　僧　角帽子・絓水衣・白大口
ワキ連　従　僧（二、三人）　角帽子・縷水衣・白大口
ア　イ　所の男　長上下

備　考

＊三番目物。太鼓なし。
＊観世・宝生・金春・金剛・喜多の五流にある。
＊屋形船の作り物を出す。
＊底本役指定は、シテ、ワキ、同、地。
＊間狂言は寛永九年本による。

構成と梗概

1　ワキの登場　諸国一見の僧（ワキ）が同行（ワキ連）とともに都から江口に到る。
2　ワキ・アイの応対　僧は里の男（アイ）に江口の旧跡を尋ねる。
3　ワキの詠嘆　僧は西行法師の古歌を口ずさんで懐旧にふける。
4　シテ・ワキの応対　里の女（前シテ）が呼びかけつつ現われ、西行と遊女の贈答歌の真意を説く。
5　シテの中入り　女は審《いぶ》かる僧に、実は江口の君の幽霊だと告げて消え失せる。
6　アイの物語り　里の男が再び僧に会い、遊女が普賢菩薩となって現われる奇瑞《きずい》を語り、供養を勧める。
7　ワキの待受け　僧の弔《とむら》い。
8　後ジテの登場　江口の遊女の亡霊（後ジテ）が二人の遊女（ツレ）と舟に乗って現われ、遊女の身の嘆きを述べる。
9　ワキ・シテの応対　遊女の舟遊びを見せ、棹《さお》の歌を歌う。
10　シテの詠嘆　六道流転《るてん》と罪業迷蒙《ざいごうめいもう》の身を詠嘆する。
11　シテの舞事　実相無漏《じっそうむろ》、随縁真如《ずいえんしんにょ》の悟道を舞う。
12　結末　妄執の大悟を示し、遊女は普賢菩薩、舟は白象となって西の空へ消える。

一〈月が在俗時代からの友であるからには、出家の現在、世俗と断絶した世界とは、いったいどこにあるのか〉。世阿弥自筆本や下掛り等は「友なれば…なるらん」。
二 ワキが「津の国」（摂津）の「天王寺」（現大阪市）参詣を志すように言うのは、『新古今集』の詞書（次頁注一参照）に基づくらしい。自筆本は諸国一見の途中、江口に到る。
三 淀川水運の京都側基地。
四 淀川筋の寄港地で、芦の名所。現高槻《たかつき》市。
五「松の煙」「煙の波」は、遠くけぶった状態を言う歌語。
六 現在、大阪市東淀川区の地名。下流の神崎とともに、河港、遊女町として栄えた。
七 江口の遊女の称。室《むろ》（播州、現兵庫県）の遊女の場合を「室君《むろぎみ》」という。
八「その身は土中に埋もれぬれど 名は残る世のしるしとて」（《松風》）などに同じ。「埋《ムトモ》レ骨《ヲ》不レ埋《メ》レ名《ヲ》」（『和漢朗詠集』文詞、白楽天）に基づく。

1

2

3

【次第】でワキとワキ連が登場 真中に立つ

〔次第〕 ワキ ワキ連 向き合って ＼月は昔の友《トモ》ならば 月[一]は昔《ムカシ》の友《トモ》ならば 世《ヨ》の外《ホカ》いづくならまし

〔名ノリ〕 正面へ向き ワキ「これは諸国一見《ショコクイッケン》の僧《ソオ》にて候 われいまだ津[二]《ツ》の国天王《クニテンノオ》寺《ジ》に参らず候ふほどに このたび思ひ立ち天王寺に参らばやと思ひ候

〔上ゲ歌〕 ワキ ワキ連 向き合って ＼都をば まだ夜深《ヨフカ》きに旅立《タビダ》ちて まだ夜深きに旅《タビ》立ちて 以下歩行の体 [三]淀《ヨド》の川舟《カワブネ》行く末《スエ》は [四]鵜殿《ウドノ》の蘆《アシ》のほの見えし（穂・微） [五]松の煙の波寄する [六]江《エ》口《グチ》の里に着きにけり 江口の里に着きにけり このあと〔着キゼリフ〕

〔問答〕 ワキはアイを呼出し 江口の旧跡を尋ねる

〔□〕 正面に旧跡を見やり ワキ＼さてはこれなるは[七]江《エ》口《グチ》の君《キミ》の旧跡《キウセキ》かや 痛はしや[八]その

身は土中《ドチウ》に埋《ウズ》むといへども　名《ナ》は留《トド》まりて今までも　昔語《ムカシガタ》りの旧跡《キウセキ》を　今見ることのあはれさよ　「げにや西行法師《サイギヨオホオシ》[一]このところにて一《イチ》夜《ヤ》の宿《ヤド》を借りけるに　主《アルジ》[二]の心なかりしかば　へ世《ヨ》[三]の中《ナカ》を厭《イト》ふまでこそ難《カタ》からめ　「仮《カ》りの宿《ヤド》りを惜しむ君かなと詠《エイ》じけんも　このところにてのことなるべし　へあら痛はしや候《ゾオロオ》

脇座へ行きかかる

4

〔問答〕

幕の内から呼掛けながら登場

シテ「のうのうあれなるおん僧　今の歌をばなにと思ひ寄りて口《クチ》ずさみ給ひ候ふぞ

脇座でシテへ向き

ワキ「不思議やな人家《ジンカ》も見えぬ方《カタ》よりも　女性一人《ニヨシヨオイチニン》来たりつつ　今の詠歌《エイカ》の口ずさみを　いかにと問はせ給ふこと　そもなにゆゑに尋ね給ふぞ

橋掛りを歩みつつ

シテ「忘れ[四]て年を経《ヘ》しものを　また思ひそむ(初・染)言《コト》の葉《ハ》[五]の

足を止めて

正面を向き

へ草の蔭野《カゲノ》の露の世を　厭《イト》ふまでこそ難《カタ》からめ　仮《カ》りの宿りを惜しむとの　その言の葉[六]も恥づかしければ　さ[七]のみは惜しみ参らせざりし　その理《コトワ》りをも申さんためにこれまで現はれ出《イ》でたるなり

ワキ「心得《ココロエ》[八]ず

シテは再び歩み出す

仮りの宿りを惜しむ君かなと　西行法師《サイギヨオホオシ》が詠《エイ》ぜし跡《アト》を　ただなにとなく弔《トムロオ》らふところ

一　西行は新古今時代の歌人。『新古今集』羇旅には「天王寺へ詣で侍りしに、俄かに雨降りければ、江口に宿を借りけるに、貸し侍らざりければ詠み侍りける」と詞書して、「世の中を厭ふまでこそ難からめかりの宿りを惜しむ君かな」（西行）と、「世を厭ふ人とし聞けばかりの宿に心とむなと思ふばかりぞ」（遊女妙）の歌がある。『山家集』にも。

二　〈遊女の女主人が無情で〉。

三　あなたが出家することまではむつかしいにしても、宿を貸すことぐらい、惜しまずともいいではありませんか、と解するのが通説。私が出家する以前ならば遊女の宿を借りることはむつかしかろうが、俗を離れた者に宿を貸してもよいではありませんか、の意であろう。

四　〈思い出すこともなく長い年月が経っているのに、またあらためてそのことを、しみじみ思い出すに到った和歌の〉。この一句、出典未詳。《梅枝》《関寺小町》《融》などにも見える。

五　「葉」「草」「蔭」「野」「露」と縁語。「草の蔭野」は「露の世」（無常のこの世）の序。

六　〈そのように詠まれた歌の意味を察すると、顔が赤らむようですので〉。

七　〈そんな意味で惜しんだのではなかったというわけを申し上げるために〉。

八　不審だ、の意。どうしたわけかよくわからぬこと。

九　〈いえ、ですから、惜しんだのではないという意味でご返事申し上げた歌を、どうして詠じもなさらないのですか〉。

一〇 以下、遊女の返歌。〈世を捨てて出家した人と伺ったからこそ、こんな仮りの宿に執着なさるなと思うだけですよ〉。「仮りの宿」に、一夜の宿を借る意と、仮りのこの世の意とを掛ける。

一一〈執着なさるなと、世捨て人をお諫《いさ》めしたのですから、遊女宿にお泊めしなかったのも道理ではありませんか〉。

一二〈仮りの宿であるこの世を捨てた出家だし〉。

一三〈名高い江口の遊女の家には、随分と人に知られぬことの多くある、そんな所に〉。「色好みの家に埋れ木の人知れぬこととなりて」(『古今集』仮名序)の表現を借る。ここの「色好み」は遊女の意。

一四〈執着するなとお詠みになったのは――、出家の身を思っての心からですのに――、それをただ一夜の宿を貸すのを惜しんだという、その言葉(歌)は〉。

一五〈一夜の宿を惜しむこそ、仮りのこの世を惜しまぬゆえなのに、どうして惜しむと言うのか。〉「夕波《イウナミ》の」は「返る」の序。

一六〈それは再びもどらぬ昔のことながら、今とても同じこと、出家の身で、こんな世俗の話にかかずらわりなさいますな〉。

一七〈聞いていると、その姿も誰かわからぬほどの黄《たそ》昏《がれ》の中に、ぼんやりとしていますが、あなたはいったいどんなお人ですか〉。

に　さのみは惜しまざりにしと　理《コトワ》り給ふおん身はさて　へいかなる人にてましますぞ　常座に立ち　ワキへ向く　シテ「[九]いやさればこそ惜しまぬよしのおん返事《ヘンジ》を　申しし歌をばなにとてか　詠《エイ》じもせさせ給はざるらん
シテへ向き　ワキへげにその返歌《ヘンカ》の言の葉は[一〇]世《ヨ》を厭《イト》ふ　シテへ人とし聞けば仮りの宿《ヤド》に　「心留《ト》むなと思ふばかりぞ　[一一]心留《ト》むなと捨《ス》て人《ビト》を　諫《イサ》め申せば女《オンナ》の宿りに　ワキへ向き　泊《ト》め参らせぬも理《コトワ》りならずや　ワキへげに理《コトワ》りなり西行《サイギヨオ》も　[一二]仮りの宿りを捨《ス》て人《ビト》と言ひ　シテ「こなたも[一三]名《ナ》に負《オ》ふ色好《イロコノ》みの　家《イエ》にはさしも埋《ンモ》れ木《ギ》の　人知れぬ事のみ多き宿《ヤド》に
ワキへ[一四]心留《ト》むなと詠《エイ》じ給ふは　シテへ捨《ス》て人《ビト》を思ふ心なるを
ワキへただ惜しむとの　シテへ言の葉は
〔上ゲ歌〕正面へ向き　地へ[一五]惜しむこそ　惜しまぬ仮りの宿《ヤド》なるを　惜しまぬ仮りの宿なるを　などや惜しむといふなみの　(言《ウ》・夕波)　少し前へ出　[一六]返《カエ》らぬいにしへは今とても　捨《ス》て人《ビト》の世語《ヨガタ》りに　ワキへ向く　心な留《トド》め給ひそ
〔ロンギ〕常座に立ったまま　地へげにや憂き世の物語《モノガタリ》　[一七]聞けば姿もたそかれに　(誰そ・黄昏)　かげ

ろふ人はいかならん　シテ〽一黄昏《タソカレ》に　佇《タタズ》む影《カゲ》はほのぼのと　見え
隠《ガク》れなる二川隈《カワグマ》に　江《エ》口《グチ》の三流《ナガ》れの　君とや見えん恥づかしや　地〽
面を伏せる
四さては疑ひあらいその　波と消えにし跡《アト》なれや　シテ〽仮りに住
（あらじ・荒磯）以下謡に合せて舞台を巡り
み来《コ》しわが五宿《ヤド》の　地〽梅《ンメ》の立ち枝《エ》や見えつらん　シテ〽思ひの外《ホカ》
に　地〽君《キミ》が来ませるや　六一樹《イチジュ》の蔭《カゲ》にや宿《ヤド》りけん　または一河《イチガ》
の流れの水　七汲《ク》みても知ろしめされよや　江口の君《キミ》の幽霊《イウレイ》ぞと　声
左袖を出してワキへ向き　常座へ
ばかりして失せにけり　声ばかりして失《ウ》せにけり
回って正面を向き　消え失せた体で中入り

6

〔問答〕　アイが再び登場　ワキは江口の長の謂れを尋ねる

〔語リ〕　アイ「江口の君と申し候ふは　八流され人《ビト》のおん息女《ソクジョ》にてござ候
名をばしゅんせう姫と申し候　御《ゴ》本国の住みかは　中国九周防《スオオ》の国《クニ》　中《ナカ》の御《ミ》
手洗江《タライエ》の里のおん人にてござ候　ある時室住川《ムロズミガワ》をおん舟に召され　御《ゴ》遊覧
をなされ　なにとなくおん歌を遊ばされ候　その時のおん歌に　一〇室住の中《ナカ》
のほどなる渡《ワタ》らゐに　風も吹かぬに小波《サザナミ》ぞ立つと　かやうに遊ばされ候へ
ば　一一六根浄《ロッコンジョオ》におん叶《カナ》ひなされて候　さらば王城《オオジョオ》近くござあらう《ロオ》ずるとあつ

一「寄りてこそそれかとも見めたそがれにほのぼの見つる花の夕顔」（『源氏物語』夕顔）をふまえる。「見え隠れ」は、「佇む影」と「川隈」にかかる。

二 川の流れの折れ曲っている所。流れが緩やか。

三「流れの君」は遊女のこと。「江口の流れ」に掛けて言う。「遊女《あそび》の類、舟に乗りて波の上に泛《うか》び、流れに棹をさし、着物を飾り、色を好みて、人の愛念を好み、歌を謡ひても、よく聞かれんと思ふにより、外に他念無くて、罪に沈みて、菩提の岸に到らん事を知らず」（『梁塵秘抄』口伝集一〇）。

四〈さては疑いもなく、この世を去った江口の君の亡き姿なのだな〉。「荒磯の波」は「消え」の序。

五「わが宿の…君が来ませる」は『拾遺集』春、平兼盛の歌。「仮に住み来しわが宿」である江口に「思ひの外に君が来ませる」の意につなぎ、「梅の立ち枝」との縁で「一樹の蔭…」と続ける。

六 一樹の蔭に宿り、一河の流れを汲むのも先世の契り、他生《たしよう》の縁だ、の意。諸書に頻出する成句。

七 あなたがここに来あわせたのも、縁あってのこととお思い下さい、の意に、「江口の君の幽霊ぞと知ろしめされよ」を重ねる。

八「流され人の息女」「しゅんせう姫」など、典拠不詳。後出の、周防（山口県）にある「中の御手洗江の里」「室住川」なども、解題に掲げる書写《しよしや》山性空《しようくう》上人の説話（『古事談』等）と、その歌などを曲解・変形した奇瑞譚《きずいたん》。

て　早舟《ハヤブネ》に召され　この江口の里へおん出《ニ》でなされ　ここをばなにと申す所ぞとおん尋ねなされ候ふを　その所の人罷《マカ》り出《イ》で申すことには　これは津の国中島の郡《コオリ》江口の里と申して候へば　御《ゴ》本国の住みかも江口の里と申せば　ひとしほ懐かしう思《オボ》し召《メ》し　しばらく眺《ナガ》め立ててござ候へば　また播磨《ハリマ》の[一二]国書写《クニショシャ》の開山性空上人《カイサンショオクウショオニン》　[一三]さる奇瑞《キズイ》を御《ゴ》覧ぜられ　このところへおん出《ニ》でなされ候へば　これなる川音《カワオト》が　法華経《ホケキョオ》の[一四]観音品《カンノンボン》を唱《トナ》へ申し　一分奉《イチブンブ》釈迦牟尼仏《シャカムニブツ》　一分奉多宝仏塔《イチブンブタホオブットオ》と唱へ申して候　やがて上人も法華経の[一五]普賢《フゲン》品《ボン》を唱へなされて候　[一六]閉目即見開目即失《ヘイモクソクケンカイモクソクシツ》とおん唱へなされ候へば　今の江口の長《チョオ》は　生身《ショオジン》の普賢菩薩《フゲンボサツ》と現はれ　舟は大白象《ビャクゾオ》となり　あまたの上﨟《ジョオロオ》は[一七]二十五の菩薩と御《オ》なりなされ　そのまま御天上《ゴテンジョオ》なされ候へば　性空上人は名残《ナゴ》りを惜しみ給ひ　はるばると跡《アト》見送り給ひたると申し候

〔問答〕　ワキは先刻の出来事を話し　アイは供養をすすめて退く

7

〔□〕　着座のまま

ワキ「さては江口《エグチ》の君《キミ》の幽霊《イウレイ》仮りに現《アラ》はれ　われに言葉を交《カ》はしけるぞや　へいざ弔《トム》らひて浮《ウ》[一八]かめんと

九　底本（寛永九年本）の「すはうのくち中のみたらハえ」を訂正。無刊記本は「すはうの国熊毛《くま》の郡《こほり》中のみたらい江」。

一〇「周防室積《むろづみ》の中なる御手洗《みたらい》に風は吹かねどもささら波立つ」（『古事談』による。解題参照）を変形。ここでは、室住川の中ほどの水面に、の意。底本「わたしゐ」を訂正。

一一　眼・耳・鼻・舌・身・意の六根の迷妄を脱し、清浄の身となること。「六根清浄」とも。「書写の上人は法華読誦《どくじゆ》の功積りて、六根浄にかなへる人なりけり」（『徒然草』六九段）。

一二　兵庫県姫路市にある書写山。円教寺を創建した性空上人の説話は『古事談』をはじめ諸説話集に見える。解題参照。

一三　夢想の告げを得たこと。解題参照。

一四　普門品《ふもんぼん》のこと。法華経の唱和のことは、上宮《じようぐう》太子と守屋の場合（廃曲《守屋》にも）などに見えるが、ここは未詳。

一五『法華経』普賢菩薩勧発品。ただし次の句は実は『普賢経』の文。

一六　底本「候へハ、もくそくけんかいもくしつ」。無刊記本の「候、へいもくそつけんかいもくそくしつ」により補訂。

一七　弥陀来迎《みだらいごう》の時に随従の二十五菩薩で、普賢もその一。多くの遊女をそれに見立てた。

一八〈成仏させようと〉。

〔上ゲ歌〕ワキ ワキ連〽言ひもあへねば不思議《フシギ》やな　言ひもあへねば不思議やな　月澄《ス》みわたる川水《カワミズ》に　遊女《イウジョ》の歌《ウト》ふ舟遊《フナアソ》び[一]　月に見えたる不思議さよ　月に見えたる不思議さよ

後見が屋形舟の作り物を常座に置く
【一声】でシテがツレを前後に従えて登場し　舟に乗る　後ろのツレは右肩を脱ぎ棹を持つ

〔上ゲ歌〕地〽川舟《カワブネ》[二]を　留《ト》めて逢《オ》ふ瀬《オセ》の波枕《ナミマクラ》　留《ト》めて逢ふ瀬の波枕
(浮・憂)うき世の夢を見慣《ナ》らはしの　驚かぬ身のはかなさよ　佐用姫《サヨヒメ》[三]が(待・松浦潟)まつらがた　片敷《カタシ》く袖《ソデ》の涙の　(洩・唐船)もろこしぶねの名残《ナゴ》りなり　また宇治《ウジ》[四]の橋姫《ハシヒメ》も　訪《ト》はんともせぬ人を待つも　身《ミ》の上《ウエ》とあはれなり

面を伏せる

〔下ゲ歌〕正面を向き　地〽よしや[五]吉野《ヨシノ》の　よしや吉野の　花[六]も雪も雲も波も
(泡・)あはれ世に逢はばや

〔掛ケ合〕着座のままシテへ向き　ワキ〽不思議やな月澄みわたる水の面《オモ》に　遊女《イウジョ》のあまた歌《ウト》ふ謡《オウタイ》　色《ヒ》[七]めきあへる人影《ヒトカゲ》は　そも誰人《タレビト》の舟やらん
ワキへ向き　シテ〽なにこの舟を誰《タ》が舟とは　恥づかしながらいにしへの　江口《エグチ》の君《キミ》の川逍遙《カワジョオヨオ》[八]の　月の夜舟《ヨブネ》をご覧《ラン》ぜよ
ワキ〽そもや江口の遊女《イウジョ》とは　それは

一 遊女が舟に乗り、鼓を持って歌をうたうこと。その風俗は『法然上人絵伝』にも見える。「遊女《あそび》の好むもの、雑芸鼓《こ》小端舟《はしぶね》…」(『梁塵秘抄』)。

二 〈川舟を留めて、舟の中に波を枕に枕を交わす遊女の浮き業を、憂き世の夢と気づきもせず、それに慣れてしまっている身のはかないことよ〉。「川舟を…波枕」は遊女の業。一九六頁注三参照。「川」「瀬」「波」「浮」は縁語。また「枕」「夢」「驚く」も。

8

三 唐へ赴く船の夫に別れを惜しんだ松浦《まつら》佐用姫《さよひめ》(『萬葉集』等で有名)。舟の男との別れの譬《たと》えとして引く。「潟」「片」と重韻。

四 「さむしろに衣片敷き今宵もや我を待つらん宇治の橋姫」(『古今集』恋四)に基づき遊女の身の上を譬える。歌意に異説があるが、『弘安十年古今集歌注』なども「訪はんともせぬ(訪れようともしない)人を待つ」意に理解する。

五 「よしやよし」(まあいいさ)など、心ならずもの気持を表わす。「吉野の川のよしや世の中」(『古今集』恋五)など、「吉野」と連韻の慣用がある。

六 〈今の境涯にとっては、花も雪も雲も波も泡のようにはかなく無縁なもの、ああよい目を見たいものだ〉。吉野の「花」の縁で「雪」「雲」「波」「泡」と続く。「あはれ」「逢はばや」と重韻。

9

七 ぱっと花やかな状態にあること。

八 「舟遊び」と同義。

九 〈いや昔のこととは限りませんよ。ご覧なさい。

去りにしいにしへの　シテ「[九]いやいにしへとは　ご覧ぜよ　月は
昔に変はらめや　ツレへわれらもかやうに見え来たるを　いにし
へ人《ビト》とは現《ウツツ》[一〇]なや　シテ「よしよしなにかと宣《ノタモオ》ふとも　ツレへ言は
じや聞かじ　シテへむ[一一]つかしや　正面へはずす
〔（上ノ詠）〕正面を向き　シテ・ツレへ秋[一二]の水　漲《ミナギ》り落ちて去る舟の　シテへ月も影さ　水面を見つめる
す　[一三]棹《サオ》の歌《ウタ》
シテはツレ達に向って誘いかけ
〔歌〕地へ歌へや歌へうたかたの（・泡沫）　あはれ（泡・）昔の恋しさを　今もい（言・
遊女）ふぢよの舟遊《フナアソ》び　[一四]世をわたる一節《ヒトフシ》を　歌ひていざや遊ばん
一同舟を下り　シテは真中で床几に腰かける　ツレは地謡前に着座
〔クリ〕着座のまま　地へそれ十二《ジウニ》[一五]因縁《インネン》の流転《ルテン》は車《クルマ》の庭に廻《メグ》るがごとし　シテへ
鳥《トリ》の林《ハヤシ》に遊ぶに似たり　地へ前生《ゼンジヨオ》[一六]また前生　シテへかつて生々《シヨオジヨオ》の
前《サキ》を知らず　地へ来世《ライセ》なほ来世　さらに世々《セゼ》の終りを弁《ワキモオ》ふること
なし
この間に後見は舟を片づける
〔サシ〕着座のまま　シテへ或《アル》いは人中天上《ニンジウテンジヨオ》[一七]の善果《ゼンカ》を受くといへども　地へ顚倒《テンドオ》
迷妄《メイモオ》していまだ解脱《ゲダツ》の種《タネ》を植ゑず　シテへ或《アル》いは三途八難《サンズハツナン》[一八]の悪趣《アクシユ》

月は昔の月のままではありませんか〉。「月やあらぬ春や昔の春ならぬわが身ひとつはもとの身にして」（『伊勢物語』四段、『古今集』恋五、業平）をふまえる。

一〇 正気とも思えぬこと。

一一 〈ああ面倒くさい〉。ワキを無視して言う。

一二 この小段、世阿弥自筆能本では「早歌節」と指定。「秋水《ノ》張来《リテ》船《ノ》去《ルコト》速《カナリ》、夜雲《ノ》収《マリ》尽《キテハ》月《ノ》行《クコト》遅《シ》」（『和漢朗詠集』月）。

一三 「棹の歌」（舟歌）は遊女の芸の一つ。《室君》にも。

一四 〈遊女の世渡りの歌の一節を〉。「世」に音通の「節《よ》」の縁で「一節」、「舟」の縁で「わた（渡）る」。

一五 〈衆生の十二因縁による六道輪廻のさまは、果てしなきことは車の庭をめぐるがごとく、浮沈の定めなきことは鳥の林に遊ぶがごとくだ〉。「十二因縁」は、三世（過去・現在・未来）にわたって六道に輪廻する十二種の因縁。「流転無窮《ニシテ》、如《シ》二車《ノ》廻《ルガ》一レ庭《ニ》、昇沈不定、似《タリ》二鳥《ノ》遊《ブニ》一レ林《ニ》矣」（『六道講式』）。

一六 〈前世はどれほどか辿《たど》り知れず、来世の行きつく果ても分らない〉。「夫《レ》無始輪廻以降、死《シテ》レ此《ニ》生《ズル》レ彼《ニ》之間、或時《ハ》鎮《ニ》堕《シテ》二三途八難之悪趣《ニ》一、所《テ》レ碍《ヘ》二苦患《ニ》一而既《ニ》失《ヒ》二発心之謀《ヲ》一、或時《ハ》適《マ》感《ズレドモ》二人中天上之善果《ヲ》一、顚倒迷謬而未《ダ》レ殖《ヘ》二解脱之種《ヲ》一、先生亦先生、都不《テ》レ知《ラ》二生々前《ヲ》一、来世猶来世、全無《シ》レ弁《フルコト》二世々終《リヲ》一」（『愚迷発心集』）。

一七 〈善果として人間界・天上界に生れても、事理を誤まり、迷って悟りに到る努力をせず〉。

一八 〈悪業によって、三途八難の苦悩の世界に堕《お》ち〉。

に堕《ダ》して　地〽患《カン》[一]に碍《サ》へられてすでに発心《ホッシン》の媒《ナカダチ》を失《ウシノ》ふ　シテ〽し
かるにわれらたまたま受け[二]がたき人身《ニンジンノ》を受けたりといへども
地〽罪業《ザイゴオ》[三]深き身《ミ》と生《ン》まれ　ことに例少《タメシ》なき河竹《カワタケ》[四]の　流《ナガ》れの女《オンナ》とな
る　前《サキ》の世《ヨ》の報《ムク》ひまで　思ひやるこそ悲しけれ　涙を押える
［クセ］　地〽紅花《コオカ》[五]の春の朝《アシタ》　紅錦繡《コオキンシウ》の山　立って　粧《ヨソオ》ひをなすと見えしも
以下謡に合せて舞う　夕べの風に誘はれ　黄葉《コオヨオ》[六]の秋の夕《イウ》べ　黄纐纈《コオコオケつ》の林《ハヤシ》　扇で指し廻し　色を含むといへ
ども　朝《アシタ》の霜にうつろふ　足拍子　松風蘿月《ショオフウラゲつ》[七]に　言葉を交《カ》はす賓客《ヒンカク》も　去
つて来たることなし　翠帳紅閨《スイチョオコオケイ》[八]に　枕《マクラ》を並べし妹背《イモセ》も　扇を上げ　頭を指し　いつの間《マ》に
かは隔《ヘダ》つらん　足拍子　およそ心なき草木《ソオモク》[九]　情《ナサ》けある人倫《ジンリン》　[一〇]いづれあはれ
を遁《ノガ》るべき　かくは思ひ知りながら　扇を高く上げつつ　シテ〽ある時は色《イロ》[一一]に染《ソ》み
貪着《トンジャク》の思ひ浅からず　地〽またある時は声《コエ》を聞き　足拍子　愛執《アイシウ》の心いと
深き　心に思ひ[一二]口に言《イ》ふ　妄染《モオゼン》の縁《エン》となるものを　扇で指し廻し　げにや皆人《ミナヒト》は
六塵《ロクジン》[一三]の境《キョオ》に迷《マヨ》ひ　六根《ロッコン》[一四]の罪《ツミ》を作ることも　見ること聞くことに　迷
ふ心なるべし　舞い納める

一〈その苦患《くげん》のために菩提を願う手立てもない〉。「発心之謀…謀ノ字、或本ニ媒ニ作ル」（『愚迷発心集直談』）。
二　六道輪廻の中で人間に生れるのは善果による。「何況《ニシャ》人身難《ク》レ受《ケ》、仏法難《シ》レ遇《ヒ》」（『六道講式』）。
三　女の罪業と五障、一八七頁注一四参照。
四　一九六頁注三参照。
五〈紅の花咲く春の朝、花盛りの山は錦繡の装いをなすと見えても、夕べの風に散り〉。「紅花の春の朝…」「黄葉の秋の夕べ…」と対句。『和漢朗詠集』の「紅錦繡」（春興）、「黄纐纈林」（紅葉）の詩句を借りた文飾。

六〈もみじの秋の夕べ、黄染めの林は色を含むけれども、朝の霜に色あせる〉。「黄葉」は、底本「紅葉」。「黄纐纈」は絞り染めの名。

七〈松吹く風、蔦葛《つたかずら》にかかる月によせて語り合った風雅の客も、別離の後は再び来たらず〉。「松風蘿月…」は「翠帳紅閨…」と対句。

八〈艶麗な寝室に仲睦まじい男女も、いつの間にかは疎遠となる〉。「翠帳紅閨、万事礼法雖《トモ》レ異《ナリト》、舟中浪《ノ》上、一生歓会是《レ》同《ジ》」（『和漢朗詠集』遊女）。

九「心なき草木」は「紅花」「黄葉」を承《う》け、「情けある人倫」は「賓客」「妹背」を承けて対句とする。

一〇〈どのみち悲哀の情をのがれ得ない〉。

一一〈男女形貌《けいぼう》の美しさを見て貪欲心が深く、歌詠の美声を聞いて愛欲心が強い〉。「色」「声」は五境六塵（注一三参照）のうち。「凡《ソ》見レ色《ヲ》聞《ク》レ声《ヲ》皆見仏聞法之因縁」（『往生講式』）など、類型表現。
一二「心」「口」は六根（注一四参照）のうち。 11
それらが妄執《もうしゅう》にとらわれるもとになる。「妄染」は底本のまま（下掛りも）。
一三 色・声・香・味・触・法の六塵（汚染）の境界。
一四 眼・耳・鼻・口・身・意の六根が、罪を作る。
一五 実相無漏の大海（不変真如の世界）には煩悩もないが、随縁真如の波（真如が万有を生起し、そこに善悪苦楽を生ずる）はいつも立っている、の意。 12
五塵（六塵の「法」を除く）六欲を風に譬える。「立たぬ日もなし」は「立たぬ時なし」の変形で、『法華経直談鈔』にも見える。解題参照。
一六〈この世に執着するゆえ煩悩も生じる、執着を離れれば憂き世と見ることもない〉。一九四頁注一参照。
一七 松浦佐用姫（「人をも慕はじ」）と宇治の橋姫（「待つ暮れもなく」）に譬えた恋慕の感情。
一八「クセ」をふまえた無常観。
一九 一九八頁の〔下ゲ歌〕をふまえ、風月の景に心を動かすことも無益だ、の意をこめるが、前場の贈答歌にこだわることも、所詮つまらぬことだ、というのが主意。「嵐吹く」を序として「花」「紅葉」から「月雪」の景物を点綴《てんてい》し、「降る」に普通の「古言」の序とする。冒頭のワキ〔次第〕は、ここ以下に到って大悟に導かれる。
二〇 普賢菩薩の乗物が白象。「白象」「白妙」「白雲」と白光のイメージを重ねた。

〔（ワカ）〕 地〽面白《オモシロ》や

【序ノ舞】

〔ワカ〕 シテ〽一五実相無漏《ジッソウムロ》の大海《ダイカイ》に　五塵六欲《ゴジンロクヨク》の風は吹かねども
地〽随縁真如《ズイエンシンニョ》の波の　以下謡に合せて舞う 立たぬ日《ヒ》もなし　立たぬ日もなし
〔ワカ受ケ〕 舞台を逍遙し シテ〽波の立ち居《タイ》もなにゆゑぞ　一六仮りなる宿《ヤド》に
〔ノリ地〕 シテ〽心留《ト》むるゆゑ　地〽心留《ト》めずは　憂《ウ》き世《ヨ》もあらじ　シテ〽一七人をも慕《シタ》はじ　地〽待つ暮れもなく　シテ〽一八別れ路《ジ》も　（あらじ・嵐）あらし吹く　地〽一九花よ紅葉《モミジ》よ　月雪《ツキユキ》の　（降・古言・古事）ふることも　扇を打合せ あらよしなや
〔歌〕 以下謡に合せて舞う シテ〽思へば仮りの宿《ヤド》　数拍子 地〽思へば仮りの宿に　ワキへ 心留《ト》むな
扇で指す と人をだに　膝まずき 諫《イサ》めしわれなり　立ち上って これまでなりや帰るとて　扇をはね揭げ すなはち
普賢《フゲン》　菩薩顕現の体 菩薩《ボサツ》と現はれ　舟のあった所を指し 舟は二〇白象《ビャクゾウ》となりつつ　光とともに白妙《シロタエ》の　白《ハク》
雲《ウン》に 扇をつまみ持ち足拍子 うち乗りて　西の空に行き給ふ　常座で正面へ向き ありがたくぞ覚《オボ》ゆる　脇正面を向いて留 ありが
拍子 たくこそは覚《オボ》ゆれ

老松

おいまつ

登場人物

前シテ　老　人　小牛尉・絓水衣・白大口
後ジテ　老松の神　皺尉・初冠・白垂・袷狩衣・色大口
前ツレ　花守りの男　縷水衣・白大口
ワ　キ　梅津某　大臣烏帽子・袷狩衣・白大口
ワキ連　従　者（二人）　大臣烏帽子・袷狩衣・白大口
ア　イ　所の男　長上下

備　考

*初番目物。太鼓あり。
*観世・宝生・金春・金剛・喜多の五流にある。
*底本役指定は、シテ・後シテ、ツレ、二人（シテ、ツレ）、ワキ、同、地。
*間狂言は古活字版による。

構成と梗概

1　ワキの登場　都の梅津某（ワキ）が北野の霊夢により、同行（ワキ連）とともに筑紫の安楽寺へ参詣する。
2　シテ・ツレの登場　木守りの老人（前シテ）が花守りの男（ツレ）とともに現われ、早春の安楽寺の情景を述べる。
3　ワキ・シテの応対　梅津の某は老人に梅と松の神木を尋ねる。
4　シテの物語り、シテ・ツレの中入り　老人は天満宮の社壇、松・梅の奇瑞《きずい》を語って消え失せる。
5　アイの物語り　里の男（アイ）が一行に天神の謂《いわ》れ、飛梅追松の伝説を語り、逗留を勧める。
6　ワキの待受け　一行は仮泊して神託を待つ。
7　後ジテの登場、舞事　老松の神（後ジテ）が現われ、一行をもてなす神神楽《かみかぐら》を奏する。
8　結末　老松の長寿を君に授ける神託を告げる。

【真ノ次第】でワキとワキ連が登場　真中に立つ

1

〔次第〕　向き合って　ワキ ワキ連へ げに治まれる四方《ヨモ》の国　[一]げに治《オサ》まれる四方《ヨモ》の国　関《セキ》[二]の戸鎖《サ》さで通《カヨ》はん

〔名ノリ〕　正面を向き　ワキ「そもそもこれは都の西梅津《ンメズ》[三]の何某《ナニガシ》とはわが事なり　われ北野《キタノ》[四]を信じ常に歩《アユ》みを運《ハコ》び候ふところに　ある夜《ヨ》の霊夢《レイム》に　われを信ぜば　筑紫《ツクシ》[五]安楽寺《アンラクジ》に参詣《サンケイ》申せとのおん事にて候ふ間《アイダ》　ただいま九州《キウシウ》に下向《ゲコオ》仕り候

〔上ゲ歌〕　向き合って　ワキ ワキ連へ なにごとも　心[六]に叶《カノオ》ふこの時の　心に叶《カノ》ふこの時の　ためしもありや日《ヒ》[七]の本《モト》の　国豊《ユタ》かなる秋津洲《アキツス》の　波も音《オト》なき四《ヨ》[八]つの海《ウミ》　以下歩行の体　高麗《コマ》[九]唐土《モロコシ》も残りなき　御調《ミツキ》の道の末《スエ》ここに　安楽寺《アンラクジ》にも着きにけり　安楽寺にも着きにけり

〔着キゼリフ〕のあと　脇座に着座

一〈君の統《す》べ給ふ四方の国はよく治まって、関の戸を閉めることもなく、安心して旅ができることだ〉。

二「関梁不レ閉…風不レ鳴レ条、雨不レ破レ塊、五日一風、十日一雨…」(『論衡』)に基づく天下泰平の意の慣用句。「関戸トアラバ…さす」(『連珠合璧集』)。

三「梅津」は現京都市右京区の地名。ワキの素姓は未詳。天神ゆかりの梅に因んだ設定か。「当今に仕へ奉る臣下」とする古写本もある。

四 京都の北野天満宮。菅原道真を祀《まつ》る。

五 菅原道真の菩提寺。安楽寺天満宮とも。「同(延喜)三年癸亥二月廿五日、於二太宰府一薨。…仍奉レ葬二其処一。安楽寺是也」(『帝王編年記』)。

六〈万事がうまく運んでいるこの御代の嘉例《かれい》として日本の国の波静かな海をわたって、高麗・唐土をはじめ、あまねき国々からの朝貢があるが、その貢ぎ物の到着点としての太宰府の安楽寺に着いた〉。この〔上ゲ歌〕は現行観世流以外の《岩船》にほぼ同文。下掛りは《箱崎》に同じ。

七「日の本の国」「国豊か」「豊かなる秋」「秋津洲」(日本の異名)と続け、「洲」「波」「海」が縁語。

八「四海静謐、一天成寧」(金沢文庫蔵、康和三年某願文)など、天下泰平の意で成句化し、「四の海、波の声聞えず」(『後拾遺集』序)はじめ和歌にも多い。

九「唐人ノ博多ニ着キテ供調スルヲ…近代、太宰府ニ着ケテ、別使罷ラザルナリ」(『古今集教長注』)。

一「青柳を片糸に縒《よ》りて鶯の縫ふてふ笠は梅の花笠」(『古今集』神遊《かみあそび》の歌)。『催馬楽』『三流抄』等にも。 **2**
二〈松の葉色もこのよき時節に廻り合い、十回《かえ》りの長寿の緑のいや年まさる深さよ〉。「松花之色十廻」(『新撰朗詠集』帝王)と見え、歌語となる。「松花は千年に一度さくなり」(『童蒙抄』)。また「百年に一度づつ…是れを十かへりの松…」(『梵灯庵袖下集』)。

三「逐《テ》レ吹《かぜヲ》潜開《ニク》、不《ズ》レ待《タ》二芳菲之候《ヲ》一、迎《テ》レ春乍《チ》変《ズ》、将《ニ》レ希《ハント》二雨露之恩《ヲ》一」(『和漢朗詠集』立春)。

四〈年の始めの葉守りの神の待つ松の門が、風とともにそっと開いて春となり〉。「葉守りの神」は樹木の葉を茂らせる神。「松の門」に門松の意をもこめる。

五〈雨露の恩に潤う四方の草木まで神の恵みに靡くかのように生き生きとして、すっかり春の気配に満ちているよ〉。「枢《トボソ》トアラバ…潤す雨」(『連珠合璧集』)。

六 太宰府天満宮の神宮寺(安楽寺)のこと。

七「久方の光のどけき春の日に…」(『古今集』春下)。

八「苔トアラバ…松がね」(『連珠合璧集』)。

九〈この山と同じく敷島(和歌)の道までも末限りなく〉。天満《てんま》天神《てんじん》は歌道の守護神。「この山の」は、安楽寺の山号「天原山」を介して「天霧る」の序。

一〇〈空一面に降る雪の中の梅は、古枝でさえも惜しまれるほどの見事な花盛り、誰か枝を折るかと番をしているこの梅を、さあ垣根で囲おう〉。 **3**
「梅の花それとも見えず久方の天霧る雪のなべて降れ

【真ノ一声】でツレを先立て　水衣の肩を上げ杉箒を持ったシテが登場　橋掛りに立つ

〔一セイ〕向き合って シテ ツレ へ梅《ンメ》[一]の花笠《ハナガサ》春もきて(着・来)　縫《ヌ》ふてふ鳥《チョオ》の梢《コズエ》かな　正面を向き ツレ へ[二]松の葉《ハ》色《イロ》も時めきて　向き合って シテ ツレ へ十《ト》回《カエ》り深き緑《ミドリ》かな

【アシライ】で両人舞台に入り　ツレは真中　シテは常座に立つ

〔サシ〕シテ ツレ へ風《カゼ》を逐《オ》[三]つて潜《ヒソ》かに開《ヒラ》く　年《トシ》[四]のはもりのまつの門《ト》に(端・葉守)(待・松)　向き 春を迎へてたちまちに　合い　潤《ウルオオ》[五]ふ四方《ヨモ》の草木《クサキ》まで　神の恵《メグ》みに靡《ナビ》くかと　春めきわたる盛《サカ》りかな

〔下ゲ歌〕シテ ツレ へ向き合ったまま 歩みを運ぶ宮寺《ミヤデラ》[六]の　光[七]のどけき春の日に

〔上ゲ歌〕シテ ツレ へ松が根の　岩間《イワマ》を伝《ツトオ》ふ苔筵《コケムシロ》[八]　岩間を伝ふ苔筵　しき[九]しまの道までも(敷・敷島)　げに末《スエ》ありやこの山の　天霧《アマギ》[一〇]る雪のふるえを(降・古枝)　も　なほ惜しまるる花盛《ハナザカ》り　シテは真中　ツレは目付へ　入替って立つ　手《タ》折りやすると守《モ》る梅の　花垣《ハナガキ》いざや　囲《カコ》はん　梅《ンメ》の花垣を囲はん

〔問答〕脇座に立ってシテへ向き ワキ「いかにこれなる老人《ロオジン》に尋ね申すべき事の候

ワキへ向き シテ「こなたの事にて候ふか何事《ナニゴト》にて候ふぞ

ワキ「聞き及びたる飛梅《トビンメ》

れば」(『古今集』序、冬)。

一一 言うまでもないこと。言うにも憚《はばか》り多いこと。

一二 北野社の末社。次頁注六参照。

一三 道真の「東風《こち》吹かば…」の歌。二一〇頁注五参照。

一四〈他の松と比べてどう違うとご覧になりますか〉。

一五〈さてはこれは老松ですか〉。一四〇頁注一〇参照。

一六〈紅梅殿はもうご覧になりましたでしょう〉。

一七「若木トアラバ、梅」(『連珠合璧集』)。

一八〈番をしている私さえ老人の身で、その木は年老いた松だから、訪う人を待っていても、老人めいた淋しい木蔭のこの私を老松とおわかりにならぬのでしょうが、それでは神の御心もどうだろうかと恐ろしく思われますよ〉。

一九〈北に高く聳《そび》える樹木の茂った山がある〉。「南に…」と対句。「北には青山峨々《がが》として」(『平家』一〇)。

二〇 底本「隴月」(『謡抄』による)。上掛りは「朧月松閣」、下掛りは「朧月松柏」。「朧月」はおぼろ月。

二一「寂々」は寂しいさま。底本の「瓊門」(玉の門)は『謡抄』、「荊門」説(古典大系)もある。存疑。

二二〈夕日が竹林を透けて照らしている〉。

4
二三 底本は「火烟」。「火焔の輪塔」(『謡抄』他)、「花園の林塘」(車屋本等)と宛てるがともに存疑。「天満宮境内古図」に「花薗九重塔」が見える。世阿弥時代の存在未確認ながら、そのことと考えておく。

二四『和漢朗詠集』の詩句(二〇〇頁注八参照)。ここは塔の美しい彩色をいうか。

とはいづれの木《キ》を申し候ふぞ　(ワキへ向き)ツレ「一一あら事《コト》もおろかやわれらは
ただ　一二紅梅殿《コオバイドノ》とこそ崇《アガ》め申し候へ　ワキ「げにげに紅梅殿《コオバイドノ》とも申す
べきぞや　(へ)忝《カタジ》けなくもご一三詠歌《エイカ》により　今神木《シンボク》となり給へば　崇《アガ》
めてもなほ飽《ア》き足《タ》らずこそ候へ　シテ「さてこなたなる松をば
一四なにとかご覧《ラン》じ分《ワ》けられて候ふぞ　ワキ「げにげにこれも垣結《ユ》ひ
回《マワ》し御注連《ミシメ》を引き　まことに妙《タエ》なる神木《シンボク》と見えたり　へ一五いかさまこ
れはおいまつの(追松・老松)　シテ「遅くも心得《ココロエ》給ふものかな　(向き合って)シテツレへ一六紅梅殿《コオバイドノ》
はご覧ずらん　色も一七若木《ワカキ》の花守《ハナモ》りまでも　(両者はワキへ向く)花やかなるに引きかへて
［歌］(シテは正面を向き　ツレは地謡前に着座　ワキも着座)地へ一八守《モ》るわれさへに老いが身の　かげ(影・蔭)古びたるまつ(松・待)人《ヒト》の　翁《オキナ》
さびしき(・淋)このもと(木下・此許)を　(ワキへ向き)老松とご覧ぜぬ　神慮《シンリョ》もいかが恐ろしや
［(問答)］ワキ「なほなほ当社《トオシャ》の謂《イ》はれくはしくおん物語り候へ
［サシ］(真中に着座　正面を向き)シテへまづ社壇《シャダン》の体《テイ》を拝《オガ》み奉れば　一九北《キタ》に峨々《ガガ》たる青山《セイザンナ》あり
地へ二〇朧月松栢《ロオゲッショオハク》の中《ナカ》に映《エイ》じ　南《ミナミ》に二一寂々《セキセキ》たる瓊門《ケイモンナ》あり　二二斜日竹竿《シャジッチクカン》のもと
に透《ス》けり　シテへ左《ヒダリ》に二三花薗《カエン》の輪塔《リントオ》あり　地へ二四翠帳紅閨《スイチョオコオケイ》の粧《ヨソオ》ひ昔

を忘れず　右《ミギ》[一]に古寺《コジ》の旧跡《キウセキ》あり　晨鐘夕梵《ジンジヨオセキボン》[二]の響き絶《ト》う《ォ》る事なし

〔クセ〕　着座のまま　地　げにや心なき[三]　草木《ソオモク》なりと申せども　かかる憂《ウ》[四]き世《ヨ》の理《コトワ》りをば　知るべし知るべし　諸木《シヨボク》の中《ナカ》に松梅《マツンメ》は　[五]ことに天神《テンジン》のご自愛《ジアイ》にて　紅梅殿《コオバイドノ》も老松《オイマツ》も　みな末社《マツシヤ》[六]と現《ゲン》じ給へり　ワキへ向く　さればこの二つの木は　[七]わが朝《チヨオ》よりもなほ　漢家《カンカ》に徳を現はし　唐《トオ》[八]の帝《ミカド》のおん時は　国に文学盛《ブンカクサカ》んなれば　花の色を増し　匂ひ常より勝《マサ》りたり　文学《ブンカク》廃《スタ》れば匂ひもなく　その色も深からず　さてこそ文《ブンノ》を好《コノ》む　木なりけりとて梅《ンメ》をば　好文木《コオブンボク》とは付けられたれ　さて松を大夫《タイウ》といふことは　秦《シン》[九]の始皇《シコオ》の御狩《ミカ》りの時　天俄《テンニワ》かにかき曇り大雨《タイウ》頻《シキ》りに降りしかば　帝雨《ミカドアメ》を凌《シノ》がんと　小松《コマツ》の蔭《カゲ》に寄り給ふ　この松俄《ニワ》かに大木《タイボク》となり　枝を垂れ葉を並べ　木《コ》の間透《マス》き間《マ》を塞《フサ》ぎて　その雨を洩《モ》らさざりしかば　帝大夫《ミカドタイウ》といふ　爵《シヤク》を贈《オク》り給ひしより　ワキへ向く　松を大夫と申すなり　正面を向き　シテ　かやうに名高《ナタカ》き松梅《マツンメ》の　地　花[一〇]も千代《チヨ》までの　行く末久《ヒサ》にみかきもり　（見・御垣守）　守《マモ》るべし守るべしや　ワキへ向き　神《カミ》[一一]は

一　前頁最終行の「左に…」と対句。「古寺」は安楽寺西方の観世音寺。「観音寺只聴ニ鐘声《ク》ヲ一」（『和漢朗詠集』閑居、菅丞相）。

二　朝夕の梵鐘《ぼんしよう》の音のこと。

三　「非情草木」を言い換えた慣用句。

四　〈梵鐘の諸行無常の響きに憂き世の道理を知っているはずだ〉。「知るべし」は以下の文にもかかる。

五　〈ことに天神が可愛がっておられて〉。「自愛」底本のまま。現行「慈愛」。観世以外はシアイと発音。

六　〈末社の神として出現された〉。「末社」は主神に属する小社。

七　〈本朝（日本）よりもいっそう漢朝において、その徳を顕現している〉。

八　『十訓抄』六に松を貞木とすることに関連して、「唐国の御門《みかど》、文を好みて読み給ひければ開《ひら》け、学文怠《おこた》り給へれば散り凋《しぼ》みける梅あり、好文木とは言ひける」と見える。『謡抄』は晋の起居注を引く。

九　『史記』秦始皇本紀に見える故事。『十訓抄』一に、「もろこしには、秦始皇、泰山に御幸《みゆき》なし給ふに、俄かに雨に遇ひ、小松の木の下に立ちよりて雨を過し給へり。此の故に彼の松に位を授けて五大夫といへり」と言う。

一〇　〈松梅の花も千代までの、行く末久しく見守る御《み》垣守《かきもり》として、神垣を守り、君を守るのだ〉。「御垣守」は宮中警護の衛士《えじ》。ここは花垣、神垣を守る者の意に用いた。

ここも同じ名の　天満《アマミ》つ空もくれなゐの　花も松ももろともに　神《カミ》さびて失せにけり　跡神さびて失せにけり

正面を向いて立ち　常座へ行き（暮・紅）

正面を向き 消え失せた体で中入り　ツレも続いて入る

〔問答〕　ワキはワキ連にアイを呼出させる　アイが登場し　ワキは当社の謂れを尋ねる

〔語リ〕　アイ「そもそも当社と申すは[一二]　人皇《ニンノオ》六十代延喜《エンギ》の帝《ミカド》のおん時　神と現はれ給ひ候　[一三]そのかみ文徳《モントク》天皇の御宇《ギョオ》に　[一四]菅原《スガワラ》の大臣《ダイジン》の南殿《ナンデン》の梅花《バイカ》の下《モト》に　いつくしき少童《ショオドオ》おはします　大臣《オトド》不思議に思《オボ》し召《メ》し　やがて拾ひ参らせ　懇《ネンゴ》ろに育て申されけるに　日々に大人《オトナ》しくならせ給ふ　ある時庭《テイ》上《ショオ》の梅《ンメ》盛りなるを御《ゴ》覧じて　[一五]おん歌を遊ばし候　梅の花紅《ベニ》の色にも似たりけりあこが頰《ホオ》にも付けて賜《タ》べかしと　かやうに詠《ヨ》み給ひ候へば　菅原の大臣をはじめ参らせて　おん前の人々いとけなきおん心に　かかる優《ヤサ》しきおん事こそ候はねとて　いよいよ御寵愛《ゴチヨオアイ》なされ候　その後《ノチ》やがて叡聞《エイブン》に達し　参内《サンダイ》なされ候ふところに　叡慮《エイリヨ》浅からず　程《ホド》なく官位に進み給ひ候　その後大臣《ノチオトド》[一六]の大将になり給ひ　人みな菅丞相《カンシヨオジヨオ》[一七]と名づけ申され候　しかるところに帝《ミカド》の政務《セイム》を助け申され候ふにより　一天四海《イッテンシカイ》の内《ウチ》[一八]なにごとも　菅丞《カンシヨオ》

一一〈神は都もここも同じ名の天満天神で、その天満宮の空は暮れかかり、紅の花（紅梅殿）も松も一緒に神々《こうごう》しい姿となって、消え失せてしまった〉。

一二「太宰府安楽寺者、贈大相国菅原道真公喪葬之地、十一面観世音大菩薩霊応之処也。延喜五年八月十九日、味酒安行《うまさけやすゆき》依神託立神殿、称曰フ二天満大自在天神ト一」（『菅家御伝記』）。

一三 以下は『北野天神縁起』などに説かれる菅公伝の要約。

一四 道真の父。菅相公、是善。道真の不思議の出現は、権者《ごんざ》（仏神の化現）であることを端的に示す。

一五 十一歳の時、「月ノ耀《ひか》リ、晴レタル雪ノ如シ、梅花ハ照レル星ニ似タリ、憐レムベシ金鏡ノ転《めぐ》リテ、庭上ニ玉房馨《かぐは》シキコトヲ」と作詩（『菅家文草』巻一。「月夜見二梅花一」と題す。『縁起』にも）。それを和歌の形に変えた。典拠未詳。『菅家世系録』に引く。

一六「寛平九年六月にぞ、中納言より大納言にのぼりて、やがて其の日大将（右近衛大将）の宣旨下り、…昌泰元年二月にぞ右大臣にはあがらせ給ひける」（『縁起』）。

一七「丞相」は大臣の唐名。

一八「御前に召しありて…『天下のまつりごと、一人して奏下すべきなり』と仰せらる。左大臣（藤原時平）この御気色を恨みて…」（『縁起』）。

相《ジョオ》のおん計《バカ》らひのやうに候ふ間《アイダ》　時平《シヘイ》の大臣《オトド》よりより讒奏《ザンソオ》を構《カマ》へ　つひに[一]延喜元年辛《カノト》の酉《トリ》の春　筑前《チクゼン》の太宰府《ダザイフ》へ流され給ひ候　[二]都をおん出で候ふ時のおん歌に　[三]君が住む宿《ヤド》の梢《コズエ》を行く雲の隠るるまでに返り見るかなと遊ばされ候　また太宰府にて詩をおん作り候　[四]家を離れて三四月　落つる涙は百千行《ハクセンコオ》　万事はみな夢の如し　よりより彼蒼《ヒソオ》を仰ぐ　またおん歌に　[五]東風《コチ》吹かば匂ひおこせよ梅の花主《アルジ》なしとて春な忘れそと遊ばされ候へば　紅梅《コオバイ》飛び来たりて候　また[六]桜は君《キミ》のおん別れを悲しみ　都にて枯れ申し候　またその時　[七]梅は飛び桜は枯るる世の中になにとて松はつれなかるらんとかやうに遊ばし候へば　この松おん跡《アト》を慕ひ　この所へ来たりて候ふにより　追松《オイマツ》と申し候　紅梅殿老松《コオバイドノオイマツ》とて末社《マッシャ》に崇《アガ》め申し候　また桜は都にて[八]桜《サクラ》葉《バ》の明神《ミョオジン》と崇《アガ》め申し候　さるほどに[九]梅はこれ無罪遠流《ムザイオンル》の愁歎《シウタン》を憐《アワレ》む　松はまた帰洛本懐《キラクホンカイ》の実体《ジッテイ》を現はすとも　詠歌詠吟《エイカエイギン》なされ候　[一〇]さるほどに菅丞《カンショオ》相《ジョオ》この無罪遠流《オンル》の事　無念に思し召し高山に登り　大石の上に七日七夜立たせ給ひ　五色《ゴシキ》の幣帛《ヘイハク》を捧げ　天に向かひて肝胆《カンタン》を砕き祈り給へば　一つ

一「思はざりき、昌泰四年正月二十九日に、左大臣讒奏《ざんそう》によりて、太宰権帥《だざいのごんのそつ》にうつして、流罪の宣旨下るべしとは」（『縁起』）。昌泰四年は延喜元年。

二 山崎（京都府）での詠（『大鏡』）、北の御方への詠（『太平記』一二）等の異説をもつ。

三「君が住む宿の梢をゆくゆくと隠るるまでにかへり見しはや」（『拾遺集』別。『大鏡』は第四句「隠るるまでも」、『縁起』は第五句「かへり見しかな」）。

四「家を離れて…彼蒼を仰ぐ」は『菅家後集』に「自詠」と題す。『縁起』にも。「よりより…」は、かの蒼天（神）を仰いで身の運命を訴える、の意。

五『拾遺集』（雑・春）や『縁起』は第五句「春を忘るるな」。『十訓抄』は「春な忘れそ」の形で引き、「都を出て筑紫に移り給ひて後、かの紅梅殿の梅の片枝飛び参りて、生ひ付きにけり」と飛梅説話をふまえる。『源平盛衰記』三二は「春を忘るるな」の形ではあるが、「天神御所、高辻東洞院、紅梅殿の梅の枝割折れて、雲井遥かに飛び行きて、安楽寺へぞ参りける。桜も御所に在りけるが、御歌なかりければ、梅桜とて同じく籬《まがき》の内にそだち、同御所に枝を交はして有りつるに、如何なれば梅は御言にかかり、我はよそに思し召さるらんと怨み奉りて、一夜が中《うち》に枯れにけり。されば源順が、梅は飛び桜は枯れぬ菅原や深くぞ頼む神の誓ひを」と、飛梅だけでなく、枯桜説話を合わせる。

六 桜の枯れることは、『源平盛衰記』（注五）とともに、『安楽寺本北野縁起』に、「哀哉、梅凌㆔万里之波濤一、飛二安楽寺一。桜三春風不レ開枯。過レ春花不レ開、過レ夏葉不レ繁。主恋色人倫猶勝。飛梅枯桜、此木事也」と見える。
七 飛梅・枯桜の説話に追松の説話が加わった形。「梅は飛び桜は枯るる世の中に松ばかりこそつれなかりけれ さてこそ、都の松は御跡を追て西府（太宰府）には渡りけれ。追松と申し侍るは是なり」（『榻鴫暁筆』）と言う。ここはその変形。解題参照。
八 一四〇頁注八参照。
九 梅は罪なくて流された菅公の悲嘆をあわれみ、松は晴れて都へ帰る菅公の望みを知らしめる、の意。縁起説話の拡大の中で作られたらしいが、典拠未詳。「梅是《ハレ》訪《ラヒ》二左遷遠流《ノ》愁歎《ヲ》一、松亦《ハ》顕《ス》二帰洛本望《ノ》実体《ヲ》一」（『法華神道秘訣』三）とも。
一〇「御身に罪なきよしの祭文作りて、高山に登りて、七箇日の程とかや、天道に訴へ申させ給ひける時、祭文漸く飛び昇り、雲をわけて到りにけり。…あな恐し、あらたに天満大自在天神とぞならせ給ひたる」（『縁起』）という。「天判の嶽とて山よりその峯に白き石あり、その上に天神七日立たせ給ひて」（『松下集』）。
一一 以下五行、『縁起』の要約。
一二 典拠未詳。「いづくにも梅だにあらば我とせよたとひ社はありとなしとも」（『醒睡笑』巻三）の類歌。
一三 以下の〔上ゲ歌〕は《鵜羽》《呉服》と同文。一七八頁注三参照。

の巻物《マキモノ》降り下《クダ》り候ふを 拝見なされ候へば 天満《テンマ》天神《テンジン》とござ候 それより
あの山を天拝《テンパイ》が嶽《ダケ》と申し候 またおん踏まへ候ふ石をば天拝石《テンパイセキ》と申し候
一一かくて年月《トシツキ》を送り給ふほどに 延喜三年二月二十五日に憂き世を去り給ひ
候 されども常住不滅《ジョオジウフメツ》にてござ候ふか その後《ノチ》都へ上《ノボ》り給ひ 雷《イカズチ》となり
内裏《ダイリ》へ乱れ入り 既に玉体危《ギヨクタイアヤウ》く見えさせ給ひ候ふところに 公卿《クギョオ》大臣の僉《セン》
議《ギ》にて北野に勧請《カンジヨオ》申され その時贈官《オクリカン》に天満大自在天神《テンマンダイジザイテンジン》と申し奉り候 そ
れより禁中鎮《キンチウシヅ》まりたると申し伝へ候 総《ソオ》じて梅花のあらうず《ロオ》る所には 天
神の不断御影向《フダンゴヨオゴオ》と思し召し 礼《ライ》をなし給ふべし 既《スデ》におん歌にも 一二梅あら
ばわれが住みかと思ふべし必ずそこに社《ヤシロ》なくとももと遊ばされ候ふ上は 疑
ひもなき御神託《ゴシンタク》にてござ候
〔問答〕 ワキは先刻の出来事を話し アイは重ねて奇特を見ることを勧める

6

〔一三上ゲ歌〕 ワキ・ワキ連 真中に立ち 向き合って 嬉しきかなやいざさらば 嬉《ウレ》しきかなやいざさら
ば この松蔭《マツカゲ》に旅居《タビイ》して 風《カゼ》も嘯《ウソム》くとら（虎・寅）の刻《トキ》 神《カミ》の告《ツ》げをも待ちて
見ん 神の告げをも待ちて見ん
脇座に着座

【出端】で後ジテ登場　一ノ松に立ち

〔(掛ケ合)〕　シテ〽いかに紅梅殿《コオバイドノ》[一]　今夜《コンニャ》の客人《マレビト》をば　なにとか[二]慰《ナグサ》め給ふべき　地〽げに珍《メズ》[三]らかに春も立ち　シテ〽梅《ンメ》も色添ひ　地〽松とても

〔(一セイ)〕　シテ〽名《ナ》[四]こそおいき(負・老木)の若緑《ワカミドリ》　地〽[五]空澄みわたる（彼方を見やり）神神楽《カミカグラ》　シテ〽歌を歌ひ舞を舞ひ　地〽（両袖の露紐を）舞楽を供《ソノォ》ふる宮寺《ミヤデラ》の　（左右の手に取り）声も満ちたるありがたや

（舞台へ入り常座に立つ）

【真ノ序ノ舞】

〔(ワカ)〕　（扇を高く上げつつ）シテ〽さす枝《エダ》[六]の

〔ノリ地〕　（以下謡に合せて舞う）地〽さす枝の　梢《コズエ》は若木《ワカキ》の　花の袖　シテ〽これは老木《オイキ》[七]の　神松《カミマツ》の　地〽これは老木《オイキ》の　神松《カミマツ》の　千代《チヨ》[八]に八千代《ヤチヨ》に　（下を指して見廻し）さざれ石の　巌《イワオ》となりて　（袖を返し扇を高く掲げ　見上げつつ膝をつく）苔のむすまで

〔□〕　（立って）シテ〽苔《コケ》[九]のむすまで（舞台を回り）まつたけ(待・松竹)　鶴亀《ツルカメ》の

〔ノリ地〕　地〽齢《ヨワイ》を授《サズ》くる　この君の　（正面先へ出）行く末守れと　（左右の袖を巻上げ）わが神託《シンタク》の　（常座へ回り）告げを知らする　（正面へ向き）松風《マツカゼ》も梅《ンメ》も　（脇正面を向き）久しき春こそ　（袖を返して）めでたけれ　（留拍子）

一　紅梅殿がツレとして登場していて、それへ言いかける形。現行は小書演出以外はツレを伴わない。解題参照。

二　〈どのようにおもてなししたらよかろうか〉。　7

三　珍らしい客だ、の意と、新鮮で心ひかれる春となった、の意。もとはツレ（紅梅殿）の謡う文句であろう。

四　〈名こそ老松と言われているが、その老木にも葉は若緑で〉。

五　「澄みわたる」は、「空」と神楽の音楽の音とにかかる。「神神楽」は一四三頁注一五参照。

六　「さす」は枝のさし出ているさまと、舞の袖をさし引く意を掛ける。「梢は若木の花の袖」は、元来紅梅殿の舞を前提とした文句であろう。

七　前句の「若木」と対。

八　初句を「わが君は」（『古今集』賀）、「君が代は」（『古今六帖』）などとする和歌。　8

九　〈苔のむすまで待つほどの、松・竹・鶴・亀の長寿を君に授け、その君の行末をお守りせよとの、わが（老松の）神託であるぞと知らせる松風の音が、姿は消えても残って、その松風のうちに、松も梅も幾久しく続いている御代の春は、まことにめでたいことだ〉。「神託」は老松・紅梅殿に、北野天神の神託があったと解されているが、シテ（老松）の神託とみて差支えあるまい。解題参照。

鸚鵡小町

おうむこまち

登場人物

シテ　小野小町　姥（老女・檜垣女）・水衣・腰巻（物着で、小型風折烏帽子・長絹）

ワキ　新大納言行家　風折烏帽子・単狩衣・白大口

構成と梗概

1 ワキの登場　新大納言行家（ワキ）が勅命により関寺辺《せきでらへん》の小野小町を尋ねる。

2 シテの登場　老残の小町（シテ）が現在の境涯を嘆く。

3 ワキ・シテの応対　小町は関寺辺の侘び住まいを語る。

4 ワキ・シテの応対　帝の御歌を賜り、小町は鸚鵡返しで返歌する。

5 シテの物語り　鸚鵡返しの歌体、盛時の懐旧、現在の境涯の悲嘆。

6 シテの舞事　玉津島での業平の法楽の舞をまなぶ。

7 結末　老小町の懐旧、行家との別離。

備　考

＊四番目物、略三番目物。太鼓なし。

＊観世・宝生・金剛・喜多の四流にある。

＊底本役指定は、シテ、ワキ、同、地。

1

【名ノリ笛】でワキが登場

〔名ノリ〕 正面先に立ち ワキ 一「これは陽成院《ヨオゼイイン》に二仕《ツカ》へ奉る新大納言《シンダイナゴン》三行家《ユキイエ》にて候 さてもわが君敷島《シキシマ》四の道に心を懸け あまねく歌を撰《セン》ぜられ候へども 御《ミ》心《ココロ》に叶《カノ》ふ歌なし ここに出羽《デワ》五の国小野《オノ》の良実《ヨシザネ》が女《ムスメ》に小野の小町《コマチ》 かれはならびなき歌の上手《ジョオズ》にて候ふが 今は百歳《モモトセ》六の姥《ンバ》となりて 関寺《セキデラ》七辺《ヘン》にあるよし聞こしめし及ばれ 帝《ミカド》よりおんあはれみのおん歌《ナ》を下《クダ》され候 その返歌《ヘンカ》により 重《カサ》八ねて題《ダイ》を下《クダ》すべきとの宣旨《センジ》にまかせ ただいま関寺辺《ヘン》小野の小町が方《カタ》へと急ぎ候

脇座に着座

2

【一声】でシテが登場 女笠を着け 杖をつき橋掛りで休息しながら一ノ松に立つ

〔(一セイ)〕 正面へ向き シテへ身は九ひとり われは誰《タレ》をかまつざかや (待・松坂) しのみや (死のみ・忍・四宮) 河原四《ガワラヨツ》の辻 (五・何時) いつまた六《ムツ》の巷《チマタ》ならん

一 古写本には「そもそもこれは……」とする。
二 第五七代の天皇。
三 架空の人物。ただし時代は異なるが六条家の従二位藤原行家(一二二三〜七五)は、『続後撰集』はじめ諸書に見える。その名を借りるか。
四「敷島の道」は和歌のこと。陽成院に勅撰はないが、歌合《うたあわせ》を催すなど和歌への関心が強かった。「筑波嶺《つくばね》の峰より落つるみなの川恋ぞ積もりて淵となりぬる」(『後撰集』恋三)は有名。
五 小野小町の出自《しゅつじ》として中世以降最も流布《るふ》した説に基づく。《卒都婆小町》なども同様。
六《関寺小町》《卒都婆小町》にも百歳の姥《うば》と言う。『伊勢物語』六三段(次頁注七参照)の歌を小町作とみる説に基づく。
七 逢坂山東麓にあった寺。小町が関寺に住んだとする理解は早くからのことで、「大師の玉造を見るに、小町衰弊《すいへい》の後相坂の辺に住みけるを…家の日記云、小町関寺に住める事みへず」(『冷泉流伊勢物語抄』)というのは、そのような通説への批判。
八〈重ねて歌題を下し与えようとの勅旨に従い〉。
九〈この身は独りきりで誰を待つかといえば死のみで、忍びやかに松坂・四宮河原・四の辻を徘徊《はいかい》しているが、それがいつまた死んで六道の巷をさまようことになるだろうか〉。京都山科《やましな》辺の地名を点綴。三・一・四・五・六の数韻。「誰をか…四の辻」は《海道下》や《盛久》と同文。

〔サシ〕立ったまま シテへ[一]昔は芙蓉《フヨオ》の花たりし身なれども　今は藜藋《レイジヨオ》の草となる　[二]顔《カオ》ばせは憔悴《シヨオスイ》と衰へ　膚《ハダエ》は凍梨《トオリ》の梨《ナシ》のごとし　杖《ツエ》つくならでは力もなし

[三]〔下ゲ歌〕立ったまま シテへ[四]人を恨み身をかこち　泣《ナ》いつ笑《ワロオ》うつ安からねば　[五]物《モノ》狂《グル》ひと人はいふ

〔上ゲ歌〕シテへ[六]さりとては　捨てぬ命の身に添ひて　捨てぬ命の身に添ひて　[七]面影《オモカゲ》につくもがみ（付・九十九髪）　[八]かからざりせばかからじと（懸・斯）ゆっくり歩み出し　昔を恋ふる忍びねの（音・寝）　夢は寝覚《ネザ》めの[九]長きよを（夜・世）　あき果てたりなわが心（秋・飽）　飽《ア》き果てたりなわが心 常座に立つ

3

〔問答〕シテへ向き ワキ「いかにこれなるは小町にてあるか

ワキへ向き シテ「さん候《ゾオロオ》小町にて候

ワキ「見奉れば雲の上人《ウエビト》にてましますが　小町と承るはなにごとにて候ふぞ

ワキ「さてこのほどはいづくを住み処《カ》と定めけるぞ

シテ「[一〇]誰留《タレト》むるとはなけれども　ただ関寺辺《セキデラヘン》に日《ヒ》数《カズ》を送り候

ワキ「げにげに関寺は　[一一]さすがに都遠からずして　閑居《カンキヨ》には

一「昔日芙蓉花、今成二断腸草一」（『李太白詩集』二・妾薄命）に基づくか。「断腸」を「藜藋」（あかざ）に置き換えた形。「藜藋深鎖、雨湿二原憲之枢一」（『和漢朗詠集』草。『平家物語』灌頂巻等にも引用あり）を合わせたか。容貌を芙蓉（ハスの花）に譬《たと》えることは『玉造小町子壮衰書』にも見える類型的表現。

二「容貌顦顇《しようすい》…膚似二凍梨一」（『玉造』）。「凍梨」は底本「冬裏」。凍梨の皮が皺寄り黒ずむさまに譬えた。

三 古写本も〔下ゲ歌〕。現行諸流は〔サシ〕の続き。

四 古写本に「人をかこち身を恨み」とも。

五「今の童舞の袖に引かれて狂人こそ走り候へ」《関寺小町》。

六〈そうは言っても捨てきれぬ命のあるままに〉。

七「面影」は、「美しかりし我が面影」とも、「馴れし故人の面影」とも解される。「九十九髪」は老女の白髪のこと。「老いたる也。又云、つくもと云ふ海の藻也」（『藻塩草』）。「百歳《ももとせ》に一歳《ひととせ》たらぬつくも髪われを恋ふらし面影に見ゆ」（『伊勢物語』六三段）による。「かかる」の序。

八〈あんなこと（驕慢《きようまん》）をしなければ、こんなふう（零落《れいらく》）にはならなかったのにと〉。「見るたびに鏡の影のつらきかなかからざりせばかからましやは」（『後拾遺集』雑、懐圀法師）。

九「長夜…、秋の夜也」（『連珠合璧集』）。

一〇〈誰が引き留めたというのではありませんが〉。「留むる」は「関」の縁語。

面白きところなり　シテ「前には牛馬《ギウバ》[一二]の通ひ路《ジ》あつて　向うを見やり　ワキ「貴《タツト》
きも行き賤《イヤ》しきも過ぎ　シテへ後ろには霊験《レイゲン》[一三]の山高《タコォ》うして　ワキへ
しかも道もなく　シテへ春は　ワキへ春霞
〔上ゲ歌〕立ち出る体　地へ[一四]立ち出《イ》で見れば深山辺《ミヤマベ》の　遠くを見やり　立ち出で見れば深山辺
の　梢《コズエ》にかかる[一五]白雲《シラクモ》は　花かとみえて面白《オモシロ》や　[一六]松風《マツカゼ》も匂ひ　枕に花
散りて　それとばかりにしらくもの（知・白雲）　色香《イロカ》面白き気色《ケシキ》かな　胸杖をつく　北に
歩み出し　出づればみづうみの（見・湖）[一七]　志賀《シガ》唐崎《カラサキ》の一つ松は　胸杖して彼方を見　[一八]身《ミ》の類《タグ》ひなるものを
東を向き合掌　東に向かへばありがたや　[一九]石山《イシヤマ》の観世音　[二〇]勢多《セタ》の長橋《ナガハシ》は狂人《キョオジン》の　橋掛
りを振返り　つれなき命の　かかる（懸・斯）例《タメシ》なるべし　正面へ向きなおる
〔□〕ワキへ向き　シテ「かくて都の恋しきときは　[二一]柴の庵《イオリ》にしばし留《トド》むべき友
もなければ　へ[二二]たよりなしの（便・頼）（無・梨）杖《ツエ》に縋《スガ》り　都路《ミヤコジ》に出でて物を乞《コォ》ふ
[二三]「乞ひ得ぬ時は[二四]涙のせきでらに（塞出・関寺）帰り候　真中へ出て着座し　笠を脱ぐ
〔問答〕シテへ向き　ワキ「いかに小町　さて今も歌を詠み候ふべきか　シテ
「われいにしへ[二五]百家仙洞《モモカセントオ》の交《マジ》はりたりし時こそ　[二六]事によそへて歌を

一一〈京の外だとはいうものの都からは遠くはなく〉。

一二 京への往還をいう。

一三 関寺が寺門派に属し、園城寺五別所の一であることからは、三井寺、長良山をさすか。

一四「春霞立つ」を「立ち出で」に言いかける。

一五 花と白雲との見立ては和歌の類型表現。

一六〈松風が花の香を運び、枕頭《ちんとう》に花びらが散って〉。

一七「湖」は琵琶湖。志賀の唐崎は歌枕。「一松トアラバ…志賀のから崎」(『連珠合璧集』)。

一八〈一つ松は孤独のわが身と同類だ〉。

一九 石山寺の本尊は二臂如意輪観音。

二〇〈勢多(瀬田)の長橋が架《か》けられているのを見ると、物狂いの身の情けない長生きという、こんなわが実例を証拠立てているようだ〉。「せたの長橋」は歌枕(『八雲御抄』)。「命」に言いかけ、「かかる」と縁語。

二一「柴」と「しばし」は重韻。

二二「便り無し」「頼りなき杖」を掛ける。「梨の杖」は文飾か。

二三「朝《あした》に一鉢を得ざれども求むるにあたはず」(《関寺小町》)。

二四「涙が塞《せ》きあえず溢れ出る」に「関寺」を掛ける。

二五「百家仙洞」は底本のまま。現行も『謡抄』の宛字を踏襲し、「百家」を百官の意に解するが存疑。「百《もも》日《か》千度」を「仙洞」(院の御所)に言いかけて、仙洞における毎日毎度の社交、の意か。

4
二六〈事あるごとにその事にかこつけて〉。

も詠《ヨ》みしが　今は[一]花薄穂《ハナズスキホ》に出《イ》で初《ソ》めて　霜のかかれるありさまにて　ワキへ向き　憂き世にながらふるばかりにて候　ワキ「げにもつとも道理なり　帝《ミカド》より[二]おんあ《ナ》はれみのおん歌《ヌタ》を下《クダ》されて候　扇に懐紙を載せ　立ち上って　これこれ見候へ　シテへ渡す　両手で懐紙を受け　シテ「[三]なにと帝よりおんあ《ナ》はれみのおん歌《ヌタ》を下されて候ふとや　頂いてじっと見つめ　あらありがたや候《ソオロオ》　老眼《ロオガン》にて文字《モジ》も定《サダ》かに見え分《ワ》かず候　[四]それにて遊ばされ候へ　懐紙をワキへ返す　懐紙を受け取り退って　ワキ「さらば聞き候へ　シテ「いかにも高らかに遊ばされ候へ　正面を向いて読む　ワキ「雲の上は　シテはたたずまいを直して聞く心　シテ「雲の上は

〔上ノ詠〕　ワキへ[五]雲の上は　ありし昔に変はらねど　見し玉簾《タマダレ》の　内やゆかしき

〔問答〕　ワキへ向き　シテ「あら面白のおん歌《ヌタ》や候《ゾオロオ》　正面へ向き　へ悲しやな[六]古き流れを汲《ク》んで　水上《ミナカミ》を正《タダ》すとすれど　歌詠《ヨ》むべしとも思はれず　涙を押える　「また申さぬ時は恐れなり　所詮《ショセン》この返歌《ヘンカ》をただ一字《イチジ》にて申さう　顔をワキへ向け　シテへ向き　ワキ「不思議やなそれ歌は　三十一字《サンジウイチジ》を連らねてだに　[七]心の足らぬ歌もあるに　一字の返歌と申すこと　へこれも狂気《キョオキ》のゆゑやらん　シテ

一〈わが身は穂の出た薄に霜のかかっているようなつくも髪の老人で、歌どころか、ただこの憂き世に生きているだけの状態です〉。「花薄穂に出だすべきことにもあらずなりにたり」（『古今集』序）に拠り、「埋れ木の人知れぬこととなり、花薄穂に出だすべきにしもあらず」、「今は身の上にながらへ来ぬる年月を送り迎へて春秋の露往き霜来て草葉変じ虫の音もかれたり」《関寺小町》などをふまえるか。

二〈御慈悲による慰問のおん歌〉。

三〈なんですって〉。思いがけぬことに強く問い返す語。文末の「とや」「か」などと呼応。

四〈あなたの方で詠吟なさって下さい〉。

五〈宮中は以前とは変ってはいないけれど、かつて見たその様子を知りたいとは思わないか〉。『悦目抄』『十訓抄』などに見える。解題参照。「玉すだれ、大内也」（『詞道之大事』）。

六〈歌の古い伝統を承け継《う》いで、その根本を正しく保とうとは思うが、歌が詠めそうにも思えない〉。「小野小町は古《いにしえ》の衣通姫《そとおりひめ》の流《りう》なり」（『古今集』序）を踏む。

七「心あまりて言葉足らず」（『古今集』序、業平の歌の批評）の転用。

八 下句が「見し玉簾の内ぞゆかしき」となり、ご様子が知りたい、の意に変る。

九『俊頼髄脳』に「歌の返しに鸚鵡返しと申す事あり。書き置きたる物はなけれど、人のあまた申す事なり。鸚鵡返しといへる心は、本《もと》の歌の心詞《こころことば》を変へずし

ワキへ向き「いや　ぞといふ文字《モジ》こそ返歌《ヘンカ》なれ　ワキ「ぞといふ文字とはさて
いかに　シテ「さらば帝《ミカド》のおん歌《ヌタ》を　詠吟《エイギン》せさせ給ふべし
ワキ「不審《フシン》ながらもさし上げて　懐紙をさし上げ
〔上ノ詠〕正面を向き ワキ〽雲の上は　ありし昔に変はらねど　見し玉簾《タマダレ》の　内
やゆかしき
〔問答〕シテ「さればこそ内やゆかしきを引き除《ノ》けて　内[八]ぞゆかしき
と詠《ヨ》むときは　小町が詠みたる返歌なり　シテへ向き ワキ〽さていにしへも
かかる例《タメシ》のあるやらん　ワキへ向き シテ〽のう鸚鵡《オオム》返《ガエ》し[九]といふことは
〔歌〕地〽この歌の様《サマ》を申すなり　帝《ミカド》のおん歌《ヌタ》を　正面を向き 奪《バ》ひ参らせて詠
むときは　天《テン》[一〇]の恐れもいかならん　和歌の道ならば　合掌して 神も許しおは
しませ　貴《タット》[一一]からずして キッと心を入れ 高位《コオイ》に交《マジ》はるといふこと　ワキへ向き ただ和歌の徳
とかや　ただ和歌の徳とかや　後見は笠を引く　ワキは脇座に戻り懐紙を懐中する
〔クリ〕正面へ向き 地〽それ歌[一二]の様《サマ》を尋《タズ》ぬるに　長歌短歌《チョオカタンカ》旋頭歌《センドオカ》　折句《オリク》誹諧混《ハイカイコン》
本歌《ボンカ》鸚鵡《オオム》返《ガエ》しと　廻文歌《カイブンカ》なり

て、同じ詞をいへるなり。え思ひよらざらむ折は、さも言ひつべし」と言うが、『竹園抄』には、「思へども思はずとのみいふなればいなや思はじ思ふかひなし」の返歌を「思へども思はぬ中はいふこともいなやよしなしいふかひもなし」とする例を挙げる。

一〇〈どんな天罰を受けるか恐ろしく思われる。しかし、歌道のことなら、神もお許し下さることだろう、どうかお許し下さい〉。

一一〈身分が貴くはなくて、しかも高位の人々と交じわるということは、ひとえに和歌の徳ゆえなのである〉。典拠あるか、未詳。

一二 以下の歌体については諸説が見られるが、中世歌学の基本的考え方としては、長歌（五七五七七の五句三十一字より成る歌体）、短歌（五七・五七…と短句を続けた歌体）、旋頭歌（五句にさらに一句を加えた歌体）、折句（五字の言葉を各句頭においた歌体）、誹諧歌（滑稽歌）、混本歌（五句のうち一句のない歌体）、廻文歌（逆に読んでも同じ文句の歌）の歌体を説く（『奥義抄』による）。「鸚鵡返し」は注九参照。『和歌童蒙抄』に「淮南子《えなんじ》には、鸚鵡よく物言ふ、然れどもその言ふところを得て、言はざることは得ずといへり。されば、鸚鵡返しとは、本歌にいへる心を、ことざまならで答へたるをいふべき也。歌の返し、必ずさもなきが故也」と見える。鸚鵡の知識については仏典の他、「鸚鵡能言、不離飛鳥」（『礼記』）あたりが基点らしく、『枕草子』にも見える。

〔サシ〕正面を向いたまま シテ〽なかんづく鸚鵡返《オオムガエ》しといふこと　唐土《モロコシ》に一つの鳥あり　地〽その名を鸚鵡といへり　人の言ふ言葉を承《ウ》けて　すなはち己《オノ》が囀《サエズ》りとす　なにぞと言へばなにぞと答ふ　鸚鵡の鳥のごとくに　歌の返歌《ヘンカ》もかくのごとくなれば　鸚鵡返しとは申すなり

〔クセ〕正面を向いたまま 地〽げにや歌の様《サマ》　語るにつけいにしへの　なほ思はるるはかなさよ　されば来《コ》し方《カタ》の　[一]代々《ヨヨ》の集めの歌人《ウタビト》の　その多くある中《ナカ》に　[二]今の小町は　[三]妙《タエ》なる花の色好《コノ》み　[四]歌の様《サマ》さへ女《オオナ》にて　ただ弱《ヨワ》弱《ヨワ》と詠むとこそ　家々《イエイエ》の[五]書伝《ショデン》にも　記《シル》し置き給へり　シテ〽[六]和歌の六義《リクギ》を尋ねしにも　地〽小町が歌をこそ　[七]ただこと歌《ウタ》の例《タメシ》に引くのみかわれながら　美人《ビジン》のかたちも世に勝《スグ》れ　[八]よでう《ジョオ》の花と作られ　[九]桃花《トオカ》雨を帯《オ》び　柳髪《リウハツ》風に嫋《タオヤ》かなり　[一〇]紫笋《シシユン》なほ動き誇り　[一一]梨《リ》花《カ》は名のみなりしかど　いま[一二]憔悴《ショオスイ》と落ちぶれて　身体疲瘁《シンテイヒジユツ》する　安座し 小町ぞあはれなりける　両手で涙を押える 盛時[一三]を懐旧し現在の境涯に耐えぬ心

〔(問答)〕ワキ「いかに小町　[一四]業平玉津島《ナリヒラタマツシマ》にての[一五]法楽《ホオラク》の舞をまなび候

一〈代々の勅撰集に入った歌人が多い中でも〉。

二 以下、「小野小町は…あはれなるやうにて強からず。いはばよき女のなやめるところあるに似たり。強からぬは女の歌なればなるべし」(『古今集』仮名序)をふまえるか。

三 小町の容貌を美しい花に譬《たと》える。「色好み」は小町の属性。なお「好色ハ歌ヲ本トスルガ故ニ、歌ノ家ヲ好色ト云フ也」(『三流抄』)という解釈もある。

四 注二参照。「あはれなるやうにて強からぬはをうなの歌なれば」《関寺小町》。

五「書伝」は書き伝えられた書物。「埋れ木の人知れぬこと」を「歌ノ家ニ伝フル深義ハ、歌ノ家ヨリ外ニ不レ出。故ニ世ノ人ハ不レ知ト云ヘリ」(『三流抄』)という理解もあった。

六『古今集』仮名序に説く和歌の六種の表現形式。

七「ただこと歌」は六義の一。その例歌(「偽りのなき世なりせば…」)を小町とする説は未詳。

八 底本「よてう」。『謡抄』は「余条」、諸流謡本は「余情」を宛てるが存疑。「窈窕《エウテウ》」の訛伝か。

九「桃ノ顔ハ露ニ咲テ、柳ノ髪ハ風ニ梳ル」(『玉造』)と、「梨花一枝春帯レ雨」(『長恨歌』)を合わせた表現。

一〇「紫笋斎嘗各闘レ新」(『白氏文集』二四)により、「紫笋」を宛てる(『謡抄』)が存疑。小町の譬えで、桃(赤)・柳(緑)・紫笋(紫)・梨(白)の文飾。

一一〈梨花一枝の美しさも名ばかりのことで、小町の美しさには及びもつかなかったが〉。

6

へ
【物着アシライ】 杖に縋って立ち上り　後見座で長絹と風折烏帽子を着ける

〔□〕 常座に立ち　シテ「さても業平玉津島に参り給ふと聞こえしかば　われも同じく参らんと　へ都をばまだ夜《ヨ》をこめていなり山一六（去・稲荷）　葛葉《クズハ》の里もう（裏・浦）ら近く　和歌吹上《フキアゲ》にさしかかり　橋掛りへ歩み出し　一ノ松に立つ

〔歌〕 地へ玉津島《タマツシマ》に参りつつ　玉津島に参りつつ　業平の舞の袖　思ひめぐらすしのぶ一七摺《ズ》り　木賊《トクサ》色の狩衣《カリギヌ》に　左袖を出し見つめ　大紋《ダイモン》一八の　袴《ハカマ》の稜《ソバ》を取り　風折烏帽子《カザオリエボシ》召されつつ　右手の扇を上げて頭を指し

〔（一セイ）〕 シテへ和光《ワコオ》一九の光玉津島　地へ廻《メグ》らす袖や波返《ナミガエ》り二〇

【舞】 イロエガカリの静かなる舞

〔ワカ〕 シテへ二一和歌の浦に　扇を高く上げつつ　潮満《シオミ》ち来れば片男波《カタオナミ》の　地へ蘆辺《アシベ》をさして　田鶴《タズ》鳴き渡る鳴き渡る

〔ノリ地〕 シテへ立つ二二名もよしなや　忍びねの（音・寝）　地へ立つ名もよし　以下謡に合せ舞う　なや　忍びねの　月二三には賞《メ》でじ　月を見上げ　シテへこれぞこの　地へ積《ツ》もれ　舞台を

一三「容貌顦顇、身体疲瘦《ヒソウ》」（『玉造』）に基づく。底本は『謡抄』により「心底悲恍」とする。現行諸本は「身体疲瘁《ヒジュツ》」（疲れること）とするが存疑。しばらく「身体疲瘁」に従う。

一三 底本「けり」。上製本等で訂正。

一四 紀州和歌の浦、衣通姫を祀《まつ》る。

一五 神仏を慰めるため和歌・連歌・芸能等を奉納すること。ここは業平の法楽の舞をまなび（真似る）、再現。

一六 稲荷山（山城）、葛葉（河内・交野）、和歌の浦・吹上の浜（紀伊）と歌枕・地名を続ける。

一七「しのぶずりの狩衣をなん着たりける」（『伊勢物語』初段）。「木賊色」（萌黄色《もえぎ》）は狩衣の色目。

一八 大形の模様のついた袴。「稜を取る」は袴の股立《ももだち》を上げて帯に挟むことで、動き易くなる。舞の準備。

一九 和光同塵の神徳。二二五頁注八参照。「光」と「玉」は縁語。

二〇《梅枝》一八九頁注二一参照。

二一『萬葉集』巻六、山辺赤人の玉津島従駕《じゅうが》の歌。第三句の「潟を無み」は中世では「片男波」と解する。

二二 ひそかに忍んだ恋のぱっと広がった噂もどうしようもないことで、の意。タズ、タツと重韻。

二三〈忍び寝ゆえに月には見られたくないし、寝られもしないから、月は賞翫《しょうがん》するまい。月が積るからこそ人は老いてゆくのだから〉。「大方は月をも賞でじこれぞこの積もれば人の老いとなるもの」（『古今集』序・雑、業平）による。

7

回り
ば人の　シテ〽老いとなるものを　地〽かほどに早き　光[一]のかげ
の　時人《トキヒト》[二]を待たぬ　慣《ナ》らひとはしらなみの（知らぬ・白波）　シテ〽あら[三]恋しの昔（荒・こ）タラタラ
と退って坐る
やな
〔ノリ地〕　地〽かくてこの日も　暮れ行くままに（遠くを見やり）　さらばと言ひ
て　行家《ユキイエ》都に　帰りければ（ワキは立って退場）　シテ〽小町も今は（立ち上り）　これ[四]までなり
と　地〽杖に縋《スガ》りて　よろよろと（真中でワキとすれ違い）　たち別れ（立・裁）　行く袖の涙　立ち（ワキを見送り　涙を）
押え
別れ行く袖の[五]　涙もせきでらの（塞出・関寺）　柴の庵《イオリ》に　帰りけり（常座で脇正面を向いて留める）

一「光陰」（歳月・時）を和らげた言い方。
二「歳月不レ待《タ》レ人《ヲ》」（陶淵明）に基づく諺《ことわざ》。
三「あら恋しのいにしへや」《関寺小町》。
四「いとま申して帰るとて　杖にすがりてよろよろと　もとの藁屋に帰りけり」《関寺小町》。
五 二一七頁注二四参照。

小塩
おしお

登場人物

前シテ　老　人　笑尉（朝倉尉）・紸水衣・無地熨斗目
後ジテ　在原業平の霊　中将（今若）・初冠（巻纓・老懸）・単狩衣・指貫
ワ　キ　花見の男　素袍上下
ワキ連　同行者（二、三人）　素袍上下
ア　イ　所の男　長上下

備　考

＊四番目物、略三番目物。太鼓あり。
＊観世・宝生・金春・金剛・喜多の五流にある。
＊桜立木・物見車の作り物を出す。
＊底本役指定は、シテ・後シテ、ワキ、同、地。
＊間狂言は古活字版による。

構成と梗概

1　ワキの登場　下京辺の男（ワキ）が同行（ワキ連）とともに大原山へ花見に赴く。
2　シテの登場　花の枝をかざした老人（前シテ）が現われ、花盛りを興じる。
3　ワキ・シテの応対　男は老人の心に魅《ひ》かれ、馴れ親しむ。
4　ワキ・シテの応対　老人は、業平の歌を口ずさみ、懐旧の情にひたる。
5　シテの中入り　老人は再び花に興ずるうちに姿を消す。
6　アイの物語り　所の男（アイ）が、小塩の明神の謂《いわ》れや二条の后の参詣に供奉《ぐぶ》した業平の歌などについて語り、一行に逗留《とうりゅう》を勧める。
7　ワキの待受け　男は老人が業平の霊であると知って、重ねての奇特を待つ。
8　後ジテの登場　花見車に乗った業平（後ジテ）がありし日の姿を現わす。
9　シテの物語り　業平が契った人々への愛情、とりわけ二条の后への思慕を語る。
10　シテの舞事　業平の懐旧の舞。
11　結末　業平の姿は、散りまがう花の中で春の夜の夢となる。

一〈花に映じて染まった雲が嶺に懸っているが、わが心もそのように花やいだものだ〉。「花にうつ（映）ろふ」は歌語。「三芳野《みよしの》は花にうつろふ山なれば春さへみ雪ふる里の空」（藤原定家『拾遺愚草』）。

二 下京（京都の三条通以南）は、庶民の住いが多かった。

三 現京都市西京区大原野南春日町に大原野神社がある。花の名所。解題参照。

四〈花の名所はいろいろと多いが、その中でも〉。「陸奥はいづくはあれど塩釜の…」（『古今集』東歌）、また「霞とも花ともいはじ春のかげいづくはあれど塩釜の浦」（『拾遺愚草』）などの表現を借りた。

五 桓武天皇の旧都長岡が大原野に近いところから、「所から」とも、「花も都」とも言うのであろう。

六〈花の名所として「花の都」においても名高い大原山の桜〉。

七「木綿花」は神事に用いる造花が原義。ここは「花」の縁で「言う」と掛詞、「手向け」の序。「花」と「袖」が縁語。大原野神社には小塩明神を祀《まつ》る。二二九頁注一三参照。

八〈神も交じわるこの世の花は、思うさまに咲き誇っているようだ〉。「神も交じはる…」は、仏が衆生済度（一八三頁注三参照）のため神と現じて俗塵に交じわること。和光同塵。

1

後見が桜の立木の作り物を正面先に置く
【次第】でワキとワキ連が登場

〔次第〕ワキ・ワキ連〽真中で向き合い花にうつろふ《オ》嶺《ミネ》の雲　[一]花にうつろふ嶺《ミネ》の雲　かかる（懸・斯）や心なるらん

〔名ノリ〕ワキ正面へ向き「かやうに候ふ者は　[二]下京辺《シモギョオヘン》に住居《スマイ》する者にて候　さても[三]大原野《オオハラノ》の花今《イマ》を盛《サカ》りのよし承り及び候ふ間《アイダ》　若き人びとを伴《トモナ》ひ　ただいま大原山《オオハラヤマ》へと急ぎ候

〔サシ〕ワキ〽面白《オモシロ》や[四]いづくはあれど所から　[五]花も都の名にし負《オ》へる　[六]大原山《オオハラヤマ》の花桜《ハナザクラ》

〔上ゲ歌〕ワキ・ワキ連〽向き合って今を盛りといふ（言・ウ木綿花）ばなの　今《イマ》を盛《サカ》りと[七]木綿花《イウバナ》の　手《タ》向《ム》けの袖もひとしほに　色添ふ春の時を得て　[八]神《カミ》も交《マ》じはる塵《チリ》の世の　花や心に任《マカ》すらん　花や心に任すらん〔着キゼリフ〕のあと 脇座に着座

【一声】でシテが桜の枝を肩にかたげて登場　常座に立つ

〔一セイ〕正面へ向き　シテ〽一枝折《シオ》りして　花をかざしの袖《ソデ》ながら　老木《オイキ》の柴《シバ》と人や見ん

〔サシ〕桜の枝を肩から下ろし　シテ〽二年《トシ》ふれば齢《ヨワイ》は老《オ》いぬしかはあれど　花をし見れば物思《モノオモ》ひもなしと詠《ヨ》みしも身の上に　三いましらゆき（知らる・白雪）をいただくまで　光にあたる春の日の　長閑《ノドケ》き御代《ミヨ》の時なれや

〔上ゲ歌〕正面を向いたまま　シテ〽四散りもせず　咲きも残らぬ花盛《ハナザカ》り　咲きも残らぬ花盛り　右方へ見渡し　五四方《ヨモ》の景色もひとしほに　匂《ニオ》ひ満《ミ》ち色に添ふ　情《ナサ》けの道にさそはるる　老《オ》いな厭《イト》ひそ花ごころ　正面へ向く　老いな厭ひそ花ごころ

〔問答〕脇座に立ってシテへ向き　ワキ「不思議やな貴賤群集《キセンクンジュ》のその中《ナカ》に　ことに年闌《トシタ》け給へる老人《ロオジン》　花の枝《エダ》をかざし　さも花やかに見え給ふは　そもいづくより来たり給ふぞ

ワキへ向き　シテ「思ひよらずや貴賤《キセン》の中《ナカ》に　わきて言葉をかけ給ふは　六さも心なき山賤《ヤマガツ》の　身にも応《オオ》ぜぬ花好《ハナズ》きぞと　お笑ひあるか人びとよ　〽七姿こそ山の鹿《カセギ》に似たりとも　心は花にならばこ

一〈手折った花の枝をかざして行けば、花の袖をかざして舞でも舞っているように自分では思うが、人はただ、老人が持つ「老木の柴」と見るだけだろう〉。

2

二〈年月が経ってすっかり年老いてしまったが、美しい花を見ていると何も思い煩うことはない〉。『古今集』春上、藤原良房の歌。

三「春の日の光にあたる我なれどかしらの雪となるぞわびしき」（『古今集』春上、文屋康秀）。「雪」は白髪の譬喩《ひゆ》。

四「今日見ずは悔しからまし花盛り咲きも残らず散りも始めず」（《鞍馬天狗》にも見える典拠未詳の歌。『謡曲拾葉抄』に定頼作という）をふまえる。

五〈四方の景色も一段と匂い満ち、美しさを増した花への慕情についふらふらとなっているこの老人を、老いゆえに花よ嫌ってくれるな〉。「情けの道」は恋の道のこと。ここは花を女に比した表現。「花ごころ」も同様。「情け」は「色」と縁語。

3

六〈いかにも無風流な木こりの身で、身の程知らずの花好きなことよと〉。

七〈姿は山の鹿のようであっても心は花やかにしたいものだ、心からそうしようとしたら、ならぬことがあろうか〉。「かたちこそみ山がくれの朽木《くちき》なれ心は花になさばなりなん」（『古今集』雑上、兼芸法師）に基づく。『謡曲拾葉抄』には「姿こそ山のかせきに似たりとも心は花になさばならめや」を『夫木集』、紀友

そ　なさばならめや八心からに

〔歌〕（正面を向き）地〽をかしとこそはご覧《ラン》ずらめ　九よしや　この身は埋木《ンモレギ》の　朽《ク》

ちは　はてしなや心の　色《イロ》も香《カ》も知る人ぞ　（ワキへ向き）知らずな問はせ給ひそ

〔問答〕（シテへ向き）ワキ「一〇あら面白《オモシロ》のたはぶれやな　よもまことには腹立《ハラダ》ち給は

じ　いかさまゆゑある心言葉《ココロコトバ》　奥ゆかしきを語り給へ　（ワキへ向き）シテ「な

にと語らん花盛《ハナザカ》り　言ふに及ばぬ景色《ケシキ》をば　いかがは思ひ給ふら

ん　（正面遠くを見やり）ワキ〽げにげに妙《タエ》なる梢《コズエ》の色　映《ウツ》ろふ影《カゲ》もおほはらや一一（多・大原）　シテ

（同じく正面遠くを見やる）「小塩の山の小松が原より　煙《ケム》る霞《カスミ》の遠山桜《トオヤマザクラ》　ワキ〽里は軒端《ノキバ》の

家桜《イエザクラ》　シテ〽匂ふや一二窓《マド》の梅《ンメ》も咲き　ワキ〽一三あかねさす日もくれな（暮・紅）

ゐの　シテ〽霞か　ワキ〽雲か　シテ〽八重《ヤエ》　ワキ〽一四九重《ココノエ》の

〔上ゲ歌〕地〽一五都《ミヤコ》べは　なべて錦となりにけり　（以下謡に合せて舞台を一巡　佇む心）なべて錦《ニシキ》となりに

けり　桜を折らぬ人しなき　一六花衣着《ハナゴロモキ》にけりな　時も日も月もやよ（いや良・

弥生）ひ　一七あひにあふ《オ》眺《オナガ》めかな　げにや一八大原《オオハラ》や　小塩《オシオ》の山も今日《キョオ》こそは

神代《カミヨ》も思ひ知られけれ　（ワキへ向く）神代も思ひ知られけれ

則とするが未詳。「山の鹿《カセギ》」は「家の犬」（煩悩）に対する語（三四六頁注八参照）。現行観世流はカセキ。「ならばこそ…」は古写本に「なさばこそなさばならめや」とあるのが原型らしい。

八〈心中では滑稽だとお思いになっていらっしゃるでしょうが〉。「心からに」は前後にかかる。

九〈たとえこの身は埋《うも》れ木のように朽ち果てようと、朽ち果てぬわが心は果しない奥深さ、世の中の色も香も知る人なのだ、そのことは知る人ぞ知る、知らずしてお問いなさるな〉。「色も香も」は「君ならで誰にか見せん梅の花色をも香をも知る人ぞ知る」（『古今集』春上、紀友則）をふまえ、業平の恋愛道を暗示。

一〇〈あら面白いご冗談を。まさか本当にお怒りではないでしょう。きっと訳《わけ》のある心や言葉と存じます、もっとお伺いしたいのでお話し下さい〉。

一一「大原や小塩の山の小松原はや木《こ》高かれ千代の影見ん」（『後撰集』賀、紀貫之）。

一二「窓の梅」は、「窓梅北面雪封寒」（『和漢朗詠集』立春）に基づく成句。上の「軒端の桜」と対。

一三「あかねさす」は「日」の枕詞。

一四桜の咲く状態を言うとともに「都」の序。

一五「都べはなべて錦になりにけり桜を折らぬ人しなければ」（『拾遺愚草』）。

一六桜を折り持つさまが花衣を着たと見立てる。

一七人と時節と自然とが合致した情景、の意。

一八業平の歌。次頁注一参照。

一　二条の后がまだ東宮の御息所（陽成天皇の
東宮時代、その母としての二条の后）であった 4
頃、藤原氏の氏神である大原野明神（春日明神、鹿島
と同体。瓊々杵尊《ににぎのみこと》の天孫降臨に随従）に参詣の折、供《ぐ》
奉《ぶ》した業平が詠んだ歌（『伊勢物語』七六段）。大原野
の小塩の神も今日こそは神代に天孫に供奉したことを
思い出されたことでしょう、の意の裏に、二条の后
も、今このように供奉している私と、昔に契りを結ん
だことを思い出されたことでしょう、の意をこめる。
解題参照。

二「そら恐ろしや」の「空」と縁語で「神」の序。

三〈伊弉諾《いざなぎ》・伊弉冉《いざなみ》尊の神代以来、人代に到っても〉。諾冉二神は陰陽（夫婦）の神。業平はその再誕で陰陽の道を教えた、とするのが中世の業平像。ここはそのような理解をふまえている。

四　二条の后との深い契りの名残り惜しさを、小塩の山の奥深さに言いかけ、その山を「登る」（追憶にふける）ことと、その時代が「のぼりての世」（遠い昔）であることとを掛けて言う。

五「昔男とは在原中将業平」（『知顕集』）。一〇八頁注一参照。

六〈いかにも木こりの身で、ただの薪拾いの
老人と思われたけれど〉。「げに…さしもげに」 5
と「げに」を重ねた文飾。「しばふる」は「しわふる」
「しわぶるひ」など、語義に諸説あるが、老人を意味
する語。ここでは「皺古人」（老人）と「柴振人…薪

〔問答〕 ワキ 正面を向き「かかる面白き人に参り会ひて候ふものかな　このままおん供申《トモ》し　花をも眺《ナガミョオ》めらうずるにて候　シテ シテへ向き またただいまの言葉の末《スエ》に　〽一大原《オオハラ》や小塩《オシオ》の山も今日《キョオ》こそは　「神代《カミヨ》のことも思ひ出《イ》づらめ　いま所《トコロ》から面白う候　これはいかなる人のご詠歌《エイカ》にて候ふぞ　シテ ワキを向き「さん候《ゾオロオ》いにしへこのところに行幸《ギョオゴオ》のありし時　在原《アリワラ》の業平供奉《ナリヒラグブ》し給ひしが　忝《カタジ》けなくも后《キサキ》のおん事を思ひ出でて　神代《カミヨ》のこととは詠《ヨ》みしとなり　〽申すにつけてわれながら　そら恐ろしや　二天地《アメツチ》の　三神の御代《ミヨ》より人の身の　妹背《イモセ》の道は浅からぬ　ワキも着座

〔上ゲ歌〕 シテ〽四名《ナ》残《ゴ》りをしほの山深《フカ》み（惜・小塩）　地〽名残り小塩の山深み　のぼりての世の物語　語るもむかしをとこ　五（昔・昔男）あはれ古《フ》りぬる身のほど 面を伏せ　歎《ナゲ》きてもかひなかりけり 繰返し涙を押える　歎きてもかひぞなかりける

〔ロンギ〕 地 正面へ向き〽げに山賤《ヤマガツ》六のさしもげに　しばふる人と見ゆるにも（柴振・皺古）七心ありける姿かな　シテ〽八心知られればとても身の　姿に恥ぢぬ花の友に ワキへ向き 馴れてさらば交《マ》じらん　地〽交《マ》じれや交じれ老人《オイビト》の 正面へ向く 九心

（若・若木）わかきの花の枝《エダ》　立って桜の　シテ〽おいかくるやとかざさん　（負懸・老隠）枝をかたげて舞台を回り　正面へ出　地〽かざしの袖《ソデ》を引き引かれ　一〇左を向き右を向き　このもかのもの蔭《カゲ》ごとに　目付へ出　シテ〽貴賤《キセン》の花見《ハナミ》　地〽輿車《コシクルマ》の　（轅・長枝）大きく回りながら桜の枝を下ろし　花のながえをかざし連れて　よろぼひさぞらひ　一一と　りどりに廻《メグ》るさかづきの　（盃・月）天を見上げ　一二天《テン》も花にや酔《エ》へるらん　紅《クレナイ》埋づむ夕霞《イウガスミ》　常座で正面を向き消え失せた体で　桜の枝を捨てて中入り　かげろふ人《オ》の面影《オモカゲ》　ありと見えつつ失《ウ》せにけり　ありと見えつつ失せにけり
後見は桜の立木を舞台から引く

6

〔問答〕　アイが登場　ワキは業平の故事を尋ねる

〔語リ〕　アイ「さてもこの小塩《オシオ》の明神《ミヨオジン》と申し候ふは　一三むかし閑院《カンニン》の大臣冬《フユ》嗣《ツグ》と申しし人　これは藤原氏《フジワラウジ》にてござありたると承り候　一四春日《カスガ》の明神はおん氏神《ウジガミ》にて候へば　毎日も御参詣《ゴサンケイ》ありたく思《オボ》し召《メ》し候へども　都よりははるばるのおん事にてござ候ふ間《アイダ》　この小塩へ勧請《カンジヨオ》なされたると承り及び候　その年は嘉祥《カシヨオ》三年正月三日に移しおん申し候　これにては小塩の明神と崇《アガ》め申され候　その後いろいろ神木《シンボク》どもを植ゑ参らせられ候ふ中にも桜をとりわき植ゑ給ひ候へば　御覧《ゴラン》ぜられ候ふごとくに　谷も尾上《オノエ》もみな

のために木の葉などかきあつむる賤しき者の、木葉かきたるをうちふるふを言ふなり」（『藻塩草』。『河海抄』等）を掛けた言い方であろう。

七 海士《あま》や山賤などを「心なし」（風雅とは無縁）とするのが定型。八二頁注六参照。

八〈私の風流心が知れてしまったのなら、いっそのこと老いたわが姿に気兼ねせず、花見の友と一緒に親しみ交じわろう〉。

九〈気は若く、わが老いも隠れるかと若木の桜の枝を手に翳《かざ》そう〉。「若木の花」は「若木の桜」（『源氏物語』に基づく須磨の名物）をふまえ、「老いかくるやと…」は「鶯の笠に縫ふてふ梅の花折りてかざさん老かくるやと」（『古今集』春上、源常）をふまえる。「かざす」は頭に插す意だが、ここは「扇とか木の枝とかのような物を顔の前にさし上げる」（『日葡辞書』）意。

一〇「筑波根の此《こ》の面彼《もかも》の面《も》に蔭はあれど君がみかげにます影はなし」（『古今集』東歌）をふまえる。

一一「さすらひ」に同じ。

一二「春之暮月、月之三朝、天酔《ヘリ》二于花一、桃李《ノ》盛《ナレバナリ》也」（『和漢朗詠集』三月三日）をふまえる。

一三「御氏神とは、大原の大明神なり。此の大原野大明神は、春日大明神を冬嗣《ふゆつぐ》の左大臣の大原野にうつし奉れり」（『冷泉流伊勢物語抄』）。藤原冬嗣は、北家第四代、左大臣。忠仁公良房《よしふさ》の父。

一四 底本（古活字版）は「□んにんの大臣」。

花にて候　[一]高子《タカコ》の后《キサキ》この花を御覧《ゴ》ぜられたきとて　業平《ナリヒラ》おん供にてこのところへ御幸なされ　すなはち[二]中将殿おん歌を詠み給ひたると承り及び候
大原や小塩の山も今日こそは神代のことも思ひ出づらめと　かやうに遊ばされたると申し伝へ候　これは二条の后[三]冠唐衣《カムリカラキヌ》参らせられ候ふおん事ゆかしく思し召し　神代《カミヨ》のことになぞらへて詠じ給ひたると承り候　このところにおいて小塩の明神の謂《イ》はれ　または業平のおん事さまざまに申し候へども　われら承り及び候分《ブン》　[四]あらあら申し上げ候

〔問答〕　ワキは先刻の出来事を話し　アイは重ねて奇特を見ることを勧めて退く

〔□〕　着座のまま　ワキ「不思議や今の老人《ロオジン》は　常人《タダビト》ならず見えつるが　さては小塩《オシオ》の神代《カミヨ》の古跡《コセキ》　[五]和光《ワコオ》の影になりひらの（成・業平）　花に[六]映《エイ》じて[七]衆生済度《シユジヨオサイド》の
〽姿現《アラ》はし給ふぞと

〔上ゲ歌〕　ワキ　ワキ連〽[八]思ひの露もたまさかの（玉・邂逅）　思ひの露もたまさかの
光を見るも花心《ハナゴコロ》　[九]妙《タエ》なる法《ノリ》の道の辺《ベ》に　なほも奇特《キドク》を待ち居たり
なほも奇特を待ち居たり

一　二条の后のこと。以下二二八頁注一参照。
二　在五中将。業平のこと。
三　二条の后の冠唐衣着用のことは《杜若》に基づくのであろう。二六二頁〔問答〕参照。
四　あらかた、あらまし。
五　〈業平が、この世の塵に交わる神としての姿を現わして〉。「和光の影」は和光同塵（神が世塵に交わり衆生を済度する）の影向《ようごう》。業平が陰陽の神（二二八頁注三参照）であるところから、その来現を神格化した。
六　「映」は底本「詠」を訂正。「和光の影」と縁語。
七　業平はまた仏菩薩の化現で、この世で多くの女たちと契りを交わしたのは衆生済度（一八三頁注三参照）の方便である、とするのが中世の業平像であった。《杜若》参照。
八　〈…と思うにつけても、めったにない奇瑞に逢うのも花の心に適《かな》ったことかと〉。「露」「玉」「光」の縁語で文をつなぐ。
九　「花」を承けた「妙なる法」（妙法蓮華経）が、「法の道」に通ずる「道」の序となる。

7

一〇　〈月も春も昔のそれではない、このわが身は昔のままの姿なのだが、当時の自分を見知るはずもなかろう〉。「月やあらぬ春や昔の春ならぬわが身ひとつはもとの身にして」（『伊勢物語』四段）。二条の后を回想して詠んだ業平の歌。解題参照。
一一　〈身分の隔った雲の上人（殿上人）の花の姿は恐らく見たこともなかったろう〉。「雲」と「花」は縁語。

「よも知らじ」は、「みも知らじ」に重ねた文飾。

一二〈そのかみの神代の物語の、その姿をちょっと現わしてみただけなのだ〉。「神代の物語」は、『伊勢物語』七六段をさす。 8

一三 前世からの因縁。ワキが今この時にめぐり逢った因縁とともに、下の「契りし人」との因縁をも言う。

一四『伊勢物語』における業平と多くの女たちとの契り。「さまざまに」は前後にかかる。

一五 以下、女たちを花に譬《たと》えて、その思い出を『伊勢物語』の歌に基づいて綴る。

一六〈もし今日来なかったら、明日は花は雪のように散るであろう、とすれば、たとえ雪のようには消えずとも、どうしてそれを花と見ることができようか〉。『伊勢物語』一七段の歌（第四句「消えずはありと」）。「あだなりと名にこそ立てれ桜花年にまれなる人も待ちけり」（紀有常の娘の歌とする。一一〇頁注一参照）に対する業平の返歌。

一七〈今はその花も雪もいっさい茫漠《ぼうばく》として〉。

一八〈（雲の上人は）桜をかざし、袖を触れあって花見車を進めるが、まもなく日も暮れると、それからは、月の光の下での花見よ、その時を待とうよ〉。「ももしきの大宮人はいとまあれや桜かざして今日も暮しつ」（『新古今集』春下、赤人）をふまえ、「車」「くるる」と重韻。

一九「春宵一刻値千金、花有二清香一月有レ陰」（蘇軾「春夜」）。 9

後見が花をつけた物見車の作り物を常座に置く【一声】で後ジテが登場　物見車に乗る

［一セイ］正面へ向き シテへ月やあらぬ 一〇　春や昔の春ならぬ　わが身ぞもとのみ（身・見）も知らじ

［掛ケ合］車に向い ワキへ不思議やな今までは　立つとも知らぬ花見車《ハナミグルマ》の　やごとなき人のおん有様《ナリサマ》　これはいかなることやらん

車の中からワキへ向き シテへげにや及ばぬ雲 一一 の上　花の姿はよも知らじ　「あ 一二 りし神代《カミヨ》の物語　へ姿現はすばかりなり

ワキへあらありがたのおん事や　他生《タシヨオ》 一三 の縁《エンナ》は朽《ク》ちもせで

シテへ契《チギ》 一四 りし人もさまざまに

ワキへ思 一五 ひぞ出《イ》づる

シテへ花も今

［上ゲ歌］正面を向いて 地へ今日来《キヨオコ》 一六 ずは　明日《アス》は雪とぞ降りなまし　明日《アス》は雪とぞ降りなまし　消えずはありと　花と見ましやと詠《エイ》ぜしに　今 一七 は 景色を見渡し さながら花も雪も　みな　しらくものうへびとの（知らぬ・白雲・雲の上人）　桜 一八 かざしの袖ふれて 車より下りる 花見車くるるより（繰・暮）　月の花よ待たう《トオ》よ 後見は物見車を引く

［クリ］シテは大小前に立ち 地へそれ春宵一刻値千金《シユンシヨオイツコクアタイセンキン》 一九 　花に清香《セイキヨオ》月に影《カゲ》　惜しまるべ

きはただこの時なり

［サシ］ 立ったまま 地へ一思ふこと言はでただにや止《ヤ》みぬべき　われに等《ヒト》しき人《ヒト》しなければ　とは思へども人知れぬ二　心の色はおのづから　思ひ内《ウチ》三より言《コト》四の葉《ハ》の　ワキへ向く 露しなじなに洩《モ》れけるぞや

［クセ］ 正面へ向き 地へ五春日野《カスガノ》の　若紫《ワカムラサキ》の摺《ス》り衣《ゴロモ》　しのぶの乱《ミダ》れ　限《カギ》り知らず　もと詠《エイ》ぜしに 足拍子 六陸奥《ミチノク》の 以下謡に合せて舞う 忍ぶもぢずり誰《タレ》ゆゑ　乱れんと思ふ　われならなくにと　詠《ヨ》みしも紫七の　色に八染《ソ》み香《カ》にめでしなり　または九唐衣《カラコロモ》（着・妻）　きつつ馴れにしつましあれば（褄・妻） 舞台を大きく回り　はるばるきぬる旅をしぞ（着・来）　思ふ一〇心の奥までは　いさしらくもの（知らず・白雲）下《クダ》り月の 真中で月を見上げ　都なれや東山《ヒガシヤマ》　これもまた一一東《アズマ》の　果《ハ》てしなの人の心や 扇を高く シテへ一二武蔵野《ムサシ》は 上げつつ　今日《キョオ》はな焼《ヤ》きそ若草《ワカクサ》の 地へ妻《ツマ》も　こもれりわれもまた　こもる心はおほはら一三（多・大原）や 思い出の風景を扇で指して慕情を 小塩に続く通ひ路の　行方《ユクエ》は同じ 馳せ 恋種《コイグサ》一四の　忘れめや今も名は昔男ぞと人もいふ

［（ワカ）］ 常座に立ち シテへ一五昔かな

一 〈思うことを言わずにいるのがよい、自分と同じ思いの人はないのだから〉。『伊勢物語』一二四段の歌（第二句「いはでぞ」、第四句「我とひとしき」）。

二 「人知れぬ心の色」は注一の歌の深義（解題参照）をふまえるか。「心の色」は、気持の表れを言う歌語。

三 「思ひ内にあれば、色、外にあらはる」という、禅竹伝書にも用いる諺《ことわざ》。『大学』や『孟子』などに基づくらしい。「思ひ」は業平の女人への思い。

四 「葉」と「露」は縁語で「洩る」につなぐ。「しなじな」（品々）はいろいろな身分の女性の意。その交渉がいろいろな形で『伊勢物語』に記されたことを言う。次の［クセ］がその具体的な内容。

五 『伊勢物語』初段の歌（第五句「限り知られず」）。

六 『伊勢物語』初段の歌（第三・四句「誰ゆゑに乱れそめにし」。下掛りも）。

七 「紫」は二行前の「若紫」を受けて、「色」の序。

八 「有常が娘を若紫といふなり」（『冷泉流伊勢物語抄』）。美しい容色を愛したことを言う。

九 『伊勢物語』九段の歌。二条の后を思って詠んだ歌とする。業平の東下りは、実は二条の后を盗み奉ったことにより、東山の関白忠仁公に預けられたこととするのが冷泉流古注など中世の理解。

一〇 深奥《しんおう》の意味はいさ知らず、と、陸奥まで下ったかというとそれはどうだか、実は都の東山のこと、の意をつなぐ。「心の奥」（『伊勢物語』一五段の歌に基づく語）は物語の意味が奥深い意に用いた。

「下り月」は一五九頁注四参照。業平東下りを含ませて「月の都」をふまえて「都」の序とする。

一一「東山」を「東の果て」に言いかけて「果てしな」(ここは業平の恋心。三〇〇頁注一の歌参照) の序。

一二『伊勢物語』一二段の歌 (第五句「我もこもれり」)。二条の后を、業平が盗んで、春日野の中、武蔵塚へ連れて逃げたことを言う。解題参照。女の歌であるが、それを逆に用いている。「妻」は底本のまま。 11
一三 思いをかける心の広く大きいことを「大原」に言いかけて「小塩」の序とする。そこに路が続いている風景が、業平の恋の対象たる二条の后への思慕追憶の心象風景につながっている。

一四「恋種」は、「忘れ草」を介して「忘れ」の序。

一五 懐旧の詠嘆。

一六 小塩の地とそこに咲く桜花。

一七「月やあらぬ…」(一一一頁注七参照) を踏む。

一八「散り紛ふ木の本ながらまどろめば桜に結ぶ春の夜の夢」(『拾遺愚草』)。

一九〈この一夜の遊舞が夢だったか現だったかは世人が決めればよい、しかしその思い出は春の夜の月、曙の花にも残ることだろう〉。『伊勢物語』六九段「君やこし我や行きけんおもほえず夢か現か寝てか覚めてか」「かきくらす心の闇にまどひにき夢うつつとは世人定めよ」(第五句、定家本系は「こよひ定めよ」)。斎宮と業平の贈答歌。ここはその表現を借り用いた。


【序ノ舞】

〔ワカ〕シテへ昔かな（扇を高く上げつつ）　一六花も所も一七月も春　地へありし御幸《ミユキ》を　シテ
へ花も忘れじ　地へ花も忘れぬ
〔ノリ地〕シテへ心やをしほの(惜・小塩)　地へ山風《ヤマカゼ》吹き乱れ（扇で指し廻し）　散らせや散ら（招きあおいで）
せ　一八散り迷ふ（左袖を巻上げ）　木《コ》の本《モト》ながら　まどろめば（木蔭で膝をついてまどろむ心）　桜に結べる（立って舞台を回り）　一九夢か現《ウツツ》
か　世人《ヨヒト》定めよ　夢か現か　世人《ヨヒト》定めよ（扇をかざして回り）　寝てか覚めてか（常座で正面へ向き）　春の夜《ヨ》
の月　曙《アケボノ》の花にや（脇正面を向いて左袖を返し留拍子）　残るらん

姨捨

おばすて

登場人物

前シテ　里の女　深井・無紅唐織
後ジテ　老女の霊　姥・白地長絹・白大口
ワキ　都の男　素袍上下
ワキ連　同行者（二人）　素袍上下
アイ　所の男　長上下

構成と梗概

1　ワキの登場　都方《みやこがた》の男（ワキ）が同行（ワキ連）とともに中秋の姨捨山に到る。
2　ワキの詠嘆　一行は姨捨山に立って今宵の満月を待つ。
3　シテ・ワキの応対　里の女（前シテ）が現われ、一行に姨捨の旧跡を教える。
4　シテ・ワキの応対、シテの中入り　一行が都の者と聞いた女は、月とともに現われて夜遊を慰めようと言い残し、昔捨てられた女の幽霊と名乗って消える。
5　アイの物語り　所の男（アイ）が一行に姨捨の伝説を語る。
6　ワキの待受け　一行は月の美しさを詠嘆する。
7　後ジテの登場　老女の亡霊（後ジテ）が現われ、月への感慨にひたる。
8　ワキ・シテの応対　老女は昔を偲び、月に興じる。
9　シテの物語り　月への讃美、月の本地仏《ほんじぶつ》大勢至菩薩への讃嘆。
10　シテの舞事　懐旧の遊舞。
11　結末　月に興じ、昔を恋ううちに夜明けとなる。

備考

＊三番目物。太鼓あり。
＊観世・宝生・金春・金剛・喜多の五流にある。
＊底本役指定は、シテ・後シテ、ワキ、二人（シテ、ワキ）、同、地。

一〈満月も間近い秋の最中となったことよ、月の名所の姨捨山に急ごう〉。「月の名」は「満月」の意を「名月」に通わせた表現で、「たぐひなき名を望月の今宵哉」(『菟玖波集』二〇、二条良基)に基づく。「姨捨山」は、信濃《しなの》の国(長野県)更科《さらしな》にある山。歌枕。解題参照。

二 下掛り系は「これは陸奥信夫《みちのくしのぶ》の何某《なにがし》にて候　われこのほどは都に上り　洛陽《らくよう》の名所旧跡一見して候　またこれよりも北陸道にかかり　善光寺に参り秋の半ばの折にあひて候ふほどに　承り及びたる姨捨山にのぼり　月を眺めばやと思ひ候」(車屋本による)とする。

三〈眺めようと思います〉。

四〈このあいだ中は、しばらくの旅暮らし、つぎつぎと仮り寝の宿を明かし暮らして日数経るうちに〉。「旅トアラバ…宿…仮り寝仮り枕…日数をふる」「宿トアラバ…かり枕、たちよる」「中宿トアラバ…山路の月」(『連珠合璧集』)。「中宿」は旅の途中の宿。

五 名月で知られる、の意。次頁注四をふまえる。

六〈山巓《さんてん》は平らかで、万里一望の空は曇りなく、千里を隈《くま》なく照らす満月の今夜は〉。「山そびえ嶺平らかにして万里の空目前に間近く月のさこそと…」(車屋本)、「万里の空目前にして月の夜…」(古写本)など異同が多く、後の改訂があるらしい。「万里…」「千里…」と対句。

1

【次第】でワキとワキ連が登場　ワキは笠を着ることもある

〔次第〕ワキ ワキ連 真中で向き合い 〽一月の名近き秋なれや　月《ツキ》の名《ナ》近き秋なれや　姨捨山《オバステヤマ》に急がん

〔名ノリ〕正面へ向き ワキ「二かやうに候ふ者は　都方《ミヤコガタ》の者にて候　われいまだ姨《オバ》捨山《ステヤマ》を見ず候ふほどに　この秋思ひ立ち姨捨山の月を三ながめばやと思ひ候

〔上ゲ歌〕向き合って ワキ ワキ連 〽四このほどの　しばし旅居《タビイ》の仮《カ》り枕《マクラ》　しばし旅居の仮り枕　また立ち出《イ》づる中宿《ナカヤド》の　明かし暮らして行くほどに　以下歩行の体 こ五ぞ名《ナ》に負《オ》ふ更科《サラシナ》や　姨捨山《オバステヤマ》に着きにけり　姨捨山に着きにけり

〔着キゼリフ〕のあと　ワキ連は地謡前に着座

2

〔□〕真中に立ち ワキ「われこのところに来て見れば　六嶺《ミネ》平《タイ》らかにして万里《バンリ》の

空も曇りなく　千里《センリ》に隈《クマ》なき月の夜《ヨ》　一さこそと思ひやられて候　二い
かさまこのところに休《ヤス》らひ　今宵《コヨイ》の月をながめばやと思ひ候　脇座へ行きかかる
〔問答〕　幕の中から呼掛けつつ登場　シテ「のうのうあれなる旅人《タビビト》はなにごとを仰《オオ》せ候ふぞ
脇座に立ち　ワキ「不思議やな三山路《ヤマジ》も見えぬ方《カタ》より　女性一人《ニヨシヨオイチニン》現はれて　われに
言葉をかけ給ふは　いかなる人にてましますぞ　三ノ松に立ち　シテ「わらはは
この更科《サラシナ》の者なるが　今日《キヨオ》は四名《ナ》に負《オ》ふ秋の半《ナカ》ば　五暮るるを急ぐ月の
名の　六ことに照《テ》り添《ソ》ふ天《アマ》の原《ハラ》　見廻して　隈なき四方《ヨモ》の気色《ケシキ》かな　七いかに今宵《コヨイ》
の月の面白《オモシロ》からんずらん　シテは歩み出す　ワキ「さては更科《サラシナ》の人にてましますか
や　承り及びたる姨捨《オバステ》の　在所《ザイシヨ》はいづくのほどにて候ふぞ　シテ
「姨捨山《オバステヤマ》の八亡《ナ》き跡《アト》と　問《ト》はせ給ふは九心得《ココロエ》ぬ　へ一〇わが心なぐさめか
ねつ更科《サラシナ》や　「姨捨山に照《テ》る月を見てと　詠《ナガ》めし人の跡《アト》ならば　二ノ松
に立ち　これに木高《コダカ》き一一桂《カツラ》の木の　正面に桂のある心で見つめ　蔭こそ昔の姨捨の　その亡《ナ》き跡《アト》にて候へ
同じく目をやって　ワキへ　さてはこの木《キ》の蔭《カゲ》にして　捨て置かれにし人の跡
とよ　歩みながら　シテ「そのまま土中《ドチウ》に埋《ンモ》れ草《グサ》　（刈・仮）かりなる世とて今ははや
の

3

一〈さぞかし見事だろうと思いやられます〉。

二〈何はともあれ〉。

三〈山路があるとも思われぬ方角より〉。

四「名に負ふ」は古写本等「ことさら」とも。「月影は同じ山より出づれども秋の半ばは照りまさりけり」（『大弐集』）などに同意の前提。「秋の半ば」は八月十五夜。

五〈日が暮れるのと先を争うかのように出る名月〉。「時雨《しぐれ》を急ぐ紅葉狩」（《紅葉狩》）などと同じ用法。
六　この一句、「かねて知らする空のけしき　雲もおりたつ天の原」とする古写本もあり、今夜の名月の期待できる状況が説明されている。「ことに照り添ふ」の場合、月が照る様子を想像しているかのような曖昧《あいまい》な表現。車屋本では「かねて知らるる空のけしき　雲も収まる夕日影の　ことに照り添ふ天の原」とあり、照り添うのは夕日影。
七〈どんなにか今夜の月は美しいことだろう〉。
八　古写本や宝生に「その跡」とする。姨捨伝説（解題参照）をふまえて言う。
九　自明のことを聞くのは心得がたい、の意。
一〇〈私の心は鬱々として、晴らそうとしてもだめだ。更科のあの姨捨山に照る月を見ていると〉。『古今集』雑上、読人しらずの歌。解題参照。
一一　月に生えているとされる桂の木。「旧言、月中有レ桂、有ニ蟾蜍一、故異書言、月桂高五百丈」（『酉陽雑《ゆうようざっ》俎《そ》』）などと言い、「久方の月の桂も秋はなほもみぢす

ワキへ昔語《ムカシガタ》[一二]りになりし人の　一ノ松に立ち　シテへなほ執心《シウシン》は残りけん　ワキへ亡《ナ》
き跡《アト》までもなにとやらん　シテへ物凄《モノスサ》[一三]ましきこの原の　ワキへ風
も身に沁《シ》む　シテへ秋[一四]の心
〔上ゲ歌〕地へ今[一五]とても　なぐさめかねつ更科《サラシナ》や　再び歩み出し　なぐさめかねつ
更科や　姨捨山《オバステヤマ》の夕暮《イウグ》れに　(待・松)まつも桂《カツラ》も交《マ》じる木《キ》の　緑《ミドリ》[一六]も残りて
常座に立ち正面遠く山を見つめ　秋の葉の　はや色づくか一重山《ヒトエヤマ》[一七]　あたりを見廻す　薄霧《ウスギリ》も立ちわたり　風凄《スサ》[一八]ましく
雲尽《ツ》きて　淋《サミ》しき山の気色《ケシキ》かな　淋《サミ》しき山の気色かな
〔問答〕ワキと向き合って　シテ「さてさて旅人《タビビト》はいづくよりいづかたへおん通り候ふ
ぞ　ワキ「さん候《ゾオロオ》[一九]これは都の者にて候ふが　はじめてこのところ
に来たりて候　シテ「さては都の人にてましますかや　さあら
ばわらはも月とともに　現はれ出《イ》でて旅人《タビビト》の　夜遊《ヤイウ》を慰《ナグサ》め申すべ
し　ワキへそもや夜遊《ヤイウ》をなぐさめんとは　おん身はいかなる人や
らん　シテ「まことはわれは更科《サラシナ》の者　ワキへさて今はまたいづ
かたに　シテへすみか[二〇]（住・住処）と言はんは《ナ》この山の　ワキへ名にし負ひた

ればや照りまさるらん」（『古今集』秋上）などと詠まれる。「月の桂トアラバ…木高き影」（『連珠合璧集』）。

一二〈遠い昔話となってしまったあの捨てられた姥《うば》の、執心はなお今も残っているのだろうか〉。「執心」は「わが心なぐさめかねつ」をふまえていうか。

一三「秋の心、…身にしむ風…すさまし…霧…色付」（『連珠合璧集』）。

一四「愁ひ」「慰めがたし」「憂し」などが秋の心。「ことごとに悲しかりけりむべしこそ秋の心を愁といひけれ」（『千載集』秋下、藤原季通）。

一五〈昔「わが心なぐさめかねつ」と詠んだが、それは今とても同様で〉。

一六「緑」「風」は「松」の縁語。

一七 幾重にも重ならぬ山の意で、歌枕ではなかったが、後に『藻塩草』では信州あるいは山城の山とする。ここは固有名詞ではなく、紅色の単衣《ひとえ》の イメージから「色づく」（紅葉する）の縁語で、「薄」の序。

4
一八「浮雲はつきやは払ふ更科や姨捨山の峰の秋風」（『壬二集』）などに同じ意。

一九 はい、そうですね、などの応答語。「さに候」の転。

二〇〈住むかとのお尋ねか、住み処《か》というのはこの山で、この山の有名な名前の通りの姨捨の〉。

る

シテ＼姨捨《オバステ》の

〔上ゲ歌〕 常座で一正面を向き 地＼それと言はんも恥づかしや 面を伏せる ワキはこの間に脇座に着座 それと言はんも恥づかしや　そのいにしへも捨てられて　正面の山をしかと見やり ただひとりこの山に　（住・澄）すむ月の名《ナ》の秋ごとに　二執心《シウシン》の闇《ヤミ》を晴らさんと　今宵《コヨイ》 ワキへ向い 現はれ出でたりと　（言・夕影）いふ《ウ》かげの木《コ》の本《モト》に　常座で正面を向き消え失せた体で中入り かき消すやうに失せにけり　かき消すやうに失せにけり

〔問答・語リ〕 アイが登場　姨捨の伝説を語る

〔上ゲ歌〕 着座のまま ワキ ワキ連＼夕蔭過ぐる月影《ツキカゲ》の　三夕蔭過《イウカゲス》ぐる月影の　はや出《イ》で初《ソ》めて面白や　万里《バンリ》の空も隈《クマ》なくて　四いづくの秋も隔《ヘダ》てなき　心も澄みて夜《ヨ》もすがら

〔詠〕 ワキ ワキ連＼五三五夜中《サンゴヤチウ》の新月《シングツ》の色《イロ》　二千里《ジセンリ》の外《ホカ》の故人《コジン》の心《ココロ》

【一声】で後ジテが登場　常座に立つ

〔□〕 正面へ向き シテ＼あら面白《オモシロ》の折《オリ》からやな　あら面白の折《オリ》からや

〔サシ〕 シテ＼六明《ア》けばまた秋の半《ナカ》ばも過ぎぬべし　今宵《コヨイ》の月の惜しき

一〈その本人と言うのもお恥かしいことです〉。
二 執心を闇に譬《たと》えるのは定型。「月」の縁語。
三〈夕暮時も過ぎ、月がはやくも出て〉。
四〈どこにおいても秋は同じように澄んだ月が面白いが、打ち解けたわが心も澄んで、一晩中月を眺め、昔の人を想おう〉。「いづくの秋も隔てなき」に、「隔てなき心」を合わせた。
五〈八月の十五夜、新たに出た清らかな月の光を見るにつけて、二千里外の遠きにある友人の心を思いやることだ〉。『和漢朗詠集』八月十五夜、白楽天の詩。「故人」は古い友人の意だが、ここは古人の意にとりなした。 5
六〈夜が明けると秋はまた半ばを過ぎてしまう、惜しいと思うのは今宵の名月だけではないのだ〉。『新勅撰集』秋上、藤原定家の歌（第四句「傾ぶく月の」）を変型して用いた。 6
七〈ただでさえ秋を待ちかねていたが、今このような比類のない望月の名を持つ八月十五夜の月の、いまだかつて見たこともないような隈なく澄みわたる姨捨山の秋の月〉。「たぐひなき名をもち月のこよひかな」（『菟玖波集』、二条良基）。 7
八〈余りにも感動的で興奮を押えきれない〉。
九 その昔がまるで今のように思われる、の意。
一〇 底本の他、古写本・現行下掛りなどがこの形。別系古写本や現行上掛りは「はや更《ふ》けすぐる」とする。

一一 月宮殿の白衣・青衣各十五人の天子の交替によって月の満ち欠けが起るという（恵心『三界義』）。「白衣の女人」はそれに言いかけた文飾。

一二〈何をお隠しなさることがありましょう〉。

一三〈今ここに昔が返って〉。昔の再現。

一四「円居」は遊興の座。「一夜トアラバ…月のまへの友」（『連珠合璧集』）。

8
一五「草」と「花」、「草」「置く」「袖」「露」など縁語。

一六〈種々の夜遊を共にする人に、いつの間にか馴れ親しんで夢中だことよ〉。「色々」は「花」と縁語。「夜遊人欲二尋来把一」（『和漢朗詠集』躑躅）。

一七 ここは老女をさして言う。「女郎花《をみなへし》、女にたとへてよむべし」（『能因歌枕』）。

一八「草衣、世を捨て人の衣なり」（『匠材集』三）。

一九〈昔でさえ捨てられてしまったくらいの、わが身の程をわきまえずに〉。

二〇〈何でも知っている月に見られるのが恥かしい〉。「月は見ん月には見えじとぞ思ふ浮き世にめぐる影も恥づかし」（『落書露見』）などと同意。

二一〈ままよ、万事この世は夢のようにはかないのだから、なまじっかそんなことは言うまい思うまいよ〉。「口なしの色をぞ頼む女郎花花にめでつと人に語るな」（『拾遺集』秋、小野宮太政大臣）をふまえるか。

二二「思草、女郎花」（『蔵玉和歌集』）。他に露草やリンドウなどにも言う。「思はじや」と重韻。

のみかは　七さなきだに秋待ちかねて類《タグ》ひなき　名をもちづきの見し（持・望月）
だにも　覚《オボ》えぬほどに隈《クマ》もなき　姨捨山《オバステヤマ》の秋の月　八あまりに堪《タ》へぬ
心とや　九昔とだにも思はぬぞや　ワキへ向く
〔掛ケ合〕　シテへ向き　ワキへ不思議やな影《カゲ》一〇も照《テ》り添《ソ》ふ月の夜《ヨ》に　一一白衣《ハクエ》の女人《ニョニン》現《ナラ》は
れ給ふは　夢か現《ウツツ》かおぼつかな　ワキへ向き　シテ「夢とはなどやいふぐれ（言・ウ　夕暮）
に　現はれ出でし老《オ》いの姿　恥づかしながら来たりたり　ワキへ
一二何をかつつみ給ふらん　もとより所も姨捨《オバステ》の　シテへ山は老女《ロオジョ》
が住み所《ドコロ》の　ワキへ一三昔に返る秋の夜《ヨ》の　シテへ月の友人《トモビト》円居《マトイ》一四し
て　ワキへ一五草を敷き　シテへ花におき臥《フ》す袖の露の（置・起）　向合って　シテ　ワキへさも
一六いろいろの夜遊《ヤイウ》の人《ヒト》に　いつ馴《ナ》れ初《ソ》めて現《ウツツ》なや
〔上ゲ歌〕　正面へ向き　地へ盛《サカ》り更《フ》けたる一七女郎花《ジョロオカ》の　盛り更けたる女郎花《ジョロオカ》の　草《クサ》一八
衣《ゴロモ》しほたれて　正面先へ出　一九昔だに　捨てられしほどの身を知らで　また姨捨の　遠くを見やり
山に出でて　面《オモテ》をさらしなの（曝・更科）　月に見ゆるも恥づかしや　二〇月にさらされた面を伏せ　二一よしやな
にごとも夢の世の　なかなか言はじ思はじや（中・）　常座へ回り　二二思ひ草花《グサハナ》に愛《メ》で　月

一 晋の王子猷《おうしゆう》が雪の月夜に戴安道を尋ねるが、会わずに「もと輿に乗じて行く。輿尽きて帰る。何ぞ必ずしも安道を見んや」と言った故事（『蒙求』）。

二〈月の名所は多いがその中でも〉。「みちのくはいづくはあれど塩釜の…」（『古今集』東歌）。

三「一輪」は月。「団々」はその丸い形。「海嶠」は岬。《三井寺》に「団々として海嶠を離れ　冉々《ぜんぜん》として雲衢を出づ　此の夜一輪満てり　清光いづれの処にか無からん」とあり、『緇苑残芳《しえんざんぽう》』に賈島《かとう》の詩と言う（『謡抄』）。『江南野録』他、諸書に変形が見える。

9

四〈諸仏の衆生済度の誓願に優劣はないが、超世の悲願を立てた阿弥陀如来の光明以上のものはない〉。「我建㆓超世願㆒、必至㆓無上道㆒、斯願不㆓満足㆒、誓不㆑成㆓等覚㆒」、「無量寿仏威神光明、最尊第一、諸仏光明所㆑不㆑能㆑及」（『無量寿経』）に基づく。

五〈日・月・星の三光が東から西へと行くのは、衆生を西方極楽浄土へ勧め導くためだとか〉。

六 月の本地仏《ほんじぶつ》は大勢至《だいせいし》菩薩で、阿弥陀如来の右の脇《きょう》侍仏《じぶつ》。観世音菩薩が左。『観無量寿経』等。

七「大勢至菩薩…有縁衆生、皆悉得㆑見…以㆓智慧光㆒、普照㆓一切㆒、令㆑離㆓三塗㆒、得㆓無上力㆒、是故号㆓此菩薩㆒、名㆓大勢至㆒」（『観経』）による。

八 底本は「天上」。「无上《むじょう》」の誤りと認めて訂正。

九「此菩薩天冠有㆓五百宝蓮花㆒、一一宝華有㆓五百宝台㆒、一一台中、十方諸仏、浄妙国土、広長之相、皆於㆑中現」（『観経』）による。

月を見上げる
に染《ソ》みて明かさん

真中へ進み
〔クリ〕地へげにや一輿《キヨオ》に引かれて来たり　輿尽《キヨオツ》きて帰りしも　今の
折かと知られたる　今宵《コヨイ》の空の気色《ケシキ》かな

真中に立ったまま
〔サシ〕地へしかるに二月の名所《ナドコロ》　いづくはあれど更科《サラシナ》や　姨捨山《オバステヤマ》の
曇りなき　三一輪満《イチリンミ》てる清光《セイコオ》の影《カゲ》　団々《ダンダン》として海嶠《カイキョオ》を離《ハナ》る　しかれば
四諸仏《ショブツ》のおん誓《チカ》ひ　いづれ勝劣《ショオレツ》なけれども　超世《チョオセ》の悲願《ヒガン》あまねき影《カゲ》
弥陀《ミダ》光明《コオミョオ》に如《シ》くはなし

真中に立ったまま
〔クセ〕地へさるほどに　五三光西《サンコオニシ》に行くことは　衆生《シュジョオ》をして西方《サイホオ》

以下謡に合せて舞う
に　勧《スス》め入れんがためとかや　月はかの六如来《ニョライ》の　右の脇侍《ミギキョオジ》として
七有縁《ウエンノ》をことに導《ミチビ》き　重き罪《ツミ》を軽《カロ》んずる　八無上《ムジョオ》の力《チカラ》を得《ウ》るゆゑに　大《ダイ》

右手の扇を上げて頭を指し
勢至《セイシ》とは号《コオ》すとか　九天冠《テンガン》の間《アイダ》に　花の光かかやき　玉《タマ》の台《ウテナ》の数《カズ》か

舞台を大きく回り
ずに　一〇他方《タホオ》の浄土を現はす　一一玉珠楼《ギョクシュロオ》の風《カゼ》の音《オト》　一二糸竹《シチク》の調《シラメ》とりどり

扇で池辺を指し回し
に　一三心ひかるる方《カタ》もあり　蓮色々《ハチイロイロ》に咲きまじる　宝の池のほとり

（波・並木）　真中へ出て　広げた扇を高く上げつつ
に　立つやなみきの花散りて　一四芬芳《フンポオ》しきりに乱れたり　シテへ一五迦《カ》

陵頻伽《リヨオビンガ》の類《タグ》ひなき　地へ声をたぐへてもろともに　孔雀《クジヤク》鸚鵡《オオム》の同じく　囀《サエズ》る鳥《トリ》のおのづから（尾・自ら）　光《ヒカリ》も影《カゲ》もおし並《ナ》めて　舞台を回って　到らぬ隈もなければ　[一六]無《ム》辺光《ヘンコオ》とは名づけたり　しかれども[一七]雲月《ウンゲツ》の　扇をかざし　ある時は影《カゲ》満ち　扇で面を隠し　またある時は影欠《カ》くる　有為《ウイ》転変《テンベン》の世の中の　舞台を回って　定めのなきを　真中に立つ　示すなり

10

［（一セイ）］　シテへ昔恋しき夜遊《ヤイウ》の袖《ソデ》[一八]

【序ノ舞】

［ワカ］　常座で扇を高く上げつつ　シテへわが心　なぐさめかねつ更科《サラシナ》や　地へ姨捨山《オバステヤマ》に　照る月を見て　照る月を見て

11

［ワカ受ケ］　逍遥しつつ　シテへ月に馴れ　花に戯《タワム》るる秋草《アキクサ》[一九]の

［ノリ地］　シテへ露の間《マ》に　地へ露[二〇]の間に　なかなかなにしに　現はれて　[二一]胡蝶《コチヨオ》の遊《アソ》び　シテへ戯《タワム》るる舞の袖　左袖を頭上に返し　地へ[二二]返せや返せ　シテへ昔の秋を　地へ思ひ出でたる　妄執《モオシウ》の心　[二三]やる方《カタ》もなき　今宵《コヨイ》の秋風《アキカゼ》　深く面を伏せ（沁・）しみじみと秋に耐える心　身にしみじみと　恋しきは昔　偲《シノ》ばしきは[二四]閻浮《エンブ》の　秋

一〇「十方諸仏浄妙国土」（前注）、また「衆宝国土、一一界上、有五百億宝楼閣」（『観経』）とも。次注参照。

一一 底本や諸流の「玉珠楼」は『謡抄』以来の宛字で存疑。『浄業和讃』に「玉樹楼ニノボリテハ、ハルカニ他方界ヲミル」（別願讃）とある。「宝楼閣」（前注）に同意か。以下の五行は浄土の様子の描写。解題参照。

一二〈さまざまの天の音楽が演奏され〉。「糸竹」は管絃、「調め」は調子の意。

一三 楽の弾奏と、心が魅《ひ》かれることとを言いかけた。

一四〈よい香りが不断にあたりに匂っている〉。

一五 極楽の鳥。孔雀・鸚鵡も同様。解題参照。

一六「即見㆓十方無量諸仏浄妙光明㆒、是故号㆓此菩薩㆒名㆓無辺光㆒」（『観経』）による。

一七 雲間の月。月の満ち欠けを世の有為転変（うつろいやすくはかないこと）に譬える。

一八 古写本など、「月にと返す袂かな」の地謡が続く。

一九「花」の縁で、「露」の序。

二〇〈ほんのわずかの間、なまじっかなぜ現われて〉。

二一 胡蝶の舞い戯れるさまを、舞楽「胡蝶楽」に掛け、荘周が夢に胡蝶となって百年の間我を忘れて花に戯れ遊んだ故事（『荘子』）をふまえる。

二二「返す」のは「袖」と「昔」。「夜もすがら月こそ袖に宿りけれ昔の秋を思ひ出づれば」（『新古今集』雑）。

二三〈心を晴らす術《すべ》もない〉。

二四「閻浮提《えんぶだい》」の略。人間世界の意で通用。

よ友よと　思ひ居《オ》れば

〔歌〕　地＼夜もすでに白々《シラシラ》と　空を見上げ　はや一あさまにもなりぬれば　（朝・浅ま）　われも　ワキとワキ

見えず　連は立って退場　旅人も帰る跡に　シテは見送る　シテ＼ひとり捨てられて老女《ロオジョ》が　真中で安座し　涙を押え

地＼二昔こそあらめ今もまた　姨捨山《オバステヤマ》とぞなりにける　姨捨山となり

三にける　立って常座へ行き　留める

一〈朝になって周辺の様子がはっきりしてきたので、わが姿も見えなくなり〉。

二〈昔こそいかにも捨てられた身ではあったが、今度もまた姨捨となり、すべてが消えたあとは、姨捨山だけとなってしまった〉。

三　現行諸流は「けり」。「ける」は底本（上製本も）のままで、同様の古写本もある。

女郎花

おみなえし

登場人物

前シテ　老　人　笑尉（朝倉尉）・絓水衣・無地熨斗目

後ジテ　小野頼風の霊　邯鄲男・風折烏帽子・黒垂・単狩衣・白大口

後ツレ　小野頼風の妻の霊　小面・唐織

ワ　キ　旅　僧　角帽子・絓水衣・無地熨斗目

ア　イ　所の男　長上下

備　考

＊四番目物、略二番目物。太鼓あり。

＊観世・宝生・金春・金剛・喜多の五流にある。

＊底本役指定は、シテ・後シテ、ツレ、ワキ、二人（シテ、ワキ）、同、地。

構成と梗概

1　ワキの登場　九州松浦の僧（ワキ）が都への途中に石清水八幡へ参詣する。

2　ワキの詠嘆　僧は男山に咲く女郎花を眺め、手折《たお》ろうとする。

3　シテ・ワキの応対　老人（前シテ）が呼びかけながら現われ、花を手折ることの是非を古歌で応酬《おうしゅう》する。

4　ワキ・シテの応対　老人は僧を八幡宮へ案内する。霊場の叙景と縁起。

5　シテ・ワキの応対　僧は女郎花の謂《いわ》れを問い、老人は男塚・女塚へ案内する。

6　シテ・ワキの応対、シテの中入り　老人は小野頼風夫婦の塚を教え、弔《とむら》いを頼んで木蔭に消える。

7　アイの物語り　所の男（アイ）が僧に女郎花の謂れを語り、供養を勧める。

8　ワキの待受け　僧の読経弔問。

9　ツレ・後ジテの登場　頼風の妻の亡霊（ツレ）と頼風の亡霊（後ジテ）が現われ、閻浮《えんぶ》を懐かしむ。

10　ワキ・ツレ・シテの応対、シテの物語り　女が女郎花となった謂れを語り、回向《えこう》を頼む。

11　シテの立働き　閻浮への執心。

12　シテの立働き、結末　冥途での邪婬《じゃいん》の責め苦を示して、救済を懇請する。

1

【名ノリ笛】でワキが登場　常座に立つ

〔名ノリ〕　ワキ　正面へ向き　「これは九州《キウシウ》松浦《マツラ》[一]がたより出《イ》でたる僧《ソオ》にて候　われいまだ都を見ず候ふほどに　この秋思ひ立ち都に上《ノ》ぼり候

〔上ゲ歌〕　ワキ　正面を向いたまま　へ住み馴れし　松浦《マツラ》の里《サト》を立ち出でて　松浦《マツラ》の里を立ち出でて　末しらぬ[二]（知らぬ・不知火）ひの筑紫《ツクシ》[三]がた　以下歩行の体　いつしかあとに遠ざかる　旅の道こそ遥《ハル》かなれ　旅の道こそ遥かなれ

〔着キゼリフ〕　ワキ　正面へ向き　「急ぎ候ふほどに　これははや津《ツ》[四]の国《クニ》山崎《ヤマザキ》に着きて候　向[五]かひに拝《オガ》まれさせ給《タモ》ふは　石清水八幡宮《イワシミズハチマングウ》[六]とかや申し候　わ[七]が国の宇佐《ウサ》[八]の宮《ミヤ》とご一体《イッタイ》にてござ候ふほどに参らばやと思ひ候　正面先を眺め　またこれなる野辺《ノベ》に女郎花《オミナメシ》の今《イマ》を盛りと咲き乱れて候　立ち寄り眺《ナガ》めばやと思ひ候

一　「松浦」は佐賀県松浦郡の地名。歌枕「松浦潟」に通わせた。

二　「末知らぬ」に「筑紫」（九州の総称）の枕詞「不知《しらぬ》火《い》」を言いかけた。

三　「筑紫潟」は歌枕ではないが、「松浦潟」との縁で用いている。

四　山崎は京への西の入口にあたる。山城の国（京都府）で「津の国」（摂津）ではないが、国境に近いための誤解らしい。

五　石清水八幡宮は、山崎からは淀川を隔てた対岸に位置する。

六　貞観二年、行教和尚が、九州の宇佐から男山（現京都府八幡市）に遷《うつ》して祀《まつ》った。二五一頁注一六参照。男山八幡宮ともいう。

七　「わが国」は、ワキ僧にとっての国、つまり九州。

八　宇佐八幡宮。欽明天皇の御代に肥後の国（熊本県）菱形の池に顕現し、後に豊後の国（大分県）宇佐に鎮座。

［サシ］ 真中へ出て ワキへさても一男山麓《オトコヤマフモト》の野辺《ノベ》に来て見れば　二千草《チグサ》の花盛《サカ》んにして　色《イロ》を飾《カザ》り露《ツユ》を含みて　虫の音《ネ》までも三心あり顔《ガオ》なり　四野草《ヤソオ》花を帯《オ》びて蜀錦《ショクキン》を《ノ》連《ツ》らね　桂林《ケイリン》雨を払つて松風《ショオフウ》を調《シラ》む

［□］ ワキ「この男山《オトコヤマ》の女郎花《オミナメシ》は　五古歌《コカ》にも詠《ヨ》まれたる名草《メイソオ》なり　これもひとつは家苞《イエズト》なれば　花一本《ヒトモト》を手折《タオ》らんと　この女郎花のほとりに立ち寄れば

［問答］ 幕から呼掛けながら登場 シテ「のうのう六その花な折り給ひそ　七 橋掛りを歩み 花の色は蒸《ム》せる粟《アワ》のごとし　八俗呼《ショクヨ》ばつて女郎《ジョロオ》とす　九戯《タワム》れに名を聞いてだに偕老《カイロオ》を契るとい ワキへ向き へり　正面の男山を向き へましてやこれは一〇男山《オトコヤマ》の　名を得て咲ける女郎花《オミナメシ》の　一一多かる花にとりわきて　など情《ナサ》けなく手折《タオ》り給ふ　ワキへ向く あら心なの旅人《リョジンニャ》やな

歩み来るシテへ向い ワキ「そもいかなる人にてましませば　これほど咲き乱れたる女郎《オミナメ》花《シ》をば惜しみ給ふぞ　シテ「惜しみ申すこそ理《コトワ》りなれ　この野辺《ノベ》の花守《ハナモリ》にて候　ワキ「たとひ花守《ハナモリ》にてもましませ　一二ご覧候へ出家《シュツケ》の身なれば　仏《ホトケ》に手向《タム》けと思《オボ》し召《メ》し　一本《ヒトモト》おん許し候へかし

一 歌枕。山頂に石清水八幡宮がある。

二〈草花が色とりどりに咲き、露を帯びて〉。 2
三〈風流を解する風情である〉。

四〈野の草は花を咲かせて蜀江の錦を展《の》べたように美しく、桂の林は風が吹いて、雨のしずくを吹き払う音が松風のように聞える〉。詩句か、未詳。

五 注一六・二〇の歌など。

六〈その花を折ってはなりません〉。以下、古歌による花争いは、《雲林院》などにも見える一類型。

七「花色如《ハシ》ニ蒸粟《セルノ》一、俗呼為《バッテス》ニ女郎《ト》一、聞《イテヲ》レ名戯《レニ》欲《スレバ》レ契《ラントヲ》ニ偕老《ヲ》一、恐悪《ルラクハマンコトヲ》ニ衰翁首似《ノノタルヲ》ニ霜《ニ》」（『和漢朗詠集』女郎花）に基づく。

八〈俗に女郎花と称する〉。女郎花を女に擬すことは、漢籍以来の伝統的表現。「俗」は、現行の観世・金剛流はゾク、古写本や宝生・喜多流はショク。 3
九〈女郎という名を聞くだけで戯れに共白髪の契りを結ぶ〉。

一〇〈男山という名の場所に咲いている女郎花なのに〉。すでに男と契りを結んでいる、の意。

一一〈他にもたくさん咲いている花の中で、とりわけこの女郎花を、どうして無情にも手折ろうとなさるのか、ほんとに思いやりのない旅人だよ〉。「女郎花トアラバ…多かる」（『連珠合璧集』。『古今集』秋上、貞文の歌による）。

一二〈お見かけどおり、出家の身ですから〉。

一三「菅原の神木」は、飛梅のこと（《老松》参照）。

シテ 常座でワキへ向き 「げにげに出家のおん身なれば　仏に手向《タム》けと思ふべけれども　かの[一三]菅原《スガワラ》の神木《シンボク》にも折らで手向けよと　そのほか古き歌にもへ[一四]折り取らば手《タ》ぶさに穢《ケガ》る立てながら　「三世《ミヨ》の仏に花奉るなどと候へば　[一五]ことさら出家のおん身にこそ　なほしも惜しみ給ふべけれ　ワキ「さやうに古き歌を引かば　何とて僧正遍昭《ソオジヨオヘンジヨオ》は　[一六]名《ナ》に愛《メ》でて折れるばかりぞ女郎花《オミナメシ》とは詠《ヨ》み給ひけるぞ　シテ「[一七]いやさればこそわれ落ちにきと人に語るなと　[一八](忍・信夫)深くしのぶの摺《ス》り衣《ゴロモ》の　女郎《ジヨロオ》と契《チギ》る草の枕を　並《ナラ》べしまでは疑ひなければ　そのおん譬《タト》へを引き給はば　出家の身にてはおん誤《ナヤマ》り　ワキへ[一九]かやうに聞けば戯《タワム》れながら　色香《イロカ》に愛《メ》づる花心《ハナゴコロ》　「とかく申すに由《ヨシ》ぞなき　暇《イトマ》申して帰るとて　歩み出す体　へもと来《キ》し道に行き過ぐる　ワキへ向いて シテ「おうやさしくも所の古《コ》歌《カ》をば知ろしめしたり　へ[二〇]女郎花憂《オミナメシウ》しと見つつぞ行き過ぐる　男山《オトコヤマ》にし立てりと思へば

〔歌〕地 正面を向き へやさしの旅人《タビビト》や　花は[二一]主《ヌシ》ある女郎花《オミナメシ》　[二二](・由) ワキへ向き よし知る人の名に

「折らで（折らないで）手向けよ」は「なさけなく折る人つらしわが宿のあるじ忘れぬ梅の立枝《たちえ》を　この歌は建久二年の春のころ、筑紫へまかれりける者の、安楽寺の梅を折りて侍りける夜の夢に見えけるとなん」（『新古今集』神祇）に基づくか。

一四〈折り取ったなら人の手に触れて穢れるから、生えているままに、三世（過去・現在・未来）の諸仏に花を供え奉る〉。下掛り「折りつれば」。『後撰集』春、遍昭《へんじょう》の歌（初句「折りつれば」「手に取れば」など）。

一五〈俗人ならぬ出家の御身なら、いっそう手折ることをお控えなさるべきだ〉。

一六『古今集』秋上、遍昭の歌の上句。

一七〈いえ、だからこそ下句を「われ落ちにきと人に語るな」と深く秘匿《ひとく》されたので〉。「落ちにき」は、「落馬」に「堕落」の意を掛けた。

一八〈深く忍んで女郎と契り、枕を並べたことまでは確かなことだから〉。「しのぶの摺り衣」は、「信夫摺」を掛けて「女郎」の序。「草」は「女郎花」と縁語。

一九〈このように伺うと、冗談口をたたいたのも花の色香を愛《め》でての風流心からだが、これ以上はとやかく申すすべもない〉。僧が言い負かされたことを認めた。

二〇『古今集』秋上、布留今道《ふるのいまみち》の歌。

二一 夫を持っている意。男山に咲いていること。

二二〈よろしい、古歌の故事由来を知っていることに免じて〉。「よし」は許可の意に由縁《ゆかり》の意を掛け、「名に愛でて」は注一六の表現を借る。

一〈あでやかに立っている女郎花は人目が気がかりなことだろう〉。「秋の野になまめきたてる女郎花あなかしがまし花もひと時」（『古今集』誹諧歌、遍昭）。「女郎花トアラバ、うしろめたく」（『連珠合璧集』）。『古今集』秋上、兼覧王《かねみのおおきみ》の歌による）。古《女郎花》（解題参照）に、以下「契りけん」まで同文が見える。

二〈花の名は女郎花と書くので偕老を契る、と言ったのは誰だったか〉。『和漢朗詠集』（二四八頁注七参照）をふまえる。

三〈蒸せる粟と言えば、邯鄲の枕に五十年の栄花を夢見たはかなさの先例も、偕老の契りのそれと全く同様だ〉。《邯鄲》参照。 4

四〈何ですって〉。

五 山頂の寺社に参ること。「参上山上」（『明月記』）。

六 以下「霊地かな」まで《高野巻》（『五音』所引《高野》にも）に同じ。解題参照。

七 和光同塵の意。二二五頁注八参照。

八 男山の麓を流れる放生川をさす。「水の濁りも神徳の、誓ひは清き石清水の」（《放生川》）。

九 放生会《ほうじょうえ》には鱗類（魚類）を放生川に放流する。

一〇〈いかにも生き生きとして、放生会の功徳よと思われ、神の深い御誓願がはっきり現われていて〉。

一一「今こそあれわれも昔は男山さかゆく時もありこしものを」（『古今集』雑上）。

一二 八月十五日は放生会で、神輿《みこし》の巡行がある。途中一時神輿を安置する所が「お旅所」で男山山麓にある。

愛《メ》でて　許し申すなり　一本《ヒトモト》折らせ給へや　（ワキへ左手を差し出し）

〔上ゲ歌〕（正面を向き）地へなまめき立てる女郎花《オミナメシ》　一なまめき立てる女郎花

後《ウシ》ろめたくや思ふらん　二女郎《ジョロオ》と書ける花の名に　誰偕老《タレカイロオ》を契りけん　（以下謡に合せて舞台を一巡）

三かの邯鄲《カンタン》の仮り枕　夢は五十路《イソジ》のあはれ世の　例《タメシ》もまことなるべしや　例《タメシ》もまことなるべしや　（常座で正面を向く）

〔問答〕（シテへ向き）ワキ「この野辺《ノベ》の女郎花《オミナメシ》に眺め入りて　いまだ八幡宮《ハチマングウ》に参らず候

（ワキへ向き）シテ「四なにといまだ八幡宮《ハチマングウ》へおん参り候はぬとや　この尉《ジョオ》こそ五山上《サンジョオ》する者にて候へ　八幡《ヤワタ》へのおん道しるべ申し候ふべし　（正面へ）こなたへおん入り候へ　（出てワキと二同道の体）

〔掛ケ合〕（正面を見て）ワキへ六聞きしに超《コ》えて尊《タット》くありがたかりける霊地《レイチ》かな

シテへ山下《サンゲ》の人家《ジンカ》軒《ノキ》を並べ　（向き合って）ワキへ七和光《ワコオ》の塵《チリ》も八濁《ニゴ》り江《エ》の　九河水《カスイ》に浮かむ鱗類《ウロクズ》は　一〇げにも生けるを放つかと深き誓ひもあらたにて　恵みぞ茂《シゲ》き一一男山《オトコヤマ》（坂・栄）さかゆく道のありがたさよ

〔下ゲ歌〕（両人正面を向き）地へころは一二八月《ハチゲツ》なかばの日《ヒ》　神《カミ》の御幸《ミユキ》なる　お旅所《タビドコロ》を

膝まずいて合掌 伏し拝み

シテはその場に立ち
〔上ゲ歌〕 地へ 一三久方《ヒサカタ》の　月の桂《カツラ》の男山《オトコヤマ》　月の桂の男山　山を見やり さやけき影は所から　一四紅葉《コオヨオ》も照り添ひて 以下謡に合せて動き　日もかげろふ《ロオ》の石清水《イワシミズ》　（陰・）一五苔《コケ》の衣《コロモ》も妙《タエ》なれや　一六三《ミ》つの袂《タモト》に影うつる　璽《シルシ》の箱を納むなる　法《ノリ》の一七神宮寺《ジングウジ》

ワキへ向く ありがたかりし霊地《レイチ》かな

〔歌〕 地へ 巌松峙《ガンショオソバダ》つて　高く山を見上げ 山そびえ谷めぐりて　左右を見廻し 諸木《ショボク》枝を連《ツ》らねたり　一八鳩《ハト》の嶺越《ミネゴ》し来て見れば　正面先へ出 下を広く 一九三千世界も外《ヨソ》ならず　見渡し 千里《チサト》も同じ月の夜《ヨ》の　（明・朱）あけの玉垣《タマガキ》みとしろの　（見・御戸帳）錦《ニシキ》かけまくも　（掛・）忝《カタジ》けなしと伏し 常座でワキを向く 拝む

〔問答〕 シテ 正面を向き「これこそ石清水八幡宮《イワシミズハチマングウ》にて候へよくよくおん拝《ノガ》み候へ　はや日の暮れて候へば　おん暇《ニトマ》申し候ふべし 会釈して帰りかける　ワキ「のうのう女郎花《オミナメシ》と申す事は　二〇この男山《オトコヤマ》につきたる謂《イ》はれにて候ふか

シテ「二一あら何ともなや 足を止めてワキへ向き　さきに女郎花の古歌《コカ》を引いて戯《タワム》れを申して候ふも二二徒ら事《イタズゴト》にて候　男山と申すこそ二三女郎花の謂はれにて候へ　ま

一三〈月の光が冴《さ》えわたるのは、月の桂の男山という所柄ゆえで〉。『続古今集』神祇、卜部兼直の歌。末句「所からかも」。月の異名「桂男」を「男山」に言いかけ、「桂」と「紅葉」、「月」と「日」を対に用いた。

一四〈紅葉もその光にいっそう輝きを増し、ために日の光も顔色を失うほどのここ石清水〉。「かげろふ」は「石（清水）」の枕詞。「石清水」が「苔」の序。

一五「苔の衣」は僧衣のこと。「三つの袂」（「三衣《さんえ》」は僧衣の総称）と縁語。

一六 行教和尚が宇佐参詣の砌《みぎり》、神告を受け、衣に弥陀三尊が移り給い、男山へ移座した。「此の袂にやどり給ひし三尊は、当社の正殿のうしろの壁に赤き縄をひきてかけ奉るとも申し、御璽の筥《はこ》に納め奉るとも云へども、両説未ㇾ定」（『八幡愚童訓』乙本）。

一七 神社所属の寺をいうが、ここは石清水八幡そのものをいう。石清水は八幡権現大菩薩を祀り、石清水八幡宮寺とも称する神仏一体の信仰形態。

一八「鳩の嶺」は男山の異称。「鳩トアラバ…嶺、八幡山」（『連珠合璧集』）。

一九〈全世界も視野の中にあり、千里隈なく照らす月の夜の明るさに、朱の玉垣や錦の御戸帳《みとしろ》もはっきり見え〉。「御戸帳」は神前の掛け幕。

二〇〈この男山に関係する謂れがあるのですか〉。

二一 しょうもない、の意。相手の無理解への失望。

二二〈何をしたことやら、無意味なことだった〉。

二三〈女郎花の謂れを表わすものです〉。

たこの山の麓《フモト》に　男塚女塚《オトコヅカオンナヅカ》とて候ふを見せ申し候ふべし　こなたへ
おん入《ニ》り候へ
〔問答〕（足を運んで正面を見やり）シテ「これなるは男塚《オトコヅカ》　（また脇正面を見て）こなたなるは女塚《オンナヅカ》　この男塚女塚
につきて女郎花《オミナメシ》の謂《イワ》はれも候　（ワキへ向き）これは夫婦《フウフ》の人の土中《ドチウ》にて候［一］
（シテへ向き）ワキ「さてその夫婦《フウフ》の人の国はいづく　名字《ミヨオジ》はいかなる人やらん
シテ「女は都の人　男はこの八《ヤ》幡山《ワタヤマ》に　〜［二］小野《オノ》の頼風《ヨリカゼ》と申しし人
〔歌〕（面を伏せ）地〜恥づかしやいにしへを［三］　（面を上げ）語るもさすがなり　（ワキへ向き）申さねばま
た亡《ナ》き跡を　誰《タレ》か稀《マレ》にも弔《トム》らひの　便《タヨ》りを思ひよりかぜの（寄・頼風・風）　ふけ行（吹・更）舞
（台を回り）く月に木隠《コガク》れて　（常座で正面を向き　消え失せた体で中入り）夢のごとくに失せにけり　夢のごとくに失《ウ》せに
けり
〔問答・語リ〕　アイが登場　女郎花を見に来てワキと会い　所の謂れを語る
〔上ゲ歌〕（脇座に着座のまま）ワキ〜ひと夜臥《ヨフ》す　［四］牡鹿《オシカ》の角《ツノ》のつかの草（束・塚）　牡鹿《オシカ》の角《ツノ》の塚の
草　蔭《カゲ》より見えし亡魂《ボオコン》を　弔《トム》らふ法《ノリ》の声立てて
（正面を向き合掌）〔誦〕ワキ〜［五］南無幽霊出離生死頓証菩提《ナムイウレイシユツリシヨオジトンシヨオボダイ》

一　土中に埋められていること。 6

二　小野頼風と女の説話（次頁第10段）は、『三流抄』に基づく。解題参照。

三　〈昔の事を語るのも、どんなものかと憚《はばか》られるが、話をしないとまた、亡き跡を誰かに稀にでも弔《とむら》ってほしいと思っている、その便宜もなくなってしまうと思い寄るままに、頼風と名乗った人は〉。

四　「夏野行く牡鹿の角の束の間も忘れず思へいもが心を」（『新古今集』恋五、人麿）に基づき、初 7
句を「ひと夜臥す」に改めて、「牡鹿の角の」までが「束」に音通の「塚」の序。以下三行、 8
《求塚》と同文。

五　亡霊供養の文。〈どうか幽霊よ（悟りを開き）生死の迷いを離れてすみやかに成仏せよ〉。「南無幽霊成等正覚、出離生死頓証菩提」（《求塚》）とも。

【出端】でツレとシテが登場　ツレは常座　シテは一ノ松に立つ
〔（サシ）〕シテ 正面へ向き へおう六曠野《コオヤ》人稀《ヒトマレ》なり　わが古墳《コフン》ならでまた何物《ナンモノ》ぞ
ツレへ屍《カバネ》を争ふ《アラソオ》猛獣《モオジウ》は禁《キン》ずるにあたはず
〔（一セイ）〕シテへ七懐《ナツ》かしや　聞けば昔の秋の風　地へうらむらさき 八（恨・裏・うら紫）
か葛《クズ》の葉の　ツレへ向き（返・帰）シテへかへらば連れよ妹背《イモセ》の波
〔ノリ地〕シテは数拍子を踏み（魂・玉）地へ消えにしたまの 九（緒・女郎花）をみなめし　一〇花の夫婦《フウフ》は　常座へ行き 現はれ
たり　ワキへ向いて合掌 あらありがたの　一一御法《ミノリ》やな　ツレは大小前でワキへ向く
〔掛ケ合〕シテとツレは正面を向く ワキへ影のごとくに亡魂《ボオコン》の現はれ給ふ不思議さよ　ツレ
ワキへ向き へわらははは都に住みし者　かの頼風《ヨリカゼ》に契りを籠《コ》めしに　正面を シテ「少 一二
向いたまま し契りの障《サワ》りある　人間《ヒトマ》を真《マコト》と思ひけるか　ツレへ女心《オンナゴコロ》のはかな
さは　正面先へ出 都を独りあくがれ出でて　なほも恨みの思ひ深き　放生川《ホオジョオガワ》に
膝をついて投身の体 身を投ぐる　一三 ツレの投身の辺りを見 シテ「頼風これを聞きつけて　ツカツカと正面先へ出て見こみ 驚き騒ぎ行き見れ
ば　一四 涙を押えて常座に戻る へあへなき死骸ばかりなり　脇座辺に着座して ツレへ泣く泣く死骸《シガイ》を取りあげ
て　この山もとの土中《ドチウ》に籠《コ》めしに　シテ「その塚より女郎花一本《オミナメシヒトモト》

六〈曠野に人影稀にして、わが古墳以外に何
物もない。死屍《しし》を争いむさぼる猛獣は止めだて
しようもない〉。『九相詩』第六、噉食相「外野人稀何
物有、争レ屍猛獣不レ能レ禁」に基づくか。《求塚》にも 9
見える。

七〈懐かしいこと、風の音を聞くと、それは昔の秋
風と同じだ〉。

八〈恨めしいよ、娑婆に帰るなら一緒に連れて行け、
妹背の仲だから〉。「葛」「恨む」「かへる」「秋風」な
ど縁語（『連珠合璧集』）。また夫婦の仲を川にたとえ
て「妹背の川」（歌語）ということから、「川波」の意
で「返る」と縁語の「波」を用いた。

九「玉の緒」（命）を隠して言う。

一〇亡魂が、女郎花と化した女とその夫の夫婦
ゆえ「花の夫婦」と言う。「女郎花トアラバ…… 10
花のすがた」（『連珠合璧集』）。

一一僧の回向《えこう》の読経。

一二〈少しばかり逢瀬《おうせ》に差支えがあって、訪れに絶え
間のできたのを、まことの心変りと思ったためか〉。
「人間《ひとま》」は、人のいない間の意。

一三〈ふらふらとさまよい出て〉。

一四〈今さら取り返しのつかぬ死骸だけである〉。

生《オ》ひ出でたり 物思う風情で 頼風心に思ふやう へさてはわが妻の女郎花になりけるよと なほ花色《ハナイロ》も懐《ナツ》かしく 草《一》の袂《タモト》もわが袖も 左袖を出して見つめ(露・) つゆ触れ初《ソ》めて 正面先に出 立ち寄れば この花恨《ウラ》みたる気色《ケシキ》にて 夫《オット》の寄れば靡《ナビ》き退《ノ》き また立ち退《ノ》けばもとのごとし 舞台を小さく回って真中に立って女郎花を指す

〔歌〕 数拍子を踏み 地へここによつて貫之《ニツラユキ》も 男山《オトコヤマ》の昔を思つて 舞台を回り 女郎花のひと時を 三くねると書きし水茎《四ミズグキ》の (跡・後)あとの世までも懐かしや 涙を押える

〔クセ〕 真中で正面を向いたまま 地へ頼風その時に 五かの哀れさを思ひ取り 足拍子 無慙《六ムザンニャ》やなわれ 以下謡に合せて働く ゆゑに 由《ヨシ》なき水の泡と消えて 徒《イタズ》らなる身となるも ひとへにわが咎《トガ》ぞかし 若《シ》かじ憂《ウ》き世に住まぬまでと 七同じ道にならんとて シテへ続いて 足拍子を踏んで膝をつく この川に身を投げて 立ち上り 地へともに土中《ドチウ》に籠《コ》めしより 常座で扇を左肩にかいこみ脇正面を見 女塚に対して 正面の山上を見上げ また男山と申すなり 正面へ出て下を見こみ その塚はこれ主《ヌシ》はわれ 幻《マボロシ》ながら来たりたり ワキを見つめ 跡弔《アトトム》らひて賜《タ》び給へ 跡弔らひて賜び給へ

〔詠〕 地へあら閻浮《八エンブ》恋しや 涙を押えながら常座へ行く

一 〈草は露を帯びて泣くように見えるが、私もまた涙に袖が濡れ、露に濡らしつつ、ちょっとさわろうとして傍へ寄ると〉。女郎花の草葉に置く露を袂の露(涙)に見立てた。

二 紀貫之は、『古今集』仮名序に「男山の昔を思ひ出でて女郎花の一時をくねるにも、歌を言ひてぞ慰めける」と書いている。

三 「女郎花の一時をくねる」は、花の咲くのが一時に過ぎないのを皮肉る、の意であるが、頼風説話では「女郎花ノ男ヲクネリタリシ事ヲ、女ノ物クネリ(恨みすねる)スルニ云ヒナシテ書ケルナリ」(『三流抄』)と解する。

四 「水茎の跡」は筆跡。ここは『古今集』仮名序のこと。

五 〈彼女の哀れな心を理解して〉。

六 〈ふびんなことよ、私のせいで、死ななくてもよいのに水の泡と消えて、空しく死んでしまったのも、ただもう自分の罪だ。辛いこの世に住み永らえぬに越したことはない。同じ冥途に赴く身となろうと〉。

七 「と」は、宝生流以外「ぞ」。底本に同じ古写本もある。

八 「閻浮《えんぶ》提《だい》」の略。人間の世界。

九 邪婬戒を破ったため地獄に堕《お》ち、邪婬の悪鬼となって、自分自身の妄想によりわが身を責

11

めること。「邪婬の悪鬼となつて　われと身を責め苦《く》患《げん》に沈むを」（《舟橋》）に同趣。

一〇〈邪婬一途の欲心によって〉。

一一 現行観世流はサカシキ、宝生、喜多流などサガシキと発音。『日葡辞書』にサガシイ。

一二「剣の山」は『宝物集』等に見える。「刀山剣樹」に同じ。『往生要集』に八大地獄のうち第三衆合地獄を「またふたたび獄卒、地獄の人を取りて刀葉の林に置く。かの樹の頭を見れば、好き端正厳飾の婦女あり。かくの如く見《み》已《おは》りて、即ちかの樹に上るに、樹の葉、刀の如くその身の肉を割《さ》き、次いでその節を割く。かくの如く一切の処を劈き割いて、已《すで》に樹に上ることを得已りて、かの婦女を見れば、また地にあり。（中略）かくの如く無量百千億歳、自心に誑《たぶら》かされて、かの地獄の中に、かくの如く転《めぐ》り行き、かくの如く焼かるること、邪欲を因となす」と説く。

一三「地獄の絵に剣の枝に人の貫ぬかれたるを見てよめる　あさましや剣の枝のたわむまでこは何のみのなれるなるらん」（『金葉集』雑、和泉式部）。

一四〈「ほんとにつまらぬことをしたものだ、花盛りのひと時、「くねる」女郎花に心をとられたのも今は夢〉。

一五〈極楽の蓮の台に坐《うてな》れるよう、女郎花も蓮も同じ花の縁によって成仏させて下さい〉。「露の台」は「花の台」と言うべきところを、「蓮ノ台ヲ女郎花ノ露ニナゾラヘ」（『謡抄』）た表現。

12

【カケリ】 閻浮恋しさの心

〔ノリ地〕 地〽 九邪婬の悪鬼は 足拍子を踏み 身を責めて 以下謡に合せて働く 邪婬《ジャイン》の悪鬼《アッキ》は 身《ミ》を責《セ》めて 一〇その念力《ネンリキ》の 正面先へ出 道も一一嶮《サガ》しき 見返り 一二剣《ツルギ》の山の 正面を見上げ 上に恋しき 足拍子 人は見えたり 飛返り膝をつく 嬉しやとて 扇を高く掲げ 行き登れば にじり寄り 剣は身を通し 扇を胸に当て右左の膝をつく 磐石《バンジャク》は骨を砕く 立って数拍子

常座へ行き こはそもいかに 恐ろしや 扇を前へ下ろし 一三剣《ツルギ》の枝の 正面先へ出 撓《タワ》むまで 扇を指して舞台を回り 〽いかなる罪《ツミ》の なれる果てぞや 一四由《ヨシ》なかりける 扇を打合せ

〔歌〕 地〽 数拍子 花の一時《ヒトトキ》を くねるも夢ぞ女郎花 ワキへ扇で指し 一五露の台《ウテナ》や花の縁に 舞台を回り 常座でワキに向い合掌 浮かめて賜び給へ 罪を浮かめて賜《タ》び給へ 脇正面を向いて 袖を返して留拍子

杜若

かきつばた

登場人物

シテ　杜若の精　若女（深井・小面）・唐織（物着で初冠〈巻纓・老懸〉・長絹・縫箔腰巻）

ワキ　旅　僧　角帽子・紺水衣・無地熨斗目

構成と梗概

1　ワキの登場　諸国一見の僧（ワキ）が東国行脚の途中、三河の国に到る。

2　ワキの詠嘆　僧は花盛りの杜若に見入る。

3　シテ・ワキの応対　女（シテ）が呼びかけつつ現われ、『伊勢物語』に名高い杜若の名所と業平の歌のこと、業平の行状に深い意味のあることなどを語る。

4　シテ・ワキの応対　女は僧をわが家に案内する。

5　シテ・ワキの応対　女は業平の冠・二条の后の唐衣を着けて僧の前に現われ、杜若の精と名乗り、業平が歌舞の菩薩として化現したことを語る。

6　シテの物語り　業平の行状―『伊勢物語』に書かれた女人遍歴と二条の后への思慕―が、陰陽の神としての衆生済度のわざであったことを語る。

7　シテの舞事　杜若の精（二条后）とも歌舞の菩薩（業平）とも渾然《こんぜん》一体の花前の舞。

8　結末　草木成仏とも女人成仏とも渾然一体の歓喜の夏の夜明け。

備　考

＊三番目物。太鼓あり。

＊観世・宝生・金春・金剛・喜多の五流にある。

＊底本役指定は、シテ、ワキ、同、地。

【名ノリ笛】でワキが登場　常座に立つ

［名ノリ］　正面へ向き　ワキ「これは諸国一見《ショコクイッケン》の僧にて候　われこの間《アイダ》は都《ミヤコ》に候ひて　洛陽[一]《ラクヨオ》の名所旧跡《メイショキウセキ》残りなく一見仕りて候　またこれより東国行脚《トオゴクアンギャ》と心ざし候

［上ゲ歌］　正面を向いたまま　ワキ〽夕べ夕べの仮《カ》り枕《マクラ》　夕《イウ》[二]べ夕《イウ》べの仮り枕　宿《ヤド》はあまたに変《カ》はれども　以下歩行の体　同じ憂き寝のみのをはり（身の終・美濃尾張）　三河《ミカワ》の国《クニ》に着きにけり　三河の国に着きにけり

［着キゼリフ］　ワキ「急ぎ候ふ間《アイダ》　程《ホド》な《ノ》う《オ》三河の国に着きて候　正面に　また　花を見やり　これなる沢辺[三]《サワベ》に杜若《カキツバタ》の今を盛《サカ》りと見えて候　正面先へ出　立ち寄り眺《ナガ》めばやと思ひ候

［サシ］　正面へ向き　ワキ〽げにや光陰[四]《コオイン》とどまらず春過《ハルス》ぎ夏《ナツ》も来て　草木[五]《ソオモク》心なしと

一 「洛陽」は中国の都に擬《なぞら》えた京都の称。

二 〈夕べごとに旅寝の仮り枕で、宿はそのたびごとに変るけれども、つらさはいつも同じ憂き寝の身で、しかしそれもいよいよ終りに近づき、美濃・尾張を経て、三河の国に到着した〉。三河の国は愛知県東部。　1

三 三河の国の沢辺の杜若は、『伊勢物語』で有名。「三河の国、八橋《やつはし》といふ所にいたりぬ。そこを八橋といひけるは、水ゆく河の蜘蛛手《くもで》なれば、橋を八つ渡せるによりてなむ、八橋といひける。その沢のほとりの木の蔭におり居て、乾飯《かれいひ》食ひけり。その沢に、杜若いと面白く咲きたり。それを見て、ある人のいはく、かきつばたといふ五つ文字を句の上《かみ》に据ゑて、旅の心を詠《よ》めといひければ、詠める　から衣きつつなれにしつましあればはるばるきぬる旅をしぞ思ふ　と詠めりければ、みな人、乾飯の上に涙落してほとびにけり」（九段）。

四 「光陰不ㇾ駐」など、年月のとどまらず、過ぎ去ることの慣用句。

五 〈草木は生き物のような心情はないと言うけれども、花開く時節を忘れずに咲いている花の見事さ、人に譬《たと》えて貌吉花《かおよばな》とも言うとか、ほんとに美しい杜若だなあ〉。「草木心なし」は「非情草木」を言い換えた慣用句。　2

は申せども　時《トキ》を忘れぬ花の色　貌吉花《カオヨバナ》[一]とも申すやらん　あら美《ウツク》しの杜若《カキツバタ》やな

脇座へ行きかかる

3

〔問答〕 幕の中から呼掛けつつシテが登場　シテ「のうのうおん僧　なにしに[二]その沢《サワ》には休《ヤス》らひ給ひ候ふぞ

シテへ向き直り　ワキ「これは諸国一見《ショコクイッケン》の者にて候ふが　杜若《カキツバタ》の面白《オモシロ》さに眺《ナガ》め居《イ》て候　さてここをばいづくと申し候ふぞ

橋掛りを歩みつつ　シテ「これこそ三河《ミカワ》の国八橋《クニヤツハシ》とて　杜若《カキツバタ》の名所《メイショ》にて候へ　さすがにこの杜若は　歩みを止めて　名に負ふ花の名所《ナドコロ》なれば　正面へ向き　〽色もひとしほこむらさき[三]（濃・濃紫）の　なべての花のゆかりとも　思ひなぞらへ給はずして　ワキへ向き　とりわき眺《ナガ》め給へかし　あら[四]心《ココロ》なの旅人や《リヨジンニャ》な

シテは再び歩み出す　ワキ「げにげに三河の国八橋《ヤツハシ》の杜若《カキツバタ》は　古歌《コカ》にも詠《ヨ》まれけるとなり　いづれの歌人《カジン》の言《コト》の葉《ハ》やらん承りたくこそ候へ

常座でワキへ向き　シテ「伊勢物語に曰《イ》[五]はく　ここを八橋《ヤッハシ》と言ひけるは　水《ミズ》行く川の蜘蛛手《クモデ》[六]なれば橋を八《ヤ》つ渡せるなり　その沢《サワ》に杜若《カキツバタ》のいと面白《オモシロ》く咲き乱《ミダ》れたるを　ある人かきつばたと言ふ五文字《イツモジ》を句《ク》の上《カミ》に置《オ》きて　旅《タビ》の心を詠《ヨ》めと言ひければ　〽唐衣《カラコロモ》[七]（着・来）きつつ馴《ナ》れにしつま（褄・妻）しあれ

一　底本は仮名書き。「皃吉草、かほよはなとも云ふ。これつねの事なり」（『藻塩草』、杜若の項）。

二　〈どういうわけで〉。

三　〈いちだんと色濃い杜若の紫色を、あらゆる花と同じようには見なさないで、格別のこととご覧下さい〉。「紫のひともとゆゑに武蔵野の草はみながらあはれとぞみる」（『古今集』雑上）から、紫をゆかりの色とする。「紫トアラバ…こき」（『連珠合璧集』）。「なべての」は「みながら」（すっかり全部）と同意。

四　〈なんと心ない旅人ですね〉。「心な」（心無し）は、無風流だ、の意とともに、杜若に特別の由緒のあることをほのめかして言う。

五　前頁注三参照。

六　蜘蛛の手のように川筋が八方に広がっているさま。

七　〈馴れ親しんだ妻が京にいるので、はるばるとここまで来た旅がつらく思われる〉。

八　『伊勢物語』の主人公。《井筒》参照。

九　〈今さららしいご質問ですね〉。

一〇　〈なおも業平の深い意味を持った陸奥への旅があって、名所名所を尋ねる道すがらに立寄った国々所々

ば　「はるばるきぬる旅をしぞ思ふ（張・遥々）（着・来）　これ八在原《アリワラ》の業平《ナリヒラ》の　この杜若《カキツバタ》
を詠《ヨ》みし歌なり
〔掛ケ合〕ワキ シテへ向き へあら面白やさてはこの　東《アズマ》の果《ハ》ての国々《クニグニ》までも　業《ナリ》
平《ヒラ》は下《クダ》り給ひけるか　シテ ワキへ向き 「九事新《コトアタラ》しき問《ト》ひごとかな　この八橋《ヤツハシ》の
ここのみか　一〇なほしも心の奥深《オクフカ》き　へ名所《メイショ》名所の道すがら　ワキ
へ国々所《クニグニトコロ》は多けれども　一一とりわき心の末《スエ》かけて　シテへ思ひわた
りし八橋《ヤツハシ》の　ワキへ三河《ミカワ》の沢《サワ》の杜若《カキツバタ》　シテへはるばる来《キ》ぬる旅《タビ》を
しぞ　ワキへ一二思ひの色《イロ》を世《ヨ》に残して　シテへ主《ヌシ》は昔になりひら（成・業平）な
れども　ワキへ一三形見《カタミ》の花は　シテへいまここに
〔上ゲ歌〕地 正面を向き へありはら（有・在原）の　跡《アト》な隔《ヘダ》てそかきつばた（垣・杜若）　跡な隔てそ杜《カキツ》
若《バタ》　一四沢辺《サワベ》の水の浅からず　以下舞台を一巡 佇む心 契りし人も八橋の　蜘蛛手《クモデ》に物《モノ》ぞ思はる
る　今とても旅人《タビビト》に　昔を語《カタ》る今日《キョオ》の暮《クレ》　一五やがて馴《ナ》れぬる心か ワキへ向く
な　やがて馴れぬる心かな
〔問答〕シテ ワキへ向いたまま 「いかに申すべきことの候　ワキ シテへ向き 「なにごとにて候ふ

は多いけれど〉。『伊勢物語』の陸奥の名所を尋ねた話をふまえ、「奥」は「陸奥」の意とともに、「心の奥」は物語に表わされた業平の行状が奥深い意味を持つことを言う。二三二頁注一〇参照。

一一〈わけても最後の最後まで忘れず、ずっと思いをかけていた八橋のこの杜若〉。「（思ひ）わたる」は「橋」の縁語。『伊勢物語』九段をふまえるとともに、「杜若」は二条の后のこと、また「八橋」「三河」は「杜若」の序とするとともに業平にゆかりの女性を暗示する。解題参照。

一二〈はるばる来ぬる…と詠んだ深い恋慕の色を形見の花（杜若）に残して〉。

一三〈形見の花は今ここにあるので、ここ在原の業平の旧跡を遠い昔のことと疎遠に思わないで下さい〉。「隔てそ」は、業平にゆかりの女性達の間を分け隔てしてはならぬ、の意も籠める。「形見の花」は二条の后の形見としての杜若。解題参照。

一四〈杜若（二条の后）だけでなく、業平が深く契った八人の女性のことも、あれこれと思い出されます〉。「沢辺の水の」は『伊勢物語』本文の「その沢」をふまえて「浅からず」の序。「八橋」は「八人をいづれも捨てがたくて思ひわびたる心也」（『冷泉流伊勢物語抄』。解題参照）の意をこめて、「蜘蛛手」の序。

一五〈お話しをしているうちに、初対面とも思えぬ気持になりました〉。「きつつ馴れにし」の語を借る。

4

ぞ　シテ「見苦《ミグル》しく候へども　わらはが庵《イオリ》にて一夜《イチヤ》をおん明《ナ》かし候へ　ワキ「あら嬉しやがて参り候ふべし　ワキは脇座に着座

【物着アシライ】シテは後見座で初冠と長絹をつける
常座に立ち　ワキへ　左右の袖を広げる　着座のままシテへ

〔問答〕シテ「のうのうこの[一]冠唐衣《カムリカラキヌ》ご覧候へ　ワキ「不思議やな賤《イヤ》しき賤《シズ》の臥所《フシド》より　色《イロ》も輝《カカヤ》く衣《キヌ》を着《キ》　[二]透額《スキビタイ》の冠《カムリ》を着《チヤク》し　これ見よと承る　こはそもいかなる事にて候ふぞ　シテ「これこそこの歌《ウタ》に詠《ヨ》まれたる唐衣《カラコロモ》　[三]高子《タカコ》の后《キサキ》の御衣《ギョイ》にて候へ　またこの冠《カムリ》は業平《ナリヒラ》の[四]豊《トヨ》の明《アカリ》の五節《ゴセツ》の舞《マイ》の冠《カムリ》なれば　形見《カタミ》の冠唐衣《カムリカラコロモ》　身《ミ》に添へ持ちて候ふなり　ワキ「[五]冠唐衣《カムリカラキヌ》はまづまづ措《オ》きぬ　さてさておん身《ミ》はいかなる人ぞ　シテ「まことはわれは杜若《カキツバタ》の精《セイ》なり　[六]植《ウ》ゑ置《オ》きし昔の宿《ヤド》の杜若《カキツバタ》と　[七]詠《ヨ》みしも女《オンナ》の杜若《カキツバタ》に　なりし謂《イ》はれの言葉《コトバ》なり　また業平は[八]極楽《ゴクラク》の　歌舞《カブ》の菩薩《ボサツ》の化現《ケゲン》なれば　[九]詠み置く和歌の言《コト》の葉《ハ》までも　みな法身説法《ホッシンセツポオ》の妙文《ミヨオモン》なれば　[一〇]草木《ソオモク》までも露《ツユ》の恵《メグ》みの　へ仏果《ブッカ》の縁《エン》を弔《トムロ》ふなり

一 王朝時代の女子の正装。表着《うわぎ》の上に裳と対にして着用する唐風の衣裳。

二 額際の半月形の穴に羅《うすぎぬ》で透かしを入れた冠。

三 二条の后のこと。藤原長良の娘、清和天皇の后。

四 新嘗祭の翌日宮中で行われた儀式。五節《ごせち》の舞が奏されたが、業平を舞人とするのは、「昔、豊の明の節《せち》会《え》の時、業平は五節の舞ひ人にて、しのぶ摺りの小忌《おみ》の衣を着て…舞ひし時、五節のくし…落しけるを、后御覧じて、つけさせ給ひけるなり」(『伊勢物語難義注』五節中将といふ事)などの説による。

五 〈冠や唐衣のことはさておき〉。

六 下句「色ばかりこそ形見なりけれ」。解題参照。

七 〈と詠んだのも、女が形見の杜若になった謂れを示した歌なのです〉。解題参照。

八 〈業平は衆生済度のため仮りにこの世に現れた歌舞の菩薩だから〉。「この人は極楽世界の歌舞の菩薩、馬頭《ばとう》観音と申す菩薩也」(書陵部本『和歌知顕集』)。

九 〈その詠歌はすべて仏の説法の有難い文句であるから〉。「止観曰、風音・水音・我等言語・鳥鳴声…是曰レ法身説法ト」(『謡曲拾葉抄』)などに基づく考え方。

一〇 〈草木までも、その恵みによって成仏できることを、詠歌で弔問するのだ〉。「露の恵み」は、草木(ここは杜若)が雨露に潤おうような仏法の恵み。『法華経』薬草喩品《やくそうゆほん》に説く。

一一 末世(五九頁注一六参照)における奇跡。

一二 「声為仏事」は諸仏典に見える慣用句。ここは業

〔掛ケ合〕 シテへ向き ワキへ これは一一末世《マツセ》の奇特《キドク》かな 正《マサ》しき非情《ヒジヨオ》の草木《ソオモク》に 言葉を交《カ》はす法《ノリ》の声《コエ》 一二 シテへ 仏事《ブツジ》をなすや業平の 一三昔男《ムカシオトコ》の舞の姿《スガタ》

ワキへ これぞすなはち歌舞《カブ》の菩薩《ボサツ》の ワキへ向き シテへ 仮りに衆生《シユジヨオ》となりひら（成・業平）の

ワキへ 一四本地《ホンジ》寂光《ジヤツコオ》の都《ミヤコ》を出《イ》でて シテへ 普《アマネ》く済度《サイド》 ワキへ 利《リ》生《シヨオ》の シテへ 道《ミチ》に

〔次第〕 正面を向き 地へ はるばるきぬる唐衣《カラコロモ》（来・着） はるばるきぬる唐衣 一五着《キ》つつや舞《マイ》を奏《カナ》づらん

〔一セイ〕 常座に立ち シテへ 一六別《ワカ》れ来《コ》し あとのうらみの唐衣《カラコロモ》（恨・裏見） 地へ 袖を都に返さばや

【イロエ】

〔クリ〕 大小前へ行き シテへ 一七そもそもこの物語は いかなる人の何事《ナニゴト》によつて

地へ 思ひの露の 一八信夫山《シノブヤマ》 忍《シノ》びて通《カヨ》ふ道芝《ミチシバ》の 一九はじめもなく終りも（葉・初）なし

〔サシ〕 正面を向いたまま シテへ 二〇昔男初冠《ウイカムリ》して奈良の京《キヨオ》 春日《カスガ》の里《サト》にしるよししてかり

平の歌舞が即ち仏事である、の意。

一三「昔男」は業平の異名。一〇五頁注一八参照。

一四〈仏の住所である寂光浄土を出て、衆生済度のためにはるばると人の世に来たのだ〉。解題参照。「道に…来ぬる」は、京より三河へ来たことに重ねて言う。

一五〈その唐衣を着て舞を舞おう〉。

一六 唐衣の歌をふまえ、思う人を都に残して別れて来たことが恨めしく思われるゆえ、唐衣の袖を「都に返さばや」（京へ帰りたい）ということを、舞の袖を「返さばや」（舞を舞おう）に言いかけた。

一七〈そもそもこの物語は、誰がどういうわけで、はかない恋の忍び路を通うのかが語られているが、それは必ずしも年代順でなく、順序不同に書かれているのだ〉。『和歌知顕集』に「そもそもまづこの物語は、いかなりける人のなに事を詮として書きたりけるものぞ」（書陵部本）とあるに基づく。古曲《雲林院》の〔クリ〕に「そもそもこの物語はいかなる人の何ごとによつて思ひの露を染めけるぞと言ひけんことも理《ことわり》なり」とある。

一八「露」と「道芝」（道の雑草）は縁語。「信夫山」は陸奥の歌枕で「忍ぶ」の序。「通ふ道」を「道芝」に言いかける。 6

一九「この物語は…始めにあるべき事をば終りに言ひなし、終りにあるべき事をば始めに書きなしなんどして」（島原文庫本『和歌知顕集』）など。

二〇『伊勢物語』初段冒頭の文。

に往《イ》にけり　地へ［一］仁明天皇《ニンミヨオテンノオ》の御宇《ギヨオ》かとよ　いとも畏《カシコ》き勅《チヨク》を受けて　大内山《オオウチヤマ》の春霞《ハルガスミ》　立つや弥生《ヤヨイ》の初《ハジ》めつ方《カタ》　春日《カスガ》の祭りの勅使《チヨクシ》として透額《スキビタイ》の冠《カムリ》を許さる　シテへ君の恵《メグ》みの深きゆゑ　地へ殿上《テンジヨオ》にての元服《ゲンプク》のこと　当時《トオジ》その例稀《レイマレ》なるゆゑに　初冠《ウイカムリ》とは申すとかや　扇をはね掲げて心を展べる

［クセ］　地へしかれども世の中の　［二］ひとたびは栄《サカ》え　ひとたびは衰《オトロオ》ふる理《コトワ》りの　足拍子　真《マコト》なりける身の行方《ユクエ》　［三］住《ス》み所《ドコロ》求むとて　東《アズマ》の方《カタ》に行　真中へ行きかかり（居・伊勢）　く雲の　いせや尾張《オワリ》の　［四］海面《ウミズラ》に立つ波を見て　扇を指し廻して海を見渡し　［五］いとどしく　舞台を大きく回り　過ぎにし方《カタ》の恋しきに　うらやましくも　かへる（返・帰）波かなと　うち詠《ナガ》め行けば信濃《シナノ》なる　遠方を見上げ　浅間の嶽《ダケ》なれや　くゆる煙《ケムリ》の夕景色《イウゲシキ》　シテへさて　扇を高く上げつつ　こそ信濃なる　［六］浅間《アサマ》の嶽《ダケ》に立つ煙《ケムリ》　地へ遠近人《オチコチビト》の　見やはとがめぬと口ずさみ　足拍子　［七］なほはるばるの旅衣《タビゴロモ》　正面先へ出　三河の国に着きしかば　八橋を　ここぞ名にある八橋《ヤツハシ》の　目前にした体で　沢辺に匂ふ杜若　下を指して花を見廻し　［八］花紫《ハナムラサキ》のゆかりなれば　舞台を回り　妻しあるやと　思ひぞ出づる都人《ミヤコビト》　ワキへ向い　足拍子　しかるにこの物語　真中へ出　［九］その品《シナ》多きことながら　とりわきこの八橋《ヤツハシ》や　三河《ミカワ》の水《ミズ》の底《ソコイ》ひなく［一〇］　契りし人　数拍子

一　以下四行、『伊勢物語』初段についての中世の解釈（解題参照）に基づく。「十六の年、承和十四年三月二日に仁明天皇の内裏にて元服する也。…三日（春日の祭の）勅使にたつる也」（『冷泉流伊勢物語抄』）。
二　栄枯盛衰の道理は真実だ、の意。「一栄一落是春秋」（菅家）「真なりける身」は「まめ男」（業平）。
三　『勢語《たと》』九段による。東下りを二条の后との恋愛事件の譬えとするのが中世の理解。解題参照。
四　「伊勢・尾張のあはひの海づらをゆくに」（『勢語』七段）。二条の后との別離。
五　〈ただでさえ昔のことが恋しいのに、寄せては返す波を見ると、返らぬ昔がいっそう恋しく、波が羨しく思われるよ〉。七段の歌。二条の后への恋慕。
六　〈信濃の浅間山の噴煙は、遠近の人から見咎められぬことはあるまい。私の燃ゆる思いが見咎められたように〉。八段の歌。業平の苦悩。
七　以下、九段をふまえる。二五九頁注三参照。
八　二六〇頁注三参照。
九　〈物語に登場する女性は貴賤さまざまだが〉。「八橋」「三河」はその女性達の比喩。
一〇　「底ひなく」（限りなく深く）は「三河の水」と「契りし人びと」の両方にかかる。
一一　深く契った多くの女性が、物語中に、名前や身分を変えて物語化されて語られていること。
一二　紀有常《ありつね》の娘（一七段の女）をさす。《井筒》参照。
一三　良相《よしすけ》の娘、円子（四五段の女）をさす。異説あり。

びとの数《カズ》かずに　一一名《ナ》を変《カ》へ品《シナ》を変へて　一二人《ヒト》待つ女 舞台を回り　一三物病《モノヤ》み一四玉簾《タマスダレ》の光も　一五正面先を指し見廻し 乱れて飛ぶ螢《ホタル》の　一六上を見廻し 雲の上まで往ぬべくは 袖を返し扇を高く掲げ 秋風《アキカゼ》吹くと 舞台を回り かり に現《アラ》はれ　衆生済度《シユジヨオサイド》のわれぞとは　一七知るや否《イナ》や世《ヨ》の人の 真中で シテへ暗《クラ》きに行かぬ有明《アリアケ》の 足拍子 地へ光普《ヒカリアマネ》き月や一八あらぬ　春や昔の春ならぬ わが身ひとつは　もとの身にして 扇を左に取り 一九本覚《ホンガク》真如の身を分け 合せた両手を大きく広げ 陰陽《インニヨオ》の神《カミ》と言はれしも 常座でワキへ向う ただ業平のことぞかし 扇をはねつつワキへ向い かやうに申す物語　疑はせ給ふな旅人《タビビト》 舞台を回って（来・着） はるばるきぬる唐衣《カラコロモ》　着つつや舞を 大小前で 奏《カナ》づらん ワキへ向く

〔詠〕 正面を向き シテへ二〇花前《カゼン》に蝶舞《チヨオモ》ふ紛々《フンプン》たる雪　地へ柳上《リウシヨオ》に鶯飛《ウグイスト》ぶ片々《ヘンペン》たる金《キン》

【序ノ舞】

〔ワカ〕 扇を高く上げ シテへ二一植ゑ置きし　昔の宿《ヤド》の杜若《カキツバタ》　以下逍遥しつつ 地へ色ばかりこそ　昔なりけれ　二二色ばかりこそ　昔なりけれ　色ばかりこそ

〔ワカ受ケ〕 シテへ昔男《ムカシオトコ》の名を留《ト》めて　二三花橘《ハナタチバナ》の

〔ノリ地〕 シテへ匂《ニオ》ひうつる　菖蒲《アヤメ》の鬘《カズラ》の　舞台を回って真中へ出 地へ色はいづれ　似《ニ》た

一四 二条の后（六四段の女）をさす。

一五「玉トアラバ、（夜）ひかる」（『連珠合璧集』）。

一六「行く螢雲の上までいぬべくは秋風吹くと雁に告げこせ」（『勢語』四五段）をふまえ、「秋風吹くと」までが「雁」に音通の「仮りに現はれ」（業平がこの世に化現したこと）の序。

一七〈果して知っているかどうか、世の人々が冥途に迷わぬよう有明の月のごとき光を以てあまねく照らしているのだ〉。「君（業平）失せなん後は思ひの闇に迷ひて、罪深き道におもむき、暗きより暗きに至りなんといへるによめる　知るや君我になれぬる世の人の暗きにゆかぬ便りありとは」（『伊勢物語髄脳』等）。

一八 四段の歌。二一一頁注七、「もとの身」は次注参照。

一九「本覚真如の身」は如来法身のこと（一七九頁注七参照）。業平はその化現で、陰陽の神とも言われた。「業平者、四海中唯一之聖人也…故称ニ本覚真如分身、陰陽之神一」（九大本『伊勢物語髄脳』）。　7

二〇〈花に舞う蝶は雪の散り紛《まが》うがごとく、柳に飛ぶ鶯は金片の舞うがごときさまだ〉。『断腸集抜書』や『百聯抄解』に見える詩句。

二一 二六二頁注六の歌（冷泉流古註による）の第五句を変型。解題参照。

二二〈色は同じでも昔のことになってしまったが、その色に昔男の名残りを留めて〉。　8

二三「さつき待つ花橘の香をかげば昔の人の袖の香ぞする」（『勢語』六〇段等）。次頁注一参照。

りや似たり　一杜若花菖蒲《カキツバタハナアヤメ》　こずゑに鳴くは
（濃・木末）見上げ　うつむいて聞く

〔□〕　シテへ蟬《セミ》のからころもの
（殻・唐衣）右手で左袖を取り広げて見つめ

〔ノリ地〕　地へ袖白妙の　二卯《ウ》の花《ハナ》の雪の　夜《ヨ》もしらしらと　明くる
袖を返して舞台を回り　真中で扇を高く掲げ

東雲《シノノメ》の　あさむらさきの　杜若《カキツバタ》の　三花も悟《サト》りの　心ひらけて　すは
（朝・浅紫）　扇をはね掲げ　扇をかざして

や今こそ　四草木国土《ソオモクコクド》　すはや今こそ　草木国土　悉皆成仏《シッカイジョオブツ》の　御法《ミノリ》
舞台を回り

を得てこそ　失《ウ》せにけれ
常座で正面へ向き　脇正面を向き袖を返して　留拍子

一　前頁最終行の「菖蒲《アヤメ》の鬘《カズラ》」は端午の節会に、菖蒲を頭に飾って邪気を払う。男は冠、女は髪にさす。「あやめトアラバ…かつらにかくる」（『連珠合璧集』）。花橘以下、菖蒲・杜若・蟬・卯の花など夏の景物を連ねる。

二「白妙」「卯の花」「雪」「しらしら」と白のイメージを連ねる。「卯花トアラバ…雪」（『連珠合璧集』）。

三　杜若が「悟りの心」（成仏）を得たことを、花の縁で「開けて」という。

四「草木国土、悉皆成仏」は非情の成仏をいう慣用句で、諸書に『中陰経』の文句として引かれる（実は同書中に不見）。『法華経』薬草喩品においては、一地（真如大地）より毒草も薬草も生えるが、一雨（妙法の雨）によって皆薬草となるという比喩を以て非情の草木の成仏を説く。ちなみに天台本覚論の立場にあっては、草木成仏説が重視され、「草木非情といへども、非情ながら有情の徳を施す。非情を改めて有情と云ふにはあらず。故に、成仏と云へば、人々、非情を転じて有情と成ると思ふ。全くしからず。ただ非情ながら、しかも有情なり」（『三十四箇事書』）と説く。

景清

かげきよ

登場人物

シテ　景　清　景清・角帽子・絓水衣・無地熨斗目
ツレ　人　丸　小面・唐織
トモ　人丸の従者　素袍上下
ワキ　里　人　素袍上下

備　考

＊四番目物、略二番目物。太鼓なし。
＊観世・宝生・金春・金剛・喜多の五流にある。
＊藁屋の作り物を出す。
＊底本役指定は、シテ、女、トモ、ワキ、同。

構成と梗概

1　ツレ・トモの登場　景清の娘人丸（ツレ）と従者（トモ）が、景清を尋ねて鎌倉より宮崎に到る。
2　シテの詠嘆　藁屋の中に盲目の景清（シテ）が居て、現在の境涯を嘆く。
3　ツレ・シテの独白　藁屋の内外で、娘と景清はそれぞれに感慨を洩《も》らす。
4　トモ・シテの応対、シテの述懐　従者は藁屋の内へ景清の所在を尋ねるが、景清は娘と知って偽《いつわ》る。
5　トモ・ワキの応対　一行は里人（ワキ）から藁屋の主が景清と知らされる。偽った景清の心中を察した里人は対面を計らう。
6　ワキ・シテの応対、シテの詠嘆　里人は景清の名を呼ぶ。景清は先に偽って親と名乗らず、今また旧名を呼ばれて、嘗ては平家の猛将悪七兵衛景清、現在は盲目の平家語り日向《ひゅうが》の勾当《こうとう》としての境涯に感情を昂ぶらせる。
7　シテ・ワキの応対、ツレ・シテの応対、シテの詠嘆　里人の計らいで親子は対面する。娘は父の無情を怨み、景清は現在の境涯ゆえに会わぬことが親の情と、落魄の身を嘆く。
8　ワキ・シテの応対、シテの物語り　娘の帰国の計らいを里人に依頼した景清は、娘の望みで八島合戦（錣引《しころびき》）を語る。
9　シテ・ツレの離別　景清は命終の後の供養を頼んで別れる。

1

後見が引廻しをかけた藁屋の作り物を大小前に据える
【次第】でツレとトモが登場

〔次第〕 真中で向き合って ツレ/トモ＼消えぬ便りも風《カゼ》なれば　消[一]えぬ便《タヨ》りも風なれば　露の身いかになりぬらん

〔(サシ)〕 正面を向き ツレ＼これは鎌倉亀《カマクラカメ》[二]が江《エ》が谷《ヤツ》に　人丸《ヒトマル》[三]と申す女にて候　さてもわが父悪七兵衛景清《アクシチビョオエカゲキヨ》[四]は　平家《ヘイケ》の味方《ミカタ》たるにより　源氏《ゲンジ》に憎まれ　日向《ヒウガ》の国宮崎《クニミヤザキ》とかやに流されて　年月《トシツキ》[五]を送り給ふなる　いまだ[六]慣《ナ》らはぬ道すがら　物憂《モノウ》きことも旅の慣《ナ》らひ　また父ゆゑと心強《ヅヨ》く

〔下ゲ歌〕 向き合って ツレ/トモ＼思ひ寝[七]の涙片敷《カタシ》く　草《クサ》の枕《マクラ》露を添へて　いと繁《シゲ》き袂《タモト》かな

〔上ゲ歌〕 向き合ったまま ツレ/トモ＼相模の国を立《タ》ち出《イ》でて　相模《サガミ》の国を立ち出でて　誰《タレ》[八]に行方《ユクエ》をとほたふみ (問・遠江)　げ[九]に遠《トオ》き江《エ》に旅舟《タビブネ》の　みかは (見・三河) に渡す八橋《ヤツハシ》

一 〈まだ存命だということも風の便りの噂《うわさ》だから、露のようにはかない人の命の父の身は、いったいどうなったことか〉。「風トアラバ…便」「露トアラバ…消…風をまつ…命」(『連珠合璧集』)。
二 相模の国（神奈川県）、鎌倉の地名。亀が谷《やつ》。『回国雑記』には「亀が井の谷《やつ》」と見える。
三 景清の娘の名。伝承に基づくか。
四 平家の侍大将。解題参照。
五 〈年月を送っていらっしゃるとかいうことで〉。
六 〈まだしたことのない長旅の道々、つらいことも旅行の常だが、一方ではまた父に逢うためと心を強く持ち〉。「いまだ慣らはぬ」が「（旅の）慣らひ」と対。「慣らはぬ道」（未経験な事）に「道すがら」を掛ける。
七 〈父を思って寝るために涙がこぼれ、草枕の露が加わって、いっそう袂が濡れることだ〉。「片敷く」はひとり淋しく寝ることの形容。「草の枕」は旅の心。「露」と縁語。
八 〈誰に行方を問えばよいかと思ううちに遠江の国に来たが〉。「遠江」（トオトオミ）は静岡県西部。
九 〈いかにもその名の通り、遠く見渡される江上《こうじょう》に旅舟が見え、はるばると三河の国に到ってそこに渡した八橋を渡るが〉。「三河」は愛知県東部。「八橋の」は「蜘蛛（手）」（『伊勢物語』九段。二五九頁注三参照）に音通の「雲（居）」の序。

の　一雲居《クモイ》の都いつかさて　仮り寝の夢に馴れて見ん　仮り寝の夢に馴れて見ん

〔着キゼリフ〕　正面を向き　トモ「やうやうおん急《ニツ》ぎ候ふほどに　これははや日向《ヒウガ》の国宮崎《クニミヤザキ》とかやにおん着きにて候　これにて父御《チチゴ》のおん行方《ニユクエ》をおん尋ねあらうずるにて候

ツレとトモは脇座に立つ

〔□〕　藁屋の中から　シテ(へ)二松門《シヨオモンヒト》独り閉《ト》ぢて　年月《ネンゲツト》を送り　みづから　清光《セイコオ》を見ざれば　時の移るをも　わきまへず　三暗々《アンナン》たる庵室《アンジツ》にいたづらに眠《ネム》り　衣《コロモ》かんたんに与へざれば　膚《ハダエ》は　げう《ギヨオ》こつと　衰《オトロ》へたり

後見が藁屋の引廻しをとる　シテが中に坐っている

〔上ゲ歌〕　地へ四とても世を　背《ソム》くとならば墨《スミ》にこそ　背くとならば墨にこそ　染《ソ》むべき袖のあさましや(麻・)　窶《ヤツ》れ果てたるありさまを　われだに憂《ウ》しと思ふ身を　誰《タレ》こそありてあはれ(憐・)身の　憂《ウ》きを訪《トムロオ》ふよしもなし　憂きを訪ふよしもなし

〔(掛ケ合)〕　藁屋へ向き　ツレへ不思議やなこれなる草の庵古《イオフ》りて　誰《タレ》住むべくも

一〈都への到着は果していつのことか、(八橋で都の馴れ親しんだ妻を思った業平にあやかり)せめて仮り寝の夢でなりと、見馴れた都として偲びたいものだ〉。

二〈粗末な松の門を閉じて独り閉じ籠って年月を送り、盲目にして月の光を見ることもないから時の移ることもわからない〉。「松門」は松の木のある門の意の詩語で、「松門到レ暁月徘徊」(『新楽府』「陵園妾」)等をふまえ、後の「清光」(月の光)を導く。「松門」には歌語「松の戸」(粗末な門)の意がこもる。

三〈真暗な庵室になすこともなく眠り、衣は寒さにも着重ねることがないから、膚《はだ》はこごえ衰えている〉。「かんたん」は底本「寒単」。『謡抄』に「寒暖」「寒単」(「単寒」に同じ)両説を掲げる。諸流は「寒暖」を宛てるが存疑。宝生・金剛両流はカンタンで、元来、清音らしい。また底本「けうこつ」を諸流は「饒骨」(白骨)と宛てるが存疑。『日葡辞書』に「ギョゥコッ、寒さのためにこごえてかじかむこと。文書語」とある語に関連するか。 2

四〈どうせ世をすね、世に背いて生きるのなら、墨染の衣を着て、世捨人として出家したらよいのに、俗体のままの麻の衣のあさましい姿で、やつれ果てたこの身の様子を、自分でさえいやだと思っているのだから、一体誰が憐れとも思おうか、ああ、この身の憂さを慰めるなど、どうにもならぬことだ〉。

五〈思いがけず平家節の美声が聞えるのは、ひょっとして乞食法師の住処《すみか》かとそこを立ち退 3

見えざるに　声[五](珍・愛)めづらかに聞こゆるは　もし乞食《コツジキ》の在処《アリカ》かと　(退・軒)のき
(端)ばも遠く見えたるぞや　シテ「秋[六]来《キ》ぬと目にはさやかに見えねど
も　風の(音・音信)おとづれいづちとも　ツレへ知[七]らぬ迷ひのはかなさを
しばし休《ヤス》らふ宿《オヤド》もなし　シテ「げに三[八]界《サンガイ》は所《トコロ》なし　ただ一[九]空《イックウ》のみ
誰《タレ》[一〇]とかさして言問《コト》はん　〈へ〉またいづちとか答《コトオ》ふべき
〔問答〕　シテへ向き　トモ「いかにこの藁屋《ワラヤ》の内へもの[一一]問《トオ》はう　面ばかりトモへ向け　シテ「そもいか
なる者ぞ　トモ「流され人《ビト》の行方《ユクエ》や知りてある　シテ「流[一二]され
人にとりても　名字《ミョオジ》をばなにと申し候ふぞ　トモ「平家の侍《サムライ》悪七《アクシチ》
兵衛景清《ビョオエカゲキヨ》と申し候　シテは正面へはずし顔をそむけている体　シテ「げにさやうの人をば承り及びて候へど
も　もとより盲目《モオモク》なれば見ることなし　トモへ向き　(〈へ〉)さもあさましきおん有《ナリ》
様《サマ》承り　そぞろにあはれをもよほすなり　正面へはずす　詳しきことをば　余所《ヨソ》に
ておん尋ね候へ　ツレへ向き　トモ「さてはこのあたりにてはござなげに候
これよりおくへおん出[一三]であつて尋ね申され候へ　ツレとトモは後見座にくつろぐ
〔□〕　正面を向いたまま　シテ「不思議やなただいまの者を　いかなる者ぞと思ひて候

き離れたので、軒端も遠くに見えているよ〉。「珍らか」は声の意外さ、「愛づらか」の意をかけ、先の「松門独り閉ぢて…」が平家節で謡われたこと（謡曲もその節付け）を言う。解題参照。

六〈秋が来たとは、目に見えずとも風の音ずれで知ることはできる、しかし、今誰か訪れたようだがどこかわからない〉。『古今集』秋上、藤原敏行の歌（下句「風の音にぞ驚かれぬる」）に拠り、盲目の述懐。

七〈風がどの方角から吹くのかもわからぬ不案内な土地で迷って、しばらく休息する宿も見当らない〉。ツレの現実的述懐。シテは悟り得ぬ迷いのはかなさのゆえに、安息の場所はどこにもない、の意で、現在の境涯の独白。この前後、シテとツレは別別の述懐であるが、全体としては一貫した第三の声。 4

八一切の衆生が生死流転する迷いの世界。そこに安住の地のないことを言う。「三界無安、猶如火宅」（『法華経』譬喩品《ひゆぼん》）など。

九すべてみな空だ、の意。「一空者、謂一切諸法皆無自性…求其体性、畢竟皆空」（『三蔵法数』）。「一空の身」と解する説（『謡抄』以下）もあるが存疑。

一〇〈すべてが空だと知れば〉相手を誰と明らかにして物を尋ねることも不必要だし、またどちらの方角などと答える必要もない〉。

一一相手がただの乞食だと思っているトモの言葉遣いは尊大で、敬語を用いない。

一二〈流人《るにん》の中でも、何という名字の方ですか〉。

へば　一この盲目《モオモク》なる者の子にて候ふはいかに　二われ一年《ヒトトセ》尾張《ワリ》の国熱《クニアツ》
田《タ》にて遊女《イウジヨ》と相馴《アイナ》れひとりの子を儲《モオ》く　三女子《ニヨシ》なればなにの用に立つ
べきぞと思ひ　鎌倉亀《カメ》が江《エ》が谷《ヤツ》の四長《チヨオ》に預け置きしが　（へ）五馴れぬ親《オヤ》
子《コ》を悲しみ　父に向かつて言葉を交《カ》はす
〔上ゲ歌〕　シテは面を伏せ　地へ六声をば聞けど面影《オモカゲ》を　見ぬ盲目《モオモク》ぞ悲しき　七名のら
で過ぎし心こそ　なかなか親の絆《キズナ》なれ　なかなか親の絆なれ　ツレとトモはこの間に橋掛りへ行く
〔問答〕　一ノ松に立ち　トモ　八幕の中へ向い「いかにこのあたりに里人《サトビト》のわたり候ふか　ワキ登場　三ノ松に立つ　ワキ「里
人とはなにのご用にて候ふぞ　ワキへ向き　トモ「流され人の行方《ユクエ》やご存《ゾン》じ
候　トモへ向き　ワキ「流され人にとりても　いかやうなる人をおん尋ね候ふ
ぞ　トモ「平家の侍悪七兵衛景清《サムライアクシチビヨオエカゲキヨ》を尋ね申し候　舞台の方を見やり　ワキ「ただい
まこなたへおん出で候ふあれなる山陰《ヤマカゲ》に　藁屋《ワラヤ》の候ふに九人は候はざ
りけるか　トモ「その藁屋には盲目《モオモク》なる乞食《コツジキ》こそ候ひつれ　ワキ
「のうその盲目《モオモク》なる乞食《コツジキ》こそ　おん尋ね候ふ景清候《ゾオロオ》ふよ　ツレは涙を押える　あら不思
議や　ワキはトモへ向き　景清のことを申して候へば　一〇あれなるおんことのご愁傷《シウシヨオ》の気《ケ》

一〈この盲目の私めの子だとは、これはまあどうしたことだ〉。

二 以下の話の典拠未詳。幸若《こうわか》舞曲「景清」では、清水坂の遊女あこ王との間の二人の息子を殺害、熱田の大宮司の姫を妻として二人の息子を儲《もう》けた、という。

三 女子だから何の役にも立たない、の意。戦さにも、平家語りにも不適だ、の意か。

四 宿の女主人。長者。

五〈一緒に暮らすことなく、馴れ親しまぬ親子の間柄を悲しく思って〉。

六〈声を聞いても顔かたちを見ることのできぬ盲目の身の悲しいことよ〉。

七〈父だと名乗らぬままにすませたわが心は、無情なように見えて、実はかえって、切っても切れぬ親子の間柄ゆえに、わが子を思いやってのしわざなのだ〉。

八〈もうし、この辺に里人はいらっしゃいませんか〉。

九〈人はおりませんでしたか〉。

一〇〈あそこにいるお方が大変悲しみの様子を見せていらっしゃいますのはどういうわけですか〉。

トモ「ご不審《フシン》もつともにて候　なにを[一一]か包《ツツ》み申し候ふべき　これは景清の息女《ソクジョ》にてわたり候ふが　いま一度《イチド》父御《チチゴ》にご対面《タイメンナ》ありたきよし仰《オオ》せられ候ひて　これまではるばるおん下向《ゲコオ》にて候　[一二]とてものおん事にしかるべきやうに仰せられ候ひて　景清に引き合はせ申されて給はり候へ

（ツレへ向き）ワキ「[一三]言語《ゴンゴ》道断《ドオダン》　さては景清のご息女《ソクジョ》にてござ候ふか　まづおん心を静めて聞こしめされ候へ　（トモへ向き）景清は両眼盲《リョオガンシ》ひましまして　せんかたなさに髪《カミ》を下《オ》ろし　日向《ヒウガ》の[一四]勾当《コオトオ》と名を付き給ひ　[一五]命《イノチ》をば旅人《リョジンノ》を頼み　われらごときの者の憐《アワ》れみをもつて身命《シンミョオ》をおん継《ツ》ぎ候ふが　昔にひき替へたるおん有様《ナリサマ》を恥ぢ申されて　おん名のりなきと推量《スイリョオ》申して候　それがしただいまおん供《トモ》申し　景清と呼び申すべし　[一六]わが名ならば答《コトオ》ふべし　その時ご対面《タイメンナ》あつて　昔今《ムカシイマ》のおん物語候へ　こなたへわたり候へ

（舞台へ入り　ツレとトモは脇座に　ワキは目付に立つ）

〔問答〕

（藁屋に近づき　扇で柱を打ち）ワキ「のうのう景清のわたり候ふか　悪七兵衛景清のわたり

一一〈何もかも包み隠さず申し上げます〉。

一二〈このようにお伺いしていますついでですので、然るべくお声をかけて下さって、景清にお引き合わせ下さい〉。

一三〈これはまあ、何ということだ〉。大変驚いた時に発する感動詞。

一四「勾当」は官職名。ここは当道（平家琵琶）の官名で、検校《けんぎょう》の次、座頭《ざとう》の上位。景清の史実は明らかでないが、本曲中にも平家（平曲）を語る者として設定されており（二七五頁注一五参照）、そのことに関連した名前らしい。なお、景清は、中世には平家の合戦記を書き、『平家物語』の骨子を作った者だとする理解が、琵琶法師の間に伝えられていた（解題参照）こととも関係があろう。

一五〈命を保つために旅人の恵みを頼りとし、私らみたいな者の憐れみの施しをもって、その日その日を過していらっしゃいますが〉。

一六〈自分の名前だったら答えるはずです〉。

候ふか　一同着座　シテ「一両手で耳をふさぎかしましかしましさなきだに　故郷《コキヨオ》の者とて尋ねしを　二この仕儀《シギ》なれば身を恥ぢて　名のらで帰す悲しさ　へ・三千行《センコオ》の悲涙《ヒルイ》袂《タモト》を朽《ク》たし　「万事《バンジ》は皆《ミナ》夢の中《ウチ》のあだし身なりとうち覚《サ》めて　四今はこの世に亡きものと　思ひ切りたる乞食《コッジキ》を　悪七兵衛景清なんどと　体をワキへ向け呼ばばこなたが答《コトオ》ふべきか　へ五その上《ウエ》わが名はこの国の

〔段歌〕地へ正面へ向き六日向《ヒウガ》とは日に向《ム》かふ《コオ》　日向《ヒウガ》とは日に向かふ　向かひたる名をば呼び給はで　七力《チカラ》なく捨てし梓弓《アズサユミ》　昔に返る己《オノ》が名の　八悪《アク》心《シン》は《ナ》起こさじと　面を伏せ思へどもまた腹立《ハラタ》ちや　膝を打ち　シテへ九所《トコロ》に住みながら　地へ所に住みながら　ご扶持《フチ》ある方がたに　憎まれ申すものならば　ひとへに一〇盲《メクラ》の　杖《ツエ》を失《ウシノオ》ふに似たるべし　片輪《カタワ》なる身の癖《クセ》として　一一腹悪《ハラア》しくよしなき言ひごと　ワキへ向き手を合せ　面を伏せるただ許しおはしませ　シテへ目《メ》こそ暗《クラ》けれど　地へ一二目こそ暗けれども　人の思はく　一言《イチゴン》のうちに知るものを　一三山は松風《マツカゼ》　山を見上げすは雪よ　面を伏せ見ぬ花の　覚《サ》むる夢の惜しさよ　浦の方を見やりさてまた一四浦は荒磯《アライソ》に　寄する波も　耳に手を当てて聞き聞こゆるは　夕潮《イウシオ》もさすやら

一〈ああ、やかましいやかましい、こんな時でなくてさえ、景清の名を呼ばれるのはいやだのに、まして今は、故郷の者だと言って尋ねて来たのを〉。

二〈こんなざまの暮しだから〉。

三〈千筋に流れ落ちる悲しみの涙は、袖にかかって袂を朽ちさせるほど。この世のことはすべて夢の中、わが身もまたその中のはかない身だと悟って〉。「離レ家三四月、落涙百千行、万事皆如レ夢、時々仰ニ彼蒼一」（『菅家後草』をはじめ『北野天神縁起』等諸書に見える）。菅原道真が配所で詠んだ詩。底本（上製本も）は「万事は夢の中の…」とし、「皆」を欠く。諸流により補う。「覚めて」は「夢」と縁語。

四〈今はこの世にはない身だと思い切ったこの乞食に対し、悪七兵衛景清などと呼んだとしても、こちらが返事できようか〉。

五〈その上私の名はこの国の名に同じ日向の勾当《こうとう》〉。

六〈日向とは日に向うと書くが、盲人の私に似つかわしい日向の勾当の名をお呼びにならないで〉。

七「力なく捨てし弓（矢）」は、敗戦でやむなく武士を廃《や》める意。「梓弓」は「返る」の序。

八〈昔のわが名の悪七兵衛ではないが、その荒々しい心は起すまいと思うけれど〉。「悪七兵衛」や「悪心」などの「悪」は、荒々しく猛々しい、の意。

九〈この土地に住みながら、お助け下さる方々に憎らしく思われるなら〉。

一〇「盲目の杖を失ひ、幼少の乳母《めのと》に離れたらんごとく」(『体源抄』序)など、諺《ことわざ》として諸書に見える。

一一〈怒りっぽく、ひがみっぽい物言い〉。

一二〈目こそ見えずとも、人の思っていることは一言聞くだけでわかるのだ〉。「一言のうちに知る」は、「子貢曰、君子一言以為レ知、一言以為二不知一、言不レ可レ不レ慎也」(『論語』子張篇)に基づく。

一三〈山には松風が吹く、それ雪が降るよ、咲く花も散るよ、目には見えぬ花も夢でははっきり見えるのだが、覚めれば見えぬだけに夢はいっそう惜しまれるよ〉。人の一言を聞いてその心を知るように、風物についてもわかるのだと言う。

一四〈浦においては、荒磯に寄せ打つ波の聞えて来るのは、夕潮がさし寄せるからしい〉。前行の「山は…」と対。

一五〈(…などとえらそうなことを言ってはみても)やっぱり私も盲目の平家語りの身、そんなことよりも物語を語り始めて、お慰みに供しましょう〉。「平家」は、「日向の勾当」の名を持つ平家語りの意。「さすやらん」を序として、「さすが」と重韻。

一六「みづから」は自称。私。

一七〈無駄になさることの恨めしさよ。お名乗り下さらぬというのは、親の御慈悲ということも、子供によって違いがあるのですか〉。

一八〈今までは隠しおおせていたと思っていたが〉。

一九「露トアラバ…をく」(『連珠合璧集』)。

二〇〈あなたは花のように若く美しい身で〉。

7

ん
一五 杖をさぐり持って立ち上り藁屋から出 真中でワキを向き着座 さすがにわれも平家なり 物語はじめて おん慰《ナグサ》みを申さん

〔問答〕 ワキへ向き シテ「いかに申し候 ただいまはちと心にかかることの候ひて 短慮《タンリヨ》を申して候ご免《メン》あ《ナ》ら《ロ》う《オ》ずるにて候 シテへ向き ワキ「いやいやいつものことにて候ふほどに苦しからず候 またわれらより以前に景清を尋ね申したる人はなく候ふか シテ「いやいやおん尋ねよりほかに尋ねたる人はなく候 ワキ「あら偽《イツワ》りを仰せ候ふや まさしう景清のご息女《ソクジヨ》と仰せられ候ひておん尋ね候ひしものを なにとておん包《ツツ》み候ふぞ あまりにおん痛《ニタ》はしさにこれまでおん供《トモ》申して候 ツレへ向き のう父御《チチゴ》にご対面《タイメン》候へ 立ってシテに近寄り ツレ「のう一六 膝をついて袖に手をかける みづからこそこれまで参りて候へ

〔クドキ〕 ツレ〽恨めしやはるばるの道すがら 雨風露霜《アメカゼツユシモ》を凌《シノ》ぎて参りたる心ざしも 一七 いたづらになる恨めしや さては親のおん慈悲《ジヒ》も 子によりけるぞや情けなや 涙を押える 面を伏せ シテ〽一八今までは包み隠すと思ひしに 顕《アラ》はれけるか露の身の 一九 置き所なや恥づかしや 二〇 おん身は花

の姿にて　親子《オヤコ》[一]と名のり給ふならば　ことにわが名も顕《アラ》はるべし　と　思ひ切りつつ過ごすなり　（ツレの両肩に手をかけて抱く体）われを恨みと思ふなよ

〔歌〕（面を伏せ）地へあはれげにいにしへは　疎《ウト》[二]き人をも訪《ト》へかしとて　恨み誹《ソシ》るその報《ムク》ひに　正《マサ》しき子にだにも　訪《ト》はれじと思ふ悲しさよ

〔上ゲ歌〕（正面を向き）地へ一門《イチモン》[三]の舟《フネ》の内　一門《イチモン》の舟《フネ》の内に　肩を並べ膝《ヒザ》を組みて　所狭《セ》くすむ（住・澄）月の　かげきよ（影清・景清）は誰《タレ》よりも　ご座舟《ザブネ》[四]になくて叶《カノオ》ふまじ　一類《イチルイ》[五]その以下《イゲ》　武略《ブリヤク》さまざまに多けれど　名をとりかぢ（取・取楫）[六]の舟に乗せ　主従隔《シウジウヘダ》[七]てなかりしは　さも羨《ウラヤ》[八]まれたりし身の　（面を伏せ）麒麟《キリン》[九]も老いぬれば　駑馬《ドバ》に劣るがごとくなり（ツレは涙を押える）

〔問答〕（ツレへ向き）ワキ「あら痛はしや　まづかう《コオ》わたり候へ（ツレは脇座に戻り着座）

（シテへ向き）ワキ「いかに景清に申し候　おん娘御《ムスメゴ》のご所望《ショモオ》の候

（ワキへ向き）シテ「何事《ナニゴト》にて候ふぞ

ワキ「八島《ヤシマ》[一〇]にて景清のご高名《コオミヨオ》のやうが聞こしめされたきよし仰せられ候　そとおん物語[一一]あつて聞かせ申され候へ

シテ「これはなにとやらん[一二]似合《ニア》はぬ所望にて候へども　これまでは

一〈親子とお名乗りになるなら、とりわけ世間にこんなざまの私の名が父として知られてしまう、それでは為にならぬと、名乗ることを断念して、知らぬ顔に過したのだ〉。

二〈親しくもない人でも、羽振りのよい自分を表敬訪問するのは当り前だと思い、訪わぬ人を恨み謗《そし》った報いによって、正真正銘のわが子にさえも訪《と》われたくないと思うことの悲しさよ〉。

三〈平家一門の西海における舟中にあって〉。

四〈主上の御乗船になくてはならぬ人だ〉。

五〈平氏一族や、それ以下の諸氏において、武略に秀でた武士はいろいろと多いが〉。

六「名を取る」（武勇の高名を得る）に、「取楫」（「面楫」の対で、舟の左を意味する）を言いかけて「舟」の序。「舟」はご座舟の意で、船団の中心。

七 平家の総大将宗盛との主従関係をいうが、以上の記事は『平家物語』に見えない景清礼讃。

八〈いかにも人々から羨望された身の上であったが〉。　8

九「麒麟之衰也、駑馬先㆑之」（『戦国策』）などに基づく諺で、諸書に見える。千里を走る馬（すぐれた資質）も、年をとると駄馬（鈍物）にも劣る意。

一〇〈屋島合戦での景清のお手柄の様子がお聞きになりたいとおっしゃっています〉。「八島」は底本のまま。「屋島」に同じ。以下の語りは《八島》参照。

一一〈ちょっと御物語りして、お聞かせなさって下さ

るばる来たりたる心ざし　あまりに不便《フビン》に候ふほどに　語つて聞かせ候ふべし　この物語過ぎ候はば　[一三]かの者をやがて故郷《フルサト》へ帰して給はり候へ

ワキ「心得《ココロエ》申し候　おん物語過ぎ候はば　やがて帰し申さうずるにて候

シテ「あら嬉しやさらば語つて聞かせう《シヨオ》ずるにて候

ワキは笛座前に着座

〔語リ〕　正面を向き　シテ「いでその頃は[一四]寿永三年《ジユエイサンネン》　三月下旬《サンガチゲジユン》のことなりしに　平家は舟《フネ》　源氏は陸《クガ》　両陣《リヨオジン》を《ノ》海岸に張つて　互ひに勝負《シヨオブ》を決せんと欲《ホツ》す　〽[一五]能登守《ノトノカミ》「教経宣《ノリツネノタモオ》ふやう　〽去年《キヨネン》播磨《ハリマ》の[一六]室山《ムロヤマ》　備中《ビツチユウ》の水島《ミズシマ》　[一七]鵯越に至るまで　一度《イチド》も味方《ミカタ》の利《リ》[一八]なかつしこと　[一九]ひとへに義経《ヨシツネ》が謀《ハカ》り事《コト》いみじきによつてなり　[二〇]いかにもして九郎《クロオ》を討《ウ》たん　謀《ハカ》り事《コト》こそあらまほしけれと宣《ノタマ》へば　「景清心に思ふやう　[二一]判官《ホオガン》なればとて鬼神《オニカミ》にてもあらばこそ　命《イノチ》を捨てば易《ヤス》かりなんと思ひ　教経《ノリツネ》に最後の暇乞《イトマコ》ひ　陸《クガ》に上《ア》がれば源氏の兵《ツワモノ》　〽[二二]あますまじとて駈《カ》け向かふ

〔中ノリ地〕　地〽景清これを見て　景清これを見て　[二三]ものものしや

い〉。「物語」は景清自身の思い出話であるとともに、平曲の語り手としての平家語りでもある。

一二　現在の自分の境遇からは、高名談などなんとなく不適当な題材の所望ではあるが、の意。

一三　〈かの者（娘）をすぐに故郷へ帰して下さい〉。

一四　典拠不明。源平の屋島合戦は寿永四年（一一八五）二月十九日（『吾妻鏡』による。異説あり）。

一五　平清盛の弟の教盛《のりもり》の子。平家随一の猛将。

一六　「かくて室山・水島、所々の戦ひに勝ちしかば、人々少し色直つて見えさぶらひし程に、一の谷といふ所にて一門多く亡びし後は」（『平家物語』灌頂巻）の他、室山・水島は平家の勝ち戦さの代表として表わされる。本曲がこの三カ所の戦いをすべて平家の敗戦とするのは、劣勢を誇張した脚色らしい。

一七　ヒヨドリゴエ。底本「ひえとりこえ」。坂落しで有名な一の谷の合戦。

一八　「なかりしこと」の音便。

一九　〈もっぱら義経の戦略がすばらしかったからだ〉。

二〇　〈何としてでも九郎義経を討ち取りたい、その計略はないものか〉。

二一　〈いくら判官だからと言っても、鬼や神でもあるまいし、決死の覚悟で当れば難しいことはないはずだ〉。尉《じよう》の官を判官というが、義経が検非違使尉《けびいしのじよう》であることから、「判官」が義経の称として通用した。

二二　〈討ち洩らすな〉。

二三　〈何とごたいそうなことだと〉。

（言・ウ　夕日影）といふひかげに　[一]打《ウ》ち物閃《モノヒラメ》かいて　扇を太刀に見立て縦横に斬る　斬つてかかれば堪《コラ》へずして　刃《ハ》
向《ムカ》ひたる兵《ツワモノ》は　四方《シホオ》へばつとぞ逃げにける　左右を見廻し　遁《ノガ》さじと　左手を前へ出し　シテ〽
[二]様憂《サモオ》しや方《カタ》がたよ　地〽様憂《サモオ》しや方《カタ》がたよ　[三]源平《ゲンペイ》互ひに見る目　右の方を見やり
も恥づかし　[四]一人《イチニン》を《ノ》止《ト》めんことは　腕を構えて　案《アン》のうちもの（内・打物）　小脇《コワキ》に掻《カ》い込ん
で　[五]何某《ナニガシ》は平家の侍《サムライ》　悪七兵衛 景清と　名のりかけ名のりかけ
[六]手取《テド》りにせんとて追うて行く　左の掌を前向きに差し出し　[七]三保《ミホ》の谷《ヤ》が着たりける　兜《カブト》の[八]錣《シコロ》を
左手で　取り外《ハズ》し取り外し　二度擱みはずし　[二]三度《ニサンド》逃げ延びたれども　思ふ敵《カタキ》なれば　遁《ノガ》さ
広げた扇を前に出して　じと　飛びかかり兜《カブト》をおつ取り　腰を上げ　扇を引きつけて　えいやと引くほどに　錣《シコロ》は切れて　腰を落し安
座　こなたに留《ト》まれば　主《ヌシ》は先《サキ》へ逃げ延びぬ　正面を遠く見やり　遥《ハル》かに隔《ヘダ》ててたち帰り
さるにても汝《ナンジ》恐ろしや　腕《ウデ》の強きと言ひければ　景清は三保《ミホ》の谷《ヤ》
が　頸《クビ》の骨こそ強けれと　左手で頸をさし　笑ひて〽左右《ソオ》へ退《ノ》きにける　扇打合せ哄笑の体
〔歌〕正面を向き　地〽[九]昔忘れぬ物語　衰《オトロ》へ果てて心さへ　乱れけるぞや恥づか
しや　[一〇]この世はとてもいくほどの（生・幾程）　命《イノチ》のつらさ末《スエ》近し　左手でツレを指し　はやたち帰
り亡《ナ》き跡《アト》を　弔《トム》らひ給へ　ワキへ向き　盲目《モオモク》の　[一一]暗きところのともし火　杖を持って立上る　ツレとトモも立ち　悪《ア》しき

一「打ち物」は刀や長刀の類。以下、景清の奮戦の描写。典拠があるか、『平家物語』を脚色したか、未詳。『平家』一一、弓流には、「楯の蔭より大長刀うちふつて掛かりければ、三保《みお》の屋の十郎小太刀長刀に叶《かな》はじとや思ひけん、かいふいて逃げければ、やがて続いて追つかけたり。長刀で薙《な》がんずるかと見る処に、さはなくして、長刀をば左の脇に掻い挟み、右の手をさしのべて、三保の屋の十郎が甲《かぶと》の錣《しころ》を擱《つか》まんとす。擱まれじと走る。三度擱みはづいて、四度のたびむずと擱む。しばしぞたまつて見えし、鉢付けの板よりふつと引つ切つてぞ逃げたりける…敵は追うても来で、長刀杖に突き、甲の錣を指し上げ大音声《だいおんじょう》をあげて、日頃は音にも聞きつらん、今は目にも見給へ、これこそ京童《わらんべ》の呼ぶなる上総《かずさ》の悪七兵衛景清よと、名乗り捨ててぞ帰りける」（覚一本による）とある。なお、この錣引きの話は《八島》にも引かれる。

二〈見苦しいざまだぞ〉。底本は「さまふしや」。「さまうしや」（古写本）の転訛《てんか》らしい。

三〈源平両者が互いに見ている中でみっともない〉。

四〈景清一人を阻止することは簡単なことではないか〉。「案の内」（思いのまま）を「打ち物」に掛ける。

五 自分のことをへりくだって言う。拙者。

9

六 素手で生け捕りにすること。

七『平家物語』一一、弓流に、武蔵の国の住人で、同姓の四郎、藤七、十郎の名が見えるが素姓の詳細は不明。注一参照。

道橋《ミチハシ》と頼むべし　立去るツレに手を一三かけて　さらばよ留まる　ト引留め　行くぞとの　ツレは離れ　シテのみ止まり　他は幕に入る　ただひと声を聞き残す　これぞ親子《オヤコ》の形見《カタミ》なる　シテは見送り涙を押える　これぞ親子の形見なる

八　兜の部分の名。皮や鉄板を綴り合せ、兜の鉢の左右と後に垂らして首を保護する。

九〈勇猛だった昔は今も忘れずお話ししましたが、今はそれに引きかえ、身体はすっかり衰えてしまい、心さえも乱れてわけがわからぬ状態です〉。

一〇〈この世はどうせ永くは生きられず、あと幾ばくもない命で、生きていることのつらさも、そろそろ終りに近い〉。

一一〈その弔いは、冥途の灯火《ともしび》ともなり、悪道をわたる橋ともなることと、頼りに思いますよ〉。「此経…如ニ渡得レ船…如ニ暗得レ灯」（『法華経』薬王品《やくおうぼん》）に基づく譬喩《ひゆ》で、「於諸要害所、造橋築堤」（『扶桑蒙求私注』所引『日本名僧伝』）、「アシキ道ニイタリテハ橋ヲツクリ、堤ヲツキテワタシ給。ヨキ所ヲミ給テハ堂ヲタテ、寺ヲツクリ給」（『三宝絵』）、「くらき所にはともし火ともなり、悪しからん道には橋とも成らんずるぞと申」（長門本『平家物語』二）など。「悪しき道」は「悪趣」に同じく、地獄・餓鬼・畜生など死後の世界を言う。

一三「さらばよ留まる（さよなら。ここに残るぞ）」（景清の言葉）と「行くぞ」（人丸の言葉）の、お互いの耳に残る一声が、親と子の形見となった、の意。

柏崎

かしわざき

登場人物

前シテ　花若の母　深井・無紅唐織
後ジテ　同　狂　女　深井・紅水衣・無紅縫箔腰巻
　　　　　　　　　（物着で、前折烏帽子・長絹）
子　方　花　　若　角帽子・紅水衣・無地熨斗目
ワ　キ　小太郎　掛素袍・白大口
ワキ連　善光寺の住僧
　　　　　　　　　角帽子・紅水衣・無地熨斗目

備　考

＊四番目物、略三番目物。太鼓なし。
＊観世・宝生・金春・金剛・喜多の五流にある。
＊底本役指定は、シテ・後シテ、小太、ソウ、同、地。

構成と梗概

1　ワキの登場　越後柏崎殿の家来の小太郎（ワキ）が、主人の死去と子息花若の遁《とん》世《せい》を報告のため、形見を携えて鎌倉から柏崎に到る。
2　ワキ・シテの応対　柏崎殿の妻（前シテ）は報せを聞き、形見を見て嘆く。
3　シテの詠嘆、中入り　柏崎殿の妻（花若の母）は花若の書置きを読んで悲しみ、かつ無事を祈る。
4　子方・ワキ連の登場　少年僧花若（子方）を伴った善光寺の住僧（ワキ連）が師弟契約の事情を語り、如来堂に参る。
5　後ジテの登場、狂乱　花若の母が狂女（後ジテ）となり、柏崎から善光寺へ物狂いの道行き。
6　ワキ連・シテの応対、シテの狂乱　住僧から御堂の内陣は女人禁制と止められた狂女は、経説によって反論し、本尊を礼拝する。
7　シテの述懐　狂女は夫の形見の烏帽子直垂を如来に捧げる。
8　シテの回想　形見を着た狂女は、夫を懐かしむ。
9　シテの語り舞　狂女は弥陀の浄土を讃美渇仰《かつごう》して舞う。
10　子方・シテの対面　母は子に再会して喜び合う。

一〈故郷への旅路は、幾夜もの夢路に悲しさゆえの夢心地を重ねて、故郷へ帰ることだけが現実のようだ〉。「現」は「夢」の縁語。世阿弥自筆本は「心なるらん」。

二 越後の国（新潟県）柏崎の領主の名らしい。拠り所があるか、未詳。

三「御内」は内の者。直属の家来を言う。

四 自筆本に「小二郎」とある。解題参照。

五〈自分が主君と頼む柏崎殿は〉。

六 訴訟のため妻を故郷に残して、京や鎌倉に上るという設定は《砧》など例が多い。

七 鎌倉に滞在していること。

八〈ほんのちょっとした風邪気味とおっしゃって〉。

九〈それから間もなくお亡くなりになりました〉。

一〇〈どことも知れず世を捨てて出家されました〉。善光寺での再会（第10段参照）の伏線の強調。自筆本・車屋本等には「いづくともなく」の句なし。

一一〈故郷柏崎にいらっしゃる母御様へ〉。「御」は敬意を表わす接尾語。「おん方」は貴婦人に対する敬称。

一二「おん文」は花若の手紙（第3段参照）。「形見」は柏崎殿の形見（第2段参照）。文は物狂能における重要な趣向の一つ。ただし、自筆本では文に言及せず、形見だけを言う。

1

シテが何事もなく登場し　舞台で床几にかかる
【次第】でワキが登場　笠を着け守り袋を首にかける

〔次第〕　常座に立ち　ワキ〽夢路も添ひて故郷《フルサト》に　一夢路《ユメジ》も添ひて故郷《フルサト》に　帰るや現《ウツツ》なるらん

〔名ノリ〕　笠を脱ぎ　正面を向いて　ワキ「かやうに候ふ者は　越後《エチゴ》の国《クニ》二柏崎殿《カシワザキドノ》の三御内《ミウチ》に　四小太《コタ》郎《ロオ》と申す者にて候　さても五頼み奉り候ふ柏崎殿《カシワザキドノ》は　六訴訟《ソショオ》のこと候ひて　七在鎌倉《ザイカマクラ》にてござ候ひしが　八ただかりそめに風《カゼ》のここちと仰《オオ》せ候ひて　九ほどなく空《ムナ》しくなり給ひて候　またご子息花若殿《シソクハナワカドノ》も　同じく在鎌倉《ザイカマクラ》にてござ候ひしが　父御《チチゴ》のおん別《ナカ》れを歎き給ひ　一〇いづくともなくご遁世《トンセイ》にて候　さるほどに一一故郷《フルサト》におん入り候ふ二母御《ハワゴ》のおん方《カタ》へ　一二おん文《フミ》におん形見《カタミ》の品々《シナジナ》を取り添へ　ただいま故郷《フルサト》柏崎へと急ぎ候

〔上ゲ歌〕 笠をつけ ワキ〽正面を向いて 乾[一]《ホ》しぬべき　日影《ヒカゲ》も袖《ソデ》や濡《ヌ》らすらん　日影《ヒカゲ》も袖や濡らすらん　今[二]行く道は雪《ユキ》の下《シタ》　一[三]通《ヒトトオ》り降るむら時雨《シグレ》　やまのうち[四]（止まぬ・山内）をも過ぎ行けば　袖[五]冴《ソデサ》え増さる旅衣《タビゴロモ》 以下歩行の体　うすひ[六]（薄・イ薄日・碓氷峠）のたうげうち過ぎて　越後《エチゴ》に早く着きにけり　越後《エチゴ》に早く着きにけり

〔着キゼリフ〕 笠を脱ぎ ワキ「正面を向いて 急ぎ候ふほどに　故郷柏崎《フルサトカシワザキ》に着きて候　まづ案内《アンナイ》を申さうずるにて候

2

〔問答〕 一ノ松へ行き ワキ「[七]舞台の方を向いて いかに誰《タレ》かわたり候　鎌倉より小太郎が参りて候[八]　それそれおん申し候へ

床几のままワキへ向き シテ「なに小太郎とは殿[九]《トノ》のおん下《クダ》りありたるか

常座へ行き ワキ「さん候《ゾオロオ》 膝まずいて これまでは参りて候へども　〽なにと[一〇]申し上ぐべきやらん 涙を押える さらに思ひもわきまへず候

シテ「あら[一一]心もとなや　ものをば申さでさめざめと泣くは　さて花若《ハナワカ》が方《カタ》になにごとかある

ワキ「さん候《ゾオロオ》花若殿《ドノ》はご遁世《トンセイ》にてござ候

シテ「なにと花若が遁世《トンセイ》したるとや　さては父の叱《シカ》りけるか　など[一二]追手《オイテ》をばかけざりしぞ

ワキ「[一三]いやさやうにもなく候　さまざまのおん形見を

一〈物を乾すはずの日の光までがわが袖を濡らすのか、涙に乾くこともない〉。

二〈今歩いて行く道は雪の下あたり〉。「行《ゆ》く」と「雪」と重韻。「雪の下」は、鎌倉の鶴岡の南辺の地名で、道が雪の下に埋れているイメージの文飾。

三「一通り」は「道」と「時雨」の縁語。「むら時雨」は、ひとしきり降ってはやみ、やんではまた降る雨。「山あらしに浮き行く雲の一通り日影さながら時雨降るなり」（『風雅集』冬・儀子）に同趣。

四「山の内」は鎌倉の山北をいう地名に、山中の意を掛ける。「過ぎ」は「時雨」の縁語。

五〈袖に寒さがひときわ増さる旅衣〉。「袖冴え増さる」は歌語。

六 碓氷《うすい》峠は群馬県と長野県の境の峠。歌枕。「衣」の縁で「薄い」から「薄日」と「碓氷峠」に掛ける。

七〈もうし、どなたかいらっしゃいますか〉。「いかに」は呼び掛けの語。以下の問答は《清経》の場合も同型。

八「その由、申し候へ」と同意の慣用表現。

九〈殿がご帰国なさったのか〉。

一〇〈一体どう申し上げたらよいか、さっぱり分別もつきません〉。

一一〈ああ、気がかりなこと〉。

一二〈どうして追手を差し向けて止めなかったのか〉。

一三〈いや、そういうわけではありません〉。

持ちて参りて候　シテ「なにさまざまの形見とや　さては花若が
父の空《ムナ》しくなりたるか
〔クドキ〕床几のまま正面を向き シテ〽一四このほどはそなたの風《カゼ》も懐《ナツ》かしく　便りも嬉しかり
つるに　ワキへ向き 形見を届《トド》くる音信《オトズレ》は　なかなか聞きても恨めしきぞや　た
だかりそめに立ち出《イ》でて　一五やがてと言ひしその主《ヌシ》は
〔下ゲ歌〕地〽昔語《ムカシガタ》りにはやなりて　涙を押える 形見を見るぞ涙なる
〔ロンギ〕二人とも着座のまま シテ〽さてや最期《サイゴ》の折節《オリフシ》は　いかなることか宣《ノタマ》ひし　くは
しく語りおはしませ　せめては聞いて慰《ナグサ》まん　ワキ〽ただ一六故郷《フルサト》の
おん事を　おぼつかなく思《オボ》し召《メ》し　ご最期《サイゴ》までも一七人知れず　ひそか
にご諚《ジョオ》ありしなり　シテ〽一八げにやさこそはおはすらめ　三年《ミトセ》はな
れてそののちは　われもおん名残《ナゴ》り　いつの世にかは忘るべき
ワキ〽一九おん理《コトワ》りと思へども　守り袋をシテに手渡す 歎きを止《トド》めおはしまし　形見をご覧《ラン》候
へ　シテ〽二〇げにや歎きても　地〽かひなき世ぞと思へば　守り袋を見つめ 形見を
見るからに　涙を押える 進む涙は塞《セ》きあへず

一四〈このあいだ中は主のいる方角から吹く風もなつかしく、便りも嬉しかったが、嬉しいはずの音信も、形見を届ける音信では、かえって恨めしいぞ〉。「風」「便り」「音信」は縁語。

一五〈すぐに帰ると言ったその主は〉。

一六〈故郷に在る奥方様の事を恋しくお思いになり〉。「おぼつかなく」は、逢いたいという気持。

一七「人知れずひそかにご諚」とは、夫の妻に対する愛情の告白の意。自筆本・下掛り系は「ひそかに」を「常には」とする。

一八〈ほんとに、きっとそうでいらっしゃったことでしょう。三年間離れて暮すようになって以来、私も夫への思いが心を離れず、死別した今後もずっと忘れることはないでしょう〉。

一九〈お嘆きはごもっともと存じますが〉。

二〇〈いや全く、嘆いてもどうしようもないはかないこの人の世だと思うと、形見を見るにつけて、あとからあとからと溢《あふ》れる涙を押えることができない〉。

3

〔(問答)〕 [一] 文をシテに手渡す ワキ「花若殿のおん文《フミ》の候　これをご覧候へ

〔文〕 床几のまま文を開き持って シテ〽さてもさても父御前《チチゴゼン》　[二]労《イタワ》りつかせ給ひ　ほどなく空《ムナ》しくなり給へば　心の中《ウチ》の悲しさは　ただ思《オボ》し召《メ》しやらせ給へ　われも帰りておんあ《ナ》りさま　見参らせたくは候へども　[三]思ひ立ちぬる修行《シュギョオ》の道　もしや留《ト》められ申さんと　思ふ心を頼りにて　心強《ズヨ》くも出づるなり　[四]命《イノチ》つれなく候はば　三年《ミトセ》が内《ウチ》には参るべし　さまざまの形見をご覧じて　おん心を慰《ナグサ》みおはしませと　書きたる文《フミ》の恨めしや 面を伏せる

〔下ゲ歌〕 地〽[五]亡《ナ》からん父が名残《ナゴ》りには　子ほどの形見あるべきか

〔上ゲ歌〕 文を畳み持ち 地〽父が別れはいかなれば　[六]父が別れはいかなれば　悲しみ修行《シュギョオ》に出づる身の　ワキを見据え などや生きてある　立ち 母《ハワ》に姿を見《ミ》えんと 少し出 膝をつき 膝を打ち ワキを指す 思ふ心のなかるらん　ワキは両手をつき 恨めしのわが子や　シテは涙を押え [七] 文を懐中して立ち常座へ行く 憂き時は　恨みながら ワキは笛座前へ行く もさりとては　わが子の行方《ユクエ》安穏《アンノン》に　守らせ給へ神仏《カミホトケ》と 正面向き合掌して　祈る心ぞ 涙を押えつつ橋掛りに向い【アシライ】で中入り ワキも退場 あはれなる　祈る心ぞあはれなる

一　ワキのセリフは自筆本にはない。

二　〈ご病気におなりで〉。

三　〈決心した出家修行の道を、もしや止められたら心が鈍るかも知れぬ、それゆえにお逢いするまいと思う心を支えにして〉。

四　〈命が無事であったら、三年の内にはお目にかかるつもりです〉。

五　〈亡くなったという父の思い出として、子供以上の形見がほかにあろうか〉。

六　〈父との別れはどんなにか悲しかったことか、だからこそ悲しみのあまり、出家遁世したのだろうが、それならどうして、生きている母に姿を見せようと思う気持がないのだろうか〉。「見みゆ」は互に相まみえることが原義。ここは「見ゆ」を強調して、見せる、の意。

七　〈つらい時には恨みながらも、そこはやはりわが子なので〉。「憂き」と「恨み」は頭韻。

子方とワキ連が幕から登場　子方は正面先　ワキ連は常座に立つ

〔名ノリ〕　正面へ向き　ワキ連「八これは九信濃《シナノ》の国善光寺《クニゼンコオジ》の住僧《ジウソオ》にて候　また一〇これにわたり候ふ人は　いづくとも知らず愚僧《グソオ》を頼むよし仰せ候ふほどに　師弟《シテイ》の契約《ケイヤク》をなし　このほど出家《シユツケ》させ申し候　さる間《アイダ》毎日如来《ニヨライ》堂《ドオ》へ伴《トモナ》ひ申し候　今日《キヨオ》もまた参らばやと思ひ候

子方とともに脇座に着座

【一声】で後ジテが手に笹を持ち登場

〔□〕　一ノ松に立ち　シテ「一一これなる童《ワランベ》どもはなにを笑《ワロオ》ふぞ　なに物狂《モノグルイ》なるがをかしいとや　一二うたてやな心あらん人は　訪《トム》らひてこそ賜《タ》ぶべけれ　それをいかにと言ふに　夫《ツマ》には死して別れ　ただひとり忘《ワス》れ形見《ガタミ》とも育てつる

〔一セイ〕　舞台に入りつつ　シテ〽一三子の行方《ユクエ》をもしらいとの一四（知らず・白糸）　地（〽）乱れ心や狂ふらん　足拍子を踏み重ねる

【カケリ】　狂乱を表現

〔サシ〕　常座で正面を向き　シテ〽げにや一五人の身のあだなりけりと　誰《タレ》か言ひけん虚言《ソラゴト》や　また一六思ひには死なれざりけりと　詠《ヨ》みしも理《コトワ》りや　いま身の上

八　以下の〔名ノリ〕は自筆本と大幅に異なる。ここは《三井寺》も同型。

九　長野市の善光寺。本尊は阿弥陀如来。

一〇〈ここにいらっしゃる人はどこからともなくやって来て愚僧を頼りに出家したいと言われるので〉。

一一《蟬丸》の場合などが同工。

一二〈ああいやだ、情けある人は尋ね慰めて下さってもよいのに〉。

一三　この〔一セイ〕は《三井寺》も同じ。

一四「白糸の」は「乱れ」の序。「糸トアラバ、みだる」（『連珠合璧集』）。

一五〈人の身ははかなくて、すぐに死ぬものだなどとは誰が言った嘘なのか〉。わが身が物狂いとして生き永らえていることを言う。

一六「世とともに憂《う》き人よりもつれなきは思ひに消えぬ命なりけり」（『千五百番歌合』、三宮）など、和歌、連歌で、人を恋しく思うことではつらくとも死なぬ意を詠み慣わしてきた。

一「楢《なら》の葉」は「楢の葉柏」とも言い、「柏崎」の序。

二「国府」は底本「府」で、二字分の節付け。国司の役所の所在地で、直江津の南にあった。

三〈人の見る目もかまわぬわが狂乱の姿〉。

四〈いつまで狂乱のままでいるかもわからぬ心のあさましさ〉。「壁生草の」は同音の「いつまで」の序。「麻衣」は「心浅し」と掛詞で、「うら遥々」(「裏張」)の序。「麻」に乱れ心の意をこめる。自筆本は「かく狂じたる憂き身とも　知らぬ心の…」とする。

五 自筆本・下掛り系等に「松蔭」。

六 長野県下水内《しもみのち》郡の旧郷名。

七 常盤の地名から、常盤御前が今若・乙若・牛若の三人の子を連れて難儀な旅をしたこと(『平治物語』)を連想し、花若を尋ねるわが身に比べた。

八 巣のある野を焼かれ、わが身を焦がして子を救う雉の話(説話や歌などに著名)をふまえる。「木島」は、長野県下高井郡の地名。

九「浅野」は長野県上水内郡の地名。

一〇 詩語「井桐」に基づき、「桐の花咲く」が「井」の序。「井の上」は長野県上高井郡の地名。

一一 西方浄土の意をこめて言う。

一二 善光寺本尊を生身如来とする(『善光寺縁起』)。

一三〈わが狂乱を救うことは、さておき〉。

一四〈本尊安置の内陣へ入ってはいけない〉。自筆本に「女人の身といひ狂気といひ」と理由を示す。

一五「極重ノ悪人ハ他ノ方便ナシ、タダ弥陀ヲ称《とな》ヘテ

6

に知られたり　これもひとへに夫《ツマ》や子の　ゆゑと思へば恨めしや　面を伏せる
〔下ゲ歌〕　地へ 常座に立ったまま 憂き身はなにとならの葉の[一](成・楢) 柏崎《カシワザキ》をば狂《クル》ひ出で
〔上ゲ歌〕　地へ 越後《エチゴ》の国府《コオ》[二]に着きしかば 足拍子 越後《エチゴ》の国府《コオ》に着きしか
ば　[三]以下謡に合せて動く 人目も分かぬわが姿　[四]壁生草《イツマデグサ》のいつまでと　知らぬ心はあさご(浅・麻衣)
ろも (裏・浦)(張・遥々) うらはるばると行くほどに　[五]橋掛りの 松《マツ》風遠く淋《サミ》しきは 松を指し　[六]常盤《トキワ》の里 正面
の夕べかや を向き笹を肩に手を添えて　われに類《タグ》[七]へて 数拍子　あはれなるはこの里
〔歌〕　地へ 舞台を回り 子ゆゑに身を焦《コ》がししは　[八]野辺《ノベ》のきじまの里とかや (雉・木島) 右を見渡し　降 笹を
れども 前に手をかけて構え 積もらぬ淡雪《アワユキ》の　[九]あさのといふはこれかとよ (浅・浅野) 正面を見廻し　[一〇]桐《キリ》の花咲く
井の上の　脇座より西に向い 山を東に見なして　[一一]真中へ出て正面を向き 西に向かへば善光寺　[一二]生身《ショオジン》の弥陀《ミダ》如《ニョ》
来《ライ》　[一三]わが狂乱《キョオラン》はさて措《オ》きぬ 数拍子　死して別れし 正面先で坐り 笹を置き　夫《ツマ》を導《ミチビ》きおはしませ 合掌
〔問答〕　ワキ連 シテへ向き「いかに狂女《キョオジョ》　[一四]御堂《ミドオ》の内陣《ナイジン》へは叶《カノ》ふまじきぞ急いで出 シテは笹
で候へ を持ち常座に行く　シテ「[一五]極重悪人無《ゴクジウアクニンム》他《タ》方便《ホオベン》　唯称弥陀《ユイシヨオミダ》得生極楽《トクシヨオゴクラク》とこそ見え
たれ　ワキ連「これは不思議の物狂《モノグルイ》かな　そもさやうのことをば誰《タ》
が教へけるぞ　シテ 常座でワキ連へ向き「教へはもとより弥陀《ミダ》如来《ニョライ》の　[一六]おん誓ひにて

ましまさずや　一七唯心《ユイシン》の浄土《ジョオド》と聞くときは　正面を向き　この善光寺《ゼンコオジ》の如来堂《ニョライドオ》の
内陣《ナイジン》こそは極楽《ゴクラク》の　一八九品上生《クホンジョオショオ》の台《ウテナ》なるに　ワキ連へ向き　女人《ニョニン》の参るまじきとのご
制戒《セイカイ》とは　一九そもされば　如来《ニョライ》の仰せられけるか　笹で指しつつ見廻し　よし人びとはなにと
も言へ　正面を向き合掌　へ声こそしるべ南無阿弥陀仏《ナムアミダブ》

〔クルイ〕　足拍子を踏み重ね　地へ頼もしや　頼もしや　シテへ二〇釈迦《シャカ》は遣《ヤ》り　以下謡に　地へ弥
陀は導く一筋《ヒトスジ》に　合せて狂う　二一ここを去ること遠からず　舞台を大きく回り　これぞ西方《サイホオ》極楽の　上《ジョオ》
品上生《ボンジョオショオ》の　内陣《ナイジン》にいざや参らん　真中で正面に本尊を見こむ　二二光明　遍照十方《コオミョオヘンジョオジッポオ》の　誓ひぞ著《シル》き
この寺の　常《ツネ》の燈火《トモシビ》影頼む　正面先に坐り　笹を突いて拍子をとり　夜念仏申せ人びとよ　夜念仏《ヨネブツ》いざや申　笹を捨てる
さん　二三　後見が長絹と烏帽子をシテに持たせる

〔□〕　着座のまま両手に持ち　ワキ連へ向き　シテ「いかに申し候　如来《ニョライ》に参らせ物の候　正面を向き　この烏帽子《エボシ》直垂《ヒタタレ》
は　別れし夫《ツマ》の形見なれども　へ二四形見こそ今はあだなれこれなく
は　忘るる隙《ヒマ》もあらましものをと　詠《ヨ》みしも思ひ知られたり　仏前を　これ
を如来に参らせて　見やり　長絹を捧げる　夫《ツマ》の二五後生善所《ゴショオゼンショ》をも祈らばやと思ひ候

【物着アシライ】でシテは坐ったまま烏帽子と長絹を着け　扇を持つ

極楽ニ生ズルコトヲ得」(『往生要集』下は「唯称念仏」とあるが、『宝物集』等はやくから「唯称弥陀」の形で流布)。「極重悪人」は末世の衆生をいう。

一六 阿弥陀如来の誓願。『無量寿経』に説く四十八願。

一七「己身《こしん》の弥陀、唯心の浄土」と言い、『観無量寿経』等に、一切の諸法はただ心の現われで、弥陀も自己の身中にあり、浄土もわが心内にある、と説く。

一八 浄土を上中下の三品《さんぼん》に分け、それぞれを上生・中生・下生の九階級に分つ(『観経』)。「九品上生の台」は「上品上生」に同じく、浄土の最高最上の場所。

一九〈一体全体如来のお言葉か。たとえ人々が何と言おうと、念仏の声こそ浄土への道しるべだ〉。

二〇 釈迦はこの世にあって浄土へ導き、阿弥陀は浄土にあって迎えとる、の意。「釈迦此方発遣、弥陀即彼国来迎、彼喚此遣、堂容不去也」(『観経玄義分』)。

二一 浄土は遠くにあるのではなく、ここ内陣が極楽だ、の意。「阿弥陀仏、去此不遠」(『観無量寿経』)。

二二〈光明が十方世界を遍《あまね》く照らす、弥陀の誓願のあらたかなこの寺の常夜灯の光を頼りに〉。「光明遍照　十方世界　念仏衆生　摂取不捨」(『観経』。光明四句の文)。「常の燈火」は弥陀の光明の象徴。

7

二三 自筆本・下掛り等では、この次に、子方が母を見つけ、やがて名乗り出ようと言う独白がある。それが再会対面の型(《百万》等)。上掛りはこれを略す。

二四『古今集』恋四(第四句の「隙」は「時」)。

二五 死後極楽に生れること。『法華経』薬草喩品。

8

〔□〕 坐ったまま シテ〽あらいとほしやこの烏帽子《エボシ》直垂《ヒタタレ》の主《ヌシ》は 「万《ヨロヅ》なにごとにつけても暗からず 弓は[一]三物《ミツモノ》とやらんを射揃《イソロ》へ [二]歌連歌《ウタレンガ》の道も達者《タッシャ》なりし上《ウエ》 また酒盛《サカモ》りなどの折節《オリフシ》は いで人びとに[三]乱舞《ランブ》舞《モオ》うて見せんとて〽[四]鎧直垂《ヨロイビタタレ》取り出だし [五]衣《エ》紋《モン》美《ヌツク》しく着ないて [六]縁塗《ヘリヌリ》取つてう 扇で頭を指し ちかづき 手拍子《テビョオシ》人に囃《ハヤ》させて 扇を前に出して見つめ 立ち上り 扇おつ取り

9

〔(ワカ)〕 常座へ回りながら シテ〽鳴るは[七]滝《タキ》の水

〔(クリ)〕 正面を向き 地〽それ[八]一念称名《イチネンシヨオミヨオ》の声の中《ウチ》には 摂取《セッシュ》の光明《コオミヨオ》を待ち [九]聖《シヨオ》衆来迎《ジュライコオ》の雲の上には シテ〽[一〇]九品蓮台《クホンレンダイ》の花散りて

〔ノリ地〕 地〽異香《イキヨオ》満ち満ちて 袖を返して見廻し 人に薫《クン》じ [一一]はつこう 舞台を回る 地に満ちて連《ツ》らなれり

〔サシ〕 立ったまま正面を向き シテ〽つらつら世間の[一二]幻相《ゲンソオ》を観《カン》ずるに [一三]飛花落葉《ヒカラクヨオ》の風の前《マエ》には [一四]有為《ウイ》の転変《テンベン》を悟《サト》り 地〽[一五]電光石火《デンコオセキカ》の影《カゲ》のうちには 生死《シヨオジ》の去《キヨ》来《ライ》を見ること 始めて驚くべきにはあらねども [一六]幾夜《イクヨ》の夢と纏《マト》はりし 仮りの親子の今をだに 添ひ果てもせぬ道芝《ミチシバ》の 露の憂き身の

一 流鏑馬《やぶさめ》・笠懸《かさがけ》・犬追物《いぬおうもの》。

二 自筆本は「歌連歌早歌小歌も上手にて」。

三 即興的な座興の舞。自筆本は「舞」（曲舞《くせまい》）。

四 鎧の下に着る直垂。「大将先づ鎧直垂に、我家の紋を縫ひものに織付け着すべし」（『随兵日記』）。

五 〈着付けを美しく着こなして〉。

六 縁を漆塗《うるしぬり》にした烏帽子。「へりぬりは、出陣の時、大将またははたさしなど着べし」（『随兵日記』）。

七 平安以来の流行歌謡。六三頁注一一、解題参照。

八 念仏を一度称《とな》えると、弥陀の光明により衆生を極楽へ迎え取ること。

九 命終の時、阿弥陀仏が浄土の諸仏を遣わして迎え取ること。異香薫じ、花降り、音楽が聞えること、古和讃にも歌われる。《姨捨》解題参照。

一〇 極楽の蓮華の台座。その蓮華が降り散ること。

一一 底本は「白虹」。『謡抄』の宛字で存疑。「白鵠」（『阿弥陀経』等。《姨捨》解題参照）か。自筆本に「ハツコウ連らなつて地に満てり」とも。「異香…」と対。

一二 幻のようにはかないさま。〔クリ〕の極楽と対。

一三 無常の譬えの成句。

一四 この世の一切の現象が常に移り変ること。

一五 「飛花落葉…」と対。〈瞬時に消える電光・石火の光を見て、生と死がたちまちに去来するを知るのは、今さら気付くようなことではないのだけれど〉。

一六 〈幾夜も夢に忘れぬ親子ゆえ、いくら夢のようなこの世限りの間柄とて、今そのわずかな間さえ一緒に

置き所《ドコロ》　シテへ誰《タレ》に問はまし[一七]旅《タビ》の道　地へ 涙を押える これも憂き世の慣《ナ》らひかや

［クセ］ 以下謡に合せ 地へ[一八]悲しみの 舞う 涙《ナンダ》　眼《マナコ》に遮《サエギ》り　思ひの煙《ケムリ》胸に満つ 足拍子　つらつら 舞台を回り これを案ずるに　[一九]三界《サンガイ》に流転《ルテン》して　なほ人間の[二〇]妄執《モオシウ》の　晴れがたき　雲の端《ハ》の　月の御影《ミカゲ》や明きらけき　真如《シンニヨ》平等《ビヨオドオ》の台《ウテナ》に　到らんとだにも[二一]歎《ナゲ》かずして　煩悩《ボンノオ》の絆《キズナ》に　結《ムス》ぼほ《オ》れぬるぞ悲しき　[二二]罪障《ザイシヨオ》の山 正面高く見上げ 高く　生死《シヨオジ》の 下を見こみ 海深し　舞台を回り いかにとしてかこの生《シヨオ》に　この身を浮かめんと　げに歎けども人間の　[二三]身三口四意三《シンサンクシイサン》の　十《トオ》の道多かりき

扇を高く上げ シテへされば[二四]始めの御法《ミノリ》にも　地へ三界一心《サンガイイッシン》なり 足拍子　心外無別法《シンゲムベッポオ》　心《シン》仏及衆生《ブツギシユジヨオ》と聞くときは　是三無差別《ゼサンムシャベツ》　なに疑ひのあるべきや　[二五]己身《コシン》の弥陀如来《ミダニヨライ》　唯心《ユイシン》の 舞台を回り真中へ出かかり 浄土なるべくは　[二六] 扇で指し示し 尋ぬべからずこの寺の　御池《ミイケ》の蓮《ハチス》の　(縁・得) えんことをなどか知らざらん　[二七] 正面を向き ただ願はくは影《カゲ》頼む　声を力《チカラ》の助け船《ブネ》　[二八](漕・金) こがねの岸に到るべし 足拍子　そもそも[二九]楽しみを極《キワ》むる 舞台を回り 教へあまたに生《ン》まれ行く　道さまざまの品《シナ》なれや　宝《タカラ》の池の 数拍子

暮し得ぬ、はかない露のようなこの身の置き所はどこかと、一体誰に問えばよいのか〉。「尋ぬべき草の原さへ霜枯れて誰に問はまし道芝の露」（『狭衣物語』）、「消えぬべき露の憂き身の置き所いづれの野べの草葉なるらん」（『続古今集』、殷富門院大輔）などに拠るか。「夜」「夢」「仮り」と縁語。

一七「旅トアラバ…うき世」（『連珠合璧集』）。

一八〈悲しみの涙で眼は見えず、思いで胸はいっぱいだ〉。「思ひの煙」「胸に満つ」は歌語。

一九 欲界・色界・無色界の迷界に生死を繰返すこと。

二〇 妄執を雲、真如（悟り）を月に譬えること定型。

二一 切に願うこと。

二二「罪障山高、以レ刀不レ能レ截、煩悩海深、以レ手不レ可レ除矣」（『空観』）。

二三 身・口・意の三業によって生ずる十善・十悪。

二四 釈迦が成道して最初に説いた華厳経《けごん》。それに基づき、「夫三界唯一心、心外無別法、心仏及衆生、是三無差別」（『自行略記』）と成句化している。

二五 二八九頁注一七参照。

二六〈どこも尋ねる必要はなく、この寺の御池の蓮が、即ち極楽であることを知るはずだ〉。

二七〈ただもう弥陀の光明によって、済度を願う念仏の声を頼りに救いの舟に乗り〉。

二八 彼岸（悟境の譬え）の文飾。極楽。次頁注一参照。

二九〈極楽へ生れるための教えは多く、修行の道はさまざまだ〉。以下、極楽の様子、次頁注一参照。

水　[一]功徳池《クドクチ》の浜の真砂《マサゴ》 扇で下を 指し廻し 数かずの玉の床《トコ》　台《ウテナ》も品々《シナジナ》[二]の　[三]楽しみを 舞台を回り
極《キワ》め量《ハカ》り無き 真中へ出て　寿《イノチ》の仏《ホトケ》なるべしや 数拍子　[四]若我成仏《ニャクガジョオブつ》　十方《ジッポオ》の世界なるべ
し　シテ〽[五]本願《ホンガン》誤《ナヤマ》り給はずは 足拍子　地〽[六]今のわれらが願はしき　夫《ツマ》
の行方《ユクエ》をしらくもの（知・白雲）　たなびく山や西の空の 西に向い袖を返し扇を高く掲げて見やる　かの国に迎へつ 扇を下ろし常座へ
つ 行き　一《ヒト》つ浄土の縁《エン》となし　望みを叶《カナ》へ給ふべしと 数拍子　[七]称名《ショオミョオ》も鐘の音《ネ》
も　暁かけて燈火《トモシビ》の 扇をかざして 舞台を回り　善き光ぞと仰ぐなりや　南無《ナム》帰命《キミョオ》弥《ミ》陀《ダ》尊《ソン》　願
ひを叶へ給へや 真中で正面を向き 坐って合掌
〔ロンギ〕地〽一同 [八]今はなにをか包《ツツ》むべき 着座のまま　これこそおん子花若《ハナワカ》と 子方は立って進み出る　言
ふにも進む涙かな　シテ〽わが子ぞと　聞けばあまりに[九]堪へかね
る　夢かとばかりおもひごの（思・思子）　[一〇]いづれぞさても不思議やな 子方を見上げ　地〽
[一一]ともにそれとは思へども　変はる姿は墨染《スミゾメ》の　シテ〽みしにもあ（身・見）
らぬ面《オモ》忘れ 子方を見つめ　地〽母《ハワ》の姿も現《ウツツ》なき　シテ〽狂人《キョオジン》といひ　地〽[一二]衰《オトロ》
へといひ シテは立ち　地〽互《タガ》ひに呆《アキ》れてありながら 扇で招きつつ子方に近づき 肩に手をかけて見　よくよく見れば　[一三]園《ソノ》
原《ハラ》や　伏屋《フセヤ》に生《オ》ふ《オ》る帚木《ハワキギ》の　ありとは見えて 子方を促して常座へ行き 逢はぬとこそ 九 子方は幕に退場　聞きし

一 極楽の池辺や楼閣が数多の宝でできていることをいう。「極楽国土有二七宝池一、八功徳水充二満其中一、池底純以二金沙一布レ地、四辺階道、金銀瑠璃玻瓈合成、上有二楼閣一、亦以二金銀瑠璃玻瓈硨磲赤珠碼碯一而厳二飾之一」（『阿弥陀経』）に基づき、古和讃にも歌われる。

二 台が「品々」（九品蓮台）と、「品々」（種々）の楽しみ、とを掛ける。

三 「極楽の無量寿仏」（阿弥陀如来）を隠して言う。

四 四十八願（『無量寿経』に説く弥陀の誓願）中、第十八願（念仏往生願）に基づく善導の『往生礼讃偈』の一節。「若我成仏、十方衆生、称我名号、下至十声、若不生者、不取正覚、彼仏今現在世成仏、当知本誓重願不虚、衆生称念、必得往生」。

五 〈弥陀のご誓願が本当であるなら〉。「本願不レ誤、必垂二引接一…与二如来一共、定為二来迎一」（『往生講式』）。

六 〈現在の私が願っているのは、死んだ夫の行方はどうなっているかわからぬが、どうか夫を西方浄土に迎え取り、私もまた共に浄土にとの望みを叶え給え〉。「ここにありて筑紫やいづこ白雲のたなびく山の西にあるらし」（『新古今集』羇旅、大納言旅人）。

七 〈念仏も鐘の音も夜明けまで続けて祈り、不断の灯を弥陀如来の光明と讃仰するのです〉。「善き光」は、「善光寺」を隠して言う。

八 〈今はもう何も隠し立てすることはありません〉。

九 〈喜びをこらえ切れず〉。

ものを今ははや　扇をかざして小回り　疑ひもなき　一四その母《ハワ》や子に　逢《オ》ふ《ォ》こそ嬉しかりけ　正面へ向き
れ　脇正面を向いて袖を返し　留拍子　逢ふこそ嬉しかりけれ

一〇〈誰も僧侶の姿だから、どれがわが子かわからない〉。

一一〈お互いにそれと見当はついたものの〉。

一二 底本「衰といひ」。「衰」は三字分節付け。上製本の四字分節付けに従う。

一三〈園原の小屋に生えている帚木が、有ると見えて近寄ればそれとわからぬように、近づいて逢うことができぬ、と歌には聞いていましたが〉。『新古今集』恋一、坂上是則の歌（末句「逢はぬ君かな」）に基づく。「帚木《ハワキギ》」に「母《ハワ》」の意を重ねる。

一四「その母」は「園原」をふまえて言う。

春日龍神

かすがりゅうじん

登場人物

前シテ　宮　守（時風秀行の化身）
　　小牛尉（阿古父尉）・翁烏帽子・縷狩衣・白大口

後ジテ　龍　神　黒髭・赤頭・龍戴・法被・半切

ワキ　明恵上人　角帽子・絓水衣・白大口

ワキ連　従　僧（二、三人）
　　角帽子・縷水衣・白大口

アイ　末社の神　登髭・末社頭巾・縷水衣・括袴（社人の場合は長上下）

備　考

＊五番目物、略初番目物。太鼓あり。
＊観世・宝生・金春・金剛・喜多の五流にある。
＊底本役指定は、シテ、ワキ、同、地。
＊間狂言は古活字版による。

構成と梗概

1　ワキの登場　明恵上人（ワキ）と従僧（ワキ連）が、春日明神へ入唐《にっとう》渡《と》天《てん》の暇乞いのため、栂の尾から奈良の春日社へ到る。

2　シテの登場　宮守りの老人（シテ）が現われ、春日の神域を讃美する。

3　ワキ・シテの応対　宮守は春日明神の神慮の深さを説いて、上人に入唐の決意の翻意をうながす。

4　シテの物語り　宮守は春日の地が即ち仏跡に外ならぬ神徳を語る。

5　ワキ・シテの応対、シテの中入り　上人が渡天の志を翻すと、宮守は釈迦の八相ことごとくを見せることを約し、時風秀行と名乗って消える。

6　アイの物語り　末社の神（アイ）が現われ、春日明神の神慮を弁じ、五天竺《てんじく》現出を予告する。（春日の社人の物語りの場合もある）

7　ワキの待受け　春日の野山が金色《こんじき》となる奇瑞を見る（末社アイの場合はなし）。

8　後ジテの登場　龍神（後ジテ）が現われ、八大龍王の参会を告げる。

9　シテの立働き　龍神は威勢を示し、八相成道を現わした後、上人の満足を確かめて猿沢の池に入って失せる。

1

【次第】でワキとワキ連が登場　真中に立つ

〔次第〕ワキ ワキ連へ（向き合って）月の行方もそなたぞと　[一]月の行方《ユクエ》もそなたぞと　日の入《イ》る国を尋ねん

〔名ノリ〕ワキ（正面を向き）「これは[二]栂《トガ》の尾《オ》の[三]明恵法師《ミヨオエホツシ》にて候　われ[四]入唐渡天《ニツトオトテン》の心ざしあるにより　おん暇乞《ニトマゴ》ひのために[五]春日《カスガ》の明神《ミヨオジン》に参らばやと思ひ　ただいま南都《ナント》に下向《ゲコオ》仕り候

〔上ゲ歌〕（向き合って）ワキ ワキ連へ[六]愛宕山《アタゴヤマ》　[七]樒《シキミ》が原《ハラ》をよそに見て　樒《シキミ》が原《ハラ》をよそに見て　月に[八]ならびの（並・双の岡）をかの松　[九]緑《ミドリ》の空ものどかなる　都の山をあとに見て　[一〇]これもみなみ（皆・南）の都路《ミヤコジ》や　[一一]奈良坂《ナラザカ》越えてみかさやま（見・三笠山）（歩行の体）　春日《カスガ》の里に着きにけり　春日の里に着きにけり

〔着キゼリフ〕のあと脇座に着座

2

【一声】でシテが登場　荻箒を持ち　常座に立つ

一〈月の行方も入唐渡天《につとうとてん》のために赴く方も、同じ西方だというわけで、これから日の入る国の唐土《とうど》を尋ねよう〉。「月の（行方）」、「日の（入る）」と対。「日の入る国」は、「日のもと」（日本）に対して唐土をいう。

二 現京都市右京区。そこの高山寺《こうざんじ》をいう。

三 成弁、後に高弁とも。紀州（和歌山県）有田郡の人。承安三年（一一七三）正月生れ、寛喜四年正月十九日、六十歳で没（『元亨釈書』）。栂尾を再興して高山寺を建てた。

四 唐（中国）に入り、天竺《てんじく》（インド）へ渡ること。「入唐渡天の心ざし」については解題参照。

五 奈良の春日神社。《采女》参照。

六 山城の国葛野《かどの》郡（現京都市右京区）の大山。歌枕。

七 愛宕山中腹の地名。「樒トアラバ、しきみが原…あたご山」（『連珠合璧集』）。「よそに見て」はそこが目的や通過地ではなく、視野にある地のこと。

八「双の岡」は山城の歌枕。「大内山トアラバ…ならびの岡、松風」（『連珠合璧集』）。

九「緑の空」は歌語。「緑トアラバ…空…松」（『連珠合璧集』）。

一〇〈京都は遠くなったこの道も、南都（奈良）の都路である〉。「都路」は、都へ通じる道。「都…見て、南の都路…三笠山」とミを重ねた文飾。

一一 京より奈良への入口にあたる坂。以下《采女》（一五九頁）と同文。

〔一セイ〕正面へ向き シテ〽一晴れたる空に向かへば　和光《ワコオ》の光あらたなり

〔サシ〕シテ〽二それ山は動《ドオ》ざる形《カタチ》を現《ゲン》じて　古今《ココン》に至《イタ》る神道《シントオ》を現はし　三里は平安《ヘイアン》の巷《チマタ》を見せて　人間長久《ニンゲンチヨオキウ》の声満《ミ》てり　四まことに御名《ミナ》も(久・久方)ひさかたの　天《アマ》の児屋根《コヤネ》の代々《ヨヨ》とかや

〔下ゲ歌〕正面を向いたまま シテ〽五月に立つ　影《カゲ》も鳥居《トリイ》の二柱《フタバシラ》

〔上ゲ歌〕シテ〽六(見・御社)みやしろの　誓ひもさぞな四所《ヨトコロ》の　誓ひもさぞな四《ヨ》所《トコロ》の　七神《カミ》の代《ヨ》よりの末《スエ》承けて　澄める水屋《ミズヤ》の御影《ミカゲ》まで　塵《チリ》に交《マ》じはる神ごころ　右方の森を見やり 三笠の森の松風《マツカゼ》も　八枝《エダ》を鳴らさぬ気色《ケシキ》かな　正面へ向く 枝を鳴らさぬ気色かな

3

〔問答〕立ってシテへ向き ワキ「いかにこれなる九宮《ミヤ》つ子《コ》に申すべきことの候

ワキへ向き シテ「やこれは栂《トガ》の尾《オ》の明恵上人《ミヨオエシヨオニン》にてござ候ふぞや　ただいまのご参《サン》詣《ケイ》　さこそ神慮《シンリヨ》に嬉しく思《オボ》し召《メ》し候ふらん

ワキ「さん候《ソオロオ》ただいま参詣申すこと余《ヨ》の儀《ギ》にあらず　われ入唐渡天《ニツトオトテン》の心ざしあるにより　おん暇乞《ニトマゴ》ひのためにただいま参りて候

シテ「これは仰せに

一〈晴れわたった空を見わたすと、光満ち満ちて春日の神徳の威光がはっきり現われている〉。「和光の光」は和光同塵を和らげて言う。二二五頁注八参照。

二〈春日の山は不動の形を眼前に見せているが、それは古今不変の神道を示現しており〉。「動ざる」は「動ぜざる」の意らしい。次行の「里は…」と対。

三〈春日の里は平和で安全な街衢《がいく》の様子を見せており、住む人々は長久円満の喜びの声に満ちている〉。

四〈まことに春日の神の御名も、神代より久しく崇めてきた天の児屋根の命と申し上げる、その永久不変の神徳による代々の栄えなのだ〉。

五〈月光の下に立つ影は春日の二柱の鳥居で〉。鳥居の左右の柱が「二柱」。フタ・ミ・ヨと数韻。

六〈四所明神の御誓願のありがたさもさぞかしと思われるここ春日の社においては〉。「御社」に「三《み》」に音通の「見」を掛ける。「四所」は春日四所明神。

七〈神代以来の御誓願を承《う》け伝えて、末社の水屋明神にいたるまで、和光同塵の神慮は明らけく〉。「水屋」は、春日社の末社。水屋明神三所。「末」「澄む」「影」と「水(屋)」の縁語を連ねた。「塵に交はる…」は、「和光同塵」を和らげた慣用表現。

八〈三笠の森の松風も枝を鳴らすことなく穏やかな世の様子を見せている〉。「枝を鳴らさぬ…」は、「風不レ鳴レ条」(『論衡』)に基づく泰平の世の慣用表現。

九 宮(神社)に仕える人の意。神官一般をさす。

一〇〈さすがに上人のこととなると、余人とは異なり、

て候へども　一〇さすが上人《シヨオニン》のおん事は　年始《ネンシ》より四季折々《オリオリ》のご参詣
の　時節《ジセツ》の少しの遅速《チソク》をだに　待ちかね給ふ神慮《シンリヨ》ぞかし　されば上《シヨオ》
人《ニンノ》をば太郎と名づけ　笠置《カサギ》の解脱上人《ゲダツシヨオニンノ》をば次郎と頼み　一一左右《ソオ》の眼《マナコ》
両《リヨオ》の手のごとくにて　一二昼夜各参《チウヤカクサン》の擁護《オオゴ》懇《ネンゴ》ろなると承りて候ふほど
に　日本《ニホンノ》を去り入唐渡天《ニツトオトテン》し給はんこと　いかで神慮《シンリヨ》に叶《カノオ》ふべき　た
だ思し召し止《ト》まり給へ　ワキ「げにげに仰《オオ》せはさることとなれど
も　入唐渡天の心ざしも　一三仏跡《ブツセキ》を拝《オガ》まんためなれば　なにか神慮に一四
背《ソム》くべき　シテ「これまた仰せとも覚えぬものかな　仏在世《ホトケザイセ》の時
ならばこそ　一五見聞《ケンモン》の益《ヤク》もあるべけれ　今は春日《カスガ》のおん山《ニヤマ》こそ　すな
はち一六霊鷲山《リヨオジユセン》なるべけれ　そのうへ上人一七初参《シヨサン》のおん時　〽一八奈良坂《ナラザカ》のこ
の手を合はせて礼拝《ライハイ》する　人間は申《ナ》すに及ばず心なき
〔上ゲ歌〕正面へ向き（身・三笠）地〽みかさの森の草木《ソオモク》の　三笠の森の草木の　森の方を見やり風も吹か
ぬに枝《エダ》を垂れ　春日山《カスガヤマ》　野辺《ノベ》に一九朝立《アサタ》つ鹿《シカ》までも　ワキへ向くみなことごとく
脇正面へ少し進み出で向かひ　膝《ヒザ》を折り角《ツノ》を傾け　遠く下方を見やりワキへ向く上人を礼拝《ライハイ》する　二〇かほどの奇特《キドク》

年始よりはじめて四季折々の御参詣にも、その時節が少し遅れるとお待ち兼ねになるほどの御神慮ですよ〉。
一一 明神の明恵に対する愛着ひとかたならぬことを言う。
一二 明神が両上人を頼りとする意。三〇二頁注四参照。
一三 下掛り系は「昼夜各参べんの擁護殊に懇ろにして、いとほしかなしと思し召すほどに」。「各参」は『謡抄』の「各日各夜ニ参《いたり》タマヒテ」に基づく宛字で存疑。「毎日三度…必ズ影向《ようごう》」（『金玉要集』。解題参照）から推せば、「昼夜かく三遍の影向」が原型か。
一三 釈迦の遺跡。「釈尊の御遺跡を慕ふ志深くして、天竺に渡らんことを思ふ」（『栂尾明恵上人伝記』）。
一四 神仏一体だから仏跡巡拝は神の本地巡拝となる。
一五 〈直接拝して説法を聞くなどの利益もありましょうが〉。「見聞」は「見仏聞法」の意。
一六 釈迦の法華経説法の山。三笠山を霊鷲山と見做《みな》すことは一六二頁注四参照。
一七 両上人参詣の時、大明神や鹿などが出迎えることは諸書に見える。解題参照。ただし、初参の時とする説は不詳。
一八 「奈良山の児手柏《このてがしわ》の二面《ふたおもて》とにもかくにもねぢけ人かも」（『古今六帖』。原歌は『萬葉集』。『詞林采葉抄』等は「奈良坂の…かな」とし、中世ではこの歌形で流布。《百万》等にも）に基づき「この手」の序。
一九 歌語「朝立つ」は旅の心。ここはその転用か。「鹿トアラバ…たちど」（『連珠合璧集』）。
二〇 〈これほどの奇跡を見ながら〉。

舞台を回り を見ながらも　真《マコト》の浄土《ジョオド》はいづくぞと　ワキの前で 問ふは武蔵野《ムサシノ》の[一]　とくと会釈し 果てしなの心や　ただ返すがへすわが頼む　常座でワキへ向き 神のまにまに留《トド》[二]まりて　神慮《シンリヨ》をあがめおはしませ　真中へ出て着座 神慮をあがめおはしませ

［(問答)］　シテへ向き ワキ「なほなほ[三]当社《トオシヤ》のおん事くはしくおん物語り候へ

［サシ］　着座のまま シテ〽しかるに[四]　正面へ向き 入唐渡天《ニツトオテン》と言つぱ　仏法流布《ブツポオルフ》[五]の名をとめし
地〽古跡《コセキ》を尋ねんためぞかし　天台山《テンダイサンノ》[六]を拝《オガ》むべくは　比叡山《ヒエイサン》に参るべし　五台山《ゴダイサン》[七]の望みあらば　吉野筑波《ヨシノツクバ》[八]を拝《ハイ》すべし　シテ〽昔は霊《リヨオ》[九]鷲山《ジユセン》　地〽今は衆生《シユジヨオ》を度《ド》せんとて　大明神《ダイミヨオジン》と示現《ジゲン》し　この山に宮《ミヤ》居《イ》し給へば　シテ〽すなはち鷲《ワシ》の御山《ミヤマ》とも　地〽　ワキへ向き 春日のお山を拝《オガ》むべし

［クセ］　着座のまま 地〽われを知れ[一〇]　正面へ向き 釈迦牟尼仏《シャカムニホトケ》世に出《イ》でて　さやけき月の (夜・世) よを照らすとはの　ご神詠《シンネイ》もあらたなり　しかれば誓ひある[一一]　慈悲《ジヒ》万行《マンギヨオ》の神徳《シントク》の　迷ひを照らすゆゑなれや　小機《シヨオキ》[一二]の衆生《シユジヨオ》の益《ヤク》なきを悲しみ給ふおん姿　瓔珞細軟《ヨオラクサイナン》の衣《コロモ》を脱《ヌ》ぎ　麁弊《ソヘイ》の散衣《サンネ》を着《チャク》しつつ

一 〈何ときりのない信仰心だろう〉。「武蔵野やゆけども秋の果てぞなきいかなる風の末に吹くらむ」（『新古今集』秋上、通光）に基づく。「武蔵野」は春日野の意で「果てしな」の序。一三三頁注一二参照。
二 〈神の思し召し通りに入唐渡天を思い留まって〉。
三 この小段、観世流以外はなく、下掛り系は［クリ］「それ仏法東漸とて五五の時代に至りつつ　三国流布の妙道いま我朝の時節とかや」が入る。
4
四 文頭に置いて調子をととのえる用法。
五 〈仏法流布のための修行・布教で有名な〉。
六 比叡山をそれに擬《なぞら》えること。二二三頁注二〇参照。
七 中国山西省にある山。清涼山。文殊《もんじゅ》菩薩の霊地。
八 「李部王記曰、吉野山は五台山の片端乗《リテ》レ雲《ニ》飛来《ス》」（『詞林采葉抄』）。「吉野山、筑波《つくば》山、一つなり。唐金《きん》峰山《ぶうせん》二つに離れて、一つは常陸の筑波山となり、一つは吉野山となる。さるほどに、吉野筑波の峰、寄合なり」（『謡道之大事本歌次第』）。
九 春日明神の託宣。一六二頁注三参照。
一〇 『続古今集』神祇の歌（第二句「釈迦牟尼仏の」）。左注に「これは春日大明神の御歌となむ」と言う。
一一 〈衆生済度の御誓願で、すべてに慈悲を及ぼし給う神徳が〉。春日明神の菩薩号が「慈悲万行大菩薩」。
一二 大乗の機（自利と他利の心）に対する小乗の機。〈利己心に拘《こだ》わる衆生の無益さを悲しみ給う仏が、美衣を脱ぎ粗服をまとって、平易な小乗の法を説かれた鹿野苑も、春日野のことなのだ〉。「即脱瓔珞、細軟上

四諦《シタイ》の 御法《ミノリ》を説き給ひし 鹿野苑《ロクヤオン》もここなれや 春日野《カスガノ》に 起《オ》き臥 ワキへ向く すは鹿の苑《ソノ》ならずや
正面へ向き シテ〽そのほか当社のありさまの
地〽[一三]山は三笠《ミカサ》に影《カゲ》さすや 春日《ハルビ》 そなたに現はれて 誓ひを四方《ヨモ》にかす(貸・春日野)がのの 宮路《ミヤジ》も 末《スエ》あるや曇りなき [一四]西《ニシ》の大寺《オオテラ》月澄みて 光ぞまさる七大寺《シチダイジ》 [一五]御法《ミノリ》の花も八重桜《ヤエザクラ》の 都とて春日野《カスガノ》の ワキへ向き 春こそのどけかりけれ[一六]

〔問答〕 シテへ向き ワキ「げにありがたきおん事かな すなはちこれをご神託《シンタク》と思ひ定めて このたびの入唐《ニットオ》をば思ひ止《ト》まるべし さてさておん身はいかなる人ぞ おん名を名のり給ふべし
ワキへ向き シテ「入唐渡天《ニットオトテンノ》を留《トド》まり給はば 三笠の山に[一七]五天竺《ゴテンジク》を移し [一八]摩耶《マヤ》の誕生《タンジョオ》 [一九]伽耶《ガヤ》の成道《ジョオドオ》 〽[二〇]鷲峰《ジュブウ》の説法《セッポオ》

〔歌〕 地〽[二一]双林《ソオリン》の入滅《ニウメツ》まで 正面へ向き 立ち上って常座の先へかえり ことごとく見せ奉るべし ワキへ向き しばらくここに待ち給へと いふ《ウ》しで(言・木綿四手)の神《カミ》の告げ われは[二二]時風秀行《トキフウヒデユキ》ぞとて 常座へ回って かき消すやうに失せにけり 正面を向き 消え失せた体で中入り かき消すやうに失《ウ》せにけり

服、厳飾之具、更著麤弊《そへい》、垢膩《こうじ》之衣」(『法華経』信解《しんげ》品《ほん》)。「其後瓔珞細耎《さいなん》ノ衣ヲ脱、麁弊垢膩ノ形ヲ示シ、到㆓鹿野苑㆒、…小乗ノ声聞ヲ漸《ようやく》ニ誘引《ゆういん》セリ」(『三国伝記』釈迦如来出世事)。「四諦の御法」は釈迦成道後の最初の説法と伝える苦・集《じゅう》・滅・道の四つの真理で、小乗と考えられた。「鹿野苑」は中天竺、波羅奈《はらな》国の庭園で、鹿の住む春日野を鹿野苑に擬えて言う。

一三 〈山は三笠山、光がさし出、春の日が山の方に現われ出で、衆生済度の光を四方に貸し与える春日野の宮(春日明神)はいつまでも終りなく、霊験は曇ることもない〉。「曇りなき」は「月澄みて」にもかかる。

一四 「西大寺」を西方(浄土)に言いかける。西大寺は南都七大寺の一。一〇三頁注二参照。

一五 「御法の花」(法華経をいう)の縁で「桜」を出す。「八重桜、春日野によめり」(『藻塩草』)。「三笠」「四方」「七大寺」「八重桜」「都」(九重)と数韻。

一六 底本「けり」を訂正。

一七 天竺(東西南北中の五つに分れる)の総称。

一八 摩耶夫人《ぶにん》は釈迦の母の名。釈迦誕生の意。

一九 伽耶(地名)の菩提樹の下で悟りを得たこと。

二〇 霊鷲山で法華経を説いたこと。

二一 双林(沙羅双樹)の下で涅槃《ねはん》に入ったこと。以上の仏伝(釈迦一代記)の実際を見せようと言う。

二二 次頁注六参照。

一　以下の間狂言は末社間であるが、観世流では社人の語り間となる。解題参照。

二　主語は「末社の神」。「忉利天」は須弥山《しゅみせん》頂上にあり、中心に帝釈天の止住《しじゅう》する喜見城《きけんじょう》がある。

6

三　末社の分際として。

四　藤原貞憲の子。貞慶。笠置山に隠棲、建保元年（一二一三）、五十九歳没。「解脱上人」と諡号《しごう》。

五　「春日ノ大明神ノ御託宣ニハ、明恵房、解脱房ヲバ、我ガ太郎・次郎ト思フナリトコソ仰セラレケル」（『沙石集』）など、明恵関係説話に見える。解題参照。「両の眼」は、「左右の手」と同様に兄弟の譬《たと》えらしい。「兄弟者左右手也」（『後漢書』王脩）、「兄弟ハ両手ノ如シ」（『信玄家法』下）など。

六　春日明神が鹿島から春日山に移るとき、時風・秀行の二人が供奉《ぐぶ》し、中臣殖栗連と号して、代々神官となったことが諸書に見える。前頁一三行の「時風秀行」もシテ一人の名と解されるが、「中臣連時風秀行《トキフウヒデユキ》」（『春夜神記』）や「神護慶雲年中…白鹿ニ召シ、時風《トキフ》秀行《ヒデユキ》召具シテ」（『太鏡底容鈔』）等の所説は、一人の名とする。

七　釈迦の八相成道のうち、入胎・出胎・出家・成道・転法輪・入滅の折に大地が震動すること。

八　〈秀行をもって告げられた神託は正《まさ》しく顕現して〉。下掛り系はこの〔上ゲ歌〕なし。末社間の時は、上掛り系も〔上ゲ歌〕を省く。解題参照。

九　底本「春日野の山」とあるを校訂した。野や山が

〔[一]名ノリ〕　アイ「かやうに候ふ者は　春日大明神《カスガダイミヨオジン》に仕《ツカ》へ申す末社《マッシャ》の神《シン》にて候　なにとてわれらごときの者を末社とは申すぞと　おのおの思《オボ》し召《メ》さうずるほどに　子細《シサイ》を語つて聞かせ申さう

〔シャベリ〕　アイ「当社明神天竺霊鷲山《テンジクリヨオジユセン》にて　釈迦如来《シャカニヨライ》と現《ゲン》じ給ひ　衆生《シユジヨオ》済度《サイド》のおんために　大乗《ダイジヨオ》の御法《ミノリ》を説き給へば　それにては衆生聞き入れ申さず候ふ間《アイダ》　小乗経《シヨオジヨオキヨオ》にて次第次第に引き入れ給ひて　一切衆生《イッサイシユジヨオ》をおん助けなされ候　その時法座《ホオザ》に連らなり聴聞《チヨオモン》申したる功徳《クドク》により　[二]忉利天《トオリテン》に生まれ　仏果《ブッカ》を得る　さあるによつて　[三]末社一分《ブン》にてこのお山に住むおん事にて候　しかれば栂《トガ》の尾《オ》の明恵上人《ミヨオエシヨオニン》は　入唐渡天《ニットオトテン》あるべきとて　そのおん暇乞《ニトマゴ》ひのために当社へおん参りなされ候　また春日大明神つねづね思し召し候ふは　栂の尾の明恵上人《ミヨオエシヨオニン》と笠置《カサギ》の[四]解脱上人《ゲダツシヨオニン》とは　[五]両《リヨオ》のおん眼《マナコ》左右《ソオ》のおん手のごとくに思し召す間　何とぞあつておん止《ト》めなされうずるとて　最前[六]秀行《ヒデユキ》をもつていろいろおん止《ト》めなされ候　入唐渡天ありたきも　仏跡《ブッセキ》を拝《オガ》まんためなれば　三笠山《ミカサヤマ》に五天竺《ゴテンジク》を移し奉り　拝《オガ》ませ給ふべきとのおん

金色となるのは仏の奇跡の顕現。「眉間光明、照于東方、万八千土、皆如金色《えざ》」（『法華経』序品）による。
一〇 以下、法華会座《ほつけえざ》に龍神参会のさま。六種震動（注七参照）のうち、ここは転法輪の場合の震動。大地が震動するのは、三千大千国土が感動し、「地皆柔軟、令㆓衆生和悦㆒」（『大品般若経』一）とも、また、「先令㆔三千世界衆生見㆓仏神力㆒、敬心柔軟。然後説㆑法。是故六種動㆑地」（『智度論』八）ともいう。
7
一一 八部衆のうちの龍衆は水属の王。龍宮のある海中世界を「下界」という。
一二 以下の六龍王に摩那斯《まなし》龍王、優鉢羅《うはつら》龍王を加えて八大龍王とする。百千眷属と共に法華経の聴衆となる（『法華経』序品）。春日末社に八大龍王を祀《まつ》る。
8
一三 何事もない穏やかな平地に波瀾が起るさまを表わす常套句で、謡曲中にも例がある。「等閑平地起㆓波瀾㆒」（劉禹錫、「竹枝詞」）や『碧巌録』第五五則など。
一四 釈迦説法の座。
一五 法・妙法・大法・持法の四緊那羅王（歌神）が百千眷属と共に法華会座に列《つら》なる（『序品』）。
一六 楽・楽音・美・美音の四乾闥婆王（楽神）が百千眷属と共に法華会座に列なる（『序品』）。
一七 婆稚・佉羅騫駄《からけんだ》・毗摩質多羅《ひましつたら》・羅睺の四阿修羅王が、百千眷属と共に法華会座に列なる（『序品』）。他に四迦楼羅《かるら》王も百千眷属と共に列なる。
一八「恒河沙」（ガンジス河の砂）の略。多数の譬喩《ひゆ》。

事にて　御《ゴ》用意様々《サマザマ》にてござ候ふが　やうやう五天竺《ゴテンジク》も移り候ふやらん
山河《センガ》大地《ダイジ》も六種《ロクシュ》[七]震動し候ふ間　おのおの心を澄ましておん拝《ノガ》み候へ　まづ
それがしはもとの社《ヤシロ》へ帰り候ふ間　かまへてその分心得《ブンココロエ》候へ　心得候へ
〔上ゲ歌〕ワキ・ワキ連〽（着座のまま）神託まさにあらたなる　神託《シンタク》[八]まさにあらたなる
声の内より光さし　春日《カスガ》[九]の野山金色《ノヤマコンジキ》の　世界となりて草も木も　仏《ブッ》
体《タイ》となるぞ不思議なる　仏体となるぞ不思議なる

【早笛】で後ジテが激しい勢いで登場　一ノ松に立つ

〔中ノリ地〕地〽（正面へ向き）時に大地震動《ダイジシンドオ》[一〇]するは　下界《ゲカイ》[一一]の　龍神《リウジン》の参会《サンカイ》か　シテ
〽すは《ワ》八大龍王《ハつダイリウオオ》[一二]よ　地〽難陀《ナンダ》龍王　シテ〽跋難陀《バつナンダ》龍王　地〽娑《シャ》
伽羅《カラ》龍王（足拍子）　シテ〽和修吉《ワシュキッ》龍王　地〽徳叉迦《トクシャカ》龍王　シテ〽阿那婆《アナバ》
達多《ダッタ》龍王　地〽（眷属を見廻し）百千眷属《ケンゾク》引き連れ引き連れ（引き連れる体で舞台に入り）　平地《ヘイジ》[一三]に波瀾《ハラン》を《ノ》立て（常座に
坐り）て　仏《ホトケ》[一四]の会座《エザ》に出来《シュツライ》して　御法《ミノリ》を聴聞する（面を伏せて聴聞の体）　シテ〽（立ち上り）そのほか妙法《ミョオホオ》[一五]
緊那羅《キンナラ》王　地〽また持法《ジホオ》緊那羅王　シテ〽楽乾闥婆《ガクケンダつバ》[一六]王　地〽楽《ガク》
音乾闥婆《オンケンダつバ》王　シテ〽婆稚阿修羅《バチアシュラ》[一七]王　地〽羅睺《ラゴ》阿修羅王の　恒沙《ゴオジャ》[一八]の

幕の方を見やり　正面先へ出
眷属引き連れ引き連れ　これも同じく座列《ザーレツ》せり　常座へ退って　どっかと安座

[ノリ地]　地＼二 龍女《リウニヨ》が立ち舞《モオ》ふ　波瀾《ハラン》の袖　扇を打杖に持ち替え　以下パノラマ　龍女が立ち舞ふ　波瀾
を描く心
の袖　三 白妙《シロタエ》なれや　腰を上げ　わだの原の　（波浪・払）　はらふは白玉《シラタマ》　袖をかずき　立つは緑の　空を見上げ　空色
海を見廻し
も映る　海原《ウナバラ》や　四 立って舞台を回り　沖行くばかり　月の御舟《ミフネ》の　（棹・佐保）　さほの川面《カワズラ》に　小回り　浮か
して
み出づれば

[ノリ地]　足拍子　シテ＼八大龍王《ハツダイリウオオ》

【舞働】

シテ＼八大龍王《ハツダイ》は　五 打杖で　八《ヤ》つの冠《カムリ》を　冠を指し　以下謡に合せて働く　傾け　地＼所は春日野の　月のみ　六（御笠・
三笠）　ノリ込拍子
かさの　雲に上《ノボ》り　七 飛火《トブヒ》の野守《ノモリ》も　舞台を大きく回り　出でて見よや　八 摩耶《マヤ》の誕生《タンジヨオ》　鷲《ジユ》
峰《ブウ》の説法《セツポオ》　双林《ソオリン》の入滅《ニウメツ》　ことごとく終りて　ワキへ行きかかって真中で飛返り　これまでなれや　明
ワキを向き膝をつく
恵上人　さて入唐《ニツトオ》は　ワキはシテへ向き　ワキ＼止まるべし　シテはワキへ膝で詰め寄る　地＼渡天はいかに
ワキ＼渡るまじ　シテは立ち上り　小回りして　地＼さて仏跡は　ワキ＼尋ぬまじや　数拍子を踏み　地＼尋ね
ても尋ねても　この上あらしの　（あらじ・嵐）　雲に乗りて　龍女《リウニヨ》は九 南方《ナンボオ》に　飛び返って　飛び
幕の方を見やり
去り行けば　龍神《リウジン》は一〇 猿沢《サルサワ》の　正面先へ出て　池の青波　蹴《ケ》立て蹴立てて　飛び上り　足拍子　その丈千《タケチ》

一　法華会座に列なり鷲峰《じゆぶう》の説法聴聞のさまを表す。
二　「龍女」は龍王の娘。舞の形容としての「回雪の袖」を、龍女だから「波瀾の袖」と変型させた。「立」と「波」は縁語。
9
三　〈立ち舞う袖は白妙、その袖が払うのは海原の波の白玉、その白玉の立つ海原に緑の空の色が映り〉。「わだの原」は海原の意。「緑の空」は歌語。「白妙」「白玉」と対。
四　〈沖を行くかと思われる月の舟は、佐保川に棹さすかのように川面に浮び出ると〉。「月の御舟」は空を渡る月を舟に見立てた歌語。
五　現行観世流のみ以下、地。「冠を傾け」は会釈する意。
六　「月の三笠」は「天の原ふりさけ見れば春日なる三笠の山に出でし月かも」(『古今集』羇旅、仲麿)をふまえて、雲を「月の御笠」に見做《みな》した。
七　「春日野の飛火の野守出でて見よ今幾日《いくか》ありて若菜摘みてむ」(『古今集』春上)をふまえ、「出でて見よ」の意を所柄の古歌を用いて文飾した。
八　以下、説法のみならず、釈迦の八相をことごとく現わしたことを言う。
九　龍女成仏(『法華経』提婆達多品、九二頁注二参照)をふまえて「南方」と言う。
10　興福寺南大門の前の池。『興福寺流記』に「金堂下龍宮」と言い、また「猿沢池龍池事、旧記云、大興福伽藍、執臣丞相結構、伏龍繋ニ繁盛一地。寺南辺有ニ龍池、水色滄浪、波流浩汗」と見える。
二「天地にむらがる大蛇のかたち」（《竹生島》）などに同様の、大蛇の勢いの形容。

尋《イロ》の　大蛇《ダイジャ》となつて　二 天にむらがり　地に蟠《ワダカ》まりて　池水《チスイ》をかへして　失せにけり

舞台を回り　天を指し　地を指して　そり返り　常座で飛び返って膝をついて袖をかずき　立って留拍子

葛

城
かづらき

登場人物

前シテ　葛城山の女　深井（増）・絓水衣・無紅縫箔腰巻
後ジテ　葛城の神　増（十寸髪）・天冠・長絹（舞衣）・緋大口
ワ　キ　山　伏　兜巾・篠懸・絓水衣・白大口
ワキ連　同行の山伏（二人）　兜巾・篠懸・縷水衣・白大口
ア　イ　所の男　長上下

備　考

*四番目物、略三番目物。太鼓あり。
*観世・宝生・金春・金剛・喜多の五流にある。
*小書「大和舞」の時、雪山の作り物を出す。
*底本役指定は、シテ・後シテ、ワキ、二人（シテ、ワキ）、同。
*間狂言は寛永九年本による。

構成と梗概

1　ワキの登場　羽黒山の山伏（ワキ）が同行（ワキ連）とともに葛城山に到り、雪に降りこめられる。
2　シテ・ワキの応対　山住みの女（前シテ）が呼びかけつつ現われ、一行をわが家へ案内する。
3　ワキ・シテの応対、シテの立働き　しもとの名が由来する古き大和舞の歌について語り合い、女はしもとを焚《た》いて一行をもてなす。
4　ワキ・シテの応対、シテの中入り　女は勤行《ごんぎょう》を始める山伏に三熱の苦しみの救済を乞い、実は葛城の神だと告げて消え失せる。
5　アイの物語り　所の男（アイ）が山伏に葛城の神の岩橋伝説などを語り、供養を勧める。
6　ワキの待受け　山伏一行の読経弔問。
7　後ジテの登場　葛城の女神（後ジテ）が現われ、いっそうの勤行を乞う。
8　ワキ・シテの応対　女神は呪縛《じゅばく》の身と三熱の苦しみを示し、見苦しい顔を恥じる。
9　シテの舞事　葛城の高天原に、天の岩戸の大和舞を舞う。
10　結末　白一色の世界の中で舞い終えた女神は岩戸に隠れる。

一　高天原《たかまのはら》の昔の神跡を尋ねて、の意。葛城山が高天原・天《あま》の岩戸の所在地であり、天照大神の神跡であるとするのが中世の理解（三二一六頁注九参照）で、終末部の「高天の原の　岩戸の舞」に呼応する。葛城の神（一言主命《ひとことぬしのみこと》）の古跡を尋ねるという意ではない。ちなみに、記紀等に見える神話では、高天原は神々の住む天上の国で、天照大神がその天の岩戸に隠れ、世界が暗黒になったとする。

二　現在の金剛山（大阪府南河内郡）が古くは葛城山で、山頂に葛木神社がある。大峰葛城修験の霊場。

三　出羽の国（山形県）の修験の霊場。

四　下掛り系は「宿願の子細あるにより」とする。

五　山伏の修行衣。麻を用いて製し、柿色に染める。

六　〈岩を枕に松の根元に仮宿することがたび重なり、峰続きの山々を分け越えて〉。《安宅》四八頁注一参照。

七　ほどなく大和路にかかり、の意。「大和路」は大和に通ずる、また大和にある道。

八　〈ああ弱ったこと〉。当惑の気持。

1

【次第】でワキとワキ連が登場　真中に立つ

［次第］ワキ・ワキ連〽（向き合って）神の昔の跡尋《アトト》めて　[一]神《カミ》の昔《ムカシ》の跡尋《アトト》めて　[二]葛城山《カズラキヤマ》に参らん

［名ノリ］ワキ（ワキは正面を向き）「これは出羽《デワ》の[三]羽黒山《ハグロサン》より出《イ》でたる山伏《ヤマブシ》にて候　この
たび[四]思ひ立ち大峰葛城《オオミネカズラキ》に参らばやと存じ候

［上ゲ歌］ワキ・ワキ連〽（向き合って）[五]篠懸《スズカケ》の　袖《ソデ》のあさじもおき臥しの（麻・朝霜）（置・起）　袖の朝霜起《アサジモオ》き
臥《フ》しの　[六]岩根《イワネ》の枕《マクラ》松が根の　宿《ヤド》りもしげき（繁・茂）峰《ミネ》続き　山また山を分《ワ》け
越えて　（以下歩行の体）行けばほどなく[七]大和路《ヤマトジ》や　葛城山《カズラキヤマ》に着きにけり　葛城山
に着きにけり

［着キゼリフ］ワキ（正面へ向き）「急ぎ候ふほどに　ほどなく葛城山《カズラキヤマ》に着きて候
[八]あら笑止《ショオシ》や　また雪の降り来たりて候ふぞや　これなる木蔭《コカゲ》に立ち

寄らばやと思ひ候　脇座へ行きかかる

幕の中から呼掛けながらシテ登場　雪の積った笠を着　右手に雪のついた枝を持つ

〔問答〕　シテ「のうのう《ノオノオ》あれなる山伏《ヤマブシ》はいづ方《カタ》へおん通り候ふぞ

シテに向い　ワキ「こなたのことにて候ふか　おん身はいかなる人やらん　静かに　シテ

歩きながら「これはこの葛城山《カズラキヤマ》に住む女にて候　一柴採《シバト》る道の帰るさに　踏《フ》み馴《ナ》れたる通《カヨ》ひ路《ジ》をさへ　雪のふぶき（・吹雪）にかき昏《ク》れて　家路《イエジ》もさだかにわきまへぬに　二ノ松辺に立ち止り　へましてや二知らぬ旅人《タビビト》の　末《スエ》いづくにかゆき（行・雪）の山路《ヤマジ》に　ワキへ向いて　迷ひ給ふは痛はしや　「見苦《ミグル》しく候へども　わらはが庵《イオリ》にて一《イチ》夜《ヤ》をおん明《ナ》かし候へ　シテは再び歩み出す　ワキ「嬉しくも仰せ候ふものかな　今に始めぬこの山のたびたび三峰入《ミネイ》りして　通《カヨ》ひ馴れたる山路《ヤマジ》なれども　今の吹雪《フブキ》に四前後《ゼンゴ》を忘《ボオ》じて候ふに　おん心ざしありがたうこそ候へ　へさておん宿《ニヤド》りはいづくぞや　常座に立って脇正面　遠くを見やり　シテ「この五岨伝《ソワヅタ》ひのあなたなる　ワキへ向き　谷の下庵《シタイオ》見苦しくとも　ほどふる（経・降）雪の晴れ間《マ》まで　おん身を休め給ふべし　ワキへ　さらばおん供《トモ》申さんと　いふべ（言・ウ夕）の六山の常蔭《トカゲ》より

2

一「柴採る道」「雪のふぶき」は歌語。

二〈不案内な旅のお人が、行く先はどちらか知らないが、雪の山路に〉。

三〈今さら初めての経験ではなく、何度もこの山に入峰修行を積んで〉。

四 どうしてよいかわからぬ状態をいう。

五〈この険しい崖に沿った向うの方にある谷の下の庵で、見苦しい住いですが、こんなに降っている雪もしばらくたてばやむでしょうから、晴れ間になるまで休息なさるとよろしい〉。「岨」は山の険しい崖。「谷の下庵」は歌語。

六 日の当らぬ山蔭。「山の常蔭」は歌語。

七〈吹雪の中でなくてさえ険しい〉。「嶮しき」は、現行観世流のみサカシキ。『日葡辞書』にサガシキ。

八「笠重呉天雪、鞋香楚地花」（『詩人玉屑』二〇）を前句に続けた。北の国「呉」の笠の雪の重さと、南の国「楚」の花を踏む鞋の芳香との対句を、下の「肩上の笠」「不香の花」の序とした。下掛り系は「呉天の雪」とする。

九「肩上の笠」は笠を冠らず、背負った姿。「担頭の柴」は柴を頭上に担いだ姿。「無影の月」「不香の花」はいずれも雪のことであるが、それを、肩上の笠にかかる月、担頭の柴に插しはさむ手折った花、に言いかけた文飾。典拠未詳。注八をふまえ、注一〇と同意。恐らくそれらに基づいて作られたのであろう。

一〇「着る笠も負へる薪も埋もれてゆきこそくだれ谷の細道」(『夢窓国師御詠草』)によるか。

一一〈歩くのも苦労しながら帰って来て〉。

一二「しもと」は木の細枝をいう。注一八の歌に基づく語。底本は「標」(『謡抄』に拠る)。「和云、しもととは、…葛にて結《ゆ》ふものなれば、葛城山といはんとて、しもと結ふとは続くるなり」(『色葉和難集』九)。

一三 下掛り系は「恥づかしや」。

一四「此の木」に「柴」の意をこめる。

一五〈あらいやだ〉。軽い詠嘆。

一六「心なし」はここでは歌道に暗いことを言う。

一七〈言うまでもないこと〉。

一八「古き大和舞の歌　しもとゆふ葛城山に降る雪の間なく時なく思ほゆるかな」(『古今集』二十、大歌所御歌)。『古今集』の諸本は第三句「降る雪の」とするが、『栄雅抄』に「雪は」と見える。「雪の」とする古写本もある。なおこの歌について「大和舞ノ歌ト云者、天照大神天ノ岩戸ニ籠ラセ給ヒシ時、神達天ノ石戸ニテ歌ヒテヨビ奉リシ神歌也」(毘沙門堂本『古今集註』)と理解されている。解題参照。

シテ〽[七]さらでも嶮《サガ》しき岨伝《ソワヅタ》ひを　ワキ〽道しるべする山人《ヤマビト》の　向き合い
シテ ワキ〽笠《カサ》[八]は重《オモ》し呉山《ゴサン》の雪　鞋《クツ》は香《コオ》ばし楚地《ソジ》の花
〔上ゲ歌〕 正面へ向き 地〽肩上の笠には　肩上《ケンシヨオ》[九]の笠には　無影《ムヨオ》の月を傾《カタム》け　担《タン》
頭《トオ》の柴には 正面へ出る　不香《フキヨオ》の花を手折《タオ》りつつ　ワキも伴われ行く体　帰る姿や山びとの　笠[一〇]も
薪《タキギ》も埋《ウズ》もれて　(雪・行)　ゆきこそくだれ谷の道を　[一一] シテは舞台を回り　たどりたどり帰り来て
柴《シバ》の庵《イオリ》に着きにけり　太鼓前で笠を脱ぎ 枝の雪を払って正面を向く　柴の庵に着きにけり　ワキは脇座に着座

3

〔問答〕 着座のまま ワキ「あら嬉しや候《ゾオロオ》　今の雪に前後《ゼンゴ》を忘《ボオ》じて候ふところに
今夜のお宿かへすがへすもありがたうこそ候へ　シテ「あまりに
夜寒《ヨサム》に候ふほどに 手に持った枝を　これなる[一二] 見やり しもとを解《ト》き乱《ミダ》し火に焚《タ》きてあて参ら 真中へ出て坐り 枝を置く
せ候ふべし　ワキ「あら面白《オモシロ》[一三]やしもととは此《コ》[一四]の木《キ》の名にて候ふ
か　シテ「[一五]うたてやなこの葛城山《カズラキヤマ》の雪の中《ウチ》に　結《ユ》ひ集めたる木《キ》
木《ギ》の梢を　しもとと知ろしめされぬは　[一六]おん心なきやうにこそ候
へ　ワキ〽あら面白やさてはこの　しもとといふ木は葛城山に
由緒《ユイシヨ》ある木にて候ふよのう《ノオ》　シテ「[一七]申すにや及ぶ古[一八]き歌の言葉ぞ

一　前頁注一八参照。
二〈歌とともに舞われた大和舞の舞袖も、ふりかかる雪も、遠い神代の物語で〉。

三〈これまでは余所《よそ》ごととばかり思っていたこの高間山の〉。「よそにのみ見てや止みなん葛城や高間の山の峰の白雲」（『新古今集』恋一、読人知らず）。「高間山」は葛城山の別名。

四「峰の柴屋」「柴屋の夕煙」は歌語。

五「葛城や木蔭に光る稲妻を山伏の打つ火かとこそ見れ」（『永久四年百首』秋、源兼昌。『夫木抄』にも）。第二句を「木のま」とする異本もある。

六「電光」（稲光）「朝露」「石の火（の光の間）」など、短くはかないことの譬《たと》えとしての類型表現。

七〈世のはかなさにわが身の嘆きが加わって、いっそう無常の思いがつのるが、その嘆き（投げ木）も、柴にとり添えて火を焚こう〉。「真柴（焚く）」は歌語。

八〈世捨て人の苔の衣が色濃いように、仏法に帰依《きえ》した心は深く澄んで、墨染の袖は雪にまるで真白に染まり、山伏の篠懸もいっそう冷え冷えとする〉。「苔の衣」「墨染」も山伏の衣。「山伏の岩やの洞に年ふりて苔にかさなる墨染の袖」（『夫木抄』窟、良経）。「そみかくだ」（現行観世流はソミカクタ）は山伏の異称。「篠懸」は四八頁注一参照。

九「しもと」は「霜」に音通。「しもと」「柴」、「寒風」「葛城」は頭韻。

一〇〈ここ葛城山で、「山伏」の名の通り、袖を片敷き

かし　しもとを結《ユ》ひたる葛《カズラ》なるを　この葛城山の名に寄せたりこれ大和舞《ヤマトマイ》[一]の歌と言へり　ワキへげにげに古き大和舞の　歌の昔を思ひ出の　空を見上げ　シテへ折から雪も　ワキへ降るものを

［上ゲ歌］坐ったまま　地へしもと結《ユ》ふ　葛城山《カズラキヤマ》に降る雪は　葛城山に降る雪は　間《マ》なく時なく　思ほゆるかなと　詠《ヨ》む歌の　言《コト》[二]の葉《ハ》添へて大和《ヤマト》舞《マイ》の　袖《ソデ》の雪もふるき世の（降・古）　枝を　外《ヨソ》[三]にのみ　持って立ち　見し白雲や高間《タカマ》山《ヤマ》の　ワキの前に坐り　峰[四]の柴屋のいうけむり（結・夕煙）　枝をワキの前に組み　松が枝添へて焚《タ》かうよ　扇を広げてあおぐ　松が枝添《エ》へて焚かうよ　立って真中へ戻る

［クセ］立ったまま　地へ葛城《カズラキ》[五]や　木《コ》の間《マ》に光る稲妻は　以下謡に合せて舞う　山伏《ヤマブシ》の打つ　火かとこそ見れ　足拍子　げにや世の中は　電光朝露石《デンコオチョオロイシ》[六]の火《ヒ》の　光《ヒカリ》の間《マ》ぞと思へただ　わが身[七]の　なげきをも取り添へて（嘆・投木）　思ひましばを焚《タ》かうよ（増・真柴）　扇を高く上げ　シテへ捨《ス》[八]て人《ビト》の　苔《コケ》の衣《コロモ》の色深く　地へ法《ノリ》に心はすみぞめの（澄・墨染）　袖もさながらしろたへの（白・白妙）　雪にや色をそみかくだの（染・）　篠懸《スズカケ》も冴え増さる　舞台を回り　しもと[九]を集め柴を焚き　寒風《カンプウ》を防ぐかづらきの（か・葛城）　扇を指しながら前へ出　山伏の名に[一〇]

し負《オ》ふ　片敷く袖の枕して　扇をかざして回り　身を休め給へや　真中でワキを向き着座　おん身を休め給へや

4

〔問答〕ワキ「あら嬉しや篠懸《スズカケ》を乾《ホ》して候ふぞや　急ぎ後夜《ゴヤ》[一一]の勤《ツト》めを始めばやと思ひ候

シテ　ワキへ向き「[一二]おん勤めとはありがたや　われに悩《ナヤ》める心あり　おん勤めのついでに[一三]祈り加持《カジ》して給はり候へ

ワキ　シテへ向き「そもおん身に悩むことありとは　[一四]なにと言ひたることやらん

シテ「さなきだに女は[一五]五障《ゴシヨオ》の罪《ツミ》深きに　[一六]法《ノリ》の咎《トガ》めの呪詛《シユソ》を負《オ》ひ　この山の名にし負ふ　蔦葛《ツタカズラ》にて身を縛《イマ》しめて　なほ[一七]三熱《サンネツ》の苦しみあり　この身を助け賜《タ》び給へ

ワキ〽[一八]そも神《カミ》ならで三熱《サンネツ》の　苦しみといふことあるべきか

シテ「恥づかしながら[一九]いにしへの　法《ノリ》の岩橋架《イワハシカ》けざりし　その咎《トガ》めとて[二〇]明王《ミヨオオオ》の　索《サック》にて身を縛《イマ》しめて　今に苦しみ絶えぬ身なり

〔掛ケ合〕ワキ〽着座のまま　これは不思議のおん事かな　さては昔の葛城《カズラキ》の　神《カミ》の苦しみ尽きがたき[二一]　石は一《ヒト》つの[二二]神体《シンタイ》として

シテ〽石のごとく　蔦葛《ツタカズラ》のみか　着座のまま　かる巌《イワオ》の

ワキ〽[二三]撫《ナ》づとも尽きじ葛《カズラ》の葉

シテ〽[二四]這《ハ》ひ広《ヒロ》ごりて露

仮宿して、身体をお休め下さい〉。「片敷く袖」は歌語。

一一 夜半過ぎから暁頃までの間に行う勤行《ごんぎよう》。

一二 底本「おん勤めは」。諸流諸本で補う。

一三 加持祈禱のこと。

一四〈いったいどういうわけですか〉。

一五『法華経』に説く女人の五障。一八七頁注一四参照。

一六 岩橋を架けなかったための咎（後出）をいう。

一七 原義は仏教で龍などが受ける三種の苦熱。中世では、衆生のための神の苦しみの意で用いられる。「衆生、生死ヲ離レズハ、神モ久シク娑婆ニ留マリテ三熱ノ苦ヲ受ケ給フ」（『諸神本懐集』）、「法楽荘厳シ、神離ニ於三熱苦及五衰ニ」（『神道集』神道由来之事）など。

一八〈いったい神でもなければ三熱の苦しみはあるはずもないのに〉。

一九 下掛り系は「葛城の神の岩橋」。岩橋説話をふまえて言う。解題および間狂言参照。

二〇 役の行者（二二頁注八参照）は孔雀《くじやく》明王の呪法《じゆほう》を修持《しゆうじ》した（『日本霊異記』など）が、ここは「明王の索」（不動明王の縛縄《ばくじよう》）という常套語を用いたか。

二一「尽きがたき石」「巌の撫づとも尽きじ」（次行）など、「君が代は天の羽衣稀にきて撫づとも尽きぬ巌ならなん」（『拾遺集』賀、読人知らず）による。

二二 神体としての石に葛のかかること。『俊頼髄脳』（解題参照）に見える。

二三 巌にかかる葛の葉は取り尽せない、の意。

二四「葛の這ひひろごり」（『古今集』仮名序）による。

に置かれ　シテ ワキ 向き合って へ霜に責められ起《オ》き臥《フ》しの　立ち居《イ》も重《オモ》き[一]岩戸《イワト》の内

〔歌〕 着座のまま 地へあくる[二](開・明)わびしき葛城《カズラキ》の　神《カミ》に[三]五衰《ゴスイ》の苦しみあり　立ってワキへ向い 祈り加持して賜《タ》び給へと　[四](言・岩橋)常座へ回り いははしの末絶えて　正面を向き消え失せた体で 神隠《カミガク》れにぞなりにけり　静かに中入り 神隠れにぞなりにけり

〔問答〕 アイが登場　ワキは葛城山の岩橋の故事を尋ねる

〔語リ〕 アイ「さても大峰葛城《オオミネカズラキ》と申すは　昔[五]役《エン》の行者《ギョオジャ》の初めて分け入り給ひしよりこのかた　[六]峰入りと申すこと始まりたると承り候　しかれば当社明神《ミョオジン》と申すは　[七]女体《ニョタイ》のおん神にてござ候ふが　[八]思《オボ》し召《メ》し立たせ給ふやうは　この葛城大峰の間に橋を架《カ》け　[九]客僧達を心やすく通し申すべきとの大願を起こし給ひて　その功徳《クドク》にて五衰三熱《ゴスイサンネツ》の苦しみを免《マヌガ》れう《リョオ》ずると思し召しけるか　夜々《ヨルヨル》かの橋をおん架け候　夜のうちに架けたきと思し召し　いろいろおん急ぎ候へども　夜が明《ア》け明《ア》け仕り候ふほどに　つひに石橋成就《イシバシジョオジュ》申さず候　その時役《エン》の行者《ギョオジャ》大きに怒《イカ》り給ひて　[一〇]索《サク》の縄《ナワ》にてご神体を縛《イマ》しめ

一 「巌」から「岩戸」を出して大和舞に関連する天の岩戸の故事をふまえ、「あくる」の序とした。

二 「岩橋の夜の契りも絶えぬべし明くるわびしき葛城の神」(『拾遺集』雑賀、春宮女蔵人左近)。

三 「三熱の苦」と同義。前頁注一七参照。

四 〈言う言葉の末は聞えなくなって〉。注二の歌をふまえた文飾。『禅鳳雑談』や古写本に「岩橋の末かけて」と見える。この場合は橋を架けることに言いかけて、神としての再現を予告。「…にぞなりにけり」底本(上製本も)のまま。

五 奈良時代の人。修験道の始祖。

六 山伏が大峰、葛城などの霊山に入って修行すること。

七 葛城の神は「われも女の葛城の神」(《舟橋》)とあるように、女体説もあった。『蜻蛉日記』に見える天禄三年(九七二)道綱と大和だつ女との贈答歌は、葛城が天の岩戸の所在地で、一言主が女体であることを前提としている。「大和国葛木郡仁坐一言主神、昔天津乙女ニテ…天乙女金剛山ノ下坂ニ上岩屋仁蔵坐テ、誓神ト成リ賜フ」(『参詣物語』)。

八 〈発願なさるには〉。葛城の神の岩橋の架設が自発的なもののように言うのは特異な形。解題参照。

九 「客僧」は山伏のこと。

一〇 底本(寛永九年本)は「ざぐ」。無刊記本は「さゝ」。「さく」の誤りと認めて訂正。

給ひ候ふにより　今にその苦しみござあるよし承り候　また当山にてしもとと申すおん事は　この山にござ候ふ葛《カズラ》をしもとと申し慣《ナ》らはし候　されば古今集にも　古き大和舞《ヤマトマイ》の歌とて　しもと結ふ葛城山に降る雪の間なく時なく思ほゆるかなと詠《ヨ》み給ひたるよしを承り候　[一一]いかやうにもこのところにて神慮《シンリョ》をすずしめられ　五衰三熱をも免れ給ふやうに[一二]おん神楽《カグラ》など参らせられうずる《リョオ》にて候

〔問答〕　ワキは先刻の出来事を話し　アイは祈禱を勧めて退く

〔上ゲ歌〕着座のまま　ワキ　ワキ連へ[一三]岩橋《イワハシ》の　苔《コケ》の衣《コロモ》の袖《ソデ》添へて　苔の衣の袖添へて　法《ノリ》の筵《ムシロ》（床・永久）のとことはに　[一四]法味《ホオミ》をなして夜もすがら　かの葛城《カズラキ》の神《カミ》心《ゴコロ》（寄・夜）よるの行なひ声《コエ》澄みて

〔誦〕正面を向き　ワキへ[一五]一心敬礼《イッシンケイレイ》　合掌

【出端】で後ジテが登場　常座に立つ

〔サシ〕正面へ向き　シテへわれ葛城の夜もすがら　[一六]和光《ワコオ》の影《カゲ》に現はれて　[一七]五衰《ゴスイ》の眠りを[一八]無上正覚《ムジョオショオガク》の月に覚《サ》まし　法性真如《ホッショオシンニョ》の[一九]宝《タカラ》の山に　法味《ホオミ》に引かれ

一一〈何とかしてこの所で神の心を静め慰められて〉。

一二〈御神楽などを献奏なさるがよいと存じます〉。

一三〈法衣を整え、法会の座を設けて〉。「岩橋の」は、「苔」の序。「岩橋」と「苔」、「苔」と「衣」「筵」など縁語。

一四〈限りなき仏法の妙味を尽くして一晩中、かの葛城の神の心が慰むよう、夜の勤行の声を澄まして〉。

一五「本尊ニ向テ敬フ時ノ辞也。何レニモ用ル也」（『謡抄』）。多く懺法《せんぼう》（罪障懺悔のための法要）に関連して用いられ「一心敬礼こゑ澄みて十方浄土に隔てなし」（『梁塵秘抄』懺法歌）、「…山伏参り集まりて懺法をぞ読みける。一心敬礼のこゑ澄めば」（『源平盛衰記』四〇）などと見える。なお観世流に「敬礼」をキョオライとするのは明和本以後のことで、元来は他流同様ケイレイ。　6
一六 和光同塵（一〇〇頁注五参照）をふまえて、神の来現を言う慣用表現。

一七 神の五衰の苦しみを「眠り」に譬え、「覚まし」に対応する。《松尾》にも同文がある。

一八 無上正覚（最上最高の悟り）を月に譬え、法性真如（永久不変の絶対真理）を宝に譬えた。

一九「宝の山」は、葛城山の異称の「宝山」を和らげた言い方。「亦号神祇宝山、崇一言主神」（『大和葛城宝山記』）。《代主》にも「然るに葛城や、高間の山と申すは…これ大和の金剛山、三国不二の峰として、御代の宝の山ともこれ名づけたり」と言う。　7

て来たりたり　ワキに向い〽よくよく勤《ツト》めおはしませ

［掛ケ合］シテへ向き ワキ〽・不思議やな峨々《ガガ》[一]たる山の常蔭《トカゲ》より　女体《ニヨタイ》の神《シン》とおぼしくて　玉《タマ》[二]の簪玉葛《カンザシタマカズラ》の　なほ懸け添へて蔦葛《ツタカズラ》の　這《ハ》ひ纏《マトワ》はるる小忌《オミ》[三]衣《ゴロモ》

ワキへ向き シテ〽これ見給へや明王《ミヨオオ》[四]の　索《サック》は(懸・断)かかる身を縛《イマ》しめて

ワキ〽なほ三熱《サンネツ》[五]の神心《カミゴコロ》　シテ〽年ふる(経・降)雪や　ワキ〽しもと(霜・楉)結《イ》ふ

［歌］正面へ向き 地〽葛城山《カズラキヤマ》[六]の岩橋《イワハシ》の　夜《ヨル》なれど月雪《ツキユキ》の　前へ進み さもいちじるき神体《シンタイ》の　(見・こ)ワキへ向き 見苦しき顔ばせの　神姿《カミスガタ》は恥づかしや 面を伏せる　[七]舞台を大きく回り よしや吉野の山葛《カズラ》[八](掛・架)かけて通へや岩橋の　高天《タカマ》[九]の原《ハラ》はこれなれや 真中で正面を見　神楽歌《カグラウタ》[一〇]始めて　大和《ヤマト》舞《マイ》いざや奏《カナ》でん

［詠］シテ〽・降る雪[一一]の　(霜・楉)(結・木綿花)しもといふばなの白和幣《シラニギテ》

【序ノ舞】

［ノリ地］以下謡に合せ舞う 地〽高天の原の　岩戸《イワト》の舞《マイ》　高天《タカマ》の原《ハラ》の　岩戸の舞　天《アマ》[一二]の香久山《カグヤマ》も 扇を高く掲げて遠くを見やり 向かひに見えたり 空を見上げ 月白く 地を見 雪白く 舞台を回り いづれも白妙《シロタエ》[一三]の景色《ケシキ》なれども　名に負《オ》ふ《オ》葛城《カズラキ》の　神の顔がたち ワキの方へ出て 面《オモ》[一四]なや面《オモ》はゆや

一〈高く険しい山の蔭より〉。「山の常蔭」は三一〇頁注六参照。

二〈玉の簪、玉葛をつけ、なおその上に蔦葛が身に這い纏わっている〉。

三 節会神事または舞人が着用の狩衣に似た単衣《ひとえ》で、白地に山藍《やまあい》の模様摺。謡曲中では神の衣裳、または舞人の装束として頻出。

四〈明王の縛縄《ばくじょう》が懸って、このように身を縛り〉。三一三頁注二〇参照。

五〈今もなお三熱に苦しむ神の心は、年経ても変ることなく〉。

六〈葛城山の岩橋の夜、暗いはずだが月や雪の白い光に、まことにはっきりと神体が見えるが、醜い顔をした神姿は恥かしいこと〉。形貌《けいぼう》の醜さが葛城の神の属性。解題参照。

七〈ままよ〉。「よしや吉野」が慣用。「吉野の山」（葛城山との間に岩橋を架ける）に「山葛」を言いかけて「かけて」の序とする。

八〈吉野山に葛城山から岩橋を架けて通え〉。

九 高天原や天の岩戸が葛城山にあるとする中世の理解に基づく。「太神…大和国葛城山天間原天ノ岩戸ニ閉ジ籠リ玉フ」（『三流抄』）など。

一〇「しもと結ふ葛城山に降る雪は…」が大和舞の歌で、高天原における天の岩戸の神楽歌であり（三一一頁注一八参照）、それが神代の昔、ここ葛城山で演奏されたことをふまえる。

扇で顔を隠し
恥づかしやあさましや　（浅ま・朝）あさまにもなりぬべし　扇を下ろしつつ舞台を回り　明けぬさきにと
葛城の　一五扇をかざして常座へ回り　明けぬさきにと　葛城の一六夜《ヨル》の　正面へ向き　岩戸にぞ入り給ふ　脇正面を　岩戸の
向いて袖を返して留拍子
内に　入り給ふ

一一「雪」の縁で「霜」に音通の「しもと結ふ」を出し、これに「木綿《ゆふ》」（麻・楮《こうぞ》の樹皮で製した糸。榊《さかき》にかけるなど神事に用いる）、「木綿花」（木綿で作った白い造花）を掛ける。「白和幣」は白布の幣帛。天の岩戸の前で榊に白和幣・青和幣をかけたことは記紀等に見えるが、それをふまえて、ここは雪・木綿花・白和幣と白のイメージで統一した。

一二 大和三山の一（奈良県橿原市）で、葛城山の東に位置する。記紀では天の岩戸と同じく天上の高天原にある山。

一三〈月も白、雪も白、なにもかも真白の景色の中に、天の岩戸が開いて神々の面《おもて》が白々と見える――のではなく、現われたのは名だたる葛城の神の醜い顔かたち〉。岩戸の神楽に岩戸が開き、神々の面が白く見えたこと（面白《おもしろ》。一〇〇頁注四参照）をふまえて、白のイメージを重ねた。

一四「面な」「面はゆ」「恥づかし」「あさまし」など、見苦しく恥かしい意。これらの言葉を重ねて「あさま」（物事がはっきりする意。「朝」に音通）を引き出した。

一五「明けぬさき」は葛城の神のイメージ（架橋・醜さ）の関連表現。

一六「夜の岩戸」は「夜の御殿《おとど》」（帝の御寝所）をふまえた言い方で、そこに葛城の神が隠れたことを、天照大神の岩戸隠れに擬した。

鉄輪
かなわ

登場人物

前シテ　女　泥眼・長鬘・無紅唐織壺折・無紅縫箔腰巻

後ジテ　女の生霊　橋姫（生成）・長鬘・鉄輪戴・赤地摺箔・縫箔腰巻

ワキ　清明　風折烏帽子・縷水衣・白大口

ワキ連　女の夫　素袍上下

アイ　貴船の社人　洞烏帽子・縷水衣・括袴

備考

＊四番目物。太鼓あり。

＊観世・宝生・金春・金剛・喜多の五流にある。

＊一畳台に三重棚の作り物を出す。

＊底本役指定は、シテ・後シテ、ワキ、男、ヲカシ、同、地。

構成と梗概

1　アイの独白　貴船社の社人（アイ）が夢想を述べて、参詣の女を待つ。

2　シテの登場　丑《うし》の刻《とき》参りの女（前シテ）が夫を呪咀《じゅそ》しつつ貴船社へ到る。

3　アイ・シテの応対　社人が所願成就の旨の夢想を女に告げる。

4　シテの中入り　女は早くも鬼形に変じつつ家に帰る。

5　ワキ連の登場　女の夫（ワキ連）が身に異変を覚え、陰陽師のもとに到る。

6　ワキ連・ワキの応対　陰陽師清明（ワキ）は夫の命の極まったことを告げ、夫は祈禱を懇願する。

7　ワキの待受け　清明は祭壇を設け、形代《かたしろ》を供えて祈る。

8　後ジテの登場　頭に鉄輪を戴せた鬼形の女（後ジテ）が現われ、恨みを述べつつ夫に迫る。

9　シテの詠嘆　女は捨てられた恨みと未練が交錯して嘆く。

10　シテの立働き　女は後妻《うわなり》打ちのあと、夫を捉えようとするが、祭壇の三十番神に責められて果し得ず、無念の敗退となる。

一 京都市の北（左京区）にある貴船神社。歌枕。祈雨、止雨祈願の神として信仰があり、また「夫婦男女の語らひを守らんと誓ひおはします」（《班女》）神としても信仰が厚く、「和泉式部が男の離《か》れ離《が》れになりにける頃、貴船に詣でたりける」（『十訓抄』十）話などが有名。三二六頁注六、三二七頁注二一参照。

二 祈願成就のため、丑《うし》の時（午前二時頃）に神仏に参詣すること。特に人を呪詛《じゅそ》するための参詣をいう。

三〈神が女に申し伝えよと仰せられる事情を、はっきりとご霊夢に見ましたので〉。

四〈日数が重なるにつれて恋しさも増さるので〉。「恋衣」（恋を身に添う衣に譬《たと》えた歌語）と、「日も」（「紐」に音通）、「着」などが縁語。

五〈蜘蛛《くも》の巣に荒れ馬を繫ぐことはできても、浮気な男を繫ぎ止めることはできないから、そんな不実な人には身をまかせるまいと思っていたが〉。「蜘蛛の糸《い》に荒れたる駒は繫ぐとも二道《ふたみち》かくる人は頼まじ」（古歌という）。典拠未詳。九七頁注一七参照。

六〈男の嘘を予測できずに契りを交わした悔しさは、後悔先に立たず、みんな自分のせいなのだ〉。「われからトアラバ…ねをこそなかめ」（『連珠合璧集』）。八二頁注五参照。

1

何事もなくアイが登場　常座に立つ

〔名ノリ〕　正面へ向き　アイ「かやう《カヨオ》に候ふ者は　一貴《キ》船《ブネ》の宮《ミヤ》に仕《ツカ》へ申す者にて候

さても今夜《コンニャ》不思議なる霊夢《レイム》を蒙《コオム》りて候　その謂《イ》はれは　都より女の

二丑《ウシ》の刻《トキ》参りせられ候ふに　三申せと仰せらるる子細《シサイ》　あらたにご霊夢

を蒙りて候ふほどに　今夜参られぬことは候ふまじ　社頭《シャトオ》に待ち申

し　ご夢想《ムソオ》のやうを語り申さばやと存じ候

狂言座に着座

2

【次第】でシテが女笠を着け登場

〔次第〕　常座に立ち　シテへ四日《ヒ》も数添《カズソ》ひて恋衣《コイゴロモ》　日も数添《カズソ》ひて恋衣《コイゴロモ》　きぶね（着・貴船）の宮に

参らん

〔サシ〕　正面へ向き　シテへげにや五蜘《クモ》の家《イエ》に荒れたる駒《コマ》は繫《ツナ》ぐとも　二道《フタミチ》かくるあ

だ人《ビト》を　頼まじとこそ思ひしに　六人の偽《イツワ》り末《スエ》知らで　契《チギ》り初《ソ》めにし

悔《クヤ》しさも　ただわれからの心なり　[一]あまり思ふも苦しさに　貴船《キブネ》の宮に詣《モオ》でつつ　[二]住むかひもなき同じ世の　中《ウチ》に報《ムク》ひを見せ給へと

〔下ゲ歌〕（正面を向いたまま）シテへ頼みをかけて[三]きぶねがは（来・貴船川）　早く歩《アユ》みを運《ハコ》ばん

〔上ゲ歌〕シテへ[四]通《カヨ》ひ馴《ナ》れたる道の末《スエ》　通ひ馴れたる道の末　夜《ヨル》もただすのかはらぬは（直・糺）（河原・変）　思ひに沈む[五]みぞろいけ（身ぞ・御菩薩池）　[六]生《イ》けるかひなきうき身（浮・憂）の　消えんほどとや草深《フカ》き　市原野《イチワラノ》辺《ベ》の露分けて（あたりを見）（空を見上げ）　月遅き夜《ヨ》のくらまがは（暗・鞍馬川）　橋を過ぐればほどもなく　きぶね（来・貴船）の宮に着きにけり　貴《キ》船《ブネ》の宮に着きにけり

（シテは笠を脱ぎ〔着キゼリフ〕の後　笠を持ったまま真中で床几にかかる）

〔問答〕（常座に立ち）アイ「[七]いかに（シテへ向き）申すべきことの候　[八]あれには都より丑《ウシ》の刻《トキ》参り召さるるおん方《カタ》にてわたり候ふな　[九]今夜《コンニャ》おん身の上をご夢想《ムソオ》に蒙《コオム》りて候　おん申しあることははや叶《カナイ》ひて候　今夜より後《ノチ》はおん参りあるまじく候　その子細《シサイ》は　[一〇]鬼になりたきとのおん願ひにて候ふほどに　わが家《ヤ》へおん帰りあつて　身には赤き衣《キヌ》を裁《タ》ち着《キ》　顔には[一一]丹《ニ》を塗《ヌ》り　髪には[一二]鉄輪《カナワ》を戴《イタダ》き　三つの足に火を灯《トモ》し　怒《イカ》る心を持つなら

一〈あまりにもそのことを考えると気持が納まらないので〉。

二〈生きながらえる甲斐もないこの世であるが、どうせならこの同じ世に生きているうちに報復させて下さいと〉。

三「貴船川」（貴船を流れ鞍馬川と合流して賀茂川となる）は「早く」の序。

四〈（何度も参詣しているので）通い馴れた道を行くに、恐ろしい夜もただひたすら糺河原《ただすのかわら》を通るが、昼と同様平気なのは、思いに沈む身だからで、みぞろ池を通っては池に沈もうかとも思うほど〉。「糺河原」は賀茂川と高野川の合流地点の河原。

五「沈む」は下の「浮き」と対。「みぞろ池」は上賀茂神社の東、鞍馬・貴船への道筋にある池。深泥池《みどろいけ》とも。「いづれか貴船へ参る道、賀茂川箕里《みのさと》御菩薩池《みどろいけ》…」（『梁塵秘抄』）。「池」は「生ける」と重韻。

3

六〈生きている甲斐もない憂き身は消えんばかりで、露のようにはかなく死んでしまうであろうと思わせる草深い市原野の露を踏みわけ、月の出が遅くてあたりが真暗な鞍馬川の橋を渡ると〉。「市原野」は京都市北郊、鞍馬街道沿いの山間地。「露トアラバ…消…野、草」（『連珠合璧集』）。「鞍馬川」は注三参照。ここは「暗し」に言いかけた文飾。

七〈もうし、ちょっとお話があります。あなたは都から丑の刻参りをなさっているお方でいらっしゃいますね〉。

ば　たちまち鬼神《キジン》とおんなりあらう《ロオ》ずるとのおん告げにて候　急ぎおん帰りあつて　告げのごとく召され候へ　一三なんぼう奇特《キドク》なるおん告げにてござ候ふぞ

アイへ向き
シテ「これは思ひもよらぬ仰《オオ》せにて候　わらはがことにてはあるまじく候　一四定めて人違《タガ》ひにておん入《ニ》り候ふべし

アイ「いやいやしかとあらたなるご夢想《ムソオ》にて候ふほどに　おん身の上にて候ふぞ　かやう《ヨオ》に申すうちになにとやらん恐ろしく見え給ひて候　急ぎおん帰り候へ

アイは「恐ろしや恐ろしや」と言いつつ幕へ走りこむ

〔□〕

正面を向き
シテ「これは不思議のおん告げかな　まづまづわが家《ヤ》に帰りつつ　へ一五夢想《ムソオ》のごとくなるべしと

〔上ゲ歌〕地へ言ふより早く色変《イロカ》はり　一六言ふより早く色変はり　気《ケ》色変《シキヘン》じて今までは　美女《ビジョ》の形《カタチ》と見えつる　一七緑《ミドリ》の髪は空《ソラ》さまに　立

左手で頭を指し　すくと立

上り
つや黒雲《クロクモ》の　雨降り風となるかみも　一八思ふ仲をば裂《サ》けられし　恨みの鬼となつて　人に思ひ知らせん　憂き人に思ひ知らせん

笠をかざし　(成・鳴神)　舞台を回り

両手で笠をかざして下を見つめ　笠を投げ捨てて正面を見据え　足早に中入り

何事もなくワキ連が登場　常座に立つ

八 遠くにいる人に呼び掛けて言う。あれなる人は、の意。「丑の刻参り」は三二一頁注一参照。

九〈あなたのことについて夢のお告げを受けました。お願いなさることはすでに叶《かな》いました。今夜以後はもうご参詣には及びません〉。

一〇『平家物語』剣の巻に「願くはわれ生きながら鬼になし給へ。嫉《ねた》しと思ふ女を取り殺さん」とあるに基づく。以下の呪詛の形も同様。解題参照。

一一 赤色の顔料。べに。

一二 鉄製の輪に三本の足をつけた器具。火の上に置き、鍋などをのせる。五徳。

一三〈なんとまあ霊妙なお告げではありませんか〉。

一四〈きっと人違いをしていらっしゃるのでしょう〉。第三者のアイに対してごまかそうとした言葉。

一五〈夢想の通り実行しようと〉。

一六「色変り」「気色変じて」はともに様子の変る意。

一七〈黒髪は空に逆立ち、黒雲が立ち覆い、雨が降り、風が吹き、雷も鳴るが〉。「緑の髪」は、漢語「緑髪」に基づく語。つややかな黒髪。

一八〈雷さえも相思の夫婦仲は裂くことができぬというのに、その仲を引き裂かれた恨めしさに、恨みの鬼となって、あの男に思い知らせてやろう、あのつれない男に思い知らせてやろう〉。「天の原踏みとどろかし鳴る神も思ふ仲をば裂くるものかは」(『古今集』恋四)。

〔名ノリ〕 正面へ向き ワキ連「かやうに候《ヨオ》ふ者は　[一]下京辺《シモギヨオヘン》に住居《スマイ》仕る者にて候
われこの間《アイダ》うち続き夢見悪《ユメミア》しく候ふほどに　[二]清明《セイメイ》がもとに立ち越《コ》
え　[三]夢のやうをも占《ウラナ》はせばやと存じ候

〔問答〕 一ノ松に立ち 幕へ向き ワキ連「いかに案内《アンナイ》申し候　ワキが登場し 三ノ松に立つ ワキ「誰《タレ》にてわたり候ふぞ
ワキへ向き ワキ連「[四]さん候《ソオロオ》下京辺の者にて候ふが　このほどうち続き夢見悪《ユメミア》し
く候ふほどに　尋ね申さんためにただいま参りて候　ワキ連へ向き ワキ「あら
不思議や　これは女の恨みを深く蒙《コオム》りたる人にてわたり候　ことに
今夜《コンニャ》のうちにおん命《ニノチ》も危《アヨオ》ふく見え給ひて候　[五]もしさやうのことばし
候ふか　ワキ連「さん候《ソオロオ》なにをか隠し候ふべき　この間本妻《アイダホンサイ》をば離《リ》
別《ベッ》仕り　[六]新しき妻《ツマ》を語らひて候ふが　もしさやうのことにてもや候
ふらん　ワキ「げにさやうに見え給ひて候　かの者仏神《ブツジン》に祈るそ
の数《カズ》積もつて　[七]おん命《ニノチ》も今夜《コンニャ》に極《キワ》まりて候ふほどに　それがしが調《チヨオ》
法《ボオ》には叶《カナ》ひがたく候　ワキ連「これまで参りおん目にかかり候ふこ
とこそ幸ひにて候へ　[八]ひらにしかるべきやうにご祈念《キネンナ》あつて給はり

一 下京には庶民の住居区としてのイメージがある。二二五頁注二参照。

二〈晴明の所へ出かけて行って〉。「晴明」(底本「清明」)は安倍晴明。平安中期の有名な陰陽博士《おんみようはかせ》。ここは『平家物語』剣之巻(解題参照)に基づき、それを連想させる陰陽師の名に用いている。

三〈悪い夢を見るのがどんなわけか、そのへんの事情を占わせようと思います〉。

6

四 はい、等の応答語。
五〈ひょっとして心当りのことでもありますか〉。
六〈新しい妻を迎えましたが、あるいはそんなことが災いしているのでしょうか〉。
七〈お命も今夜が最後と決っておりますので、私の手には負えません〉。「調法《テウハフ》、料簡義也」(文明本『節用集』)。
八〈是非ともよろしくご祈禱して下さい〉。
九 ここでは死ぬべき命を人形に転じ変える意。「転じ変ゆるとは陰陽道に申す也。神道には悪事をはらふ祈禱と申し候也」(『謡抄』)。
一〇〈藁人形を等身大に作り〉。形代《かたしろ》を作ること。
一一 陰陽道の作法によるか。未詳。
一二「紙ヲ青黄赤白黒ニ染メテ幣五本ニ作ル」(『神道名目類聚抄』三)。
一三 一心不乱に祈ること。祈禱の類型表現。
一四 祝詞の定型文句。解題(東北院歌合)参照。
一五 天地開闢《かいびやく》以来、の意。「固まつし」は「固まりし」の音便。
一六 高天原《たかまがはら》（天上界）の神座。伊弉諾・伊弉冉の二神が天磐座での「みとのまくばひ」（夫婦の交わり）という説は未詳。高天原の意の文飾であろう。なお神々の故事を唱えることは『中臣祓』などの定型であるが、通常の祝詞と異なり、大幅な脚色。
一七 「男女夫婦の語らひ」に同じ。伊弉諾・伊弉冉一神をその始めとすることは記紀以来の理解。
一八 種々の妖怪。「魑魅鬼神」「魑魅《ちみ》魍魎」などと熟して用いられる。「蝄蜽、山川之精物也。淮南王説、蝄蜽状、如三歳小児、赤黒色、赤目、長耳、美髪。…国語曰（木石之怪、夔《キ》・蝄蜽」（『説文解字』）。
一九 〈非業の命を取ろうとするのは何たる事だ〉。「非業」は「定業《じようごう》」（定まった業因）の反対で、前世の業因によらず、事故や災難によって生命を失うこと。
二〇 大社小社の天神地祇。信仰の対象としてのあらゆる神仏星宿を数え上げるのは祈禱、誓願の定型。
二一 密教における仏法の守護神。五大尊・五大明王（一二三頁注一七参照）。
二二 「護法天童」（護法童子）の意か。「天童部」という呼称は未詳、不審。「天王部」（車屋本等）ならば四天王（多聞天・持国天・増長天・広目天）のこと。
二三 九曜星と北斗七星と全天二十八の星座。
二四 呼び立て勧請《かんじよう》する意の定型表現。
二五 〈風雨激しく、雷電おびただしく、御幣がざわめき、天地鳴動して〉。

7

候へ　ワキ「この上はなにともしておん命《ニノチ》を[九]転《テン》じ変《カ》へて参らせう《シヨオ》ずるにて候

ワキ連は退場　ワキは後見座にくつろぐ

後見が高棚の作り物を据えその内側に一畳台を置く　上の棚には侍烏帽子（男の形代）と鬘（女の形代）下の棚に幣をのせ　四隅には五色の幣が立ててある　【ノット】の囃子が始まるとワキは台上に着座

〔□〕　幣を持って祈る　ワキ〽いで転《テン》じ変へ申さんと　[一〇]茅《チ》の人形《ヒトガタ》を人尺《ニンシヤク》に作り　夫婦《フウフ》の名字《ミヨオジ》を内《ウチ》に籠《コ》め　[一一]三重《サンジウ》の[一二]高棚《タカダナ》五色《ゴシキ》の幣《ヘイ》　おのおの供《グ》物《モツ》を調《トトノ》へて　[一三]肝胆《カンタン》を砕《クダ》き祈りけり

〔ノット〕　着座のまま　ワキ〽[一四]謹上再拝《キンジヨオサイハイ》　それ[一五]天開《テンヒラ》き地固《チカタ》まつしよりこのかた　伊弉諾《イザナギ》伊弉冊《イザナミ》の尊《ミコト》　[一六]天《アマ》の磐座《イワクラ》にして　みとのまくばひありしより　男女夫婦《ナンニヨ》の語らひをなし　[一七]陰陽《インニヨオ》の道《ミチ》長く伝《ツタ》はる　それになんぞ[一八]魍魎《モオリヨオ》鬼神《キジン》妨《サマタ》げをなし　[一九]非業《ヒゴオ》の命《メイ》を取らんとや

〔ノリ地〕　地〽[二〇]大小《ダイシヨオ》の神祇《ジンギ》　諸仏菩薩《シヨブつボサつ》　[二一]明王《ミヨオオオ》部《ブ》[二二]天童部《テンドオブ》　[二三]九曜七星《クヨオシツシヨオ》　二十八宿《ニジウハツシユク》を　[二四]驚かし奉り　祈れば不思議や　[二五]雨《アメ》降り風《カゼ》落ち　神鳴《カミナリ》　稲妻《イナズマ》　頻《シキ》りに満ち満ち　ご幣《ヘイ》もざざめき　鳴動《メイドオ》して　身の毛よだちて　恐ろしや

ワキは脇座へ着座

【出端】で後ジテが登場　足に火をともした鉄輪を頭に載せ　打杖を持って一ノ松に立つ

［サシ］　正面へ向き　シテ〽それ春の花は一斜脚《シヤギヤク》の暖風《ダンプウ》に開《ヒラ》けて　同じく暮春《ボシユン》の風《カゼ》に散り　二月は東山《トオザン》より出でて早く　月を見上げ　西嶺《セイレイ》に隠れぬ　西の山を見やる　世上《セジヨオ》の無常かくのごとし　思いをこめつつ正面を向き　三因果《インガ》は車輪の廻《メグ》るがごとく　四われに憂《ウ》かりし人びとに　たちまち報《ムク》ひを見すべきなり

［（一セイ）］　正面を向いたまま　シテ〽恋の身の　浮かむことなき五賀茂川《カモガワ》に

［ノリ地］　地〽沈みしは水の　青き鬼　シテ〽われは貴船《キブネ》の　川瀬《カワセ》の六螢火《ホタルビ》　地〽頭《コオベ》に戴く　打杖を頭上に掲げ　鉄輪《カナワ》の足の　シテ〽炎《ホノオ》の赤き　舞台へ進み入り　鬼となつて　地〽一畳台へ上って　臥《フ》したる男の　枕に寄り添ひ　形代を見こみ　いかに殿御《トノゴ》よ　打杖を逆に構え坐る　珍らしや

［（クドキ）］　シテ〽恨めしやおん身と契《チギ》りしその時は　七玉椿《タマツバキ》の八千《ヤチ》代《ヨ》　八二葉《フタバ》の松の末《スエ》かけて　変《カ》はらじとこそ思ひしに　九などしも捨ては果て給ふらん　打杖に両手をかけて見こむ　あら恨めしや

［ノリ地］　涙を押え　シテ〽捨てられて　地〽捨てられて　一〇思ふ思ひの　立ち上り　台より下りて　涙に沈み　人を恨み　シテ〽夫《ツマ》を託《カコ》ち　地〽ある時は恋しく　シテ

8 一〈春の雨を斜めに降らす暖風に花が咲き、また同様に暮春の風のために散る〉。「斜脚《ハ》暖風先《ツ》扇《ゲ》処、暗声朝《ハ》日《ノ》末レ晴《レ》程」（『和漢朗詠集』雨）による。

二〈月は東の山から出て、早くも西の嶺に隠れてしまう〉。「花は…」と対。「西嶺」は、宝生流は「西巌」。

三 廻る因果の車輪の譬えは定型。一八頁注四参照。

四〈自分につらくあたった人々に、因果応報、ただちにその報いを思い知らせてやらねばならぬ〉。

五 恋慕愛欲の執心で青鬼となった柿本紀僧正の説話（『源平盛衰記』四八）があり、狂言「枕物狂」では賀茂の御手洗《みたらし》川に身を投げ、青い鬼となったとするが原拠未詳。「鬼トアラバ、あかき、青」（『連珠合璧集』）。

六「男に忘れられて侍りける頃、貴船に参りて御手洗川に螢の飛び侍りけるを見て詠める　物思へば沢の螢もわが身よりあくがれ出づる魂《たま》かとぞ見る」（『後拾遺集』神祇雑、和泉式部）。

七「上古有二大椿者一、以二八千歳一為レ春、八千歳為レ秋」（『荘子』）に基づく歌語。「椿トアラバ…二度…八千代の春秋」（『連珠合璧集』）。

9 八「二葉の松」（若松）も歌語。「末遠き二葉の松に引き別れ」（『源氏』薄雲）など。右に同じ譬えで、「玉椿」の「二度」に「二葉」を言いかけた。

九〈どうして私を捨ててしまわれたのですか〉。

一〇〈「思ふ思ひ」（恋慕）の涙…夫をなじり〉。

一一〈因果の報いは今こそと、知るや知らずや、白雪のように消えるあなたの命は今宵限り、お気の毒に〉。

形代を振返り 〽または恨めしく 左膝をつき打杖を逆に構え 地〽起きても寝ても 男の形代を見据え 忘れぬ思ひの 因果は[一一] 立って
舞台を回り 今ぞと (知・白雪) しらゆきの消えなん 命《イノチ》は今宵《コヨイ》ぞ 形代を見据える 痛はしや
〔中ノリ地〕 地〽悪《ア》[一二]しかれと 以下謡に合せて所作 思はぬ山の峰《ミネ》にだに 足拍子 思はぬ山の峰
にだに (歎・木) 人のなげきは生《オオ》ふなるに いはんや[一三]年月《ニヤトシツキ》 思ひに沈む恨み
の数《カズ》 積《ツ》もつて執心《シウシン》の 鬼となるも理《コトワ》りや 形代を指して見こみ シテ〽いでいで命《イノチ》を
とらん 地〽いでいで命をとらんと 台上へ上り 笞《シモト》を振り上げ 打杖を振上げ 後妻《ウワナリ》[一四]の 形代の髪を左 髪を
手に 手に絡《カラ》[一五]まいて からめ持ち 打杖で打ち(打・宇津) 打つやうつの山の[一六] 夢現《ユメウツツ》[一七]とも分《ワ》かざる憂き世に 上を見廻し 因《イン》
果《ガ》は廻《メグ》り合ひたり 今[一八]さらさこそ悔《ク》やしかるらめ 手に巻いた髪を見つめ さて懲《コ》りや思ひ 打杖で打ち
髪を放り投げ 知れ 男の形代を見つめ シテ〽ことさら恨めしき 地〽[一九]ことさら恨めしき 台よりおり あだし
男《オトコ》を取つて行かんと 臥《フ》したる枕に立ち寄り見れば 高棚に近づき打杖を振上げるが 思わずたじたじと下り 恐ろしや御幣《ミテグラ》[二〇]
に 三十番神《サンジュウバンジン》[二一]ましまして 魍魎鬼神《モオリヨオキジン》は穢《ケガ》らはしや 脇正面や正面へ出ながら打杖を振立る 出でよ出でよと
責《セ》め給ふぞや 腹立《ハラタ》ちや思ふ夫《ツマ》をば 取らで剰《アマ》[二二]さへ神々《カミガミ》の 責めを
蒙《コオム》る悪鬼《アツキ》の神通《ジンズウ》 通力自在《ツウリキジザイ》の勢《イキオ》ひ絶えて 苦しみ弱る体 力《チカラ》もたよたよと 足弱車《アシヨワグルマ》[二三]
の廻《メグ》り逢《オオ》ふべき 時節《ジセツ》を待つべしや 打杖を逆に構えて形代を見つめ まづこのたびは帰るべしと 打杖を捨て

一二〈悪しかれとは思ってもいない場合でさえ、つらい思いに嘆くこともできてくるものだのに〉。『詞花集』雑上、和泉式部の歌による。詞書に「男を恨みて詠める」とあり、下句は「おふなるものを人のなげきは」。「木《き》・生《ふ》・嶺《ね》」を隠す。

一三〈ましてや捨てられて年月の経つ間、つらい思いに沈んでいる恨みの数々が積り積って、執心の鬼となるのも当然ではありませんか〉。

一四「後妻《うわなり》打ち」のこと。二一〇頁注一〇参照。

一五〈ぐるぐる巻きにして〉。「絡まして」の音便。

一六「駿河なる宇津の山べのうつつにも夢にも人に逢はぬなりけり」(『伊勢物語』九段)に基づき、「宇津の山」が「夢現」の序。「打つ」「宇津」「現」と重韻。

一七〈夢とも現とも定かでないこのつらい世に、因果は廻り来て、今まさに報いを受ける時節となった〉。

一八〈今になってさぞ後悔したことだろう〉。

一九〈(女はさておき)ことに恨めしい薄情な男を〉。

二〇「三重の高棚五色の幣」(三二五頁五行)のこと。

二一 ひと月三十日を毎日交替して、仏法(法華経)や国家人民を守護する三十の神々。ことに法華信仰とも関連して中世に著しい信仰があった。貴船もその一。

二二〈そればかりか、悪鬼の神通力も、神々の咎めを受けて〉。「剰さへ」は「あまッさへ」の転。「蒙る」は、底本「蒙り」。上製本、諸流諸本で訂正。

二三「足弱車」を「足弱」(足もとのおぼつかないこと)に言いかけて「廻り」の序。

言《イ》ふ《ウ》声ばかりは定《サダ》かに聞こえて　常座へ回って　言ふ声ばかり　扇を左手に坐り　聞こえて姿は　目[一]

扇で顔を隠し消え失せた体で　に見えぬ鬼とぞなりにける　立ち上って　目に見えぬ　脇正面を向き留拍子　鬼となりにけり

一　鬼の消え失せたこと。「目に見えぬ鬼神をも…」（『古今集』仮名序）。

兼

平

かねひら

登場人物

前シテ　船頭の老人　笑尉（朝倉尉）・絓水衣・無地熨斗目

後ジテ　今井兼平の霊　平太・梨打烏帽子・黒垂・法被・半切

ワキ　旅僧　角帽子・絓水衣・無地熨斗目

ワキ連　従僧（二、三人）　角帽子・縷水衣・無地熨斗目

アイ　渡守　狂言上下

備考

*二番目物。太鼓なし。

*観世・宝生・金春・金剛・喜多の五流にある。

*柴舟の作り物を出す。

*底本役指定は、シテ・後シテ、ワキ、二人（シテ、ワキ）、同、地。

*間狂言は寛永九年本による。

構成と梗概

1　ワキの登場　木曾の国の僧（ワキ）と同行（ワキ連）が木曾義仲の遺跡弔問のため粟津を目ざして、近江の矢橋の浦に到る。

2　シテの登場　老船頭（前シテ）が柴舟に乗って現われ、憂き身を嘆く。

3　ワキ・シテの応対　僧は便船を頼み一たびは断られるが、やっと乗船する。

4　ワキ・シテの応対、シテの中入り　船頭は舟上から比叡の名所を教え、日吉《ひえ》大宮の縁起を説くうちに粟津に到着すると、そのまま姿を消す。

5　アイの物語り　渡し守（アイ）が僧に木曾義仲の行状を語り、供養を勧める。

6　ワキの待受け　僧の弔問。

7　後ジテの登場　今井四郎兼平の亡霊（後ジテ）が甲冑《かっちゅう》姿で現われ、修羅道を示す。

8　ワキ・シテの応対　兼平は僧にわが名を名乗り、昨日の船頭であると告げて救済を乞う。

9　シテの物語り　兼平は木曾最後の様子を語り、主君の弔《とむら》いを頼む。

10　シテの物語り　兼平は自身の最後の様子を語る。

1

【次第】でワキとワキ連が登場　真中に立つ

〔次第〕ワキ／ワキ連へ（向き合って）始めて旅をしなのぢや（し・信濃路）　始めて旅《タビ》を信濃路《シナノジ》[一]や　木曾《キソ》[二]の行方《ユクエ》を尋ねん

〔名ノリ〕ワキ（正面へ向き）「これは木曾の山家《ヤマガ》[三]より出《イ》でたる僧にて候　さても木《キ》[四]曾殿《ソドノ》は　江州粟津《ゴオシウアワズ》[五]が原にて討《ウ》たれ給ひたるよし承り及び候ふほどに　かのおん跡《ナト》を弔《トム》らひ申さばやと思ひ　ただいま粟津が原へと急ぎ候

〔上ゲ歌〕ワキ／ワキ連へ（向き合って）信濃路《シナノジ》[六]や　木曾[七]の懸《カ》け橋《ハシ》名にし負《オ》ふ　木曾の懸け橋名にし負ふ　その跡訪《アトト》ふや道の辺《ベ》の　草の蔭野《カゲノ》の仮《カ》り枕《マクラ》　夜《ヨ》[八]を重《カサ》ねつつ日を添へて（以下歩行の体）行けば程《ホド》なく近江路《オオミジ》や　矢橋《ヤバセ》[九]の浦《ウラ》に着きにけり　矢橋の浦に着きにけり

〔着キゼリフ〕のあと　脇座に行き着座

一　信濃の国（長野県）にある、またはそこに通じる路のこと。「する」との掛詞で信濃路を旅する、の意。
二　『能因歌枕』以下、「木曾のかけはし」を信濃の歌枕とする。ここは地名としての木曾に、木曾義仲を言いかけ、その最期《さいご》の跡を尋ねてみよう、の意。
三　木曾が山国であるところから言う。山中の家。
四　木曾義仲のこと。源義賢の二男。木曾で養われ、木曾を姓とする。平家を都から追い、一時勢威を奮ったが、源義経らの軍に攻められて寿永三年（一一八四）正月、近江の粟津で討死（『平家物語』等）。
五　滋賀県大津市の南部、粟津町辺。
六　古写本には「旅衣」とする。
七　〈木曾の懸け橋は有名だが、その歌枕を道すがら尋ね、また名高い義仲最期の地を弔うために、道々草の蔭に野宿して〉。「木曾の懸け橋」は木曾川峡谷にある桟道《さんどう》。歌枕。
八　〈幾夜幾日を経て〉。「夜を重ね」は歌語。
九　中世を通じて、山田とともに大津、湖西への渡船場。現在滋賀県草津市。

後見が柴をつけた舟の作り物を出し常座に置く
【一声】でシテが登場　舟の艫に乗り　棹を持つ

〔一セイ〕正面へ向き シテ〽一世《ヨ》の業《ワザ》の　憂《ウ》きを身に積《ツ》む柴舟《シバブネ》や　焚《タ》かぬ前《サキ》よりこ（焦・漕）がるらん

〔問答〕脇座に立って ワキ「のうのうその舟に二便船《ビンセン》申さう《ソオ》のう《ノオ》　シテへ向き

ワキへ向き シテ「これは三山《ヤマ》田矢橋《ダヤバセ》の渡し舟《ブネ》にてもなし　ご覧《ラン》候へ柴積《シバツ》みたる舟にて候ふほどに　便船《ビンセン》は《ナ》叶《カナ》ひ候ふまじ

ワキ「こなたも柴舟《シバブネ》と見申して候へども　折節渡《オリフシワタ》りに舟もなし　出家《シュツケ》のことにて候へば四別《ベチ》のおん利益《リヤク》に〽舟を渡して賜《タ》び給へ

ワキへ向き シテ〽げにもげにも出家《シュツケ》のおん身なれば　五「余《ヨ》の人には変はり給ふべし　げにおん経《キョオ》にも六如渡得船《ニョドトクセン》

シテへ向き ワキ〽舟待ち得たる旅行《リョコオ》の暮れ　シテ〽かかる折にも（掛・断）あふみの（逢身・近江）海の

シテ ワキ〽矢橋《ヤバセ》を渡る舟ならば　それは旅人《リョジン》の渡し舟《ブネ》なり

〔上ゲ歌〕正面を向き 地〽七これはまた　八憂き世を渡る柴舟《シバブネ》の　憂き世を渡る柴舟の　九乾《ホ》されぬ袖もみなれざを（水馴・水馴棹）の　ワキへ向き 見馴れぬ人なれど　一〇法《ノリ》の人にてましませば　一一舟をばいかで惜しむべき　シテはトワキを招き　棹で舟を止めいる体 疾く疾く召され候へ　疾く

一〈柴舟には柴を積むだけでなく、仕事のつらさ（憂き）をもわが身に積んで漕ぎ渡るのだが、積んだ柴を焚く前から、その憂き心がくすぶり焦げる〉。「憂き」に「木」を言いかけ、「柴」の縁語。「こがるゝトアラバ…舟…思」（『連珠合璧集』）。 **2**

二 便船を乞い、いったん拒否されるが結局は許される型は、宿泊の場合などとともに類型。

三 前頁注九参照。「山田矢橋」と熟して慣用。 **3**

四〈格別の御好意をもって〉。「別の」は金春流古写本の「別しての」に同意。

五 出家でない人の場合とは別だ、の意。

六 仏の慈悲を「渡りに船を得るが如し」（『法華経薬王品《やくおうぼん》』）と譬《たと》えた。

七「それは旅人の渡し舟」だが、「これはまた…」と、同じ舟に見方を変えて言う。

八「憂」（「浮」と音通）と「渡」が「舟」の縁語。

九 波と涙に濡れるが乾すこともできぬ袖。「水馴棹」（舟の棹）は「乾」の縁語、「見馴れ」と重韻。

一〇「法の人」（僧）に「乗る」の意をもこめて言う。

一一〈舟に乗せることをどうして惜しみましょう〉。

一二 シテの名所教えは謡曲の一類型。

一三「山王」は「山王権現」の略。日吉《ひえ》神社。上《かみ》七社・中《なか》七社・下《しも》七社の二十一社がある。

一四 日吉社背後の八王子山。八王子社（上七社のうち）ではない。

一五「坂本」は比叡山東麓、日吉社の所在地。「戸津」

疾《ト》く召され候へ　ワキは舟の胴の間に乗って坐る
〔問答〕ワキ「いかに船頭殿《センドオドノ》に申すべきことの候　見えわたりたる浦《ウラ》山《ヤマ》はみな名所《メイショ》にてぞ候ふらん　ワキに向い　シテ「さん候《ゾオロオ》名所にて候　おん尋ね候へ[一二]教へ申し候ふべし　両人正面の山を見上げ　ワキ「まづ向かひにあたつて大山《タイサン》の見え候ふは比叡山候《ヒエイサンゾオロオ》ふか　見上げたまま　シテ「さん候《ゾオロオ》あれこそ比叡山《ヒエイサン》にて候へ　右を見　麓《フモト》に[一三]山王二十一社《サンノオニジュウイッシャ》　茂《シゲ》りたる峰《ミネ》は[一四]八王子《ハチオオジ》　[一五]戸津《トズ》坂本《サカモト》の人家《ジンカ》まで残りなく見えて候　正面へ向き　ワキ「さてあの比叡山《ヒエイサン》は《ナ》　[一六]王城《オオジョオ》より丑寅《ウシトラ》にあたりて候ふよのう　シテ「なかなかの事それわが[一七]山《ヤマ》は　王城《オオジョオ》の鬼門《キモン》を《ノ》守《マモ》り　悪魔を払《ハロオ》ふのみならず　〽[一八]一仏乗《イチブツジョオ》の峰《ミネ》と申すは　伝へ聞く[一九]鷲《ワシ》の御山《ミヤマ》を象《カタド》れり　また[二〇]天台山《テンダイサン》と号《コオ》[二一]するは　[二二]震旦《シダン》の四明《シメイ》の洞《ホラ》を移せり　「[二三]伝教大師《デンギョオダイシ》桓武《カンム》天皇《テンノオ》とおん心を一つにして　延暦年中《エンリヤクネンジウ》のご草《ソオ》創《ソオ》　[二四]ワキへ向き　わが立つ杣《ソマ》と詠《エイ》じ給ひし　〽[二五]根本中堂《コンポンチウドオ》の山上《サンジョオ》まで　上を見上げ　残りなく見えて候　ワキ「さてさて[二六]大宮《オオミヤ》のご在所《ザイショ》波止土濃《ハシドノ》とやらんも　あの坂本《サカモト》のうちにて候ふか　シテ「さん候麓《ゾオロオフモト》にあたつて　右を見やり　少し木深《コブカ》き

はその東にある琵琶湖畔の地名。
一六 都より東北に当る意。その方角が鬼門（陰陽道で、邪鬼による災禍があって忌《い》む方角）に当る。
一七 比叡山をさす。もと叡山関係者による呼称であったが、一般化して用いられている。鬼門を守護するのが比叡山。
4
一八 「一仏乗」は唯一成仏の教法たる法華経の所説。それを説く所としての比叡山をいう。
一九 霊鷲山《りようじゆせん》。釈迦が法華経を説いた山。日本の霊鷲山として比叡山をいう。
二〇 隋《ずい》の智者大師が天台宗を開いた山。中国・浙江《せつこう》省にある。わが国では比叡山をいう。伝教大師（最澄）が天台宗を伝えて、延暦寺を建てたことによる。
二一 現行観世流はゴオと発音。
二二 「震旦」は中国の異称。四明山は天台山に連なる山系で、その最高峰の頂上に洞があり、日月星辰の光を通すゆえに名づけるという。その名を移して比叡山を四明（山・嶺・洞）ともいう。
二三 比叡山草創縁起として諸書に見える。「伝教大師…延暦二十三年ニ帰朝シ玉フ。桓武天皇檀那ト成リ玉ヒテ比叡岳ヲ草創ラル」（『神道雑々集』）。『太平記』一八、「白髭の曲舞」等参照。
二四 「阿耨多羅三藐三菩提《あのくたらさんみやくさんぼだい》の仏たちわが立つ杣《そま》に冥加あらせ給へ」（『新古今集』釈教、伝教大師）。
二五 伝教大師建立《こんりゆう》の一乗止観院《いちじようしかんいん》。比叡山寺の本堂。
二六 山王上七社の大宮権現。次頁注一参照。

影《カゲ》の見え候ふこそ　大宮のご在所《ザイショ》波止土濃《ハシドノ》にておん入り[二]候へ　正面を向き ワキ「ありがたや[一]一切衆生悉有《イッサイシュジョオシッウ》仏性如来《ブッショオニョライ》と聞く時は　われらが身までも頼もしうこそ候へ　シテ「仰《オオ》せのごとく仏衆生通《ブッシュジョオツウ》ずる身なれば　ワキを見 お僧もわれも隔《ヘダ》てはあらじ　〽[二]一仏乗《イチブツジョオ》の　ワキ〽峰には遮那《シャナ》[三]の梢《コズエ》を並べ　シテ〽麓《フモト》に止観《シカン》の海を湛《タタ》へ　あたりを見渡し　ワキ〽また[四]戒定慧《カイジョオエ》の三学《サンガク》を見せ　シテ〽[五]三塔《サントオ》と名づけ　ワキ〽人はまた

〔歌〕地〽[六]一念三千《イチネンサンゼン》の　[七]機《キ》を表《アラ》はして　三千人《サンゼンニン》の衆徒《シュト》を置き　[八]円融《エンニュウ》の法《ノリ》も曇りなき　正面遠く（夜・良・横川）見やる　月のよかはも見えたりや　右を見やり　さてまた麓は[九]ささ波や　志賀唐崎《シガカラサキ》の一《ヒト》つ松　七社《シチシャ》の神輿《シンニョ》の　御幸《ミユキ》の梢《コズエ》なるべし　梢を見上げ　さざ波の　[一〇]水馴棹《ミナレザオ》（漕・焦）こがれ行くほどに　遠かりし　向かひの浦波《ウラナミ》[一一]の　あは（泡・粟津）づの森は近くなりて　橋掛りを遠く見やり　[一二]後《アト》は遠きささ波の　昔ながらの（乍・長等）　山桜《ヤマザクラ》は青葉　正面を見廻し　にて　面影《オモカゲ》もなつやまの（無・夏山）　（移・映）移り行く心で　うつり行くや青海《アオウミ》の　水と柴を見つめ　柴舟のしばしば[一三]も　ワキを見　暇《イトマ》ぞ惜しきさざ波の　棹に手をかけ彼方を見やる（急・磯際）　寄せよ寄せよいそぎはの　粟津《アワズ》にはやく着きにけり　粟津にはやく着きにけり
舟から下りてワキは脇座へ行く

一 すべての衆生は生来仏性を具えている、の意。『涅《ね》槃経《はんぎょう》』の文句。大宮権現の縁起に「諂タル大海ノ浪ノ上ニ、一切衆生悉有仏生如来、常住無有変易ト立ツ浪…忽チニ一葉ノ芦ノ、海中ニ浮ルニコソ留リニケレ。此芦ノ葉果シテ一島トナル。今比叡山ノ麓大宮権現ノ跡ヲ垂玉フ、波止土濃、是也。此ノ故ニ波止テ土濃《こま》ヤカナリトハ書也」（『神道雑々集』）と見える。

二 「隔てはあらじ一仏乗」に「一仏乗の峰」（前頁注一八参照）を言いかける。

三 遮那《しゃな》（護国の真言）業《ごう》。止観《しかん》（護国の大乗経）業《ごう》と対。伝教大師が山家学生式《がくしょうしき》を定め、この両業を学ばしめた。前者を峰の梢、後者を海（琵琶湖）に譬える。

四 「山ハ戒定慧ノ三学ヲ表シ、三塔ヲ建ツ。人ハ一念三千ノ義ヲ以テ員《カズ》トス」（『太平記』一八）など、天台の教義と堂衆を意義付けた定型表現。「三学」は、仏者の学ぶべき、戒律・禅定《ぜんじょう》・智慧の三学。

五 比叡山の東塔・西塔・横川の三塔を三学に配当。

六 天台宗の観法。心のうち（一念）に一切の諸法（三千）があること。

七 『謡抄』に「機」を宛てて以来、機縁の意に解するが存疑。「義」であろう（注四参照）。

八 この霊地に仏法悉く融通融和する意を、曇りなき月に譬える。

九 「ささ波」は湖面の小波《さざなみ》をイメージ化して、以下に点綴《てんてい》する。「志賀」の序。「志賀の唐崎」は歌枕で、一つ松影向《ようごう》の事など諸書に見え、山王七社の神輿渡御

シテは到着とともに姿を消した体で棹を捨てて中入り　後見は舟を引く
アイが登場　〔問答〕となり　ワキは兼平の故事を尋ねる

〔語リ〕　アイ「総じて兼平の子細と申し候ふは　源氏平家の戦ひにて候　[一四]平家は越中《エッチウ》の国倶利伽羅《クリカラ》が城《ジョオ》に十万余騎にて御籠りなされ候　源氏の御人数は僅《ワズ》かにてござ候へども　木曾殿兼平[一五]の人数をもつて押し寄せられて候　木曾殿案《アン》深きおん人にて候へば　そこもと隣郷《リンゴオ》へ牛を千疋《ビキ》ほど仰せつけられ　両の角《ツノ》に松明《タイマツ》を結《ユ》ひつけ　夜攻めに攻め落とさせられ　倶利伽羅が谷《タニ》の埋まるほど討ち取り給ひて候　[一六]木曾殿はわれほど案深き者はあるまじきと思《オボ》し召《メ》し　そのまま都へおん上《ノボ》りなされ　[一七]寵《チョオ》に誇らせられ　王位をおん望みなされてござ候　すなはちこの事[一八]鎌倉殿へ聞こえ申し　木曾御退治のために　[一九]蒲《ガマ》のおん曹子《ゾオシ》九郎判官《ホオガン》殿おん大将にて討手《ウッテ》に向かはせ給ひ候　[二〇]先陣《センジン》は佐々木の四郎梶原殿にて候　その時生喫磨墨《イケズキスルスミ》　かやうの名馬に召され　左右《ソオ》なくあの宇治槇《マキ》の島《シマ》を越《コ》させられて候　[二一]木曾殿はこの粟津《アワズ》が原《ハラ》をおん構へなされ候　僅《ワズ》かのご人数にて候へば　五百騎が三百騎になり　三百騎が二百騎になり　二百騎が百騎になり　百騎が一騎になるまで

の所。「卯月祭礼《ノ》神幸者…於二唐崎一、粟《ノ》御供備進《ス》」(『日吉社神道秘密記』)。
一〇 舟を漕ぎ行くことと、目的地への到着をじれったく思うこととを掛ける。
一一「向かひの浦」(対岸)を「浦波」に言いかけ、「粟津」の序とする。
一二〈振り返ると後の岸は遠くなり、思い返すとその昔、忠度《ただのり》の詠んだ山桜は今は青葉で、花盛りの面影はなくなり、季節は移って、夏山の青葉が映る湖面に舟は進んで行く〉。「さざ波や志賀の都は荒れにしを昔なが《い》らの山桜かな」(平忠度、『平家物語』等)。「昔ながら」に「長等山」を言いかけ、「青海」(蒼海)を、「淡海」に言いかけた。
一三「柴舟」と連韻で、暫《しば》し、の意に用いた。
一四 以下『平家物語』巻七「倶利伽羅落」に見える話。「越中の国」は富山県。
一五 今井四郎兼平。木曾義仲の忠臣、四天王の一人。
一六 以下、『平家』巻八「法住寺合戦」に見える話。
一七 義仲が戦勝で得意になったことを言う。関白の壻《むこ》となり、「主上にやならまし、法皇にやならまし」と望んだことが『平家物語』に見える。
一八 源頼朝。
一九 蒲の冠者範頼と九郎判官義経。頼朝の弟。
二〇 以下、『平家物語』巻九「宇治川」に見える佐々木四郎高綱と梶原源太景季の話。
二一 以下、『平家物語』巻九「木曾最期」に見える話。

おん戦ひなされ候ふが　木曾殿はこの藪蔭《ヤブカゲ》にておん果《ハ》てなされて候　また
兼平はこの岸蔭《キシカゲ》にておん腹《ハラ》十文字におん切りなされたると[一]申し候

〔問答〕　ワキは先刻の出来事を話し　アイは回向を勧めて退く

〔上ゲ歌〕　ワキ　着座のまま　ワキ連　へ露を片敷く草枕《クサマクラ》　露を片敷《カタシ》[二]く草枕　日も暮れ夜《ヨ》に
もなりしかば　粟津《アワズ》[三]の原のあはれ世の　亡《ナ》き跡《アト》なほも弔《トム》らはん　亡
き跡なほも弔らはん

【一声】でシテが登場　常座に立つ

〔サシ〕　シテ　正面へ向き　へ白刃骨《ハクジンホネ》[四]を砕《クダ》く苦しみ眼睛《ガンセイ》を破《ヤブ》り　紅波楯《コオハタテ》[五]を流す粧《ヨソオ》ひ
(簗杭・胡籙)やなぐひに残花《ザンカ》を乱《ミダ》す

〔一セイ〕　シテ　へ雲水《クモミズ》[六]の　あはづの原の朝風《アサカゼ》[七]に(泡・粟津)　地　へ閧《トキ》つくり添《ソオ》ふ
声《コエ》ごゑに　シテ　へ修羅《シュラ》[八]の巷《チマタ》は騒《サワ》がしや

〔掛ケ合〕　ワキ　シテへ向き　へ不思議[九]やな粟津の原の草枕に　甲冑《カッチウ》を帯《タイ》し見え給ふ
は　いかなる人にてましますぞ　シテ　ワキへ向き　へ愚《オロ》[一〇]かと尋ね給ふものか
な　おん身これまで来たり給ふも　わが亡《ナ》き跡を弔《ト》はんための　お

一　無刊記本は「とも申、又太刀を口にくはへてさかさまに馬よりおち給ひたるとも申候」とする。
二「片敷く」は寝ることの形容。「露」と「草枕」は縁語。
三「粟」が「あはれ」と重韻《くげん》。
6
四　以下の四行は修羅道の苦患《くげん》を示す。〈白刃が骨を斬り砕く苦しみは、あたかもひとみを突き破らんばかり〉。「眼睛」は瞳のこと。ここは「血は涿鹿《たくろく》の川となり、紅波楯を流しつつ、白刃骨を砕く苦しみ」(《箙》)に基づくか。黄帝と蚩尤《しゆう》との涿鹿の地の激戦は『史記』等に見えるが、『胡曾詠史詩』に「涿鹿茫茫《トシテ》　百草秋《ナリ》、軒轅曾《テ》此《ニ》破《ル》二蚩尤《ヲ》一、丹霞遙映《ズ》祠前《ノ》水《ニ》、疑《ラクハ》　是成《レテ》レ川《ト》血《ノ》尚流《ルカ》」と詠まれている。
7
五〈血は川となって楯を流す有様は、あたかも簗杭《やなぐい》に残花が乱れかかるかと思われ、胡籙《やなぐい》には血が飛び散って残花が乱れ散ったかのようだ〉。
六「雲」は「花」の縁語で、「雲水」が「泡」に音通の「粟津」の序。
七〈朝風の音に合戦の閧の声が加わり〉。
八　修羅道は六道の一。常に闘諍《とうじよう》を専らとする。
8
九　ワキ謡は、《八島》の場合に酷似。
一〇〈間の抜けたご質問をなさることよ。あなたがここまでおいでになったのも、私の死後を弔おうというお心からではなかったのですか〉。

ん心ざしにてましまさずや　兼平《カネヒラ》これまで参りたり　ワキ〽今井《イマイ》の四郎兼平《カネヒラ》は　今はこの世に亡《ナ》き人なり　さては夢にてあるやらん

シテ「一一いや今見る夢のみか　現《ウツツ》にもはやみなれざを（見馴・水馴棹）の　舟にて見《ミ》みえし物語　はやくも忘れ給へりや

ワキ〽そもや舟にて見みえしとは　矢橋《ヤバセ》の浦《ウラ》の渡《ワタ》し守《モリ》の

シテ「その舟人《フナビト》こそ兼平が　現《ウツツ》に見《ミ》みえし姿なれ

ワキ〽さればこそ初めより　一二様《ヨオ》ある人と見えつるが　さては昨日《キノオ》の舟人《フナビト》は

シテ〽一三舟人《フナビト》にもあらず

ワキ〽漁夫《ギョフ》にも

シテ〽あらぬ

［上ゲ歌］地〽もののふ（者・武士）の　矢橋の浦の渡し守　矢橋《ヤバセ》の浦《ウラ》の渡《ワタ》し守《モリ》と　見えしはわれぞかし　一四同じくはこの舟を　御法《ミノリ》の舟に引きかへて　われをまた彼《カ》の岸に　渡して賜《タ》ばせ給へや

以下謡に合せて所作

左手を出してワキの前に行き　袖を返し　懇願する心で見つめる

［クリ］地〽げにや一五有為《ウイ》生死《ショオジ》の巷《チマタ》　来たつて去ること速《ハヤ》し　一六老少《ロオショオ》も前後不同《ゼンゴフドオ》　一七夢幻泡影《ムゲンホオヨオ》いづれならん

シテは大小前で床几にかかる

［サシ］シテ〽ただこれ一八槿花《キンカ》一日《イチジツ》の栄《エイ》

床几に坐ったまま

地〽一九弓馬《キウバ》の家にすむ（住・澄）月の

一一〈いや、今見ている夢だけのことではありません、現実の出来事としてすでにご存じの通り、舟でお目にかかってお話ししたことを、もはやお忘れですか〉。

一二〈何かわけありげな人と思っていましたが〉。

一三〈舟人でも漁夫でもなくて、実は武士だ〉。「武士の」は「矢（橋）」の枕詞。

一四〈どうせのことなら、この柴舟を法の舟として、今度は逆に私を彼岸浄土に渡して下さいませんか〉。舟を仏法に譬えることは、三三二頁注六参照。

一五〈世の中の有様は生と死の世界があっという間に去来する〉。以下、無常を表わす慣用句を列挙する。

一六〈老人が先に死に、若者が後まで生きるとは限らない〉。「死生有《リ》レ命、又は老少前後す」（『太平記』四）など。

一七〈生・死、老・少と夢・幻、泡・影と、どんな違いがあろう、変りはしない〉。「一切有為法、如夢幻泡影」（『金剛経』）など。

一八「槿花一日自為レ栄」（『白氏文集』『和漢朗詠集』）に基づき、栄華の短くはかないことを譬える慣用句。以下の敗軍描写の序とする。

9

一九「弓馬の家」は武門の意。「住む」はここでは大将義仲に所属する兵士の意。「澄む月」は残月に言いかけた「残る」の序。「月」は「弓」と縁語。

わづかに残る兵《ツワモノ》の　一七騎《シチキ》となりて木曾殿《キソドノ》は　この近江路《オオミジ》に下《クダ》り給ふ　兼平勢多《カネヒラセタ》二より参りあひて　また三百余騎《ヨキ》になりぬ　シテ〽その後合戦《ノチカセン》たびたびにて　また主従二騎《シウジウニキ》に討《ウ》ちなさる　地〽三今は力《チカラ》なし　あの松原《マツバラ》に落ち行きて　おん腹《ハラ》召され候へと　兼平勧《スス》め申せば　心ぼそくも主従《シウジウ》二騎　語りかける心でワキへ向く　粟津の松原さして落ち行きけり

［クセ］　床几に坐ったまま正面を向き　地〽兼平申すやう　四後《ウシロ》よりおん敵《カタキ》大勢《オオゼイ》にて追っ駈けたり　五防《フセ》ぎ矢《ヤ》仕らんとて　駒《コマ》の手綱《タズナ》を返せば　木曾殿《ドノ》六ご諚《ジョオ》ありけるは　多くの敵《カタキ》を逃《ノガ》れしも　七汝一所《ナンジイッショ》にならばやの　所存《ショゾンナ》ありつる故《ユエ》ぞとて　同じく返し給へば　兼平《カネヒラ》また申すやう　八こは口惜《クチオ》しきご諚《ジョオ》かな　九さすがに木曾殿《ドノ》の　人手《ヒトデ》にかかり給はんこと　末代《マツダイ》のおん恥辱《チジョク》　ただおん自害《ジガイ》あるべし　今井もやがて参らんとの　兼平に諫《イサ》められ　また引っ返し落ち給ふ　さてその後《ノチ》に木曾殿《ドノ》は　心ぼそくもただ一騎《イッキ》　面を上げて遠く見やり　粟津の原のあなたなる　ワキへ向く　松原さして落ち給ふ　シテ〽一〇頃は睦月《ムツキ》の末《スエ》つ方《カタ》　地〽春めきながら冴《サ》えかへる　比叡《ヒエ》の山風《ヤマカゼ》の　正面

一　以下、『平家物語』の文章をそのまま借りて綴る。解題（「平家（一）」）参照。
二　「勢多」は宇治川の上流、瀬田川の東岸（現大津市）。宇治合戦で同時に破られ、その残党が寄り合ったことを言う。
三　〈もはやどうしようもありません、あの松原へ退いてご切腹なさいますよう〉。
四　以下『平家物語』の文による。解題（「平家（二）」）参照。
五　〈私が防戦しましょうと、敵の方へ馬をとって返すと〉。
六　〈おっしゃるには〉。
七　〈お前と一所《いっしょ》に討死しようとの考えだったからだと、同じく引き返し給うので〉。
八　〈これはまあ無念なお言葉よ〉。「口惜し」は期待に背《そむ》き、不本意な気持を言う。
九　〈何と言っても勇名を馳せた木曾殿が〉。
一〇　〈頃は一月下旬のこととて、春めきながらも寒さは一段と増さる比叡おろしの〉。以下『平家物語』の文による。解題（「平家（四）」）参照。

一一〈あるかなきかはっきりしない道の行く先が、一体どうなっているか、雪が積ってわからぬままに進んで行くと、薄氷の張った深田に馬を乗り入れ、落ちこんで〉。上の「呉織《くれはとり》」(《呉国伝来の織女、またその織物)が、「漢織《あやはとり》」をふまえ「あやし」の序。

一二〈馬の頭も全く見えぬ。これはまあ、行く末どうなることか〉。「望月の駒」は歌語。ここは駒の意の文飾。

一三〈どうしようもなく呆然として〉。

一四 兜の裏側、額のあたり。

一五「落ち」に「遠近」を掛けるが、彼方此方《あなたこなた》の意はなく、異境の土となる、の意。

一六〈どのようにおなりになったのか〉。

一七〈主君義仲が自害できずに戦死したことも知らないで〉。

一八〈主君の自害に殉ずることばかり気にしていた〉。

一九 以下『平家物語』の文による。解題(「平家(三)(五)」)参照。

二〇〈もはや何も望むことはないと〉。主君を守護する必要もなくなったことをいう。

(を見上げ 見廻し)雲行く空もくれはとり(暮・呉織) 一一あやしや通《カヨ》ひ路《ジ》の 末しらゆきの(知らず行・白雪)薄氷《ウスゴオリ》 深《フカ》田《タ》に馬を駈け落とし(下を見て足拍子) 引けども上がらず(立ち上って手綱をとる体) 打てども行かぬ(扇を鞭にして後を打ち) 一二望月《モチヅキ》の駒《コマ》の 頭《カシラ》も見えばこそ(馬を見つめる体) こはなにとならん身の果《ハ》て(腰を下ろし面を伏せ) 一三せん方もなくあきれ果て このまま自害《ジガイ》をせばやとて 刀《カタナ》に手を掛け給ひし(刀に手を掛け)が さるにても兼平が 行方《ユクエ》いかにとをちかたの(落ち方・遠方) 後《アト》を見返り給へ(橋掛りの方を見やる)ば シテ〽いづくより来たりけん 地〽今ぞ命《イノチ》はつきゆみの(尽・槻弓) 矢《ヤ》ひとつ来たつて 一四内兜《ウチカブト》にからりと射る(扇で頭をさして) 痛手《イタデ》にてましませば たまりもあへず馬上《バショオ》より 一五をちこちの(落・遠近)土となる(床几から落ちて膝をつき すぐに立ち上って常座へ回り) 所はここぞわれよりも 主君《シュクン》のおん跡《ナト》を まづ弔らひて賜《タ》び給へ(ワキに向う)

〔ロンギ〕地〽げに痛はしき物語 兼平《カネヒラ》のご最期《サイゴ》は 一六なにとかならせ給ひける シテ〽兼平は一七かくぞとも 知らで戦《タタコオ》ふその隙《ヒマ》にも 一八ご最期《サイゴ》のおん供《トモ》を 心に掛くるばかりなり 地〽さて一九その後《ノチ》に思はずも(以下謡に合せて合戦の所作) 敵《カタキ》の方《カタ》に声立てて 木曾殿《ドノウ》討たれ給ひぬと シテ〽呼ばはる声を聞きしより(じっと聞く体) 地〽二〇今は何《ナニ》をか期《ゴ》すべきと(舞台を回り) シテ〽思ひ定

めて兼平は　地へ これぞ最期《サイゴ》の荒言《コオゲン》と一　シテへ 鐙《アブミ》踏《フ》二んばり大音《ダイオン》あげ《ナ》

左手の扇を楯に擬し太刀を抜いて戦いの体
〔中ノリ地〕　地へ 木曾殿《ドノ》の御内《ミウチ》に今井の四郎　兼平と名乗りかけて

太刀で指し廻し
大勢《オオゼイ》に割《ワ》つて入《イ》れば　もとより一騎当千《イッキトオゼン》三の　秘術《ヒジュット》を現はし大勢を

数拍子　太刀で　切りつけ
粟津の汀《ミギワ》に追つ詰めて　磯《イソ》打つ波のまくり四切りぎ　蜘蛛手十文字《クモデジウモンジ》五に

数拍子　太刀を
打ち破《ヤブ》り駈《カ》け通《トオ》つて　その後自害《ノチジガイ》の手本《テホン》よとて　太刀《タチ》を銜《クワ》へつつ

肩にそり返って膝をつき　太刀を捨て袖を返し　立ち上って　常座で
さかさまに落ちて　貫《ツナヌ》かれ失せにけり　兼平が最期《サイゴ》の仕儀《シギ》六　目を驚

正面へ向き　脇正面を向いて　袖を返して留拍子
かすありさまなり　七目を驚かすありさまなり

一「広言」（易林本『節用集』）に同じ。大言壮語。
二 馬に乗り、足をかけるための馬具。「今井四郎只一騎、…鐙踏張《ふんば》り立上り、大音声を揚げて…」（覚一本『平家物語』による）。
三 千人を相手に出来る勇者。以下の奮戦ぶりは『平家物語』の文による。ただし、解題所引（「平家（三）」）の場面に、大津打出浜での場面の、「木曾三百余騎、六千余騎が中へ駈け入り、竪様《たてさま》横様、蜘蛛手十文字に駈け破つて、後《うしろ》へつと出でたれば」を取り合せた。
四 馬を相手に寄せて斬りつける意か。手綱扱いを波の捲《まく》り立つ様子に言いかけた表現。「まくると云は、犬と馬と間遠き時、犬に近くあはんとて、手綱をつかひて馬を寄する事を云也」（『犬追物付紙日記』）。
五 四方八方へ駈け回ること。またそのように斬り立てること。
六「仕儀」は「式」の転か。振舞い、様子。
七 この部分、底本は「〱」。古写本（上掛り・下掛りとも）や宝生流も同様。現行の観世・金剛両流等は「目を驚かすありさま」で止める。

通小町
かよいこまち

登場人物

シテ　深草の少将の霊
　　　痩男（河津）・黒頭・紸水衣・白大口
前ツレ　里の女　小面・唐織
後ツレ　小野小町の霊
　　　小面・唐織
ワキ　八瀬の僧　角帽子・紸水衣・無地熨斗目

備　考

＊四番目物、略二番目物。太鼓なし。
＊観世・宝生・金春・金剛・喜多の五流にある。
＊底本役指定は、シテ、ツレ女・ツレ・女、ワキ、同、地。

構成と梗概

1　ワキの登場　八瀬《やせ》の山里の僧（ワキ）が日参の女性を待つ。
2　ツレの登場　市原野に住む女（前ツレ）が木の実爪木を携えて日参の旨を述べる。
3　ツレ・ワキの応対　女は木の実の数々を語る。
4　ツレの中入り　女は僧に小野小町であることをほのめかして消える。
5　ワキの独白　僧は小町の古歌と思い合せて、女が小町の幽霊であると察する。
6　ワキの待受け　僧は市原野に赴き供養する。
7　後ツレ・シテの登場　小町の亡霊（後ツレ）が現われ、そのあとを追って、身を隠した四位の少将の亡霊（シテ）が現われる。小町は回向を喜んで受戒を乞い、少将はそれを妨げようと手を尽す。
8　ツレ・シテの物語り　僧は二人に懺悔を勧め、二人は百夜通いを再現する。少将の苦悩。
9　結末　満願の日の少将の歓喜と、二人の成仏。

【名ノリ笛】でワキが登場　常座に立つ

〔名ノリ〕 正面へ向き ワキ 「これは一八瀬《ヤセ》の山里《ヤマザト》に二一夏《イチゲ》を送る僧にて候　ここにい三づくとも知らず女性一人《ニヨシヨオイチニン》　毎日木《マイニチコ》の実《ミ》四爪木《ツマギ》を持ちて来たり候　今日《キヨオ》も来たりて候はば　五いづくの人ぞと名を尋ねばやと思ひ候　脇座に着座

【次第】でツレが木の葉の入った手籠を持ち登場

〔次第〕 常座に立ち ツレ へ拾ふ六爪木《ツマギ》もたきものの　(焚物・薫物)　拾ふ爪木《ヒロオツマギ》もたきものの　七匂は《ニオワ》ぬ袖《ソデ》ぞ悲しき

〔名ノリ〕 正面を向き ツレ へこれは八市原野《イチワラノ》のあたりに住む女にて候　「さても八瀬《ヤセ》の山里《ヤマザト》に　九尊《タット》き人のおん入《ニ》り候ふほどに　いつも木《コ》の実《ミ》爪木《ツマギ》を持ちて参り候　歩行の体　今日《キヨオ》もまた参らばやと思ひ候

〔問答〕 ワキへ向き ツレ 「いかに申し候　一〇 真中に出て坐る　またこそ参りて候へ　着座のまま ワキ 「いつも

一 京都市北郊、比叡山西麓の地。
二 夏《げ》安居《あんご》。四月から七月に至る九十日間、籠《ろう》居《きよ》して修行すること。 1
三 「いづくとも知らず」は「来たり候」にかかる。どこに住むのかわからぬ身元不明の女性。
四 指先で折り取った木の枝の意。薪のための小枝。
五 〈どこに住む人か、名前を尋ねようと思います〉。
六 「爪木」は「褄」に音通で「袖」と縁語。 2
「ひろふトアラバ、椎、妻木」(『連珠合璧集』)。「薫物」は香木を合わせて煉《ね》った香。
七 〈薫物の匂いもない粗末な着物なのが悲しいことだ〉。
八 京都市北郊、鞍馬街道沿いの山間地。
九 〈尊い上人がいらっしゃいますので〉。
一〇 〈今日もまた参上しました〉。 3

来たり給ふ人か　今日《キョオ》はこの木《コ》の実《ミ》の数《カズ》[一]かずおん物語り候へ[二]

［ロンギ］正面を向き ツレ〽拾《ヒロ》ふ《オ》木《コ》の実《ミ》はなになにぞ　地〽拾ふ木の実はなになにぞ

ツレ〽[三]いにしへ見慣《ミナ》れし　車《クルマ》[四]に似たるは　嵐《アラシ》に脆《モロ》き落ち椎《ジイ》　地〽[五]歌人《カジン》の家《イエ》の木《コ》の実《ミ》には　ツレ〽[六]人丸《ヒトマル》の垣《カキオ》ほの柿《カキ》　山《ヤマ》[七]の辺《ベ》のささ栗《グリ》　地〽[八]窓《マド》の梅《ンメ》　ツレ〽園《ソノ》の桃《モモ》　地〽[九]花の名にある桜《サクラ》麻《アサ》の　苧生《オオ》の浦梨《ウラナシ》なほもあり　[一〇]櫟《イチイ》香《カ》椎《シイ》真《マ》手《テ》葉《バ》椎《シイ》　大小柑子《ダイショオカンジ》[一一]金柑《キンカン》　あはれ[一二]昔の恋しきは　花橘《ハナタチバナ》のひと枝《エダ》　ワキへ向く 花橘のひと枝

［（問答）］ツレへ向き ワキ「木《コ》の実《ミ》の数かずは承りぬ　さてさておん身はいかなる人ぞ　おん名を名のり給ふべし

［上ゲ歌］面を伏せつつ正面へはずし ツレ〽恥づかしや己《オノ》[一三]が名を　（己・小野）立って常座へ 地〽をのとは言はじ　薄生《ススキオ》ひたる　行きかけ 市原野辺《イチワラノベ》に住む姥《ンバ》[一四]ぞ　ワキを見 跡弔《アトト》ひ給へお僧とて　小さく回って常座で かき消すやうに失せにけり　正面を向き 消え失せた体で後見座へ退る かき消すやうに失《ウ》せにけり

［□］着座のまま ワキ「かかる不思議なることとこそ候はね　ただいまの女をくはしく尋ねて候へば　をのとは言はじ薄生《ススキオ》ひたる　市原野《イチワラノ》に住む姥《ンバ》

一　古写本に「数々の名を」とあるに同意。

二　下掛りは次に［サシ］がある。解題参照。

三　かつては車を見慣れ、乗り慣れた身であることを言う。四位少将（後出）の車をも連想させる。

四「椎輪為大輅之始、大輅寧有椎輪之質」（『文選』。『明文抄』所引）などに基づき、「車トアラバ…椎」（『連珠合璧集』）。「車を作る椎の木」（《金札》）等。

五　歌人の代表（『古今集』仮名序）としての柿本人麿（人丸）・山辺赤人に木の実を取り合せた。

六　人丸は「柿の木の下に化現せしかば、姓をば柿下とたまはる」（『玉伝深秘』）という。「垣ほ」（垣）は「柿」と重韻の文飾。

七　赤人は「上総の国山辺郡の人なり。彼の所に笹栗とてたけ一尺ばかりあるに栗のなると…」（『古今栄雅抄』）という。

八「窓トアラバ…梅」、「園トアラバ…桃」（『連珠合璧集』）。

九〈花の名を持つ桜麻が生える苧生の浦の梨は、名は、「無し」だがやっぱり有る〉。「桜麻」は麻の一種。「桜麻の苧生の浦波立ち返り見れどもあかず山梨の花」（『新古今集』雑上、俊頼）、「片枝さすをふの浦梨初秋に…」（『新古今集』夏、宮内卿）などによる。苧生の浦は歌枕。「顕昭云…をふの浦は伊勢国にあり。斎宮御庄献レ梨所也」（『袖中抄』）。以上、慣用句の「桜梅桃李」に宛てて連ねた。

一〇「櫟」（いちい・いちいがし）に「香椎」「真手葉椎」と

にてあると申し　かき消すやうに失《ウ》せて候　[一五]ここに思ひ合はすることの候　[一六]ある人市原野《イチワラノ》を通りしに　薄一叢生《ススキヒトムラオ》ひたる蔭《カゲ》よりも　〽[一七]秋風の吹くにつけてもあなめあなめ　「をのとは言はじ薄生《ススキオ》ひけりとあり　これ小野《オノ》の小町《コマチ》の歌なり　疑《ウタゴオ》ふところもなくただいまの女は　小野の小町の幽霊《イウレイ》と思ひ候ふほどに　かの市原野《イチワラノ》に行き　小町の跡を弔《トム》らはばやと思ひ候

〔上ゲ歌〕ワキ〽この草庵《ソオアンノ》を立ち出《イ》でて　立って歩行の体　この草庵を立ち出でて　なほ草深く露繁《シゲ》き　市原野辺《イチワラノベ》に尋ね行き　[一八]座具《ザグノ》を展べ香《コオ》を焚《タ》き　膝をつき

数珠を手に合掌

〔誦〕ワキ〽[一九]南無幽霊成等正覚《ナムイウレイジヨオトオシヨオガク》　出離生死頓証菩提《シユツリシヨオジトンシヨオボダイ》　脇座に戻り着座

【一声】で幕が上がり　シテが被衣で頭から身をかくして登場　低い姿勢で橋掛りを歩み出る
ツレは幕が上がるとともに後見座から出て常座に立つ

〔(掛ケ合)〕ワキへ向き　ツレ〽嬉しのお僧の弔《トム》らひやな　[二〇]同じくは戒授《カイサズ》け給へやお僧

被衣のまま一ノ松に　シテ〽[二一]いや叶《カノ》ふまじとよ　立ち止まり　戒《カイ》授け給はば　恨み申すべしはや帰り給へお僧

シテへ向き　ツレ〽[二二]こはいかにたまたまかかる法《ノリ》に逢へばなほその苦患《クゲンノ》を見せんとや

シテ〽[二三]ふたり見るだに悲しきに　おん

椎の異種名を重ねた。「椎」は四位少将を暗示するか。

一一「柑子」「金柑」「橘」、ともに柑橘類の名。

一二「さつき待つ花橘の香をかげば昔の人の袖の香ぞする」（『古今集』夏）による。

一三〈私の名を自分から小野の小町などとは申しますまい〉。注一七の歌をふまえる。

一四 現行諸流とも若い女として演出。本来は姥《うば》か。

一五 古写本に「ここに古きことの候を思ひ出だして候」とする。

一六 以下の説話は解題参照。市原野とする根拠未詳。

一七〈秋風の吹くにつけても、髑髏《どくろ》となった目の間から生い出た薄が靡いて、ああ目の痛むこと。それにつけても、こんな姿を私が小野小町だとは言うまい〉。

6

一八「座具」は礼拝の時に用いる敷物。「長四尺、広三尺」（『翻訳名義集』）。

一九 死者を回向《えこう》する時の常套文句。《求塚》等。

二〇〈ついでのことに戒もお授け下さい〉。「戒」は仏道に入った者の守るべき戒律。それを受けることにより仏道に帰依《きえ》し成仏の道が開かれる。

7

二一〈いやそれは駄目ですよ〉。

二二〈これはまあどうしたこと、せっかくこんな有難い仏縁に逢うことができたと思えば、それを邪魔して相変らず地獄の苦しい目に逢わせようとするのか〉。

二三 二人一緒に見るさえ悲しい苦患《くげん》を、まして一人とり残されたら、の意。

身一人仏道《イチニンブツドオ》ならばわが思ひ　重《オモ》きが上の小夜衣《サヨゴロモ》　重《カサ》ねて　ワキへ向き　憂き目をみ(見・三瀬川)つせがはに　沈み果てなばお僧の　授け給へるかひ(戒・効)もあるまじ　被衣を少し上げてワキへ　はや帰り給へやお僧達《ソオタチ》

〔ロンギ〕　シテとツレは正面を向く　地〽なほもその身は迷ふとも　なほもその身は迷ふとも　戒力《カイリキ》に引かれば　などか仏道《ブツドオ》ならざらん　ただ共《トモ》に戒《カイ》を受け給へ

ツレはワキへ向き　ツレ〽人の心はしらくもの(知らず・白雲)　われは曇らじ心の月　出でてお僧に弔《ト》はれ《ワ》んと　薄《ススキ》押し分け　シテは左右に押分ける体で前へ出　〽出でければ

被衣を脱いで姿を現し　シテ〽包めどわれも穂《ホ》に出でて　包めどわれも穂に出でて　尾花《オバナ》招かば止まれかし　ツレを見　手招きする

面を伏せ　ツレ〽思ひは山の鹿《カセギ》にて　招くとさらに止まるまじ

ツレに向い　シテ〽さらば煩悩《ボンノオ》の犬となつて　近づきつつ　打たるると離れじ　ツレを見こむ

ツレは正面を向きシテを避ける　地〽恐ろしの姿や

ツレの右袖を両手で引張り　シテ〽袂を取つて引き止むる　ツレの方へ引張られ　地〽引かるる袖も　再び引張って　シテ〽控《ヒコオ》ふる

袖を放してタラタラと退り　地〽わが袂も　ともに涙の露　数拍子　ふかくさ(深・深草)の少将　シテとツレはワキを向く

〔(問答)〕　着座のまま二人へ　ワキ「さては小野の小町四位《シイ》の少将《ショオショオ》にてましますかや　懺《サン》悔《ゲ》に罪《ツミ》を滅《ホロ》ぼし給へ

ツレへ向き　シテ「さらばおことは車《クルマ》の榻《シジ》に百夜《モモヨ》待ちし

一〈あなた一人が成仏できたら〉。

二〈私の邪婬《じゃいん》の思いは二重に重なって、つらい目を見る三途《さんず》の川に沈んでしまう。そうなったら、小町一人に戒を授けたかいもありますまい〉。「さらぬだに重きが上の小夜衣わが妻ならぬつまな重ねそ」(『新古今集』釈教、不邪婬戒。寂然法師)。「沈み」は「憂き」(「浮き」と音通)と縁語。

三　現行諸流はワキ僧は一人。古型はワキ連も登場か。

四〈今はなお邪婬に迷っていても、戒を受けたらその法力に引かれて、成仏できぬことはあるまい〉。

五〈人(少将)の心はいざ知らず、戒を求めようとの私の決心に曇りはない〉。受戒の強い決心を示す。「雲」「曇」「月」と縁語。心を月に譬《たと》えることも常套表現。「月トアラバ…出入」(『連珠合璧集』)。

六「薄生ひけり」(前頁注一七参照)をふまえる。

七〈姿を隠していた私も身を現わしてこのように招き引き止めるからには受戒を思い止まれ〉。「穂に出づ」は人目につく、の意。「尾花」は薄のこと。「薄トアラバ、穂に出る、…まねく」(『連珠合璧集』)。

八〈思い(受戒の決心)は山の鹿同様いくら招き止めても止まることはできません〉。「煩悩は家の犬、打てども去ることなく、菩提は山の鹿《かせぎ》、つなげどもとまり難し」(『宝物集』)等。「鹿《カセギ》」は現行観世のみカセキ。

九〈それでは私は「煩悩の犬」となってたとえ打たれようと離れることではない〉。前行「招かば」に対し「招くと」という。

8

ところを申させ給へ　われはまた百夜《モモヨ》通《カヨ》ひしところをまなう《ノオ》で見せ
申し候ふべし
〔掛ケ合〕 脇座へ行きながら ツレ へもとよりわれはしらくもの（知らず・白雲） 一三（掛・斯）かかる迷ひのありける 脇座に着座
とは シテ ツレへ向き 「思ひもよらぬ車の榻《シジ》に　百夜《モモヨ》通へと偽《イツワ》りしを　へ真《マコト》と思ひ　「暁《アカツキ》ごとに忍《シノ》一四び車《グルマ》の榻《シジ》に行けば 着座のまま ツレ へ車の物見《モノミ》もつつましや　姿を変へよと言ひしかば　シテ 「輿車《コシクルマ》は言ふに及ばず
ツレ へいつか思ひは　地 へ一五（止まん・山城）やましろの木幡《コワタ》の里に馬《ンマ》はあれども 正面先へ出て ツレを見こみ常座へ行く
シテ へ君を思へば徒歩跣足《カチハダシ》 後見から笠を受取り ツレ へさてその姿は 正面を向き シテ へ笠に蓑 手にした笠を見
ツレ へ身の一六憂き世と一七や竹の杖《ツエ》　シテ 「一八つきには行くも暗からず（突・月） 空を見上げ
ツレ 「さて雪には　シテ 「一九袖を打ち払ひ 左袖を見つめ ツレ へさて雨の夜《ヨ》は 笠で顔を隠し
シテ へ二〇目に見えぬ 笠を下ろして 「鬼一口《ヒトクチ》も恐ろしや 向うを見こみ ツレ へたまたま曇らぬ時だにも 目付で笠をかざし シテ へ身《ミ》二一一人《ヒトリ》に降る涙の雨か 見上げ 足拍子を踏み笠を下ろし
【立回リ】 闇夜の百夜通いの表現
〔□〕 常座で笠を シテ へあら暗《クラ》二二の夜《ヨ》や 両手にかざし

一〇 深草の四位の少将。解題参照。
一一 過去の罪を告白して悔い改めるのが懺悔で、滅罪を得る。具体的には百夜通いを再現し、「まなぶ」（まねる）こと。なお「懺悔に…」以下は、現行五流とも「とても事に車の榻に百夜通ひしところをまなうでおん見せ候へ」と改める。解題参照。
一二 「車の榻に百夜通へ」（三四七頁四行目）というのが少将の求愛に対する小町の条件。
一三 〈このような迷妄のあることとは思いもよらず〉。「思ひもよらぬ」は前後にかかる。
一四 「物見」（人に見られること）が憚《はばか》られる、の意を「車」の縁で「忍び車」（微行の車）「車の物見」（牛車の窓）と続ける。
一五 『萬葉集』以来様々に変形して伝えられる歌。「山城の木幡の里に馬はあれど君を思へばかちにてぞ行く」（島原松平文庫本『唯独自見集』）が近似。
一六 上の「蓑」と重韻。
一七 「世」は「節《よ》」に音通で「竹」の縁語。
一八 〈月夜には行くにも暗くはない〉。
一九 「幾度袖を払はまし」、「袖打ち払ふ蔭もなし」など、雪の古歌の表現を借る。
二〇 「目に見えぬ鬼神」（『古今集』仮名序）、「鬼一口」（『伊勢物語』六段）をつなぐ。「雨夜トアラバ…鬼一口」（『連珠合璧集』）。
二一 〈わが身ひとりだけに降るのは涙の雨か〉。
二二 〈（その涙に昏《く》れて）ああ暗い夜だこと〉。

〔一セイ〕　ツレ〽夕暮《イウグレ》は　一ひとかたならぬ思ひかな

〔ノリ地〕　ツレへ向き　二シテ〽夕暮はなにと　地〽ひと　かたならぬ　思ひかな

〔□〕　シテ〽三空を見上げ月は待つらん月をば待つらん　ツレへ笠を前に構え見こむ　われをば待たじ　虚言《ソラゴト》や

〔ノリ地〕　数拍子を踏み　地〽暁は　四暁《アカツキ》は　舞台を回り　数かず多き　思ひかな　シテ〽わがためならば　地(〽)鳥もよし鳴け　鐘《カネ》もただ鳴れ　真中へ出て笠を高く掲げ　夜も明けよ　ただ独り寝ならば　常座に退って安座し　辛《ツラ》からじ　面を伏せる

〔ノリ地〕　安座のまま顔を上げ　シテ〽かやうに心を　尽《ツ》くし尽《ツ》くして　地〽かやう《ヨオ》に心を　尽くし尽くして　五左手で指折り数え　榻《シジ》の数かず　よみて見たれば　九十九夜《クジユウクヨ》なり　指を見つめ　今はひと夜《ヨ》よ　嬉しやとて　手を下ろして立ち　待つ日になりぬ　真中へ出かかり　急ぎて行かん　足をとめて　六姿はいかに　シテ〽笠に目をやって捨てる　笠も見苦し　地〽七風折烏帽子《カザオリエボシ》　シテ〽扇を上げて　簑をも脱ぎ捨て　簑を脱ぐ体　地〽八花摺《ハナス》り衣《ゴロモ》の　シテ〽色襲《イロガサ》ね　地〽九（裏・うら紫）うらむらさきの　左の裾を見　シテ〽藤袴《フジバカマ》　地〽一〇（松・待）まつらんものを

〔歌〕　前へ出かかり　シテ〽あら忙《イソガ》しや　振返って遠く西を見　〽すははや今日《キヨオ》も　地〽（暮・紅）くれなゐの狩衣《カリギヌ》の　一一衣紋《エモン》気《ケ》高《タカ》く　足拍子　引き繕《ツクロ》ひ　一二飲酒《オンジユ》は　左手の扇を盃に見立て　いかに　月の盃《サカヅキ》なりとても　前に出し膝をつく

一〈あれやこれやと様々な物思いをすることよ〉。恋愛の情の類型表現。

二〈夕暮はどうだというのか〉。詰問《きつもん》の体。

三〈小町は、月は待っているだろう。彼女はその月を待っているのであって、私を待つのではあるまい。思わせぶりな嘘を言うことよ〉。「月は待つらん」は、月は自分を待つかも知れないが、彼女はそうではあるまい、の意にも解される。

四〈暁は後朝《きぬぎぬ》の別れのつらさに物思う時だが、別れの時を告げる鳥も鳴くなら鳴け、鐘も鳴れ、夜も明けよ、人にはつらい思いをさせる別れの時も、私が独り寝であるなら少しもつらくはないはずだ〉。

五〈榻の端書《はしがき》の数を数えてみると〉。「榻」は牛車の轅《ながえ》を置く台。「榻の端書」は、女の許へ九十九夜まで通った数を榻の端に書きつけたという説話（『奥義抄』等。解題参照）に基づく。

六〈服装はどうだろう〉。

七 上部を折った形の烏帽子。「笠」と重韻。

八〈草花を摺って染めた衣の色目を襲《かさ》ねて〉。

九「紫トアラバ…藤…藤袴」（『連珠合璧集』）。

一〇〈彼女も待っているだろう。ああ気忙《きぜわ》しいこと〉。

一一〈着付けも気高く整えて〉。九十九夜になり、あと「ひと夜を待たで死したりし」（《卒都婆小町》）形が百夜通いの説話で、ここが百夜目に逢う形であるのは懺悔の結果としての成仏を意図したらしいが、原型ではあるまい。以下の結末部も唐突で、この 9

前後は改作の疑いが強い。

一二〈祝いの酒はどうしたものか。美酒の盃なりとも、酒を飲むのが戒律に触れるなら、その飲酒戒《おんじゅかい》を保持しようと〉。飲酒戒をふまえて言う。「月の盃」は盃を月に見立てた文飾でツキの重韻。

一三〈たった一つ心中に思ったことが悟りとなって〉。

戒《イマシ》めならば保たんと　ワキを見こみ　舞台を回って　一三ただ一念《イチネン》の悟《サト》りにて　扇をはねて　多くの罪《ツミ》を滅《メッ》して　ツレを指す心　小野の小町も少将も　常座で扇をたたみ　正面を向き合掌　ともに仏道成りにけり　脇正面を向き留拍子　ともに仏道《ブッドオ》成りにけり

邯鄲

かんたん

登場人物

シテ　盧生　邯鄲男・黒頭・法被・半切・掛絡
子方　舞童　金風折烏帽子・長絹・白大口
ワキ　勅使　側次・厚板・白大口
ワキ連　廷臣（三人）　洞烏帽子・袷狩衣・白大口
ワキ連　輿舁（二人）　厚板・白大口
アイ　宿の主人　鬘・側次・縫箔

備考

*四番目物、略初番目物。太鼓あり。
*観世・宝生・金春・金剛・喜多の五流にある。
*一畳台に引立大宮と枕の作り物を出す。
*底本役指定は、シテ、ワキ、大臣、同、地。
*間狂言は古活字版による。

構成と梗概

1　アイの独白　宿の主人（アイ）が邯鄲の枕の謂《いわ》れを述べて客を待つ。
2　シテの登場　盧生（シテ）が、楚国羊飛山の高僧を尋ねる途中、邯鄲の里に到る。
3　シテ・アイの応対　盧生は宿に着き、邯鄲の枕を借りる。
4　シテの独白　盧生は邯鄲の枕をして寝る。以下夢中の世界となる。
5　ワキ・シテの応対　勅使（ワキ）が輿舁《こしかつぎ》（ワキ連）を従えて現われ、盧生に楚国の帝位を譲られた旨を告げる。盧生は輿に乗って宮中へ赴く。
6　シテの詠嘆　舞童（子方）と廷臣（ワキ連）が控える。盧生は玉座にあって、壮麗な宮殿、都城の繁栄を喜び、不老長寿を願望する。
7　ワキ連・シテの応対、子方の舞　在位五十年にして、仙薬の服用、仙家の歓楽を喜び舞う。
8　シテの舞事　盧生は栄耀栄華《えいようえいが》の歓喜を舞う。
9　シテの立働き　登仙《とうせん》の実現、満足の絶頂で夢が覚める。
10　アイの告知　宿の主人が枕元を叩いて粟飯の炊《た》けたことを告げる。
11　シテの立働き　盧生は、栄華一炊《いっすい》の無常を邯鄲の枕に悟り得て、故郷に帰る。

後見が一畳台を脇座に据え　その上に大宮を組立てる
アイが枕を持って登場　常座に立つ

〔名ノリ〕　アイ（正面へ向き）「かやうに候ふ者は　唐土邯鄲《モロコシカンタン》[一]の里に住居《スマイ》仕るれう[二]せんわうと申す者にて候　われらいにしへ往来《ユキキ》の旅人《タビビト》にお宿を参らせて候ふが　仙法《センボオ》[三]を行なひ給ふお僧のおん泊まり候ひて　奇特《キドク》[四]なる枕を給はりて候　この枕をして少しまどろみ候へば　来《コ》[五]し方行《カタユ》く末《スエ》の悟りを開き申すおん事にて候　さるほどに邯鄲の枕と名づけ　往来《オオライ》の人に授《サズ》け申し候　旅人《タビビト》のおん通り候はば泊《ト》め申さうずるぞ　[六]その分心得《ブンココロエ》候へ　心得候へ

枕を台の上に置き狂言座に退く

【次第】でシテが右手に唐団扇　左手に数珠を持ち登場

〔次第〕　シテ（常座に立ち）〽憂《ウ》[七]き世《ヨ》の旅に迷ひ来て　憂き世の旅に迷ひ来て　夢路《ユメジ》をいつと定めん

〔（名ノリ）〕　シテ（正面へ向き）〽これは蜀《ショク》[八]の国《クニ》の傍《カタワラ》に　盧生《ロセイ》[九]と言へる者なり　「わ

一　唐代小説『枕中記』に基づく地名。解題参照。
二　「呂仙翁」か。『湯山聯句鈔』に見える主人公の名で、「呂翁」（『枕中記』）や「呂洞賓」（元曲『黄粱夢』、『太平記』）に基づくらしい。それをアイの名前に転用した。アイは宿屋の女主人であるから不適当な命名であるが、底本（古活字版）や同系の版本もこの名を継承する。解題参照。　1
三　仙人の行う方術。
四　不思議な枕。
五　過去・未来を知ることが出来る、の意。
六　そのことを承知するよう不特定多数に呼びかける触レの定型表現。
七　〈人の一生は旅と同じだが、このつらい世にわが身の悟り得ぬ迷い心は、まるで旅の道に迷ったようで、その迷夢から覚めるのはいったいいつのことか〉。「旅トアラバ…うき世」（『連珠合璧集』）。　2
八　中国の三国時代の国名。盧生を蜀の国の傍に住む者とすることは謡曲独自の設定で、『枕中記』等は唐の開元年中とする。
九　『枕中記』等に見える主人公の少年の名。秦の始皇帝が不死の薬を求めさせたのが燕人盧生で（『史記』始皇本紀）、その名には神仙的イメージがある。

れ人間《ニンゲン》一にありながら　仏道《ブつドオ》をも願はず　〽ただ茫然《ボオゼン》と明かし暮らすばかりなり　「まことや楚国《ソコク》二の羊飛山《ヨオヒサン》三に　尊《タツト》き知識《チシキ》四のましますよし承り及びて候ふほどに　身《ミ》の一大事《イチダイジ》五をも尋ねばやと思ひ　ただいま羊飛山《ヨオヒサン》へと急ぎ候

〔上ゲ歌〕　正面を向いたまま　シテ〽住み馴れし　国を雲路《クモジ》六のあとに見て　国を雲路のあとに見て　山また山を越え行けば　そこ七としもなき旅衣《タビゴロモ》　野暮れ八山暮れ里暮れて　以下歩行の体　名にのみ聞きし邯鄲《カンタン》の　里にも早く着きにけり　里にも早く着きにけり

〔着キゼリフ〕があり　旅宿する旨を述べて　橋掛りに向って案内を乞う

〔問答〕　一ノ松に立って　アイ「これはひとり旅人にて候ふか　いづかたへおん通り候ふぞ　シテの応答あり　アイ「やれやれそれははるばるのおん旅にて候ふよ　われらいにしへ仙法《センボオ》を行なひ給ふおん方にお宿を申して候へば　邯鄲《カンタン》の枕とて奇特《キドク》なる枕を給はつて候　この枕をなされて少しおんまどろみ候へば　来《コ》し方行《カタユ》く末《スエ》の悟りをおん開きあるおん事にて候ふ間《アイダ》　この枕をなされ夢をおん待ち

一〈人間に生れてきているのに仏道を信心しようともせず、ただぼんやりと毎日を送るだけだ〉。

二 中国の春秋戦国時代の国名。『太平記』や、同類の説話を記す静嘉堂文庫本『和漢朗詠集和談抄』には「楚国ノ君賢才ノ臣ヲ求メ給フ由ヲ聞キテ、恩爵ヲ貪ラン為」と記す。原拠未詳。次注参照。

三 未詳。『和漢朗詠集和談抄』は、「…楚へ越ケリ。道ナル剣閣山ト云難所ニ歩疲シニ、邯鄲ノ旅亭ニ立寄テ…」というが『太平記』には見えない。「羊飛山」の名を出す別伝があるかも知れない。

四「善知識」に同じ。仏道の指導者としての高僧。

五『法華経』に「諸仏世尊、唯以二一大事因縁一故、出二現於世一」(方便品《ほうべんぼん》)と見える。仏のこの世への出現は衆生に悟りを開かせるためだという原義をふまえ、わが身にとっての一大事(自分が悟りを得ること)、の意。

六〈住み馴れた国は雲が立ちかくす道のはるか後方となり〉。「雲路」は雲の中の通い路。ここは雲が道を隠すことに言いかける。

3
七〈どこがどこやらわからない旅の身の上〉。「旅衣」は「旅の衣」に同じ。ここは旅の意で用いた。

八「野暮れ山暮れ」、また「野暮れ里暮れ」など、長い旅路の意の歌語。それを合わせた形。

候へ
アイは粟飯を用意する旨を述べて退く

〔□〕　台に上がり膝をついて枕を見つめながら
シテ「さてはこれなるは聞き及びし邯鄲《カンタン》の枕《マクラ》なるべし　これは九身を知る門出《カドイデ》の　世《ヨ》の試《ココロ》みに夢の告げ　面を上げて　天の与ふることなるべし

〔上ゲ歌〕シテ〽一〇一村雨《ヒトムラサメ》の雨《アマ》やどり　地〽一村雨《ヒトムラサメ》の雨やどり　一一日はまだ残るなかやどに　西の空を見やり（中・中宿）　かりねの夢を見るやと　（借・仮寝）枕を見つめ　邯鄲の枕に臥しにけり　仰向けに枕し　団扇を顔に当てて寝る　邯鄲の枕に一二臥《フ》しにけり
地謡の間にワキが輿舁を従えて登場

〔問答〕　膝まずき扇で枕元を叩き　真中に退って両手をつく
ワキ「いかに盧生に申すべきことの候　起き上って
シテ「そもいかなる者ぞ
ワキ「楚国《ソコク》の帝《ミカド》のおん位《クライ》を　盧生《ロセイ》に譲《ユズ》り申さんとの　勅《チョク》使《シ》これまで参りたり
シテ「思ひ寄らずや王位《オオイ》には　一三そもなにゆゑに備《ソナワ》はるべき
ワキ「一四是非《ゼヒ》をばいかで計《ハカ》るべき　おん身世を持ち給ふべき　その瑞相《ズイソオ》こそましますらめ　はやはや輿《コシ》に召さるべし
シテ「こはそもなにといふつゆの　（言・夕露）
ワキ「光り輝《カカ》やく玉の輿《コシ》　シテは輿を見やり　ワキを向き
シテ「一五乗りも慣《ナ》らはぬ身の行方《ユクエ》
ワキ〽一六かかるべきとは思はずして　腰を上げ数珠を捨て
シテ〽天にも上《ア》がる
ワキ〽心地《ココチ》して

九〈悟りを得たく思って旅立っているわが身だが、それがどれほどのものか、いま門出にあたって、将来の様子を試し見ることのできる邯鄲の枕をして夢の告げを受けることができるとは、これこそ天の与えというものである〉。「身を知る」は、身の程を知る、の意の歌語。 4

一〇 一時的に村雨（にわか雨）の降ること。

一一〈日のまだ暮れぬうちに、宿を借りて泊り〉。「中宿」は旅の途中の宿。

一二 枕をして寝るやいなや、場面は夢中の世界となって展開する。 5

一三〈いったいどういうわけで王位に即《つ》くことができるのか〉。

一四〈その良し悪しを考えてみてもしようがありません。あなたには王として君臨なさるべき生れつきの相が備わっておいでなのでしょう。はやく輿にお乗り下さい〉。

一五〈玉の輿など乗ったこともない身のなりゆきに〉。「乗り」に「法」の意をこめて、仏法の理りを知らぬ身の行末、の意を隠す。次の〔上ゲ歌〕の「のり（法）の道」に対応。

一六〈このような身分になろうとは考えてもみなかったので、有頂天になって〉。「かかるべき」には粟飯一炊《いっすい》の夢となることをも暗示。

〔上ゲ歌〕地 [一]玉《タマ》の御輿《ミコシ》にのりの道（乗・法） 玉の御輿にのりの道 栄華の花もひと時の 夢とはしらくもの うへびととなるぞ不思議なる

台より下りて真中で正面を向く 輿舁は輿をさしかけ ワキは後につく（知らず・白雲・雲の上人） シテとワキは膝をつき 次いでワキと輿舁は退場

6

【真ノ来序】でシテは台上に安座 子方とワキ連が登場して脇正面に着座

〔上ゲ歌〕地 ありがたの気色《ケシキ》やな ありがたの気色やな [二]もとより高き雲の上 月も光は明きらけき 雲龍閣《ウンリウカク》や阿房殿《アボオデン》 光も満ち満ちて げにも妙《タエ》なるありさまの [三]庭には金銀《キンギン》の砂《イサゴ》を敷き [四]四方《ヨモ》の門辺《カドベ》の玉《タマ》の戸を 出《イ》で入《イ》る人までも [五]光を飾《カザ》る粧《ヨソオ》ひは まことや名に聞きし [六]寂光《ジャッコオ》の都喜見城《ミヤコキケンジヨオ》の 楽しみもかくやと 思ふばかりの気色《ケシキ》かな

〔下ゲ歌〕地 [七]千顆《センカ》万顆《バンカ》の御宝《ミタカラ》の 数《カズ》を連《ツ》らねて捧《ササ》げ物 [八]千戸《センコ》万戸《マンコ》の旗《ハタ》の足《アシ》 天に色めき地に響《ヒビ》く [九]籟《ライ》の声も夥《オビタタ》し 籟《ライ》の声も夥《オビタタ》し

〔歌〕シテ 東を見やり [一〇]東《ヒガシ》に 三十余丈《サンジウヨジヨオ》に 地 銀《シロカネ》の山を築《ツ》かせては 金《コガネ》の日輪《ニチリン》を出《イ》だされたり シテ 西を見やり 西に 三十余丈《サンジウヨジヨオ》に 地 金《コガネ》の山を築《ツ》かせては 銀《シロカネ》の月輪《ガチリン》を出《ノ》だされたり 例《タト》へばこれは [一一]長生殿《チヨオセイデン》の裏《ウチ》には

一 「法の道」は仏道に栄枯盛衰や無常の理を説くこと。以下、天子即位と宮殿の華麗さを描く。

二 〈もとより宮殿は高く雲の上に聳え、その雲の上には月の光が明るく照り、ただでさえ美しい雲龍閣や阿房殿がいっそう照り輝いていて〉。「雲の上」は、天子の宮殿の意に、自然の状景を言いかける。「雲龍閣」は未詳。「シナの国王の或る座敷」（『日葡辞書』）という。『文選』東都賦の「雲龍之庭」に「善曰…洛陽宮舎記有雲龍門…済曰、雲龍、門名」（六臣注）ということが原拠か。「阿房殿」は、元来は秦の始皇帝の宮殿の名で、華麗な宮殿の形容。

三 「黄金池底白銀沙、白銀池底黄金沙」（『往生要集』上）など、浄土の形容に基づき、唐宮（『平家物語』五、咸陽宮）や龍宮（『太平記』一五）を形容。

四 「四方の門」は内裏の東西南北の四つの門。『冷泉流伊勢物語抄』に「我が宿は菊売る市にあらねども四《よ》方《も》の門辺に人さわぐなり」をあげ、権勢栄えて門前市をなすことととして説く。「玉の戸」は「戸」の美称で、光り輝くものを連ねた文飾。底本「四方のかとめ」。上製本等に従う。下掛りは「四方のかこめ」、一条兼良の意見による改訂（『粟田口猿楽記』）。

五 光り輝く美服・装身具の粧い。

六 極楽の常寂光土と、忉利天《とうりてん》にある須弥山《しゅみせん》上の帝釈《たいしゃく》の居城。「寂光の都喜見城《きけんじょう》」（『栄華物語』玉の台）等と熟して用いられる。歓楽の慣用句。

七 「瑩《みがキ》レ日《ニ》瑩《ク》レ風《ニ》、高低千顆万顆之玉」（『和漢朗詠集』

春秋《シュンジュウ》をとどめたり　不老門《フロオモン》の前《マエ》には　日月《ジツゲツ》遅しと　左右の手を上げて日月をさす　いふ心をまなばれたり

〔問答〕　シテに両手をつき　ワキ連「いかに奏聞《ソオモン》申すべきことの候　おん位《クライ》につき給ひてははや五十年《ゴジュウネン》なり　しからばこの仙薬《センニャク》を聞こしめさば　おん年一千《イッセン》歳《ザイ》まで保《タモ》ち給ふべし　さるほどに天《テン》の濃漿《コンズ》[一二]や沆瀣《コオガイ》[一三]の盃《ハイ》　これまで持ちて参りたり

シテ「そも天の濃漿《コンズ》とは　ワキ連「これ仙家《センカ》の酒《サケ》の名なり

シテ〽沆瀣《コオガイ》の盃《ハイ》と申すことは　ワキ連「おなじく仙家《センカ》の盃《サカズキ》なり

シテ〽寿命《ジュミョオ》は千代《チヨ》ぞときくの酒　（聞・菊）　ワキ連〽栄華《エイガ》の春も万年《ヨロズトシ》

シテ〽君も豊かに　ワキ連〽民栄《タミサカ》え

〔段歌〕　地〽国土安全長久《コクドアンセンチョオキウ》の　大臣は扇で子方に酌をし　国土安全長久の　子方はシテの前に進んで酌をする　栄華もいや増しに　シテは団扇で受ける　なほ喜びはまさり草《グサ》[一四]の　菊の盃《サカズキ》　（取・）　とりどりにいざや飲まうよ

シテ〽廻《メグ》れや盃《サカズキ》の　以下　子方は「夢の舞」を舞う　地〽廻れや盃の　流れは菊水《キクスイ》[一五]の　流《リウ》[一六]に牽《ヒ》かれて遄《ト》く過ぐれば　手《テ》先《マ》づ遮《サエギ》る菊衣《キクゴロモ》[一七]の　花の袂《タモト》を翻《ヒルガエ》して　さすも引くも光なれや　（盃・月）　さかづきの影《カゲ》の　廻《メグ》る空《ソラ》ぞ久しき

扇を高く上げつつ　子方〽わが宿

花）に基づく慣用句。「顆」は粒の意。以下、都城の繁栄を描く。

八「千顆万顆」と対。家並の意ではなく、千戸・万戸を領する諸侯の意（『謡抄』。三五九頁注一〇参照）か。その旗足《はたあし》が空を染めて天に翻えるさま。

九　繁栄を極める地上の物の響き。「地籟則衆竅是已」（『荘子』斉物論）。「天に色めく」旗足と「地に響く」籟の声が対。現行観世は「礼」とするが存疑。

7

一〇「咸陽宮は…長生殿・不老門あり。金《こがね》を以て日を作り、銀《しろがね》を以て月を作れり。…四方には高さ四十丈の鉄《くろがね》の築地をつき」（『平家物語』五、咸陽宮）をふまえるか。以下、栄華と長生不老の願望。

一一〈「長生殿裏《ノうちニハ》春秋富《とメリ》、不老門前《ノニハ》日月遅《シ》」（『和漢朗詠集』祝）という意に擬して作ったものだ〉。「富めり」を「止《とど》めたり」と変型。下掛り系は「富めり」。

一二　濃い水の意で酒の異称。「漿・コンヅ」（文明本『節用集』）。

一三「沆瀣」は仙人の食物としての空気や露。「沆瀣流盃向ㇾ晩多」（『菅家文草』二）などを介して沆瀣の盃が仙家の盃の称と考えられた。以下、仙家の歓楽。

一四「喜びがまさる」と「まさり草」を掛ける。「菊トアラバ…まさり草ともいふ也…おいせぬ…ながれをくむ…盃」（『連珠合璧集』）。

一五　重陽《ちょうよう》の宴（六二二頁注六）の盃。「菊の酒」と対。

一六　六二二頁注八参照。

一七　菊襲《きくがさね》の衣。菊の宴に取り合せ「花の袂」の序。

の　地〽一わが宿《ヤド》の　菊の白露今日《シラツユキヨオ》ごとに　〽幾世《イクヨ》積もりて　淵《フチ》となるらん　二舞台を回り　よも尽きじよも尽きじ　薬《クスリ》の水も泉《イズミ》なれば　扇で掬い上げて両手に捧げ　汲《ク》めども汲めども　いや増しに出づる菊水《キクスイ》を　左手に取った扇をはねつつ進み　飲めば甘露《カンロ》もかくやらんと　心も晴れやかに　飛び立つばかりありあけの　三（有・有明）　扇をかざして舞台を大きく回る　夜昼《ヨルヒル》となき楽しみの　栄華にも四栄耀《エヨオ》にも　げにこの上やあるべき　舞い終ってもとの座に着座　この間にシテは右肩を脱ぐ

【楽】　初め台上で舞い　次いで舞台へ下りて舞う

［ワカ］　団扇を高く上げつつ　シテ〽いつまでぞ　五栄華《エイガ》の春も常磐《トキワ》にて　地〽足拍子　なほ幾久《イクヒサ》し　ありあけの月（有・有明）

［ワカ受ケ］　シテ〽月人男《ツキヒトオトコ》六の舞《マイ》なれば　七雲の羽袖《ハソデ》を重ねつつ　袖を巻込み団扇とともに重ね　喜びの歌を

［ノリ地］　シテ〽足拍子　歌ふ夜《ヨ》もすがら　地〽歌《ウト》ふ夜《オヨ》もすがら　八空を見上げ　日はまた出でて　舞台を回り　明きらけくなりて　夜《ヨル》かと思へば　シテ〽昼《ヒル》になり　地〽昼かと思へば　頭髪へ手をやって月を見上げ　シテ〽月またさやけし　団扇を指し廻して見渡し　地〽春の花咲けば　シテ〽紅葉《モミジ》も色濃《イロコ》く　地〽夏かと思へば　団扇をかざして舞台を回り　シテ〽雪も降りて

一〈わが家の菊の露が重陽の今日ごとに溜り溜って、それが幾世つもれば淵ともなるだろうか。それほど久しい栄えでありますように〉。『拾遺集』秋、藤原元輔の歌。

二〈万が一にも尽きることはあるまい、薬の水は泉と湧き出てくるので、いくら汲んでもますます豊かに湧き出てくる菊水を飲めば、天の甘露もこれと同じかと思われ〉。「薬の水も…」は菊水を長寿の薬水とすること（『風俗通』など）に霊泉譚（養老説話など）を合わせて言う。「甘露」は天界の甘美にして不死の霊薬。仏教では仏智に譬《たと》え、道教では「天酒」とも称する。 8

三「有明の」は「夜」の序。

四〈栄華も栄耀もほんとうにこれ以上のものはない〉。

五〈栄華の盛りの春もうつろうことなく永久不変で、いつまでも幾久しく月のように輝やかしい〉。 9

六「月人男」は「桂男」と同様に月を擬人化して言う。ここでは盧生が仙化して月世界の人となった体。以下、登仙《とうせん》の実現。

七 雲を衣に見立てて、雲の衣・雲の袖など歌語。天の羽衣・天の羽袖などと合せた表現で、舞袖の意。

八 以下、日月や四季が同時に存在する仙界の理想境を描く。「この壺のうちにめでたき世界あり。月日の光は空にやはらぎ、四方に四季の色をあらはし」（『曾我物語』一、費長房が事）と見え、『浦島太郎』（龍宮の場合）などお伽草子類にも多く見られる。四季の絵を描き、四季の庭を造るなども同じ発想に基づく。

九 下掛り系は「一時に」。

一〇 下掛り系は「中なれば　女御更衣　百官卿相　千戸万戸　従類眷属　宮殿楼閣　みな消えきえと」。

一一〈さきほどの邯鄲の枕の上に〉。

一二〈五十年の歳月の栄華も、夢覚めればたちまち元の一介の貧書生に過ぎず〉。「倩《ツラツラ》夢中ノ楽ミヲ計レバ遙ニ天位五十年ヲ経タリトイヘ共」（『太平記』）。 **10**

一三〈あんなにもたくさんいた女御・更衣の嬌声と聞いていたのは、実は松風の音であり〉。 **11**

一四〈壮大華麗な宮殿楼閣と見たのは、実は邯鄲の地に仮泊した宿屋で〉。

一五〈栄華の暮しは五十年間、ところでそんな夢を見ていた間といえば、粟飯が炊けるわずかな時間だ〉。

一六〈よくよく人間の実態というものを考えてみるに〉。

一七〈たとえ百年間の歓楽というとも、限りある命が尽きれば夢と同じくそれまでのこと〉。「人間百年ノ楽モ、皆枕頭片時ノ夢ナル事ヲ悟リ得テ」（『太平記』）。

地〽四季《シキ》折々《オリオリ》は　目の前にて　春夏秋冬《ハルナツアキフユ》　万木千草《バンボクセンソオ》も　九一日《イチジつ》に花咲けり　面白や　不思議やな

あたりを見廻し　団扇をはね掲げて愉悦の心で台に腰かける

〔ノリ地〕地〽かくて時過《トキス》ぎ　頃去《コロ》れば　かくて時過ぎ　頃去れば　五十年《ゴジュウネン》の　栄華《エイガ》も尽きて　まことは夢の　一〇中《ウチ》なれば　みな消えきえと　失せ果てて　ありつる邯鄲の　枕の上に　眠りの夢は　覚めにけり

立って真中へ出　団扇で指しつつ見廻すうち　子方とワキ連は切戸口に消える　一一　台上の枕を見　走り寄って台に飛び上り　元のように臥す

〔問答〕

シテが臥すや否や　アイが走り寄って枕元を叩き　粟飯の出来た旨を告げて切戸口に退場

〔歌〕シテ〽盧生は夢覚《ユメサ》めて　地〽盧生《ロセイ》は夢覚めて　一二五十《イソジ》の春秋《ハルアキ》の　栄華《エイガ》もたちまちに　ただ茫然《ボオゼン》と起き上がりて　シテ〽一三さばかり多かりし　地〽女御更衣《ニョオゴコオイ》の声と聞きしは　シテ〽松風《マツカゼ》の音《オト》となり　地〽一四宮殿楼閣《クウデンロオカク》は　シテ〽ただ邯鄲《カンタン》の仮《カ》りの宿《ヤド》　地〽一五栄華《エイガ》の程《ホド》は　シテ〽五十年《ゴジュウネン》　地〽さて夢の間《アイダ》は粟飯《アワイイ》の　シテ〽一炊《イッスイ》の間《アイダ》なり　地〽不思議なりや計《ハカ》りがたしや　シテ〽一六つらつら人間の有様《アリサマ》を　案ずるに　地〽一七百年《ハクネン》の歓楽《カンラク》も　命《メイ》終れば夢ぞかし　五

台上に起き上り　橋掛りの松を見やり　宮柱を見上げ　膝を抱え　面を伏せて物思い

十年の栄華《エイガ》こそ　[一]身《ミ》のためにはこれまでなり　栄華の望みも齢《ヨワイ》の長

さも　五十年《ゴジウネン》の歓楽《カンラク》も　[二]王位《オオイ》になればこれまでなり　[三]げになにごと

面を伏せ

も一炊《イッスイ》の夢《ユメ》　シテ(〽)南無三宝[四]南無《ナム》三宝《サンボオ》　地〽よくよく思へば[五]出《シュツ》

団扇で膝を打ち　台を下りて真中へ行きかかり

離《リ》を求むる　知識はこの枕なり　げにありがたや邯鄲の　げにあり

台へ戻って上り枕を見つめ　膝まずいて両手で枕を戴き

がたや邯鄲の　夢の世ぞと[六]悟《サト》り得《エ》て　望み叶へて帰りけり

枕を置いて立ち上り常座へ行く　脇正面を向き袖を返して留拍子

一〈わが身にとってはこれ以上のことはない〉。

二〈王位に即《つ》いたからには、もうこれ以上のことはない〉。

三〈人間におけるありとあらゆる出来事も一炊の夢と同じだ〉。「一炊」は底本のまま。現行は「一睡」とするが、「一炊」は邯鄲譚をふまえた詩語。「百年才一炊」(黄山谷)など。

四「南無」は一七九頁注七参照。「三宝」は仏・法・僧。悟りを得て、仏・法・僧に帰依《きえ》する心情がおのずから口に出た言葉。

五〈仏道を修め、生死の迷いを離れて、悟りを得たいと思うこの身を導いてくれる善知識は、この枕だ〉。

六〈邯鄲の枕の夢こそ、この世が夢の世であることの実証だと悟りを開くことができて、身の一大事を尋ねたいという望みを叶《かな》えて故郷に帰ったのだ〉。

解説

謡曲の展望のために

伊藤正義

謡曲世界の輪郭　三六三
謡曲本文の展開　三六六
謡曲の文章と構造　三八〇

謡曲世界の輪郭

「謡曲」という言葉は、能の脚本としての詞章の意味にも、また能の音曲《おんぎよく》(声楽)としてのウタイの意味にも用いられている。曖昧《あいまい》な慣用だが、それほどに不可分な性格があるのだとも言えよう。室町期から、「謡」「謳」「唄」「詠」「諷」などがウタイの文字として用いられているが、「謡曲」は『慶長日件録』(慶長九年〈一六〇四〉十月十九日の条)が早い例に属するようである。もっとも、その場合もウタイの宛字《あてじ》であるらしく、江戸中期頃にみえる「奏曲」も同様と考えられる。謡曲―ヨウキョク―の語がひろく通用するのは、江戸末期以降のことらしい。

謡曲の作者とは室町期においては、とりもなおさず能作者のことだと言えようが、しかし、作詞と作曲とは区別することが必要である。『五音』や『中楽談儀《さるがくだんぎ》』等には世阿弥《ぜあみ》以前の作者・作曲者として、観阿弥《かんなみ》、井阿弥《せいあみ》、金春権守《こんぱるごんのかみ》、榎並《えなみ》左衛門五郎等の名が挙げられるが、唱導師《しようどうし》や遁世者《とんせいしや》たちの関与も知られており、また先行の資料に若干の手を加えたり、改作した場合にも作者を称した例があって、現存する諸作品の作詞・作曲に、彼らがどのように関わっているかは未だ詳《つまび》らかでない面が多い。作詞と作曲が一体であることが明らかな作者は世阿弥に始まるが、それは彼の能楽論と密接に関わりあっている。世阿弥以後も、観世元雅《かんぜもとまさ》、同小次郎信光、同弥次郎長俊、金春禅竹《こんぱるぜんちく》、同禅鳳《ぜんぽう》等の能役者が、作者としてもそれぞれの個性を反映させた作品を作っている。また、横越《よこお》元久、太田垣能登守、一条兼良、三条西実隆、中院通秀等の武家・公家《くげ》の知識人が、作詞または詞章の添削《てんさく》に関与した例も少なくないが、数多い謡曲の作者については、厳密な意味では、ごく限られた範囲についてのみ認定し得るに過ぎないのが現状である。

　謡曲の内容は、和漢の詩歌・物語・説話等々の古典故事に基づき、あるいはそれらの影響下に作られている。その典拠をつきとめることは謡曲の理解のために必要なことであるが、たとえば『伊勢物語』とか『源氏物語』とかに基づいていることがはやくから知られている曲についても、近年は、それが当時どのように理解されていて、謡曲にどのように反映しているかを、古注釈書ほか広く中世資料を見わたして考えるようになってきている。しかも謡曲に反映している素材世界は、これら古典に限られるわけでなく、文芸・非文芸が一体となっている中世文化のあらゆる領域に広がっていて、一曲の構想に関わる本説から、一句の修辞・文飾に到るまでに及んでいる。このことは必ずしも謡曲に限ったことでなく、いわば中世文学史の基盤とでも言ってよいのだが、まだまだ未開拓な分野も多く、今後の研究に俟《ま》たねばならない。本書の注解においては、多少ながらこの点に配慮を加えた。

　また謡曲は、基本的には和歌・連歌と表現上の基盤を同じくする。特に連歌の付合《つけあい》手法としては、和歌の常套《じようとう》表現や物語・仏典・漢詩句まで幅広い知識・故事をふまえ、かつそれら本拠から独立しているとさえ言い得る表現上の約束事（寄合《よりあい》）が作り上げられている。本書の頭注において、しばしば『連珠合璧集《れんじゆがつぺきしゆう》』等の連歌寄合書（寄合の詞の集成）を参考したのは、謡曲の表現がそれらの書に依拠したわけではないが、発想・連想・表現等の常套性を共有している点を考慮したからであって、その本歌や本説とは必ずしも直結するとは限らぬ場合も多いからである。謡曲は、それをふまえつつも、さらに独自で新たな表現世界を開いてゆくのであるが、そのことについては稿を改めて述べなければなるまい。

謡曲は、これらの内容・表現を包みこんで、中世文学の一様式として成立するとともに、そこに新たな文学世界を作り上げている。たとえば『伊勢物語』に基づいて作られた《井筒》は、その世界を能に作り変えた、単なる王朝懐古を志向する作品なのではなく、中世における『伊勢物語』享受をふまえて、さらに新しい物語世界を創出している。このように本説《ほんぜつ》に基づきつつもそのコピーではなく、作者の文芸精神を具現化した作品は世阿弥において顕著であるが、しかも世阿弥一人に限られるわけではなく、以後も作品世界の新開拓や、作品構成・演出手法の発展など注目される作品は多い。

かくて謡曲は、能の流行、謡いの流布とともに古典としての位置を獲得し、それを通して古典知識の源泉となり、その影響は近世の文芸文化の全般を覆うに到り、歌舞伎《かぶき》・浄瑠璃《じょうるり》や近世音曲などの諸芸能はもとより、俳諧・川柳の類や近世小説一般に及んでいるばかりではなく、謡曲という文学様式によって書かれた、能としての上演とは無関係な近世謡曲作品もきわめて多い。また、江戸初期以降多種多様の出版をみた小謡本（部分謡の集成）は、中期以降は日常必須知識をも頭書形式に組み入れたかたちで、寺小屋の教科書に用いられるなど、庶民教育の材料としても機能した。石門《せきもん》心学の講釈に謡曲が採り上げられているのも、それが一般人士の共通理解を前提し得る、いわば国民文学的位置を占めているからだとも言い得よう。

謡曲は、本来の神事能や興業能、また能から独立した謡い（素謡《すうたい》）として、見たり聞いたり、さらには自ら謡い舞うことを通して、社交・教養の具となるとともに、右に述べたようなさまざまな享受の伝統がある。しかしそれ故に、作品の成立以後、現在に到る伝来の間に、芸態としては時代の変化と好尚に応じた変遷を伴い、それはまた謡曲本文の改変・整備とも関連している。したがって、本来の能（謡曲）の内容や性格を決定しているはずの本文詞章についても、意図的な場合のほかにも成立時代には普遍的であった知識が埋没したり、誤解のための変化・変質を伴っている場合も少なくない。それはそれで時代的意義を具《そな》えているわけで、必ずしも非難には当らないけれども、そのことをも含めた作品の解釈にあたって、その根底にあるものが謡曲詞章であることは論を俟たない。だからこそ注釈の目的はそれに多面的に関わるべきはずであるが、本書では非力にしてその課題を果し得てはいない。また、右に略述した諸問題のうちには、やや詳しく解説すべき点もあろうが、後日に譲って、本解説は凡例を補足する範囲に止めた。

謡曲本文の展開

謡　元来、能役者の演技上の基本は「音曲」（謡い）と「はたらき」（所作《しょさ》）であったが、能の台本としての謡曲が「謡い物」である以上、音曲の重視は当然のことであった。世阿弥が回想する「観阿《かんな》の節《ふし》」とか、「喜阿《きあ》の節」とかの言葉の背後には、観阿弥や喜阿弥（田楽《でんがく》）の謡いが、それぞれに個性的な特徴をもって評価されていたことを窺《うかが》わしめる。

世阿弥伝書が記すところによれば、当時の能役者の職能として、能を演じることとともに、独立の謡い物を謡うことがあった。「内にての音曲」（『申楽談儀』）という座敷謡では、まず祝言《しゅうげん》の謡い物が謡われた。世阿弥時代の内容を伝える『四季祝言』（観世家蔵）は、春・三月三日・三月尽《じん》・夏・四月一日・五月五日・六月卅日・秋・七夕・八月十五夜・九月九日・九月十三日・九月卅日・冬・初雪・歳暮の十六曲が祝言謡で、末に「釈教《しやつきよう》」を加えている。その他にも、独立の謡い物は『五音』などに見られるが、これら伝統的な猿楽の謡が、「小《こ》歌節《うたぶし》」とか「只謡《ただうたい》」とか称されるメロディー主体の音曲であるのに対し、曲舞道《くせまいどう》のリズム主体の音曲を摂《と》り入れて、猿楽における曲舞謡を作り上げたのが観阿弥の工夫であることは、世阿弥が証言するところである。「白髭の曲舞」「由良湊の曲舞」などが観阿弥によって作られたほか、山本（「地獄の曲舞」）や玉林（「海道下」）など、猿楽周辺の人々によっても作られているところに、この新しい音曲が時流に乗ったものであることを窺わしめる。元来独立の謡い物であった曲舞謡は、やがて能一曲中の要素として一段を構成するようになるが、それは世阿弥の能作の方法の一環を占めている。

能本　世阿弥以前の古能の具体的なかたちについては明らかでなく、ましてその台本の有無も判然としないが、貞和五年（一三四九）の春日《かすが》臨時祭において、「憲清《ノリキヨ》ガ鳥羽殿《トバドノ》ニテ十首ノ歌ヨミテアルトコロ」「和泉式部ノ病《イタワリ》ヲ紫式部ノ訪《トブラ》イタルコト」「村上ノ天皇ノソノ臣下ヲ使《ツカイ》ニテ入唐《ニンタウ》ヲシサセテ、琵《ビ》琶《ワ》ノ博士廉昭武《レンセウブ》ニ会イテ、琵琶ノ三曲《サンキヨク》ヲ日本ニ伝エタルコト」「班足《ハンゾク》太子ノ猿楽《サルガウ》ニ普明王《フミヤウワウ》ヲ捕《ト》リテアルコト」が演じられている。これらはそれぞれ本説に基づいたストーリーのある能と考えられるから、当然台本もあったはずであろう。散佚《さんいつ》してしまった古能の場合も、同様の事情が考えられるが、現存する台本としては次にあげる世阿弥自筆のものが最も古い。

応永二十年後七月十一日　＊難波

応永三十年八月十二日　　　　盛久
応永三十一年正月十八日　　　タヽツノサエモン（多度津左衛門）
応永三十三年九月廿日　　　　江口
応永三十三年十一月七日　　　雲林院
応永三十四年十月日　　　　＊松浦之能
応永三十四年十一月日　　　＊阿古屋之能
応永三十五年二月日　　　　＊布留之能
正長二年二月十六日　　　　（弱法師）
年月不明　　　　　　　　　柏崎

右のうち、＊印は観世家伝来、現蔵の分、他は金春禅竹相伝《そうでん》本で金春家伝来、生駒《いこま》宝山寺現蔵の分であるが、《弱法師》は後世の臨模《りんも》本である。また別に、応永三十四年二月十五日、久次署名の《知章》があり、これら十一番が当時の台本の状況を伝えている。その本文は継紙《つぎがみ》に片仮名書きで、稀《まれ》に漢字を交《まじ》え、クル・ハル・入・下・モツ・永・ソラス・延・スクニ・スツル・ヨスル・ツヽク・ヲク・ハヤフシ・キリヒヤウシ等の曲節が指定され、いわゆるゴマ節（曲節を表わす符号。詞章の傍に点を打つ）はあまり見られない。後代の節譜法とは大きく異なるこのような形態の本を、能の本、もしくは能本と称するのである。そこには、「コヽニテソウノモチタルカヽミヲマタトルヘシ」（松浦の能）などの演出上の注記も示されて、まさしく能の台本ではあるが、しかし必ずしも完全な台本というわけではない。登場人物の指定はあっても扮装《ふんそう》や囃子《はやし》事《ごと》はほとんど示されることがなく、間狂言の詞章も完全に記されているわけではない。当時の能が流動的な生成期であることや、指示せずとも了解される実情があったかと思われる。能本の中には本文の訂正個所の多いものや、切り継ぎ訂正が施される(《江口》)などもあって、筆写の時点が改訂版成立の時点であるとさえ言い得る場合もあるようである。現存する能本は相伝を前提として書かれたものと判断されるが、一座所用の台本の形態は不明である。なお、能本は、金春禅鳳筆の《富士山》(延徳二年。宝山寺蔵)を最終形態として、以後は謡本の中にその機能を吸収添加するようになる。

室町期謡本　「能の本」という呼称は世阿弥の言うところで(『風姿花伝《ふうしかでん》』『中楽談儀』)、目的によっては「歌いの本」(『花鏡《かきょう》』『音曲口伝《くでん》』)でもあるわけであるが、それら玄人《くろうと》のための台本とは別に、謡いの流行とともに漸次増加した素人《しろうと》の謡い愛好家のために、その要求に応《こた》えて作られるようになったのが謡本《うたいぼん》である。謡曲本文にゴマ節を施した節付《ふしづけ》本は、部分的には金春禅竹の伝書(『五音次第』『五音三曲集』)に見られるが、それを一番の謡本としてまとまった形に仕立てたのは、現存する範囲でいえば、金春禅鳳のものが最古に属する。禅鳳の謡本をはじめとする金春流古写本は、巻子《かんす》本(巻物)の体裁をとることが多い。それは謡いと謡本の授受が伝授事に属することを形式的に示す金春流の特徴と考えてよいだろう。

観世流の謡本は、観世大夫第六代元広《もとひろ》や弥次郎長俊の署名を持つ永正年間(一五〇四〜二一)の謡本が伝存するが、第七代の宗節《そうせつ》に到って多くの謡本を見出すのは、伝存事情が関連するにしても、やはりその時期が、謡いの大流行を背景に、大きな指導的勢力を作り上げていたことを物語るであろう。この時期の観世流にあっては、宗節とその系統の謡本とともに、音阿弥《おんなみ》の子の信光から長俊・元頼と続く庶流が脇方《わきかた》として、謡いの上で大きな勢力であったから、その系統の謡本もまた数多く遺《のこ》されている。さらに渋谷・虎屋・淵田・堀池といった手猿楽をはじめ、一両斎妙佐・大和宗恕等、室町末期に謡い指南を以《もっ》て一家をなしていた人々が、謡本の作成に関与していた。したがって、観世流謡本は、宗節系・元頼系に大別できるが、さらにその間に本文や節付についての少なからぬ異同を生じていた。事情は金春流においてもほぼ同様で、禅鳳・氏照・喜勝と続く金春大夫家にあって、必ずしも同一本文が伝えられているわけではなく、さらに宮王・日吉等の傍系の謡本が、時に古態かと思われる本文を書き残していることもある。いわゆる上掛り（観世・宝生）と下掛り（金春・金剛）の差異は、こうした書承《しょしょう》の間にも生じてきていると思われるが、現存する室町期古写謡本は、観世・金春の二流が圧倒的であり、宝生・金剛の二流はまとまった謡本がほとんどない。それは当時の謡いの勢力に比例していると考えられる。

　室町末期頃までに作られた能（謡曲）の作品数は、正確なところはもちろん明らかではないが、永正期の『自家伝抄』、大永期の『能本作者註文』等に掲出された曲名から、大略の見当をつけることができる。室町最末期の『いろは作者註文』では、およそ七百六十番を数えるが、それに世阿弥伝書等に見える散佚《さんいつ》曲を合わせると、田中允氏の推定（「謡曲の現存曲」、綜合新訂版『能楽全書』第三巻）では千番にも及ぶだろうという。山科言継《やましなときつぐ》や言経《ときつね》の日記によれば、大和宗恕は弘治二年（一五五六）には三百番の謡本を所持し、言継は永禄六年（一五六三）に三百六十番の謡本を調《ととの》えた。慶長五年（一六〇〇）には禁裏《きんり》（宮中）で五百番を揃えている一方、小早川秀秋は「珍しき謡」を所蔵するなど、謡本の揃本や稀曲への関心もたかまっていた。当時のもので現存する揃本としては、慶長初年に調整された松井家蔵の妙庵手沢《しゅたく》本三百番が最も大部なものであるが、それは当初から諸本校合《きょうごう》を意図した体裁で、墨・朱・黄等の色を用いて異なった詞章・章句が校合されており、当時の複雑多岐な謡曲界の実情をよく伝えている。

謡抄　このような謡いの流行に伴って、謡曲の語義についての関心がたかまってくるのは自然のなりゆきであろう。室町期謡本はおおむね仮名書きで記されている。それは和文の伝統的表記ということもあろうが、また一面では、謡い物としての訓《よ》みの伝達や、節付け上の便宜なども関連するのであろう。しかしその反面、漢詩文などの引用の多い謡曲詞章においては、仮名で記されたために意味不明となった語がきわめて多くなっていた。室町期謡本の中には、行間や欄外余白に仮名書き本文に対応する漢字が傍記されている例が見受けられるが、それは語義注釈の一型態であると言えよう。そのような関心の中で、謡曲一番の注が企図されて不思議はなく、天正十九年（一五九一）写の『江口本聞書』（有吉保氏蔵）にその一例を見ることができる。このような時流を背景に、文禄四年（一五九五）に到って、関白《かんぱく》豊臣秀次は、彼の周辺の知識人を総動員し、『謡抄《うたいしょう》』の編纂を命じた。その注釈上の特徴の一つは、仮名書きで伝えられた謡曲本文に、然るべき漢字を宛《あ》てることによって解釈を示すことにあったと言い得よう。慶長初年に編集を終えた『謡抄』は、その直後から古活字版や整版等の各種が出版されたが、それとほとんど期を同じくして、謡本もまた各種の出版が行われるに到る。それら版行《はんこう》謡本は、室町期謡写本に基づきつつも、何らかのかたちで本文校訂作業を経ているわけであるが、その場合に、いかなる漢字を宛てるかという根拠として、『謡抄』の成果が大きな影響を与えているのである。このように『謡抄』の宛字が謡曲本来の文意を確認・決定した意義は重大なものがあるが、もとより存疑も稀ではない。そして謡曲本文としての謡本は、その両方を継承して江戸期から現代にまで及んでいる場合が少なくはないのである。本書が頭注にしばしば『謡抄』の宛字に言及したのもそのためである。ともあれ『謡抄』は、謡曲の注釈事業として先駆的意義を持つだけではなく、江戸期版行謡本の本文整定にあたっての、いわば原点的位置を占めているといって過言ではあるまい。ちなみに『謡抄』は日本庶民文化史料集成第三巻（昭和五三年、三一書房刊）に翻刻がある。

江戸期以降―下掛り　秀次の命による『謡抄』編纂の当初から編集作業に関与し、現存『謡抄』の成立に最も深く関わっていると考えられるのが「車屋《くるまや》本」で知られる鳥飼道晣《とりかいどうせつ》である。天正三年（一五七五。曄道本奥書）以後、多くの謡本を書写作成している道晣は、金春喜勝より皆伝《かいでん》目録ともいうべき相伝状を得ており、能書家として知られるほか、謡いの師家としても立っていたらしい。その道晣が『謡抄』の成立とほとんど同時と思われる慶長六年、版本としては最初の謡本を刊行した。この車屋本と称されている道晣の手になった謡本は、本文校訂に特徴があり、『謡抄』編成への熱意もそのことと無関係ではないと思われる。一方、『謡抄』を参考しつつも、その所説に最も批判的に対処しているのも車屋本である。ともあれ他流をも研究しつつ進められたらしい校訂作業の結果としての車屋本は、金春流謡本に属するものの、当時の金春流本文とはやや異なった一面をも併《あわ》せ持っている。ちなみに、日本古典全書『謡曲集』（朝日新聞社刊、上中下三冊）の本文は車屋本の翻刻で、鈔写本《しょうしゃ》・整版本・古活字本の主要な異同が示されている。この車屋本は、やがて未刊曲をも補って復刻された「擬《ぎ》車屋本」百番が刊行されるに及んで、江戸初期下掛り謡本の一基準としての位置を占め、たとえば「七太夫仕舞付」と通称される謡本への継承もみられる。一方、車屋本系統とは異なった金春流謡本として、天和元年（一六八一）に六徳《ろくとく》本と通称される謡本（西森六兵衛・吉田徳兵衛刊）が刊行されたが、明治四十年になって刊行された金春流謡本（二十六冊・百三十番）は、この六徳本を参考にした改訂版であり、「金春流謡曲袖鏡」（三冊・百五十番）や大正版を経て昭和版（百五十番）に到る。近年従来の形式を一新した謡本を刊行中であるが、未だ完結していない。「金春流謡方稽古順」を参照すれば百六十三番が現行曲となる（現行曲には、「翁」および参考曲・新作曲を除く。以下同じ）。

金剛流は江戸時代には刊本を持たず、明治十五年に到っていわゆる山岸版が刊行され、南陽舎版・檜版等を経て昭和改正版（「金剛流謡曲全集」二冊・二百番もある）に到る。近年、新修版が刊行中で、「金剛流謡曲等級季節表」によれば二百二番が現行曲となる。

江戸初期に一流を樹立した喜多流は、安永五年（一七七六）に戸倉屋・須原屋刊の三十冊・百五十番が刊行された。明治以来数度の改訂本を経て、昭和五十四年に復曲・新作曲を加えた「新全曲謡本」が完結した（「喜多流四季の友」二冊・百七十七番もある）。百七十番が現行曲となる。

江戸期以降―上掛り　江戸初期版行の観世流謡本は、慶長十一年よりさほど隔《へだ》たらぬ時期の「古活字中本」の刊行をはじめとして、以後多種多様の謡本が刊行された。特に光悦《こうえつ》本・玉屋《たまや》本・元和《げんな》卯月《うづき》本の三種は初期謡本を代表する謡本で、その詞章は写本時代の謡本に基づきつつも出版を前提とした整備・校訂が施されている。その刊行時期は明らかではないが、光悦本は慶長期後半以後、古活字玉屋本は元和期、元和卯月本は元和末期から寛永初期にかけての頃かと推定され、本文改訂の様相も、ほぼその順に進んでいると判断される。これら三系統の本文は、それ以後に刊行された謡本に承《う》け継がれているが、なかんずく卯月本系統は、謡本としての優秀性に加えて、観世大夫黒雪斎《こくせつさい》暮《ぼ》閑《かん》の奥書の権威を認められ、江戸中期以降の主流を占めるに到った。ちなみに、元和卯月本は複製（昭和四九〜

五六年、国書刊行会刊）、翻刻（昭和五二年、笠間書院刊）があり、日本古典文学全集『謡曲集』(1)(2)（昭和四八～五〇年、小学館刊）は寛永卯月本を主たる底本とする。

観世大夫元章《もとあきら》に到り、謡曲の大改訂が行われ、明和二年（一七六五）にいわゆる明和改正本が刊行されたが（出雲寺和泉掾刊）、そのあまりにも甚だしい改訂のために、元章の没後は旧に復し、明和本は一代限りで終った。しかし明和本に示された発音や清濁表記をはじめ、改訂詞章の一部や、明和本に制定された曲の復活など、以後の観世流謡曲に与えた影響はきわめて大きい。その意味で明和本は、一代限りの謡本ではなかったのである。明和本は観世大夫が謡本発行に深く関わっているが、一方、書肆《しょし》による任意の発行という伝統は明治以後も続いていたため、多種の謡本とともに、宗家・鉄之丞家・梅若家、あるいは矢来派・京観世等、各派に分かれていた観世流の統一を図った観世左近は、右三家を中心に協議を進めて、辞句・曲節等にわたる改訂謡本を作り、昭和十五年よりいわゆる大成版（二百五番）が刊行され、現行観世流の標準謡本となっている（「観世流謡曲百番集」「同続百番集」二冊もある）。「観世流謡曲名寄」によれば二百八番が現行曲となる。

宝生流の場合は、宝生大夫英勝により寛政十一年（一七九九）に初めての謡本が刊行された。安政・嘉永・明治・大正と、この寛政版が踏襲《とうしゅう》されていたが、昭和三年の大改訂を経て、現行の「宝生流参考謡本」（百八十番）に到る（「宝生流旅の友」もある）。「宝生流謡曲名寄」も百八十番を現行曲とする。

以上、謡本の変遷を略記したが、その多くを表章氏『鴻山文庫本の研究―謡本の部』（昭和四〇年、わんや書店刊）に負っている。詳しくは同書を参看願いたい。謡本の歴史とは、とりもなおさず謡曲の本文の変遷史ということになるわけであるが、謡曲が謡われ続けてきた時代時代の変化とその要請に対応して、謡本が整備・改訂を繰り返してきたところに、謡曲本文の特殊性があると言えよう。

光悦本　江戸初期に刊行された古活字本のうち、その美術性において古来注目されていた嵯峨《さが》本・角倉《すみのくら》本・光悦本などと称される一群の本の中で、とりわけ謡本は、装幀《そうてい》・料紙《りょうし》・文字などのあらゆる造本面にわたって豪華・華麗な意匠《いしょう》と装飾が施されていることで知られている。光悦謡本は実は、このような帖装《ちょうそう》豪華本各種から、袋綴《ふくろとじ》普通本まで多種多様にわたるのである。従来とも豪華本に対しては書誌的、また美術的見地から注目されていたが、謡本研究の立場から光悦謡本を総合的に研究したのが、前掲表章氏の『鴻山文庫本の研究―謡本の部』、および、江島伊兵衛・表章両氏の『光悦うたひ本』（昭和四五年、有秀堂刊）である。同書解説（「図説光悦謡本」）に拠りつつ、いま必要最小限の要点のみを記しておく。

光悦謡本は、型態的には列帖装《れつちょう》の特製本・上製本・色替り本、袋綴装の別製本・並製本・その他袋綴本に大別できるが、そのうちに追加本・補充本・異種本や、また異版・異植・異装などが介在していて、右の解説によれば十一種十七類に分類されている。

光悦謡本の表紙や料紙には雲母《きらら》模様が刷られており、斬新《ざんしん》にして大胆な意匠は有名であるが、光悦謡本の特徴はただその点のみにあるわけではない。すなわち、江戸初期刊行の古活字版で版型が大版の半紙本であること、書体が光悦流であること、光悦謡本（江戸初期観世流）系の本文・節付を持つこと、など、共通の条件を具えた謡本を指して光悦謡本と称するのである。なお、袋綴並製本の中には、表紙・料紙に雲母模様の刷りのない種類もあるが、他の条件は具えている。

光悦謡本は、贅《ぜい》を尽くした雲母模様の多彩な意匠といい、造本といい、あるいは流麗な光悦流書体の活字といい、伝えられるごとき本阿弥《ほんあみ》光悦や角倉素庵《そあん》の関与はあり得ることとは思われるものの、確証はない。また、右に示したような多種多様の刊行にすべて同一人物が関与したとは考えがたく、慶長十五年の箱書《はこがき》に「虎屋良有判之本」と記された袋綴本の存在が知られており（昭和五七年、弘文荘敬愛書図録にも出品された）、この種の本の出版年時の下限を示すとともに、版行者の一例を示すかに思われる。恐らく慶長十年前後から刊行されたと思われる光悦謡本は、かなり後年まで手を変えて出版された模様である。

光悦謡本に収められた曲は、特製本で百番、上製本・色替り本で百十番が刊行され、袋綴本中に五番が加えられて計百十五番が収められている。その曲名は巻末付録㈠に示す通りであるが、本集成では特製本の百番を収載の根拠とした。光悦謡本は明治以来数種の複製本が作られているものの、多くは稀覯《きこう》に属するが、昭和四十七年には日本古典文学刊行会より復刻日本古典文学館の一つとして、東洋文庫蔵の特製本「実盛《さねもり》」「熊野《ゆや》」「猩々《しようじよう》」の三冊が表章氏の解題を添えて刊行されている。なお日本古典全集に複製の「謡曲百番」（昭和二～三年刊）や、謡曲文庫「光悦謡本」上（昭和三年刊）は書体の上から光悦本と呼ばれてきたが、造本や本文内容からみて前記の光悦謡本としての条件に合致せず、「擬《ぎ》光悦本」とでも名付けるべき別種の古活字謡本で、古版謡本の中では、より室町期古写本のかたちを残していることが認定されている。

江戸初期に百番程度の揃本として刊行された観世流謡本の中では、擬光悦本や元和卯月本は、複製ないし翻印が行われているが、光悦謡本ははやくから美術的価値が注目されながら、本文が紹介されることはなかった。また、その本文は室町期の謡本から卯月本系統の本文へと整備が進む過程での中間に位置し、史的変遷をふまえた本文解釈に多くの手がかりを含む資料でもある。さらに光悦本百番ないし百十五番の組合せは、現在では稀曲・非上演曲を含むけれども、それが室町末期から江戸初期にかけての謡いの人気曲のおおよその範囲を示すものであり、『謡抄』に採り上げられた曲ともほぼ重なり合っている。これらのことが本集成に底本として光悦謡本を用いた大きな理由である。

本集成の底本（鴻山《こうざん》文庫本）としての特製本は紙装列帖綴、一番一冊、表紙のみならず本文料紙にも胡粉《ごふん》を濃《こ》く引いて、白色のほか、淡紅色・緑色・黄色の料紙を用いて雲母模様が刷られ、光悦謡本の中でも装幀全体として最も豪華な造本である。活字の書体は他の光悦謡本とは別種で、文字の崩し方が甚だしく、装飾的で、光悦真蹟に近いと言われている。役を示す∧印や句切り点は墨書で記入されているほか、活字押捺《おうなつ》や手書きによる誤植訂正もあるが、未訂正や脱落も少なくない。

上製本は光悦謡本中では最もはやく刊行されたかと考えられている。表紙に雲母模様を刷るが、本文料紙は特製本よりもやや薄手の斐紙《ひし》に胡粉を一面に引いた白色の料紙で、雲母模様はない。活字は光悦謡本に一般に用いられた書体である点が特製本と異なるほかは、∧印等の墨書や誤植訂正の方法等、特製本に同様である。本文やその組み版形式もほぼ同一であり、本書では校合本として用いた。なお光悦謡本の詳細については、前掲（三七五頁）『光悦うたひ本』とその解説を参照されたい。

必ずしも光悦謡本に限らず、近世初期の謡本においては、いわゆる素謡のためという目的に適《かな》うべき配慮が施されている。たとえば能ではワキとワキツレ数人とが登場しても、ワキツレだけの役がない場合はこれら謡本ではワキツレの指定はないのが通常のかたちである。ワキの〔着キゼリフ〕やワキツレの〔問答〕などは省略される場合も多い。さらに「地」（地謡）と「同」（同音）を区別しているが、現在は「地」（上掛り）も「同」（下掛り）もともに地謡の意味で用いられている。底本では〔ロンギ〕もしくはそれと同様の、シテと地謡とで交互に謡われる部分が「地」であるほかは、おおむね「同」と指定されていて、「同」はシテ以下全員（ワキや地謡方《じうたいかた》）が謡うかたちである。能の場合も、それが本来のかたちであったと考えられるが、室町後期にはシテ（及びツレ）は同音を謡わなくなっていたらしい。その場合も地謡を統率するのはワキであったが、ワキの流儀の確立とともに、ワキも地謡から外《はず》れて、地謡方が独立するようになる。底本のような「地」と「同」の区別は、当時の能でのかたちでなく、素謡の場合の指定であると考えられる。本書においては、役付けを補って通常のかたちで示した場合は、頭注にその旨を記し、各曲の扉裏に底本の役の指定を示した。

間狂言　能一曲における間狂言（アイ）の役は、シテの中入り後、後ジテ登場までの間に、所の謂《いわ》れなどを語る「語リアイ」、独白風の「シャベリアイ」のほか、能の一役を担当してその進行に深く関わる「アシライアイ」がある。それらは能一曲が作られるにあたり一役として構想されていることは、世阿弥自筆能本中にアイの詞が示されているところからも明らかであるが、しかし語リアイの場合、《江口》のような比較的詳しい詞章が記されるのはむしろ例外的で、能本でも「シカ〳〵」とアイのことばの存在が示されるに止まっている。室町後期の謡本にあっては、天理図書館蔵百七十二番本や、妙庵手沢本のように、一部に間狂言詞章を補記した場合もあるけれども、謡本本文の中にはアシライアイの中の例外を除いては、せいぜい「シカ〳〵」と記されるのみである。このように室町期における間狂言詞章がきわめて稀であり、したがって当時の間狂言の実態についてはほとんど明らかにされていない。それについては、間狂言詞章がかなり流動的で固定化しにくかったというような事情も想像される。現在のところ寛永十二、三年頃（一六三五〜六）書かれた大蔵虎時《おおくら》（後、虎明）の詞章（『古本能狂言集』所収）がまとまったものとしては最も古い。これをはじめとして江戸時代を通じ、大蔵・和泉《いずみ》・鷺《さぎ》の流儀がそれぞれの台本を伝えているが、翻刻も少なく、本格的な研究は今後に俟たねばならない。一方、間語リ（シャベリを含む）の詞章を集めた本の出版は、謡本の出版とほぼ併行して、元和・寛永頃には古活字版の諸版が刊行された。すなわち、早稲田大学演劇博物館蔵安田文庫本（上巻、二十七番）、鴻山文庫本（上巻、二十一番）、昭和五十六年丸善特選古書目録出品本（上巻、二十番）の各版である。三種とも上巻のみ伝わるが、他に龍門文庫本寛永三年刊『要法文』表紙裏貼りに、下巻二枚（錦木・当麻）があり（川瀬一馬氏『古活字版の研究』による）、五季文庫本寛永五年刊『翻訳名義集』表紙裏貼りに、中巻一枚（阿漕・東方朔）がある（小林健二氏の月曜会研究発表による）。これらは完本が確認されないが、次の整版本と同系本文である点で、上下二冊本、また上中下三冊本として刊行された可能性もあろう。

古活字版を承《う》けて、寛永九年に中野市郎右衛門刊行の整版本、二冊五十六番（上巻、東京芸術大学本。下巻、鴻山文庫本）があり、また寛永期の無刊記本三冊五十六番（青山学院大学本。田中允氏翻印、『青山語文』三〜五号、昭和四八〜五〇年。鴻山文庫本は中巻欠）もある。これらは正保四年本（寛永九年版本の復刻）、万治二年本（『新板あいの本』、上記の改板本）等に引き継がれている。これら諸版本は、訂正・増補等の小異はあるものの、同系本文である。ただそれが、ある一流派の系統にいかに基づくものか明らかではないが、いわゆる正本そのものではあるまい。たとえば《海士《あま》》の場合は幸若《こうわか》舞曲の影響下にあるといえるが、それは以後の間狂言上演台本の場合も同様で、室町期のある時期以降の間狂言がすでにそうであったかも知れない。しかしまた《邯鄲《かんたん》》の場合は、室町末期の詞章とは異なる作為が見られ（《邯鄲》解題参照）、版行にあたっての上演台本の編集・整理だけではなく、独自の本文の作製・採用などがあったかも知れない。間狂言版本は未開拓で、その詞章も前記のように寛永無刊記本が翻刻されているに過ぎないが、江戸初期の謡本刊行と併行して読まれたものであり、当時の享受をふまえる意味で、上演台本ではないけれども、本書に採用した。また、アシライアイについては、同様の立場から、謡曲底本に含まれぬ曲について、貞享三年刊『当流間仕舞付』及び元禄十年刊『能仕舞手引』を採用した。

なお、版本「間の本」に所収の曲目は次の通りである。

阿漕・朝顔・芦刈・*海士・*嵐山・井筒・鵜飼・右近・采女・*鵜羽・*江口・箙・*老松・*小塩・*春日・龍神・葛城・*兼平・*邯鄲・*呉服・黒主・項羽・*佐保山・*実盛・*志賀・鍾馗・西王母・誓願寺・当麻・*高砂・龍田・玉鬘・*玉島河・田村・*竹生島・定家・*唐船・東方朔・融・*難波・錦木・鵺・*野宮・*白楽天・箱崎・芭蕉・*氷室・*舟橋・*松虫・通盛・御裳濯・三輪・紅葉狩・八島・*矢立賀茂・*夕顔・遊行柳・*弓八幡・*養老・*吉野静

古活字版所収曲は*印を付したが、鴻山文庫本は実盛、安田文庫本は船橋・松虫・夕顔・兼平・野宮・佐保山・江口が固有の曲。また、寛永九年刊二冊本は朝顔・右近・芭蕉があって阿漕・当麻・八島がなく、無刊記三冊本はその逆である。

謡曲の文章と構造

謡曲は、全体を一個の長篇詩と規定して差支えあるまい。詩であるからには、当然、音数律がふまえられているわけであるが、しかし全体が同一の音数律によるのではない。大別すれば散文部もあれば韻文部もあり、それも七五調、八八調、四四調の音数律に則《のっと》り、かつ定格文と破格文が意識的・効果的に用いられている。しかもそれらの文章は、謡い物としての謡曲台本であるから、散文部を含めてサシノリ・クリノリ・詠ノリ・平ノリ・中ノリ・大ノリという曲節の型と深く関わり合っているところに、複雑な面白さを持った謡曲の文章の特徴があると言えるだろう。このことを具体的な例について見てみよう。

《蟻通》冒頭部（九五頁参照）は、まずワキ（及びワキツレ）が登場して、次の三つの部分からなる謡いが謡われる。

(A) 和歌の心を 道として。和歌の心を 道として。玉津島に 参らん。

(B) これは紀の貫之にて候。われ和歌の道に交《まじ》はるといへども。住吉玉津島に参らず候ふほどに。ただいま思ひ立ち紀《き》の路《ぢ》の旅に赴き候

(C) 夢に寝て。現《うつつ》に出づる 旅枕。現に出づる 旅枕。夜の関戸の あけ暮れに。みやこの空の 月影を。さこそと思ひ やるかたも。雲居は後に 隔たり。暮れわたる空に 聞こゆるは。里近げなる 鐘の声。里近げなる 鐘の声。

右のうち、(A)はワキ（及びワキツレ）が心境や一曲の主題等に関することを集約的に述べる、導入歌ともいうべき性質を持つ。文章は七五・七五・七四という構成で、はじめの一句（七五）を繰り返す（右の引用は、「。」印が一句の切れを示し、字間のアキは半句の切れを示している）。曲節も平ノリ型（一句、十二字を八拍子に宛てて謡う。謡いの代表的な謡い方）の定型の部分で、〔次第〕と呼ばれている。

(B)は散文部で音数律を持たない。節のないコトバの部分であるが、一定の抑揚を以て述べられ、広義の謡い（サシノリ型）に属する。内容的には自己紹介や行動目的を述べるのが普通で、〔名ノリ〕と

呼ばれている。

(C)は七五調定格の文章で、七五を一句と数えると、七・八句より成る。内容的には旅行の道中の叙景・抒情であり、「道行《みちゆき》」とも称されるが、冒頭部と終末部に同じ句の繰り返しを置き、曲節上は平ノリ型の高音域を主とする謡いで、中間（「みやこの空の月影を」）に文意や曲節上の切れ目があって、二節《せつ》に分かれるのが正格の形式であり、〔上ゲ歌〕と呼ばれる。なお、この冒頭部は「夢に寝て」と、一句の下半句だけで句を作っている。このように上半句、もしくは下半句だけで用いられたり、場合によっては、二字、三字分だけの小句が用いられることもあって、そこに文章上・曲節上の変化をつけ、種々の効果を生むことが意図されていることも多い。

このように見てくると、(A)(B)(C)はそれぞれ〔次第〕〔名ノリ〕〔上ゲ歌〕と言い換えられるが、このような文章の型と曲節の型を総合した謡曲の最小構造単位を「小段」と称する。《蟻通》の場合、この三つの小段が一まとまりとなって、ワキ登場の「段」を構成していることになる。

一曲が能として演じられるときは、謡いだけではなく、演者の演技や、囃子事《ハヤシゴト》（笛・小鼓・大鼓が基本で、太鼓の加わることもある）が一体となる。《井筒》の後ジテ登場の部分（一〇九頁以下）を例にとってみると次の通りである。

【一声】の囃子（笛・小鼓・大鼓）につれて後ジテが登場。

〔サシ〕シテへあだなりと　名にこそ立てれ桜花。年に稀なる人も待ちけり。かやうに詠みしもわれなれば。人待つ女とも言はれしなり。われ筒井筒の昔より。真弓槻弓年を経て。今はなき世になりひらの。形見の直衣身に触れて

〔一セイ〕シテ《シテ》へ恥づかしや。昔男に　移り舞。　地《地》へ雪を廻らす　花の袖。

【序ノ舞】

〔ワカ〕シテ《シテ》へここに来て。昔ぞ返す　在原の。　地《地》へ寺井に澄める。月ぞさやけき。月ぞさやけき。

〔ワカ受ケ〕シテ《シテ》へ月やあらぬ。春や昔と　詠《なが》めしも。いつの頃ぞや。

〔ノリ地〕シテ《シテ》へ筒井筒。　地《地》へ筒井筒。井筒にかけし。……

右のうち、まず「謡い事」についてみれば、〔サシ〕は七五調定格句と破格句が混在した文章で、曲節は拍子に合わぬサシノリ型の謡いである。〔一セイ〕〔ワカ受ケ〕は定格句で、かつ拍子に合わぬ詠ノリ型の曲節で謡われる。〔ワカ〕も同様であるが、後半の地謡部は、〔ノリ地〕と同じく拍子に合う大ノリ型の曲節である。このように謡いの小段は、音数律の有無や句数の長短などの文章構造と、曲節型の結合によっていろいろの型式があるわけであるが、さらに能全体から言えば、優美な舞い事（【序ノ舞】【中ノ舞】など）や、激しい働き事（【舞働】【祈リ】など）は、囃子事を伴って演じられる独立の小段であり、演者の登場や退場その他に奏される囃子事（【一声】【アシライ】など）もまた、囃子事を伴う小段と言えよう。そうした考え方を押し進めてゆくと、謡い事や囃子事を伴わないで登場したり退場したりするのも、能の演技・演出の一部を構成しているわけであるから、シジマ事《ゴト》という概念が提示されている。

能は、このような総合的な意味での小段が、一つないし数個集って「段」となり、段がいくつかまとまって「場」が作られる。《蟻通》の場合は一曲全体が一場であるが、《井筒》のような曲では前場と後場に分かれるかたちであり、「複式能」とも称されることがある。ところで、このような一曲の構造と構成は、実ははやく世阿弥によって理論的に説かれたところであった。世阿弥の能作論としてまとめられた『三道』は、種(素材)・作(構成)・書(詞章)の三道を説いたものであるが、「作」においては序破急理論を適用し、一曲を序一段・破三段・急一段の五段をもって基準とするとともに、たとえば序は「開口人(ワキ)出でて、さし声より次第・一歌《ひとうたひ》まで一段」という構成を示し、あるいは句の長短等に関しても極めて精密かつ具体的な規範を記しているのである。詳しくは直接『三道』(岩波書店刊、日本思想大系『世阿弥 禅竹』等に翻刻がある)に拠られたい。これを要するに、能作にあっては、以上に述べたあらゆる要素――小段構造はもとより、それに基づく演技・演出をも前提に籠めて作られるべきであることを世阿弥は説いているのである。そこに能の台本としての謡曲詞章の、他の文学作品とは異なった性質もあるわけであるが、それだけに、このような小段構造を把握することは、作品論や作者考定をはじめとして、あらゆる謡曲研究の手続きの上で最も有効かつ適切な方法であると言えよう。

小段に相当する概念は、すでに世阿弥の伝書や能本に、さし声・さしこと・次第・一声、あるいは謡論義・詞論義等々の名目が見え、かつ以後の謡本の展開の中で、多くの呼称が与えられてきた。それらを承けつつ新たな体系化の中で再編成し、精緻な小段理論を樹立したのが横道萬里雄氏で、その成果は日本古典文学大系『謡曲集』上下(岩波書店刊)の本文及び解説に示された。なお、田中允氏にも「謡曲の音楽的研究」(『観世』昭和四八年十月号。古典文庫『未刊謡曲集』三十一に補正版を収める)があり、同氏の見解が示されている。本集成においては、日本古典文学大系の解説に示されるところに基づいて次のような小段の名称に従った。小段の説明は概略のみを示したが、かえって誤解の生ずることを恐れる。詳しくは同書解説に拠られたい。

(一) サシノリ型（拍不合）

(A) 詞が中心の小段

〔名ノリ〕自己紹介・経過説明・行動予告等。

〔着キゼリフ〕道行の後の到着告示・行動予告等。

〔問答〕役相互の会話。中途や後半が節になることも多い。

〔語リ〕ある主題の物語りで、着座して語る。

〔シャベリ〕アイが立ったまま独白風に物語る。

〔触レ〕立ったままで布告する。通常アイの役。

〔□〕独白風の詞等。

(B) 節が中心の小段

〔サシ〕高音域で始まり節の変化の少ない叙唱風の小段。

〔掛ケ合〕二つの役が交互に謡うが、会話風だけとは限らない。〔問答〕末尾がこのかたちになる場合も多い。

〔文〕手紙の文面を読む小段。

〔クドキ〕低音域を主とし、内容的には悲嘆・苦悩等を表現。

〔ノット〕祝詞の文面で、低音域を中心とする独特の謡。

〔誦〕待謡の後の読経・念仏等。

㈡　クリノリ型（拍不合）

〔クリ〕最高音域のクリ節を持った小段。

〔名ノリグリ〕名ノリ形式のクリ。

〔クドキグリ〕感情の昂ぶりを表わすクリ。

㈢　詠ノリ型（拍不合）

〔一セイ〕高音域を主とする音数律を備えた定型の小段。

〔ワカ〕舞事の直後に謡う和歌形式の小段。後半が大ノリになることもある。

〔（ワカ）〕舞事の前後に一句のみ謡う。異格もある。

〔ワカ受ケ〕ワカの直後にある低音域の謡。サシノリ型と中間の謡。

〔上ノ詠〕高音域で和歌を吟唱する。

〔下ノ詠〕低音域で和歌を吟唱する。

〔詠〕右以外の詠の類。

㈣　平ノリ型（拍合）

〔次第〕導入歌としての短い定型の〔歌〕。

〔下ゲ歌〕低音域の旋律の〔歌〕。

〔上ゲ歌〕高音域の旋律で始まる定型の〔歌〕。

〔歌〕右以外の非定型の〔歌〕。中上ゲ歌、クリ歌、トリ歌等。
〔段歌〕〔歌〕の類を数個連結した一小段。
〔クルイ〕狂乱を表わす段歌形式の小段。
〔ロンギ〕役と地、役と役とが交互に謡い、後半は地謡となる。定型の旋律をもつ。
〔キリ〕中音でほとんど節の変化のない謡。結末部での総括批評や後日談等。
〔クセ〕曲舞に由来する定型の小段。
〔裾クセ〕クセを承けて舞事に続く小段。
〔読ミ物〕勧進帳（《安宅》）、起請文（《正尊》）、願書（《木曾》）等の特殊な謡。
〔渡リ拍子〕登場囃子【下リ端】に続く小段で、平ノリ型で太鼓を伴う特殊な形式。

(五) 中ノリ型（拍合）
〔中ノリ地〕中ノリ型曲節で、前半が平ノリ型を交えることも多い。詞章は一句の基準が八八調となる。

(六) 大ノリ型（拍合）
〔大ノリ地〕大ノリ型曲節で、詞章は一句の基準が四四調となる。

なお、特殊な小段として《道成寺》のみにある〔乱拍子謡〕がある。以上の小段のほか、一小段でありながら、名称の付与が定着しない、あるいは保留されている場合も多く、それらは〔□〕で示している。また、定型小段に準ずる非定型小段は、括弧を付して示した。たとえば〔クセ〕の曲節を持つ〔歌〕に近い謡い物の小段などは〔(クセ)〕のかたちで示す。その他もこれに準じた処置である。また「なほなほ…詳しくおん物語り候へ」などのサソイゼリフは、それを小段名としてもよいわけであるが、未定着であることや、「さらば語り申すべし」などの応答を伴う〔問答〕の形式に準ずると見なされるところから、本集成では〔(問答)〕のかたちを採った。謡い事の小段のほか、動き事、囃子事等の小段についても、横道萬里雄氏を中心とする能楽技法研究会の成果による小段構造の諸型式が諸書に示されている。それに準拠した一覧を作成して解説に代える。

ウタイゴト小段

- 拍不合
  - サシノリ型
    - 〔名ノリ〕〔着キゼリフ〕〔問答〕〔語リ〕
    - 〔サシ〕〔掛ケ合〕〔文〕〔クドキ〕〔ノット〕〔誦〕
  - クリノリ型……〔クリ〕〔名ノリグリ〕〔クドキグリ〕
  - 詠ノリ型……〔一セイ〕〔ワカ〕〔ワカ受ケ〕〔上ノ詠〕〔下ノ詠〕〔詠〕
- 拍合
  - 平ノリ型
    - 〔次第〕〔下ゲ歌〕〔上ゲ歌〕〔歌〕〔段歌〕〔クルイ〕〔ロンギ〕〔キリ〕
    - 〔クセ〕〔裾クセ〕
  - 中ノリ型……〔中ノリ地〕
  - 大ノリ型……〔大ノリ地〕

ハヤシゴト小段

- 出《デ》入《イリ》事《ゴト》
  - 出《デ》端《ハ》事《ゴト》
    - 【名ノリ笛】【次第】【一声】【出端】【真ノ次第】【真ノ一声】
    - 【早笛】【大ベシ】【下リ端】【乱序】【真ノ来序】【アシライ出】
  - 入《イリ》端《ハ》事《ゴト》
    - 【来序】【早鼓】【アシライ込】【送リ笛】
- 繋《ツナ》ギ事《ゴト》
  - 【歩ミアシライ】【物着アシライ】【ノット】
- 動《ウゴ》キ事《ゴト》
  - 舞《マイ》事《ゴト》
    - 【序ノ舞】【真ノ序ノ舞】【中ノ舞】【破ノ舞】【急ノ舞】【早舞】
    - 【黄鐘早舞】【神舞】【男舞】
    - 【楽】【神楽】【獅子】【羯鼓】【乱】【乱拍子】
  - 働《ハタラ》キ事《ゴト》
    - 【舞働】【カケリ】【イロエ】【立回リ】
    - 【斬組ミ】【祈リ】【打合働】

シジマゴト小段

（素ノ出）（素ノ物着）（素ノ中入）

なお次頁に、舞台上の動きを示す本文傍注の参考として、能舞台の見取図を添えておく。

舞台略図

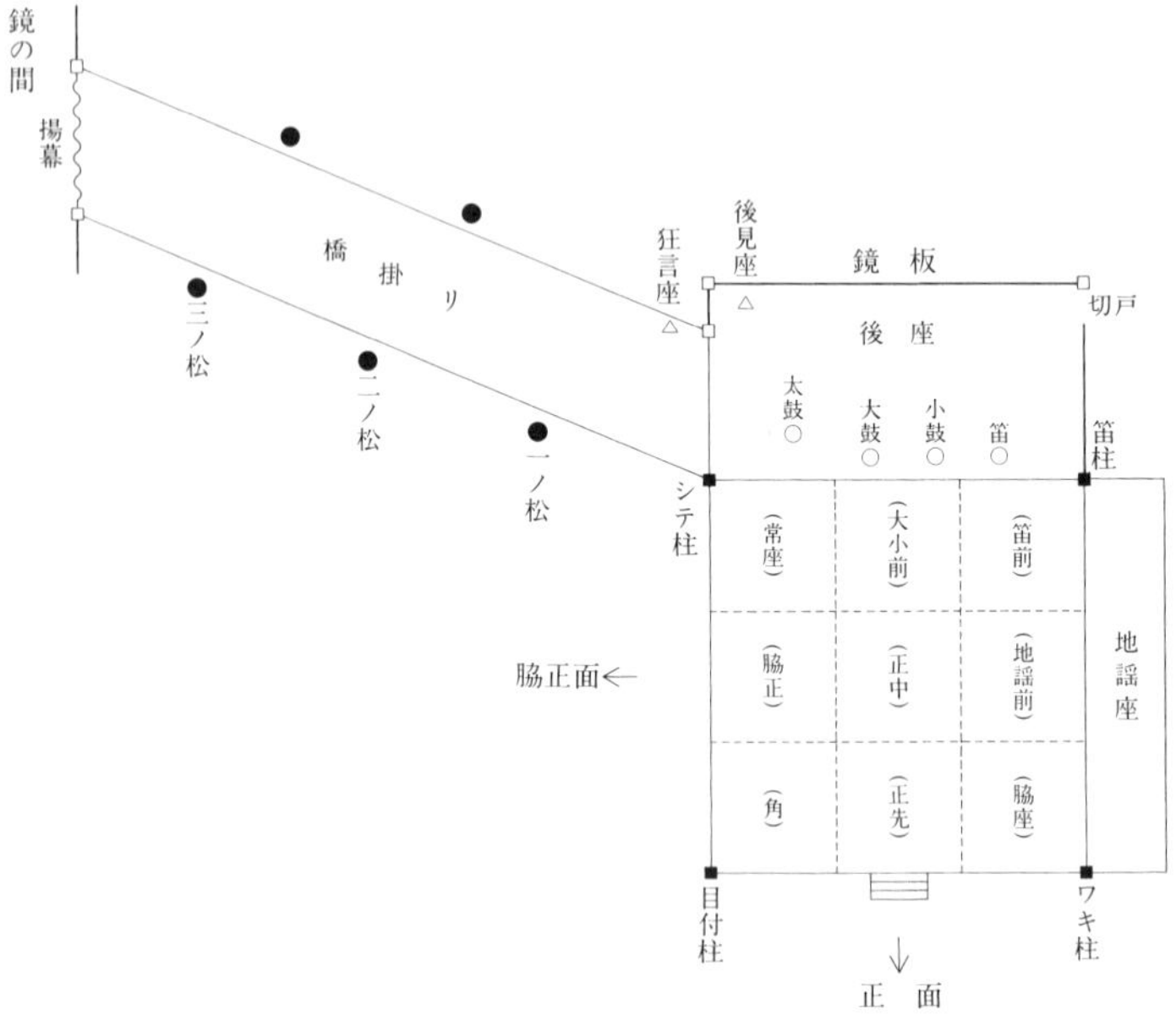

鏡の間
揚幕
橋掛リ
三ノ松
二ノ松
一ノ松
狂言座
後見座
鏡板
切戸
後座
太鼓
大鼓
小鼓
笛
笛柱
シテ柱
(常座)
(大小前)
(笛前)
(脇正)
(正中)
(地謡前)
(角)
(正先)
(脇座)
地謡座
脇正面
目付柱
ワキ柱
正面

各曲解題

葵上　三九三
阿漕　三九四
朝顔　三九五
安宅　三九七
安達原　三九八
海士　三九九
蟻通　四〇二
井筒　四〇三
鵜飼　四〇五
浮舟　四〇六
右近　四〇七
善知鳥　四〇九
采女　四一〇
鵜羽　四一一
梅枝　四一二
江口　四一三
老松　四一五
鸚鵡小町　四一六
小塩　四一七
姨捨　四一八
女郎花　四二〇
杜若　四二二
景清　四二四
柏崎　四二五
春日龍神　四二六
葛城　四二八
鉄輪　四二九
兼平　四三〇
通小町　四三一
邯鄲　四三三

葵　上

一　世阿弥の『申楽談儀』に近江猿楽の犬王(道阿弥)所演の記事(後述)が見え、遅くとも犬王没年の応永二十年(一四一三)以前には成立していた。世阿弥の『五音』には［一セイ］の「三ノクルマニノリノ道」を作曲者名なしに掲げており、この部分が世阿弥作曲であることを意味しているのであるが、その詞章が右の犬王所演の記事に一致することからは、その詞章に世阿弥が新たに作曲し直したか、または『五音』の記載に問題があるか(転写本のための誤脱等の可能性もあり得る)、などが考えられる。ともあれ作者未詳、もと近江能、現行曲には詞章・章句に世阿弥の手が加わっている可能性がある、と推定しておく。

二《葵上》の基本構想は、『源氏物語』葵の巻等に基づいている。

　東宮(皇太子)に死別した六条の御息所は、光源氏と契る。源氏の足が遠のいたある日、賀茂斎院の御禊に列する源氏を一目見たいと見物に出たが、葵の上一行の従者たちと車の立所のことで争いが起り(車争い)、手ひどい恥かしめを受けた。以来憂悶の日を送り、ついには物の怪となって葵の上に憑《つ》き、源氏に愁訴するに至った。これより先、やはり源氏の相手であった夕顔が急死した際、そこに現われた物の怪も御息所のそれであったと古注には解されている。この曲は、そういう原作の設定を下敷きにしているが、もとより『源氏物語』に忠実に依拠しているわけではなく、ことに照日の巫女や横川の小聖など仮構の人物を配して、劇的効果を成功させている。梓巫女による口寄せ(「死人を梓に掛くとて、弓の弦をたたきてかへば、亡魂きたりて物語をする事あり」『名語記』、日本国語大辞典所引による)などの実態は『建内記』(嘉吉元年七月二十六日の条)などからも窺える。また行法中の有徳の僧を再三にわたって懇請・招聘し、怨霊を調伏する話は類型化しており、その中でも、横川の小聖という名前の類似からは『源氏物語』手習の巻に見える横川の僧都が思い浮ぶが、顕験の性格としては、『拾遺往生伝』下の相応和尚の話が注目されよう。十二年間の籠山を誓い、慈覚大師より不動法并別行儀軌護摩法等を伝受する。右大臣良相の娘西三条女御の重病で、右大臣の丁重な懇請をも固辞するが、大師の命を畏み、十二年に満たず下山し、諸寺諸山の僧綱満座の中、廂辺の座に陪して神呪を以て呪縛すると、「超二几帳之上一、投二和尚之前一、踊僻喚叫、和尚以レ言制レ之、令レ帰二帳裏一、数剋之後、霊気屈伏」という有名な話であった。これらを取り合せて脚色したらしい《葵上》については、世阿弥も「貴く妙体の見風の上に、六条の御息所の葵の上に憑き祟」る点を、「見風の便りある幽花の種、会ひ難き風得なり」と評価している（『三道』）。

三『中楽談儀』に見える犬王所演の記事は、古《葵上》の演出を知る点で貴重である。

葵の上の能に、車に乗り、柳裏の衣踏み含《くく》み、車副への女に岩松、車の轅にすがり、橋掛りにて「三の車にのりの道、火宅の門をや出でぬらん、夕顔の宿の破れ車、遣る方な」と一声てやりかけて、たぶたぶと云ひ流し、「憂き世は牛の小車の、〳〵、廻るや」などやうの次第、「をぐるまの」、「まの」を張りにていふて、言ひ納めに、とたと拍子踏みし也。後の霊などにも、山伏に祈られて、山伏はとよ、それをば顧みづかひ、小袖扱ひ、えも言はぬ風体也。

右の記事の中でも特に注目されるのは、シテが車の作り物（現行なし）に乗って登場することで、シテ登場の段（3〔一セイ〕、〔次第〕、〔サシ〕、〔下ゲ歌〕）や物着直前（6〔段歌〕）には、「三つの車」「破れ車」「車の輪」「忍び車」など、詞章的にも車へのイメージが強調されていて、六条の御息所の怨念の根元にある車争いを示唆している。また、車副《ぞ》への女（青女房）がツレとして同時に登場した点は、現行の演出と大きく異なっている。しかも現行はそのツレを略しながら詞章をそのままにしているための無理が生じている。即ち、3〔一セイ〕の二の句（「夕顔の宿の破れ車」）は元来のツレ（青女房）の分担であろう。6〔掛ケ合〕のツレも現行は巫女に代行させているが、元来は、青女房であったはずである。さらに、4〔下ノ詠〕もツレ（青女房）の分担であろうが、巫女とシテに分担させている。古写本では、すべてシテの場合や、ワキツレ（大臣）に謡わせた例もある。また第1段のアイは現行では登場しない。第7段の最後の〔問答〕のワキ連役（二二頁注六参照）は、元来はアイであったかと思われるなど、現行のかたちに落着くまでの揺れの一端が示されている。

四 香西　精「葵上について」（『能謡新考』所収）
表　章「作品研究　葵上」（「観世」昭和四九年八月）

阿漕

底本題簽「あこき」

一 作者不明。『能本作者註文』や『自家伝抄』をはじめ、作者付資料には世阿弥作とするが信じがたく、それ以後の作と思われる。享禄五年（一五三二）五月一日、一条西洞院における日吉猿楽勧進能に「あこ木」が演じられている（言継卿記）。また、古伝書類に本曲への言及は見られない。

二「逢ふことをあこぎの島に引くたびのたび重ならば人も知りなん」（『古今六帖』三、鯛）の歌は『夫木抄』では第二句が「あこぎが島」、末句が「人知りぬべき」として掲げられている。『如願集』には、「人目洩るあこぎが浦にひく網のよるとばかりはなに契りけん」と詠まれて「阿漕が浦に引く網の」という表現の先蹤《せんしょう》が見られる。しかし中世の和歌の世界では、阿漕が浦（阿漕が島）は歌枕としての位置を獲得していない。万治二年刊『歌枕名寄』は「阿古伎浦」を未勘国に収め、「しほ木つむあこきか浦による浪のたひかさならば人もこそしれ」という歌を掲げるが、和歌史の中では阿漕浦はいずれの地とも結び付いていないし、歌学書中にも、この歌なり説話なりを見出すことはできない。

一方、本曲との関係がすでに指摘されている『源平盛衰記』八、「讃岐院事」は次の通りである。

さても西行発心のおこりを尋れば、源《みなもと》は恋故とぞ承る。申すも恐れある上臈女房を思ひ懸け進《まゐら》せたりけるを、あこぎの浦ぞと云ふ仰せを蒙りて思ひ切り、…無為の道にぞ入りにける。あこぎは歌の心なり。

伊勢の海あこぎが浦に引く網の度重なれば人もこそしれ

と云ふ心は、彼の阿漕の浦には、神の誓ひにて、年に一度の外は網を引かずとかや。この仰せを承つて西行が読《よ》みける。

思ひきや富士の高根に一夜ねて雲の上なる月をみんとは

此の歌の心を思ふには、一夜の御契りは有りけるにや、重ねて聞し召す事の有りければこそ阿漕とは仰せけめ、情なかりける事どもなり。

本曲の素材もここに基づき、《鵜飼》の場合と同様の密猟と殺生戒の構想を取り合せたのであろうと思われる。

三『匠材集』三に「あこぎ、伊勢の浦に有る名所なり。贄のためにしのび引く網なり。たびかさなればあらはるるなり」と記されているのは本曲をふまえたものであろう。それ以前では、『藻塩草』が「阿古木浦」を「勢州」とする（ただし別の和歌を引く）。

本曲においては、引用の古歌がすべて変型されている。それは作詞にあたっての意図的処置であり、世阿弥などとは全く異なる方法である。作品論のための一つの手がかりたり得よう。

四 小西甚一「作品研究　阿漕」（「観世」昭和四〇年九月）

朝　顔

底本題簽「槿」

一『能本作者註文』に「槿」を小田垣能登守作とし、『自家伝抄』（九大本）に「朝顔、異作、小田垣」とある。太田垣能登守の作としてよいであろう。『自家伝抄』にいう異作の意味は明らかでないが、作者については異説を見ない。

文亀三年（一五〇三）九月十五日、室町殿における観世所演に「槿」が見える（『実隆公記』）のをはじめ、室町期における所演は少なくない。しかし、江戸時代には諸流とも上演曲目には加えていない（宝生流のみ「寛文書上」に掲出）。ただし、観世流謡本にあっては、古板三種（光悦本・擬光悦本・古活字玉屋本）のほか、各種外組に収められていたが、現在諸流とも番外曲となっている。

二《朝顔》の構想は、花の朝顔を擬人化して、『源氏物語』の朝顔の斎院の物語を核に、朝顔に関する連歌寄合の世界をまとめ上げた感があり、いわば朝顔尽《づく》しの夢幻能である。『源氏物語』では、桐壺帝の崩御によって、賀茂の斎院（桐壺帝の第三皇女）は服喪のために退くことになり、代って、桐壺帝の弟にあたる桃園式部卿の宮の息女・朝顔の姫君が斎院となった。かねて朝顔に執心の光源氏は、それにもかかわらず折々の手紙を絶えることなく送るが、「かけまくはかしこけれどもそのかみの秋思ほゆる木綿襷かな」（源氏）に対して、「そのかみやいかがはありし木綿襷心にかけて忍ぶらんゆゑ　近き世に」（斎院）ととりつくしまもない（「賢木」）。その朝顔もまた、父の式部卿の宮の死によって、服喪のため斎院を辞し、自邸の桃園の宮に帰った。光源氏は諦めきれずにそこに通うが、朝顔は冷淡に振舞う（「朝顔」）。《朝顔》は、このような物語をふまえつつ、桃園の宮の旧跡で、朝顔の墓所と伝える一条大宮の仏心寺を舞台として、朝顔の花の精を登場させるのは《杜若》に同工であろう。また、植物としての朝顔が持つ連歌世界のイメージは『連歌寄合集』（『未刊国文資料』による）を抜粋すれば次の通りである。

(イ)槿に一日と付事、槿花一日自成栄。
　一日もいそげあらましの道
　あさがほの花のあだなる身を持て　当
(ロ)下ひも付事、我ならで下紐とくな槿の
　夕陰待ぬ花には有とも
　うらみ残すな夜半の下ひも
　しほれずは何あさがほの花ならん　祇
(ハ)桃園に槿付は源氏也。又、槿を牽牛花と云。
　あさがほの名におふ星のちぎり哉　祇

これらが《朝顔》中にすべて反映しているばかりでなく、さらに漢詩・漢故事・仏典なども動員されていることは、頭注に示す通りである。とりわけ右の(ハ)に掲げた朝顔の異名としての牽牛花に関連する遊子伯陽の説話は、『古今和歌集序聞書　三流抄』に見える次のような記事に基づいている。

　或ハ月ヲ思フトテ、知ベナキ暗ニ迷ト云ルハ、是ハ遊子ガ月ヲ待テ夕闇ニ遠キ里マデ行シ事ヲ云。朗詠ニ、遊子猶行二残月一ト云、此心也。史記云、瓊有ニ二夫婦一、夫ヲ云二遊子ト一、婦ヲ曰二伯陽ト一。契ルコト二偕老ヲ一二八之候三四之旬ナリ。愛シテ二玉菟ヲ一、終夜《ヨモスガラ》座ス二道路ノ口《ホトリ》ニ一。晩ニハ徘二遠郷一、待二月出ヲ一、暁ニハ登テ二山峯ニ一惜二月ノ入ヲ一。然後、陽没剋成二深歡ヲ一、進テ二月前ニ一得タリ二相見ルコトヲ一。依テ二此執一、成テ二天生身一為二牽牛織女二星一。降二再陰陽之国ニ一、守二男女交会ノ媒ヲ一、為二道祖咩立之二神ト一。（片桐洋一氏『中世古今集注釈書解題』二による）

これは単に『古今集』仮名序の注釈というだけでなく、『和漢朗詠集』の享受とも関連して中世にひろく流布し（「鵜飼雑記―伝へ聞く遊子伯陽は―」、「かんのう」昭和五五年一一月）、連歌書『藻塩草』にもこの文章が引用されている。

三 作者の太田垣能登守忠説は、『新撰菟玖波集』にその作が収められ、「作者部類」には「日下忠説　山名内、太田垣能登守」（彰考館本等。大永本には日下部忠説とする）と記されていて、山名氏の家臣らしい。同じく山名氏に仕えた連歌師の宗砌に師事し、師説の聞書をまとめて連歌論書『砌塵抄』を編み、それに序文を付している。また、文明八年夏、何人百韻を独吟し、その自注を加えているが、文明から明応頃までの百韻千句のうち、注をもつ現存九点は、宗祇・宗伊・肖柏・宗長・兼載等、すべてが専門連歌師のものであり、それに忠説が比肩していることは、彼の連歌の実力のほども知られて、頗る注目されるところである。

『源氏物語』を本説とする謡曲の一に《夕顔》があり、それが《朝顔》を作ることの遠因にあるかも知れないが、それにつけても当時の文学世界における『源氏物語』への関心の強さが底流にあることは否めまい。応永期の細川氏被官であった横越《よこお》元久が、武家歌人としての実績を持ち、やはり『源氏物語』に基づく《浮舟》を作っていることも思い合されるところである。

四 伊藤正義「謡曲の和歌的基盤」（「観世」昭和四八年八月）

安宅

一 作者未詳。作者付資料によると、『能本作者註文』に作者不明、『自家伝抄』に世阿弥、『いろは作者註文』に「注在之、観小」と見える。小林静雄氏は「勧進帳」が〔読ミ物〕としてとり入れられている作風を小次郎信光のものとし、以来《安宅》の信光作が容認されて来ているが、確実な根拠に乏しい。近年、むしろ逆に「長文の道行と、やや断片的な場面をいくつも積み重ねて劇的頂点を形成してゆく脚色からは、他の信光作との相違が感得できる」とする西野春雄氏説（「信光の能」上、「芸能史研究」四八号）が注目される。世阿弥や禅竹等の作とは異質であり、現状では《安宅》の作者は未詳とするのが穏当であろう。寛正六年（一四六五）三月九日、将軍院参の際の観世演能に「あたか」が演じられている（『親元日記』）。

二 本曲における事件は、もとより歴史的事実ではないばかりか、中世の義経の物語である『義経記』等にも同一事件は見られない。謡曲における仮構の物語というべきものである。もっとも、『義経記』七には、判官北国落の事（山伏姿で都より北陸道へのがれること）、三の口の関通り給ふ事（愛発の関で容疑者を捉え拷問すること、八幡の御計らいと思われる道案内に逢うこと、下人の口利きたる者を殺すこと、関所の詮議を切り抜けること）、平泉寺御見物の事（富樫の館に立寄りと）、東大寺勧進の山伏と名乗って寄進を受けること）、如意の渡しにて義経を弁慶打ち奉る事（渡守が判官を怪しむにより扇にて打擲すること、後に弁慶が謝罪号泣すること）、直江の津にて笈探されし事（念珠が関で判官が下種山伏に変装し、弁慶が杖で打ち責めながら通過すること）などが語られている。《安宅》は『義経記』の右の記事の集大成と言えよう。それにつき、『義経記』には地名としてのみ表わされている安宅の渡しに新関を仮構し、そこに北国落ちの途中の諸事件を集約し、かつ勧進帳の段に『平家物語』五、「勧進帳」をも採り入れた構想は、優れた筆力により、極めて緊張した構成を成功させている。

《安宅》の主題は、義経に対する弁慶の献身的忠誠を描くことにある。シテ弁慶が義経をかばいつつ安宅の関を越えるにあたって、三つのヤマが設定されているが、その一は、勧進帳読み上げを中心とする関所突破の段（3〜10）、その二は、〔クリ〕〔サシ〕〔クセ〕で、辛うじて関を越えた一行が現在の境遇を嘆く段（11〜12）、その三は、ワキ富樫が追い付き酒宴となって舞う弁慶の延年の舞（14〜15）ということになろう。ところで、その三の弁慶の舞の意図について、たとえば酒宴に興を添えるためとか、弁慶が三塔の遊僧であった往事の回想の舞とかの解釈もあり、また、それまでの劇的緊迫に引きかえて、やや異質のヤマだと考えられて、一曲のいろどりとして舞を加えたものと見なし、能としての結末をつけるためだと考えたり、あるいはこの能を風流能的にみる考え方も出て来るのである。しかし、このヤマもまた一貫した主題の下に構想されているというべきである。富樫の目的が謝罪であるのか、再吟味のためなのか不明のまま、弁慶はこの場を切り抜けなければならぬ。そのような緊張の中で舞われる延年の舞には、単にかつて「三塔の遊僧」なるが故の遊興からではなく、現在も行く末も、極めて困難な苦境にある義経の無事延年を祈念して、「絶えずとうたり」と舞うことが意図されていると考えてよいであろう。かくて《安宅》の三つのヤマは、それぞれに形を変えつつ、危機の渦中での弁慶の義経に対する忠誠の主題を一貫せしめていると言えるのである。

三 前掲の寛正六年の観世演能当時、信光は三十一歳で、作者としてはともかく、演者ではあり得たかと思われる。禅竹も禅鳳もこの曲についての言及がないのは、これが観世に属した能であったからかも知れない。なお「勧進帳」の中に言及されている東大寺建立説話は、頭注に示した諸書に見られるが、『朝熊山儀軌』の当該部分については、「安宅雑記（続）―最愛の夫人に別れ―」（「かんのう」昭和五五年三月）に翻刻紹介した。

四 香西 精「作品研究 安宅」（「観世」昭和四一年一月。『能謡新考』所収）

安達原

一 作者未詳。『能本作者註文』は「近江能」の中に「安達原クロツカ」を掲げ、『自家伝抄』には「くろつか、江州へ遣す、世阿弥」と記す。近江能とする伝承に確証はないが、可能性はあろうと思われる。寛正六年（一四六五）二月二十八日、将軍院参の際に《安達原》の観世所演が見える（『親元日記』）。「黒塚」「糸繰」などの別名もあり、現在は観世流が「安達原」、他流は「黒塚」と称する。

二『拾遺集』巻九、雑下に、

みちのくに名取の郡《こほり》、黒塚といふ所に、重之が妹あまたありと聞きて、言ひ遣はしける　兼盛

陸奥の安達の原の黒塚に鬼こもれりといふはまことか

と見える。名取郡黒塚に住む重之の妹達をからかった歌であるが、その背後には、安達原の黒塚に鬼女が住むという伝説の存在したことが想像されよう。たとえば、二人の僧が但馬の国の古寺に宿るに、夜更けて鬼来って老僧を食う話（『今昔物語集』一七）をはじめ「鬼一口」（『伊勢物語』六段）の話は多く、かつそれが鬼女である場合も少なくないのは、羅刹女《らせつによ》のイメージが重なり合うのであろう。

《安達原》が右に掲げた兼盛の歌を一つの核として作られていることは疑いあるまい。

さらに、一度は断わるが懇請により宿を貸す宿泊の類型や、禁忌を犯す「見るなの座敷」型に設定された本曲の構想にあって、格別の趣向は糸繰りわざを挿みこんでいることであろう。それは、塩汲みや炭焼などにも通じる〝わざ物〟の類に属するであろうが、中世寺院芸能としての延年には、児芸のうちに糸綸《いとより》がある。可憐さを強調したらしい糸綸を換骨奪胎してここに応用したのだとすれば、シテが鬼女の仮の姿であるだけに皮肉な趣向と言えよう。この糸尽《づく》しの［ロンギ］はいわゆる物尽しであるが、古作の能に多く見られるような独立性はない。

三 シテの性格は、後場では疑いもなく鬼性を表わすが、前場では「定めなの生涯」を嘆き、世渡りの業のつらさと、そのような憂き世に生を享《う》けた輪廻の身を、糸繰りの輪のめぐることに示しつつ嘆きかこつ。そこに人間の心を認めるとき、シテの性格はやや曖昧と言わざるを得ないが、表面的には人間的心情の告白を装いつつ、裏に不気味な鬼性を暗示しているとも読める。頭注にそのことを指摘してみたが、全体としては必ずしも一貫しているわけではない。

なお、鬼女がシテとなる《紅葉狩》では、非人間としての顰見《しかみ》の面をつけるのに対し、《安達原》が般若を用いるのは、《葵上》や《道成寺》などに同じく、人間の本性を備えているとみるからであろうが、後場、ワキの法力の前に敗退するのみで、成仏得脱するわけでないのは、鬼としての扱いである。

四 徳江元正「作品研究　安達原」（「観世」昭和四四年九月）

海　士

底本題簽「蜑」

一 作者未詳。古作の能で、『中楽談儀』には金春権守所演につき、

「あらなつかしのあま人やと御涙を流し給へば」、此「御涙」の節、金春が節也。…同じ能に「乳の下を掻い切り玉を押し込め」などのかゝりは、黒頭にて軽々と出で立ちて、こばたらきの風体也。女などに似合はず。

と記録している。「金春が節」とは金春権守の作曲を意味するのであろう。ちなみに、金春禅竹は「みるめ刈りの海士の風体…祖父骨風の妙所」ありと記しており（『歌舞髄脳記』）、金春権守の芸を代表する曲であったと考えられる。現行は観世流のみ「海士」、他は「海人」を宛てる。

二 藤原房前の出生譚、海士の玉取り譚などを含む志度寺縁起を本説とする。志度寺縁起については、はやくから《海士》との前後関係について言及されていたが、梅津次郎氏による縁起絵の研究（『国華』七六〇号）や、友久武文氏解説の『讃州志度道場縁起』の影印・翻刻（『瀬戸内寺社縁起集』、中世文芸叢書九、昭和四二年）によって、鎌倉末期には成立していた絵解き資料でもあることが確実視される。この縁起は、《海士》の構想のみならず、表現・詞章においても極めて直接的な関係が認められるので、関連部分を書き下し文に改めて抄出するとともに、便宜的に番号を付して頭注と関連せしめた。一部表記を改めたところもある。

讃岐国志度道場縁起（抄）

(一)不比等トハ大織冠ノ嗣嫡也。大織冠薨逝之日（天智天皇八年十月十六日）、年歯《ヨハイ》僅ニ十歳也。春秋二旬ニ及ンデ追孝ヲ賁《カザ》ラント欲ス。先公釈迦如来一寸ノ銀像ヲ以テ螺髪ノ中ニ安置シ、生涯ノ際《アヒダ》身ヲ離チ奉ラズ。新タニ丈六ノ釈迦ノ聖容ヲ造リ、一寸ノ銀像ヲ収メント欲ス。

(二)而モ先公ノ娘、不比等ノ妹アリ。桃李ノ粧《ヨソホ》ヒ婀娜タリ。芙蓉ノ質《カタチ》含羞タリ。大唐ノ高宗皇帝風《ホノカ》ニ斯《コ》ノ事ヲ聞キ、地忍堪エズ、遙ニ先公ニ勅シテ偸《ヒソカ》ニ配偶ヲ求ム。先公コレヲ黙《モダ》シタマハズ、即チコレヲ奉送セラル。高宗叡感ニ堪エズ、専《モッパ》ラ寵愛セラル。已《ステ》ニ后妣ノ位ニ備ハリ、忝クモ三千ノ数ニ列ナリ、且《カツ》ハ先公ノ追孝ヲ資《タス》ケンガタメ、且《カツ》ハ舎兄ノ造堂ヲ訪ラハンガタメ、種々ノ珍宝ヲ捧ゲ、色々ノ珠玉ヲ送ル。

(三)花原磬アリ、コレヲ一鐘スルニソノ音罷《ヤ》マズ。コレヲ罷メント欲スルニ、仏舎利ヲ触ルレバソノ音忽然トシテ罷ム。泗浜石アリ、一タビコレヲ打ツニソノ響《ヒビキ》絶エズ。コレヲ絶エシメント欲スルニ、袈裟ヲ懸クレバソノ響頓《タチマ》チ絶ユ。又、繞《メグ》リ八寸ノ真向珠アリ、ソノ内ニ釈迦ノ三尊アリ。表裏無ク、上下無シ。任有《アリノママ》ニ彼《カ》ノ三尊ヲ拝ス。故ニ不向背珠ト名《ナヅ》ク。

(四)斯《コ》ノ玉、高宗皇帝悋惜尤モ太《ハナハダ》シ。握玩間《イトマ》無ク、后妣本朝ニ賄《オク》ラントスルノ懇望

疎然ナラズ、而モ朝家無双ノ珍タリ。日域賄賂ノ志ヲ失ヒ、ココニ於テ寝膳ヲ忘レ、床席ニ粘《ツ》ク。天子コレヲ怪ミ、コレヲ問フニ、志趣只《タダ》彼《カ》ノ玉ニアリ。茲《コレ》ニ因《ヨツ》テ諸卿ヲ訪ヒ、群議ヲ決ス。遂ニ彼《カ》ノ玉ヲ以テ速カニ后妣ニ授ク。尓《ソノ》時后宮本望已《スデ》ニ達シ、喜悦彊《カギ》リ無シ。身唐家ニ居スト雖モ、心偏ヘニ和朝ニアリ。迺《イマシ》使節ヲ差シテ珍宝ヲ献ゼント欲ス。

(五)舟船纜ヲ解キ、漸ク本朝ニ近ヅクトキ、暴風頓《タチマ》チ吹イテ逆浪静カナラズ、讃岐国房前ノ瀛《ウミ》ニ於テ将《マサ》ニ船ヲ覆《クツガ》ヘサントスルノ間、納珠ノ箱ヲ以テ忽チ海中ニ沈ム。毛生ヒ爪長キ手ヲ以テ波底ヨリ珠ノ箱ヲ取リ畢ヌ。

(六)唐使永ク面目ヲ失ヒ、父母ヲ喪《ウシナ》フ如ク、京洛ニ詣デテ書札ヲ伝フ。不比等披閲ノ処、送リ文ニハ載スト雖モ、玉更ニ無シ。子細ヲ問フニ上事ヲ陳《ノ》ブ。是レ龍神ノタメニ奪ヒ取ラルル者也。

(七)其ノ時不比等悲歎ノ余リ、将《マサ》ニ沈珠ノ所ニ向ハントス。唐使ヲ相伴ヒ、忽チ舟艘ニ棹サシテ讃岐国房前ノ浦ニ到リタマフ。唐使ノ云ク、此《コ》レ即チ珠ヲ沈ムル所ト云々。……

(八)海人泉郎ノ娘ヲ撰ビ、気堪息長ノ女ヲ嫁グ。忽チ配偶ノ契《チギリ》ヲ結ビ、早ク伉儷《コウレイ》ノ儀ヲ成ス。即チ奈良ノ都ニ還リタマフト雖モ、猶《ナホ》房前ノ浦ヲ憶フ。已《スデ》ニ三歳ニ及ンデ子一人ヲ生ズ。過去ノ往因是《ココ》ニ於テ知ラル。

(九)其ノ比《コロ》不比等卿官諫議ノ家ニ居シ、名姓ヲ表ハシ、彼ノ女性ニ誘語シテ曰ク、我ハコレ京洛ニ在テハ偏ヘニ朝家ニ仕フ。一樹ノ蔭ニ宿ルモ猶先世ノ芳契也。一河ノ流ヲ酌ムモ又多生ノ良縁也。況ンヤ夫婦ノ語ラヒ、已《スデ》ニ鴛鴦ノ交《マジハ》リヲ致シテ已ニ三年ニ及ブ。剰《アマツサ》ヘ一子ヲ生《マウ》ク。而モ大唐ノ阿妹送ラルル所ノ珠、右ニ載《ノス》ルガ如キ趣、具《ツブサ》ニ以テコレヲ語ル。彼ノ玉…此ノ浦ノ龍神ノタメニコレヲ奪ヒ取ラルル間、取リ返サンコトヲ案ズト雖モ更ニ其ノ術無シ。汝海中ニ入リ、浮沈心ニ任セヨ、何為之《イカンセン》、何為之《イカンセン》。

(一〇)海人宣ベテ云ク…但シ羨《ノゾ》ム所アリ、我ガ命ヲ所天ニ奉ルノ上ハ、我ガ児ヲ嫡子ニ立テタマハバ、望ム所足ンヌベシ。執心コレニアリ、其ノ志正《マサ》ニ切ナリト云々。仍テ嬰児ヲ膝ノ上ニ懐《イダ》キ、乳房ヲ口中ニ含メ、惨然トシテ涙ヲ流シヌ。其ノ時相公宣《ノタマ》ハク、生々ノ契リ腐《クツ》ルコト無シ、綿々ノ思ヒ寔《マコト》ニ深シ。世々生々争《イカデ》カ忘ルベケンヤ。小児ニ於テハ命ズル所勿論也。努々《ユメユメ》黙《モダ》スコト無シ、等閑《ナホザリ》ニ思フコトナカレ、……

(一一)然シテ後、海人蒼浪ノ底ニ入リ、日数ヲ経、浮ビ出デテ云ク、龍宮ノ楼閣重々、門戸千々タリ。其ノ中ニ水精十三重ノ塔アリ、高サ三十丈、彼ノ玉ヲ其ノ塔ニ安置ス。龍女昼夜断エズ香花ヲ備ヘ、龍玉ノ前後左右ニ囲繞セリ。少隙ヲ以テ窺フベキニアラズト云々、…但シ、数丈布ノ縄ヲ以テ我ガ腰ニ付ケ海底ニ入リ、龍闕ニ至リテ玉ヲ得バ、此ノ縄ヲ動カスベシ、動ク時、取リ得ルト知リテ急ギ引キ上グベシ。此《カク》ノ如ク約諾シ、即チ剱ヲ帯ビ海底ニ入ル。差縄船ニ随ヘ付キ行ク。相待ツノ処ニ、良久《ヤヤ》シクアッテ差縄動ク。時ニ龍王、玉ヲ惜ンデ嗔《イカ》リヲ成シ、海人ヲ追ッテ四肢ヲ切ル。海人忽チ死ス。引キ上ル所ハ死骸バカリ也。小島ニ下《オロ》シ海人ヲ見ルニ、手足無ク頭身ノミアリ。相公、珠玉ハ得ズ、配偶ハ永ク絶エ、悲哀極リ無ク、恋慕尤モ切ナリ。泣ク泣ク処所ノ疵ヲ見ルニ、乳ノ下ニ当ツテ横ニ大ナル疵アリ。其ノ疵深広ニシテ切目ニ彼ノ玉ヲ押籠ム。相公コレヲ見タマヒ争《イカデ》カ歔欷セザラン。海人心巧ミニ、悟リ深シ、遂ニ此ノ玉ヲ得ル所、只人ニ匪《アラ》ズ、龍女ノ再誕ナリト謂《イツ》ツベシ。一タビハ悲シミ一タビハ喜ンデ、悲喜相半バナリ。

(一二)玉ヲ得ル処、小島ノ故号、真珠島ト名《ナツ》ク。彼ノ島、坤《ヒツジサル》ノ方ニ当ツテ、海浜ノ沙《イサゴ》高洲ノ上ニ一小堂アリ。彼ノ砌リニ海人ノ死骸ヲ瘞《ウツ》メ奉ル。…

(一三)持統天皇七年癸巳、房前ノ相公歳僅ニ十三、行基菩薩年二十六、相伴ツテ讃岐国房前ノ浦ニ渡御シタマヒ、磯畔浜汀ノ処ニ尋ネ行クニ、一宇ノ道場有テ徘徊スル処ニ、地底ヨリ吟詠ノ声アリ。魂《タマシヒ》黄壌ニ去ツテ一十三年、冥路惛々《コンコン》トシテ我ヲ訪《トブラ》フニ人無シ、君孝行アラバ我ガ永冥ヲ助ケヨ。

(一四)房前卿此ノ詠詩ノ声ヲ聞キ、彼ノ母儀ノ墓ト知ツテ恋慕ノ思ヒ胸ヲ焦ガシ、悲歎ノ涙眼《マナコ》ニ満ツ。泣ク泣ク墓ニ対シテ言《ノタマハク》、我レ小年ノ時悲母ニ別ルルノ後、朝々《アサナアサナ》悲歎シ、暮々《ユフナユフナ》哀慟ス。今墳墓ニ詣ヅルコト幸ヒノ甚シキ也…自今以後、専ラ追善ヲ修シ、宜シク忍徳ヲ報ズベシト云々。是《コレ》ニヨッテ道場ヲ修造シ、法花八講ヲ始メ行ナハシム。母儀ノ忌日ニ当ツテ開題法花十軸ヲ書写シ奉リ、精舎ノ巽《タツミ》ニ当リ一町バカリヲ避テコレヲ納メ奉ル…亦、道場、後面、海浜ノ前頭ニ当ツテ一千基ノ石塔ヲ建ツ。是レ則チ母儀海人ノ奉ランタメナリ。塔婆之影移《リ》二波浪《ニ》一、地脉之鱗得《ル》二利益《ヲ》一文。是《コレ》ヲ以テ龍神ノ苦シミヲ助ケ、忿怒ノ心ヲ宥《ナダ》ムト云々。(以下略)

なお、この縁起は、讃州において成立した地方的素材に基づく縁起なのではなく、南都春日・興福寺と密着して成立している縁起説話に基づくもので、たとえば『大鏡底容鈔』(叡山文庫本)などの存在が示すように、幸若舞曲の「大職冠」「入鹿」などとも同根の基盤を持っている(阿部泰郎「入鹿の成立」、「芸能史研究」六九号、昭和五五年四月)。《海士》が大和猿楽(金春座)に属する曲であることも、そのことと無関係ではないと思われる。

三 《海士》は前場に重点がかかっており、それだけでも独立し得る点や、古作の性質などから、後場は後から付け加えた形かとも疑われているが、本説の扱い方は前後一貫している。《海士》は金春権守所演、世阿弥改作、現行形態と少なくとも三段階を経ていると推測されるが、たとえば、房前の従者に設定されているワキは、もとは志度寺縁起(三)のように行基(僧ワキ)であったかも知れず、1～3段あたりが改作されている可能性は高い。金春権守が舞を舞わなかったことは『申楽談儀』の記すところであり、彼の原《海士》には舞はなかったであろうから、海松布刈り、玉取りの物真似芸主体の能であった可能性が強い。その場合の《海士》が、志度寺縁起をふまえているとすれば、構成や演出形態はともかくとして、現行の後場とほぼ同様の縁起文をも含んでいたであろう。それに基づきつつ、世阿弥が改作にあたって舞を加えたらしい。現行では後ジテは経を持って登場する、いわゆる天女の舞の能(女体神能。仏法讃嘆の舞を舞う。ツレ天女とは別)の演出を留めているが、天女の舞は世阿弥の開発した風体であると考えられるから(竹本幹夫氏「天女舞の研究」、「能楽研究」第四号、昭和五三年七月)、《海士》の改作に世阿弥の手が加わっていることは疑えまい。二場構成もそのことと関連するであろう。その後、天女の舞が他の舞事に変る中で、《海士》も早舞物となった経過が考えられる。

なお、下掛りは第一段〔上ゲ歌〕の後に次の文が続く（八二頁注三）。

〔下ゲ歌〕ワキ・ワキ連〽憂き旅なれどたらちねの　ためと思へば急がれて

〔歌〕ワキ・ワキ連〽日《ヒ》数津《カズツ》守《モリ》の雪の空　日数津守の雪の空　夜昼《ヨルヒル》となく行くほどに　名にのみ聞きし讃岐《サヌキ》の国　房前《フサザキ》の浦に着きにけり　房前の浦に着きにけり

四　堀口康生「作品研究　海士」（「観世」昭和五四年二月）

蟻通

一　『中楽談儀』に「世子作」とし、『五音』下にシテ登場直後の〔サシ〕と〔掛ケ合〕〔下ゲ歌〕〔上ゲ歌〕〔クセ〕を曲付者名なしに収めている。主題・本説の扱いも世阿弥の特色を備えており、作詞・作曲とも世阿弥作と信じられる。

世阿弥・禅竹とも闌曲に分類、禅竹『歌舞髄脳記』には「妙花風」（九位の最高位）にあてるなど重視しているが、室町期の演能記録は稀である。

二　紀貫之の詠歌に対する蟻通明神の神感説話は、『俊頼髄脳』に次の通り記されている（国会図書館本。日本古典文学全集『歌論集』小学館刊による）。

貫之が馬に乗りて、和泉の国におはしますなる蟻通の明神の御前を、暗きに、え知らで通りければ、馬にはかに倒れて死にけり。いかなる事にかと驚き思ひて、火の影に見れば、神の鳥居の見えければ、「いかなる神のおはしますぞ」と尋ねければ、「これはありどほしの明神と申して、物とがめいみじくせさせ給ふ神なり。もし乗りながらや通り給へる」と人の言ひければ、「いかにも、暗さに、神おはしますとも知らで過ぎ侍りにけり。いかがすべき」と社の禰宜を呼びて問へば、その禰宜、ただにはあらぬさまなり。「汝、我が前を馬に乗りながら通る、すべからくは、知らざれば許しつかはすべきなり。しかはあれど、和歌の道をきはめたる人なり。その道をあらはして過ぎば、馬さだめて起《た》つことを得むか。これ明神の御託宣なり」といへり。貫之たちまち水を浴《あ》みてこの歌を詠みて、紙に書きて、御社の柱におしつけて、拝み入りて、とばかりある程に、馬起きて身ぶるひをして、いななきて立てり。禰宜「許し給ふ」とて、覚めにけりとぞ。

あま雲の立ち重なれる夜半なれば神ありとほし思ふべきかは

右の和歌は、『貫之集』や『古今六帖』に、「かきくもりあやめも知らぬ大空にありとほしをば思ふべしやは」とある歌の変型であるが、『俊頼髄脳』異本のうち、島原松平文庫本『唯独自見集』では、「あま雲の立ち重なれる夜半なればありとをしをも思ふべきかは」とあって、謡曲所引の形に酷似することが指摘されている（吉田寛氏「謡曲蟻通の出典をめぐって」、「佐賀大文学論集」、昭和三九年三月）。

《蟻通》の本説が右『俊頼髄脳』の記事であることは疑いないが、いまひとつ、第5段には『古今集』仮名序・真名序に基づく和歌の徳を謡い上げていることが注目される。そのことを強調する《蟻通》の意図するところは、一曲の冒頭に置かれた「和歌の心を道として、玉津島に参らん」というワキ次第が明示している。即ち、『古今集』仮名序には、天地を動かし、目に見えぬ鬼神をもあわれと思わせ、男女の仲を和らげ、武士の心を慰めるのが歌だというが、そのような「和歌の心」を体得し、実践せんがために玉津島詣でをするというのが、この［次第］の意味であり、その道中にあって、貫之が和歌によって「目に見えぬ鬼神をもあはれと思はせ」る実証を、蟻通明神の場合について描くことが、《蟻通》一曲の主題であると考えられる。なお、第5段［下ゲ歌］に「およそ歌には六義あり、これ六道の巷に定め置いて、六つの色を分かつなり」とみえるが、「六義」とは『詩経』の六義（風・賦・比・興・雅・頌）を和歌に応用して、『古今集』仮名序に「そへ歌・かぞへ歌・なずらへ歌・たとへ歌・ただこと歌・いはひ歌」の六義を説く。それを「六道」に配当する所説は『古今集』そのものでなく、中世歌学の秘伝をも合わせているらしい。直接の典拠は未詳であるが、たとえば書陵部本『和歌知顕集』に「歌の六体…悟りの前には六道の報法身の仏と也。迷ひの前には…六道のちまたとなる。…長歌をば人道にあて、旋頭歌をば修羅道にあて、混本歌をば畜生道にあて、廻文歌をば餓鬼道にあて、誹諧歌をば地獄道にたとへたるなるべし」とみえる（『三五記』鷺末にも）。六義と六体の違いはあるが、この種の所説がふまえられているのであろう。ちなみに《俊成忠度》のサシにも同様の説が見られる。

三『申楽談儀』に、「『ありとをしとも思ふべきかはとは、あら面白の御歌や』など、『是六道の巷に定め置いて、六の色を見する也』などやうなる所、『何となく宮守なんどは、深夜の鐘の声、御燈の光などにこそ』『燈火もなく、すずしめの声も聞えず』、かやうの所、皆喜阿がかり也」と記され、また増阿弥が「蟻通の初めより終りまで、喜阿」と批評したことも見える。田楽新座の喜阿は、その謡に関して、世阿弥が最も高く評価した名手であった。《蟻通》作曲にあたって、喜阿の節を意識的に採り入れたらしい。

なお松井家蔵妙庵手沢本によれば、ワキの［名ノリ］の後に「［サシ］ももしきの　大宮人は暇あれや　桜かざして日をくらし　我はあさたつたび衣　身をうき秋にをきかぬる　末はいづみの浦つゞく　きの海かけて出るなり　［下歌］波にたゞよふおきつ舟の　みればそれをだに　なをあさからぬたび衣」の一文のあることを補記し、「当世イハズ」と注記する。

井　筒

一 世阿弥作。『五音』に「サナキダニ…」の［サシ］冒頭を作曲者名なしに掲げており、『申楽談儀』に「祝言の外には井筒・道盛など、直《すぐ》なる能也。…井筒、上花也」と評価している。『三道』に言及のない点からは、世阿弥六十歳代の作と思われる。

二《井筒》は『伊勢物語』二三段を中心に、一七段、二四段の話を合わせて作られている。それらはすべて業平と紀有常の娘のこととする中世の『伊勢物語』の理解に基づくものであり、現代の『伊勢物語』理解とは大きなへだたりがある。二三段の場合を『冷泉流伊勢物語抄』（片桐洋一氏『伊勢物語の研究（資料篇）』、明治書院、昭和四四年刊、所収）を注記するかたちで、本曲の前提となる当時の理解をみておこう。なお物語本文は便宜的に新潮日本古典集成本による。

むかし、田舎[1]わたらひしける人の子[2]ども[3]、井のもとに出でてあそびけるを、大人になりにければ、男も女も、はぢかはしてありけれど、男は、この女をこそ得めと思ふ。女は、この男をと思ひつつ、親のあはすれども聞かでなむありける。さてこの隣[4]の男のもとよりかくなむ。

[5]筒井つの井筒にかけしまろがたけすぎにけらしな妹見ざるまに

女、返し、

くらべこしふりわけ髪も肩すぎぬ君ならずしてたれかあぐべき

などいひいひて、つひに本意のごとくあひにけり。さて年ごろ経るほどに、女、[6]親なくたよりなくなるままに、もろともにいふかひなくてあらむやはとて、河内の国高安の郡に、いき通ふ所いできにけり。さりけれど、このもとの女、あしと思へるけしきもなくていだしやりければ、男、こと心ありて、かかるにやあらむと思ひうたがひて、前栽の中にかくれゐて、河内へいぬる顔にて見れば、この女、[7]いとようけさうじて、うちながめて、

風吹けば沖つしら浪たつた山よはにや君がひとりこゆらむ

とよみけるをききて、かぎりなくかなしと思ひて、河内へもいかずなりにけり。

１、阿保親王と有常と、大和国に住ける時、春日の里に築地をなして住ける時の事也。

２、有常が娘と業平と、幼なかりし事也。

３、二人の子、互に五歳にして井筒の指出たるに長をくらべて、これより高くなりたらん時は、夫婦にならむと契りけり。

４、業平の許よりの事也。

５、共に五歳の養也。

６、彼女母、有常妻、尼になつて大原に籠るをいふなり。

７、艶粉の儀に非ず。業平、河内の国へ行くをあしと思へる気ざしのなきを…いふなり。

また、一七段（一一〇頁注一参照）については、「年ごろおとづれざりける」について、「貞観十三年の花盛に京へ行きたりしが、二条の后の事によりて、東山に押籠られて、三年まで、有常が娘のもとへと行かぬを、年ごろと云ふ」と注釈する。なお二四段の場合は一一〇頁注二に略記しておいた。かくて『伊勢物語』の右各段をつないだ紀有常の娘の物語とは、筒井筒の昔より業平との結婚を待ち、結婚後は高安の女へ通う夫のわが許へ帰るのを待ち、三年間の空白を桜とともに待ち、三年目の夜、業平を追って、追い続けて息絶える。かつて夫婦で住んだ在原寺の廃墟を舞台として、薄茂る井筒のもとに、人待つ女のひたむきな業平への思慕が、美女男装の移り舞というかたちで、激しいまでの昂まりを見せる。それは単なる王朝回顧の物語などではなく、まさしく世阿弥が創り上げた中世伊勢物語の世界であるといえよう。

三　今日の能において、若い女の面をかけ序の舞を舞う本三番目物の代表とも言うべき《井筒》も、室町末期の型付伝書によれば、「形見の直衣身にふれて」（8段）、あるいは「月やあらぬ」（10段）で「働キ」とも「カケリ」ともなる演出を記し、「序舞ニモ、舞ナシニ働バカリスル事アリ」（下間少進口伝）などと言うほか、着用の面をも「十寸髪」とする（『宗随本型付』）演出であったことを中村格氏は指摘される（「室町末期の女能—『井筒』の場合—」、東京学芸大学紀要第二十五集、昭和四九年一月）。それはシテ井筒の女の心情の激しさを四番目物的に強調した演出と言えようが、それはまた、本文詞章自体

が示すところでもあった。

四 伊藤正義「謡曲と伊勢物語の秘伝」（『金剛』昭和四〇年五月）
　堀口康生「待つ女—『井筒』の手法」（図説日本の古典5『竹取物語・伊勢物語』、集英社、昭和五三年）

鵜飼　　底本題簽「うかひ」

一『中楽談儀』に、「又、鵜飼、柏崎などは、榎並の左衛門五郎作也。さりながら、いづれも、悪き所をば除き、よきことを入れられければ、皆、世子の作なるべし」とあり、榎並原作、世阿弥改作であることが知られる。榎並座は、法勝寺・賀茂・住吉の神事猿楽に参勤した摂津（世阿弥は「河内」と記す）の猿楽座で、世阿弥以前に京都で活躍した模様であるが、その座に所属した左衛門五郎は、多分棟梁であったろうと推察されるが、その事跡を明らかにしない。

二 本曲に直接的な本説があるかどうかは明らかでないが、甲斐が日蓮宗の本山の所在地であり、石和を舞台にすることなどにも、あるいは拠るべきところがあったかも知れない。鵜飼は、はやく記紀にも記された習俗であるが、仏教的罪業観と結びついて、「鵜飼はいとをしや、万劫年経る亀殺し、また鵜の頸を結ひ、現世はかくてもありぬべし、後生わが身をいかにせん」（『梁塵秘抄』二）と歌われている。そのような罪業観をふまえ、殺生禁断を破った鵜使いの罪障懺悔と、一僧一宿の功力、法華経の滅罪功徳が主題となっている。

三『中楽談儀』に、

　鵜飼の初めの音曲は、殊に観阿の音曲を移す。唇にて軽々と言ふこと、かのかゝりも。この能、初めより終りまで、闌けたる音曲也。「面白の有様や」より、この一謡《ひとうたひ》ばかり同音也。後の鬼も、観阿、融の大臣の能の後の鬼を移す也。かの鬼の向きは、昔の馬の四郎（榎並座の役者）の鬼也。観阿もかれを学ぶと申されける也。さらりきと、大様大様と、ゆらめいたる体也。

と記されている。前場は〔段歌〕以外はすべてシテの謡であり、それは観阿弥風の作曲であるという。このことは、榎並の原作に対し、世阿弥が作曲面でも全面的に改訂したことを意味するものと思われる。また、後の鬼は観阿弥作の「融の大臣の能」（散佚曲）の鬼を移したと言うが、それはもと鵜飼の物真似だけで鬼の出なかった原作に、「融の大臣の能」の鬼を模して加えたとも、あるいはまた、原作にも存在していた鬼の演出を、「融の大臣の能」の鬼風に改めたとも解される。
『中楽談儀』に、

　小癋見は、世子着出だされし面也。余の者着べきこと、今の世になし。かの面にて、鵜飼をばし出だされし面也。異面にては、鵜飼をほろりとせられし也。

と記されているのも、世阿弥による演出上の改訂に関連した言及なのかも知れない。また前シテが鵜使いの老人、後ジテが冥途の鬼であることについては、「シテは終りまで退場せぬまま、別役の鬼が出たのかもしれない。それだと松山鏡型である」（日本古典文学大系『謡曲集』上、解題）という指摘が首肯される。

　なお、構想・構成・詞章等につき、世阿弥の改作がどの程度のものであったかは未詳であるが、大幅な改訂も想像される一方、詞章の修辞に関する『中楽談儀』の批評（一一六頁注一二参照）は、原作の詞章を残した部分らしく、それについての元能の見解とも考えられよう。ともあれ、ワキを日蓮僧に設定したことや、「キリ」が悪人成仏、他力本願を説くところなど、世阿弥もしくはそれ以後の改訂も考えられ、未解決の問題が多い。

四 香西　精「作者と本説　鵜飼」（『観世』昭和三七年七月、『能謡新考』所収）
伊藤博之「鵜飼」（『日本文学』昭和四九年一一月）

浮　舟

一『申楽談儀』に「浮船、是は素人よこを元久といふ人の作。節は世子付く」とあり、横越元久の作詞、世阿弥の作曲であることが確実視される。作曲はこの曲を高く評価する世阿弥のものであろう。宝徳四年（一四五二）二月十日、薪能における春日社頭の金春大夫所演に「宇治浮舟」の名が見える（『春日拝殿方諸日記』）。

二『源氏物語』宇治十帖の、ことに浮舟・蜻蛉・手習に見える浮舟物語を夢幻能に作り上げている。本曲に関連する物語を浮舟の巻を中心に要約しておく。本文は尾州家河内本による。

（一）光源氏の子、薫（実は柏木の子）は偶然に浮舟を見て心を魅かれる（「宿木」）。匂宮（今上の皇子。薫の従兄）もまた浮舟に思いを懸けるが、薫は浮舟を宇治に移す（「東屋」）。

（二）「かの人（薫）は、たとしへなくのどかに思しおきてて、『待ち遠なりと（浮舟が）思ふらんかし』と心苦しうのみ思ひやり給ひながら」、宇治へ出かける機会が得られない。

（三）匂宮は、薫が「何心ありて、いかなる人をかは、さて、（宇治に）据ゑ給へらん」と怪しむ。

（四）匂宮は案内する者に導かれて宇治へ行き、「格子の隙あるを見つけて、より給ふに…物縫ふ人、三、四人居たり」。その中に浮舟の「あてやかに、なまめき」たる姿があった。『光源氏一部連歌寄合之事』には「垣の透き間よりのぞきて御覧ずれば」と記す。匂宮は薫を装って浮舟と契る。浮舟はその情熱に魅《ひ》かれる。

（五）薫はやっと宇治を訪れる。「宇治橋の、はるばると見渡さるるに、柴積み舟、所々に行きちがひたるなど、ほかにて目馴れぬ事どものみ取り集めたる所」ながら、浮舟は薫と匂宮の二人の愛情の間で悩む。

（六）詩会の後、匂宮は深更に宇治を訪れ、人目を避けて「河より遠《をち》なる、人の家にゐておはせん」とて、浮舟を対岸の家に連れ出す。

（七）「有明の月澄みのぼりて、水の面も曇りなきに、（舟人が）『これなん、橘の小島』と申して、御舟しばしさしとどめ」、匂宮は「年経《ふ》とも変らんものか橘の小島のさきに契る心は」と詠み、浮舟も「橘の小島の色は変らじをこの浮舟ぞゆくへ知られぬ」と詠む。

（八）その翌日、「雪の降り積れるに、かのわが住む方を見やり給へば、霞のたえだえに、梢ばかり見ゆ。山は鏡をかけたるやうにきらきらと夕日に輝きたるに、よべ分け来し道のわりなさなど、あはれ多くそへて、（浮舟に）語り給ふ」。

（九）匂宮はまた、「嶺の雪みぎはの氷踏み分けて君にぞまどふ道はまどはず　木幡の里に馬はあれど」と、浮舟への思いを書く。

（一〇）浮舟のもとに、匂宮、ついで薫より手紙が来る。薫からの文の端書には、「水まさるをちの里人いかならん晴れぬながめにかきくらす頃　常よりも思ひやり聞ゆることまさりてなん」とあった。

（一一）返事も書かず、ただ「里の名をわが身に知れば山城の宇治のわたりぞいとど住み憂き」と手習いする浮舟は、二人の愛情に煩悶する。

（一二）「とにかくにわが身をなき物になさばやと思ひ立」（『光源氏一部連歌寄合之事』）った浮舟は、「嘆きわび身をば捨つとも亡き影に憂き名流さんことをこそ思へ」と悩むが、遂に入水を決意する。（以上「浮舟」）

（一三）初瀬観音参詣の帰途に病気になった母（大尼）を見舞った横川の僧都は、母を宇治院に移すが、そこで女変化（浮舟）を発見し、祈り加持する。母の恢復により、浮舟をも同道して小野に帰った僧都は、さらに浮舟の祈禱を続け、その甲斐あって物の怪も去り、浮舟は出家する。（「手習」）

右は頭注引用との関係で、筋の展開を示したに過ぎない。詳しくは原文を参照されたい。なお謡曲詞章は筋の上だけでなく、全篇に『源氏物語』中に用いられた、いわゆる源氏詞をちりばめていることが注目される。それについては、たとえば二条良基の『光源氏一部連歌寄合』や『光源氏一部連歌寄合之事』（以上、古典文庫『良基連歌論集』三所収）にみられるような源氏詞への関心、すなわち『源氏物語』享受の様相と無関係ではないだろう。本曲中でも、単に物語本文の依拠だけではなく、右の書にみられるような理解（一三二頁注一〇参照）を反映したと思われる個所も見受けられる。

三 横越元久については、その伝を詳《つまびら》かにしないが、『慕風愚吟集』（堯孝の歌集。『私家集大成』第五巻所収）によれば、細川右京大夫満元（『中楽談儀』に、謡について見識のあったことが見える。応永十九年より十年間管領職にあった）の被官で、右京亮、「藤原元久横越」の名が見える。しばしば歌会に列席し、自ら法楽和歌を主宰し、短冊一葉が現存する（伏見宮家旧蔵『短冊手鑑』。日本古典文学影印叢刊）。『源氏物語』は中世歌人たちの重要な歌書であったが、武家歌人たる元久によって、『源氏』愛好と能愛好の二面を具現化したことは、応永期の素人の作能ということとともに頗る注目される（伊藤正義「浮舟雑記―よこを元久のこと―」、「かんのう」昭和五三年八月）。

四 伊井春樹「作品研究　浮舟」（「観世」昭和五六年五月）

右近

一 『五音曲条々』に幽曲の代表として「ヒヲリセシ、右近ノ馬場ノ木ノ間ヨリ」を挙げている。『中楽談儀』中に「右近の馬場の能」についての言及もみられ、後述の諸点と合わせて、世阿弥作とみて差支えない。ただし『能本作者註文』に「前後ヲ小次郎カキナヲス」と注記している通り、現行詞章や演出には観世小次郎信光の手が加わっていることが確実である。

江戸初期には諸流とも正式上演曲から除外しており、上掛り（観世・宝生）で所演曲とするのは享保頃か。下掛りでは金剛が昭和謡本に編入する。

二《右近》は、桜の名所としての右近の馬場に、北野社の末社の桜葉の宮（伊勢、日神と一体と考えられている）の女神が、御代を寿ぐ祝言能として構想されている。坂十仏の『太神宮参詣記』に、「桜の宮と申すは、大宮の間近き処にましますが、御殿もなし。唯一本の桜を神体とすと承り及ぶばかりにて、宮中へは参らず」と見えているが、それを北野に勧請《かんじょう》して桜葉の宮と称したことは、頭注に示すように連歌世界で関心を持たれていた。それは、和歌や連歌とは縁の深い北野社の中でも、とりわけ桜の名を持つ幽玄なイメージが大きく作用しているのであろう。そして、それと全く同じ基盤において、女体の神能という新分野の素材を求めた世阿弥の《右近》の能の発想があったのではあるまいか。

右近の馬場の所柄に関連して、『伊勢物語』九九段が取り合せられている（一四二頁注四参照）。それは前場の構想に深くかかわってはいるものの、祝言能としての《右近》の主題とは密着しない。その意味で本曲の本説とは言えず、いわば脇本説ともいうべきほどの位置にある。

三《右近》は世阿弥による女体の神能、いわゆる天女舞の能（《海士》・《鵜羽》解題参照）として作られたが、以下のごとく改作されている。まず、ワキが《放生川》と同じく「鹿島の神職筑波の何某」であったり、待謡が《御裳濯》や《松尾》と同型であるのは、改作時の転用であろう。本文の上では、前ジテ登場の［サシ］（春風桃李…）は原作になく、［一セイ］（見渡せば…）の後に次のような［サシ］が存していた。金春禅竹の『五音之次第』幽曲の条に引かれる詞章を示しておく。

［指声］面白や時も所もあひにあふ　こや九重の花見月　貴賤の群集も袖をつらね　裳裾をつぎて花衣の　日もうららなる春霞　松にたなびくしめ野の原の　みどりの空にうつろひて　宮路正しき内野の芝生　尽きせぬ御代とてのどけさよ

つまり、現行では［サシ］（春風桃李…）、［一セイ］（見渡せば…）、［下ゲ歌］（花見車の…）、［上ゲ歌］（ひをりせし…）と続く形であるが、原型は、［一セイ］、［サシ］（面白や…）、［下ゲ歌］、［上ゲ歌］と続く形であった。もっとも、現行にあっても翁付脇能として演ずる場合には、原型のまま（［一セイ］は二ノ句以下が「都の空の春とてや　日も経《たて》緯《ぬき》の静かなり」とし、［サシ］も小異あり）である。これについては西野春雄氏が紹介された『小書謡』（梅若六郎氏本）に、「能興行其日之頭ニ、右近有之時、此ゴトク詠、古有如此詠常也。観世小次郎信光、如今ノ文句作直シテ常ニ詠ヨリ以来、如ノ此詠、常不詠。然共、翁有之時ノ頭ニ有之時ハ、如此詠。桜ノ作物、車ノ作物モ不出而、一声、如加茂也」とあること（「信光の能」下、「芸能史研究」51、昭和五〇年一〇月）が参考されよう。桜の立木や車の作り物を出すことが信光の工夫であろうことは田中允氏（後掲論文）の指摘されたところである。

後場については、［一セイ］［ノリ地］が、中入り前の［上ゲ歌］を踏襲した文章となっている。原型を改めるにあたっての便宜的改作と思われ、原作者世阿弥の方法ではあるまい。経巻を持って登場し、仏徳を讃嘆する天女舞の定型を備えた筈の原型は、禅竹風に言えば《佐保山》に同じく「神女がかり」に属したであろうが、それを風流能に作り変えたのが現行《右近》であると考えられる。ただ、松井家蔵妙庵手沢本によれば、翁付脇能の場合の本文が記され、現行詞章の［サシ］

〔一セイ〕が異文として末尾に付記されている。信光の改作時において、前場部に二型を存したものと考えられる。

なお、間狂言は語り間と末社間の両型があり、本書では間狂言底本が末社間のかたちになっているが、謡曲本文はワキの待謡をもち、語り間の型態をとる。演出的相違とその変遷については、下巻《難波》解題に示した。

四　田中　允「右近についての一考察」（「謡曲界」昭和一二年四月。国語国文学研究史大成『謡曲狂言』昭和三六年、三省堂刊、所収）

善知鳥

底本題簽「うとふ」

一　作者未詳。作者付諸資料にはすべて世阿弥とするが確実な根拠たり得ない。寛正六年（一四六五）二月二十八日、将軍院参の際、観世による「うとう」が演じられている（『親元日記』）。《善知鳥》の室町期における曲名表記としては、仮名書きのほか、「空八形」（『禅鳳雑談』）、「洞八人形」（『自家伝抄』）などはウトウヤスカタの宛字であり、「空」（『自家伝抄』）、「善知鳥」（『謡之心得様之事』）、「烏頭」（『能之留帳』）などがウトウの宛字である。『運歩色葉集』に「善知鳥《ウトウ》悪知鳥《ヤスカタ》」を観世方、「虚八姿」を金春方、「有藤安方」を或説として記すが、根拠は明らかでなく、またそう書き分けた例もない。現行は「善知鳥」、喜多流のみ「烏頭」と宛てる。

二　《善知鳥》は二つの説話をつなぎ合せて構想されたと考えられる。その一つは立山地獄説話であり、いま一つは善知鳥説話である。立山信仰と結びついた立山地獄については、『地蔵菩薩霊験記』『法華験記』『宝物集』『今昔物語集』等によって周知の説話であるが、立山山頂の自然がそのまま地獄として冥所の名が付けられており、またそこで亡者に出会い、故郷の肉親へ伝言を託され、あるいは法華の功徳、地蔵の霊験が説かれる型が形成されている。それらが立山曼陀羅とともに絵解きとして唱導された実態の一端は、川口久雄氏の論考（「立山曼陀羅と姥神信仰―敦煌本十王経画巻の投影―」、「金沢大学日本海域研究所報告」第五号、昭和四八年）等に詳しい。ちなみに、『清涼寺縁起』には「越中立山に参詣の僧あり。婆堂の前にて一人の入道に行きあひぬ。…願くは御僧を憑《たの》み申し…妻子に告げて給はるべし。…法華八講を執行ならば、飢渇の苦患を除くべし。証拠には是を奉るとて、着たるかたびらの袖をときて彼の僧にあたへ、かき消すやうに失せにけり。…」と見えている。袖を解き与える片袖説話は、『謡言粗志』に『耳目記』が指摘されており、『奇異雑談集』等にもみられるが、葬送儀礼との関連が認められて、立山姥神の信仰と結びつくことも故なしとしない。

いま一つの善知鳥説話については、頭注（一四九頁注一三）に掲出した『新撰歌枕名寄』（彰考館本）等にみられる和歌説話に基づいており、決して地方的素材などではないのである。この二つを結びつけた《善知鳥》の構想は巧妙であり、特異な演出とともに成功を収めていると評価できる。

三　観世流小書の「外の浜風」は、「中ノリ地」後半を異文に作り替えるが、それについては妙庵手沢謡本に「右ノキリ、観世弥二郎長俊作之。大名、犬鷹ニスキ給前ニテ用捨ノタメト也」と記しており、狩猟好きの大名を憚った長俊の作という。部分的に言葉をあらためる「かざし文句」は禅鳳時代からその例を見るものの、《善知鳥》の場合は、その程度では処置し切れぬための異文として注目される。

四 小田幸子「作品研究　善知鳥」（「観世」昭和四八年二月）

徳江元正「善知鳥論」上下（「国学院雑誌」昭和四八年十二月、同四九年四月）

采　女

底本題簽「うねめ」

一 『五音』に作曲者名なしに掲げる「飛火」は、《采女》の前場、〔語リ〕〔サシ〕〔下ゲ歌〕〔上ゲ歌〕に一致し、世阿弥の作曲で作詞もその可能性がある。「飛火」は「只詞」（〔語リ〕）から始まる特殊な形で、完曲の存在も考えられる。ただし《采女》には「飛火」と題する必然性がなく、《采女》の古名が「飛火」だとは考えがたいから、《飛火》を《采女》の一部に転用したと思われる。「采女」には世阿弥の特徴を示す個所が多々見受けられる（後述）から、世阿弥作と考えてよいであろう。

　永正十一年（一五一四）十月二十八日の南都雨悦びの能に《猿沢》の演じられたことが見え（『申楽談儀』巻末追記）、それは《采女》の別名かとも考えられるが、それ以前、金春禅鳳の諸伝書中に《采女》の名で言及されている。

二 《采女》は、猿沢の池に身を投げた采女（前場）と安積山の歌を詠んだ采女（後場）を合わせた采女物語である。前者については、『大和物語』（一五〇段）をはじめ和歌系の諸書（『袋草紙』『拾遺抄注』『柿本人麿勘文』『歌林良材集』等）に見えるが、それらは、采女が奈良の帝に仕え、「吾妹子が…」の歌を人丸が詠み、帝は別の歌を詠む形である。『南都七大寺巡礼記』には「吾妹子が…」の歌を帝の詠とするが、女は采女ではなく皇后とする異説で、《采女》の直接の本説とは考えがたい。

　一方、安積山の歌を詠んだ采女の話は、『古今集』仮名序の、「安積山の言葉は采女のたはぶれよりよみて」の一文に付された古注に、

　葛城王《かづらきのおほきみ》を陸奥へつかはしたりけるに、国の司、事おろそかなりとて、まうけなどしたりけれど、すさましかりければ、采女なりける女の、かはらけとりてよめるなり。これにぞ王の心とけにける。

　あさか山かげさへ見ゆる山の井のあさくは人をおもふものかは

とあるのに基づいている。これについては、和歌の下句を「浅き心をわが思はなくに」とする萬葉集型、説話の内容を異にする大和物語型などがあり、諸書はその組み合せによって多様であるが、《采女》が『古今集』とその中世的理解によることは疑いあるまい。毘沙門堂本『古今集序註』（『未刊国文古注釈大系』所収）はそれを次のように解する。

　天智天皇イマダ御位ニ即給ハズシテオハセシ時、今ハ位ニ即給マジキ人ニテ、賜㆓橘姓㆒号㆓太政大臣葛城㆒ト。此時、ミチノ国ノ守ニテ下リ給ケルニ、浅香ノ郡ニツキ給ヌ。其所ノ土民等マウケワロクシタリトテ（国ノモノ雑事悪シトテ―『三流抄』）、イカリ給ケレバ、近江ノ采女ト云女、都ヨリ具テ下リタリケルガ、大臣ノ御意ヲナダメ申サムガ為ニヨメル歌也。（歌略）此歌ノ心ハ、山ノ井ハ木葉チリ入ル故ニ、深モアサクナルナリ。其様ニ大臣程ノ人ノ、土民ヲシカリ給カトハヂシムル也。大臣、此歌ニハヂシメラレテ腹タヽ、ズナリニケリ。

猿沢の池に身を投げた采女と、安積山の歌

を詠んだ采女が、元来は別個の説話であることはもちろんであるが、しかしそれを同一人物とするのが中世古今集註の所説である。やはり毘沙門堂本『古今集序註』には、安積山の歌を詠んだ采女に関連して、「采女ニ二ツアリ。采女ハ上﨟ナリ、郎女《ウネメ》コレハ下﨟ナリ。此ノ采女、後ニハ天智天皇ヲ怨ミタテマツリテ、サルサハノ池ニ身ナケテ失セニケリ」という説を記す。このような理解が《采女》の構想の基盤にあると考えられる。もしかりに、アメノミカドに仕える采女で、「采女とは君に仕へし上童なり」とする注を持ち、「君を恨み」て身を投げ、「吾妹子が…」の歌を帝が詠む形の説話があるとすれば、それが《采女》の直接の典拠ということになろうが、そのような話型の存在は確認しがたく、むしろ、奈良の帝をアメノミカドに改めるなど、考証的に本説を改訂した可能性があると思われる。《采女》は、上述のような采女物語に春日社の草木縁起を配し、猿沢の池の遊楽を讃仏乗の因縁にとりなして、祝言風に仕立てられている。前・後場にそれぞれヤマのある構成が、難点としてはやく指摘されてはいるが、本説に照らして、主題の一貫性は認められよう。

三 《采女》の詞章には、世阿弥の特徴が多々指摘できる。本説とも関連する『古今集』仮名序は、その中世注釈書としての『三流抄』系の理解をふまえるのは世阿弥の特徴に数え得る。『毛詩大序』の利用も注目されるほか、頭注に指摘した通り、語句や修辞にも、世阿弥特有の、あるいは世阿弥の創始かと思われる形が、たとえば、「神と君との道直に」（《高砂》等）、「水の月とる猿」（《花筐》）、「安全」（《弓八幡》）、「花鳥…とぶさ」（《右近》）、「雲となり雨となる」（《融》）等々、ほぼ全体を通じて見受けられる。世阿弥が伝書にも好んで用いる「遊楽」が多用されているのも注目されよう。

四 小西甚一「作品研究　采女」（「観世」昭和四三年九月）
佐藤健一郎・鳥居明雄「采女とその周辺」（「宝生」昭和五二年四・五・六月）

鵜　羽

底本題簽「うの羽」

一 『中楽談儀』に「世子作」とし、『三道』に女体の例として挙げられていて、世阿弥作は確実である。室町期の演能記録は多いが、江戸時代になってからは上演曲から除くようになり、「寛文書上」には宝生・喜多の二流だけが掲出する。宝生流は寛政版謡本にも収められているが、観世流は貞享三年以後の謡本に定着せず、明和改正本にも除かれた。現在は諸流とも番外曲となっている。

二 《鵜羽》は、素材的には記紀に見える神話であるが、もとよりそれに直接基づいているわけではない。中世日本紀（神代紀を原拠とするが、神仏習合下の諸説を加えて、中世に広く流布した）に属することのような内容は、ウガヤではなくウノハフキアワセズの尊の名で語られる資料も多く、それも神道系・和歌系・物語説話系等の諸分野において広く見られるところである。《鵜羽》がそのような所説をふまえていることは確かだが、しかし直接典拠とするものがあったかどうかは明らかでない。本曲の構想は、前場は鵜羽葺不合尊の謂れを語る女が豊玉姫であること、後場は龍女としての豊玉姫が満干の珠の奇瑞を見せ、龍女成仏をあらわすことにある。

三 《鵜羽》は、女体の神能で、いわゆる天女の舞に属する。現在演じられるツレの天女の舞とは別で、元来近江猿楽の舞を、世阿弥が採り入れた風体であり、『二曲三体人形図』には三体の外に位置付けられている。その能は、後ジテが経巻を持って登場するのが定型で、現行の《海士》や《当麻》にそのかたちを窺うことができる。《鵜羽》の場合、豊玉姫が龍女であるとする所説をふまえ、経巻を捧げて龍女成仏を願うところが主題であったはずであるが、そのような天女の舞の能から、満干の珠を捧げる風流能に変ったのは、《右近》など一連の能の場合と同様である。それについては、祝言としての脇能の整備確立とともに、仏法讃嘆の天女の舞の能が、その範疇から遠ざけられて行ったというような経過と、一方には種々の風流能の成立とその愛好という風潮などと無関係でない。〔語リ〕と長大なもの尽《づく》しの謡い舞（〔上ゲ歌〕・〔クセ〕・〔ロンギ〕）を前場の中心とする構成は、《鵜羽》に同じ女体神能の《箱崎》とも共通する。後場の舞事については『宗節仕舞付』に「あらありがたやと謡ひ候てより、たいはいをし、舞いだし候。…へい／＼たりと云時、扇をひろげ遠く見やりて、其まゝはたらきになり候。ゆる／＼きり／＼とかけり候て、よき時分、扇をひろげながら左の手をもそへ、舞台のさきへ出て下にそと置、さて又満珠を、と申いだし候」とある。諸伝書に、はじめの舞を天女ノ舞・神舞などと称し、後を破ノ舞・舞バタラキ・ハタラキ・シラハタラキなどと記す。本書では女神の神舞としての【中ノ舞】および【破ノ舞】の類型化に従った（味方健氏「神楽より遊楽へ—いわゆる中之舞の位相について—」、「芸能史研究」19、昭和四二年十一月）。

　なお、本曲のワキは『舞芸六輪次第』に、「是はとよ玉姫。本は大臣にはあらず。ゑしん（恵心）の僧都也」とあり、もと僧ワキであったらしい。《鵜羽》の詞章中に「聖人」なる語が見えるが、ワキを大臣と改めるとともに、もと「上人」であったのを改訂したものと推測される(竹本幹夫氏「天女舞の研究」、「能楽研究」四、昭和五三年七月)。

梅　枝

底本題簽「梅かえ」

一　作者未詳。『自家伝抄』には記載がなく、『能本作者註文』は世阿弥作とするが信じがたい。なお、室町期の演能記録を見出さない。

二　《梅枝》は《富士太鼓》と姉妹関係にあり、かれが現在能であるのに対し、これは夢幻能仕立てになっている。シテの夫富士が天王寺の楽人、浅間に殺された事情は、〔語リ〕で述べられるが、極めて簡略で《富士太鼓》の理解を前提にした感が強い。かつ、《富士太鼓》の文辞をふまえてそれを意図的に改変したかと思われる部分（一八六頁注八参照）もあり、両者の成立の関係も、これらの点から《富士太鼓》が先行するとみてよいだろう。なお、本曲には、先行曲（《井筒》《経正》など）の摂取もしくは影響も認められる。

　本曲の主題は、《富士太鼓》後日談として富士の妻の恋慕を強調し、一つには日蓮僧による法華功徳・女人成仏、いま一つは伶人ゆかりの越天楽今様の趣向ということであろうか。〔ロンギ〕の「梅がえだにこそ鶯は巣をくへ風吹かばいかにせん花に宿る鶯」は「越天楽今様」（雅楽「越天楽」の旋律に合わせて七五調四句の今様風歌詞を歌う）を摂取したもので、『興福寺延年舞式』（『日本歌謡集成』所収）に「越天楽歌物、本調子、盤渉調」として「梅がえにこそ鶯は巣をくへ二反、風吹かばいかがせん花に宿る鶯二反、やらやらよしなの袖の移り香や二反」と見える。詞章のみならず、《梅枝》におけるこの部分の節付けが、越天楽今様の旋律に合致することが横道萬里雄氏によって証明されている（後掲論文）。《絃上》にも同様の例が見られるが、古型の永正三年本にはなく、前後関係は明らかでない。いずれにせよ、越天楽今様の摂取は《梅枝》の極めて特徴的な趣向であったといえよう。ちなみに、この部分を「サイバラ」と注記する古写謡本（架蔵）や、〔歌〕の「面白や鶯の」からを「コエカワル」と注記する妙庵手沢本など、曲節の上でも注意されている。

三　浅間と富士については、《富士太鼓》に引用された『後撰集』一九の「信濃なる浅間の山も燃ゆなれば富士の煙のかひやなからん」に基づいた架空の名前であろう。《富士太鼓》解題に属することながら、本曲にも関係することであるので触れておく。

なお、両曲の背景にあるかと思われるような事件が『増鏡』に見えることが知られている。

（文保二年）十月二十七日大嘗会、清暑堂の御神楽の拍子のために、綾の小路の宰相有時といふ人、大内へ参ると、車より降るる程に、いとすくよかなる田舎侍めく者、太刀を抜きて走り寄るままに、あやなく討ちてけり。さばかり立ちこみたる人の中にて、いとめづらかにあさまし。さて拍子にはかに異人《ことひと》うけたまはる。大事ども果てて後、尋ね沙汰ある程に、紙屋川《かひかは》の三位顕香《あきか》といふ者の、この拍子をいどみて、われこそ勤むべけれと思ひければ、かかる事をせさせけり。道に好ける程はやさしけれども、いとむくつけし。（秋のみ山）

実はこのような芸道遺恨に関する事件は少なくはなく、たとえば、舞人の場合（『殿暦』康和二年六月十五日）や、猿楽・田楽の場合（『大乗院寺社雑事記』長禄二年十二月二十九日）などもあった。これらは両曲に直接関係があるわけではないが、その成立や享受の背景には、このような事件への印象があるかも知れない。

四　横道萬里雄「能における越天楽今様の摂取」（『芸能の科学』5、昭和四九年一月、平凡社刊）

江口

一　《江口》が観阿弥作と考えられているのは、『五音』に「江口遊女、亡父曲」として、〔クリ〕の「それ十二因縁の…」の一節が掲げられていることによる。しかし『五音』が意味するのは、〔クリ〕〔サシ〕〔クセ〕が観阿弥の作曲であるということで、作詞にまで及ぶわけではない。《江口》の場合、後述のように大改訂を加えたと考えられるから、現行形態は、むしろ世阿弥作というべきではなかろうか。

二　《江口》は二つの典拠に基づいている。その一つは西行と遊女の歌の贈答（『新古今集』『山家集』など）、いま一つは遊女が普賢菩薩と現われた話（『古事談』など）である。前者については頭注（一九四頁注一）に示す通りであり、後者は左の通りである。

書写上人可ㇾ奉ㇾ見二生身普賢一之由、祈請給。有二夢告一云、欲ㇾ奉ㇾ見二生身普賢一者、可ㇾ見二神崎之遊女一之長者一云々。仍乍ㇾ悦行二向神崎一、相二尋長者家一之処、只今自ㇾ京上旨之輩群来、遊宴乱舞之間也。長者居二

横座㆓執㆑鼓弾㆓乱拍子之上句㆒。其詞云、周防ムロツミノ中ナルミタラヰニ風ハフカネトモサヽラナミタツ云々。其時聖人成㆓奇異之思㆒、眠而合㆑掌之時、件長者応㆓現普賢之皃㆒、乗㆓六牙白象㆒、出㆓眉間之光㆒、照㆓道俗之人㆒、以㆓微妙之音声㆒説云、実相無漏之大海ニ五塵六欲之風ハ不㆑吹トモ随縁真如之波タヽヌトキナシト云々。其時上人信仰恭敬シテ拭㆓感涙㆒、開目之時ハ又如㆑元為㆓女人之皃㆒、弾㆓周防室積㆒給。閉㆑眼之時ハ又現㆓菩薩形㆒演㆓法文㆒。如㆑此、数度敬礼之後、聖人乍㆓涕泣㆒退帰。于㆑時件長者俄起㆑座、自㆓閑道㆒追㆓来聖人許㆒、示云、不㆑可㆑及㆓口外㆒ト謂畢即逝去。于㆑時異香満㆑空云々。長者俄頓滅之間、遊宴醒㆑興云々。

（『古事談』）

《江口》の本説として、以上の二説話が一つにまとまった資料がふさわしいと考えられるところから、『撰集抄』がそれに擬せられたりしているが、たとえば「実相無漏の大海に五塵六欲の風は吹かねども…」という〔ワカ〕の形を比較するだけでも、『撰集抄』には「法性無漏の大海には普賢恒順の月の光ほがらかなり」とあって別系統であることがわかる。「法性無漏」系なのが『私聚百因縁集』『善光寺縁起』『三国伝記』などであり、「実相無漏」系に『古事談』『十訓抄』がある。原《江口》が遊女普賢説話に基づくものであるとすれば、「実相無漏」系の説話に依っていたのであろう。そして、それに西行説話を加えたのは、《江口》改作にあたっての処置なのではなかろうか。その場合、『新古今集』『古今集』仮名序、『源氏物語』、『拾遺集』、松浦佐用姫、宇治の橋姫などを取り合せた和歌的修辞は世阿弥的であり、また冒頭ワキ〔次第〕が、キリに呼応する構成も世阿弥の特徴として指摘できよう。〔クリ〕〔サシ〕〔クセ〕と、その前後の棹の歌や〔ワカ〕などに原《江口》の面影をとどめているとしても、西行説話を配した全体の構想は、原《江口》に比して恐らく面目を一新しているのではあるまいか。本説の二重性も改作によって生じた結果と言えるが、それを一体化して、西行の詠歌をめぐり、遊女即菩薩として大悟を示す一曲の主題は卓抜である。なお原《江口》が『古事談』系説話に基づくとするなら、《江口》の曲名は、あるいは改作にあたっての命名ということも考えられる。

三　《江口》には、応永三十一年九月二十日付けを持つ世阿弥自筆能本が伝存する。他の能本にくらべて詳細な節付けが施されているが、〔クリ〕〔サシ〕〔クセ〕には節付けが省略されているのは、それが既に知られている観阿弥作曲の部分だからであろう。ということは逆にその他の部分が、世阿弥改作ないし作曲を改めたことを物語るであろう。それにつき、自筆能本はその末尾がいったん書かれた後、切り継がれているのであるが、このことからは、改作が奥書の時点である可能性もあろう。ちなみに、自筆能本に、〔クセ〕の中でシウフウラゲツ（松風羅月）、マウゼツ（妄染）と記されている。その部分が古作であるための世阿弥の誤解かと思われる。

自筆能本でさらに注目されるのは「ヲカシ」として次のような間狂言詞章を記すことである。適宜漢字を宛てて示す。

サレバコソコレワコノホドモ尊《タウト》イ人ノ夢《ユメ》ニモ、昔《ムカシ》ノ江《エ》口《グチ》ノ長川舟《チヤウカワブネ》ニテ、鼓唱歌《ツヾミシヤウガ》ニテ遊《アソ》ビ給《タマ》ウガ、後《ノチ》ニワ普賢菩薩《フゲンボサツ》トナテ、天《テン》ニ上《アガ》リ給《タマ》ウト夢《ユメ》ニモ見《ミ》、マタワ幻《マボロシ》ニモ月夜《ヨ》ナンドニワ見《ミ》エ給《タマ》ウト仰《ヲセ》ラレ候ゾ、コノ川《カワ》端《バタ》ニテ心ヲ澄《ス》マイテ御覧《ゴラン》ゼラレ候へ、マコトニ尊《タット》キ御事《コト》デワタリ候ワバ、昔《ムカシ》ノ江口《エグチ》ノ長舟遊《チャウフナアソ》ビニテ御見《ミ》エ候ベキゾ、待《マ》チテ御《ゴ》覧《ラン》候へ、マコトワ昔《ムカシ》ノ江口《エグチ》ノ長《チャウ》ワ普賢菩薩《フゲンボサツ》ノケン〴〵トコソ申伝《ツタ》エテ候へ

これは謡曲作者が間狂言の作成にまで関与したことを示す例として極めて貴重であるとともに、その間狂言が後世の間語り（舞台中央に坐って語る、居語り）ではなく、立ったままワキへ語るかたちであると推定され、初期間狂言の形態を考える上でも重要な資料と言えよう。（表章氏「間狂言の変遷」、鑑賞日本古典文学『謡曲・狂言』、昭和五二年九月、角川書店）

四　味方　健「能作の自己運動―江口の演出をめぐって―」（「金剛」49、昭和三五年五月）

西野春雄「作品研究　江口」（「観世」昭和四八年九月）

老　松

一　『申楽談儀』に《老松》を世子作とし、『三道』にも曲名が見える。応永年中の世阿弥作であることは疑いない。世阿弥が老体の能を強く意識した一環として作られた曲かと思われる。

二　北野天神の霊夢により筑紫安楽寺に赴いたワキが、末社の神である老松と紅梅殿に会う。松・梅のめでたき謂れ（松の叙爵の謂れ、好文木の謂れ）を語り、神神楽《かみかぐら》のうちに、神託を告げる。松寿千年のめでたさを老松に象徴させているが、その「老松」は『北野宮寺縁起』小神次第にも記される北野社の末社の一であり、『北野天神縁起』にも、天神の託宣に「老松・福部…是等は筑紫よりわが供に来れる也…我が居立たん所には、老松して松の種を蒔かするなり」とあり、この旨を右近の馬場の朝日寺の住僧最鎮等に語ったところ、「一夜のうちに松数千本生侍りき。忽に林をなす」と言う。老い松は、生い松としても意識されたらしい。それとともに老松の神は「当社後見ノ御神ナリ。寿命長遠、殊ニ此神ノ御 計《ハカライ》 也。惣ジテ一切ノ事ヲ先ヅ老松ニ祈リ申テ、後ニ天神ニハ祈リ申ス者也」（『神記』、『北野天満宮史料　古記録』所収）という当時の信仰があり、そのことが老体の脇能の素材としての背景にあると考えられる。元来北野社創建縁起の中で語られる老松は、天神縁起の拡張とともに、飛梅説話とかならんで、それと一体の追松説話が成立した（間狂言およびその頭注参照）。《老松》は、この飛梅、追松の説話そのものとは無関係であるが、北野ではなく、筑紫安楽寺にある老松と紅梅殿を主人公とする構想には、当然その理解が前提となっていると言えよう。それについては、従来『源平盛衰記』が指摘されているが、むしろ様々な形で流布した天神縁起の一環としての、末社の由来に属する理解に基づくのかも知れない。また、［クセ］で語られる松の叙爵と好文木の謂れについては、『謡抄』で『史記』や『晋起居註』が指摘されているが、それが原拠であるとしても、世阿弥がそれらに拠り、取り合せたとするのは、［クセ］の内容からして無理なように思われる。その依拠を未だ断定はしがたいが、両話を共存させている点で、日本古典文学大系『謡曲集』に指摘されているように、『十訓抄』の記事をとりあえず注目しておきたい。ともあれ、本曲は直接的な本説を持たず、《右近》などとも共通する北野末社への関心の中で、老松・紅梅殿を素材とする祝言能として構成されたものと考えられる。ちな

みに文明十二年九月十八日天満宮に詣でた宗祇『筑紫道の記』に見える社頭の様子や、「天満宮境内古図」（『図録太宰府天満宮』所収、昭和五一年刊）も参考資料たり得よう。

三 本曲のワキ「梅津の某」は堀池宗活本や妙庵手沢本等に「抑これは当今に仕へ奉る臣下なり」とする。キリで君が代の長寿を述べるところとも照応して、これが原型かと考えたいところであるが、逆の場合もあり得ようか。永禄二年の元頼本や金春喜勝節付本も「梅津の某」とし、室町末期には二型が存在していた。『舞芸六輪』には「脇は大臣、勅使にはあらず、梅津のなにがし」と特記する。

現行の演出においては、前場のツレは花守りの男であり、後場は後ジテ（老松の神）のみが登場する。しかし、元来は前ヅレは女で、後ヅレ（紅梅殿）としても登場しただろうと思われる。現行でも小書（特殊演出）になると、後ヅレの天女（紅梅殿）が登場するが、下間少進の『童舞抄』には、「昔は紅梅殿を出し、脇の上座に腰をかけさせ、それをみて、『いかに紅梅殿』と謡ひかくる。常の舞の所にて紅梅殿舞をまふ。其時大夫は橋掛に腰をかけてゐる也。『梢は若木の花の袖』と云ふ所にて働く。又『是は老木の』と云ふ所にても働く。紅梅殿の舞は破の舞なり」と見える。とすれば、もともとの《老松》は、たとえて言えば、老木に花を添えた能であり、現行のそれとはかなり印象を異にするであろう。

四 堀口康生「作品研究　老松」（「観世」昭和五二年一月）

鸚鵡小町　底本題簽「あふむ小町」

一 『自家伝抄』に「あうむがへし」を世阿弥として掲げるが、他に所見がなく、これが《鸚鵡小町》と同曲とは直ちに決めがたい。《鸚鵡小町》の名は作者付資料としては『いろは作者註文』が初見であるが、作者名はない。室町期の演能記録も、言及する伝書もない。妙庵手沢謡本の同曲の奥に、「本云、此謡、大和宮内入道宗恕ニ無章ノ本アリツルニ、宗節始テ章句ヲ作ル。然者、其後取上ズシテ失念之由アリテ、人之習候時ハ、宗恕ニ習ベキ由アリ。予（妙佐）尋ル時モ、ソノ趣ニテ宗恕ニ習之。本云、又慶長元年十一月五日ニ又宗恕ニ尋之」と記されている。宗節が作曲、宗恕が謡を管括していたという右記事を裏付ける資料を見出していないが、そのような事情にあったものと考えて矛盾はないようである。「寛文書上」には宝生・金剛・喜多の三流が掲出し、貞享元年尾張家での宝生演能（『古今稀能集』）が見える。観世流では謡のための曲として存在したが、近年は上演曲に加えられている。

二 本曲の本説としては『謡曲拾葉抄』が『阿仏鈔』と『寝覚記』（伝一条兼良）を挙げ、『謡曲大観』が『寝覚記』の原拠たる『十訓抄』を指摘している。『十訓抄』第一に、

成範民部卿（少納言通憲子）、ことありてのち召し返されて、内裏に参りたりけるに、昔は女房入立《いりたち》にてありし人の、今はさしもなかりければ、女房の中より昔思ひ出でて、

雲の上はありし昔に変らねど見し玉簾の内や恋しき

と詠みて出でたるを、返事せんとて燈炉のきはに寄りけるほどに、小松の大臣参り給ひければ、恐れて立のくとて、燈炉のかきあげ木のはしにて、「や」文字を消ちて、

そばに「そ」文字ばかりを書きて、御簾の内へさし入れて出でられけり。女房とりて見るに、そ文字一にて返事をせられたりける、ありがたかりけり。

とあり、『悦目抄』も名前を表わさないが同じ話を掲げている。『阿仏鈔』(『謡曲拾葉抄』所引)は右の話を小町のこととして語るが、そこに引用の和歌は「もとの身のありしすみかにあらねどもこの玉簾の内やゆかしき」とある。謡曲の場合は両者を取り合せたかたちであるが、それが作者の依拠した資料のかたちか、あるいは作者の作為であるかは未だ詳《つまびら》かでない。

三 本曲には、先行曲《関寺小町》の影響が認められ、関寺に住む百歳の姥(ワキ〔名ノリ〕)が物狂(第2段〔下ゲ歌〕)として老残の身を託《かこ》つことは、《関寺小町》をふまえるであろう。頭注に指摘するように、表現上の直接関係(二二二頁注三)、内容的相承関係(二二〇頁注四)等も注目されるところである。したがって本曲の場合、『古今集』仮名序、『玉造小町子壮衰書』が作詞上の主要な材料となっているが、それが《関寺小町》との関わりで用いられた場合もあると思われる。また、それらはもとより、漢詩句等の引用にしても、それを原型のままに用いるのではなく、変型、合成して利用することを、詞章上の特徴として指摘することが出来、鸚鵡返し説話の扱いにもまた、同様の事情が考えられるのである。

なお本曲の舞は、観世流ではイロエガカリの「静かなる舞」である。宝生流に【中ノ舞】とし、金剛流に破ガカリの舞とするのも静かな老女の舞で、喜多流では【序ノ舞】となる。

四 荏寺枚平「鸚鵡小町いまむかし」(「宝生」昭和四〇年五月)

小塩

一『能本作者註文』等の作者付資料に金春禅竹の作とする。『自家伝抄』は世阿弥作とするが信じがたい。寛正六年(一四六五)九月二十五日、将軍義政の南都下向に際し、一乗院で四座立合の能(多武峰様猿楽)に、竹田大夫(禅竹)が「小原野花見」を演じている(『蔭涼軒日録』)。それが《小塩》だと考えて差支えあるまい。禅鳳はこの曲についてしばしば言及しており、詞章に禅竹の特徴を認めることも出来る。禅竹作は疑いあるまい。

二『伊勢物語』七六段に、

昔二条の后の、まだ春宮の御息所と申しける時、氏神にまうで給ひけるに、近衛府《このゑづかさ》にさぶらひける翁、人々の禄たまはるついでに、御車よりたまはりて、よみて奉りける。

大原や小塩の山も今日こそは神代のことも思ひ出づらめ

とて、心にもかなしとや思ひけん、いかが思ひけん、知らずかし。

という物語がある。《小塩》の構想の中心に、これが本説としてあることは疑いないが、いまひとつ、所柄としての大原野は、たとえば『太平記』における佐々木道誉の大原野の花会のごとき、花見の名所としてのイメージを伴っている。右の物語には語られずとも、その歌を「二条后貞観十二年三月参り給へり」(毘沙門堂本『古今集注』)と、花の時季に結びつけるのは、そのような背景があるからであろう。かくて《小塩》は、大原野の桜花の下に、二条后を偲ぶ業平の懐旧の遊舞が主題となっている。

本曲後場に引かれる『伊勢物語』の歌の中では、次の四首が本文もしくは古注釈の中で、業平と二条后の物語として理解されていたものである。

(イ)月やあらぬ春や昔の春ならぬわが身ひとつはもとの身にして

（四段。「や」を疑問とするか、反語ととるか、それに関連して「わが身」がもとの身か、もとの身にあらずとするかは、古注時代から説が分れている。《小塩》作者の理解がどうであったかは確定しがたいが、かりに二三〇頁注一〇のように解した。）

(ロ)唐衣きつつなれにしつましあればはるばるきぬる旅をしぞ思ふ

（九段。『冷泉流伊勢物語抄』に「二条の后の御事を御方見といはん為に、かきつばたと云也」という。《杜若》参照。）

(ハ)武蔵野は今日はな焼きそ若草のつまもこもれりわれもこもれり

（一二段。『冷泉流伊勢物語抄』に「二条の后のいまだ内裏へも参り給はで、親の許におはしけるを、業平ぬすみて、春日野の中、武蔵塚へ行をいふ也。それを武蔵野といふ」とする。）

(ニ)思ふこと言はでただにややみぬべき我とひとしき人しなければ

（一二四段。『冷泉流伊勢物語抄』に「好色和歌の深義おもへば、我にひとしき人なければ、思ふ事をいはでやみなんといふ也」という。業平の女性遍歴が衆生済度の方便であったとする秘事（《杜若》参照）をふまえる。なお彰考館本『伊勢物語抄』に「この歌は二条の后に奉りけり」とするが、《小塩》作者がそう理解していたかどうかは不明。）

《小塩》の場合、業平の二条の后に対する思慕と懐旧が主題ではあるが、二条后物語として、歌の引用もそれに絞り切るというかたちではなく、業平が契った多くの女性たちの話をも点綴するのは《杜若》の場合も同様で、業平を陰陽の神とし、その行状を衆生済度の方便とみる中世業平像を強く意識した作者の関心の表われであると言い得よう。その点で、たとえば《井筒》のごとく紀有常の娘の物語として一貫する世阿弥の方法とは異質となっている。なお、『伊勢物語』とその歌の引用のほかに、定家の『拾遺愚草』が用いられているのは極めて特徴的であり、それは定家に傾倒していた禅竹の歌道的関心を反映したものと考えられる。

三　《小塩》の演出について、金春禅鳳に次のような発言がある。

　相生・弓八幡などのやうなるはしかき舞には、捻り返す扇、似合はず。放生川・老松、又は小塩・融などのやうなる舞には苦しからず。（『毛端私珍抄』）

　小塩・融などには大紋を着る事あり。着ぬも苦しからず。（『反古裏の書』一）

右は《小塩》に関しては最も古い記事であるが、《融》と組み合せて同類視されている点が注目される。装束付も両曲はほぼ同一（《小塩》は初冠に巻纓をつけるが、『金春安照能伝書』丙本に「小塩には巻纓にてもよし。花見の心と云儀也」と見えるのは、両型を認めたもの）である。

姨捨

底本題簽「姨棄」

一　作者付資料には「伯母棄」（『能本作者註文』）、「伯母捨山」（『自家伝抄』）など、すべて世阿弥作とするが、もとより確実とは言いがたい。しかし『中楽談儀』には「姨捨の能」についての記事が見えており、その時代に存在したことは疑いない。また、老女物が世阿弥の開拓した境地であろうこと、本説としての姨捨伝説を透明な遊舞の境に仕立てた素材処理、文体としての連歌的付合技法等によって世阿弥作と認め（香西精氏、後掲論文）、また、世阿弥の完成過程における過渡的作品とする説（八嶌正治氏、後掲論文）もある。現行は「姨捨」のほか、金春・喜多両流は「伯母捨」の字を宛てる。

二　姨捨伝説は、棄老説話として頗る幅広い世界を持っており、『古今集』雑上に「わが心なぐさめかねつさらしなや姨捨山に照る月を見て」（読み人しらず）が収められ、また『大和物語』（一五六段）や『今昔物語集』（三〇）などがよく知られている。ただしその話柄や歌の詠者など、必ずしも一致するわけではない。中でも『俊頼髄脳』には次のように記されている。

　この歌（前掲歌）は、信濃の国に、更級の郡に、をば捨山といへる山あるなり。昔、人の、姪を子にして、としごろ養ひけるが、母のをば、年老いてむつかしかりければ、八月十五夜の月くまなくあかかりけるに、この母をばすかしのぼせて、逃げて帰りにけり。ただひとり山のいただきにゐて、夜もすがら月を見て、ながめける歌なり。さすがにおぼつかなかりければ、みそかに立ち帰りて聞きければ、この歌をぞ、うちながめて泣きをりける。その後、この山を、をば捨山といふなり。そのさきは、かぶり山とぞ申しける。かぶりのこじのやうに似たるとかや」（小学館版日本古典文学全集『歌論集』所収による）

右に見られるように、歌の詠者を捨てられた女とするなど、『俊頼髄脳』が《姨捨》の本説だとは言えよう。しかしそれをふまえつつも後日譚風に、しかも棄老の生臭さを捨象して、「わが心なぐさめかねつ」の執心を、月への執心に絞り込み、脱俗の老女を名所の月に配しての懐旧の遊舞が主題となっている。

　なお、［クセ］は月の本地仏を大勢至菩薩とするのに基づき、『観無量寿経』の第十一観を主体に書かれている。その詞章に相応ずる『観経』の所説は頭注に示す通りであるが、便宜上ここにまとめて示しておく。

　大勢至菩薩…挙身光明、照二十方国一、作二紫金色一、有縁衆生、皆悉得レ見、但見二此菩薩一毛孔光一、即見二十方無量諸仏浄妙光明一、是故号二此菩薩一、名二無辺光一、以二智慧光一普照二一切一、令レ離二三塗一、得二無上力一、是故号二此菩薩一、名二大勢至一、此菩薩天冠、有二五百宝華一、一一宝華、有二五百宝台一、一一台中、十方諸仏、浄妙国土、広長之相、皆於レ中現。

　また同じく、極楽浄土の様子については、『阿弥陀経』に「七宝池、八功徳水」や「常作天楽、黄金為地、昼夜六時、而雨曼陀羅華」等の功徳の荘厳を説き、「彼国常有種々奇妙雑色之鳥、白鵠、孔雀、鸚鵡、舎利、迦陵頻伽、共命之鳥、是諸衆鳥、昼夜六時、出和雅音」とも、「彼仏国土、微風吹動、諸宝行樹及宝羅網、出微妙音」とも説かれている。［クセ］がこれら経説に基づくことは疑いあるまいが、それを直接の典拠とするかどうかは明らかでない。古作の曲舞に見られるような、典拠の丸どりではないからである。ただ、『浄業和讃』は右経説をふまえて極楽の様子を歌い上げる中で「玉樹楼」を出し、他に用例を検出し得ないところから、それに基づくこともあるかと一往注目してみた（二四三頁注一一）。この［クセ］は一曲の中に適合しているとは言えるが、勢至観の曲舞とでも名付けうる独立性の強いもので、もと独立の謡い物であったものを利用したかとさえ疑われるほどである。元来独立のものであった古態の［クセ］の利用から、新作にあたってその曲に融合した［クセ］が書かれるようになる過渡的形態を示していると言えるかも知れない。

三 本説を『俊頼髄脳』にとるのは《蟻通》などの例もあり、作者が世阿弥であることを傍証すると思われるが、本文に頗る異同の多いことは注目される。すでに室町末期の宗節本系、元頼本系において大きな異同を示しており、江戸時代になってからの改訂整備も多いようで、それについては、「万里の空」「隈なき」「隔てなき」「照り添ふ」などの語句や表現に重複が目立つ。《姨捨》詞章を考えるについて、特定の一本を以て云々することは危険であろう。

《姨捨》は《関寺小町》《檜垣》とともに三老女と称されている。そのような秘曲化がいつに始まるかは明らかでないが、『八帖本花伝書』は「右の三番は老女の舞」として特記し、『実鑑抄』に、三老人（西行桜・遊行柳・木賊）、三婦人（楊貴妃・定家・大原御幸）とともに言及されている。ちなみに老女物の序の舞に太鼓のある曲は本曲だけで、「此能太鼓ノアル事、観世ニハ無之事ト老父（細川幽斎）物語也。下カヽリニハアル事ト云々。与左衛門モイツニテモ可打ト申シト也」、また「大コノクラヒノ事ハ、老女ナレバツヨキモアシヽ、又サアリトテ、事ノ外ニヨハキモアシヽ、不通ザマノ女ノ大コハ少ツヨキト云々」と妙庵手沢本に書き付けている。

四 香西 精「作者と本説」（「観世」昭和三六年九月。『能謡新考』所収）
表 章「姨捨の歴史」（「観世」昭和三六年九月）
小西甚一「作品研究 姨捨」（「観世」昭和四五年九月）
八嶌正治「世阿弥に於ける姨捨の位置」（「能楽思潮」五八・五九、昭和四七年三月）

女郎花

一 作者不明。『五音』に「女郎花 亀阿曲」として、「ヲミナヘシハ女郎花トカキタレバ」の一節が挙げられ、『申楽談儀』に「かやうにあだなる夢の世に、われらもつゐに残じ、何一ときをくねるらん」の一節を「喜阿がふし也」と記されている。これらの詞章は現《女郎花》と一致せず、田楽の喜阿作曲にかかる古《女郎花》が世阿弥時代以前に存在していた。現《女郎花》の内容がそれと無関係ではないようだが、それに基づく改作かどうかは不明。永正二年（一五〇五）四月十六日、金春大夫（元安）粟田口勧進猿楽第三日所演の《頼風》は、現《女郎花》のことと思われるが、『禅鳳雑談』には《女郎花》として現行詞章が見える。ちなみに、高安六郎氏旧蔵『風口』の「音曲十五之大事」に引用の《頼風》の［クセ］は「さがのの原の女郎花、名にめでて」とあり、古《女郎花》の詞章（後述）に一致する（田中允氏「現在女郎花」解題。古典文庫『番外謡曲』）。

二『古今集』仮名序に「男山の昔を思ひ出でて、女郎花の一時をくねるにも、歌をいひてぞ慰めける」とあり、それに対する中世古今集注釈書の一、『古今和歌集序聞書　三流抄』（『中世古今集注釈書解題』二所収）に次のような説があって、広く知られていた。

　男山ノ昔ヲ思出テ、女郎花ノ一時ヲクネルトハ、日本紀ニ云、又源氏注ニモ云、平城天皇ノ御時、小野頼風ト云人アリ。八幡ニ住ケルガ、京ナル女ヲ思テ互ニカチコチ行通フ。或時、女ノ許ニ行テ何時ノ日ハ必ズ来ント契テ帰リヌ。女待ケレドモ来ザリケレバ、男ノ八幡ノ宿所ニ行テ問ケレバ、家ナル者答テ云、此程初メタル女房ノ座ス間、別ノ処ニ座スト云ケレバ、女ウラメシト思テ八幡川ニ往テ、山吹重ノ絹ヲヌギ捨テ、身ヲ抛テ死ス。男、家ニ帰タリケルニ、家ノ者、京ノ女房ノ座ケルガ、帰リ玉ヒヌト云。男、アハテヽ追付行ニ、川ノ端ニヤマブキ重ノ絹アリ。ヨリテ見レバ彼女房ノ常ニキタル衣也。アヤシミ思フ程ニ、川ノ中ニ彼女房死テアリ。女ヲバ取揚テ供養シテ、彼絹ヲ取テ帰リ、形見ニ是ヲナス。男依テ宮仕ニ京ニ久シク居タリケルニ、彼絹ヲバカレガ形見ニミント思フテ、此衣ヲトリニツカハシケレバ、土ニ落テ朽テ女郎花トナレリ。使者、此由ヲ申ケレバ、頼風行テ見ルニ、女郎花咲乱レタリ。花ノ本ヘ近クヨラントスレバ、此花恨ミタル気色ニテ異方ニ靡ク。男ノケバ又起直ル。此事ヲ引テ、爰ニ女郎花ノ一時ヲクネルト書也。是ヨリシテ、女郎花ヲ女ノ郎ノ花ト名ク。男思ハク、彼女生ヲカヘテダニカク吾ヲ恨ル。サレバ、彼女、我故ニ身ヲスツ。我ハカレガ為ニ身ヲ捨テ一ツ処ニ生レ合ント思テ、同ク川ニ身ヲ抛テ死ス。彼男ヲバ八幡山ノ中ニ送ル故ニ、八幡山ノ中ニ男山ト云ハ彼所也。麓ニ女塚ト云ハ、彼ノ女ヲ埋シ所也。八幡川ヲ泪川ト云事ハ此ヨリゾ起レリト云。歌ニ、

　イカバカリ妹背ノ中ヲ恨ミケン浮名流ル涙川カナ

此歌ハ、彼二人ノ夫婦ノ恨ミノ事ヲ思テヨメリ。是ヨリ彼川ヲバ泪川ト云也。

《女郎花》が右の所説に基づいて作られていることは疑いないが、前場は、《雲林院》などにも見られる歌問答の類型がふまえられ、後場は《求塚》の詞章の影響も認められる。

『五音』や『中楽談儀』に見える古《女郎花》(『中楽談儀』には「秋の野風にさそはれて」の引用もある)の詞章をめぐって、般若窟文庫本『小諷曲舞』に基づく表章氏の論考(後掲論文)がある。参考のためその詞章を転載しておく。

　上よりかぜの　音信《おとづれ》ならば我よりも　よの人にしらせばや　心をかけし男山　うしろめたくやおもふらん　女郎とかける花の名に　たれかいらふをちぎりけん　花山の僧正遍照が　馬より落て詠けん　さがのゝ原の女郎花　なにめでゝ　おれるばかりの情かな　下か様にあだ成夢の世に　我等もついにとまらじ　なに一時をくねるらん　上おほかる野辺のあさ露　秋の野風にさそはれて　わかれしよりの面影　びやうの柳のみどりも大液の　芙蓉の紅ひも　たとへとなれば色にそみ　只一時の女郎花　なまめきたつぞはかなき

右〈女郎花の古き謡〉も頼風説話をふまえている。世阿弥伝書に見えて現行《女郎花》にはない詞章を持つ点で、喜阿の古曲の一部であることは確実であろう。それが独立の謡い物として存在したのかも知れないが、説話をふまえるにしては完結性に乏しい点で、完曲であった可能性もあろうと思われる。

三 平泉毛越寺延年詞章「女郎花」(日本庶民文化史料集成第二巻所収等)は、「漢の明

帝の御宇に、かぶんと申す老人」が登場するが、「かぶん」とは『和漢朗詠集私注』が女郎花の詩に注して引用する『霊鬼志』の何文の説話（他に『和漢朗詠集永済注』『塵袋』『壒嚢鈔』等にも）に基づくものである。その内容は、能の《女郎花》とは無関係であるが、詞章中には、「かほどにあだなる世の中に〳〵　共に露とも消へもせで」とか、「女郎花と文字に書き　おみなめしと是を云ふ」などの文句が見えて、《女郎花》とのつながりを窺わせている。

四　表　章「〈女郎花の古き謡〉考」（「観世」昭和四九年七月）

杜　若

底本題簽「かきつはた」

一　作者について確証はないが、金春禅竹作の特徴が顕著である（後述）。『能本作者註文』以下の作者付資料に世阿弥作とするのは信じがたい。寛正五年（一四六四）四月十日の糺河原勧進能に《杜若》所演が見える。

二《杜若》は『伊勢物語』七・八・九段の、いわゆる東下りの段をふまえ、とりわけ第九段の三河の国八橋の杜若の精を主人公にして、業平の往事を回想し、草木成仏する形で構成されている。しかも杜若の精とは、単なる植物の精ではなく、二条の后の形見（象徴）であることが構想上の根本となっている。そのような考え方は、実は中世における『伊勢物語』の享受のあり方を反映したものである。『伊勢物語』とは、業平の行状を仮構の形で示したもので、その物語の真実―いつ、誰の、どんな事件を物語化したのか―を読み解くのが中世の享受の方法であった。「そもそもまづこの物語は、いかなりける人の、なに事を詮として書きけるものぞ」（書陵部本『和歌知顕集』）というのは、このような立場をあらわしたもので、たとえば、業平の東下り（『伊勢物語』九段）とは実は二条の后との密事が顕われて東山へ蟄居《ちっきょ》させられたことの譬喩の物語だとする。『冷泉流伊勢物語抄』によれば、「二条の后を盗み奉る事あらはれて、東山の関白忠仁良房公の許に預けをかるるを云也」と記している。物語のすべてがものの譬えだとする立場から、同書はまた、

　かきつばたといふは、人の形見にいふ物なり。されば二条の后の御事を、御方見といはんために、かきつばたと云ふなり。後撰云、摘をきし昔のやどの杜若色ばかりこそ形見なりけれ。日本記云、民部少将橘光久といふ人…死にける時、妻のもとへ…是を形見にせよとて、杜若を送れり。…是を始として、人の記念《かたみ》にかきつばたをよめる也。されば、業平の后の御形見の事を思出して、かきつばたを云也。

と、「杜若」が二条の后の形見だと解釈する。なお右に引く『後撰集』は、夏、良岑義方の歌で、初句「いひそめし」の変型であるが、右の抄に同系の『千金莫伝』（広島大学本）では初句が「植置し」と《杜若》に一致する。『冷泉流伊勢物語抄』はまた「杜若」のみならず、「三河」を「三人を恋ひ奉る事也。…二条后…染殿后…四条后等也」とし、「八橋」を「八人をいづれも捨てがたくて思ひわびたる心也。八人とは、三条町・有常娘（一説、染殿内侍）・伊勢・小町・定文娘（一説、妹）・初草女・当純娘・斎宮、此八人也」などと解釈し、享受されていたのである。

　二条の后ゆえの業平の東下りは《杜若》の［クセ］にも綴られているが、このような中世的理解に立てば、「伊勢・尾張のあはひの

海づらをゆくに、浪のいと白く立つを見て」（七段）は、「伊勢尾張のあはひとは、業平と后の契の終の交《あはひ》也。…海づらをゆくとは、別れを恨み行くをいふなり」と解し、したがって「いとどしく過ぎ行く方の恋しきにうらやましくも返る波かな」とは、「后にあひ馴れ奉りし方の恋しきに…泣く涙かなと云ふ義也」と理解しなければならぬ。また「しなののくに、あさまのたけに、けぶりのたつを見て」（八段）とあるのは、「信濃の国と云ふは、業平我が品《しな》の苦《く》と云ふなり…あさまのたけとは、我が身のかくなるをあさましく思ふを云ふ也…仍て、あさまのけぶりをば恋によする也」と解し、したがって「信濃なる浅間のたけに立つ煙をちこち人の見やはとがめぬ」とは、「遠近の人はかかるあさましきしなののくにあひて、かなしき思ひのけぶりとは見もとがめぬかととぶらはず、と云ふ也」と理解しなければならない。《杜若》の「クセ」の文章も、当然このような理解をふまえ、業平の二条の后への苦しい思慕を綴っているのである（中世の『伊勢物語』注釈書については片桐洋一氏『伊勢物語の研究（資料編）』明治書院、昭和四四年刊、参照）。

ところで、二条の后の形見の花としての杜若、あるいは三河や八橋に象徴される女性たちが業平と契りを交わしたのも、実は業平が陰陽（男女交合）の神であり、下化衆生《げけしゅじょう》の方便であったとするのが、右の古注釈等を通じて形成されていた中世の業平像であった。たとえば『古今秘歌集阿古根伝』（神宮文庫本、片桐洋一氏翻刻、『室町ごころ』角川書店、昭和五三年刊所収）に、「月ヤアラヌトハ、法性寂光ノ土ヲ出テ、常没流転ノ衆生ヲ利益センガタメニ伊弉諾尊ト現ジ、業平ト化シ、交会ヲ宗トシテ迷ノ衆生ニ小縁ヲ結ビ玉フトイヘドモ、真如ノ明月ハ法身ノ月ニアラザルヤ。仮ニ物ヲ救ハンガ為、利益ニ出レ共、法性ノ月ハ替ラヌト云。春ヤ昔ノ春ナラヌトハ、伊弉諾尊ニテ、陰陽ノ二ノ神トイハレシ、神宗化度ノ都ニテモ我ナリ。三人一体也。（下略）」などの諸秘伝があり、住吉・業平一体（『石見女式』など）、住吉・人丸・業平（『古今秘伝』三公伝など）等々の諸説の中で、「人丸ノ業平ト生レテ歌道ヲヒロメ、陰陽ノ深義トシテ生類ヲミチビク事ヲ実トセル也」（「二字義」。平松家本『伊勢物語演義』、玉伝深秘系伝書。片桐洋一氏翻刻、「文林」昭和四一年一二月）などと考えられているのである。

かくて《杜若》は、単に特定の『伊勢物語』古注釈の所説によるのみならず、それを含めたより広い中世における歌学秘伝書の世界で形成されていた業平像をふまえ、陰陽の道において女人を導いた業平の菩薩行を、二条の后の形見の花の杜若の精を主人公にして、女人成仏と草木成仏を重ね合せたところを主題とすると言えよう。『伊勢物語』そのものと、物語の実義との二重構造を、巧みに表裏結び合せた本曲の構想は比類がない。

三 金春禅竹の作であることがほぼ確実な《小塩》は、《杜若》と同じ世界を同じ理解で描いており、同一作者の手になると考えてよさそうである。さらにまた、それらが《井筒》にみるごとき世阿弥の方法と異なることも注目される。とりわけ、禅竹における業平のイメージは、『明宿集』に「歌道の家に生れては、伊勢物語の作者在五中将業平、かたい翁と云はれて愚癡の女人を導き、陰陽の道を教えしめ、古今集の歌仙に至りては、三人の翁と名付けて、一体分身をあらはして生老病死の歌を詠ましむ。これみな権化の示現、名は呼ぶに依りて応ずるならひ、豈《あに》この妙身にてあらざらんや」と記しているが、それはまた《杜若》の世界に一致するのである。禅竹作謡曲の特徴については、未だ十分明らかにしがたいが、歌学的教養のなみなみならぬことも、禅竹であれば首肯できよう。《杜若》に特徴的な本格的曲舞の構成（〔次第〕・〔一セイ〕―〔舞事〕―〔クリ〕・〔サシ〕・〔クセ〕＝二段グセで次第と同じ文句で終る）は、《百万》や《山姥》などの、曲舞の人体をシテとする曲の形態的特徴でもあるのだが、《杜若》の場合はそれらとは異質で、一曲の主題をその中に盛り込んでいるところに内容的特色がある。それは曲舞の古型を新風に応用した意図的手法と考えられよう。その他、『断腸集』（金春家伝来の漢詩集で、その抜書のみ伝存。綜合新訂版『能楽全書』第三巻にも翻刻）の利用や、禅竹的文辞（「杜若雑記―なほしも心の奥深き―」、「かんのう」昭和五六年九月）の特徴などとともに、禅竹が作者である可能性は高いと思われる。

四 伊藤正義「謡曲杜若考―その主題を通して見た中世の伊勢物語享受と業平像について―」（『文林』二号、昭和四二年一二月）

景清

底本題簽「かけきよ」

一 作者未詳。『能本作者註文』以下の作者付諸資料は世阿弥作とするが信じがたい。文正元年（一四六六）二月二十五日、将軍家の飯尾肥前守邸への御成りの節、観世（又三郎）による《景清》が演じられている（『飯尾宅御成記』）が、室町期演能は稀である。『自家伝抄』や『多聞院日記』に「盲景清」の曲名が見えるのは別名と思われる。

二 景清の源平合戦における働きについて『平家物語』が語るところは極めて少ない。平家の侍大将として名前が挙げられるほかは、錣引（二七八頁注一参照）が唯一の武勇談であるに過ぎない。しかし、それさえ盛嗣の話として伝えるもの（『源平盛衰記』）があるように、『平家物語』諸本の中でさえ一様でなく、それについては、『平家物語』のみならず、《大仏供養》や幸若舞曲「景清」等の平家後日談における景清の活躍などに窺えるような景清譚が、平家の武将たちの活躍を景清に吸収、集約せしめ、さらに平家残党の代表的存在として成長したものであることについて、種々の指摘がある（北川忠彦氏「景清像の成立」、『立命館文学』昭和四三年一月。徳江元正氏「乞丐《こつがい》景清―幸若舞曲と題目立―」、「文学」昭和五三年四月、等）。そのような景清像について、いまだ確実な系譜を辿り得ないし、したがって《景清》の直接の典拠も明らかでないが、日向における落魄の生活、遺児人丸のことなど『平家物語』とは異なる景清譚に基づいているらしく、特に注目すべきは、景清が単なる老残の平家の侍大将としてではなく、平家を語る者として構想されていることで、これについては香西精氏の指摘がある。ともあれ《景清》は、中世における景清像を反映していると考えられるが、それについては、景清を『平家物語』合戦談の成立に関わった者だとする伝承が、平曲関係者の間に伝えられていたこと（『臥雲日件録抜尤』文明二年正月四日の条）や、日向が盲僧にとっての重要な土地として意識されていること（「盲僧由来」等）なども無関係ではあるまい。

三 シテ景清の扮装は扉裏に示す通りであるが、別に、沙門帽子に小格子厚板、白大口という扮装もある。また「景清」と称する面には無髭・有髭の両様式があり、その選択に伴って演出が変えられる。それは武人景清の位というよりも、老残落魄の乞食姿か、日向の勾当の位を示すかの表現意図に関わるであろう。

四 香西 精「景清について」(『能謡新考』所収)

香西 精「景清試論」(「観世」昭和三三年一月。『能謡新考』所収)

柏 崎

一『申楽談儀』に《柏崎》を《鵜飼》とともに榎並左衛門五郎の作とし、「悪き所をば除き、よきことを入れられければ、皆世子の作なるべし」という。世阿弥が大幅に改作した曲と考えられる。《鵜飼》解題参照。

世阿弥自筆能本(年記なし)が伝存し、また『能本三十五番目録』に、「カシワサキ」と、「マタカシワサキ」とが記されており、《柏崎》二本が世阿弥から禅竹へ伝えられたらしい。その中の一本が現存本であるが、散佚したもう一本も世阿弥の手が加わったものであろうから、その改訂が一度限りのものではなかったと思われる。

二《柏崎》の典拠は明らかでない。柏崎という固有名詞が、筋の上では必然性を持たないのに、曲名ともなっていることから考えても、柏崎氏(柏崎の地の領主の名)をめぐる善光寺に関連した説話、唱導の類いがあって、それが素材であろうかとも想像される。

内容は、子を尋ねる狂女物であるが、同時に夫への恋慕も強く、主題が統一されているとは言いがたい。世阿弥が改作にあたっても、この点を整理しきれなかったのであろう。なお『申楽談儀』に「今の柏崎には、土車 世子作 の曲舞を入れらる」と記されており、もと「土車」の曲舞を転用したことが知られる。『五音』下に「善光寺」の曲舞の名がみえ、それを「私ノ作書也」とすることからは、元来独立の謡い物としての「善光寺の曲舞」が作られ、それを《土車》、さらに《柏崎》へと転用したらしい。この曲の金春権守所演について、『申楽談儀』は、

金春は、舞をばえ舞はざりし者也。曲事をせし為手《して》也。「扇たたかせ、鳴るは滝の水」と云て、舞さうにて、「わが子小二郎か」と云て、さと入りなどせし、何共心得ぬ由、其比沙汰す。「桐の花咲く井の上の」とて、笠前に当て、きと見し、さやうの所を心にかけてせし為手也。金剛が方より、あまりの事とて難ぜし也。

と記している。これによれば、シテはわが子と小二郎(ワキ。現行は小太郎)に再会するらしい。このことを手がかりに、主従・親子がめぐり会う《土車》と重なり合う点に注目し、原《柏崎》も、ワキ小二郎がシテに形見を届けた後、花若を追って出家し、善光寺で親子・主従がめぐり会うといった形であることを推定した表章氏の説がある。また、《柏崎》は子への想いが稀薄であるが、原《柏崎》は夫との死別が原因の物狂能で、子を尋ねる出家型の物狂能という類型に改作するにあたり、文(第3段)も夫の遺書であったのを花若の文に改め、夫の死の描写を「ロンギ」(第2段)で補ったかと推定する竹本幹夫氏の説がある。

三 第5段の後ジテ登場の前に、自筆本では「ヲカシ女物狂イガ来ルトイウベシ」と注記がある。《桜川》や《三井寺》のように、アイが物狂のやって来ることを知らせる科白《せりふ》が

あったはずであるが、現行の演出はアイを省く。また、第7段に自筆本では子方が母であることを知って後刻対面しようという科白があるが、これも《百万》等にみられる類型で、現行では下掛りがこの形を伝える。第8段のワカ「鳴るは滝の水」の後に、自筆本に「マイアルベシ」の注記があり、当然舞が舞われたはずであるが、その後、舞を略したらしく、室町後期の型付類にも舞のことは見えない。金春権守所演の『中楽談儀』の前掲記事は、金春権守はここで舞を舞わず、曲舞を補入する以前のことであるから、すぐに対面となったことを示している。

四　表　章「作品研究　柏崎」（『観世』昭和五一年一一月）

竹本幹夫「親子物狂考」（『能楽研究』第六号、昭和五六年三月）

春日龍神

一　金春禅竹作か。『能本作者註文』以下の作者付資料には世阿弥作とするが信じがたい。寛正六年（一四六五）三月九日の観世所演に「明恵上人」の曲名が見える（『親元日記』）のは本曲のことと考えられる。

二　《春日龍神》は、明恵上人の入唐渡天の懇志を春日明神が制止したこと、またその代償として、入唐渡天・仏跡巡礼の目的に関わる釈迦の八相成道を、鷲峰の説法に代表せしめて春日野に顕現する。とりわけ前場の入唐制止については、明恵上人に関する説話として著名であるが、その根源にあるのは明恵自身による「僧成辨願文」であろう。『高山寺古文書』（東大出版会刊、昭和五〇年）所収の「僧成辨《高辨》願文写」は元久二年十二月の日付を持ち、紀伊在田郡に一伽藍を建立せんがための願文であるが、その中で「愚僧去建仁二年冬比、依有別願、専欲企入唐之尅、明神忽降於小室、慇重制止、忝託于凡身懇切勧誘矣…御託宣云、我深思念汝、如知識慇善財、是故顕現我真相、降臨此室内、我昔未顕如此霊瑞、後亦復然、宜得此意、我并住吉大神殊不相離汝也、願莫捨我国遠行他国、為制此事、故以降也云々…一々教訓如悲母対愛子、種々契約似世人遇親昵、或説過去之事、其事皆実、或記未然之事、其事悉験矣。…加之神社参詣之間、或云途中或云宝前、希奇瑞相不可称計、即如妙香遍苟於大虚、諸鹿屈膝于門外等也…又夢中又覚前、種々勝事非一、…」と春日（及び住吉）の神徳への関わりを述べている。ここに基づいて『栂尾明恵上人伝記』『春日御託宣記』『春日権現験記』『古今著聞集』『沙石集』等々の既知の明恵関係説話が成立してゆくのであろうが、その一環としての『金玉要集』に収める「春日大明神御事」は、《春日龍神》の直接の典拠とは言いがたいにしても、春日明神の明恵上人への愛着を強調する説話として注目される。

栂尾上人内々渡天ノ御志シ御シテ、解脱上人共ニ、春日ノ社壇ニ詣給キ。鹿共膝ヲ折テ伏シテ敬フ。忝クモ彼両上人ノ御参詣ノ時ハ、大明神出向ハセ給テ、庭上ニテ御問訊有ト云々。現《シテ》二人体《ヲ》一御対面ナリト云々。渡天ノ志シ祈念中テ御還向アリ。其後湯浅ニテ明神御託宣アリ。…渡天ノ志仰ラレシガ、心本ナクテ是マデ来レリ。一世二世ノ昵ニ非ズ。六道輪廻ノ旅ノ空、生々片時モ相離レ奉ラズ、我本地地蔵薩埵トシテ、本地尺尊ノ付属ヲ於二忉利天ノ雲上《ニ》一受ケ、済度於六道ニ廻ニ、万事ノ胸（ノ間）ニ無二止事一、只衆生ノ受苦ヲ悲メリ。汝無間地獄ニ堕テ多生劫ヲ経シ時モ、我焦熱紅蓮ノ阿鼻ノ炎ニ交テ、汝ガ苦ヲ助ク。トカクシテ人間ニ救ヒ上ゲテ、仏法ノ恵眼開セテ一切衆生ノ成仏得道ノ灯ト成シ、我垂迹ノ本地ノ法味ヲ得事モ、汝ト解脱房ヲ以、我太郎次郎子息トスルニ、我ヲ捨テ西天ノ遙ノ境ヘ趣カン事ノ悲サヨ。汝知ズヤ、如来出世シ給シ中天竺ハ、我朝ヨリ八十万里ノ道也。遠ク隔ツニ万里ノ大海一ヲ。蘇嶺ノ山峨々ト聳ヘテ鳥獣モ通ハズ、流沙河ハ漫々トシテ輙《タヤス》ク人倫渡ルコトナシ。設《タト》ヒ依願力ニ渡リ給フトモ、如来説法ノ遺跡ヲ見玉ハン事難レ有。訪ニ給孤独園一（祇園）精舎ノ一百余院ハ荒レハテ、、礎ノミゾ残リケル。重閣講堂ノイラカハ空ク秋ノ霧ニ朽ハテ、、其遺跡モ更ニナシ。悲花経ニハ、我滅度後、於末法中、現大明神、利益衆生ト如来ハ説給テ、正ク我朝神明ト顕レ玉ヘルヲ振捨テ、多難所ニ趣《オモム》キ給ハン悲サヨ。設ヒ雲ノハテナリトモ、御房ノ行給ハヾ我モ同ク趣カンズレドモ、天竺ニ渡リ付給ヒテモ、所詮更ニ不レ可レ有レ哀。願クハ留給ヘカシ。此由申サンタメナリ。過ニシ二月十五日ノ夜モ遺教経ヲ講ジ玉フニ、アマリニ貴ク覚テ、御房ノ居給ヘル膝ノ本ニ居ヨリテ聴聞仕リ侍キ。毎日三度、解脱房ト御房ノ庵室ヘハ必影向シテ、法味ヲ聴聞シ侍ツルニ、更ニ思立玉ハヾ、何ニヨリテ我身モ此国ニ留ベキ。弥闇深キ多クノ氏子ヲフリ捨テヽ、御房ヲ守リテ我（モ）西天ニ趣カバ、四方ノ衆生ノ苦ミ思オクコソ悲ケレトテ、御涙モカキアヘズサメ〲ト泣キ給ヘリ。上人ヲ始トシテ、此由見聞男女、共ニ涙ヲ流シ、身毛ヲ弥立計也。（彰考館本に基づき、内閣文庫本で校訂）

《春日龍神》前場の〔問答〕において、さりげなく示されている春日明神の明恵上人に対する神慮は、右に見える通りであるが、さらに、入唐渡天の素志を翻意せしめるべく春日野において奇跡を現わす本曲の構想は、もとより典拠未詳ながら、そのような趣向の生じるについては、単に入唐制止の明神の託宣を記すのみの既知の諸説話からだけではやや困難で、作者の創作はさることながら、右に引用の『金玉要集』のごとき、仏跡の現状の荒廃を縷々と語るところをふまえて、往事の再現が構想されたのではないかと思われる。それについてはまた、春日山を浄土と見、春日山の景観を描く曼荼羅などが示すところとも無関係ではあるまい。

なお、後場は霊山説法に八部衆が列座した『法華経』序品の所説をふまえ、八大龍王を代表せしめているが、それについては猿沢の池を龍池とする当時の理解が前提となっている。

三　《春日龍神》の間狂言は、観世流は春日の社人による問語りが原則である。その場合、シテの中入りに来序の囃子がなく、ワキの待謡がある。下掛りはシテが来序の囃子で中入りし、末社の神の立シャベリとなり、ワキの待謡はない。ただし現行観世流でも、末社アイで演じられることも多い。元来座付の狂言によって演じられていた形が崩れ、シテ、ワキ、狂言の相互の関係による対応と調整が行われたことが原因かと考えられるが、末社アイがシャベリの後、触レとなる下掛りの形が原型らしい（表章氏「春日龍神の間狂言」、「百々裏話」七九、「銕仙」一八六号、昭和四六年二月）。なお「町積り」と称する替間（末社アイ）は、唐の長安から天竺王舎城までの里数と行程を述べるが、それについては、明恵上人に『大唐天竺里程書』（前掲『高山寺古文書』所収）のあることも注目される。

四 徳江元正「作品研究　春日龍神」（「観世」昭和五五年四月）

葛　城

一『能本作者註文』以下の作者付諸資料には、いずれも世阿弥作とする。それを根拠とはしがたいが、世阿弥作の可能性は高いと思われる（後述）。『自家伝抄』等に「雪葛城」とあるのは、《葛城賀茂》（《代主》の別名）と区別するための別称らしい。寛正六年（一四六五）二月二十八日、将軍院参の際、観世による《葛城》上演のことが見える（『親元日記』）。

二《葛城》が一言主の、いわゆる岩橋説話に基づいて構想された曲であることはいうまでもないが、この説話は『日本霊異記』をはじめ、極めて広い分野の諸書にとりあげられている。しかし《葛城》に反映したところに最も近い本説と言えば、やはり『俊頼髄脳』をあげるべきだろう。

　役の行者…その所におはする一言主と申す神に祈り申しけるやうは…願はくはこの葛城の山のいただきより、かの吉野山のいただきまで、岩をもちて橋を渡し給へ…空に声ありて、我この事を受けつ…ただし、我がかたちみにくくして、見る人おぢおそりをなす。よなよな渡さんとのたまへり…その夜のうちに少し渡して、昼渡さず。役の行者それを見て、おほきに怒りて…護法忽ちに葛をもちて神をしばりつ。その神は大きなる巌にて見え給へば、葛のまつはれて、かけぶくろなどにものを入れたるやうに、ひまはざまもなくまつはれて、今におはするなり。

　ところで、《葛城》は右の説話をふまえてはいるが、主題としては、その葛城の神が、天の岩戸の神楽としての大和舞を舞うことにある。それは『古今集』巻二十、大歌所御歌に載せられた、

　　古き大和舞の歌

　しもといふ葛城山に降る雪の間なく時なく思ほゆるかな

という歌と、この歌についての次のような理解が前提となっている。

　大和舞ノ歌ト云者、天照太神アマノイハ戸ニ籠セ給シ時、神達、天岩戸ニテ歌テヨビ奉シ神歌也。シモトユフトツヾクル事ハ、葛ハ物ヲユフ物也。シモトヽ云者、杖楚ナムド也。マナクト云者、ヒマナクト云也。二字ノ上略也。歌ノ通例也。此歌ハ嶋根見尊ノ歌也。此尊ハ月神ノ御子、天照太神ノ甥也。大和舞トハ日本ノ舞也。伶人ノ舞ハ唐舞也。ソレニ相対シテ大和ノ号アリ（毘沙門堂本『古今集註』）。

《葛城》一曲の構想は、古今集歌に対するこのような理解と、高天原や天岩戸が葛城山にあるとする中世の理解（三一六頁注九）をふまえて成り立っていると言えよう。従来、岩橋説話と『古今集』との取り合せの異様さに構想上の難点を指摘することが多かったが、『古今集』の歌の背後にあるこのような中世的理解に眼を届かせるとき、構想・主題の一貫性は明らかである。

三 このように見てくるとき、香西精氏の指摘される禅好みの引用（前シテ登場後の〔問答〕〔上ゲ歌〕）の外、和歌、連歌的修辞（頭注参照）や『俊頼髄脳』の影響（《蟻通》《姨捨》など）、天の岩戸説話への関心（『別紙口伝』『拾玉得花』など）等々、なかんずく、〔次第〕と終結部が呼応する一貫性、統一イ

メージなど、世阿弥の特徴が多々指摘できると思われる。

四　おもてあきら「葛城の歴史」(「観世」昭和三五年一一月)

香西　精「作者と本説」(同右。『能謡新考』所収)

鉄　輪

一　作者未詳。『能本作者註文』に作者不明とし、別に「木船」を小次郎作とする。『自家伝抄』には「貴布弥(ママ)金輪」を世阿弥とするが信じがたい。別名として、《貴船》のほか、天文三年(一五三四)四月九日近江途中祭礼能に見える《鼎》(『言継卿記』)も同曲かと思われる。記録上は長享二年二月二十三日の手猿楽亀太夫所演(『親長卿記』)が初見。

二　《鉄輪》の典拠について、『謡曲拾葉抄』は『太平記』剣の巻、『謡曲大観』は『平家物語』剣の巻を指摘している。いま便宜的に「田中本平家剣之巻」(「国語国文」昭和四二年七月)によって左に掲げる。

嵯峨天皇ノ御時、或公卿ノ娘余ニ、物ヲ嫉デ、貴布弥大明神ニ七日籠テ祈ケルハ、願ハ吾生乍鬼ニ成シ給へ、嫉ト思フ女ヲ取殺サントゾ申ケル。示現有テ、鬼ニ成度バ、姿ヲ作替テ宇治ノ川瀬ニ行テ、三七日混ルベシ、左有バ鬼ト可成ト示現有ケレバ、女房悦テ都ニ帰ッヽ、人無所ニ立入テ、長ナル髪ヲ五ニ分テ、松脂ヲ塗リ、巻上テ、五ノ角ヲ作ケリ。面ニハ朱ヲ指、身ニハ丹ヲ塗リ、頭ニハ金輪ヲ頂キ、続松三把ニ火ヲ付テ、中ヲ口ニクハヘツヽ、夜更人定テ後、大和大路走出テ南ヲ差シテ行ケレバ、頭ヨリ五ノ炎村燃上ル。是ニ行合タル者ハ、肝心ヲ失テ倒伏、不死入ト云事ナシ。走テ宇治川瀬ニ行テ三七日混テケレバ、貴布弥大明神ノ御計ニテ、彼女生乍鬼ト成ヌ。又宇治ノ橋姫トモ是ヲ云トゾ承ル。偖《サテ》彼女鬼ト成テ、嫉シト思フ女、其縁ノ者、吾ヲ冷メシ男ノ親類、境界上下ヲ撰バズ、男女ヲ不嫌、思様ニ取失フ。男ヲ捕ントテハ貌吉女ニ変ジ、女ヲ取ントテハ男ト変ジテ、多クノ人ヲ取間、怖シトモ無云計。

これは、嫉妬の女が貴船明神に祈って復讐の鬼となる物語であり、《鉄輪》の物語と必ずしも一致するわけではないが、しかし、構想と表現において直接的な影響関係を認め得る。貴船明神への丑の刻参りという設定も、右「剣之巻」に基づいているが、丑の刻参り自体は貴船には限らず、たとえば「多賀社参詣曼荼羅」にも鉄輪を戴く白衣の丑の刻参りの女の姿が描かれており(図説日本の古典『能・狂言』、昭和五五年、集英社刊、二二二頁)、ひそかに長く続いた習俗の一つであった。またその調伏に、行力の山伏等でなく、陰陽師「晴明」を配したについては、これも「剣之巻」の後日譚中に安倍晴明が登場することによるであろうが、呪詛を解除するのは陰陽師の職能に属して、はやくは『伊呂波字類抄』に「解返呪詛祭以御衣祭之」と見え、『枕草子』に「ものよくいふをんやうじして、河原に出て、ずそのはらへしたる」(心ゆくもの)と記されている。もっとも、中世の陰陽師の実態は必ずしも明らかではないが、

再拝や高天の原にすむ月に天の八重雲かからずもがな(東北院歌合)

思ひあまり君には鬼気の祭してしるしも見えぬ御神楽ぞうき(同)

見ぬからにこよひの月ははれぬべしゆふげの風をうらかたにして(七十一番職人

歌合）

　恋ひ路にて後もやあふとこころみにわが
　　人かたの身がはりもがな（同）

などの陰陽師のイメージが、《鉄輪》の主題に即応するものとして、新しい趣向たることを窺わしめる。和泉式部像や橋姫、「剣之巻」などの古典的素材というよりも、その影を負いながらむしろ世話物的であり、日常庶民的感情に訴えるところのある曲として注目されよう。

三《鉄輪》が四座大夫によって演じられるのは、天文七年（一五三八）三月、将軍邸での観世所演が初見で、それ以前は手猿楽（長享二年）や、日吉・梅若立合能（天文三年）などがある。狂言口開で始まる《鉄輪》を古曲とする見解もあるが、たとえば《邯鄲》や《三井寺》の場合も狂言口開であるが、世阿弥以前に遡る曲とは考えがたく、《鉄輪》の場合も同様である。なお間狂言詞章は底本（光悦本）所収の通りであるが、妙庵手沢本書入れの詞章を左に紹介しておく（仮名に適宜漢字を宛て、原仮名は振仮名で残した）。

㈠カヤウニ候者ハ、鞍馬貴《クラマキ》舟ノ宮《ミヤ》ニ仕《ツカ》ヘ申者ニテ候、サテモ今夜《ヤ》不思議《フシキ》ナル霊夢《レイム》ヲ蒙《カウム》リテ候、其謂《イハ》レハ都《ミヤコ》ヨリ女ノ丑《ウシ》ノ時参ヲセラレ候ニ申セト仰ラル丶、子細《シサイ》アラタニ御霊《レイ》夢《ム》ヲ蒙《カウム》リテ候程ニ、今夜参《マイ》ラヌコトハ候マジ、社頭《シャトウ》ニ待申御夢想《ムサウ》ノヤウヲ語《カタ》リ申サバヤト存候

㈡イカニ申ベキコトノ候、アレニハ丑《ウシ》ノ時参召《メ》サル丶、御カタニテ候渡（マヽ）候ナ、今夜御忍《シノ》ビヲ御夢想ニ蒙《カウム》リテ候、御身《ミ》ノ御申有コトハハヤ叶《カナ》イて候、今夜ヨリ後ハ御参アルマジク候、ソノ子細《シサイ》ハ鬼《ヲニ》になり度トノ御願《グハン》ニテ候程ニ、ワガ家《ヤ》ヘ御帰《カヘ》リアッテ身ニハ赤《アカ》キ衣ヲ裁《タ》チ着《キ》、顔《カホ》ニハ丹《ニ》ヲ塗《ヌ》リ、髪《カミ》ニハ鉄《カナ》輪《ワ》ヲ戴《イタヽ》キ、三ツノ足ニ火ヲトモシ、怒《イカ》ル心ヲ持《モ》ツナラバ、忽《タチマ》チ鬼神ト御成アラフズルトノ御告《ツ》ゲにて候ゾ、急御帰アッテ告《ツ》ゲノゴトク召《メ》サレ候ヘ、ナンボウ奇特《キドク》ナル御告《ツ》ゲにて候ゾ、シテ／是ハ思モヨラヌ仰にて候

兼平

一作者未詳。『能本作者註文』『自家伝抄』以下の作者付資料にはすべて世阿弥作とするが、本説の扱いなども世阿弥とは考えがたく（後述）、世阿弥以後の作と考えられる。天文五年（一五三六）二月十二日に、金剛による《兼平》所演（『中臣祐金記』）が見え、天文元年奥書の『遊音抄』（天理図書館本。金春流）に含まれている。

二《兼平》前場の名所教えの比叡山草創縁起は「白髭の曲舞」に先蹤が見られるが、本曲の主題とは無関係である。後場は『平家物語』巻九「木曾最後」に基づき、ことに「サシ」「クセ」「ロンギ」は、おおむね『平家物語』詞章のままに描かれている。その本文は特定しがたいが、語り本系に基づくとみてよい。便宜的に流布本（講談社文庫版）により本文を掲げて頭注と対応させておく。

『平家物語』巻九、木曾最後（抄）

（一）されば今度も多くの者落ち失せ討たれけるうちに、…七騎がうちまでも巴は討たれざりけり。木曾は…今井が行方の覚束なさに、取って返して、勢田の方へぞ落ち行き給ふ。今井四郎兼平も…五十騎許りに討ちなされ…木曾殿に行き合ひ奉る。…京より落つる勢ともなく、又勢田より参る者ともなく、馳せ集つて、程なく三百余騎許りになり給ひぬ。……木曾殿今井四郎、只主

従二騎になつて…今井四郎申しけるは、「…暫く防ぎ矢仕り候はん。あれに見え候は粟津の松原と申し候。君はあの松の中へ入らせ給ひて、静かに御自害候へ」とて、打つて行く程に、又荒手の武者五十騎許りで出で来たる。

(二)「兼平はこの御敵暫く防ぎ参らせ候べし。君はあの松の中へ入らせ給へ」と申しければ、義仲、「…汝と一所で如何にもならん為にこそ、多くの敵に後を見せて、これまで遁れたんなれ。所々で討たれんより、一所でこそ討死をもせめ」とて、馬の鼻を並べて、既に駈けんとし給へば、今井四郎…涙をはらはらと流いて、「弓矢取りは、年頃日頃如何なる高名候へども、最後に不覚しぬれば、永き瑕にて候なり。…某が郎等の手に懸けて、討ち奉つたりなんぞ申されん事、口惜しかるべし。唯理を枉げて、あの松の中へ入らせ給へ」と申しければ、木曾殿、さらばとて、唯一騎粟津の松原へぞ駈け給ふ。

(三)今井四郎取つて返し、五十騎計りが勢の中へ駈け入り、鐙踏張り立ち上り、大音声を揚げて、「遠からん者は音にも聞け…」とて、射残したる八筋の矢を、差攻《つ》め引攻《つ》め散々に射る。…その後太刀を抜いて斬つて廻るに、面をあはする者ぞなき。…

(四)木曾殿は唯一騎、粟津の松原へ駈け給ふ。頃は正月二十一日、入相許りの事なるに、薄氷は張つたりけり。深田ありとも知らずして、馬をざつと打入れたれば、馬の首《かしら》も見えざりけり。あふれどもあふれども、打てども打てども動《はたら》かず。かかりしかども今井が行方の覚束なさに、振り仰ぎ給ふ所を…木曾殿内甲を射させ、痛手なれば、甲の真甲《まつかふ》を馬の首《かしら》に押当てて俯《うつぶ》し給ふ所を、…既に御頭《くび》をば賜はりけり。

(五)やがて…大音声を揚げて、「…木曾殿をば…討ち奉るぞや」と名乗りければ、今井四郎は軍《いくさ》しけるが、これを聞いて、「今は誰をかばはんとて軍《いくさ》をばすべき。これ見給へ…日本一の剛の者の自害する手本よ」とて、太刀の鋒《きつさき》を口に含み、馬より倒《さかさま》に飛び落ち、貫かつてぞ失せにける。

三《兼平》の前場は舟の到着とともにシテが姿を消す構想(演出)が特徴的である。ワキとシテの乗船問答は類型に属する。また、後ジテ登場の［サシ］は《箙》《頼政》、［掛ケ合］は《八島》の影響が認められる。このように《兼平》には部分的に他曲との関連が目につくだけでなく、ことに『平家物語』をそのまま丸どりする摂取の形は、世阿弥の方法とは全く異なるものであり、武勇一方の今井の四郎兼平という素材の選択からも、世阿弥作の可能性はあるまい。『中楽談儀』に見える犬王所演の「柴船の能」を《兼平》の古名とする見解があるが、恐らく無関係であろう。

四 小林保治「兼平鑑賞」(「日本文学」昭和四九年一一月)

通小町

一『五音』上に《通小町》を作曲者名なしに掲出し、「［指］忝キ御譬《タトヘ》ナレ共、悉多太子ハ」の一節(後述)を引くが、その部分が世阿弥の作曲らしい。一方、『中楽談儀』には《通小町》の古名と考えられる《四位の少将》を《小町》《自然居士》とともに観阿作と記すが、さらに「四位の少将は根本山と(大和)に唱導の有りしが書きて、今春権守、多武峰にてせしを、後、書き直されしと也」とも記す。《四位の少将》の原型は唱導師の手になるもので、それを金春権守が多武峰で演じたのが初演らしい。とすれば、観阿弥作とするのはその改作の意であり、さらにそれに世阿弥の手が加わったと思われる。《通小町》という曲名は『五音』が初見で、《四位少将》から《通小町》への改名が、世阿弥の改訂をふまえるかとも思えるのであるが、必ずしも断定は出来ない。ちなみに禅竹は《通小町》の名を掲げる（『歌舞髄脳記』）が、禅鳳は《四位の少将》を用いている（『毛端私珍抄』『禅鳳雑談』）。

二 本曲の主題は深草の四位の少将の百夜通いにあるが、それはもともと「あかつきの鴫の羽搔き百羽搔き君が来る夜は我ぞ数かく」（『古今集』恋、読人しらず）の歌について、「鴫の羽搔き」か、「榻の端書き」かが解釈上の問題となっており（『奥義抄』など）、「榻の端書き」説については、女が言い寄る男に対し、毎夜通って車の榻に数を書き付け、それが百夜になれば逢おうと約束するが、百夜目に男に故障が起るという形の説話が例証として用いられている。その男女を、藤原鳥養と永手大臣の娘（『三流抄』）としたり、応仁天皇と唐より渡来の姫（『古今集頓阿序注』）としたりする諸説の延長上に、四位の少将と小町とする話も成立したと思われるが、それを和歌の世界に求めがたく、文献的には謡曲を遡ることができない。

本曲には、いま一つ、「秋風の吹くにつけてもあなめあなめをのとは言はじ薄生ひけり」という小町の歌と、それをめぐる説話が取り合せられている。『小町集』をはじめ多くの書に見え、小町の髑髏の詠とする『和歌童蒙抄』『袋草紙』など、また陸奥の業平の事蹟として、連歌の掛け合いとする『江家次第』『江談抄』などの諸型があり、その歌にも小異があるが、謡曲所引の形は長明『無名抄』などが指摘できよう。

三 木の実爪木を拾って八瀬の山里へ現われる前ツレは、［ロンギ］の前に［サシ］で次のような悉達太子の故事を語る。

忝《かたじ》けなき御譬《たと》へなれどもいかなれば悉達太子は、浄飯王の都を出で、檀特山《だんどくせん》の嶮《さが》しき道、菜摘《なつ》み水汲《く》み薪とりどり、様々に御身をやつし、仙人に仕へ給ひしぞかし、況《いは》んや是は賤の女《め》の、摘み慣《な》らひたる根芹若《わか》菜《な》、我名をだにも知らぬほど、賤《いや》しく軽《かろ》き此身なれば、重しとは持《も》たぬ薪なり（車屋本による）

これは下掛りのみが伝える［サシ］であるが、前述のように『五音』にも引かれる一文で、世阿弥作曲と考えられ、その詞章も『平家物語』大原御幸の、花摘みの女院を下敷きにした構想ではないかと考えられる。また歌学書が重視する「あなめあなめ」の歌を配するのは、恐らく世阿弥の処置だろうと推測される。ともあれ《四位の少将》にせよ《通小町》にせよ、百夜通いの物真似を四位の少将と小町の二人で演じることが眼目となる曲であったと考えられるが、その場合、現行末尾（第9段）は、百夜目の歓喜と成仏がいかにも唐突、かつ曖昧で、たとえば《卒都婆小町》に、あと一夜を残した怨念を語るのと対蹠的である。その部分がもっと長く続く物真似芸であったはずだと思われるが、それが陰惨な物語であるため、《卒都婆小町》同様に、結末部に世阿弥が手を加えた可能性はあるだろう。しかし現行詞章は、その方法と文辞が世阿弥かどうか疑わしい。あるいは、さらに後人の改訂が加えられたことも考えられるのではあるまいか。

なお『中楽談儀』には、「四位の少将の能、事多き能也。犬王はえすまじき也と申しける也。一むきに成共せば、大和の囃子にてすべき、と申しけるとかや。月はまつらん月をばまつらんわれをば、の所、一建立成就の所也」と記されている。近江猿楽にとっては、このような物真似芸は全く異質であったのだろう。

四 宗政五十緒「作品研究　通小町」（「観世」昭和四七年九月）
伊藤正義「作品研究　卒都婆小町」（「観世」昭和五七年九月）

邯鄲

一 作者未詳。『能本作者註文』に作者不明とし、『自家伝抄』に世阿弥作、『いろは作者註文』に「注有之」と一様でない。金春禅竹の『歌舞髄脳記』（康正二年）に妙花風の曲として掲出するから、それ以前の成立であることが確実であるとともに、世阿弥もしくはその近辺で作られた可能性もあろう。記録上は寛正五年（一四六四）、糺河原勧進猿楽における音阿弥所演が初見。

二《邯鄲》の原拠が『枕中記』だということは早くから指摘されている。『太平広記』所収（唐、李泌撰）のものと、『文苑英華』所収（沈既済撰）の二種が知られており、小異はあるが大差はなく、盧生と道士呂翁を登場せしめる。ただし、それが《邯鄲》の直接の本説とはいえまい。『重刊湖海新聞夷堅続志』後集巻一（『適園叢書』所収。古刻本によるという）には「一夢黄粱」と題する『枕中記』の要約が見える。そこには邯鄲譚の骨格は尽くされており、《邯鄲》作者の知るところであったかどうかは断言できぬが、同書が《芭蕉》に関わる「芭蕉精」の話を収める書であるだけに、この種のものにも注意を払っておいてよいだろう。本邦においては、『太平記』巻二十五「自伊勢進宝剣事、付黄粱夢事」が知られているが、それと密接な関係にあるのが静嘉堂文庫本『和漢朗詠集和談抄』（応永十二年の年記をもつ）で、「仙家」の「壺中天地乾坤外、夢裏身名旦暮間」に施された注は『太平記』とほぼ同文である。そこでは、たとえば盧生の名を示さず「富貴を願ふ客」が「楚国の君賢才の臣を求め給ふ由と聞きて、恩爵を貪らん為」の道中の出来事とするのをはじめ、『枕中記』等と大幅に異なる話となっている。《邯鄲》がその系統の資料の影響下にあることは、楚の国名を用いたことをはじめ、頭注に指摘した通りではあるが、しかしそれだけに基づいているわけではないことは、シテを盧生とすることからも明らかである。さらに《邯鄲》は、先行の邯鄲譚を独自の構想下に整えている。即ち盧生を一大事の因縁（仏道）を志す者として設定すること、道士呂翁を除き、宿屋の主人（アイ）に置き換えたこと、夢中の栄花が『枕中記』や『太平記』などと大きく異なり、天子即位、宮殿の華麗、都城の繁栄、不老長生、仙家の歓楽、登仙の実現と畳み上げて描き、その絶頂での覚醒となること、などがその主要点であろう。そして邯鄲の夢の悟りとは、たとえば「つくづく物を案ずるに、娑婆の栄花は夢の夢、楽しみ栄えても何にかはせん」（『平家物語』巻一）、「忉利天の億千歳、只夢の如し。三十九年を過させ給ひけんも、僅かに一時の間なり。誰嘗めたりし不老不死の薬、誰か保ちたりし東父西母の命…生ある者は必ず滅す、釈尊未栴檀の煙を免れ給はず、楽尽き、悲来る、天人五衰の日に逢へりとこそ…」（『平家物語』巻十一）などに共通する仏教的無常感が根底にある。それは《邯鄲》作者の本説を離れた主題と構想に属するとともに、日本の伝統的発想下の所産でもあると言えよう。

謡曲以前の邯鄲譚のわが国における受容については右以上には明らかでないが、蘇東坡や黄山谷は黄粱一炊の故事をふまえた詩を作っており、それらを受容した禅文化の中で、この邯鄲譚が享受されていたことも考えねばなるまい。雪村友梅（正応三～貞和二年）の「過邯鄲」の七言絶句一首（『岷峨集』）に詠まれたり、『山谷詩集鈔』などの抄物に記されている。なお、右に指摘した諸資料は、直接資料ではないので、引用を省略したが、「邯鄲雑記」（「かんのう」昭和五八年一月）に掲出した。

三 間狂言は古活字版によるが、頭注に指摘したように、呂仙翁の名は『湯山聯句鈔』に次のように見える。「邯鄲ノ旅舎ニ呂仙翁ガ行テ、ヤスミテヒル飯ニアワ飯ヲスル。其間枕ヲ借テネタレバ、其夢ニ五十年ノ間栄花ヲキワムルト思タレバ、ナフ旅人粟飯ガデキタ、ヲキヨト云テヲコスゾ。処デ夢ハサメテ有ルゾ。何事モ人ノ一世ニアルハ邯鄲ノ枕ト云ゾ」。アイに名前を付けたのは古活字版の作為であるらしく、現行は特定の名前を持たぬ宿の女主人であるが、それが元来のかたちであると思われる。管見による最も古い間狂言として、慶長初年の妙庵手沢本中に筆録されているところを、参考までに紹介しておく。ただし、仮名には適宜漢字を宛てた。

コレハ、唐土《モロコシ》蜀《ショク》ノ傍《カタハラ》、邯鄲《カンタン》ノ里ニ住女ニテ候。扨モ此所ニ仙《セン》ノ法《ホウ》ヲ行《ヲコナ》ヒ給《タマ》ウ人ノ候シガ、此人他国《タコク》へ御入候時、此程宮仕《ミヤツカヰ》申恩賞《ヲンシャウ》ニ、此枕ヲ給候。此枕ト申ハ、粟《アワ》ノ飯《メシ》ヲコシラへ候間ニ、コノ枕ヲシテマトロミ候ヘバ、我ガ身《ミ》ノ行末《ユクスヘ》ヲコト〳〵クミル枕ニテ候。此里ニ妾《ワラハ》モチ候程ニ、邯鄲《カンタン》ノ枕ト也。イツモ御《ヲ》旅人《タビウト》ノ通《トヲ》リ候ヘバ、此枕ヲサセ申候。今《コン》日モ御《ヲ》旅人《タビウ》ノ御通《トヲ》リアラバ、此枕ヲサセ申サハヤト思ひ候。

四 香西　精「作者と本説」（「観世」昭和三五年七月。『能謡新考』所収）

表　章「邯鄲の歴史」（「観世」昭和三五年七月）

付録

一、付録(一)として「光悦本・古版本・間狂言版本・主要注釈一覧」、付録(二)として「謡曲本文・注釈・現代語訳一覧」を作成した。

一、付録(一)は光悦本所収曲のすべてを掲げたが、小字曲名は特製本になく上製本等に所収の曲、括弧で括《くく》った曲名は袋綴本に加えられた曲を示す（解説参照）。曲名の表記は原則として現行観世流に従った。

一、参考のため江戸初期刊主要観世流謡本三種（擬光悦本・古活字玉屋本・元和卯月本）所収の有無を示した。なお、光悦本になく、三種のいずれかに所収の曲は次の通りである。

花月（擬）、咸陽宮（擬・卯）、小袖曾我（擬・卯）、白髭（卯）、西王母（擬）、竹生島（卯）、綱（擬）、経正（擬）、唐船（擬・卯）、羽衣（擬）、常陸帯（擬）、和布刈（擬）、夜討曾我（卯）

一、間狂言は版本各種に所収の有無を示した。△印は異版間で収載に出入りのある曲を示す。三八〇頁参照。

一、参考のため江戸時代注釈書二種（謡抄・謡曲拾葉抄）に所収の有無を示した。謡抄欄の△印は後補曲を示す。

一、現代の注釈書のうち三種（朝日・日本古典全書、岩波・日本古典文学大系、小学館・日本古典文学全集の各『謡曲集』）に所収の有無を示した。

一、備考欄には付録(二)に掲出した注釈・現代語訳のうち、主要なものを示したが、参照が困難な書で割愛したものもある。なお、『謡曲大観』、『解注謡曲全集』は非現行曲（《朝顔》《鵜羽》《丹後物狂》《反香魂》）以外はすべて収載されている。

一、付録(二)は、近代における研究史・享受史を辿る意味を含めて、明治以降に出版されたもののうち、確認し得たものを示したが、割愛に加えて遺漏も多い。なお雑誌掲載や教科書類、各流の謡本やその辞解類、新作謡曲等は原則として除いた。また、付録(一)備考欄との関連で主要なものにⒶ〜Ⓘの符号を付した。

光悦本所収曲	擬光悦本	玉屋本	元和卯月本	間狂言 古活字本	間狂言 整版本	間狂言 間仕舞付	間狂言 能仕舞手引	謡抄	謡曲拾葉抄	全書	大系	全集	備考
葵上	○	○				○		○	○	○	○	○	F H
阿漕	○	○	○		△			○	○	○			F
朝顔	○	○			△			○	○	○			
安宅	○	○	○			○		○	○	○	○	○	B E F H
安達原		○	○			○	○	○	○	○	○	○	F H
海士	○	○	○	○	○	○		○	○	○	○	○	F H
柏崎	○	○	○					○	○	○	○		
春日龍神		○	○	○	○			○	○	○			
葛城	○	○	○		○			○	○	○		○	F
鉄輪	○					○		○	○	○	○		F
兼平	○	○	○	△	○	○	○	○	○	○			
通小町	○	○	○					○	○	○	○	○	F H

	1-1	1-2	1-3	2-1	2-2	2-3	2-4	3-1	3-2	4-1	4-2	4-3	
蟻通	○	○	○					○	○	○	○	○	F
井筒	○	○	○		○	○		○	○	○	○	○	B C F
鵜飼	○	○	○		○	○		○	○	○	○		F
浮舟	○	○	○					○	○	○	○		
右近	○		○		△			△	○				
善知鳥	○	○	○				○	○	○	○	○	○	F
采女	○	○	○		○	○	○	○	○	○		○	
鵜羽	○	○	○	○	○			○		○			
梅枝		○	○					△	○				
雲林院		○	○					△	○	○	○	○	
江口	○	○	○	△	○	○	○	○	○	○	○	○	F
老松	○	○	○	○	○	○		○	○	○	○	○	F
鸚鵡小町	○	○	○					△	○	○			
小塩	○		○	○	○			○	○	○			
姨捨	○	○	○					○	○	○		○	F
大原御幸			○					○	○	○		○	B F
女郎花	○	○	○					○	○	○			
杜若	○	○	○					○	○	○		○	F
景清		○	○					△	○	○	○	○	A F

	1-1	1-2	1-3	2-1	2-2	2-3	2-4	3-1	3-2	4-1	4-2	4-3	
邯鄲	○	○	○	○	○			○	○	○	○	○	F H
清経	○	○	○					○		○	○	○	A F H
鞍馬天狗		○	○					○	○	○	○	○	B F
呉服	○	○	○	○	○			○	○	○			
源氏供養	○	○	○					○	○	○			
項羽	○	○			○	○		○					
皇帝	○	○	○					○		○			
西行桜	○	○	○					○	○	○	○	○	
桜川		○	○					△	○	○			F
実盛	○	○	○	△	○	○	○	○	○	○	○	○	
志賀	○	○	○	○	○			△	○				
自然居士	○	○	○			○		○	○	○	○	○	D H I
春栄										○	○		
俊寛		○	○					○	○	○	○	○	F H
鍾馗	○	○			○								
昭君								○		○	○	○	
猩々	○	○							○		○	○	B F
角田川	○	○	○					○	○	○	○	○	A B C F G I
誓願寺	○	○	○		○	○		○	○	○			

光悦本所収曲	擬光悦本	玉屋本	元和卯月本	古活字本（間狂言）	整版本（間狂言）	間仕舞付	能仕舞手引	謡抄	謡曲拾葉抄	全書	大系	全集	備考
善界	○	○	○			○		○	○	○		○	E
関寺小町	○	○	○					○	○	○	○	○	
殺生石	○	○	○				○	○	○	○			F
摂待		○								○			F
蟬丸			○						○	○			F
千手重衡	○	○	○					○	○	○			《千手》の別名
卒都婆小町	○	○	○					○	○	○	○	○	F
大会	○	○	○					○	○	○			
当麻	○	○	○		△	○		○	○	○			F
高砂	○	○	○	○	○	○	○	○	○	○	○	○	B C F G H
忠度	○	○	○			○		○	○	○	○	○	C F I
龍田	○	○	○		○	○		○	○	○			
玉鬘	○	○	○		○			○	○	○	○		
玉井			○					△	○		○		

光悦本所収曲	擬光悦本	玉屋本	元和卯月本	古活字本（間狂言）	整版本（間狂言）	間仕舞付	能仕舞手引	謡抄	謡曲拾葉抄	全書	大系	全集	備考
花筐		○	○					○	○	○	○	○	
反魂香													
班女	○	○	○					○	○	○	○	○	F
檜垣	○		○					○	○	○	○	○	
氷室			○	○	○	○							
百萬		○	○					○	○	○	○	○	F
富士太鼓	○	○	○					○	○	○		○	
藤戸	○	○	○					○	○	○	○	○	F
二人静	○	○	○					○	○	○	○	○	
舟橋	○	○	○	△	○			○	○	○	○		
舟弁慶	○	○	○			○		○	○	○	○	○	A B D F G I
放生川								○		○			
仏原	○	○	○					△	○				
松風	○	○	○			○	○	○	○	○	○	○	C F H

田村	○○○	○○	○○	○○	C F G
丹後物狂				○	
（張良）	○○	○	○		
定家	○○○	○○	○○	○○○	F
天鼓	○○○	○	○○	○○	
東岸居士	○○○		○○	○	
道成寺	○○	○	○	○○	B F H
道明寺	○○		○○		
融	○○○	○○	○○	○○○	C F
木賊				○	
朝長	○○	○	○	○○	
難波	○○○	○○○	○○	○	F
錦木	○○○	○○	○	○○	
鵺	○○	○	○○	○○○	
軒端梅	○○○	○	○○	○○	F 《東北》の別名
野宮	○○○	△○○○	○○	○○○	D F I
白楽天	○○○	○○○	○○	○○	E
（半蔀）	○		○	○○	
芭蕉	○○○	△○	○○	○○○	

松虫	○	△○	○	○○	F
三井寺	○○○	○	○○	○○○	E F H
通盛	○○○	○○○	○	○○	
三輪	○○○	○○○	○○	○○○	
紅葉狩	○○○	○○○	○○	○○○	F H
盛久	○○○		○○	○○○	F
八島	○○○	△○○	○○	○○○	A B F
矢卓鴨	○○○	○○○○	○○	○○	《賀茂》の別名
山姥	○○○		○○	○○○	F
夕顔	○○○	△○	○○	○	H
遊行柳	○○○	○	○○	○○	F
（弓八幡）	○	○○○○	○○	○	F
湯谷	○○○		○○	○○○	A B C F G
楊貴妃	○○○	○	○○	○	F
（養老）	○○○	○○○	○○	○○○	F
（吉野静）	○○	○○		○○	
頼政	○○○	○	○○	○○○	F H
籠太鼓	○○		○	○	

謡曲本文・注釈・現代語訳一覧

謡文評釈　迷花生（中根香亭）
「都の花」一〜三五号　明治二一〜二三年　金港堂
『香亭遺文』大正五年　金港堂
日本歌謡類聚 下 抄録
謡曲新評〈初・後篇〉増田迂信　明治二四年　三河屋書店
謡曲通解〈八冊〉大和田建樹　明治二五年　博文館
謡曲訓蒙図会〈五冊〉矢田正義　明治二七年　白楽圃・誠之堂
続帝国文庫 日本歌謡類聚 上　大和田建樹　明治三一年　博文館
謡曲文粋　大和田建樹　明治三二年　博文館
謡曲心得・謡曲解釈　関目顕之　明治三三年　便利堂
袖珍名著文庫 謡曲二十番　芳賀矢一　明治三六年　冨山房
能の栞〈六巻〉大和田建樹　明治三六・三七年　博文館
謡曲文解〈前・後篇〉勝野嘉一郎
明治三九・四〇年　椀屋謡曲書店

謡曲評釈〈九冊〉大和田建樹　明治四〇〜四一年　博文館
四流対照 謡曲二百番〈三冊〉芳賀矢一
明治四一〜四二年　金港堂
国文注釈全書 謡曲拾葉抄　明治四二年　国学院大学出版部
謡曲お伽噺　井口丑二　明治四二年　内外出版協会
謡曲詳解　佐藤紫仙　明治四二年　大学館
学生文庫 新訂謡曲全集〈上中下〉大町桂月・丸岡桂
明治四四〜大正元年　至誠堂書店
国民文庫 謡曲全集〈上下〉古谷知新　明治四四年　其刊行会
謡曲叢書 謡曲拾葉抄　丸岡桂　明治四五年　観世流改訂本刊行会
新謡曲百番　佐々木信綱
明治四五年　博文館（昭和六三年臨川書店）
謡曲物語〈前・後篇〉和田万吉　明治四五・大正二年　冨山房
宴曲十七帖 附 謡曲末百番　大正元年　国書刊行会

校註 謡曲叢書〈一～三〉 芳賀矢一・佐々木信綱　大正三年　博文館　（昭和六三年　臨川書店）

謡曲解説 第一編　川島金五郎　大正二年　謡曲解説発行所

通俗謡曲物語　通俗教育普及会　大正四年　其出版局

謡曲講義　鈴木暢幸　大正五年　磯部甲陽堂

謡曲ことば鑑　羽室蒼治・森本常吉　大正七年　日本学術普及会

謡曲新釈　豊田八千代　大正七年　広文堂書店

古今謡曲解題　丸岡桂　大正八年　観世流改訂本刊行会

謡曲狂言〈一・二輯〉 平林治徳　大正一〇・昭和一〇年　中興館

新釈日本文学叢書 謡曲百番　物集高量　大正一一年　其刊行会

袖珍名著文庫 謡曲五十番　芳賀矢一　大正一五年　冨山房

校註日本文学大系 謡曲〈上下〉 大正一五・昭和二年　国民図書

日本音曲全集 謡曲全集　中内蝶二・田村西男　昭和二年　誠文堂

謡曲文異同辨　水谷六斎　昭和二年　能楽倶楽部

日本古典全集 謡曲百番（擬光悦本複製）〈一～四〉 正宗敦夫　昭和二～三年　其刊行会

日本名著全集 謡曲三百五十番集　野々村戒三　昭和三年　其刊行会

松浦之能（複製）　昭和三年　古典保存会

謡曲文庫 光悦謡本上（擬光悦本複製）　昭和三年　其刊行会

謡曲文庫 謡言粗志　昭和三年　其刊行会

有朋堂文庫 謡曲集〈上下〉 野村八良　昭和四年　有朋堂

謡曲狂言新選　高木武　昭和四年　広文堂

名作 謡曲新釈　野本米吉　昭和五年　大同館書店

謡曲大観〈全七巻〉 佐成謙太郎　昭和五～六年　明治書院

能楽謡曲大辞典　正田章次郎　昭和六年　吉川弘文館

謡曲選講　佐成謙太郎　昭和八年　明治書院

謡曲選釈　和田万吉　昭和八年　山海堂

Ⓐ謡曲講義　能勢朝次　昭和一〇年　日本文学社

岩波文庫 謡曲選集　野上豊一郎　昭和一〇年　岩波書店

解注謡曲全集〈全六巻〉 野上豊一郎　昭和一〇～一一年　中央公論社

Ⓑ謡曲名作 十六番輯釈　野々村戒三　昭和一一年　早稲田大学出版部

大日本文庫 謡曲選　和田万吉　昭和一一年　春陽堂

Ⓒ日本古典読本 謡曲　風巻景次郎　昭和一三年　日本評論社

物語日本文学 謡曲物語　藤村作　昭和一三年　至文堂

Ⓓ学生の為めの 謡曲の鑑賞　小林静雄　昭和一四年　興文閣

新日本謡曲物語　戸川秋骨　昭和一五年　謡曲界発行所

謡曲の鑑賞 夜討曾我 外三篇　佐川映一　昭和一八年　西東社

能二百四十番―主題と構成　野上豊一郎　昭和一八年　丸岡出版社

世阿弥真蹟 能本七番 附 自筆書状　川瀬一馬　昭和一九年　わんや書店

Ⓔ謡曲鑑賞　野上豊一郎　昭和二二年　目黒書店

古典解説 謡曲　佐成謙太郎　昭和二三年　明治書院

日本古典全書 謡曲集〈上中下〉 野上豊一郎・田中允
昭和二四〜三二年 朝日新聞社
謡曲物語 粟津清亮 昭和二四年 能楽書林
お能の物語 徳川繁子 昭和二四年 わんや書店
Ⓕ新註国文学叢書 謡曲名作集〈上中下〉 川瀬一馬
昭和二五〜二六年 講談社
中学生全集 謡曲物語 戸川秋骨 昭和二五年 筑摩書房
Ⓖ評註 謡曲全釈 田中允 昭和二五年 紫乃故郷社
角淵本 番外謡曲〈正・続〉 田中允 昭和二五・二七年 古典文庫
現代語訳日本古典文学全集 謡曲 田中允 昭和二九年 河出書房
日本国民文学全集 謡曲狂言集 横道萬里雄他
昭和三三年 河出書房新社
日本古典鑑賞講座 謡曲狂言花伝書 小山弘志
昭和三三年 角川書店
日本古典文学大系 謡曲集〈上下〉 横道萬里雄・表章
昭和三五・三七年 岩波書店
日本文学全集 謡曲狂言歌舞伎集 戸板康二他
昭和三六年 河出書房新社
Ⓗ古典日本文学全集 能狂言名作集 横道萬里雄・古川久
昭和三七年 筑摩書房
未刊謡曲集〈一〜三一〉 田中允 昭和三八〜五五年 古典文庫
古典文学全集 能狂言物語 丸岡明 昭和四五年 ポプラ社
日本の古典 能・狂言集 田中澄江他 昭和四七年 河出書房新社
日本古典文学全集 謡曲集〈(1)(2)〉 小山弘志・佐藤喜久雄・佐藤健一郎
昭和四八・五〇年 小学館
版本文庫 謡曲百番—元和卯月本(複製)〈一〜四〉 伊藤正義
昭和四九〜五六年 国書刊行会
日本不思議物語集成 能 矢代和夫 昭和四九年 現代思潮社
能楽資料集成 法音抄 表章・西野春雄
昭和五〇〜五三年 わんや書店
謡曲五番(複製) 徳江元正 昭和五一年 桜楓社
ノエル・ペリー 十番の能—注釈— 井畔武明訳
昭和五一年 桜楓社
Ⓘ鑑賞日本古典文学 謡曲・狂言 小山弘志 昭和五二年 角川書店
能—本説と展開 増田正造・小林責・羽田昶
昭和五二年 桜楓社
元和卯月本 謡曲百番 後藤淑他 昭和五二年 笠間書院
校註古典叢書 謡曲・狂言集 古川久・小林責
昭和五三年 明治書院
謡曲二百五十番集、同索引 大谷篤蔵
昭和五三年 赤尾照文堂
平凡社名作文庫 魂の呼び声—能物語 白洲正子
昭和五三年 平凡社
日本庶民文化史料集成 能(「謡抄」所収) 昭和五三年 三一書房
日本の古典 隅田川・柿山伏 田中千禾夫 昭和五五年 学研
龍谷大学善本叢書 うたひせう—諷誦鈔 宗政五十緒
昭和五六年 思文閣

新潮日本古典集成〈新装版〉

謡《よう》曲《きょく》集《しゅう》 上

平成二十七年十月三十日 発行

校注者 伊《い》藤《とう》正《まさ》義《よし》

発行者 佐藤隆信

発行所 株式会社 新潮社

〒一六二―八七一一 東京都新宿区矢来町七一
電話 〇三―三二六六―五四一一（編集部）
〇三―三二六六―五一一一（読者係）
http://www.shinchosha.co.jp

印刷所 大日本印刷株式会社

製本所 加藤製本株式会社

装画 佐多芳郎／装幀 新潮社装幀室

組版 株式会社ＤＮＰメディア・アート

ISBN978-4-10-620858-4 C0392

新潮日本古典集成

- 古事記　西宮一民
- 萬葉集　一～五　青木生子・井手至・伊藤博・清水克彦・橋本四郎
- 日本霊異記　小泉道
- 竹取物語　野口元大
- 伊勢物語　渡辺実
- 古今和歌集　奥村恆哉
- 土佐日記　貫之集　木村正中
- 蜻蛉日記　犬養廉
- 落窪物語　稲賀敬二
- 枕草子　上・下　萩谷朴
- 和泉式部日記　和泉式部集　野村精一
- 紫式部日記　紫式部集　山本利達
- 源氏物語　一～八　石田穣二・清水好子
- 和漢朗詠集　大曽根章介・堀内秀晃
- 更級日記　秋山虔
- 狭衣物語　上・下　鈴木一雄
- 堤中納言物語　塚原鉄雄
- 大鏡　石川徹
- 今昔物語集　本朝世俗部　一～四　阪倉篤義・本田義憲・川端善明
- 梁塵秘抄　榎克朗
- 山家集　後藤重郎
- 無名草子　桑原博史
- 宇治拾遺物語　大島建彦
- 新古今和歌集　上・下　久保田淳
- 方丈記　発心集　三木紀人
- 平家物語　上・中・下　水原一
- 金槐和歌集　樋口芳麻呂
- 建礼門院右京大夫集　糸賀きみ江
- 古今著聞集　上・下　西尾光一・小林保治
- 歎異抄　三帖和讃　伊藤博之
- とはずがたり　福田秀一
- 徒然草　木藤才蔵
- 太平記　一～五　山下宏明
- 謡曲集　上・中・下　伊藤正義
- 世阿弥芸術論集　田中裕
- 連歌集　島津忠夫
- 竹馬狂吟集　新撰犬筑波集　木村三四吾・井口壽
- 閑吟集　宗安小歌集　北川忠彦
- 御伽草子集　松本隆信
- 説経集　室木弥太郎
- 好色一代男　松田修
- 好色一代女　村田穆
- 日本永代蔵　村田穆
- 世間胸算用　金井寅之助・松原秀江
- 芭蕉句集　今栄蔵
- 芭蕉文集　富山奏
- 近松門左衛門集　信多純一
- 浄瑠璃集　土田衞
- 雨月物語　癇癖談　浅野三平
- 春雨物語　書初機嫌海　美山靖
- 與謝蕪村集　清水孝之
- 本居宣長集　日野龍夫
- 誹風柳多留　宮田正信
- 浮世床　四十八癖　本田康雄
- 東海道四谷怪談　郡司正勝
- 三人吉三廓初買　今尾哲也